Hanns Kneifel wurde 1936 in Gleiwitz/Oberschlesien geboren und wuchs auf in München. Nach einer Ausbildung zum Konditormeister machte er das Abitur nach und wurde Berufsschullehrer, hängte den Beruf aber bald an den Nagel, um von da an vom Schreiben zu leben. Er wurde bekannt durch seine Romane zur TV-Serie *Raumpatrouille Orion und* als Mitautor der *Perry-Rhodan*-Serie, seit den Neunzigerjahren auch als Autor minutiös recherchierter historischer Romane, deren Themen von der Frühgeschichte bis in die Neuzeit reichen.

Hanns Kneifel

Der Engel der Apokalypse

Historischer Roman

BASTEI LÜBBE TASCHENBUCH

BASTEI LÜBBE TASCHENBUCH
Band 16406

1. Auflage: April 2010

Bastei Lübbe Taschenbuch in der Bastei Lübbe GmbH & Co. KG

Originalausgabe

[Agenturvermerk, falls vertraglich vereinbart]

Lektorat: Andrea Kalbe
Titelillustration: © shutterstock/Sandra Zuerlein
Umschlaggestaltung: Gisela Kullowatz
Autorenfoto: Peter Fleissner © Bonsai Press
Satz: hanseatenSatz-bremen, Bremen
Gesetzt aus der Goudy Old Style
Druck und Verarbeitung: GGP Media GmbH, Pößneck
Printed in Germany
ISBN 978-3-404-16406-6

Sie finden uns im Internet unter
www.luebbe.de
Bitte beachten Sie auch: www.lesejury.de

Der Preis dieses Bandes versteht sich einschließlich
der gesetzlichen Mehrwertsteuer.

Dramatis Personae
Anno Domini 1496 bis 1500

Arliano nahe Lucca

Alessandro »Sandro« Castaciano: Bronzeschmied und -gießer

Girolamo Castaciano: Alessandros Vater, Besitzer der Ufficina, der Metallwerkstatt (Bronzeguss)

Donata Castaciano: Alessandros jüngere Schwester

Maestro Franchino Bertini: schweigsamer, tüchtiger Schmiede- und Gussmeister der Ufficina

Repubblica di Lucca

Agostino di Bargoni: Consigliere und Mitglied des Ältestenrates bzw. des Rates der Stadt (»Consiglio generale«) der Repubblica di Lucca

Caterina di Bargoni: seine Gattin, »die schönste Frau Luccas«

Lucinda di Beccafumi: Caterinas beste Freundin

Capo Michele »Acut'Occhio« (Scharfauge) Barotta: redlicher Commendatore der Stadtwache, verantwortlich für die öffentliche Ordnung (»Ordine pubblico«)

»Der Jäger« (»il Cacciatore«): ein unbekannter Frauenmörder, der seine Opfer auf bizarre Weise verstümmelt

La Palazzina di Montfalcone, nahe Lucca in Tuscien (Toskana)

Desiderio Montfalcone: Herr des Schlösschens in pastoraler Umgebung, reich, gebildet und inbrünstig gläubig

Cornelia de' Albicci: Desiderios in unverbrüchlicher Treue ergebene schöne Geliebte

Bernardo di Strozzi: Montfalcones Freund, Leibdiener und Hofmeister

Frate Francesco: Freund, Hauskaplan und Vertrauter der Familie Montfalcone

Mamma Lucia: Haushälterin und Köchin

Doracello und Domenico: Söldner (»Scottini«), die Kost und Logis in der Palazzina haben

Maddalena, Chiara, Domenica, Xaviera, Clarissa, Irene, Xervia: Mägde in der Palazzina Montfalcone

Piero und Simone: Gärtner

Firenze am Arno

Lorenzo I. de' Medici, genannt »il Magnifico« (›der Prächtige‹) (1449–1492): Stadtherr von Firenze, überlebte im April 1478 einen Mordanschlag, bei dem sein Bruder Giuliano starb

Fra Girolamo Savonarola (1452–1498): Dominikaner und Weltuntergangsprediger, Prior in San Marco; im Mai 1498 nach Folter gehenkt und auf dem Scheiterhaufen verbrannt, seine Asche wird in den Arno gestreut

Leonardo (auch Lionardo) da Vinci (1452–1519), Künstler, zuerst in Verrocchios Werkstatt in Firenze, seit 1482 in Milano

Piero II. de' Medici, genannt »lo Sfortunato« oder »il Fatuo« (›der Unglückliche‹) (1472–1503), Lorenzos Sohn und sein Nachfolger als Stadtherr von Firenze; seit seiner Vertreibung im November 1494 herrscht der »Rat der 3000« (dreitausend Ratsmitglieder, die über das Schicksal der Stadt bestimmen)

Anmerkung zur Zeitrechnung

Nach dem Julianischen Kalender fand die Sommersonnenwende am 12. Juni und die Wintersonnenwende am 12. Dezember statt. Das Heilige Jahr hätte metereologisch wenige Minuten nach sechs Uhr morgens am 13. Dezember 1500 begonnen. Der heute gebräuchliche Gregorianische Kalender wurde erst 1582 durch Papst Gregor XIII. eingeführt. Gregor ließ nach dem 4. sofort den 15. Oktober 1582 eintreten, sodass sich die Tageszählung um zehn Tage verschob.

1

Ein missfarbener, hochliegender Nebel klebte zwischen den toskanischen Bergen und verschluckte jedes allzu laute Geräusch bis auf den Hufschlag des Pferdes und die fernen Schreie der Krähen. Es war vor Sonnenaufgang des 13. Tages im Dezember Anno Domini 1496 – einen Tag nach der Wintersonnenwende, den die kundigen Astrologen »Sommerpunkt« nannten –, als Alessandro Castaciano von seiner Geliebten nach Hause ritt. Wieder einmal hatten sie sich heimlich getroffen, in der Hütte in den Weinbergen nahe Lucca. Wohlig erschlafft und den Duft Caterinas in den Kleidern hing Alessandro im Sattel und träumte mit offenen Augen. Ein Krächzen riss ihn aus dem Geflecht seiner Traumbilder – ein Krähenschrei, ein zweiter. Schlagartig war Alessandro hellwach. Er nahm Abschied von dem Gedanken an Caterinas seidige Schenkel und richtete seine Aufmerksamkeit auf die Rabenvögel, die durch irgendetwas aufgescheucht worden waren. Einzelne Vögel, die aus allen Richtungen heranflatterten, bildeten eine schwarze Wolke, die lautstark in den Wald einfiel.

Er lenkte den Braunen nach rechts, kitzelte ihn mit den Sporen und zwang das Tier in einen kurzen Galopp. Bis zum Wald war es einen Armbrustschuss weit. Als er über die Schulter zurückblickte, sah er die gleichmäßig schwarzen Hufspuren im nassen Gras, vom Ende des Weinbergwegs, auf dem er gekommen war, in Richtung des Waldrandes. Vor dem Gebüsch und dem aufgehäuften welken Laub zügelte Alessandro das Pferd. Der Vogelschwarm war größer geworden, das aufgeregte, zänkische Krächzen hallte in dem Kastanienwald wider.

Der Nebel roch nach Nässe, Fäulnis und schleimigen Pilzen. Gestern hatte es heftig geregnet, aber der erste Morgen nach der Wintersonnenwende schien einen sonnigen Tag zu versprechen. Während Alessandro langsam entlang des Buschwerks ritt, lockerte er den Dolch in der Scheide, lauschte auf das Geschrei der Vögel und hielt den Atem an.

Unter den Hufen des Tieres raschelten vergilbtes Laub und dürre Ranken, aber aus dem Wald waren weder knackende Äste noch andere Laute zu hören. Ein ungutes Gefühl befiel ihn und verdrängte endgültig die Erinnerungen an die Nacht auf weißen Laken, im Kerzenlicht, zwischen Caterinas Brüsten. Am Waldrand waren zwei Bäume gefällt worden, ein dritter hing schräg zwischen den Baumkronen, und etliche Büsche waren herausgerissen. Wenige Schritte entfernt, auf einer kleinen Lichtung, lagen Äste, Blattwerk, Rindenstücke und einige zehn Fuß lange Stammabschnitte verstreut. Die Krähen kreisten noch immer in der Luft, einige hockten wie kleine, schwarze Ungeheuer auf den nassen Ästen und beäugten Alessandro. Als er das Pferd nach rechts herumzog und zwischen tropfensprühenden Farnwedeln in den Wald hineinritt, stoben die Vögel in die Höhe.

Neben den halb entrindeten Baumstämmen lag reglos ein Körper. Alessandro, den jeder »Sandro« nannte, riss den Fuß aus dem Steigbügel, sprang aus dem Sattel und zog den Dolch. Während er zwischen Hackspänen und zerbrochener Rinde über den aufgewühlten Waldboden rannte, sah er, dass der bewegungslose Körper blutüberströmt und völlig nackt war. Vor ihm lag eine tote Frau, ausgestreckt, halb auf der Seite, halb auf dem Rücken, die Schenkel geöffnet.

Er konnte nicht glauben, was er sah. Zögernd ging er noch näher heran. Ein Schauder überfiel ihn, seine Knie begannen zu zittern. Es roch süßlich nach Blut. In seinen Ohren summte ein unbekannter Ton, der das Gekrächze der Raben schluckte. In der zunehmenden Dämmerung erkannte er, dass die linke Hand der Toten vom Unterarm abgeschnitten worden war. Auch ein

Teil des Gesichts und beide Augäpfel fehlten. Darunter erkannte Sandro rohes Fleisch, Muskeln und Knochen. Das, was fehlte, war offensichtlich von einem Kundigen mit scharfer Schneide abgetrennt worden. Der halb geöffnete Mund, aus dem zwei Zähne herausgebrochen waren, schien einen stummen Schrei auszustoßen, oder einen Seufzer äußerster Qual. Das Blut auf der unnatürlich weißen Haut war getrocknet, aber die Tropfen aus den Bäumen, die mit hässlichen Lauten den Körper trafen, schufen schmierige Flecken. Die jungen Brüste fehlten. Aus der Wunde ragte halbfingerlang die Spitze eines Armbrustbolzens.

Der gesamte Körper war mit Rissen, Schnitten und Schmutzflecken übersät. Ameisen liefen entlang der Wundränder, bildeten schwarze Schnüre und verschwanden im Gras. Am rechten Fuß trug die Frau einen Schuh aus dünnem, grünem Leder.

Etwas in Sandro weigerte sich zu verstehen, auf welch entsetzlichen Fund er gestoßen war. Doch er gab sich einen Ruck, schloss die Augen, atmete tief ein und kauerte sich neben den Leichnam. Als Sandro vorsichtig den rechten Arm anheben wollte, bemerkte er, dass die Leichenstarre eingetreten war. Braune Käfer krabbelten über den Bauch der Toten.

Die ersten Sonnenstrahlen begannen den Nebel aufzulösen; die Lichtung schimmerte im silbrigen Zwielicht. Die Vögel schwiegen, das Pferd rupfte und riss ungeduldig an einem Busch.

Sandro zwang sich, jede schauerliche Einzelheit genau zu betrachten und – er wusste nicht, aus welchem Grund – sich mit dem scharfen Blick des Handwerkers einzuprägen. Die Tote trug keinen Schmuck, nicht einmal einen Ring. Die Achselhöhlen und Beine waren ebenso wie die Scham ohne jedes Härchen.

Sandro richtete sich auf und schüttelte den Kopf, als er bemerkte, dass er noch immer den Dolch umklammert hielt.

»*Christo!*«, hörte er sich sagen. »Wer tut so etwas? Und was soll ich jetzt …? Nichts wie fort von hier.«

Er schob den Dolch in die Scheide, stieg über den Leichnam

und löste den Zügel, der sich in einer herausgerissenen Wurzel verfangen hatte. Das Pferd hob den Kopf, als Sandro sich in den Sattel zog. Er war benommen und unfähig, an etwas anderes als an den Heimritt zu denken; sein Inneres war voll Schwärze, Abscheu und Trauer. Er spornte das Reittier und galoppierte am Waldrand entlang, die kraftlose Sonne im Rücken, zur alten Brücke über den Serchio und fort von Lucca, von der Stadt seiner Geliebten.

Die Bewegungen des Pferdekörpers und der sanfte Rhythmus der Hufschläge ließen ihn wieder klar denken. Eben noch hatte er gefroren, jetzt schwitzte er vor Erleichterung, sich von dem verstümmelten Leichnam entfernen zu können. Der Winter mit seinen fröhlichen Nächten war plötzlich vorbei, der Nachgeschmack des Weins wurde schal und sauer. Er musste seinen Fund beim Rat der Stadt melden. Sie würden ihn fragen, zweifellos, was er bei Sonnenaufgang dort zu suchen gehabt habe. Mit etwas Mühe waren die Hufspuren zurückzuverfolgen, in die Weinberge und zur Hütte, die Lucinda di Beccafumi gehörte. Und von Lucinda kam man leicht auf ihre beste Freundin Caterina di Bargoni und auf deren Gatten Agostino, der im Ältestenrat der Stadt saß.

Seit zwei Jahren liebten sich Sandro und Caterina. Sie war die schönste Frau von ganz Lucca, zwei Jahre jünger als er – die Schönste, weil sie ihn liebte, ihn, den fünfundzwanzigjährigen Handwerkersohn ohne Geld und Macht, mit Brandnarben an den Unterarmen. Wenn sich die Kerzenflamme in ihren graugrünen Augen spiegelte oder sich ihr hüftlanges Haar honigfarben über das Kissen ergoss, badete Sandro für Stunden in der Gewissheit, eine Art Wunder zu erleben. Sein Vater behauptete, die Gattin des alten Agostino di Bargoni sehe aus wie Botticellis Venus in der Muschel; Sandro selbst hatte das Bild in Firenze nie gesehen. Seit zwei Jahren mussten sie sich verstecken, vor Agostino und vor jedem anderen, der ihre geheime Liebschaft entdecken und verraten konnte.

Vielleicht zwei, drei Mal im Monat verzauberte Caterina die gemauerte Hütte Lucindas, in der Fässer und Werkzeug lagerten, in ein warmes Reich der Sinne. Tücher bedeckten dann die Wände, Kerzen brannten, in Körben, eingeschlagen in feuchten Stoff, warteten Leckerbissen, Holzscheite glommen im Kamin, und auf dem ölglänzenden Lehmboden lagen Polster, über die Laken und Felldecken ausgebreitet waren. Die Nächte waren trunkene Stunden der Zärtlichkeit und Leidenschaft. Lucindas Amme holte die Polster, Laken, Kissen und Gläser aus einem Versteck, das nicht einmal er kannte, und brachte sie am nächsten Morgen zurück.

Sandro zog den Zügel straff, ließ das Pferd drehen und starrte in die Sonne. Sie stand als weißglühende Scheibe im Nebel, der sich über den zahlreichen Turmspitzen Luccas aufzulösen begann. Wie der Kopf eines unbekannten schwarzen Tieres erhob sich in seinem Herzen der Verdacht, dass Caterina und er durch den Leichenfund in Gefahr gerieten. Was immer geschah – er musste Caterina beschützen. Genau wie sich selbst.

Sie kannten sich, seit er zwölf war, von Festen und Umzügen in der Stadt, er, Lucinda und Caterina. Vor fünf Jahren, als Achtzehnjährige und schier zu alt, war sie an Consigliere di Bargoni verheiratet worden. Und erst als Sandros Vater im Auftrag des Rates bronzene Geschütze und unzählige Formstücke goss und schmiedete und Sandro damit nach Lucca geschickt hatte, waren sie sich wiederbegegnet.

Er gab die Zügel frei und duckte sich unter tropfenden Weidenzweigen; die Hufe dröhnten auf dem Steg, der über den Bach führte. Alessandro schrak aus seinen Gedanken auf und glaubte zu wissen, was er unternehmen würde.

2

Das Wohnhaus, die Ställe, Scheunen und die Ufficina, die Werkstatt, der Castacianos lagen etwas außerhalb des Dörfchens Arliano an der Biegung eines Baches, in dem man bisweilen Holz für die Feuer antreiben lassen konnte und der in den Serchio mündete. Arliano, innerhalb des Sechs-Meilen-Kreises des Herrschaftsgebietes, besaß zwar eine schöne alte Kirche, aber wenige Einwohner.

So früh am Morgen arbeitete noch niemand, nur aus dem Küchenkamin stieg Rauch auf. Alessandro sattelte das Pferd ab, schirrte es aus und führte es in den Stall. Er stieß die Tür zur Küche auf und sah zum hundertsten Mal, dass zwei Bronzefelder in dem hölzernen Fachwerk fehlten.

Beim Licht einiger Kerzen saß Vater Girolamo am Tisch, inmitten der heimeligen Unordnung, zwischen Vorräten und Küchengeräten. Er zeichnete mit Kohlestift auf einer Holzplatte. Vor sich hatte er einen Krug stehen. Sandro setzte sich. Seine Schultern sackten nach vorn, und er entspannte sich. Er war wieder in der vertrauten Geborgenheit seiner Heimstatt, roch kalten Rauch, Kräuteraufguss und Wein.

Vater Girolamo blickte auf und sagte halb brummig, halb erleichtert: »Zurück von leidenschaftlichen Nachtstunden, Söhnchen?« Er zog die Luft ein, dann erschien auf seinem Gesicht ein Lächeln. »Hast du in ihren Duftwässern gebadet, Sandro?«

»Riecht man es?« Sandro schnallte den Dolchgurt ab und setzte sich an den Tisch. »Es war … schön, zärtlich und wild. So, wie du's mir erzählt hast. Von früher.«

»Du willst mir noch immer nicht sagen, wer dich mit Begierde und Wohlgerüchen verwöhnt?« Girolamo rückte den Krug zurecht.

»Du würdest es nicht wissen wollen, Vater. Besser nicht.« Sandro, den nur Caterina manchmal »Alessandro« rief, holte einen Becher und schenkte ihn voll. Er nahm einen Schluck des warmen Gebräus und sagte zögernd, mit rauer Stimme: »Ich muss … Es ist etwas Furchtbares passiert. Ich habe auf dem Ritt hierher, vielleicht vor einer Stunde, etwas Schreckliches entdeckt. Einen Leichnam. Eine junge Frau. Tot, verstümmelt, von einer Armbrust getötet. Die Leiche war noch starr. Es muss vor wenigen Stunden geschehen sein, also nachts.«

Girolamos Gesicht erstarrte. Die Falten um den Mund wurden tiefer, die Narbe, die von seinem rechten Auge über die Wange verlief, zeichnete sich weiß ab. Er starrte auf Sandros Hände, als suche er nach Blutspuren. Sandro kannte diesen Ausdruck: Sein Vater überprüfte in Gedanken jedes Wort so gründlich, fast misstrauisch, als kontrolliere er das Wachsmodell einer Gussform. Zwischen den Atemzügen herrschte Schweigen, nur die Kloben im Kamin knackten. Dann legte Girolamo den Kopf schräg wie ein lauernder Reiher. Er füllte seinen Becher und sagte: »Fürchtest du, dass man deine Spuren verfolgen kann? Du bist auf dem Weg von den Weingärten geritten? Wo hast du den Leichnam gefunden? Was hast du gesehen? Erzähl mir alles ganz genau.«

Sonnenstrahlen krochen durch die Fenster, trafen die Böden der Kupferkessel und flirrten, mehrfach gespiegelt, durch den Raum und zeichneten fast waagerechte Balken in den Staub. »Also …« Sandro stützte die Ellbogen auf die Tischplatte. »Am Waldrand, zwischen den Weingärten und dem Schilffeld am Serchio, da sind Bäume gefällt worden. Im Wald, der zu Lucca gehört. Alles war neblig …«

Er berichtete so genau, wie es ihn sein Vater gelehrt hatte, wie ihn der Krähenschwarm erschreckt und zu der verstümmelten Leiche geführt und was er beobachtet hatte.

»Hast du etwas zurückgelassen? Wenige Tage vor dem Christfest! Etwas verloren? Spuren hinterlassen, die nur du verursacht haben kannst?« Obwohl Sandro keine der schauerlichen Einzelheiten ausgelassen hatte, zeigte sich Vater Girolamo scheinbar wenig entsetzt über die Tote.

Sandro schüttelte langsam den Kopf. »Ich habe nichts angerührt, Babo. Der Waldboden war voller Spuren – Fußabdrücke, Hufspuren, in denen Wasser stand. Alles war nass. Die Vögel haben noch kein Fleisch aus dem Körper gehackt. Vielleicht die Augen? Ich weiß es nicht.«

»Hast du die Frau jemals gesehen? War sie aus Lucca? Erinnere dich.« Girolamo war aufgestanden, holte aus einem Korb einige schwere Bronzeteile und reihte sie auf dem Tisch auf.

Sandro leerte den Becher und antwortete: »Auch wenn ich sie gekannt hätte – das halbe Gesicht war weggeschnitten. Und dann das viele Blut. Da kann niemand sagen, wie sie aussah. Nur ihre Mutter vielleicht.«

Mit dem Zeigefinger fuhr Vater Girolamo über die Narbe neben dem Auge, nickte und sagte: »Eine Frauenleiche im Wald – nun, so ungewöhnlich ist das nicht. Es wird viel gestorben und getötet, nicht nur in Firenze. Aber diese Schnitte und Verstümmlungen – als hätte ein Arzt die Hand und ein halbes Gesicht gebraucht … Wofür wohl? Um Muskeln, Sehnen und Knochen zu sezieren?« Girolamo zuckte mit den Schultern. »In Lucca? Das haben andere längst getan. Ich sage: Ein Unhold hat dieses arme Ding so zugerichtet.«

»So etwas habe ich auch gedacht«, bekannte Sandro. »Du hast es nur deutlicher ausgedrückt. Weißt du, es ist so«, er legte die Hände auf die Tischplatte, die mit Zeichnungen und Zeichengerät übersät war, »wenn man nachforscht, kommt man vielleicht auf mich und die Frau, mit der ich zusammen war. Davor fürchte ich mich.«

Girolamo nickte bedeutungsvoll, überlegte eine Weile und sagte brummend: »Du wirst die Türangeln nehmen, und die

Zeichnungen, Sandro. Vergiss die Rechnung nicht. Die Hälfte der Bestellung haben wir fertig.« Sandro wusste, dass viele Türen im Palazzo degli Anziani erneuert wurden, unweit des mächtigen Turms in der Stadtmitte von Lucca. In der Werkstatt seines Vaters hatte der Consiglio generale der Stadt schwere Angeln und Schlösser nach Zeichnungen und Maßangaben eines Künstlers aus Lucca bestellt. »Ich sattle den Schimmel. Zieh dich um und reite zum Leichnam, dann weiter zur Stadt. Lass den Degen hier, nimm nur das Messer im Stiefel mit. Melde deinen Fund der Stadtwache. Sag ihnen, ein Krähenschwarm habe dich von der Straße heruntergelockt. Red nicht zu viel, Sandro.«

»Ich werde fragen, ob sie bei uns wirklich Rohre bestellen«, sagte Sandro. Als er in Gedanken nach Lucca aufbrach, beruhigte er sich und lächelte zögerlich. »So werden wir es machen, Babo. Dein Rat ist noch immer der beste.«

»Das will ich meinen. Mit wem hast du dich diesmal auf seidenen Laken gewälzt?«

»Keine Seide, Babo. Nur Leinen. Ich wasch mich, dann reite ich los. Eines Tages, wenn's an der Zeit ist, erfährst du alles. Weißes, duftendes Leinen und Wein aus Siena.« Sandro lachte kurz und streifte die lehmverkrusteten Schuhe von den Füßen. »Ich habe schon zu viel verraten.«

In einer Stunde würde das Gesinde erwacht sein. Sandro wollte nicht warten, bis die Arbeiter aus dem Dörfchen kamen. Er hastete in seine Zimmer hinauf, wusch sich flüchtig und zog frische Kleidung an. Immer wieder erschien ihm das Bild der Getöteten vor Augen. Er versuchte sich vorzustellen, wie diese Frau zu Tode gekommen und was diesem qualvollen Ende vorausgegangen war.

Als er aus der Küchentür trat – die Sonne stand drei Handbreit über dem Hügel zwischen den Schattenrissen der Zypressen –, führte sein Vater den gesattelten Schimmel aus dem Stall. Die Satteltaschen waren prall gefüllt und schwer.

»Du wirst wissen, was du zu sagen hast.« Der Vater reichte ihm die Zügel. »In diesen Jahren ist eine gute Lüge mitunter besser als die ehrlichste Wahrheit. Lass dir das durch den Kopf gehen in der nächsten Stunde.«

Sandro zog sich in den Sattel. Während des Rittes ließ es sich trefflich nachdenken; jeder Gedanke, der abzuwägen war, brauchte vier oder acht Hufschläge. Er beugte sich hinunter und strich mit dem Handrücken über die narbige Wange seines Vaters. »Danke, Babo Girolamo. Wenn ich zurück bin, reden wir über alles.« Er zögerte, dann fügte er hinzu: »Das war nichts Mörderisches, wie wir es kennen. Ich habe etwas viel Seltsameres gesehen, etwas abgrundtief Böses. Wir haben die Bedeutung dieser ... Verstümmelungen noch nicht erkannt. Ich sehe dich heute Nacht.«

Er richtete sich auf, gab die Zügel frei und kitzelte den Grauschimmel mit den Sporen. Mit Zeichnungen, einer vorläufigen Rechnung und goldartig mattschimmernden Bronzeteilen im Wert von ungefähr fünfzig Florin in den Satteltaschen ritt er den Weg zurück, den er gekommen war.

3

Der Schimmel war ausgeruht und gehorchte willig Sandros Zügel. In langsamem Galopp, meist von der Sonne geblendet, näherte er sich dem Waldrand. In den Satteltaschen klirrten leise die Türangeln, Bolzen und Zapfen.

Schon Sandros Großvater war klug genug gewesen, die Ufficina weder zu klein zu halten noch zu groß werden zu lassen. Das Land im Familienbesitz, auf dem die Werkstatt und die Häuser standen, war ausreichend. Großvater Antonio Castaciano hatte kleine und mittelgroße Glocken sowie die Rohre schlanker Geschütze, kleine Feldschlangen, gegossen, jedoch keine Bombarden oder Mörser. Sandros Traum war es, ein kleines, langläufiges Geschütz zu fertigen, das nicht von der Mündung aus geladen wurde. Immer wieder änderte er die Zeichnungen und Modelle des Verschlusses. Bald würden sie das Rohr gießen, sagte er sich.

Schon zu Großvaters Zeiten, als Filippo Brunelleschi mit dem Bau von Santa Maria del Fiore, des Doms von Firenze, begann, gossen und schmiedeten die Arbeiter und Helfer aus dem Dorf eine Menge unterschiedlicher Geräte und Werkzeuge, Riegel und Türangeln. Mit vielen kleinen Werkstücken erzielten auch Vater Girolamo und Sandro ein besseres und gleichbleibenderes Einkommen als mit großen Gussarbeiten. In Lucca und selbst in Firenze kannte man die Ufficina der zuverlässigen Castacianos und arbeitete gern und oft mit ihnen zusammen. Doch seit vor vier Jahren Lorenzo de' Medici, Stadtherr von Firenze, gestorben war und der Dominikaner Girolamo Savonarola – dem der abscheuliche Zufall denselben Vornamen wie Vater Castaciano beschert hatte – die Florentiner Bevölkerung in Weltuntergangsangst hineinpredigte, gab es wenige Verbindungen mit der reichen Stadt am Arno. Sandro war froh darüber; so konnte er oft genug nach Lucca reiten.

Wieder hörte er am Waldrand das zänkische Krächzen der Krähen. Er suchte nach den Hufspuren, die er vor mehr als zwei Stunden zurückgelassen hatte. Sie waren kaum noch zu sehen. Kurz vor der Lichtung hielt er das Pferd an. Einige Vögel flatterten auf. Als Sandro sich vorstellte, was er sehen würde, wenn er auf die Lichtung ritt, wurde ihm übel: hundert Krähen, die im Körper der Toten herumhackten und Fleischbrocken herausrissen. Er beugte sich vor, gab dem Pferd die Sporen und galoppierte weiter zum Rand der Weinberge. Auf dem Weg nach Lucca begegneten ihm nicht mehr als vier Bauern oder Tagelöhner.

Die sandig-lehmige Straße führte in eine Mauerschlucht und endete unter einem Torbogen der zerfallenden Stadtmauer. Sandro erinnerte sich, dass er vom römischen Feldlager Castro Luca gelernt hatte, der halb vergessenen ersten Gründung des heutigen Städchens; noch heute waren die Vierecke der Anlage am Lauf der Straßen zu erahnen. Die Hufe klapperten auf nassen Pflastersteinen. Das Leben zwischen den fünfundzwanzig Ellen hohen Mauern der Porta Ovest schien an diesem Morgen widerwillig zu erwachen. Drei Stadtwächter der Repubblica di Lucca lehnten neben ihren Hellebarden an den feuchten Quadern und musterten Sandro mit schläfriger Miene. Er kannte ihre Gesichter von flüchtigen Begegnungen. Er stieg aus dem Sattel, zog das Pferd hinter sich her und sagte: »Ihr wisst, wer ich bin – Sandro Castaciano, der Bronzegießer. Ohne Waffe, wie's im Stadtgesetz steht. Bringt mich zu Michele Barotta. Ich habe auf dem Ritt hierher eine grauenvoll zugerichtete Leiche gefunden, eine junge Frau …«

Barotta, Hauptmann der Stadtwache und Vertreter des Gonfaloniere della giustizia, des Bannerträgers der Gerechtigkeit, hinkte aus dem Gewölbe der Wachstube. Mit spitzen Fingern nahm er geröstete Pinienkerne aus der hohlen Hand und verzog das Gesicht, als er darauf biss. Er begrüßte Sandro und sagte undeutlich: »Ein sonniger Morgen nach so viel Regen. Ich habe die letzten Worte gehört, Sandro. Wo liegt die Tote?«

»Was ist mit deinem Bein? Warum hinkst du?«, fragte Sandro stirnrunzelnd.

Barotta zuckte mit den Schultern. »Ein Reitunfall. Der Hengst, den der Rat dann doch nicht für mich gekauft hat, hat mich abgeworfen. Es ist nichts gebrochen, sagt der Medico, aber es schmerzt höllisch.«

»Damit ist nicht zu spaßen, Michele. Lauf nicht den ganzen Tag herum.« Sandro klopfte Michele freundschaftlich auf die Schulter. Vor mehr als zehn Jahren waren sie zusammen unterrichtet worden. Barotta war ein kluger Kopf, wusste Sandro. Nach etlichen Versuchen in verschiedenen Handwerken und einem Jahr als Söldner hatten ihn der Ältestenrat und die Giudicatura, die Versammlung von Richtern und Geschworenen, zum Anführer der Stadtwache berufen. Michele, der sich mitunter überfordert fühlte, überspielte durch äußerste Gewissenhaftigkeit seine Unsicherheit. Zwar war das behäbige Lucca, an dessen Toren jeder Besucher alle Waffen abgeben musste, alles andere als ein Hort der Unzucht, Zügellosigkeit und Verderbnis, aber alle, selbst Betrunkene, konnten nachts, ohne angehalten zu werden, durch die Gassen und über die Plätze stolpern. Michele hatte Sandro einmal anvertraut, dass er ein Diario führte, ein Tage-und-Nacht-Buch, in dem alles geschrieben stand, was vorgefallen war, selbst die winzigste Einzelheit.

Barotta zuckte wieder mit den Schultern. Sandro nickte. Dann schilderte er den Fundort so genau wie möglich und berichtete, was er gesehen hatte. Barotta hörte schweigend zu; langsam verhärteten sich seine Gesichtszüge. Er starrte Sandro aus schmalen Augenschlitzen an. Obwohl er schielte – an einem Tag mehr, am anderen weniger –, schien er Dinge zu sehen, die anderen verborgen blieben. Nicht umsonst nannte man ihn, halb anerkennend, halb spöttisch, *Occhio'acuto* oder *Acut'Occhio*, »Scharfauge«. Sandro schloss: »Beeilt euch, sonst lassen euch die Krähen nichts mehr übrig. Nehmt einen Wagen mit und Tücher ... Aber das weißt du besser, Michele.«

Der Anführer der Stadtwachen winkte einen Hellebardenträger herbei und befahl ihm, mit drei oder vier Reitern und einem Fuhrwerk den Leichnam zu holen, möglichst keine Spuren zu vernichten und ihn zum Palazzo degli Anziani der aristokratischen Repubblica di Lucca zu bringen.

»Dort bin ich und warte«, sagte Sandro zu Barotta. »Ich habe Muster und Zeichnungen von Türangeln dabei. Der Rat hat sie für den Palast und ein paar Kirchen bestellt.«

»Madonna santa!«, sagte Michele Barotta kopfschüttelnd und spuckte Pinienkernschalen aus. »Ein totes Weib im Wald ist keine Seltenheit in diesen Jahren – so viel Regen, wieder Missernten, die Pest im Land, venerische Krankheiten und an einem sonnigen Wintermorgen solcherart Verstümmelungen! Gibt es denn niemals Ruhe und Frieden?«

»In Firenze denken sie an Weltuntergang.« Sandro zuckte mit den Schultern und folgte Barotta, der aus den Schatten der Mauern auf einen sonnenbeschienenen Fleck neben der Straße zuhinkte. Er zog das linke Bein nach. »Wenn du den Leichnam der Frau gesehen hättest, würdest du meinen, dass ihr Tod zur Pest und zum Dauerregen passt.«

»Seltsam.« Michele Barotta war kaum fünf Jahre älter als Sandro – ein Dreißigjähriger mit breiten Schultern und bräunlicher Haut. Er trug einen glänzenden Halbharnisch und auf der Schulter des Umhangs das rotweiße Stadtwappen. Es gab nur wenige, die ihn kannten und nicht unterschätzten. »Ich frage mich, wer es fertigbringt, an einer Leiche derart herumzuschneiden. Und warum? Was tut er mit einer linken Hand und zwei Augäpfeln?«

»Diese Fragen, und ein paar andere, habe ich mir auch gestellt«, antwortete Sandro und rammte seinen Fuß in den Steigbügel. »Aber wenige Stunden, nachdem die Frau getötet wurde, wird es darauf noch keine Antwort geben.« Er zog sich in den Sattel und nickte Barotta zu. »Wenn ich beim Rat fertig bin – wie wäre es dann mit einem Becher Wein auf der Piazza San Michele? Ein paar Leckerbissen beim Wirt?«

Barotta hob die Hand und winkte. Sein Gesicht hatte den nachdenklichen Ausdruck noch nicht verloren. »Um die Mittagszeit. Wenn es nicht wieder stürmt und regnet.«

Sandro ritt ohne Eile durch das Städtchen. Es war zögerlich aufgewacht, und in einigen Gassen innerhalb des verfallenen Mauergürtels aus römischer Zeit und der meist vollkommen erhaltenen Quadermauern, die nicht älter als zweihundertfünfzig Jahre waren, herrschte schon das gewohnte Gedränge. Vor der Fassade des Palazzo, die im Sonnenlicht strahlte, band er den Zügel des Schimmels an einen Mauerring, schnallte die Satteltaschen ab und schleppte sie über die Treppe, durch den Korridor voller Wartender, bis zum Schreiber des Ältestenrates. Er musste eine halbe Stunde warten; der weißhaarige Griesgram und sein Sekretär bewachten ihren Herrn wie hungrige Hofhunde.

4

Seit der Abfahrt von Firenze hatte sich der Himmel dreimal aus tief hängenden Wolken entleert. Vorbei an abgeernteten Feldern und verschlammten Äckern hatten sich die Zugpferde und Reittiere in dampfender Mittagswärme über durchweichte Straßen gekämpft. Von überallher hörte man von Missernten, aber viele Teile Tusciens waren wunderbarerweise verschont geblieben. Je mehr sich die Reisegesellschaft den Wäldern zwischen Lucca und Pistoia und dem Meer näherte, desto weniger geschunden wirkte das Land. Wolken bildeten sich flussaufwärts über dem Wald, den Apuanischen Bergen und der fernen Meeresküste bei Massa.

Desiderio Montfalcone entledigte sich des klammen Reitermantels, faltete ihn zusammen und schnallte das Bündel hinter dem Sattel fest. Er war ein hochgewachsener, schlanker Mann mit scharfen Zügen, aber glattem Gesicht und mehr als ein Jahrzehnt älter, als es schien, Anno 1448 geboren. Das hellbraune Haar fiel leicht gewellt und kürzer, als es die Mode vorschrieb, unter einer flachen Stoffhaube in den Nacken, die Augen hatten die gleiche Farbe. Die Nase war scharf geschnitten und außerdem leicht gekrümmt, das Kinn bewies Willensstärke und Durchsetzungskraft. Desiderio saß kerzengerade im Sattel und ließ seinen Blick über die hügelige Landschaft gleiten.

Der voll beladene Wagen rollte in den Schatten einer Reihe mächtiger Pinien, aus deren Zweigen unablässig schwere Tropfen fielen. Desiderio stellte sich in den Steigbügeln auf, streckte seinen Körper und wandte sich halb um. »Wir schaffen es bis zum Abend«, rief er den Söldnern und dem Gespannführer zu. »Dann sind wir im Trocknen.«

Cornelia de' Albicci winkte vom Kutschbock und rief zurück: »Warum schickst du nicht Bernardo voraus? Dann hätten wir alle auch ein warmes Mahl!«

»Das werde ich tun.« Montfalcone winkte seinen Leibdiener heran. Hofmeister Bernardo rückte die Kappe in die Stirn, hielt die Stoßlanze senkrecht und ließ sein Pferd an Desiderios Seite traben.

»Desiderio, Messer Montfalcone? Soll ich …«

»Wir werden drei, vier Stunden vor unserem Besitz wohl nicht überfallen werden. Reite voran. Sag Frate Francesco und Mamma Lucia, sie sollen sich um alles kümmern.«

»Gewiss, Signor. Sofort, Desiderio.« Bernardo hob den Zügel und setzte sich zurecht.

Desiderio sagte schärfer, als er beabsichtigt hatte: »Und schinde dein Pferd nicht wieder. So sehr eilt es uns nicht!«

»Ich reite nur im Trab, Desiderio.«

»Dann reite voraus! Gib Acht vor der Brücke!«

Bernardo verbeugte sich, legte die Lanze wieder auf seine Schulter und gab die Zügel frei. Nach wenigen Atemzügen verhallten die Hufschläge auf dem feuchten Sandweg hinter einer Baumgruppe und Büschen wilder Ölbäume.

Bernardo di Strozzi war armer Spross der Familie, die Lorenzo »il Magnifico« de' Medici nach dem Mord an seinem Bruder Giuliano aus Firenze vertrieben hatte, aber seinerzeit viel zu unbedeutend gewesen, als dass ihn Lorenzos Hass und Rache hätten erreichen können. Er war ein mittelgroßer Mann, vier Jahre jünger als Desiderio, mit spärlichem, grausilbernem Haar, das weit in den Nacken fiel, bartlos, mit einem runden Gesicht voller Falten, in dem kleine, fast schwarze Augen scheinbar staunend in die Welt blickten. Bernardo, arbeitsam und ehrlich bis zur Selbstaufgabe, rechnete schneller und sicherer im Kopf als zwei andere Männer mit Abakus und Schreibtafel.

Desiderio hatte ihn in Firenze kennengelernt; heute waren sie Freunde, und Desiderio konnte sich keinen besseren Hofmeister vorstellen. Im Westen von Desiderios Besitztum, am Waldrand eines Hügels, baute Bernardo an seiner eigenen Palazzina, kleiner und weitaus weniger prächtig als die Villa seines Freundes und Vorgesetzten. Desiderios Erfolg, Reichtum und Ansehen waren untrennbar mit Bernardo verbunden.

Desiderio ritt langsam weiter; die Kraft und die Langsamkeit der schweren Zugpferde bestimmte die Geschwindigkeit der Gruppe. Desiderio sehnte sich nach der Ruhe der Palazzina Montfalcone und der Ungestörtheit, in der er leben und arbeiten konnte. Dort, hinter dem Waldhügel, war er geboren und aufgewachsen, eine römische Meile außerhalb des Stadtkreises, hier musste er seine Eltern qualvoll sterben und die Palazzina brennen sehen. Er hatte die geschwärzten Ruinen und den Schutt durchwühlt, hatte die Villa und die meisten Nebengebäude, später das Mahlwerk der Mühle und Teile des Gartens wieder aufgebaut und das wenige, was von der Zerstörung wie durch ein Wunder übriggeblieben war, bewahrt, ausgebaut, verschönert und gehegt. Das stattliche Schlösschen, das ein langes Hauptgebäude mit gleich hohen Flügeln besaß, die weit zum Park hin vorsprangen, war sein Ein und Alles, sein Augapfel. Wenn er an die lichten Zimmer und die Gemälde und Fresken der Halle dachte, war es, als spiele Musik, die nur er und Cornelia hören konnten. Er drehte sich wieder um und betrachtete das Gespann und die Reiter, die ihm folgten.

Nichts hatte sich verändert. Sie bewegten sich abwechselnd durch Pinienschatten und Sonnenlicht. Weit und breit war niemand zu sehen, nur eine kleine Schafherde graste auf der Hügelflanke, an deren Fuß »sein« Bach plätschernd in Schleifen rann; wegen der Regenfälle führte er ungewöhnlich viel Wasser. Desiderio lächelte in sich hinein. Mit den Florini seiner Eltern hatte er die Pläne eines Baumeisters bezahlt und Stein auf Stein schichten lassen. Einige der besten Handwerker und

Maler aus Firenze schufen in jahrelanger Arbeit heitere Kunstwerke, ideale Landschaften, ausdrucksvolle Architekturbilder, Friese, Deckenstuck und Säulen. Viele Skizzen dafür stammten aus der Zeit, die er in Firenze verbracht hatte. Die Werkstatt, die Quartiere der Dienerschaft, die Mühle und das Wasserrad, drei Viertel aller Pflanzen des Parks, die bis zu dessen Grenze zu dem ihn umgebenden Wald wuchsen, große und kleine Büsche und Bäume, kurzum: Fast alles hatte er wieder aufgebaut und pflanzen lassen, schöner als je zuvor.

Frate Francesco, sein früherer Erzieher, hatte gemeinsam mit ihm alle Qualen durchlitten, angefangen vom Überfall über die Folterung der Eltern bis hin zum letzten Kübel Wasser, mit dem sie den Brand gelöscht hatten. Gut dreißig Jahre war das her, aber in Desiderios Gedächtnis lauerten unzählige furchtbare Bilder, eingeprägt wie mit glühendem Petschaft. Er spürte den dumpfen Schmerz bis zu den Schläfen.

Desiderio biss die Zähne aufeinander, bis sie knirschten, wie stets, wenn ihn diese Erinnerungen überfielen. Das Gespann rollte noch immer gleichmäßig auf der Straße, und die Söldner schauten unverändert wachsam unter ihren Eisenhelmen hervor. Ein verständnisvoller Blick aus Cornelias grünen Augen traf ihn. Die Unruhe, die ihn befallen hatte, als sie in das nasse Halbdunkel des Waldes eintauchten, wo alle Geräusche gedämpft wurden, verlor sich. In drei Stunden würden sie alle unter dem Dach seiner geliebten Villa sitzen, in weichen Schuhen und weiten Gewändern, und roten Wein von den Ufern der Cecina trinken.

Die Holzbrücke über den Bach war trotz des Schwemmguts unbeschädigt geblieben. Auch eine Stunde später, zwischen den Waldstücken, als Reiter und Gespann vor der steinernen Brücke über den Serchio verhielten, griffen weder Wegelagerer noch versprengte französische Söldner an. Die Sonne senkte sich zwischen Abendwolken und verfärbte sich zunehmend rot. An der Wegkreuzung ritt Desiderio zur Seite und ließ das Gespann und die Reiter an sich vorbei auf die breite, befestigte Allee einbiegen. Eine vierfache Reihe großer Pinien – von Desiderios Großvater und dessen Vater angelegt – führte tausend Schritte entlang der befestigten Straße bis zum Tor der Umfassungsmauer.

Desiderio stieg aus dem Sattel. Seine Hinterbacken und der Rücken schmerzten. Schritt für Schritt folgte er dem Gespann. Ein Gedanke ging ihm durch den Kopf: Er kehrte aus der hektischen Welt voller Unsicherheit, Not und Unglück in sein Schlösschen zurück, aus einem Land, das in zunehmendem Maß nicht mehr seinem Leben entsprach und in dem jedes Maß verlorenzugehen drohte – die Folge von Savonarolas bigotter, schönheitsfeindlicher Herrschaft.

Die breiten Felgen des Gespanns mahlten auf dem Kies, das Tor stand halb offen. Als zwei Söldner in den Vorhof galoppiert waren, kamen Knechte und einige junge Dienerinnen aus dem Haus gelaufen. Domenico, der dritte Bewaffnete, saß ab und schob den anderen schweren Torflügel zur Seite. Ein Taubenschwarm drehte einige Runden über den Gebäuden und fiel mit klatschendem Flügelschlag in die Öffnungen des Taubenturms ein.

»Willkommen, Signore Desiderio!«, riefen die Diener durcheinander. Desiderio ließ die Farben und die unterschiedlichen Oberflächen auf sich einwirken: das weiße Kiesband, die nassen, schwarzbraunen Pinienstämme, das dunkle Grün der Kronen und das Glutrot der Sonne, das die lange Front des Hauptgebäudes und dessen körnigen Bewurf zu einem Teil des paradiesischen Bildes machte, das er dank seines Freundes Leonardo geschaffen hatte. Domenico lehnte seine Hellebarde an die Mauer, stemmte beide Torflügel zu und verriegelte sie sorgfältig.

Bernardo übernahm Montfalcones Zügel und sagte, bevor er das Pferd wegführte: »Überwachst du das Entladen, Desiderio? In einer halben Stunde ist das Essen bereitet.«

»Die Hälfte kommt ins Vorratshaus«, antwortete Montfalcone und blieb zwischen den Säulen des Vordachs stehen. »Das andere gehört in die Werkstatt und die Gewölbe. Es ist besser, ich sag ihnen, wohin sie's schleppen müssen.«

Bernardo verbeugte sich und deutete nach rechts, zum Tor des Nebengebäudes. Er rief: »Dorthin, dann abladen!«

Cornelia wartete unter dem Vordach. Das Gespann fuhr hinter Montfalcone nach rechts. Links, in dem runden Taubenturm, gurrten ungefähr zwölf Dutzend Vögel. Die Söldner hatten ihre Reittiere weggeführt und halfen, die feuchte Plane des Fuhrwerks loszuschnüren. Montfalcone zog die Handschuhe aus, streichelte Cornelias Wange und sagte:

»Geh zu Mamma Lucia in die Küche. Ich lass von den Mädchen die Gewürze und die anderen Vorräte zu euch bringen.«

Cornelia nickte schweigend. Der Ausdruck ihres schmalen Gesichts deutete darauf hin, dass auch sie erleichtert darüber war, die Villa ohne Zwischenfälle erreicht zu haben. Für sie war dieses ummauerte Stück Land mit all seinen Bauten und dem Park mehr als ein Nest oder eine Höhle, in die sie sich zurückzog, seit sie elf Jahre alt war. Sie schenkte Montfalcone ein aufforderndes Lächeln und ging ins Haus. Weit im Westen, über dem Meer, schoben sich dunkle Wolken ineinander.

Die schweren Säcke, Fässer und Ballen wurden entladen und im Vorratshaus gestapelt. Piero und Simone, die Gärtner, schirrten die vorderen Zugpferde aus und führten sie in den Stall. Das Gespann wendete auf dem halbkreisförmigen Vorplatz und hielt vor dem Werkstattgebäude, das neben dem größeren Bau des »Tempels«, einer würfelförmigen Halle mit Steinsäulen und Bretterwänden, stand und durch eine überdachte Pergola mit dem Haupthaus verbunden war. Dort entluden die Arbeiter die Krüge voller Farben und Harze, Pinsel und Werkzeug, einige Ballen Stoff, Hölzer für Schnitzwerk, etliches Metall und verschiedene Pulver aus zerschroteten und gemahlenen Steinen; nur Händler in Firenze verkauften diese wenig gebräuchlichen Substanzen. Einiges hatte Desiderio lange zuvor bestellen müssen.

Bis alle Gefäße ordentlich eingelagert waren und er seine Werkstatt verlassen und die drei Türen verschlossen hatte, war es dunkel geworden. Im letzten Grau der Dämmerung, als er zum Gebet zur Kapelle ging, sah auch er die regenschweren Wolken, die sich von Pisa, dem alten Pisae, herangeschoben hatten.

Die Vorhänge vor den Fenstern der Gartenfront waren zugezogen. Ein schenkeldicker Holzkloben glomm im Kamin. Der Tisch in der Mitte des Saales war nur für Cornelia und Desiderio gedeckt worden. In Silberleuchtern brannten ein Dutzend oder mehr Kerzen und ließen den roten Wein in den Glaskaraffen glühen. Die Gestalten des Deckenfreskos und die Bäume und Wasserfälle der Landschaftsbilder in den Wandfächern schienen sich zu bewegen, wenn die Kerzenflammen zuckten. Ein würziger Duft nach Rosmarin, Bratensaft und frischem Ölbrot durchzog den Speisesaal, als Desiderio aus seinem Wohnraum hereinkam, vor dem Kamin stehen blieb und die halb gedeckte Tafel musterte.

»Endlich Ruhe und Wärme«, sagte er leise und nahm ein Glas aus einer der gemauerten Wandnischen. »Vor gleich entfernten und gleich leckren Speisen verstürben Hungers eher freie Seelen, als eine ihren Zähnen vorzuweisen. Eine – was? Ein Tropfen Vernaccia vor einer langen Nacht?«

Mitunter fielen ihm diese Zeilen aus Durante »Dante« Alighieris Riesenwerk *Die göttliche Komödie* ein; auch sein Magen knurrte. Ein gutes Zeichen. Er füllte das Glas mit dem kalten, süßen Wein, nach kurzem Zögern ein zweites für Cornelia, trug beide zum Tisch und setzte sich an seinen Platz. Die Stille, nur vom Knistern des schwelenden Holzes durchbrochen, ließ ihn wieder klarer denken. Ihm blieben noch etwas mehr als drei Jahre bis zum Tag aller Tage, und er durfte weder Zeit verschwenden noch sich durch allzu Alltägliches ablenken lassen, denn er wollte und würde zu den wenigen auserwählten Überlebenden zählen. Er um jeden Preis, und zweifellos auch Cornelia.

Bernardo öffnete die Tür. Mamma Lucia und Chiara, eine Dienerin, die er als junges Mädchen aus dem Waisenhaus geholt hatte, brachten das Essen. Cornelia folgte ihnen, einen Krug Vignamaggio-Roten in den Händen. Sie hatte sich, ebenso wie Desiderio, zurechtgemacht und umgezogen, trug schwarze Strumpfhosen zu weißen Stoffschuhen, die bis zur Mitte der Waden reichten und seitlich geknöpft waren. Ein dunkelrotes Hemd aus hauchdünnem Leinen, das die Schultern und den Ausschnitt halb frei ließ, endete eine Handbreit über den Knien. Darüber sah Desiderio ein Zupparello aus genuesischem Samt, ein schwarzes, ärmelloses Wams, dessen Schimmern den Glanz und das Funkeln der Halskette und der Armreife hervorhob. Cornelias Haut war makellos, ihr hellgoldenes Haar, das sie in diesem Jahr nicht länger wachsen ließ als zwei Fingerbreit, die grünen Augen und der schlanke Hals machten sie zu einer Frau von beachtenswerter Schönheit. Eine dünne Kette aus runden Silbergliedern, eine Lenza, spannte sich um ihren Kopf und teilte die Stirn mit einem kleinen, in Gold gefassten Turmalin.

Desiderio hatte sie aufgenommen, als sie elf und er über dreißig Jahre alt gewesen war; außer Frate Francesco und Bernardo betrachtete er sie als einen Menschen, dem er bedingungslos vertraute.

Auch ohne die erhöhten Absätze war Cornelia etwas größer als Desiderio; ihre Größe und die leuchtenden Katzenaugen verwirrten die meisten Männer. Aber ihr flachbrüstiger Körper mit den langen Armen und Beinen ähnelte mehr dem eines Knaben als einer reifen Vierundzwanzigjährigen. Sie setzte den Krug ab, breitete die Arme aus und sagte, nach einem prüfenden Blick zu Desiderio: »Stellt alles einfach nur hin. Ich glaube nicht, dass wir euch heute noch brauchen. Danke, Mamma Lucia.«

Die Herrscherin der Küche und der Speisekammern, ein halbes Jahrhundert alt, nickte zufrieden. Eigentlich wollte sich Desiderio nicht von Erinnerungen überwältigen lassen, aber er erlaubte sich, Lucia länger zu betrachten. Sie ging noch immer so aufrecht wie vor dreißig Jahren, als sie, ein hochgewachsenes Bauernmädchen aus dem Piemonte, ihren Dienst in der Palazzina angetreten hatte. Ihr Haar war damals lang und schwarzglänzend gewesen wie Rabenflügel; jetzt färbte sie es und trug es im Nacken als Knoten. Ihre Haut war weiß wie Sahne, ihre flinken Augen hatten das schwarze Funkeln ebenso wenig verloren wie ihre Hüften die Fülle. Oft hatte Desiderio seinen Vater Bartolomeo beobachtet, wenn sich dessen Hände in Lucias Mieder schoben und die prallen Brüste kneteten und hochschoben. Lucia, die Augen geschlossen und die Lippen geöffnet, lehnte dann hingebungsvoll an Vaters Brust, bis es ihr zu viel wurde, sie sich umdrehte, wortlos mit den Schultern zuckte und hüftschwingend davonging. Desiderio sah damals diesem Tun verständnislos zu; er verstand aber, dass seine Mutter davon nichts erfahren sollte; selbst damals war die Welt innerhalb der Mauern der Villa voller Geheimnisse gewesen.

Lucia und Chiara verneigten sich lächelnd und traten vom Tisch zurück.

Zu Bernardo gewandt sagte Cornelia: »Das Schlafgemach ist bereitet?«

»So wie Ihr es gewünscht und angeordnet habt, Signora.«

»Wir haben teure Einkäufe in die Schuppen und Scheunen gebracht.« Desiderio stand auf, nahm Cornelias Hand und führte sie zu ihrem Stuhl. »Zwei Männer sollen den Cortile und die Gebäude bewachen.«

»Sie haben gegessen, die Pferde gewechselt und sind draußen, Principe«, antwortete Bernardo. »Vertraut mir. Wir achten auf alles, wie immer.«

»Ich weiß.« Desiderio hob sein Weinglas. »Ich bin unruhig

und ein wenig in Sorge. Aber im Regen schleichen wohl keine Diebe ums Haus.«

Bernardo zog sich zurück und schloss leise die Tür.

Cornelia leerte das kleine Glas und zog das Tuch vom Brotkorb. Im Saal des Piano nobile, der fast die Hälfte des ersten Stockwerks einnahm, war dieser Teil des Tisches wie eine helle Insel in dunkler Umgebung; nur an wenigen Punkten des Raumes brach sich das Kerzenlicht an kleinen silbernen und goldenen Verzierungen.

Cornelia und Desiderio aßen gefüllte Täubchen, in dünne Scheiben geschnittenen Rehbraten, gewürztes Brot, schwarze Oliven ohne Kerne, sardischen Schafskäse und Spongate, ein Gebäck aus kandierten Früchten, Gewürzen und Honig. Cornelia trank weniger von dem starken Roten als Desiderio, der zwar nicht übermäßig oft sein Glas leerte, aber zusehends seine düstere Stimmung verlor. »Der Frühling ist nicht fern«, sagte er und stach die Zinken der Gabel in einen Käsewürfel. »Wir haben dieses Jahr überstanden. Nichts gibt's im Überfluss, aber keiner wird hungern müssen.«

»Du würdest auch etwas mehr für Korn und Wein bezahlen können, Liebster«, antwortete Cornelia und schenkte nach. Mit einem silbernen Löffelchen holte sie ein Pulver aus einem Tonkrug und verrührte es in Desiderios Wein. »Nein. Unsere Scheunen und Kammern sind voll. Und, wer weiß, vielleicht bekommen wir einen sonnigen Frühling.«

»Nicht, wenn sie alle recht behalten. Alle, die vom Ende und Untergang reden und predigen.«

»Denke nicht an Untergang«, sagte Cornelia und fasste nach seinen Händen, die den Stiel des Weinpokals drehten.

Desiderio betrachtete das Spiel ihrer Finger. Sie hatte die schönsten Hände, die er je gesehen hatte – wohlgeformt wie die von Lorenzo »il Magnifico«, aber glatter, fraulicher. Und viel kundiger und geschickter.

»Trink noch ein Glas. Dann gehen wir schlafen, und morgen,

ausgeschlafen und im Sonnenschein, wird deine Unruhe verschwunden sein wie die Schwalbenkinder. Trink das Mittelchen, es hat dich bisher immer beruhigt.«

Desiderio leerte den Pokal und schob den Stuhl zurück. Windstöße rüttelten an den Schlagläden der Fenster und der Terrassentüren. Cornelia löschte eine Kerzenflamme nach der anderen, dann folgte sie Desiderio über die wenigen Stufen hinauf ins Schlafgemach.

5

Desiderio Montfalcone konnte seit einigen Jahren nicht bei Dunkelheit einschlafen. Rings um das Bett brannten Dutzende Kerzen: dicke Stumpen, schlanke Stäbe, halb heruntergebrannte Wachsstöcke, die wie Tropfsteine aussahen, schwarze, rote und weiße Kerzen, deren unruhige Flammen den Raum wärmten und ihn bis in die hintersten Winkel ausleuchteten. Ein Fenster war geöffnet, gleichmäßig rauschte der Regen herunter. Das sanfte Geräusch verband sich mit dem Prasseln aus den Wasserspeiern und dem Gluckern und Plätschern des Baches neben der Mühle. Desiderio lag ausgestreckt da, die Beine gespreizt, mit geschlossenen Augen und bitterem Lächeln, den linken Arm unter dem Nacken Cornelias. Ihre Finger spielten mit seinem winzigen Hodensack.

»Ich bin erschöpft und traurig, wie jedes Mal«, sagte Desiderio leise. »Seit fast fünfzehn Jahren, meine Schönste.«

Cornelias Haut glänzte. Der Schweiß roch nach Erschöpfung, Rosmarin und einem Balsam vom Ponte Vecchio in Firenze. Sie lag halb auf Desiderios Schulter und strich über die Innenseite seines Schenkels.

»Damals war ich fünfzehn, sechzehn und bedeutungslos. Und alles, was ich bin, verdanke ich dir. Für dich tue ich alles.«

»Und du tust es besser als jede andere.« Er lächelte, hob etwas den Oberkörper und küsste die Spitze ihrer schweißfeuchten Brust, die kaum größer war als seine. »Es waren wenige, Cornelia. Du bist die Einzige.«

Sie hatten diese Worte, oder ähnliche mit derselben Bedeutung, tausend Mal gewechselt. Desiderio sah alles genau vor sich: Wie so oft hatten sie sich auch dieses Mal zuerst geküsst, die Pokale in den Händen, dann hatte Cornelia ihn entkleidet – ihre flinken Finger kannten jeden Knoten, jede Schnalle seiner Kleidung –, und er hatte sich mit wenigen Bewegungen selbst ausgezogen. Seine Hände hatten Besitz von ihrer Haut, ihrem schlanken Knabenkörper genommen, und sie wusste, wo und wie sie ihn berühren, streicheln, drücken und betasten musste. Umgeben von dem See aus Kerzenflammen waren sie nebeneinander auf die Laken gesunken. Desiderio hatte sie mit Lippen, Zunge und Fingern liebkost und gespürt, dass er sie erregte, und zur selben Zeit gespürt, dass sich sein Hodensack zusammenzog und sein kleines Glied anzuschwellen begann. Er zwang sich, nicht an die Nacht zu denken, in der ein schwitzender Söldner ihn, der Männerkleider trug und sich wie eine Frau bewegte, am Ponte Vecchio vergewaltigen wollte.

Die Erinnerung verblasste und machte der Angespanntheit Platz, die ihn mehr und mehr ergriff und nur ein Ziel kannte: Er legte sich auf Cornelia, stützte sich auf die Ellbogen, und Cornelias wissende Finger führten sein hartes Glied in ihre Scheide. Die andere Hand reizte den Spalt zwischen seinen Schenkeln, der sich nie öffnete, dessen Vorhandensein seine Eltern erschreckt und – später! – ihn selbst verwundert und entsetzt hatte. Dann bewegte er sich, stieß zu und wagte nicht, sich zurückzuziehen, empfand rasende Leidenschaft und zugleich tausend Versagensängste, hob und senkte seine Hüften und hörte, zu seiner Erleichterung, Cornelias Stöhnen, Keuchen und Schluchzen. Endlich erreichte er den Höhepunkt, schrie ächzend und war abermals sicher, dass jeder andere Mann die Frau besser hätte befriedigen können als er.

Sein Glied rutschte aus der nassen Scheide. Desiderio löste sich von Cornelias Körper, starrte die Bilder der Decke an und atmete schwer. Er streckte den Arm aus und griff nach dem Weinpokal. Doch als er ihn anheben wollte, übermannte ihn die Müdigkeit.

Cornelia war eingeschlafen. Sie atmete gleichmäßig und lächelte versonnen. Einige Kerzen waren heruntergebrannt. Das letzte Schreckensbild des Traums hatte Desiderio aufgeweckt. Sein Herz hämmerte, sein Körper war schweißnass. Er stand auf, taumelte zum Tisch und hob den Weinkrug mit beiden Händen. Er nahm zwei, drei tiefe Schlucke. Wein rann ihm aus den Mundwinkeln und tropfte über Schultern und Brust.

Unauslöschlich hatte sich jede Einzelheit des Überfalls in seine Erinnerungen eingebrannt. Wenige Tage vor seinem neunzehnten Geburtstag überfielen in der Mittagsstille zwei Dutzend berittene Söldner die Villa. Sie kamen scheinbar aus dem Nichts; kein Lärm, keine Warnung hatte die Bewohner der Villa und des Gesindehauses vorbereitet. Plötzlich wimmelte es überall im Mittelbau von schreienden Männern, die ihre Waffen schwenkten.

Desiderio ließ den Krug sinken und stützte sich schwer auf den Tisch. Er blinzelte, sein Gesicht verzerrte sich, er blickte sich hastig im Zimmer um und schien Gestalten zu sehen, die durch Türen hereinbrachen und durch die Fenster sprangen. Hier war es geschehen, damals. Hier, im Schlafzimmer, in einer Orgie aus Gewalt, Schreien und Blut, waren seine Eltern und ihr Leibdiener, der versucht hatte, sie zu verteidigen, qualvoll umgebracht worden. Jener späte, schläfrige Mittag am letzten Tag im Juni Anno Domini 1467 – er konnte die furchtbaren Stunden nicht aus seinem Gedächtnis tilgen, sie waren Teil seines Lebens.

Er füllte mit zitternden Fingern den Pokal, trank hastig und ging zum nächsten Fenster. Er riss die Vorhänge zur Seite, rüttelte an dem Riegel und sah, dass die Schlagläden geschlossen waren. Vier Schritte weiter zerrte er an den Riegeln der Terrassentür und vergewisserte sich, dass auch sie nicht geöffnet worden war. Er hastete weiter und zerrte und rüttelte an den Griffen, und schließlich blieb er an der Bohlentür stehen. Sie führte zum Korridor und war geschlossen. Der Schlüssel steckte, und die Federn der verborgenen Schnappriegel waren gespannt. Der Schnabel des metallenen Falken, der das Türblatt bildete, war nach oben gekippt.

Desiderio lehnte sich an die Tür und spürte die Nägelköpfe und eisernen Bänder im Rücken und auf den Hinterbacken. Die Spitzen und Kanten bohrten sich schmerzhaft in seine Haut und weckten alte Erinnerungen. Desiderio atmete schwer, Schweiß lief aus seinem Haar und den Achselhöhlen.

Er stieß sich von der Tür ab, ging zum einzigen geöffneten Fenster, schloss es mit einem Ruck und zog, als ihn sein Spiegelbild erschreckte, nacheinander alle Vorhänge zu. Seine Ebenbilder verschwanden eines nach dem anderen. Cornelia war nicht aufgewacht. Er goss sich wieder Wein nach, stürzte ihn mit einem Zug herunter und setzte sich aufs Bett. Langsam ließ er sich nach hinten fallen und streckte sich aus. Als er Cornelias Hand berührte, schlief er sofort ein.

Überall sind plötzlich Geschrei, Poltern, das Splittern von Holz, Helme und blitzende Waffen. Pferde wiehern grell, Hufschläge hallen auf Bodenplatten wider. Krachend birst eine Tür, ein halbes Dutzend Männer dringt in den Schlafraum ein. Frate Francesco packt Desiderios Handgelenk und zieht ihn mit sich. Sie laufen durch den Korridor zur Terrassentür. Desiderio dreht sich um und sieht durch die zersplitterte Tür, wie sich sein Vater mit einem hocherhobenen Leuchter in der Hand zu wehren versucht.

Domenico, der Leibdiener seiner Eltern, rennt aus dem Studienzimmer hinaus und auf einen Eindringling zu. Zwei Männer haben Desiderios Vater aus dem Bett gezerrt, zwei andere reißen die Decken vom Körper seiner schreienden Mutter. Domenico hebt den Stichdegen und springt einen der Männer an. Hinter ihm poltern einige Bewaffnete ins Vorzimmer. Einer hebt die Armbrust und schießt den Bolzen in Domenicos Hinterkopf. Blut, Knochen und Gehirn spritzen über das Wandbild. Domenico wird nach vorn geschleudert und bricht neben der Tür zusammen. Ein anderer Räuber schlägt mit dem Dolchgriff in den Nacken des Vaters. Während zwei Männer die schreiende Mutter festhalten, wickelt ein dritter ein zusammengedrehtes Tuch wie einen Knebel um ihren Kopf. Aus ihren Schreien wird ein hilfloses Gurgeln. Bevor die Terrassentür zuschlägt, hört Desiderio eine raue Stimme brüllen. »Wo sind deine Florin, du reicher Sack? Wo ist dein Geld?«

Der junge Frate und Desiderio rennen über die Terrasse in den Schatten der Säulen und stolpern die Stufen zum Garten hinunter. Wüster Lärm dringt aus dem Mittelbau der Villa, jemand schreit, ein Pferd wiehert, dann ertönt schneller Hufschlag. In der Küche klappern Töpfe und klirrt zerberstendes Geschirr. Desiderio duckt sich hinter dem Geistlichen, der ihn zwischen Buchsbaumhecken zerrt, zum Rand des Parks hin. Zwei Reiter galoppieren auf dem Mittelgang des Parks, zwischen Rondell und Haupthaus. Große Erdbrocken wirbeln unter den Hufen der Reittiere hervor in die Höhe. Als ein Pferd vor dem Wasserfall scheut und hochsteigt, zerschmettern seine Hufe eine Tonvase, aus der Erde und ein Zitronenbäumchen herausfallen.

»Sie bringen die Eltern um«, ruft Desiderio flüsternd.

»Auch uns«, keucht Frate Francesco, »wenn sie uns finden.«

Sie rennen schwitzend im Zickzack hinter den labyrinthartigen Buschreihen weiter, vorbei an gestutzten Zypressen und den Felsen, die von weißer Iris und purpurnen Glyzinien überwuchert sind. Hinter den Mauern des Hauses ertönt noch immer heilloser Lärm. Aus dem Küchenkamin quellen dicke schwarze Rauchwolken.

Der Frate schlüpft durch die schmale Holzpforte und bleibt zwei, drei Atemzüge lang stehen. »Ich habe den jungen Simone gesehen. Er ist mit dem Schimmel deines Vaters weggaloppiert. Nach Lucca, glaube ich.«

»Er wird zu spät kommen. Oder die aus Lucca kommen zu spät«, antwortet Desiderio, packt den Saum seines Rocks und reißt entschlossen den Stoff bis zum Gürtel auseinander. »Wohin? In die Mühle?«

»Zum Bach. Wir können zur Brücke schwimmen.«

Sie hasten im Schutz der Gewächse, Stämme und Heuhaufen

weiter. Desiderio weiß, dass sein Vater weder im Studierzimmer noch im Schlafzimmer viel Geld aufbewahrt. Wegen Vaters Angst vor einem Brand oder der Furcht, beraubt zu werden, befinden sich die eisernen Truhen im Gewölbe des Haupthauses und sind zudem in gemauerte Nischen hineingeschoben, die durch Granitquader verschlossen sind. Auch die wertvollen Bücher, die unersetzlichen Handschriften Giovanni Aurispas aus Konstantinopel und die Bankbücher sind solcherart geschützt. Aber wenn die Räuber seinen Vater foltern und er das Versteck verrät, nützten auch Granitblöcke nichts. Das Geklirr, Klatschen, Krachen und die Schreie halten an. Aus den Küchenfenstern schlagen Flammen und Rauch.

Desiderio und Francesco erreichen die hölzerne Außentreppe der Mühle und überqueren den aufgestauten Bach Freddana. Zwischen den Walnuss- und Mandelbäumen können sie einen Teil der Gartenterrassen und das Dach des Hauses sehen. Keuchend und schwitzend kauern sie auf den Treppenstufen und starren hinüber.

Das Feuer ist auf der linken Seite der Villa ausgebrochen, wahrscheinlich in der Küche. Jetzt brennen das linke Dach und die Wand zum Garten. Diener rennen umher und versuchten zu retten und zu löschen. Aus dem Mittelteil ertönen noch immer Flüche, Klirren und Schreie, die allmählich leiser werden. Das Dach über der Küche und den Vorratsräumen bricht in Flammen und im Funkenregen zusammen. Ein Stück Mauer stürzt ein und zertrümmert eine Treppe. Die Flammen kriechen über die zerplatzenden Dachziegel im Gebälk und züngeln zur rechten Seite des Gebäudes hinüber, gefolgt von grauem und schwarzem Rauch. Desiderio hört das Wiehern der Reittiere und Hufschläge im Galopp; es scheint, als würden einige Reiter den Hof verlassen.

»Sie haben uns nicht gefunden«, sagt der Frate. »Bereite dich darauf vor, Schlimmes und Grausiges zu sehen.«

»Wer hat uns das angetan? Woher sind die Räuber gekommen?«, fragt sich Desiderio laut.

»Söldner von Sforza? Oder solche des französischen Königs?« Sein Erzieher zuckt mit den Schultern.

Sie müssen hilflos zusehen, wie das Feuer weiter wütet und, obwohl Diener und Mägde unaufhörlich volle Wassereimer heranschleppen, der langgestreckte Bau der Villa zum Teil in sich zusammensackt oder nach außen wegbricht. Von Lucca her hören sie, dass die Kirchenglocken geläutet werden. Nach einer Stunde gibt es keine Schreie und Hufschläge mehr, nur noch das Prasseln der Flammen und das Zischen der Wassergüsse. Erst am späten Nachmittag, als die Stadtwachen die schwelende Ruine erreichen, wagen sich der Frate und Desiderio aus ihrem Versteck hervor.

Desiderio kämpfte sich schweißüberströmt aus der Tiefe seines Traums in die Wirklichkeit hervor. Noch immer war es Nacht, mehr als zwei Drittel aller Kerzenflammen waren erloschen. Er setzte sich auf, lehnte sich in die Kissen und dachte an die Geschehnisse, die drei Jahrzehnte zurücklagen. Mit Hilfe der Stadtwache war der Brand gelöscht worden. Zu spät – der mittlere Teil der Palazzina war fast überall bis auf die Grundmauern zerstört. Nur die verrußten Außenmauern ragten schwelend aus dem Schutt.

Von den Trümmern waren zwei Räuber erschlagen worden. Sie waren halb verbrannt. Die Fremden hatten Domenico und drei Diener umgebracht, zwei junge Mägde waren geschändet und verwundet worden. Die anderen Diener hatten zwei Pferde einfangen können, aber niemand konnte sagen, woher die Mörder gekommen waren. Vagabundierende Söldner Francesco Sforzas von Milano oder Räuber, Versprengte des Heeres des zwölften Ludwigs, die sich zusammengerottet hatten? Weder der Inhalt der Satteltaschen noch die Kleidung konnten eine Erklärung liefern. Als die nassen Trümmer und die dampfenden Balken weggeschleppt worden waren, fand Desiderio seine Eltern. Er wusste, dass sie tot waren; in welchem Zustand er sie finden würde, hatte er sich nicht vorzustellen vermocht.

Sie sind splitternackt, übersät von Malen schwerer Schläge und Stichwunden. Das Löschwasser hat Staub und Blut weggewaschen und weißhäutige Körper zurückgelassen. Die Kehle seines Vaters klafft auseinander; ein tiefer Schnitt führt von Ohr zu Ohr. Desiderio steht zwischen den Leichen in einem Kreis aus feuchtem Schutt und blickt von seinem Vater zur Mutter und wieder zurück. Seine Augen weiten sich, und allmählich begreift er, was er sieht. Er kauert sich zu Boden und betrachtet die Merkmale der Körper mit der Genauigkeit eines Arztes.

Desiderio erkannte im Licht weniger flackernder Kerzen, dass sich Cornelia über ihn beugte, seine Brust und sein Gesicht streichelte und dann sein aufgerichtetes Glied umklammerte.

»Du hast geschrien«, flüsterte sie rau. »Hast wieder geträumt, wie …? Oder waren es die Stimmen? Die Angst vor der Prophezeiung?«

»Ja. Wieder der Brand, die Schreie und die Toten. Und all das Böse, das sie mir angetan haben«, sagte er und wartete, bis Cornelia über ihn stieg, zu seinen Hüften heraufrutschte und sich auf ihn senkte. Ihre Finger führten sein Glied in ihre heiße Scheide. Sie spreizte die Beine, bog den Rücken durch und klammerte sich an seine Oberarme. Sie bewegte sich so, wie er es nicht anders kannte, hob und senkte ihre Hüften und ließ ihr Becken kreisen. Dankbar schloss er die Augen, wartete auf seinen Erguss, Cornelias leise Schreie und auf das Morgengrauen. Die letzten Kerzenflammen verloschen und verbreiteten ihren herben Weihrauchduft in dem dunklen Schlafzimmer.

Desideria, die lang Ersehnte, das einzige, späte Kind. Seine Eltern wollen nicht wahrhaben, einen Sohn gezeugt und geboren zu haben und aufziehen zu müssen. Seine ersten Lebensjahre sind ein einziger Irrtum. Er fühlt sich als Junge, doch jeder hält ihn für ein Mädchen, mit seinem glatten Gesicht, und er weiß zuerst nicht, ob er im falschen Körper steckt. Sie ziehen ihm Mädchenkleider an und lehren ihn nicht Reiten und Fechten, sondern Musizieren, Stoffkunde und Ziersticken. Er muss Dante lesen, obwohl er kaum ein Wort versteht, spielt im Garten und im Park mit Blumen und einem zahmen Fuchs, ihm werden lange Kapitel aus Petrarcas Schriften vorgelesen, und immer rufen seine Mutter und alle Diener und Mägde ihn »Desideria«.

Die Erwachsenen merken nicht, wie tief ihn die Demütigungen treffen, und vielleicht denken sie hin und wieder daran, dass er in Wirklichkeit ein Knabe ist, aber sie ändern ihr Verhalten nicht. Desiderio, ratlos und verwirrt, beginnt zuerst seine Erzieher, dann seine Eltern zu hassen, und der Hass überschattet alles: den großen Reichtum der Montfalcones, die Schönheit der Villa und der Umgebung, die scheinbare Leichtigkeit des sorglosen Lebens. Ein wenig Verständnis zeigt – später! – Frate Francesco, der Einzige, der nicht lacht und spottet, als Desiderio, dem keine Brüste wachsen, in Frauenkleidern versucht einer Magd die Röcke hochzuschlagen und sich mit ihr zu vergnügen. Er will nur sehen, entdecken und prüfen, ob die Wirklichkeit seinen Vorstellungen entspricht. Er beginnt die Welt, aus der zu flüchten ihm die Entschlusskraft – und die Möglichkeit – fehlt, mit anderen Augen, aus einem seltsamen Blickwinkel zu sehen und verliert dabei den Boden unter den Füßen. Er bewegt sich wie auf algenbedeckten Steinen, lernt, im Frauensattel zu reiten und stickt das anmutige Zeichen der Montfalcones in die Kleidung der Dienerschaft und die Gewänder der Eltern. Er ist unfähig, auch nur ein Ziel im Leben vor Augen zu haben. Das Verhalten anderer Männer und Frauen bleibt ihm ein Rätsel. Auch wenn er, als auf seiner Brust, zwischen den Schenkeln und in den Achselhöhlen Haare zu wachsen beginnen, verstohlen Hand an sich legt und sein hart gewordenes Glied klebrigen Samen verspritzt, ahnt er nur, dass es zwei Geschlechter gibt, die einander anziehen und abstoßen. Nichts weiß er. Seine Gesichtszüge und die Haut sind die eines Mädchens. Ihm sprießt kein einziges Barthaar. Also bleibt die Verwunderung darüber, dass Stiere und Hengste Kühe und Stuten bespringen, aber er darf weder mit Kälbchen noch mit Fohlen spielen, sondern muss Zicklein und

Lämmer streicheln. Der Nebel, der die Wahrheit verhüllt, bleibt undurchdringlich. Plötzlich aber, als sei er in einer anderen Welt aufgewacht, ändert sich alles. Es ist jener furchtbare Mittag, an dem die Söldner johlend in den Cortile einreiten.

6

Als Desiderio am Morgen den Stuhl mit dem hohen Sitz ans Lesepult zog, sich setzte und das schwere Pergament umblätterte, dachte er an die Verstecke seines Vaters. Zwei weitere Kostbarkeiten waren im Gewölbe verborgen gewesen und hatten Brand und Zerstörung unversehrt überstanden: die *Offenbarung des Johannes*, die so genannte Apokalypse, und Das *Buch der Prophezeiungen* des Joachim von Fiore, der sich der Stimme des Johannes von Jerusalem bediente. Desiderios Vater hatte den Codex, das kostbare Manuskript – von Georgios Chrysokkokes von einem anderen Original übersetzt, auf Schafshaut abgeschrieben und mit Goldaufträgen in Schmuckbändern und Kapitelüberschriften versehen –, 1458 in Ferrara von einem verarmten Greis erstanden, nämlich von Messer Giovanni Aurispa, der es Anno 1422 teuer in Konstantinopel erworben hatte. Das Buch der Prophezeiungen stammte von einem Händler in Firenze.

Zwei Wochen schwere Arbeit hatte es gebraucht, um die Trümmer von den Treppen zum Gewölbe und den Staub und die Asche wegzuschaffen; dann erst konnte Desiderio die Truhen öffnen und die Arbeiter entlohnen.

Die Toten waren begraben und die Räuber verscharrt worden. Am nördlichen Ende des Parks, an der Grenze zum Montfalcone-Wald, hatte man die Särge von Desiderios Eltern in die Erde gesenkt, eine kleine Gruft darum gemauert und sie mit Trümmern, Brandschutt und Erdreich abgedeckt; so hätte es sein Vater gewollt. Nach einigen Wochen, in denen bezahlte Tagelöhner aus Lucca und Bauern aus umliegenden Dörfern den Hügel sorgfältig modelliert und bepflanzt hatten, nach gebührender Trauer und nach vielen Tagen, an denen Desiderio über sein bisheriges Leben nachgedacht hatte, ging er zu Frate Francesco ins Gesindehaus, blieb vor dem Betpult stehen und sagte entschlossen: »Du wirst mir helfen, die Palazzina Montfalcone wieder aufzubauen. Sie wird schöner und reicher werden als je zuvor. Und sicher wie eine Burg, wie eine Roccaforte.«

»Das will ich gern tun«, antwortete der Frate und nickte bedächtig. Er lächelte. »Aber ich kann nicht, was Domenico vermochte. Rechnen, Schulden eintreiben, das Bankbuch führen – ich bin ein einfacher Knecht der Kirche, kein Geldwechsler in deinem verrußten Tempel.«

»Du sollst nicht rechnen, sondern mich klug beraten.«

»Das habe ich bisher getan, und dein Vertrauen freut mich, Desiderio.«

Desiderio, der zu Francescos Erstaunen wie ein florentinischer Adliger gewandet war, legte seine Hand auf die Schamkapsel seines roten Hosenstrumpfes und sagte in beschwörendem Tonfall und keinen Widerspruch duldend: »Von heute an bin ich Desiderio. Desideria starb mit meinen Eltern. Und in ein, zwei Jahren wird nicht nur die Villa wieder aufgebaut sein. Ich habe die Bankbücher meines Vaters. Wir werden reich werden, ich werde bei Meistern in Firenze lernen. Wir werden den Reichtum ebenso schützen müssen wie die Villa, und alles ringsherum, was uns gehört. Nota bene: mir gehört. Mir, Desiderio, dem einzigen Spross der Montfalcones.«

Francesco berührte, noch immer lächelnd, das silberne Kreuz auf seiner Brust und antwortete: »So gut ich es vermag, junger Herr, helfe ich dir dabei.«

»Das weiß ich«, antwortete Desiderio, ohne zu zögern. »Seit wir uns kennen, hast du mir geholfen. Der Herr, sagst du, hilft denen, die stark sind im Glauben.«

Frate Francesco legte seine Hand auf die aufgeschlagene Bibel und sagte leise: »Dann wird er uns helfen, dir und mir und den anderen, Desiderio.«

7

Vater Girolamo Castaciano, im Arbeitskittel, das Haar im Nacken zusammengebunden, klopfte mit harten Schlägen Bronzekörnchen aus der Grobfeile und setzte sich auf den wackligen Schemel. Obwohl die kalte Tramontana in kurzen Abständen heftige Regenschauer gegen die Mauern und die Holzläden peitschte, war es in der Werkstatt stickig und heiß. Die Decke, die dicken Balken und Wandbretter und alle Wände waren dick mit Staub und Ruß bedeckt, ebenso Teile des Steinbodens.

Rauch, Funken und Asche stoben bei jedem Luftstoß aus dem Blasebalg aus der Glut unter dem Schmelzkessel. Wütend riss der Wind an den Kerzenflammen. Die Dammgrube für den Glockenguss war leer. Girolamo hob die Feile ins Licht, nickte zufrieden und wandte sich an Sandro. »Du warst fünf, sechs Mal in Lucca seit diesem schrecklichen Morgen. Du hast mit Barotta geredet, nicht wahr? Wissen sie, wer diese arme Frau war?«

Die weißrote Glut des Schmelzfeuers spiegelte sich in den Augen des Vaters, die fast purpurfarben aufleuchteten. Der Blasebalg fauchte und zischte unter dem Schmelzgut. Schweigend trat Maestro Franchino die Bälge.

»Sie wissen nichts. Oder nur sehr wenig. Michele und die Ärzte haben die Leiche untersucht. Sie sagen, die Frau muss lange durch den Wald und zwischen Büschen hindurch gerannt sein. Sie hatte tausende Risse und Schnitte von Dornen und Gestrüpp.« Sandro saß an der Granitplatte, auf der sich Werkzeuge, Pergamentfetzen und Papierblätter voller Zeichnungen häuften. Lineale, Spachtel, Dreiecke, Storchenschnäbel, Zirkel und andere Utensilien hingen vor ihm an Bronzenägeln. Auf staubigen Tischen standen und lagen Gipsformen oder Teile davon. Das scheinbare Durcheinander in der Werkstatt – die Stapel von Kupfer- und Zinnbarren, Feuerholz und Säcke voller Holzkohle, die Fässer mit Wasser, Ton, Wachs und Talg und die gestapelten Säcke und Holztruhen voller Gips, die mannslangen Eisenwerkzeuge und der scheinbare Schmutz – stellte für die Castacianos und ihre Arbeiter eine wohldurchdachte Ordnung dar. In dieser Umgebung arbeiteten sie und fanden das passende Werkzeug für jeden Handgriff.

Sandro hielt ein Schnitzmesser und einen Holzstab in den Händen. Er zuckte mit den Schultern und kerbte eine schmale Rille in das Ende des Rundstabs. »Sie wurde mit einer Armbrust umgebracht. Am Ende einer Jagd.«

»Was sagst du? Eine Jagd?«

»Denk nach. Zuerst rennt sie in panischer Angst nackt durch den Wald, wahrscheinlich nachts, und dann, kurz bevor sie die Weide hinter dem Wald erreicht, trifft sie der Bolzen. Von einer kleinen Armbrust.« Sandro legte das Messer weg.

»Wer sie verstümmelt hat, wird man wohl niemals erfahren«, sagte der Vater. »Also hat man eine Unbekannte begraben und das Rätsel nicht gelöst.«

»In Firenze und Lucca hat man andere Sorgen«, antwortete Sandro. »Lorenzo der Prächtige ist tot, und sein Nachfolger Piero taugt wenig, sagt man. Es war ein Jahr der Missernten. Alles wird teurer. In Lucca habe ich Nachrichten aus Firenze gehört. Dort predigt dieser Savonarola aus San Marco vom Weltuntergang, vom Schwert Gottes und vom neuen Cyrus. Die serpentinische Krankheit, Morbus Gallicus, befällt Arm und Reich, macht sie verrückt und bringt sie alle um. Die Soldaten Karl des Achten verwüsten das Land, ebenso die Männer des Papstsohns Cesare Borgia. Hungersnot, Krieg, Hinrichtungen – da regt ein Leichnam mehr niemanden auf. Nicht einmal Barotta.«

Vater Girolamo wiegte den Kopf und blies Aschereste vom

Schraubstock. Sandros Blick fiel auf die unfertige Gussform seines langen Bronzerohres – ein länglicher Kasten aus Formsand, von Brettern und Eisenbändern zusammengehalten.

»Und die Fürstin deines Herzens? Ihr trefft euch noch immer?«, fragte sein Vater.

»So oft wie möglich.« Sandro lachte und deutete auf die Schmelzgrube. »Immer dann, wenn ich nachts ausbleibe. Du klopfst auf den Busch, Babo, aber ich sag's dir nicht.«

»Einmal wirst du dich verplappern.« Girolamo drehte die Sanduhr um. »Noch eine Stunde«, sagte er und musterte die würfelartigen Formen, die nebeneinander vor der weißlodernden Feuergrube aufgereiht waren. »Dann kommt die Schmelze in die Formen.«

»Ich bin hier und helfe dir.«

»Hast du Donata von deinen nächtlichen … Ritten erzählt?«

»Kein Wort. Sonst würde sich meine Schwester in Lucca einen Liebhaber suchen.« Sandro lachte.

Girolamo zögerte einen Atemzug lang, dann stimmte er mit ein. Er warf die Feile auf den Tisch und ging zum Schmelzofen, um die Bronze zu begutachten. Mit dem langen Eisenspatel schöpfte er die halb glühende Kruste von der Oberfläche der Schmelze und schlug das Schaufelende neben dem Häufchen schwarzer erkalteter Schlacke auf den Boden.

Sie waren einander ähnlich, sagte sich Sandro, Vater und er. Nicht nur in der Gestalt, sondern auch im Denken und Reden. Der Vater maß dem grausigen Fund allerdings weit weniger Bedeutung zu als er. Ein erschlagener Bauer oder ein überfallener Händler würde niemandem ein Rätsel aufgeben. Aber eine tote Frau, deren Schönheit trotz der Verstümmelungen noch zu erahnen war, müsste die Leute doch eigentlich beschäftigen, und nicht nur Sandro und Michele Barotta? Die Zeiten waren schlimm, aber wann waren sie wirklich friedvoll und angenehm auch für einfache Bürger und Bauern gewesen?

Seit Sandros Mutter vor fünf Jahren an einer Krankheit gestorben war, die kein Arzt kannte, arbeiteten Vater und Sohn eng zusammen. Sandro konnte besser mit Zahlen umgehen, sein Vater war fähig, sich in jedes Metall hineinzudenken, mit dem sie arbeiteten. Er war ein Meister des Bronzegusses kleiner Stücke – denn große Glocken mussten in unmittelbarer Nähe derjenigen Kirchen gegossen werden, für die sie bestimmt waren. Sie scheuten keine Mühe, wollten die Besten sein, ließen sich gut bezahlen und hatten in Maestro Franchino, der drei Jahre älter als Girolamo war, den besten Helfer, den sie sich für ihre Schmiedearbeiten wünschen konnten. Missernten, Regen oder neue Herren – immer gab es Aufträge, und die Castaciano-Ufficina war nicht zu stolz, auch einfache Werkstücke anzufertigen.

Aber da waren drei Dinge, die es zu lösen galt. Vater Girolamo suchte eine Frau, und Schwester Donata, schmalhüftig, großbrüstig und von dunkler Schönheit, suchte einen Gatten, den sie lieben konnte. Und Sandro, bis zur Betäubung glücklich mit Caterina, hasste das Versteckspielen und suchte nach einer Lösung des Problems. Die Schwierigkeiten schienen unüberwindlich.

Sandro trank kaltes Wasser, gähnte und schien die Gegenwart seines Vaters zu vergessen. In der Liebe war, bis auf Totschlag und Giftmord, jedes Mittel recht, aber Caterinas Gatte, Agostino di Bargoni, zweiundsechzig Jahre alt, erfreute sich angemessener Gesundheit und eines gleichmäßigen Stroms goldener Florini, die ihm als Consigliere, Notar und Mitglied des neunzigköpfigen Ältestenrats zuflossen. Indessen glaubte halb Lucca zu wissen, dass er sich vor seiner schönen, jungen Gattin fürchtete. Ihre Jugend und ihre Schönheit ängstigten ihn, nicht etwa, wie böse Stimmen behaupteten, ihre kaltherzige Abwehr oder ihr herrisches Benehmen. Sie versuchte, ihn mit derselben Freundlichkeit zu behandeln wie ihre Amme oder jeden anderen.

Ein merkwürdiger Kauz. Mehr als seltsam. Kaum zu begreifen,

dachte Sandro. Aber wenn er sich betrogen fühlt, wäre das verhängnisvoll.

Bargoni geizte mit dem Salz für die Suppe, und in seinem Haus wurde nur billiger Wein getrunken, Vinello rosso di Brioni. Aber sein Haus, die Möbel und Gemälde an den hellen Wänden, die Teppiche, Gobelins und Gläser, seine und Caterinas Kleidung – nahezu alles war wertvoll und von ausgesuchter Schönheit. Agostino, mit dem rechten Bein hinkend und an den Knauf des vergoldeten Gehstocks geklammert, schob seine Hände in die Mieder und unter die Röcke seiner Dienerinnen. Bisweilen, so erzählte Caterina, ließen sie ihn gewähren; meist rannten sie kichernd davon. Im Consiglio generale vertrat er mit Können, Hingabe und Geistesschärfe das Gesetz und die Richtigkeit der Abrechnungen bis zum letzten Quattrino. Er rührte Caterina kaum an, aber sie war seine einzige Vertraute, wie sie Sandro berichtete. Bargoni, von kalter, abgeklärter Beflissenheit, sagte Caterina, bewundere ihren klugen Verstand und die Leichtigkeit, mit der sie seine Schreiber und das Archiv leite, achte ihr tadelloses Verhalten und habe vor ihr keine Geheimnisse – aber vielleicht verbarg er dennoch dies und jenes unter seinem halb kahlen Schädel mit den schulterlangen weißen Haaren, die dem Kranz seines braunfleckigen Hinterkopfes entsprossen.

Er ahnte nicht, was Caterina trieb, wenn sie sich mit ihrer Freundin Lucinda verabredete, und wenn er etwas ahnte, so schien es ihm gleichgültig zu sein. Seine dunkelbraunen Augen unter den schlohweißen Brauen verrieten nicht, was er dachte. Und über seine schmalen, faltigen Lippen kam kein missbilligendes Wort.

Sandro dachte nicht einmal daran, den Alten zu hassen oder ihm den jähen Tod zu wünschen. Aber was geschah, wenn der hinkende Agostino erfuhr, dass seine madonnenhaft verehrte Gattin sich einem jungen Bronzeschmied hingab und ihn, den Hahnrei, zum Gespött ganz Luccas machte? Das Kichern, die hämischen Bemerkungen und das Gelächter würde man noch in Firenze und Siena hören! Und Caterina war als Ehebrecherin gebrandmarkt.

Der Vater stand auf und winkte. Die Sanduhr war abgelaufen. Zehn Atemzüge lang starrte Girolamo aus gebührender Entfernung in den kesselförmigen Schmelztiegel, griff nach dem Eisenstab, entfernte wieder die Schlacke und rührte das Schmelzgut um. »Farbe. Blasen. Hitze. Alles scheint ... ist ... gut.« Er streifte dicke Handschuhe über und zog langsam die Eisenkelle aus dem Schmelzgut. Das schaufelförmige Ende glühte weiß.

Girolamo prüfte das flüssige Metall. Er rief Maestro Franchino zu, er könne aufhören, die Blasebälge zu treten. Das Fauchen der Bälge riss ab, nur der Libecchio wütete ums Haus. Franchino kam in die Werkstatt und wärmte sich auf. Dann machten sich die Männer daran, durch Lederschürzen, nasse Kopftücher, lederne Beinlinge und Handschuhe geschützt, den Tiegel aus der Glut zu heben. Sandro nahm die Tragziegelschere mit den Handgriffen am Ende und dem Eisenring in der Mitte von den Wandhaken und legte sie flach auf den Boden.

Girolamo wandte sich an Maestro Franchino. »Hilf mir, Franco!«

Franchino packte sein Ende der Handziegelzange, der eisernen Klemmschere. Girolamo nahm das andere Ende und führte das Werkzeug in die Schmelzgrube ein. Die Backen legten sich außen an die glühende Wandung des schweren Tiegels, den die Männer heraushoben und in den Ring des Gießwerkzeugs stellten. Rauch und Asche wirbelten aus der Feuergrube und durch die gemauerte Esse hinaus in den Regen.

Sandro und sein Vater hoben die Ziegelzange mit dem Ring aus Bandeisen an, bis sie am oberen Drittel des Tiegels anlag und das glühende Gefäß dadurch hochgehoben wurde. Sie schleppten die dünnflüssige Bronze fünf Ellen weit bis über die Formen und neigten den Tiegel langsam. Die Bronze rann über den Rand des Tiegels in die rauchenden und funkensprühenden Formen. Giftiger Dampf, der nach Wachs und schmorendem Horn stank, quoll aus den Einfülllöchern in die Höhe und strömte durch die Ufficina. Die Hitze, die von der Bronze ausging, wurde unerträglich. Die Menge war richtig berechnet und füllte sämtliche Formen aus, tropfte hier und da neben die Löcher und verlor unmerklich langsam das weißgoldene Leuchten. Es waren einfache Gussstücke, die mit der Technik der *verlorenen Form* hergestellt wurden – die Form musste nach dem Guss zerstört werden, damit sie die Teile freigab.

Sandro schloss, nachdem sie den leeren Tiegel abgestellt hatten, die Gebläseklappe und öffnete die Tür. Binnen kurzer Zeit sog der Wind Rauch, Dampf, eine Staubwolke und die üblen Gerüche aus der Werkstatt. Der Maestro setzte sich an den Tisch, Girolamo holte aus dem gemauerten Anbau einen Krug und zwei Becher und wartete, bis Sandro den Schurz und die Handschuhe abgestreift hatte. »Es war kein schlechter Winter für uns«, brummte er und füllte die Becher mit kaltem, weißem Montecarlo von einem kleinen Weingut östlich Luccas. Für die Kirche des Ortes hatten sie vor einem halben Jahr eine Glocke gegossen.

Franchino nickte müde. »Trotz allem. Die beiden Glocken, die Riegel für San Romano … so soll es bleiben.«

»Du sagst es, Babo«, antwortete Sandro, hob den Becher Girolamo entgegen und gab Franchino den anderen. In einer halben Stunde könnten sie die Formen zerschlagen, in drei, vier Stunden wären die Gussstücke dann erkaltet. »Vielleicht haben wir Zeit, meine Feldschlange zu gießen. Ich will das Geschütz unbedingt haben. In ein paar Monaten? Aus Firenze habe ich ein paar viel versprechende Zeichnungen mitgebracht.«

»Warum nicht? Kanonen werden immer gebraucht, besonders, wenn sie so gut sind wie unsere.«

Girolamo kannte den Ehrgeiz Sandros, ein kleines Geschütz mit besonders langem Lauf zu gießen, das von hinten geladen wurde und weiter und genauer schoss als alle Feldschlangen, die man bislang kannte. Er hatte Sandro immer wieder bei der Form und den Modellen des Verschlusses geholfen. Sie tranken einander zu, müde und schmutzig, aber zufrieden mit ihrer Arbeit.

Langsam wurde die Glut unter dem Schmelzofen an den Rändern schwarz. Am Morgen, wenn sie die Formen zerschlugen, würden sie sehen, ob der Guss gelungen war.

8

Auf dem Lesepult aus Ebenholz, mit goldenen und elfenbeinernen Intarsien und einer Auflage aus duftendem Leder, lagen zwei aufgeschlagene gebundene Bücher und ein Stapel teils leeres, teils beschriebenes Papier. Ein Tintenfässchen und einige Schreibfedern, Kohlestäbe und ein Behälter mit Streusand lagen und standen in Vertiefungen an der Oberkante des Pults. Desiderio Montfalcone hatte die *Offenbarung*, das Sendschreiben Johannes' an die sieben Gemeinden in der Landschaft Asien, aufgeschlagen und las sich leise den sechzehnten Vers, der an die Gemeinde in Laodikeia gerichtet war, vor. »Weil du aber lau bist, weder heiß noch kalt, will ich dich aus meinem Mund ausspeien.«

Er hob den Kopf und sah hinunter auf die schwarzgrünen Gewächse des Gartens, betrachtete zufrieden die Symmetrie der Anlage sowie das kleine Labyrinth aus Buchsbaumhecken und sagte ebenso leise, aber in schärferem Ton zu sich selbst: »Aber ich bin nicht lau. Ich werde nicht vom Schwert Gottes getötet werden. Ich überlebe alle sieben Plagen.«

Er las einige Zeilen weiter und schlug dann *Das Buch der Prophezeiungen* auf. Leise, berauscht vom Klang und tief berührt von der Bedeutung der Worte wiederholte er: »Wenn das Jahrtausend beginnt, das nach dem Jahrtausend kommt, wird der Mensch mit allem Handel treiben. Jedes Ding wird seinen Preis haben; Baum, Wasser und Tier. Nichts wird mehr wahrlich geschenkt sein, und alles wird verkauft werden.«

Er seufzte. Er kannte fast jede Zeile beider Schriften auswendig und glaubte, sie richtig verstanden zu haben. Statt Jahrtausend las er bewusst: Jahrhundert. Aber es fehlten ihm noch etliche Beweise dafür, dass es so sein würde, wie Johannes es voraussah.

»Doch der Mensch wird dann nicht mehr sein als das Gewicht seines Fleisches. Sein Körper wird feilgeboten werden wie ein Pfund Fleisch. Sein Ohr und sein Herz wird man nehmen. Nichts mehr wird heilig sein, weder sein Leben noch seine Seele. Man wird sich um seine sterbliche Hülle und um sein Blut streiten, als wolle man Aas zerfetzen.«

Zum ersten Mal hatte Desiderio zusammen mit Fra Francesco ein Jahr nach den Morden und dem Brand, also im Jahr des Herrn 1468, in der *Offenbarung* gelesen. Der Weltuntergang schwebte über gläubigen und ungläubigen Menschen, trotz aller kleinlichen Streitereien und der Gerüchte von machtgeilen Königen, lotterlebigen Päpsten und hurenden Kirchenfürsten. Francesco, ein schmalbrüstiges Mönchlein mit großem Herzen und ebenso großem Wissen, vielleicht fünf Jahre älter als Desiderio, erklärte ihm die nur schwer zu erfassende Bedeutung jener Sendschreiben und stärkte ihn im Glauben. Es war, als ob eine Tür geöffnet worden wäre und eine kräftige Stimme sagen würde: »Komm herauf, und ich werde dir zeigen, was dann geschehen muss.« Und damals, zwanzig Jahre alt und von den Geschehnissen und der Erkenntnis eigener Unzulänglichkeit erschüttert, ward ich vom Geist ergriffen, dachte Desiderio.

Jenseits des Weges, der den Park teilte und vor dem Tordurchgang aus gestutzten Zypressen endete, sah er den spitzen Kirchturm. Das Kupferdach und das Kreuz, das aus dieser Entfernung wie eine Dolchspitze aussah, schienen eine Wolke aufzuschlitzen, die sich in einer senkrechten Regenbahn ergoss.

»Wenn es Gott gibt – und wer würde daran zweifeln –, so gibt es auch den Satan«, hatte der Frate gesagt. Seine Worte und fast jede zweite Zeile in der *Offenbarung* waren für Desiderio mehr als ein Trost; sie verhießen friedliche Erlösung von allen Übeln und das Überleben des Fleisches. Also studierte er dreißig Jahre lang – seit dem Tag, an dem sie die kostbaren Codizes aus dem Gewölbe ausgegraben hatten – die *Offenbarung*. Und bald darauf auch die Weissagungen des Joachim von Fiore, genannt Johannes von Jerusalem. Was in der Welt geschah, erfuhr er in Firenze. Als Desiderio begann, die Wirklichkeit mit den Worten des Offenbarungs-Johannes zu vergleichen, traf es ihn wie der Blitz, der Saulus niedergeschmettert hatte: Nachdem Cristofero Colombo die Neue Welt entdeckt hatte, steckten die geilen Geschöpfe jener Insel Hispaniola die Seeleute mit jener Seuche an, die »serpentinisch« oder »Morbus Gallicus« genannt wurde, weil die Matrosen des Colombo die Krankheit an die Söldner des gallischen Königs Karl VIII. weitergaben, der auf dem Weg zur Eroberung Napolis durch Italien zog.

»Dann hörte ich, wie eine laute Stimme aus dem Tempel den Engeln zurief: Geht und gießt die sieben Schalen mit dem Zorn Gottes über die Erde! Da bildete sich ein böses und schlimmes Geschwür an den Menschen, die das Kennzeichen des Tieres trugen und sein Standbild anbeteten.« Satans Werk! Und alle jene Geschöpfe, die ungetauft lebten, waren seine Krieger, seine Truppen. So wie die Engel die Krieger Gottes waren. Jedes Wort der *Offenbarung* traf zu, ebenso die Prophezeiungen Joachims von Fiore. Sie versprachen den wenigen Menschen, die vorbereitet waren, eine zweite Geburt und das Ende der Barbarei. Wenn das Jahrhundert, das nach dem Jahrhundert kommt, zu Ende geht, würden die glücklichen Tage beginnen.

Desiderio legte die Hände auf die offenen Bücher, die Finger weit gespreizt. »Ich bin vorbereitet«, flüsterte er, den Blick über den Garten hinweg in die Ferne gerichtet. »In weniger als drei Jahren endet das alte Jahrhundert. Solange habe ich Zeit – bis zum Heiligen Jahr.«

Es gab viele andere untrügliche Zeichen für den bevorstehenden Weltuntergang: Starke, lang anhaltende Regenfälle überall im Land, Überschwemmungen und Missernten. Tückisch und zunächst unbemerkt breitete sich die serpentinische

Krankheit aus und raffte Männer und Frauen dahin. Fremde Söldner streiften plündernd und mordend von Stadt zu Stadt. Vor vier Jahren war Lorenzo de' Medici, »il Magnifico«, »der Prächtige«, gestorben, nachdem er 1478, nach dem Mord an seinem Bruder Giuliano, an der Familie des Messer Jacopo de' Pazzi, den Albizzis und an zahlreichen Verwandten der Anstifter furchtbare Rache genommen hatte. Als Sechsjährige war auch Cornelia di Albizzi samt ihrer Familie aus Firenze ausgewiesen worden und wuchs bei einer ihrer Tanten auf. Zugleich schufen Macht und Gold unzählige Kirchen und Paläste, Statuen und Bilder, erstaunliche Schriften, Stadtmauern und Kriegsgerät. Jeder gierte nach Macht und Reichtum, düstere Himmelszeichen verbreiteten Schrecken unter den Menschen.

Gleichzeitig versuchten geniale Künstler, die Misere mit prächtigen Bildern erträglicher zu gestalten. Und der kluge Verstand Einzelner brachte zahlreiche Wunder hervor – so versetzte Leonardo da Vinci die Welt in Erstaunen. Auch Desiderio war von dessen Leistungen beeindruckt; er wollte von ihm lernen und seinen eigenen Nutzen daraus ziehen.

Condottiere Cesare Borgia sammelte Söldner und Kriegsgerät und verbündete sich mit Karl VIII. von Frankreich. Menschen wurden geschändet und getötet – viele Menschen, überall. Verschwenderische Feste erregten die Missgunst der Armen. Girolamo Savonarola versprach in seinen Predigten den Florentinern einen »neuen Cyrus« und einen König, der das Schwert Gottes schwinge, und die Züchtigung der Menschen bezüglich Sodomie, Häresie und Sittenlosigkeit. Endzeitstimmung machte sich breit. Das letzte Gottesgericht war nahe.

Schon während der sieben schwierigen Jahre des Wiederaufbaus der Villa hatten Frate Francesco und Desiderio eindrucksvolle Symbole voller Beweiskraft gefunden: Am ersten Tag des Januar Anno Domini 1448, im Zeichen des Steinbocks, war Desiderio geboren, und am gleichen Tag, ein Jahr danach, kam Lorenzo de' Medici zur Welt. Der erste Tag des Jahres 1472 war auch der Geburtstag Cornelia di Albizzis. Sie waren Kinder des Neuen Jahres.

Seit er im Alter von fünfundzwanzig Jahren bis auf Wimpern, Brauen und Haupthaar binnen eines Monats alles Haar an seinem Körper verloren hatte, schien er langsamer zu altern als andere Männer – es mochte sein, dass er vom Verfall weniger gezeichnet war, weil er weder hart arbeiten musste noch darbte und lange ruhte. Aber Gott, Herr aller Dinge, hatte ihm damit abermals ein Zeichen gegeben.

Das erste Zeichen jedoch hatte er gesehen, als er im schwelenden Schutt des Hauses, zwischen dampfenden Bohlen und zerbrochenen Ziegeln die Leichen seiner Eltern betrachtete, halb gelähmt vor kaltem Entsetzen.

Das Gemächt seines Vaters ist groß, mehr als doppelt so groß wie seines. Das Zeugungsglied hat sich aufgerichtet und ragt schrecklich starr und blau geädert zwischen den Schenkeln über dem prallen Hodensack aus dem graubraunen Schamhaar. Desiderios verstörter Blick wandert zur Scheide seiner Mutter. Der Gebärspalt ist länger als der verschlossene Spalt, der sich zwischen seinen Schenkeln befindet, und von schwarzen Löckchen abgesetzt. Er, Desiderio, ist anders als seine Eltern. Sie sind ein Mann und eine Frau, und er besitzt die Merkmale beider. Er ist missgestaltet. Wie ein Faustschlag trifft ihn die Erkenntnis, warum er bisher »Desideria« gerufen wurde! Eine neunzehnjährige Missgeburt! Er steht auf und schlägt die Hände vors Gesicht. Die nächste Erkenntnis kommt ihm wenige Atemzüge später: Aus keinem anderen Grund als seiner Andersartigkeit haben sie ihn als Mädchen erzogen! Blicklos, aber unfähig, den Kopf zu heben, verwirrt bis in die Tiefe seines Herzens, mit feuchten Augen, zitternd, aber in eisiger Starre, dreht er sich um und schwankt. Er hört sich schreien – ein langgezogenes heulendes Kreischen voll Schmerz und Verzweiflung. Aus seinem Körper weicht alle Kraft. Er bricht bewusstlos zu Füßen seines Vaters zusammen.

Hier, in die Bücher auf dem Pult, war die letztgültige, eintausend Jahre alte Wahrheit hineingeschrieben worden. Dreißig Jahre lang hatte sich Desiderio damit beschäftigt, an sich und den Worten gezweifelt. Er hatte fragwürdige Worte, Redewendungen und Zeichen beseitigt, hatte geglaubt und an sich, seinem Glauben und den Symbolen abermals gezweifelt. Nunmehr, nach drei Jahrzehnten geistiger Qualen, war er von der endgültigen Wahrheit überzeugt. Ihr ordnete er fortan sein ganzes Leben unter. Zusammen mit Lorenzo und seiner Gefährtin Cornelia zählte er zu den Auserwählten.

Wenn die Jahre vollendet sind, wird der Satan aus seinem Gefängnis freigelassen werden, las Desiderio, und er wird ausziehen, um die Völker an den vier Ecken der Erde, den Gog und den Magog, zu verführen und sie zusammenzuholen für den Kampf.

9

Ob es die Entdeckung jener indischen Inseln war, an deren Stränden Colombo seine Anker geworfen hatte, ob seine Seeleute die Krankheit mitgeschleppt und die Söldner Karls VIII. den Morbus Gallicus auf dem Kriegsweg unters Volk gebracht hatten oder ob Savonarola seinen Zuhörern den Schrecken der Erkenntnis ins Herz senkte, nämlich dass der Satan die Christenheit mit einer neuen List zu verderben suchte – all das waren Schritte auf dem Weg zur Apokalypse. Die Neue Welt mit einer Vielzahl unbekannter Bewohner war nicht Teil der Schöpfung. Gab es Gott – und wer zweifelte daran? –, so standen auch Satan und seine Heere bereit. Selbst die Teilung der Neuen Welt zwischen Lusitanien und Spanien durch Papst Alexander würde nicht verhindern, dass Gott große Drangsal würde hereinbrechen lassen. Desiderio fand nicht einen Grund, daran zu zweifeln. Er war auf dem richtigen Weg zur Rettung.

Er blickte über die Terrasse und sah an der Grenze des Gartens zwei Söldner patrouillieren. Seit der Zerstörung der Villa waren er, die Dienerschaft und die ausgedehnten Ländereien nicht wieder angegriffen worden. Auch Lucca, deren Ratsversammlung Consiglio generale zusammen mit dem Magistrato dei secretarie, dem »geheimen Magistrat«, zwischen dem Machtanspruch Firenzes und der Gegnerschaft Sienas klug und kampflos verhandelten, hatte – mit Ausnahmen – gute Jahrzehnte erlebt. Das Leben in der Palazzina Montfalcone war so sicher, wie es das Schicksal erlaubte, aber nichts und niemand vermochte die Zeit aufzuhalten. Der Tod kam unerwartet für die Menschheit.

Für diejenigen, die bis zum richtigen Tag ausharrten und sich vorbereiteten, würden der neue Himmel und die neue Erde vorbereitet werden. Aber die Feiglinge und Treulosen, die Befleckten, die Mörder und Unzüchtigen, Zauberer, Götzendiener und alle Lügner – ihr Los würde der See brennenden Schwefels sein. Er, Desiderio, würde zu Füßen des siebenten Engels stehen, denn die Zeit war nahe, und sein Name würde im Buch des Lebens verzeichnet sein.

Desiderio klappte vorsichtig den Codex zu und ging von der Empore des Saales hinunter ins Erdgeschoss. Die erste schwere Tür aus eisenbeschlagenen Bohlen schloss sich hinter ihm. Verborgene Riegel rasteten dumpf klirrend ein. Nur Desiderio konnte – und auch nur von außen – die Tür wieder öffnen.

Ein schmiedeeiserner Laufgang – eine Art Pergola, mit ölgetränktem Holz gedeckt und von Ranken überwuchert –, der von den Castacianos aus Arliano gefertigt worden war, führte zum Aufgang in die Werkstatt, und eine Treppe aus ebenso breiten Granitstufen in die Gewölbe darunter. Jeder Schritt Montfalcones war wohlüberlegt. Er öffnete mit einem handgroßen Schlüssel die Tür des Laufgangs, verschloss sie wieder und ging in die Gewölbe hinunter.

Wieder eine schwere, drei Ellen breite Tür in bronzenen Angeln und mit eisernem Doppelriegel. Das Fensterchen neben dem gemauerten Rahmen der Tür war durch ein dickes Gitter geschützt. Desiderio entsperrte das Schloss, schob breite, gefettete Riegel zurück und spannte die verborgenen Schnappriegel. Hinter ihm schloss sich lautlos die Tür; er stand in fast vollkommener Schwärze. Er griff nach rechts. Seine Finger legten sich um eine Kerze, die auf einem steinernen Sockel stand. Sieben Schritte waren es bis zur Feuerstelle, in deren Asche und Kohleresten noch ein Glutkern glomm. Desiderio fand ohne Mühe eine kleine Schaufel, räumte die Asche zur Seite und entzündete die Kerze an der Glut.

In der Stille zwischen den dicken Mauern war in einem der

Balken das Nagen eines Holzwurms zu vernehmen. Als Desiderios Augen sich an das Halbdunkel gewöhnt hatten, entzündete er in einem Rundgang weitere Kerzen. Es mochten zwei Dutzend sein, deren Flammen vor metallenen Spiegeln brannten und die Werkstatt ausleuchteten.

Desiderios Blick glitt über die Werkstücke, die entlang der Bruchsteinwände in drei Reihen in Holzregalen standen. Modelle von Invenzionen – Erfindungen –, von Werkzeichnungen oder rasch hingeworfenen Skizzen; das zeichnerische Entstehen fast eines jeden Kunstwerks hatte er in Firenze miterlebt.

»Wo bist du heute, Maestro Leonardo? Was erfindest du in Milano, bei Ludovico ›il Moro‹«, flüsterte Desiderio. »Ich würde für deine Hilfe ein Vermögen ausgeben.«

Vor fünfzehn Jahren, Anno Domini 1481, kurz bevor Leonardo da Vinci Firenze verlassen hatte, war Desiderio nach seiner zweiten »Lehrzeit« aus der Stadt am Arno in die Palazzina zurückgekehrt, im Gepäck viele Dutzend Skizzen des Meisters und unzählige seiner Erklärungen und Mahnungen im Gedächtnis. Nach Entwürfen Leonardos waren Teile der Nebenhäuser und die Bilder an den Wänden und Decken des Haupthauses entstanden. Wozu Leonardo die Geduld fehlte, hatte Desiderio nachgebaut. Viele Teile – Räder, Achsen, fein ausgesägte Hebel, Schrauben, Zahnräder und gezähnte Scheiben – stammten von bezahlten, ausgesuchten Handwerkern. Aus Holz und dünnem Eisen, aus Kordeln und Rädern, Gestängen und metallenen Gelenken hatte Desiderio farbige Modelle verschiedener Art errichtet: mit Kurbeln und Hebeln betriebene Tympanons, runde Trommeln, Handorgeln und Blasebälge, verschiedene Skorpione, Schleudern, die wie Armbrüste betätigt wurden, Schlösser und Sperrklinken, die niemand außer ihm wieder zurückstellen konnte, handspannengroße Mühlenräder, die ihre Kraft über Walzen und Seile übertrugen, Schneckengewinde und Seilzüge, die wiederum viele Teile von Modellen bewegten. Die Fertigkeiten und die Kenntnis der Werkzeuge hatte er in Firenze erworben.

Desiderio brachte einige Kerzen zum Arbeitstisch, auf dem das unfertige Modell eines Homunculus auf einem Tonsockel stand – eine ellenhohe Figur, teilweise in Gips modelliert, deren Gliedmaßen durch Gelenke aus Holz und feuchtem Ton beweglich waren. Ein Flügel, der rechte, kaum handgroß, aus Holz und Leder und mit Gelenken, lag daneben. Mit Harz waren Dutzende kleiner und großer Federn auf die bewegliche Schwinge geklebt; sie ähnelte derjenigen eines Engels, wie von Leonardo oder Botticelli gemalt.

Desiderio legte seine Werkzeuge zurecht und begann zu arbeiten. In einfachen Rahmen drehten sich Räder, hoben und senkten sich Stäbe, spulten sich Schnüre auf, die an großen Teilen kleine Teile bewegten, und von einer Achse wurde über einen Exzenter, der die drehende in eine schiebende Bewegung verwandelte, ein kleiner Blasebalg betätigt. Luft fauchte und pfiff, kaum hörbar, durch eine stummelige Flöte und in Rohre aus Pappe, die Fanfaren ähnelten. Eine Walze, von Zahnrädern gedreht, war rundum mit Holzpflöcken bestückt. Als sie sich drehte, kippte jedes Hölzchen einen Hebel, der in die Luft ragte, aber wieder zurückklappte, wenn sich die Walze langsam weitergedreht hatte. Ein starker Drang, die Dinge nach seinen Vorstellungen zu ordnen, erfüllte Desiderio.

Vor dem Tisch ragte eine gekalkte Holzplatte in die Höhe, auf die vier große Zeichnungen Leonardos geheftet waren: Sie ließen Teile eines schemenhaften Körpers erkennen, in dem drehbare, kippende und schwenkende Stäbe, Zahnräder, Schneckenräder, Klappen und andere mechanische Vorrichtungen zu sehen waren. Zusammengefügt bildeten diese Zeichnungen – und ein Dutzend kleinerer von Desiderio – den Körper eines Engels, der eine Schale in der linken und ein Schwert in der rechten Hand hielt.

Rastlos und meist schweigend arbeitete Desiderio, schnitzte, sägte, klebte und summte Melodien, die er in Firenze und Lucca gehört hatte. Seine Finger waren schnell und geschickt, er kannte das Material und machte kaum Fehler. Seit er das Buch geschlossen hatte, erfüllte ihn eine schöpferische Fantasie, eine Spannung, die jede seiner Handlungen mitbestimmte, ihn sicherer und schneller machte. Und hellsichtiger. Im Kleinen erprobte er, was er im Großen erschaffen würde. Aus hundert keineswegs simplen Teilen, von denen sich jedes seiner Bestimmung gemäß bewegte, würde er ein einzigartiges, riesengroßes Geschöpf errichten – zu dessen Füßen er stehen und das ihn und Cornelia retten würde.

Erst im Morgengrauen, mit tränenden Augen, halbwegs begeistert von seinen kleinen Erfolgen und trotz der Erschöpfung seines Körpers, der Leere seines Verstandes, verließ er die Werkstatt und verschloss mit gewohnter Sorgfalt alle Türen hinter sich. Chiara und Domenica – er hatte sie auf Cornelias Bitte vor dem Schicksal des Waisenhauses bewahrt – säuberten im ersten Sonnenlicht die Wege und halfen Piero, dem Gärtner, das Spalierobst zu beschneiden. Desiderio lehnte sich ans Gitterwerk der Pergola und betrachtete schweigend, wie geschickt die schönen jungen Frauen arbeiteten.

Noch immer verwunderte ihn, ebenso wie Mamma Lucia und Hofmeister Bernardo, dass die junge Magd Maddalena die Behaglichkeit der Palazzina Montfalcone plötzlich verlassen hatte. Niemand hatte sie seither gesehen. Er gähnte. Tränen der Müdigkeit traten in seine Augen. Langsam ging er ins Schlafzimmer und zog sich aus. Er schob die Vorhänge der Terrassentür auseinander. Kaum hatte er sich ausgestreckt und die Decke hochgezogen, schlief er im hellen Licht des Morgens ein.

Desiderio schlief allein, allein mit seinen Träumen, im Schutz der Mauern, Türen und Schlösser seines Besitzes. Dass die Palazzina eine Insel des Friedens in einer kriegerischen Welt war, in der Päpste, Könige, Städte, Familien und gewissenlose Condottieri um Macht und Gold fochten, zählte zu den Verdiensten Desiderios, Frate Francescos und Bernardo di Strozzis, dem Hofmeister und Leibdiener, den Desiderio in Firenze kennengelernt hatte und der seitdem sein Freund war und ihn beriet. Desiderio und Bernardo hatten das Vermögen von Desiderios Vater klug vermehrt. Jeden Handelsmann, dessen Name sich in den Bankbüchern fand, suchte Desiderio in Firenze selbst auf und trieb Schulden ein, knüpfte neue Verbindungen und beschränkte sich auf besonders kostbare Güter: Seide aus Lucca, edle Gewänder, seltene Steine und Alaun, das zur Wollveredelung gebraucht wurde und dessen Monopol Genova zugleich mit dem griechischen Hafen Phokäa verloren hatte. Mit dem Alaun-Handel hatten Desiderios Vater und dessen Vater einen großen Teil ihres beträchtlichen Vermögens gemacht.

Seit nunmehr elf Jahren schützten fünf Söldner, hoch bezahlte und kampferprobte junge Männer, die Villa und deren Abhängige. Desiderio war sich ihrer Zuverlässigkeit sicher, bis zum heutigen Tag. Doracello, ihr Anführer, hatte ihn auf dem Ponte Vecchio davor bewahrt, vergewaltigt zu werden. Sommers wie winters bewachten sie mit Argusaugen, beritten und mit scharfen Waffen, das Haupthaus, den Garten, die Mühle, die Olivenpresse und Nebengebäude, Waldränder und die Felder der Bauern. Selbst Michele Barotta, Hauptmann der Stadtwache Luccas, misstraute der Leibwache Desiderios nicht mehr.

Das Gefühl, diesen Männern stets vertrauen zu können, beruhigte Desiderio, und daher konnte er ruhig schlafen, so lange, wie er wollte. Der Herbst und der Winter, die kurzen Tage bis zur Sommersonnenwende, waren förderlich für Desiderios Vorbereitungen.

Er wachte am Nachmittag auf; kein Albtraum hatte ihn aus dem Schlaf gerissen.

10

Das Christfest und der Jahresbeginn schienen vergessen. In anderen Teilen des Landes war im vergangenen Jahr das Korn auf den Halmen verfault. Lucca und die östliche Umgebung, bis nach Serravalle, waren glimpflich davongekommen. Die Weinernte war zufriedenstellend ausgefallen, jedoch war die Qualität der Trauben gering gewesen. Nass und erdbraun, noch ohne Laub, zogen sich die Reihen der Rebstöcke die Hänge hinauf und hinunter. Zwei alte Pinien und ein Halbkreis Zypressen, zwischen denen sich die Hütte versteckte, troffen im Regen der Märznacht. Aus dem halb zerfallenen Kamin kroch dünner Rauch. Es gab nur ein Fensterchen und eine Tür; beide waren mit Tüchern verhängt, durch die kein Lichtstrahl drang.

Caterina di Bargoni richtete sich auf, strich einige Falten der Laken glatt und füllte die Gläser mit vermischtem Wein. »Eines Tages«, sie runzelte die Stirn und reichte Sandro ein Glas, »vielmehr in einer dieser Nächte wird uns Agostino ertappen. Ich falle in Schande. Es geht schon zu lange gut, Sandro.«

Er nickte und zog die Decke über seine Knie. »Darüber habe ich oft nachgedacht, Amore«, antwortete er leise und ließ den Blick auf ihr ruhen. »Der alte Agostino mit dem Degen in seinem Gehstock. Aber wo können wir uns treffen, wenn nicht hier?«

Caterina zuckte mit den Schultern. Über ihren Gatten und ihre Beziehung redete sie wenig, trotz seiner Fragen. Gab es da ein Geheimnis?

Bevor Sandro in die Weinberge und zur Hütte geritten war, die den Beccafumis gehörten, der Familie von Caterinas Freundin Lucinda, hatte er nachgedacht: Heute Nacht trafen sie sich das fünfundzwanzigste Mal. Es hieße, das Schicksal herauszufordern und das Glück zu beenden, wenn sie sich weiterhin dieser Hütte bedienten, auch wenn diese sich bisher als sicheres Liebesnest erwiesen hatte, drei Meilen von Luccas Stadtrand entfernt. Es schien, als wüssten nur vier Personen davon: das Liebespaar, die alte Amme und Lucinda. Schon der Nächste, der von ihnen erfuhr oder sie zusammen sah, konnte das Unglück heraufbeschwören. Nein, auslösen. Heraufbeschworen hatten sie es selbst.

»Ich kenne kein anderes Versteck«, sagte er und ließ seine Hand sanft über ihre Hüfte gleiten. »Nicht in Lucca, und erst recht nicht in Arliano.«

»Madonna santissima«, sagte sie und schob mit gespreizten Fingern ihr Haar über den Nacken zurück. »Lucindas Bruder hat ein Podere, einen kleinen Bauernhof, irgendwo im Norden. Ich war nur einmal dort.«

»Ein einsamer Bauernhof, ohne Bauern?«

Caterina streckte sich wieder neben Sandro aus und kitzelte mit den Zehen seine Wade. Sie zuckte mit der linken Schulter, ihre Brust hob und senkte sich. Lächelnd antwortete sie: »Ja, auf dem Bauernhof leben Leute. Ich rede mit Lucinda. Vielleicht kennt sie ein anderes Versteck. Agostino kommt erst übermorgen aus Siena zurück. Oder gar einen Tag später, wenn es zu schlimm regnet.«

Im Kamin, dessen Granitummauerung noch immer trockene Hitze verströmte, schwelten Teile herausgerissener Rebstöcke. Ein schwacher Luftzug ließ die Kerzenflammen flackern. Die Wärme in dem winzigen Raum vermischte sich mit dem Geruch feuchter Erde und sauren Tresters. Caterina blickte Sandro aus ihren graugrünen Augen unverwandt an. Ihr Gesicht lag halb im Schatten.

»Aber wir können nicht zwei Tage lang hierbleiben«, gab Sandro zu bedenken. »Es fällt in Lucca auf, wenn du nicht rechtzeitig zu Hause bist.«

»Im Morgengrauen reiten wir zurück. Wie immer, Liebster.«

Er nickte und schob seinen Arm unter ihren Rücken. Sie streckte sich schweigend auf ihm aus und schob ihr Knie zwischen seine Schenkel. Zwei Mal hatten sie sich geliebt, jetzt erholten sie sich, nippten am Wein und dachten über ihre Zusammenkünfte in den nächsten Wochen und Monaten nach.

Nach einer Weile zuckte Sandro mit den Schultern und sagte: »Im Sommer könnten wir uns irgendwo im Wald treffen.«

»Bis zum Sommer ist es noch eine Weile hin.«

Unausgesprochen blieb die Frage, wie es überhaupt weitergehen sollte. Agostino di Bargoni konnte noch Jahre und Jahrzehnte trotz leidlich guter Gesundheit leben. Doch Sandro und Caterina dachten nicht im Entferntesten daran, dass ihre Liebe eines Tages welken konnte wie Laub und Blüten. Sandro streichelte Caterinas Brust und hob plötzlich den Kopf. »Ich weiß es«, stieß er leise hervor. »Ich habe die Lösung.«

»Ein Zimmer im Gasthof?«, sagte sie mit leisem Spott. »Das Haus eines deiner Freunde? In der Ufficina?«

Er schüttelte den Kopf. »Ich bringe meinen Vater dazu, in Lucca ein Haus oder einige Räume für ein Geschäft zu mieten«, sagte er hastig. »Wir haben genug Bronze und Eisenzeug, das uns die Stadtleute abkaufen können. Und ich richte mir eine Wohnung ein, in die niemand hineinsehen kann.«

»Wo wir ungestört sind, wenn ich nachts, bis zu den Augen vermummt, durch die Gassen rennen muss?« Sie lächelte ungläubig.

»So ähnlich.« Er lachte laut auf. »Ich werde Messer Consigliere di Bargoni fragen, ob er unserer Ufficina ein günstiges Angebot machen kann.«

Ihr leises Lachen verwandelte sich in ein wollüstiges Gurren, als sich unter Sandros Fingern ihre Brustspitzen aufrichteten. »Untersteh dich, Amore! Das bedeutet, das Geschick herauszufordern!«

Er fasste in ihr Haar und drehte ihren Kopf, um sie leichter küssen zu können. Ein flüchtiger Gedanke ging ihm durch den Kopf: Seltsam, dass seine Finger, seine Hände, die schwerste Arbeit gewohnt waren, plötzlich federleicht wurden und dass er mühelos ertastete, wenn sich die Härchen in Caterinas Nacken und auf ihren Armen aufrichteten und die Haut rau und körnig wurde. Keinen Herzschlag lang dachte er daran, dass sie vor aller Welt und vor Gott Ehebrecher waren. Mühsam brachte er zwischen innigen Küssen, die ihn atemlos machten, einige Worte hervor:

»Wir fordern das Schicksal schon viel zu lange heraus, meine Schönste.«

»Unterschätz uns Frauen nicht«, antwortete sie und rieb ihre Brüste auf seinen Schenkeln. »Ich schütze uns davor, dass wir leichtsinnig werden.«

Sie klammerten sich aneinander, lösten sich wieder, küssten sich und merkten in ihrer Erregtheit nicht, dass einige Kerzendochte aufflammend im Wachs ertranken und ein leeres Glas umkippte und zerbrach.

Es regnete nicht mehr. Schwefelgelbes Licht, ohne einen Sonnenstrahl, ließ die Häuser, Pinien und Zypressen auf den toskanischen Hügeln wie Schatten erscheinen.

Als Sandro Caterina im Morgengrauen in den Sattel half, schlug sie den Mantel zurück, beugte sich, die Zügel in der Linken, zu ihm herunter und sagte: »Ich weiß, dass Agostino in der dritten Woche im März nach Firenze reitet. Für ein paar Tage. Dann treffen wir uns wieder hier – zum letzten Mal, Alessandro.«

Er nickte langsam, hielt ihr Pferd am Kopfgeschirr und küsste ihr Handgelenk über dem Saum des Handschuhs. »Ich werde in der Stadt sein und sehen, ob der Teppich aus dem Fenster hängt. So, wie wir es verabredet haben, wenn Agostino nicht in Lucca ist.«

Er hob die Hand und sah ihr nach, wie sie auf dem sandigen

Weg zwischen den schier endlosen Reihen kahler Rebstöcke auf ihrem Pferd aus seinem Blickfeld trabte.

Wenig später beseitigte Sandro in der Hütte eilig alle Spuren. Dann schob er den Riegel vor, blickte sich im kalten Morgenlicht um und saß auf. Der Braune schnaubte unwillig und riss den Kopf hoch. Aus einem unerklärlichen Grund war sich Sandro sicher, auf seinem Ritt weder Krähenschwärme noch eine verstümmelte Leiche zu sehen. Monatelang hatte er nicht mehr an seinen schrecklichen Fund gedacht.

11

Ungefähr in der sechsten Tagesstunde begann sich die Sonne inmitten weit auseinandergezogener Wolkenstreifen rot zu färben und sank dem Horizont entgegen. Man schrieb den Abend des zehnten Juni. Eine halbe Stunde danach, als noch immer ein stumpfes Blutrot die Landschaft übergoss, verformte sich das glühende Gestirn und verlor die Kreisform. Ein rotes Ei, ein missgestalteter Kreis, ein lodernes Symbol senkte sich auf das spitze, tiefschwarze Dreieck des Turms. Augenblicklich verloren Sonne und Turmspitze ihre gewohnte Bedeutung.

»Das ist das Zeichen!«, sagte der Jäger.

Die Dolchspitze bohrte sich in die blutgefüllte Kugel. Das schwarze Zeugungsglied durchstieß den Schoß der Jungfrau. Der Stahl stach eine tödliche Wunde. Das unreine Messer schlitzte das Vollkommene, bisher Gehütete. Der Schlangenzahn biss in den Apfel. Nur an zwei Abenden im Jahr offenbarte der Himmel die Schändung. Der Jäger hatte den Tag errechnet und auf das Zeichen gewartet. Am Horizont, in der siebenten Stunde, erschien das Bild für eine Weile in den Farben Rot und Schwarz. Ein Funke sprang von diesem himmlischen Symbol ins Werg erwartungsvoller Unruhe, das aufflammte und das Jagdfieber entfachte. Das Menetekel war erschienen, das Omen entfaltete seine Gesetzmäßigkeit. Um Mitternacht begann die Jagd; die Beute war vorbereitet. Der Jäger hatte sich seit sieben Tagen zum Aufbruch gerüstet.

»Die rituelle Jagd wird beginnen und zu Ende gebracht werden.«

Das Wild, eine junge Frau, geboren im Zeichen des Steinbocks, des Tieres der Schrift, hatte sich als würdig gezeigt. War sie schneller und fintenreicher als der Jäger, überlebte sie. Erkannte sie den Ritus der Jagd nicht, endete sie als Beute. Sie hatte geschlafen, gegessen und getrunken; sie war ausgeruht. Die Bedeutung der Beute und der Trophäe war vorgegeben – sie entsprach der düsteren Sonne, so wie der Jäger dem spitzen Stahl entsprach.

Der Jäger selbst hatte die Frau in die warme Finsternis gebracht, sodass ihre Augen sich an das Dunkel der Jagd lange genug hatten gewöhnen können.

Die Frau war hüllenlos und ohne Makel – wenn es denn solche menschlichen Körper gab –, sodass die Schönheit ihres Körpers offen vor den Augen des Jägers lag. Kleidung gehörte nicht zum Ritus, ebenso wenig wie die Haare der Achseln, der Scham und der Beine. Die Fesseln waren weich, aber unzerreißbar. So lag sie, nur mäßig angebunden, auf dem hölzernen Sockel, über dem sich Decken und Laken ausbreiteten. Weihevolle Stille herrschte in dem Gewölbe, das von wenigen Kerzen beleuchtet wurde.

Vor drei Tagen hatte der Jäger der Frau einen Trank eingeflößt. Die Flüssigkeit nährte, beruhigte, sättigte, nahm die Furcht und hemmte die Beweglichkeit; der Trunk machte die Glieder gefügig und würde im entscheidenden Zeitraum der Beute ungewohnte Kräfte verleihen.

Zuerst hatte der Jäger, der im Gewölbe stets eine Maske trug, die Frau mit dem künstlichen Phallus entjungfert und sie, die sich nicht wehrte, zu einem halben Dutzend leidenschaftlicher Scheitelpunkte gebracht. Seine Finger ertasteten die magischen Stellen ihres Körpers und reizten sie, so wie es ihn einst die Meisterinnen gelehrt hatten. Die Lustschreie der Hellhaarigen, halb Kreischen, halb Wimmern aus tiefster Kehle, waren im Halbdunkel des Gewölbes verhallt. Jeder Muskel ihres Körpers hatte sich gespannt, jede Sehne war scharf hervorgetreten; viel Kraft und Ausdauer schlummerten in den langen Beinen und versprachen dem Jäger eine Jagd, die ebenso lustvoll sein würde wie das Erlebnis der Frau.

»So wird es immer sein, wenn du dem Fänger entkommst«, versprach der Jäger und wusch seine Hände. Der erkaltende Schweiß der Frau mischte sich mit dem Geruch des Balsams, mit dem er sie eingerieben hatte. Sie lächelte – ein Lächeln, das sich von den Augen und dem Mund in den Körper zurückzog und ihn durchströmte wie kochendes Blut. Seit der Stunde, während Sonnenglut und Waffenspitze ihre Macht ausgestrahlt hatten, dachte und handelte der Jäger unter einem inneren Zwang, der ihn vor Erregung zittern und frösteln und schwitzen ließ. Ein dräuender Zwang, eine einzigartige Vorfreude auf jeden Handgriff und jeden Schritt und auf das unausweichliche Ende, das mit der Trophäe gekrönt wurde.

Für eine Weile verließ der Jäger das Gewölbe. Das schwarze Pferd wartete gesattelt, die Jagdwaffen, das Zaumzeug, den Sattel und die Kleidung hatte er ebenso vorbereitet wie alles andere. Selbst die Nacht half ihm. Der Mond, im zunehmenden Zweidrittel, schien durch kleine Wolkenfetzen zu treiben. In gleichem Maß, wie die Stunden vergingen, hatten sich die Empfindungen des Mannes geändert. Die junge Frau hatte ihren Platz unter den Menschen verlassen und war zu einem namenlosen Waldwesen geworden. Wie jene Iphigenie des Ovid, die der Gott in eine Hindin verwandelt hatte.

»Geduld!«, mahnte sich der Jäger. Er trug dunkle Kleidung, schwarze Stiefel und die Maske aus dünnem Leder, die Augen, Mund und Nase freiließ. Schwarze Lederhandschuhe steckten im Gürtel. »Noch drei Stunden.«

Er wartete geduldig. Dann löste er die Schleifen der Tuchfesseln, schob die Schuhe über die Füße der Frau und zog die Bänder über die Knöchel. Mit großer Sorgfalt knüpfte er beide Knoten. Die Beute hatte geschlafen und richtete sich zögernd auf, als der Jäger die Armgelenke losband und ihr einen großen Becher hinhielt.

»Trink. Bald wirst du frei sein.« Die Maske verzerrte seine Stimme. Die Frau nahm den Becher. Ihre Finger zitterten nicht. Sie blickte an sich hinunter, als die Wirkung des warmen Weintrunks einsetzte, aber sie erschrak nicht über die Schuhe, die ihre Nacktheit betonten. Der Jäger fasste sie am Oberarm, half ihr auf den Boden und stützte sie, als sie durch das Gewölbe zum Tor gingen. Sie trug den Becher in beiden Händen. Mit jedem Schritt wurde sie sicherer. Der Jäger schob die eisenbeschlagene Pforte auf. Rost rieselte von den Riegeln, und kalte Nachtluft drang in das Gewölbe. Die Frau begann leicht zu zittern. Nach etwa fünfundzwanzig Schritten blieben sie auf einer Lichtung stehen, zwei Gestalten im bleichen Mondlicht. In der Nachtluft dünstete der Frauenkörper den Geruch aufkeimender Furcht, kalten Schweißes, des Balsams und des Trunks aus.

»Lauf so schnell du kannst. In zwei Stunden kannst du den Waldrand erreichen. Du musst dorthin rennen, wo der Mond steht. Hast du verstanden?«

Die Frau nickte und trank den Becher leer. Der Jäger nahm ihn ihr ab und fuhr eindringlich fort: »Der Tod lauert im Wald. Bist du nicht schnell genug, stirbst du. Wenn du im Morgengrauen lebst, werde ich dich finden. Finde ich dich, wird dein Leben aus immer währender Lust und Leidenschaft bestehen. Hast du verstanden?«

Sie starrte in den Mond, blickte zum Waldboden und suchte die Augen des Jägers, dann flüsterte sie: »Ich habe verstanden.«

»Lauf. Schnell und leise. Auf geradem Weg dorthin.« Sein Arm deutete in die Richtung des grauweißen Gestirns. Die Frau zögerte, dann holte sie tief Luft und machte einige Schritte, besann sich und lief auf das Gebüsch zu. Mit jedem weiteren Schritt wurde sie schneller. Unter ihren Sohlen raschelte Laub und knackten dürre Äste.

Der Jäger wartete, bis die Geräusche fast nicht mehr zu hören waren. Er ging zurück ins Gewölbe, schloss die Pforte und löschte die Kerzen bis auf eine, die er brauchte, um sich in einem gewundenen Gang zurechtzufinden. Er hatte keine Eile; die Philosophie der Jagd verbot Hast und Heißblütigkeit.

Der Rappe setzte Huf vor Huf und ging ruhig. Unter den Eisen raschelten feuchte Piniennadeln. Der Jäger lenkte das Pferd vom Gebüsch weg zwischen die Stämme. Im Dunkel des Waldes lagen schmale Bahnen silbrigkalten Lichts, und der Wind vom Meer trug dem Jäger den Geruch der Beute zu. Er lehnte sich im Sattel zurück, spannte beide Armbrüste und legte die Bolzen ein. Das Schnappen der Haken, von denen die Sehnen gehalten wurden, ging im Rauschen der Kastanienwipfel unter. Wieder durchquerte der Jäger einen Streifen Mondlicht. Er hielt das Pferd an. Von rechts, sehr leise, hörte er die Frau. Zwischenzeitlich hielt sie immer wieder inne. Fledermäuse zuckten zwischen den Ästen. Der Jäger folgte dem fernen Knistern und Rascheln und hielt die Zügel locker. Das Tier suchte sich ruhig seinen Weg zwischen den Wurzeln und Stämmen. Als der Jäger nach einiger Zeit wieder den Geruch des Balsams wahrnahm, wusste er, dass er den Weg der Beute kreuzte, und lenkte das Pferd nach links.

Er folgte der Spur aus schwachem Geruch und undeutlichen Geräuschen. Als er zwischen den Kastanienstämmen nichts mehr hörte, drückte er dem Pferd die Sporen in die Seiten. Der Rappe begann zu traben, und jetzt hörte die flüchtende Beute wahrscheinlich hinter sich den dumpfen Hufschlag. Als der Jäger das nächste Mal anhielt, waren die Schritte schneller geworden, und er war sicher, das stoßweise Keuchen hören zu können. Der erregende Teil der Jagd begann. Das Pferd fiel in Galopp. Jede Einzelheit des Rituals war dem Prinzip unterworfen. Je näher der Jäger dem Wild kam, desto schneller hastete die Frau durch den Wald. Sie strauchelte, fing sich wieder, schrie vor Schmerz, stolperte und fiel. Der Jäger zügelte sein Pferd und ließ ihr Zeit, auf die Füße zu kommen und weiterzurennen. Der Mond war im flachen Bogen gewandert und leuchtete durch die Stämme, die sein Licht zerteilten. Zwei Mal sah der Jäger die helle Gestalt vor den Stämmen und als Schattenriss gegen das Mondlicht. Er trabte weiter und zog die kleinere Armbrust aus dem Futteral am Sattel.

Länger als eine halbe Stunde trabte der Rappe hügelan hinter der Beute her. Hinter dem Kastanienwald wellten sich Weinberge. Die Beute war schnell und ausdauernd, und beharrlich folgte ihr der Jäger. Ein Käuzchen schrie, irgendwo im Gebüsch wühlten Wildschweine im Boden. Das Keuchen der Frau war jetzt einen Armbrustschuss weit entfernt. Eine Viertelstunde lang gelang es dem Jäger, die Beute nicht aus den Augen zu verlieren. Der Mond verschwand innerhalb weniger Atemzüge hinter dem Hügel. Als die Beute im Zickzack zwischen den Stämmen aufwärts hastete, spornte der Jäger den Rappen zum Galopp.

Die Frau erreichte die letzten, kleinwüchsigen Kastanien und rannte taumelnd zwischen ihnen auf den Weinberg zu. Das erste morgendliche Grau hatte die Sterne ausgelöscht. Als die Frau sich durchs Buschwerk warf, war der Jäger nur noch gut hundert Ellen hinter ihr. Sie stolperte ins Freie und rannte auf die erste Reihe der Weinstöcke zu. Sie hastete stolpernd weiter, durch die zweite, dritte, vierte Reihe, bis sie ein Zaun aus altem Flechtwerk aufhielt. Fünf Galoppsprünge brachten den Jäger durch das Gebüsch und die Farnwedel. Der Arm mit der Waffe hob und senkte sich im Takt des Pferderückens, aber die Laufrinne und das Geschoss deuteten auf den Oberkörper der Frau. Als sie sich an einem Pfahl festhielt, um nach rechts auszuweichen oder über den Zaun zu springen, drückte der Jäger die Abzugsstange.

Der Bolzen surrte durch die Luft und durchschlug die Schulter der Frau. Einen Atemzug danach stieß sie einen gellenden Schrei aus und drehte sich um. Sie breitete die Arme aus, als wolle sie andeuten, dass sie das freie Feld erreicht hatte.

Der Reiter ließ die leere Armbrust fallen, riss die zweite Waffe hoch und schoss den zweiten Bolzen zwischen die Brüste der Frau. Sie zuckte zusammen, stand einen Augenblick nach vorn gekrümmt da und fiel zwischen die Weinstöcke.

Er zügelte das Pferd und sprang aus dem Sattel. Mit wenigen Schritten war er bei der ersten Armbrust, schob dann beide Waffen in die Futterale und nahm das Bündel aus der Satteltasche. Der Rappe blieb stehen und senkte den Kopf, bis die Nüstern das taufeuchte Gras erreichten.

Der Jäger rannte zu der Toten, drehte sie auf den Rücken und rollte das Lederbündel auseinander. Er schnitt das Fleisch am rechten Unterarm auf und sägte die beiden Knochen durch, hob mit einem Bronzelöffel die Augäpfel aus den Höhlen und bettete sie in eine mit Fett gefüllte Schale. Dann zog er unterhalb der Brauen einen tiefen Schnitt, führte ihn über das Ohr zum Hinterkopf und über das andere Ohr wieder in den Augenwinkel. Mit einiger Mühe und der Hilfe eines geschliffenen Spatels zog er die Kopfhaut mitsamt dem Haar ab. Überall war Blut, es lief von der ledernen Jacke und den Handschuhen, tropfte von den Fingern und gerann. Im grauen Halbdunkel entfernte er die Brüste, wickelte sie und die Kopfhaut in ein schwarzes Tuch, die Hand in ein zweites und steckte die Bündel und seine Instrumente in einen Ledersack, den er, ehe er sich in den Sattel zog, gewissenhaft ans Sattelhorn knotete. Er zog den Zügel an, wendete den Rappen und galoppierte vor dem Waldrand nach rechts und auf einem schmalen, schattendunklen Pfad zurück zur Pforte des Gewölbes.

12

Als die Sonne hinter den Dächern und Rauchsäulen Luccas hervorkam – gesäumt vom Turm San Martinos und dem Campanile San Micheles, dem Guinigi-Turm, zwei eingerüsteten Geschlechtertürmen und dem Turm San Fredianos –, richtete sich Sandro im Sattel auf und blickte zum Himmel. Nicht eine einzige Wolke zeigte sich auf der fahlblauen Fläche über dem Pizzorne-Hügel. Der Tag verprach, sonnig und warm zu werden, ebenso wie gestern. Regen und Sturm aus dem Norden hätten besser zu Sandros Stimmung gepasst. Ihn quälten düstere Gedanken, trotzdem er immer wieder an Caterinas Schönheit, Zärtlichkeit und Leidenschaft dachte. Auch sie hatte geweint, als sie sich unter dem Vordach zum Abschied geküsst hatten. Er glaubte, den salzigen Geschmack der Tränen und des Kusses noch auf den Lippen zu spüren. Das Letzte, was er von Caterina gesehen hatte, war, wie sie auf ihrem Schimmel und in ihrem blauen Reitmantel zwischen den langen, dichten Reihen der Rebstöcke verschwand.

Sandro sah Stroh in der Mähne des Pferdes und zupfte es heraus. Der Braune zuckte aufgeregt mit den Ohren, lautes Vogelgezwitscher ertönte aus dem Gebüsch und den Baumkronen. Doch Sandro war zu müde, um sich daran zu erfreuen, und seine Unzufriedenheit war stärker als die Erinnerung an die herrliche Liebesnacht. Er stieß zwischen den Zähnen einen Fluch aus, der Savonarola gezwungen hätte, ihn zu exkommunizieren, und gab seinem Pferd die Sporen.

Er entfernte sich im Galopp von dem Häuschen im Weinberg, und irgendwann ging der Braune im leichten Trab. Halbwegs erleichtert, denn nun konnte niemand mehr dieses Liebesversteck entdecken, aber traurig und wütend darüber, keinen Schlupfwinkel mehr zu haben, hob Sandro die Schultern und seufzte. Dann lockerte er den Zügel und drehte sich, als der Braune in Schritt gefallen war, zur Stadt um.

Die Sonne blendete ihn, der Frühsommer begann das Land zu beherrschen. Auch die Helligkeit und die silberne Strahlenflut hätte er an jedem anderen Tag begrüßt. Aber nicht heute. Er blinzelte und sah sich um. Wie immer um diese Zeit war er allein auf dem schmalen Sandpfad. Viele solcher Pfade durchzogen das Land, jene fünf, sechs Meilen zwischen Lucca und Arliano. Er kannte jeden und hatte jeden einige Male benutzt, um ungesehen nach Hause zu reiten.

Wie viel Zeit würde vergehen, bis er Caterina wieder umarmen konnte? Und wo sollten sie sich treffen?

Wieder seufzte er. Es wurde ein Stöhnen daraus, mit dem er seinen Unmut aus der Kehle blies. Eigentlich sollte er zufrieden sein. Wahrscheinlich brauchte er zwei Nächte ungestörten Schlafs und einige große Becher Wein, um sich wieder zu finden. In der Ferne galoppierte ein einzelner Reiter. Sandro sah genauer hin, aber er konnte nichts erkennen.

Zypressen säumten das Ende des Pfades, der auf die Straße mündete. Vom Serchio wehte Sandro feuchte Luft entgegen. Er entspannte sich und lockerte den Zügel. Es war nicht zu übersehen: Die Hitze des Juni hatte endgültig den nassen Frühling abgelöst.

Für die Ufficina der Castacianos und Maestro Franchino waren die Wintermonate und der Frühling ruhig und arbeitsreich gewesen. Ein Mitglied des Consiglio zu Lucca hatte ein Schachspiel bestellt. Sandro hatte die zweiunddreißig halb handgroßen Figuren – von einem Künstler, angeblich einem Verwandten von Lucinda di Beccafumi, aus Gips geformt und sorgsam verpackt – in der Stadt abgeholt und sich über die große Anzahl der Modelle gewundert, bis sie in der Werkstatt aus den Tüchern und Lederlappen ausgewickelt waren. Jede Figur hatte einen anderen Gesichtsausdruck, eine andere Körperhaltung oder ein besonderes Merkmal. Ein Goldschmied in Lucca würde jeweils die Hälfte der bronzenen Figürchen vergolden und versilbern, ebenso die Felder des Schachbretts, das aus einer dünnen Bronzeplatte bestehen würde.

Also hatten Vater Girolamo und er in vielen Stunden die dreiunddreißig Gussformen aus Gips und Ton modelliert. Dicker Seifenbrei trennte die Teile der Gipssandformen, die wieder zusammengesetzt und mit heißem Wachs gefüllt wurden. Girolamo hatte zusammen mit Maestro Franchino die Schmelze und den Schmelzofen vorbereitet. Für die Kirche ihres Dörfchens, die älter als ein halbes Jahrtausend war, hatten sie außerdem einfache, aber klassisch-schöne Türgriffe gegossen, und ähnliche Riegel für das Pfarrhaus. So war der Winter nicht nur arbeits-, sondern auch verdienstreich gewesen. Doch Babo Girolamo schwankte noch zwischen sparsamer Ablehnung und vorsichtiger Bereitschaft, in Lucca ein Haus zu kaufen oder einige Räume zu mieten. Erst im Sommer wollte er sich endgültig entscheiden.

Zwei Mal gelang es Sandro und Caterina in dieser Zeit, sich im leeren Gesindehaus des Beccafumi-Anwesens zu treffen, nachdem Caterina zum Zeichen den Teppich aus dem Fenster gehängt hatte. Danach waren sie in dem Bauernhof des Bruders zusammengekommen. Aber gestern Nacht, zwei Tage, nachdem Sandro die glattgebürsteten und polierten Schachfiguren und das Brett in Lucca abgegeben und die zweite Hälfte der Bezahlung entgegengenommen hatte, hatten sie sich noch ein Mal in der Hütte im Weinberg getroffen.

Der Hufschlag hinter ihm wurde lauter. Sandro hielt das Pferd an, wendete es und beschirmte die Augen mit der flachen Hand, als er nach Osten, zum Monte Cupola, blickte. Er sah den Reiter, der im schnellen Galopp näherkam. In der Sonnengrelle flatterte ein Mantel; mehr Einzelheiten konnte Sandro nicht erkennen. Er lenkte den Braunen von der Straße herunter, in den Schatten zwischen den Zypressenstämmen und sah, dass er deutliche Hufspuren hinterlassen hatte.

Das Leben hält viele unerwartete Gefahren bereit, dachte er, und lockerte den Stoßdegen in der Scheide, die vor seinem Knie am Sattel festgeschnallt war.

Ein Dutzend Atemzüge später war er sicher, dass der Reiter seinen Spuren folgte und ihn womöglich einzuholen versuchte. Als der Reiter der Biegung des Pfades folgte und aus dem Sonnenlicht in die Schatten eintauchte, erkannte er ihn. Er drängte das Pferd auf die Straße zurück und rief: »Caterina! Was … warum galoppierst du hinter mir her?«

Sie richtete sich auf, zog am Zügel und trabte, den Arm hoch in die Luft gereckt, scharf auf ihn zu. »Madonna santa!«, rief sie. Ihr Haar hatte sich gelöst und wehte über dem Kragen des Mantels fast waagerecht in der Luft. Das Bild brannte sich in Sandros Bewusstsein und ließ ihn erschauern; seine Geliebte wirkte wie ein Reiter in einem Gemälde von Ferrarese oder della Francesca. »Sandro! Ich muss mit dir reden!«

Der Schimmel schäumte und dampfte vor Schweiß. Sein Bug, die Schultern und der Oberkörper Caterinas waren voller weißer Flocken.

»Ich war sicher, Caterina«, rief Sandro unterdrückt, »dass wir uns alles gesagt haben … für diese Tage.«

»Im Weinberg habe ich eine tote Frau gefunden!«, rief sie. »Voller Blut, zerstückelt, ohne Augen. Wenn ich darüber rede, wissen sie, wo ich heute Nacht gewesen bin! Du musst mir helfen!«

Sandro starrte sie schweigend an, unfähig, zu glauben, was sie hervorstieß. Doch in ihrem geröteten Gesicht stand das blanke Entsetzen. Ihre Augen flackerten; sie drängte ihr Pferd heran und klammerte sich an seinen Arm.

»Wo? Zerstückelt?« Er schüttelte den Kopf. Er hatte schon lange nicht mehr an seinen Fund an jenem nebeligen Dezembermorgen gedacht. »Im Weinberg?«

»Oben, wo der Wald aufhört. Ich habe etwas Weißes liegen sehen und bin hingeritten. Mitten zwischen den Rebstöcken.«

Sandro bemühte sich, klar zu denken, sodass er einen Ausweg fände. Wenn er den Fund meldete, würden unzählige Fragen gestellt werden. Redete Caterina mit den Stadtwachen, würden Michele Barotta und bald darauf ihr Gatte wissen wollen, was sie zu solch früher Stunde und zu Pferd in den Weinbergen zu suchen hatte.

»Reite nach Hause«, drängte er. »Sofort. Rede mit Lucinda. Sie soll ihre Arbeiter zur Hütte schicken. Sie werden die Leiche finden. Bald wimmelt es dort von Krähen und Füchsen.«

Die Pferde spürten die Aufregung, die ihre Reiter ergriffen hatte, und bewegten sich unruhig schnaubend umeinander. Caterina zuckte mit den Schultern und biss sich auf die Unterlippe.

»Ja. Lucinda … sie weiß, dass wir heute Nacht in der Hütte waren«, antwortete sie, etwas ruhiger geworden. Ihre Augen waren weit aufgerissen, Schweiß stand auf ihrer Stirn. »Einverstanden, Amore. Ich reite zu ihr. Dann schöpft niemand Verdacht.«

»Nimm einen anderen Weg als gestern Abend«, empfahl Sandro und erinnerte sich mit Schrecken an die erste Frauenleiche auf der Lichtung. »Ich werde übermorgen wieder in Lucca sein. Vergiss, was du gesehen hast.«

»Das kann ich nicht vergessen«, antwortete Caterina und wischte mit der Hand über ihr Gesicht. Sie schüttelte sich. »Die arme Frau! Das Blut zwischen den Rebstöcken. Es wird meine Träume vergiften.«

Sie zwang sich zu einem gequälten Lächeln, nickte Sandro zu und ließ ihr Pferd rückwärts gehen. Dann setzte sie sich im Sattel zurecht, spornte das Pferd und preschte davon.

Sandro sah ihr einige Atemzüge lang nach, die Hand über den Augen. Er hoffte, Caterina den besten Rat gegeben zu haben. Langsam ritt er weiter und spürte die Sonne in seinem

Nacken brennen. Eine unbestimmte Furcht ergriff von ihm Besitz. Der zweite Mord an einer Frau, wahrscheinlich auch am Ende einer nächtlichen Jagd, vor dem Stadtrand Luccas – und wieder waren Caterina und er in unmittelbarer Nähe gewesen und hatten nichts gehört und gesehen.

13

Noch dämmerte Lucca im Halbschlaf. Feuchtigkeit färbte manche Steine und Winkel dunkel. Das Echo der Hufschläge zwischen den Hauswänden war verklungen, und Caterina führte ihr Pferd durch die Porta Santa Maria del Borgo auf dem Sandweg zum Stall. Die Ostfassaden der Türme leuchteten im ersten Licht. Caterina sattelte und zäumte ab und versorgte den Apfelschimmel, dann zog sie den Schlüssel aus dem Mieder und öffnete die Hintertür ihres Hauses. Der gewohnte Geruch und die erwartete Stille umfingen sie, als sie durch die leere Halle zur Treppe ging.

Sie stieß eine Doppeltür auf. Dahinter, in einem großen, dämmerigen Raum, standen und lehnten auf Wandbrettern unzählige Schriftrollen und Bücher. Die Pulte und Tische waren, bis auf das Schreibzeug, leer. Tagsüber saßen hier Gehilfen und Schreiber, die Agostino di Bargonis Verträge und Notariatsakten in Schönschrift übertrugen, damit er sie siegeln konnte. Caterina kannte den Inhalt von mindestens einem Drittel aller Schriftstücke – sie hatte die Aufsicht über die Schreiber und das Geschriebene und besaß einen Schlüssel zu Agostinos Siegelschatulle. Sie durchquerte den kleinen Saal, dessen Luft trocken wie Pergament zu sein schien, und ging die Stufen hinauf.

Sie sah sich nicht um, als sie die Tür des Schlafzimmers öffnete. Sie war wieder im Mittelpunkt des prunkvollen Anwesens. Fresken, Statuetten und Bilder in vergoldeten Rahmen glommen im Halbdunkel. Der Geruch von Polierwachs und teuren Duftwässern wetteiferte mit dem von kaltem Braten und Wein aus der Küche. Lautlos schloss sie die Tür. Mit jedem

Schritt und jedem Handgriff fühlte sie sich sicherer. Das Bett war unberührt, durch die Zwischenräume der Schlagläden fiel Helligkeit, als sich Caterina auszog und nachdenklich im Spiegel musterte. Die Haushälterin hatte Rosenwasser bereitgestellt, unter dem Kessel flackerte eine heruntergebrannte Kerze. Caterina schüttelte den Kopf und raunte ihrem Spiegelbild zu: »Du must wahnsinnig sein, Caterina. Alles, was du bist und was du hast, setzt du aufs Spiel.«

Sie und Agostino waren ein seltsames Paar. Mehr als drei Jahrzehnte und eine Kluft der Verständnislosigkeit trennten den Fünfundfünfzigjährigen von ihr. Sie hatte ihn geheiratet – heiraten müssen –, um ihre Familie vor der Verarmung zu retten, aber trotzdem waren ihre Erwartungen an Agostino groß gewesen. Nicht nur sein stattliches Haus und sein Besitz, seine Klugheit und sein Wissen hatten sie beeindruckt. Er war ein ruhiger, hart arbeitender Mann, mit wohlklingender Stimme, der keine Feinde zu haben schien. Lange Zeit war sie ihm mit Respekt und Zuneigung, fast mit Ehrfurcht begegnet. Jetzt war daraus abschätzige Verwunderung geworden.

»Wie jung und dumm warst du«, flüsterte sie und begann sich zu waschen. Sie, das Kind vom Stadtrand Luccas. Aber sie war schön. Ihre Schönheit wurde sogar mit derjenigen von Botticellis Frauengestalten verglichen. Sie war zu schön für ihn, schien Agostino zu empfinden. Er verhielt sich, als ob er vor einem Kunstwerk stünde oder vor einer Heiligen. Er schien Angst zu haben, seine altersfleckigen Hände könnten die Schönheit vernichten. Er wagte nicht, sie anzutasten. Unbegreiflich, nicht zu verstehen.

Caterina löste den Zopf, schlüpfte in ihr Nachthemd und blies die Kerze unter dem Kessel aus. Sie setzte sich auf den Rand des Bettes und fing an, ihr Haar zu bürsten. In der ersten Zeit hatten Agostino und sie das Bett geteilt, aber er hatte sie nur angestarrt, ihre großen Augen, ihr langes Haar, und nie die Hand nach ihr ausgestreckt. Wenn sie sich an ihn schmiegen wollte, war er zur Seite gerückt. Sie wartete auf irgendein Zeichen, aber Agostinos Blicke verharrten in einer Art Erstaunen auf ihrem Körper und auf der schmerzhaften Schönheit ihres Gesichts. Vor ihrem Blick erschrak er, auf ihre Fragen gab er ausweichende, kurze Antworten, die ihr nichts erklärten.

Sie legte die Bürste zwischen ihren Schmuck auf das Tischchen. Nach der Hochzeit hatte sie ein sanfter Sog in das angenehme Leben gezogen. Doch die Verwirrung war geblieben: In kostbarer Nachtrobe, in durchsichtigen Hemden oder fast nackt, nur mit Ringen, Halsketten und Armreifen geschmückt, im Dunklen oder beim Licht vieler Kerzen hatte sie immer wieder versucht, Agostino zu verführen. Sie glaubte schließlich, so hässlich zu sein, dass Agostino vor ihr zurückschreckte, aber Sandro bewies ihr mit jedem Blick, mit jedem Atemzug, mit seiner Zärtlichkeit und Leidenschaft, wie schön und begehrenswert sie war.

Caterina ließ sich auf den Rücken fallen, streckte sich aus und schloss die Augen. Was sollte sie tun? Wie ging es weiter? Nur nicht schwanger werden! Sie lebte in zwei Welten, zwischen Agostino und Sandro. Durch Agostino und seinen einträglichen Beruf hatte sie mehr lernen können als die allermeisten Frauen ihres Standes. Sie zog gähnend die Seidendecke über die Knie und stieß einen langen, müden Seufzer aus. Ihre Gedanken kreisten in einem langsamen Reigen.

Sie hatte diesen Zustand lange ausgehalten und zugesehen, wie Agostino, der seit einem Sturz vom Pferd mit dem rechten Bein leicht hinkte, den Dienerinnen nachstellte, mit mehr oder weniger großem Erfolg. Als sie, verwirrt und ungläubig, ihn zur Rede stellte, begann der redegewandte Consigliere zu stottern. Trotzdem schätzte sie ihn weiterhin. Sie lebte in einem ständigen Wohlstand; die herrlichen Bilder und Fresken, die Musik und köstlichen Gastmähler, Agostinos Gäste, die zuverlässige Dienerschaft und sein Ansehen innerhalb des neunzigköpfigen Consiglio generale Luccas waren und blieben beeindruckend.

Caterina glaubte, Sandro zu spüren, an ihrer Seite und auf seltsame Art in sich. Sandro! Seine unbekümmerte Jugend, sein Lachen, die schönen, kraftvollen Hände und die zärtlichen Finger, die winzigen Brandnarben. Sandro mit den braunen Locken. Die Augen wie dunkler Honig. Sein schlanker Körper voll nie versiegender Kraft! Es war wie ein Rausch, wenn sie in seinen Armen lag. Sie schob die Hand zwischen die Schenkel und horchte auf ihren Herzschlag. Die Liebe, die alle Vorsicht im Sturm fortblies, war auf einem Fest über sie gekommen. In Lucca hatte sie dann den Jungen wiedergetroffen, als er bei Agostino bronzene Geschütze und Türbeschläge lieferte. Im Häuschen, mitten im Weinberg, hatte er sie entjungfert, ohne es zu wissen.

Er hatte sie nicht erobern müssen – in genau jener Stunde, in der sie Agostinos Gleichgültigkeit nicht weiter ertragen konnte und wollte, trafen sie Sandros Blicke und Küsse wie Cupidos Pfeile, und jeden einzelnen Pfeil hatte sie genossen. Ein wohliger Schauder durchfuhr sie, trotz ihrer Müdigkeit. Sie verschränkte die Arme hinter dem Kopf und wehrte sich gegen den Schlaf.

Agostino umgab ein Geheimnis, das sie nicht zu ergründen vermochte. Wenn Sandro sie schwängerte oder ihr ehebrecherisches Verhältnis entdeckt wurde, bedeutete dies ihren Tod in Luccas Gesellschaft. Die Ehebrecherin, wie schön und beliebt sie auch sein mochte, wurde verfemt und ausgestoßen, als ob sie an einer ansteckenden Krankheit litte. Manchmal glaubte sie, Agostino schreckte auch vor sich selbst, vor dem Versuch einer Erklärung und einer Antwort zurück, weil er, erführe er die Wahrheit, sie nicht ertragen konnte. War sie so schrecklich, diese Wahrheit? Das Leben in diesem labilen, gefährlichen Gleichgewicht ging weiter. Wie lange? Wie sah die Zukunft aus? Agostino hatte, mit ihrer Kenntnis, Verhältnisse mit seinen Dienerinnen, und sie liebte Sandro, ohne Agostinos Wissen.

Seit zwei Jahren war Agostinos Platz im Bett, rechts von ihr, unberührt. Sie schlief und träumte allein. Sie hasste Agostino nicht, im Gegenteil. Er war sich sicher, dass sie sich an die Regeln hielt und ihn weder betrügen noch verlassen würde. Zu viel stand auf dem Spiel. Sie erfüllte alle Pflichten als Gattin, Herrin des Hauses und Vorsteherin des Schreibersaales mit Freude und scheinbarer Leichtigkeit, ging mit Dienerinnen und dem Haushofmeister zum Markt, tanzte auf den Festen und lebte wie im Traum. Und irgendwann hatte sie von Lucinda erfahren, dass die Hütte leer stand, von Lucinda, die sie gelehrt hatte, eine Schwangerschaft zu verhüten. Seitdem hängte sie den Teppich aus dem Fenster, oder Lucinda schickte Sandro einen Boten. Caterina zuckte mit den Schultern und gab sich der Müdigkeit hin. Durch die Fenster drang morgendliche Helligkeit. Sie tränkte die Vorhänge und zeichnete die Ranken, Zweige und Früchte auf dem Stoff in matten Farben. Im Zwielicht des Zimmers schlief Caterina ein.

14

Vom Lärm und Hundegebell aufgescheucht flatterten Taubenschwärme über dem Park und der Mühle. Das Licht der niedrig stehenden Sonne, das durch Fenster und weit geöffnete Türen in die Halle fiel, ließ die Stoffe und alle Verzierungen leuchten. Knöpfe leuchteten wie Edelsteine, Seide schimmerte, goldene und silberne Borten strahlten; alle Farben erschienen doppelt kräftig. Jede schiefe Naht, jeder Fehler war im kalten Morgenlicht deutlich zu erkennen. Desiderio Montfalcone, Cornelia und Hofmeister Bernardo musterten jedes Kleidungsstück und nahmen Proben von jedem Stoffballen. In den Sonnenstrahlen tanzte wie ein großer Mückenschwarm der Staub, der aus dem Wollgewebe aufgewirbelt wurde. Die Luft, die durch das Portal hereinströmte, sog den Staub hinaus in den Cortile und den Garten.

Tuchverleger und Händler der Zünfte aus Firenze, Lucca und Pisa hatten ihre Warenproben vorgelegt, und die Agenten übergaben Desiderio gesiegelte Briefe, die monatelang unterwegs gewesen sein mochten. Desiderio und der Hofmeister saßen vor Papierstapeln – Zweitschriften der Bestellungen, die Desiderio von seinen Kunden erhalten, gesammelt und an die Zunftvorstände und Handwerker weitergereicht hatte. Den Hof füllten viele Fuhrwerke, an den Ringen der Mauer waren die Zügel von drei oder vier Dutzend Pferden angeknotet.

Die Weber, Sticker, Schneider und ihre Gehilfen trugen ihre schönste und teuerste Kleidung. Bis auf wenige Ausnahmen hatten sie oder ihre Väter schon mit Desiderios Vater zusammengearbeitet, und er kannte ihre Namen und die Qualität ihrer Waren aus den Büchern seines Vaters. Vater Montfalcone hatte ihre Stoffe und Gewänder in vielen Ländern an ausgewählte Kunden zum Verkauf angeboten. Jetzt kannte nur Desiderio die Reichen und Mächtigen, die vor mehr als einem halben Jahr oder vor noch längerer Zeit die teuren Stoffe und Gewänder bestellt hatten.

Jeder Ballen, jedes Kleidungsstück stellte eine Kostbarkeit dar, drei Viertel aller Stoffe waren nach Mustern und Zeichnungen auf Bestellung gearbeitet worden. Desiderio konnte und wollte nicht mit Händlern wetteifern, die große Mengen herstellen ließen und verkauften; er verdiente mehr und leichter mit einzelnen Bestellungen.

In der Halle des Hauptgebäudes bewegten sich mehr als hundert aufgeregte Menschen; Bernardo prüfte, schrieb und rechnete. Unablässig klickten die Kugeln des Abakus. Cornelia und Desiderio redeten leise miteinander, während sie Kleidungsstücke auseinanderfalteten, begutachteten und wieder zusammenlegten. Pakete wurden geöffnet, der Inhalt durchgesehen und neue Pakete zusammengestellt.

Gemusterter Brokat mit Gold- und Silberfäden, Cordoba-Leder von Ziegen und Hammeln, Tücher aus Seide und Byssos aus San'Antioco – Fäden seltener Muscheln, die man sonst nur in Nordafrika fand –, Lockenbrokat, kostbare Guibboni mit trichterförmigen Ärmeln, gefältelte Halskrausen, genuesischer Lampas und Ballen von Prateser Wolle lagen auf den hölzernen Schragen, zwischen Wamsen, Hosenstrümpfen, Hemden, Kleidern und Bündeln aus Pelzstreifen.

An jeder Ware hing ein Zettel, der den Namen des Bestellers, des Webers und Schneiders enthielt. Mehr als acht von zehn Proben blieben ohne Beanstandung, und der Verleger oder sein Vertreter erhielt eine Gutschrift. Einige Ballen Wollstoff aus Firenze wurden zurückgewiesen, ein Dutzend Hemden mussten nachgebessert werden. Ihre Färbung entsprach nicht den Mustern.

Desiderio stellte sich ans Pult und beschrieb ein Stück Papier nach dem anderen. Dienerinnen schoben sich durch die Gäste und bedienten sie mit gemischtem Saft und frischem Gebäck. Während die Waren verpackt und sorgfältig auf die Fuhrwerke der Fernhändler aus Pisa und Livorno verladen wurden, bezahlte Desiderio die Männer und teilte weitere Zettel aus, auf denen er neue Bestellungen notiert hatte. Bernardo nannte jeweils die Summe – Florin, Soldi und Quattrini.

»Es war ein guter Tag«, sagte Desiderio zufrieden. Mamma Lucia und zwei Mägde, Domenica und Xaviera, brachten Wein und Becher. Cornelia half, den Wein auszuteilen. »Jeder von uns hat angemessen verdient. Im Herbst, in der letzten Septemberwoche, kommen wir wieder hier zusammen.«

»Messer Montfalcone«, antwortete ein Zunftältester aus Firenze und verbeugte sich. Auch er hatte Stofffäserchen im Haar und in den Brauen. »Ihr führt das Geschäft besser, als es Euer Vater gekonnt hat. Das soll ich Euch von meinem Vater ausrichten.«

»Schmeichler! Ich habe andere Vorbilder und führe es anders«, sagte Desiderio. Es hatte ihn vier Jahre angestrengter Bemühungen gekostet zu lernen, was er für dieses Geschäft wissen musste. Geringste Fehler konnten ihn und einige Werkstätten binnen kurzer Zeit ruinieren. »Ich führe nur fort, was Vater Bartolomeo aufgebaut und in vielen Jahren fortentwickelt hat. Eure Namen standen in seinen Büchern, jetzt stehen sie in meinen Folianten – aber das wisst ihr so gut wie ich.« Er schwenkte den Becher, trank und setzte sich neben die Geldtruhe.

Gegen Mittag leerte sich langsam die Halle. Domenica und Xaviera fingen an aufzuräumen und den Schneidern und Goldstickern zu helfen. Desiderio und Cornelia kontrollierten zusammen mit Bernardo die Listen, strichen durch, schrieben Bemerkungen dazu und rechneten. Wenn sie die vielen kleinen Gewinne zusammenaddierten und die geringen Verluste abzogen, würde am Abend ein ansehnlicher Gewinn übrigbleiben.

Einige Gespanne machten sich, umkläfft von den Hunden der bewaffneten Begleiter, auf den Weg nach Pisa und Firenze. Es wurde stiller. Weil Desiderio keine bellenden Schoßtiere mochte und die großen Jagdhunde sogar hasste, gab es auf seinem Besitz keine.

Er überließ sich seinen Gedanken: Damals, Anno 1467, vor dreißig Jahren, waren Tagelöhner und Handwerker aus Lucca die Ersten, die Desiderio nach dem Brand halfen, die verkohlten Trümmer wegzuräumen und die Ruine der Villa für den Neuaufbau vorzubereiten. Als Nächstes kamen die Contadini, die Bauern, deren Höfe auf dem Land der Montfalcones standen. Sie arbeiteten für Mezzadria, für halbe Pacht, lieferten also die Hälfte ihrer Einkommen bei Desiderio ab. Tagelang rumpelten schwer beladene Fuhrwerke, eines nach dem anderen, zur Palazzina, und so lernten die Contadini zum ersten Mal bewusst ihren neuen Herrn kennen. Und er, verwirrt und unsicher, für den all das, was für seine Eltern tägliche Arbeit bedeutet hatte, fast unbekannt war, schrieb sich ihre Namen und die Größe ihrer in den Hügeln verstreut stehenden Gehöfte auf. Später las er ihre Namen in Vaters Aufzeichnungen.

Aus dem Studium der Listen und Bücher erfuhren er und der junge Frate – und später Bernardo –, wie die Montfalcones ihren Reichtum erworben hatten: Die reiche Ernte von den Safran-Krokusfeldern kurz vor dem Jahresende, die an drei ausgesuchte Händler in Firenze und Lucca verkauft wurde, brachte großen Gewinn; jeder Florin, jeder Soldi diente zur Bezahlung von Stein, Ziegeln, Eichenbalken und Handwerkern.

Zwei Jahre nach dem Mord an seinen Eltern, Anno Domini 1469, am Ende des Sommers, waren Desiderio und Frate Francesco nach Firenze geritten. Der Wiederaufbau der Villa ging langsam, aber stetig voran. Mit erheblicher Mühe hatten sie die Namen von Montfalcones Geschäftsfreunden aus den Bankbüchern herausgesucht und festgestellt, was die Zünfte der Wollweber, Färber, Schneider, Knopfmacher, Sticker und Näher bisher geliefert hatten. Zudem verstanden sie nur wenig vom Geschäft der Banken, vom preiswerten Einkauf, Zinsen und teurerem Verkauf. Nachdem sie sich in einer heruntergekommenen Herberge am Mercato Vecchio, am Alten Markt, einquartiert hatten, besuchten sie jeden Einzelnen, dessen Name auf ihrer Liste stand. Viele Tuchverleger und Handwerker wussten noch nichts vom Tod des Vaters, und Desiderio hatte es schwer, sie zu überzeugen, mit ihm auf die gleiche Weise weiterzuarbeiten. Viel schwerer noch war es für Desiderio, die wirkliche Güte der Stoffe und Werkstücke zu erkennen, denn er fürchtete, betrogen zu werden.

Auch Frate Francesco wusste und kannte nicht genug, um ihn zuverlässig beraten zu können. Nach nächtelangen inneren Kämpfen und Zweifeln entschloss sich Desiderio, der sich im Gesindehaus der Palazzina mehr schlecht als recht eingerichtet hatte, sich für längere Zeit in Firenze einzuquartieren und zu lernen, was er nicht wusste. Im Februar Anno Domini 1470 mietete er ein Zimmer, wieder am Alten Markt, und Frate Francesco fand eine Zelle im Kloster San Marco, dem Monastero der Benediktiner.

Desiderio fragte viel und bekam viele Antworten; sein Erstaunen wuchs mit jedem Tag. Am 2. Dezember Anno Domini 1469 war Lorenzo de' Medici in das Erbe seines Großvaters Cosimo eingetreten, nachdem sein Vater Piero, unheilbar an Gicht erkrankt, gestorben war. Desiderio Montfalcone, neu und ahnungslos wie ein staunender Bauer inmitten der aufblühenden, hochmütigen Republik Firenze, begann mit seinem seltsamen, erschöpfenden Studium der Wirklichkeit. Binnen kurzer Zeit änderte sich scheinbar für ihn die Hälfte der Welt.

Firenze war für Desiderio in den ersten Tagen und Nächten ein Fest für Augen und Ohren. Er hatte das Gefühl, endlich das wahre Leben kennenzulernen. Aus der zuverlässigen Langeweile der Palazzina stürzte er in einen Wirbel aus Farben und Formen,

Gerüchen und tausend Stimmen, aus Klängen und Musik. Dennoch war die Stadt in vielen Bereichen auch eine Beleidigung für die Sinne: Nicht nur das Gerberviertel und die Behausungen und zweihundert Werkstätten der Ciompi, der Wollweber, stanken. Unzählige Kamine, Unrat in Gassen sowie auf Straßen und Plätzen, Brackwasser der Arno-Ufer, verschütteter Wein, Pisse und Exkremente, Mauerschwamm und gärende Abfälle der Märkte verbreiteten tagsüber und nachts scheußliche Gerüche. Aus den Werkstätten der Kammmacher drang Übelkeit erregender Gestank durch schmorendes Horn. Blei verrottete in gärendem Pferdemist und wurde auf alchimistische Weise zu Bleiweiß für die Maler. Große Armut und Krankheit standen gewaltigem Reichtum gegenüber. Schamlos belog und betrog man einander. Wer die Macht hatte, übte sie rücksichtslos aus. Jeder gierte nach seinem persönlichen Vorteil. Von Sittenlosigkeit redete kaum jemand, sie war jeden Tag allgegenwärtig. Firenzes goldlüsterne, unverhüllte Großartigkeit erschreckte Desiderio.

Er war, ohne es recht zu wissen und zu wollen, in eine Zeit beginnender Umwälzungen geraten, in eine Welt, die innerhalb der Mauern der Arno-Stadt im Kleinen zeigte, was in ganz Italien und vielleicht auch in der gesamten Welt geschah: Einhundertzwanzig Jahre nach der Großen Pest änderten sich die Verhältnisse – zwischen den Menschen, in Lucca, Siena und Firenze, in ganz Italien. Die Fürstenhöfe, die Kirche, das tägliche Leben, kurzum alles Vorstellbare, schienen neue Gesichter und andere Bedeutungen zu erhalten. Bedeutungen, die Desiderio spürte, aber nicht erkennen konnte. Aber er begriff schnell, mit dem unbelasteten, wachen Verstand des halb gebildeten Bauernburschen, der außerhalb der Mauern Luccas aufgewachsen war und den sein Schicksal als Waise und Hermaphrodit wachsam und misstrauisch gemacht hatte.

Er sah die Bilder Andrea del Verrocchios, Fra Filippo Lippis und dessen Sohn Filippino, einem Schüler Botticellis, lernte sie zu deuten und hörte von der Wahl Francesco della Roveres zu

Papst Sixtus IV. Und er musste einsehen, dass sein bisheriges Leben in Frauenkleidern ihn von der Wirklichkeit ferngehalten hatte. Der leichtfertige Umgang all dieser Menschen mit der strudelnden, farbenflirrenden Wirklichkeit ließ ihn staunen, erzeugte aber gleichzeitig tief in seinem Herzen ein verstörendes Gefühl von Furcht, die keinen Namen hatte.

Den größten Teil der Neugierde, die Desiderio empfand, seit er sich als Mann kleidete und zu verhalten versuchte, richtete sich auf Mauern, Wände, Kuppeln und Bögen, Dächer und Gewölbe, auf jedes Gewerk. Er wollte herausfinden, mit welchen Mitteln La Palazzina wieder entstehen konnte, prächtiger und besser als zuvor, mit wohlüberlegtem Grundriss, brauchbarer Einteilung und in angemessener Prächtigkeit. In Firenze wurde an jeder Ecke niedergerissen und mit großem Aufwand gebaut. Desiderio sah staunend zu, redete mit Arbeitern und Meistern, ließ sich den Baumeistern vorstellen und streifte mit seinen weniger begüterten Begleitern, denen seine Aufmerksamkeit schmeichelte, durch Häuser, Galerien, Zimmer und Säle, die von Künstlern – jeder zweite Handwerker war ein Künstler! – ausgeschmückt wurden.

In den Schänken und Tavernen traf er Handwerker und deren Gehilfen, zahlte ihnen den einen oder anderen Becher Wein oder ein Essen und lud bisweilen einen Baumeister in seine unfertige Villa ein. Ein Maler, dessen Namen er vergessen hatte, zeichnete die schmiedeeisernen Teile der Pergola und die bronzenen Verzierungen, die Desiderio schmieden und feuervergolden ließ. Zur selben Zeit musste er einsehen, dass er das Bankgeschäft seines Vaters nicht mehr weiterführen konnte – er war nicht gerissen genug.

Noch vor fünfzig Jahren hatten in der Stadt ungefähr siebzig Bankhäuser Geld verliehen, Zins verdient und viele Florini eingenommen. Mehr als die Hälfte hatte aufgegeben und war von den neun Mitgliedern der Signoria übernommen worden. Der Gonfaloniere della giustizia und die acht Prioren, die jeweils nur zwei Monate lang im Palazzo della Signorina regierten, wurden durch eine Art Lotterie »gewählt«, aber Lorenzo de' Medici, reich, emsenhaft fleißig, hochfahrend und ehrgeizig wie kein Zweiter und mit der Medici-Bank inzwischen Herr der Bank des Papstes, sowie seine zahlreichen Anhänger dominierten die Stadt. Lorenzo mit der langen Nase und den schlanken Händen beherrschte die Ausschüsse der Wahlen und baute an seiner Macht wie an einer unbezwingbaren Festung.

Er war wie sein Großvater vielbewunderter Mäzen von Gelehrten und Künstlern, überließ Klöstern großmütige Spenden und ermöglichte die Ausbildung der Söhne verarmter Familien. Er übernahm die Montfalcone-Bank und zahlte Desiderio aus, machte ihn mit Familien bekannt, denen der Name seines Vaters noch geläufig war. Man flüsterte in Schänken und Gassen, dass Lorenzo, der *stupor mundi,* das Staunen der Welt, als der wahre Beherrscher Firenzes und bald aller Besitztümer der Stadt jeden Tag sieben Stunden und länger vom Schreibpult aus das Schicksal Firenzes lenkte. Desiderio lernte die kalte Macht des Geldes kennen. Sie war überzeugender als Degenspitzen oder Messerschneiden.

Während des ersten Winters war in Desiderio der Entschluss gereift, zur Baustelle der Palazzina zurückzukehren. Die tausend Eindrücke überwältigten ihn, und er war erstaunt über seine eigene Urteilsfähigkeit. Bevor er noch mehr unter seiner körperlichen Andersartigkeit zu leiden begann – zwischen den vielen jungen Männern und Frauen sowie lüsternen, geldgeilen Huren, deren Anblick und Nähe ihn beklemmend an den Augenblick des Erkennens erinnerte –, wollte er sich lieber in die behütete Langeweile der Villa zurückziehen.

Er besprach mit einem Baumeister und etlichen Zimmerleuten sein nächstes Vorhaben und ritt im März zurück. Am ersten Tag im Juli waren Dachstuhl, Dach und Dachspeicher fertiggestellt. Die »Nonnen« und »Mönche«, die in drei Einfärbungen das langgestreckte Dach bedeckten, leuchteten zwischen den Wipfeln der Bäume und erfüllten Desiderio mit Stolz. Auch wenn vieles noch unfertig war – Dach und Mauern schützten ihn und seine Dienerschaft vor Regen, heißer Sonne und den gefahrvollen Unruhen, die Tuscien, das römische Tuscia, überzogen.

Am Abend verabschiedete Desiderio die letzten Angehörigen der Arte della Lana, der Zunft der Tuch- und Pelzhändler aus Firenze.

Zur Belohnung für die viele Arbeit ließ er sodann in der Halle Tische zusammenschieben. Er und Cornelia aßen mit allen Dienern, selbst die Gärtner Piero und Domenico und zwei Söldner fanden Platz am unteren Teil der Tafel. Sie würden den Cortile noch von Abfällen und Rossäpfeln säubern und alles mit dem Mist vom Taubenturm mischen. Von Maddalena, der davongelaufenen Dienerin, gab es noch immer keine Nachrichten, wie Bernardo und Mamma Lucia berichteten. Und auch Chiara war seit einigen Tagen spurlos verschwunden. Desiderio trug viele Briefe, die neue Bestellungen enthielten, in einer goldbestickten Ledermappe in seinen Arbeitsraum – Beschäftigung für viele Tage und Nächte, in denen er nicht in seiner Werkstatt oder an seinem Engel arbeiten konnte.

15

Sandro Castaciano ließ sich über den Bauernmarkt auf der Piazza San Michele in Lucca treiben, kaufte unter den Arkaden ein Dutzend Eier und unter einem Leinwandsegel eine Schale Oliven, kostete Wein und ließ sich einen großen Krug, eine Darmigiana, mit dem besten und preiswertesten Tropfen füllen, kaufte in der nächsten Gasse Butter, frisches Brot, ein solides Stück Käse, einige Früchte, Oliven und Peperoni mit eingelegten Pilzen. Als er seine Einkäufe nicht mehr tragen konnte, winkte er zwei Jungen herbei, gab ihnen ein paar Quattrini und sagte: »Tragt alles ins Haus des Bartolomeo Carras, an der Piazetta mit dem großen Walnussbaum. Dort sind viele Handwerker. Gebt den Wein und das andere dem Signore Girolamo, meinem Vater. Von ihm bekommt ihr noch ein paar Münzen. Sagt ihm nicht, dass ich euch schon bezahlt habe.«

»Verlasst Euch drauf, Messere«, rief der Ältere der beiden und schulterte den Weinkrug. »Wir stehlen auch keine Trauben oder Äpfel.«

»Wehe euch! Und verschüttet keinen Wein!«, rief er ihnen nach. Er kaufte dem Weinhändler einen großen Holzbecher ab, ließ ihn füllen und spazierte durch das Gewimmel des Marktes, wich beladenen Eseln und Bauersfrauen aus, die breithüftig zwischen den Schragen umherliefen, versuchte zwischen dem Geschrei und Gelächter und Gekeife der feilschenden Dienerinnen einzelne Worte zu verstehen, hörte Flüche und die übertriebenen Anpreisungen und versuchte, mehr vom Wein zu trinken als zu verschütten. Der Markt war, wie jede Menschenansammlung dieser Art, ein Platz für Nachrichten und Gerüchte, wo jeder mit jedem redete und die aufgeregte Stimmung der Verkäufer und Käufer zwischen den Hausfronten, unter den gemauerten Pergolen und auf dem Pflaster für wenige Stunden die volkstümliche Heiterkeit widergab. Dazu ertönte eine Kakofonie aus Hundegebell, Eselsgeschrei, Taubengurren, Hufschlägen, Schafsblöken und Hühnergackern, einzelnen Glockenschlägen, dem Mahlen eiserner Felgen auf Pflastersteinen und dem Klirren berstender Tongefäße. Die geschundenen Toten, die man nach den Sonnenwenden gefunden hatte, waren für die Bürger Luccas zu bedeutungslosen Opfern geworden, zum Gegenstand einer flüchtigen Untersuchung und eines Begräbnisses, das nahezu unbemerkt stattgefunden hatte. Andere Nachrichten – nicht nur aus Lucca, sondern auch aus Siena oder Firenze – erregten nun ihre Aufmerksamkeit. Wenn die Leute noch über die Frauen redeten, dann über die Verstümmelungen ihrer jungen Körper.

Sandro schlängelte sich auf der Suche nach einem Ausgang durch die Massen, in Richtung des Brunnens auf der gegenüberliegenden Seite der Piazza. Sein Becher war noch halbvoll. Er hatte einige Tage in Lucca verbracht, um ein nicht zu teures und günstig gelegenes Haus zu finden. Inzwischen hatte sein Vater das Haus gesehen und den Mietvertrag unterschrieben – die Handwerker arbeiteten bereits im Haus des Bartolemeo Carras.

Am Brunnen angelangt stellte er den Becher auf die Umrandung, setzte sich daneben und lauschte einige Atemzüge lang dem Plätschern des dünnen Wasserstrahls. Es war die heißeste Stunde des Tages, und Sandro tauchte seine Arme bis zu den Ellenbogen in das kalte Wasser. Er dachte darüber nach, was sich in den nächsten Monaten für ihn ändern würde, als ein Schatten auf die Umrandung fiel. Eine Hand legte sich auf seine Schulter, und im selben Augenblick spiegelte sich im Wasser ein Gesicht neben seinem. Er richtete sich auf und drehte den Kopf. Michele Barotta lehnte grinsend am Brunnenbecken und nickte Sandro zu. »Wie steht's mit eurer zweiten Niederlassung, Sandro? Ich bin froh, dass in die Ruine wieder Leben einzieht.«

Sandro streifte die Tropfen von seinen Armen und zuckte mit den Schultern. »Wir lassen niederreißen, mauern, sägen und Wände bemalen«, antwortete er. »Es gibt viel Schutt und Abfälle. Ich werde drin wohnen, aber keine großen Feste feiern. Und was hörst du aus Lucca und Firenze?«

Dieses Mal hob Barotta die Schultern. Er trug den Helm unter der Achsel und verzog das verschwitzte Gesicht. Sein rechtes Auge richtete sich auf Sandro. »Dass die Florentiner im Februar einen traurigen Karneval gefeiert ... nein, begangen haben, weißt du vielleicht schon. Sie haben am Karnevalsdienstag auf einem riesigen Scheiterhaufen vor dem Palazzo della Signoria die ›Eitelkeiten‹ der Lasterhaften und Sündigen verbrannt: Masken, falsche Bärte, Spiegel und Puder, Salbdosen, viel Kostbares, noch mehr Wertvolles, Schachspiele aus Alabaster, Spielkarten und Musikinstrumente, Bücher von Martial, Ovid und Boccaccio, Perücken und Spielkarten und ähnlichen ›Tand‹.« Barotta grinste gehässig. »Das kommt daher, weil Laudonia Strozzi vor vielen Jahren Savonarola, den hakennasigen Hänfling, nicht heiraten wollte. Und da hat er geträumt. Vom Wasser der Reue, das bei ihm jede fleischliche Hitze gelöscht hat. Und seine Kälte hat jede menschliche Begierde in ihm bezwungen.«

»Ich habe davon gehört. Aber nichts Genaues«, antwortete Sandro grinsend. »Hast du etwas über die beiden toten Frauen erfahren?«

»Nein. Nichts. Man hat sie begraben, und der Priester hat vom jungen Leben und Vergänglichkeit geredet. Aber Savonarola redet lauter, länger, beschwörender, und es ist beängstigend, was in Firenze geschieht.«

»Rede, Michele! Erzähl's mir. Ich will alles wissen«, sagte Sandro, packte den Becher und zog Barotta in den Schatten einer alten Kastanie. Barotta hängte den Helm am Sturmriemen an einen krummen Nagel, der im Stamm steckte.

Der »Prophet« Girolamo Savonarola, fünfundvierzigjährig, schmächtig und von kleinem Wuchs, mit lodernden blauen Augen und einer Nase wie ein Geierschnabel, verkündete den nahenden Weltuntergang. Seine Visionen verbreiteten unter seinen Zuhörern und Anhängern tiefe Angst, denn Gott selbst, beteuerte er, hatte ihn ins Kloster San Marco bei Firenze geschickt, in jene Stadt, die wie »das Herz in der Mitte des Leibes« in Italien lag. Lorenzo de' Medici selbst, »der Prächtige«, hatte Savonarola geholt und 1491 zum Prior des Hausklosters der Medici wählen lassen. Selbst an Lorenzos Sterbebett hatte der Prophet gebetet – nachdem der Blitz in die Kuppel des Doms eingeschlagen und dort ein Feuer entfacht hatte. Und es gab viele, die nach den Predigten überzeugt waren, dass der Untergang der Welt und die Auflösung des Fleisches bevorstanden.

Als Barotta geendet hatte, sagte Sandro, der an den Lippen des Commendatore gehangen hatte: »Unter den Blitzen und Sturmwolken lauthals beschworener Bedrohungen von Savonarola sind ausgeblutete Frauenkörper im Weinberg, von Tagelöhnern gefunden, nur winzige Zeichen kommenden Unheils. Sind Savonarolas geifernde Predigten wirklich so … überzeugend? Reißen sie das Volk am Arno so mit?«

»Viele, jedoch längst nicht alle Bewohner Firenzes und Luccas haben innere Zwiesprache gehalten«, entgegnete Barotta, verlagerte sein Gewicht auf den anderen Fuß und machte ratlose Gesten. »Sie haben, ohne dass sie lange über ihr Verhalten nachsannen, ihren Begierden, dem Geiz und der Hoffart entsagt.« Er lachte abschätzig. »Wenigstens für kurze Zeit.«

So auch Consigliere Agostino di Bargoni, dachte Sandro. Er hatte einen seiner Clienti überredet, sein Haus günstig an Girolamo Castaciano zu vermieten. Das verwinkelte Dach, immerhin, war nicht sehr alt und dicht und von wuchtigen Balken, Bohlen und Brettern gestützt, die nicht vermodert waren. Alle anderen Teile des Hauses, dessen schmalste Wand sich an einem Stück der römischen Mauer befand, bedurften der Arbeit vieler Handwerker und Sandros Aufsicht.

»Nun«, sagte Sandro und bot Barotta einen Schluck Wein an. »Besuch mich im Haus. Es ist wenig gemütlich, aber in einer Woche wird's wohl einigermaßen wohnlich geworden sein. Heute ist mein Vater da und macht den Handwerkern Beine, besonders den Tagelöhnern.«

»Ich komme, wenn ich Zeit finde.«

»Er wird sich freuen, wenn er dich sieht«, sagte Sandro, leerte den Becher und wusch ihn im Brunnen aus. »Er wird mich oft besuchen, weil … In Arliano findet er keine Frau, aber vielleicht hier.«

Barotta grinste und nahm den Helm vom Nagel. Er schlug Sandro auf die Schulter, schob den Helm unter seine Achsel und deutete zur Piazza.

»Wenn mir eine einfällt, lass ich's dich wissen. Ich muss weiter – der Markt ist gleich vorüber.«

Sandro umfasste Barottas Handgelenk, schüttelte es und antwortete: »Ich weiß. Alle wissen es: Ohne Michele Barotta und seine gnadenlosen Söldner würde hier jede Ordnung zusammenbrechen. Der Herr segne deine Ordnungsliebe.«

Barotta machte grinsend eine obszöne Geste und hinkte mit großen Schritten zur Piazza. Sandro ging zum Brunnen, spritzte sich Wasser ins Gesicht und lenkte seine Schritte ohne Eile zu dem Haus, das in den nächsten Monaten sein Heim sein würde. Und das neue Liebesversteck für ihn und Caterina. Ein gefährdetes Versteck am Stadtrand Luccas, das viele Augenpaare beobachten würden, besonders *»Acut'Occhio«*.

16

Mindestens ein Dutzend neu erbauter Häuser schlossen an vielen Stelllen Luccas die Lücken zwischen einzelnen Palazzi. Zwischen April und Assunzione Mariae, Mariae Himmelfahrt, im kochendheißen August, arbeiteten lautstark Handwerker, Gehilfen und Tagelöhner auch in dem Gebäude, das Vater Girolamo und Sandro überraschend günstig gemietet hatten. Die Vorderfront zeigte auf eine annähernd runde, gepflasterte Piazza unweit einer der zahlreichen Kirchen und eines zerfallenen Stücks der alten Stadtmauer Luccas. In der Mitte des Platzes wuchs ein großer Walnussbaum. Das Haus, ziemlich abgewohnt, aber solide aus Stein, Ziegeln und schenkeldicken Kastanienbalken gebaut und älter als ein Jahrhundert, brauchte keinen großen Umbau, aber hundert kleine Reparaturen. Im Gewölbe, das wahrscheinlich schon zur Zeit der Römer gemauert und jetzt vom alten Verputz befreit und gekalkt worden war, konnten Waren kühl, wenn auch ein wenig feucht gelagert werden. Im erhöhten Erdgeschoss hatten ein Verkaufsladen und eine kleine Werkstatt Platz, und über ausgetretene Sandsteinstufen kam man in kleine Wohnungen unter dem schrägen Dach.

Sandro stand schwitzend zwischen frisch gekalkten Wänden im oberen Stockwerk und sah den Arbeitern zu. Sie hobelten und schliffen Dielenbretter glatt und entfernten Schmutz und totes Ungeziefer aus den Spalten und Rissen.

»Dank deiner Umsicht hat es weniger gekostet als die Villa eines allzu Reichen«, sagte Vater Girolamo. Sandro hörte verdecktes Lob aus der Bemerkung und grinste. »Türen, Fenster und Läden, mit brauchbaren Fehlgüssen für Angeln und Riegel, kommen in zwei Tagen von unserem Dorftischler.«

»Dank deiner Umsicht, Babo«, antwortete Sandro und kratzte sich Kalk und Farbe von den Fingern. »In unserer Familie ist das Wort ›Geiz‹ verpönt, ich weiß.«

»Wer sind wir, dass wir protzen können wie ein Medici?«

»Im Gegensatz zu ›il Magnifico‹ sind wir noch am Leben.«

»Auch wahr«, antwortete Girolamo. Er runzelte die Stirn und deutete hinunter in den halb fertigen Raum, der in wenigen Tagen der Ausstellung der Waren und dem Verkauf dienen sollte. »Darüber haben wir kaum geredet, Söhnchen. Können wir genügend Waren liefern, um alle, die unsere Erzeugnisse kaufen wollen, auch zufriedenzustellen? Vielleicht kaufen sie mehr, als wir gießen und schmieden können?«

Sandro zuckte mit den Schultern und vertrieb einige hartnäckige Fliegen. Das Geräusch der Dielenhobel riss plötzlich ab. Über die Treppe, deren Stufen frisch gemeißelt worden waren, kroch eine Wolke aus Staub und Schmutz und zog zu den offenen Fenstern. Die Handwerker gingen hinunter ins Freie, um eine Pause einzulegen.

»Das haben wir doch schon nächtelang besprochen«, sagte Sandro. »Wir stellen von den Beschlägen oder Figuren, den Leuchtern, Mörsern und Türklopfern, die ich am häufigsten verkaufe, einfach mehrere Stücke her. Es wird auch nicht schaden, wenn nicht immer alles zu haben ist.«

»Hoffentlich behältst du recht.« Girolamo sah sich um. Er schien sich nicht vorstellen zu können, dass in wenigen Tagen das Haus bewohnbar und der Laden keine Schande für die Officina sein würde. Aber er hatte sich schnell mit dem Gedanken anfreunden können, dass die Reichen Luccas ihre Bestellungen hier aufgeben und die ärmeren Handwerker wenigstens Bronzenägel kaufen konnten, ohne nach Arliano reiten zu müssen. »Wenn nicht ...«

»... haben wir ein wenig Geld verloren und ein Jahr lang

schöne Wohnungen in der Stadt gehabt. Vertrau mir – wir werden Erfolg haben.«

Die Handwerker kamen zurück und zogen wieder geräuschvoll ihre Hobel über das alte Holz. Girolamo, der seit Mittag jeden Winkel des Hauses einer strengen Überprüfung unterzogen hatte, nickte Sandro zu. Sandro wusste, dass sein Vater zufrieden und stolz auf das Vorhaben und auch auf den zukünftigen Zustand des Hauses war. Aber Girolamo ahnte nicht, dass sich Sandro und Caterina schon zwei Mal hier getroffen hatten, wenn auch nur für wenige Stunden. Dass sie ungesehen blieben, dafür hatte Sandro gesorgt. Er fragte: »Du reitest heute noch zurück zur Ufficina?«

Girolamo nickte und legte den Arm um Sandros Schultern. Sie gingen vorsichtig über die fast weißen Dielen, deren Maserung eine Wohltat für die Augen war und deren frischer Geruch in der Nase kitzelte, hinunter zum Laden. Durch den leeren Türrahmen betraten sie die Stufen und das Pflaster des Platzes.

Nachmittägliche Ruhe hatte sich über die Stadt gelegt. Sandro begleitete den Vater zum Mietstall und half, den Schimmel zu satteln. Nur eine Woche fleißiger Arbeit trennte die Castacianos von der Eröffnung ihres Verkaufsladens. Sandro hatte jeden, von dem er sich eine Bestellung versprach, zu einem kleinen Fest eingeladen, und er war sicher, dass es ihn kaum mehr als ein Fass Wein kosten würde. Er freute sich auf diesen Tag. Für einige Zeit würde Donata, seine Schwester, über dem Laden wohnen, um sich an die Stadtluft zu gewöhnen.

Sandro führte den Schimmel unter dem Vordach hinaus und sah zu, wie sich Girolamo schwungvoll auf den Pferderücken zog. »Grüß mir die Schwester, Babo«, sagte Sandro und gab den Zügel frei. »Sie braucht sich nicht zu beeilen. Ihr jungfräuliches Gemach ist noch allzu karg.«

Girolamo zog lachend den Zügel straff und ließ den Schimmel auf der Stelle drehen.

»Du Schurke. Du hast Angst, dass sie herausfindet, mit wem du deine Nächte verbringst.«

Sandro klatschte die flache Hand auf den Hals des Pferdes und entgegnete: »Mit knurrendem Magen, säumigen Handwerkern, Tagelöhnern und hungrigen Mäusen.«

»Wenn du nicht mein Sohn wärst, würde ich dich Lügner, Schlitzohr und Lüstling schimpfen. Leb wohl, Sohn. Ich schicke dir die Türen und Fenster sobald wie möglich.«

Sandro hob grüßend die Hand. Er hatte lange gebraucht, um hinter der polternden Art des Vaters seine große Zuneigung für ihn und Donata zu erkennen. Die gehörte ebenso Michaela, seiner Gattin, der milden Mutter, die ihn viel zu früh verlassen und mit der Sorge um die Kinder allein gelassen hatte. Die Kinder, so schien es, vermissten die Mutter weniger als Girolamo, und sie wussten, dass er an der Vorstellung litt, Sohn und Tochter mit zu wenig Liebe und zu großer Strenge erzogen zu haben, obwohl er nie darüber sprach. Er war ihnen ein guter Vater gewesen.

Als der klirrende Hufschlag auf dem Pflaster und das Echo zwischen den Hauswänden verhallt waren, setzte sich Sandro auf die kühlen Stufen, die zu seinem neuen Heim führten, und dachte über sein Leben nach.

Es geschah etwas mit der Welt. Etwas störte das Gleichgewicht, jenseits aller Vorfälle, die es immer und überall gab, wo Menschen zusammenlebten. Als ob zwischen tief treibenden grauen Wolken und einer steigenden Flut schwarzen Wassers die Luft zum Atmen dünner wurde. Viele Stimmen sprachen von Not und Tod, mannigfache Bilder schilderten jenen, die nicht lesen konnten, dass in den kommenden Jahren Verwirrung, unheilbare Krankheiten, Gesetzlosigkeit und zu guter Letzt ein Ende in Schrecken über die Menschheit kämen. Solcherlei Prophezeiungen und Visionen hatte es auch früher schon gegeben, aber jetzt, zweieinhalb Jahre vor der Jahrhundertwende, beherrschten sie wie Vorboten der endgültigen Verdammnis das alltägliche Leben und die Träume und schufen eine verderbliche Seelenfinsternis.

Jeder Gang über den lauten, bunten, stinkenden, lebhaften Wochenmarkt Luccas, dachte Sandro, scheint das Gegenteil zu beweisen. Aber das Leben bestand aus vielen bunten Mosaiksteinchen, und die Summe aller erschien düster und beklemmend. Selbst wenn er Caterina im Liebesrausch umarmte, überkamen ihn jenseits der Bilder von Liebe und Leidenschaft düstere Vorstellungen, Gedanken und Gefühle: Niemand war frei von Schuld. Diese Botschaft grollte von allen Seiten wie Donner. Niemand entging der gerechten Strafe. Viel guter Wein war nötig, die düsteren Gedanken der Endzeitstimmung zu vertreiben.

17

Unbewegt, trocken und glutheiß lastete die Mittagsluft über dem Park. Der einzige zu vernehmende Laut war das Plätschern des Brunnens im Rondell. Aus den offenen Fenstertüren der Küche drang der Duft von kochendem Beerenmus, und der Rauch aus dem Kamin sank über das Dach und die Terrasse hinunter in den Cortile. Der Leinenschirm über dem Spalierobst und Desiderios Tisch leuchtete dunkelgolden wie Bernstein. Einige Tauben gurrten im Turm, eine Katze döste auf den Bodenfliesen, halb in der Sonne, halb im Schatten. Es schien, als fürchte sich der Sommer vor den Stürmen des Herbstes. Cornelia kam lautlos, in Strohsandalen, auf die Terrasse und stellte einen Krug und ein Tablett voller Becher zwischen die Papiere und das Schreibzeug. Plötzlich fingen die Zikaden in den Zypressen mit ihrem metallischen Schnarren an. Desiderio blickte auf, als ein Schatten über ihn fiel.

»Es ist wohl nicht zu vermeiden«, sagte sie lächelnd und füllte zwei Becher, »dass du reicher und reicher wirst, Liebster. Nicht so reich wie Lorenzo de' Medici, aber …«

»Es wird langen«, antwortete er und sah zu, wie die Tropfen, die sich an der Wölbung des Kruges niedergeschlagen hatten, sich zu einem winzigen Rinnsal zusammenfanden und auf seinen Handrücken tropften. Er leckte sie ab und fuhr fort: »Es wird bis zu dem Tag reichen, an dem das neue Jahrhundert anfängt.«

Cornelia setzte sich zu ihm. Kochendheiße Stille lag über dem Stück Land innerhalb der Mauer. Die Bauern brachten die Ernte ein, und in den Weinbergen pflückten die Winzer

Trauben für die Märkte. Das Mühlrad stand still, die Weinlese hatte noch nicht begonnen, und auf Tüchern trockneten unzählige Birnenstücke und Apfelringe. Himbeeren und Brombeeren wurden eingekocht oder zu Saft gepresst. Jeden Tag fuhr ein Gespann, voll beladen mit frischem Gemüse, Tauben, Trauben und Käfigen voller Wachteln nach Lucca; ein anderes war mit Eiern, Hühnern, fetten Tauben, gemästeten Gänsen, Enten und Hirse beladen.

»Die Räder, Achsen und das Gestänge der Figur werden teuer, wenn ich sie bei Castaciano gießen und schmieden lasse«, sagte Desiderio und nahm einen Schluck aus dem Saftbecher. »Und mein Gesinde soll nicht hungern müssen.«

»Niemand hungert, Desiderio.« Cornelias Blick glitt über den Park. Ihre langen Finger streichelten Desiderios bloßen Unterarm. Seine haarlose, fahle Haut hatte sich sommerlich gebräunt, und in der Ellenbeuge glitzerten winzige Schweißtropfen. »Keiner ist krank, jeder arbeitet mehr. Nur die zwei Mägde fehlen uns. Die Scheune und viele Krüge und Flaschen sind voll. Und der Sommer ist noch längst nicht vorbei.«

»Ein Umstand, der mich freut«, sagte er und richtete seinen Blick auf ihre Augen. Sie strahlten türkisgrün wie frische Blütentriebe. Türkis-Licht, das die Finsternis durchdringt, hatten die alten Griechen geschrieben. »Aber vieles andere ist wichtiger.«

»Ich weiß.« Sie seufzte. »Der Engel. Du wartest auf die Lieferung aus Firenze?«

Desiderio verscheuchte einige Fliegen von den Buchseiten und wischte Schweiß vom Nacken und aus seinen Brauen. Ein Schwarm Sperlinge flatterte vom Kiesweg auf, als sich die Katze bewegte. Licht fiel von Desiderios Ringen auf die handgroße, farbige Gestalt unterhalb des Initials auf dem Pergament, auf die hoch ausgebreiteten Flügel, die goldverzierte Posaune, das Schwert und die Schale.

»Ja. Es ist nicht allzu eilig. Aber wir haben nur noch zwei Jahre und wenige Monate, bis alles fertig sein muss.«

»Wie weit bist du?«

»Ich zeige es dir heute Abend. In zwei Wochen wirst du nach Arliano reiten und die Teile bei den Castacianos bestellen.«

Die Fliegen hatten sich auf den Rand des Kruges und die Becher gesetzt und flogen auf, als Cornelia nach ihnen schlug. Desiderio zog zwischen den Pergamentseiten ein Stück Papier hervor, faltete es auseinander und deutete mit dem Federkiel auf einzelne Teile der Zeichnung.

»Die kleinen Modelle sind fast fertig. Sie bewegen sich, so wie es vorgeschrieben ist. Wie der Engel der Gemeinde zu Sardes oder zu Philadelphia. Die Zimmerleute werden die Gerüste bauen.«

»In der leeren Halle aus Holz?«

»Ich nenne sie ›den Tempel‹, auch wenn es nur ein einfacher Bau aus Steinsäulen und Bretterwänden ist.« Desiderio lächelte. Seine Augen mit den dünnen, hellen Wimpern blinzelten in die Ferne, zu den Hügeln und den Wolken. »Im Winter können wir damit anfangen, die großen Teile zu zimmern.«

»Wenn ich dir zuhöre, wenn ich die erfindungsreichen Modelle sehe, dann meine ich, dass du den prächtigsten Engel schaffen wirst, den, den das Buch beschreibt.«

Desiderio nickte. Zielstrebig und beharrlich tat er, was ihm vorgeschrieben worden war, und ebenso entschlossen arbeitete er der Nacht entgegen, die auf das Weltgericht folgte, und der Sonne, die am ersten Tag des neuen Jahrhunderts an dem neuen Himmel aufgehen würde, wenn der erste Himmel und die erste Erde vergangen waren. In dem heißen Sommer, während der Ernte und der Vorbereitung auf den langen Winter schien es selbst ihm bisweilen, als verlöre er das Ziel aus den Augen, aber ebenso stark, wie er die Erleuchtung und die Gewissheit erfahren hatte, hielt er an jeder noch so winzigen Einzelheit fest.

Auf sechsundfünfzig großen Seiten waren die Worte der *Offenbarung* in schönster Schrift dargelegt, unterbrochen von naturalistischen Bildern in satten Farben sowie in silbernem und goldenem Lack, und die Wörter – noch hatte er sie nicht gezählt – enthielten Bedeutungen, die Desiderios Leben mitbestimmten, seit er zum zweiten Mal Quartier in Firenze genommen hatte, Anno Domini 1475. Zu dieser Zeit hatten Bernardo di Strozzi und, für die Hälfte des Jahres, Frate Francesco die Aufsicht über die Villa.

Als er zum zweiten Mal in das hektische Treiben der Stadt eintauchte, war er nicht mehr so verschreckt. Für ihn hielten die Tage und Nächte Tausende von Eindrücken bereit, tiefere und nachhaltigere als bei seinem ersten Aufenthalt. Die Armen schufteten für wenige Soldi, und die Schaffenden, die sich Handwerker nannten, schlossen sich in Zünften zusammen: Maler, Vergolder, Feinschmiede, al-Fresco-Künstler, meisterliche Stoffweber, Schnitzmeister. Als Desiderio Meister Andrea del Verrocchio und dessen Werkstatt kennenlernte, entfaltete sich vor seinen Augen ein schier unermessliches Panorama aller vorstellbaren Künste.

Dieses Mal fand er eine Wohnung in einem schmalen Haus, in dem für ihn eine Köchin, eine Magd und ein Botenjunge arbeiteten. Sie lebten im Hinterhaus, in ebenerdigen Räumen. Eine Treppe höher schlief und studierte er in Ruhe und mit allem versorgt, was er brauchte: mit Essen, Wein, Gerüchten und Nachrichten. Firenze im Jahr des Herrn 1475 war nicht nur hektisch und schamlos, sondern auch von gegensätzlichen Meinungen erfüllt, kühnen Einfällen beseelt und erbitterten Machtkämpfen durchströmt. Er lernte jeden Tag, in den Strudeln dieses reißenden Stroms mitzuschwimmen. Sein Blick schärfte sich, er erlebte den Aufstieg Lorenzo de' Medicis, lernte und begriff in dessen Schatten, zugleich aber im Licht der anbrechenden neuen Zeit.

Die einzigartige Kuppel des Doms Santa Maria del Fiore von Brunelleschi wölbte sich über Gerechte und Ungerechte als krönendes Zeichen für die Einzigartigkeit der Stadt. Desiderio sog jede Stunde Bilder, Töne und Stimmungen, Gerüche und Musik in sich auf und war bald überzeugt, dass Firenze ein Brennpunkt war, in dem sich im Kleinen zeigte, was in der Welt im Großen geschah. Die Menschen glaubten den Predigern und erwarteten die Große Drangsal, die Gott schicken würde, das Strafgericht, den Weltuntergang und den Sturz in die Hölle. Die ummauerte Stadt am Arno, einst von den Goten zerstört, würde als neues Jerusalem wieder erstehen. Die Seher und Visionäre führten unzählige Beweise für das unausweichliche Ende an. Wenn die bevorstehende Zerstörung Firenzes bevorstand – und Desiderio hatte keinen Grund, daran zu zweifeln –, blieb für ihn die Palazzina Montfalcone der einzige Ort, an dem er Frieden fand.

Cornelia riss ihn aus seinen Gedanken, als sie die Briefe aufhob und sie auf das Bild des Engels legte.

»Du solltest wenigstens ein paar Briefe beantworten, Amore«, sagte sie. »Die Handwerker können sie nach Lucca mitnehmen.«

»Ein guter Rat«, antwortete er, hob ihre schmale Hand an seine Lippen und küsste den Handrücken. »Vor Sonnenuntergang schließe ich für uns die Gewölbe auf.«

18

Fünfzehn Schritte von der Mühle entfernt, neben der Werkstatt, stand der »Tempel«. Vier Säulen erhoben sich an den Ecken, die Wände, mehr als fünfundzwanzig Ellen hoch und mehr als fünfzehn breit, bestanden aus Brettern und Fachwerk und wiesen keine Spalten und Risse auf. Hinter dem Gebäude wuchsen im Viertelkreis sieben üppige Zypressen, die wie runde Säulen gestutzt und beschnitten waren. Das einfache Satteldach war mit flachen Ziegeln gedeckt, der Türsturz, die Flanken und die Türflügel besaßen eiserne Verstärkungen, drei handbreite Riegel und ein bronzenes Türblatt. Eine Art Laufsteg führte von der Mitte des steinernen Fundaments zur Seite der Mühle – ein gemauerter Kanal, mit dicken Brettern belegt.

Desiderio drehte den schweren Schlüssel, zog die Riegel auf und öffnete beide Flügel. Das Licht der Abendsonne fiel in den hohen, leeren Raum.

Zögernd trat Cornelia näher. »Ich war seit mehr als zwei Monaten nicht hier drin«, sagte sie. »Da war dieser Sockel noch nicht gemauert.«

»Die Handwerker, die in der Mühle gearbeitet haben, haben mir auch hier geholfen.« Desiderio war stehen geblieben und drehte sich um. Er deutete in die Höhe und zur Rückwand. »Du kennst die Zeichnungen. Jetzt siehst du, was sie bedeuten.«

Dicht unter den Dachbalken verlief eine Eisenstange quer durch den dunklen Raum von Wand zu Wand. An den vier Kanten zwischen Wand und Dach sah Cornelia undeutlich Hebel und Winkel aus Holz und Eisen, mit dünnen Seilen untereinander verbunden. Teile eines Gerüsts lehnten an der Wand, deren Holz schwarz gefirnisst war. Der Raum schien das wenige Licht und die wenigen Laute aufzusaugen. Nur die Ziegel eines Podiums mit einer Fläche von zehn mal zehn Ellen und einer Höhe von drei Ellen waren deutlich zu erkennen. Cornelia lehnte sich an das Podium und blickte ins schwarze Dachgebälk.

»Dieses Haus ist wirklich ein Tempel. Ein schwarzer Tempel der letzten Tage und Nächte.«

»Er ist noch lange nicht fertig«, sagte Desiderio lächelnd. »Aber durch gewissenhafte Arbeit und mit einigem Aufwand wird es hier bald anders aussehen.«

Cornelia schloss die Augen und ließ die schwarze Stille auf sich einwirken. Sie war sich ihrer Unzulänglichkeit bewusst. Ihre Vorstellungskraft reichte nicht aus, um zu erahnen, was Desiderio bis in die letzte Winzigkeit hinein wusste. Sie vertraute ihm bedingungslos, so wie sie dem prüfenden Blick seiner braunen Augen vertraut hatte, als sie, elf Jahre alt und unwissend, ihm das erste Mal gegenübergestanden hatte. Alles, was er unternahm, auf stille Art und emsig wie ein Tagelöhner, war richtig und fand ein gutes Ende. Seine Selbstsicherheit umgab ihn wie ein Panzer – sie sei, hatte er ihr gesagt, seit dreißig Jahren tagtäglich um einen Fingerbreit gewachsen.

Sie schlug die Augen auf und sah Desiderio vor dem Portal stehen. Sie spürte seinen prüfenden Blick auf sich ruhen, obwohl ihn die Sonne von hinten anschien und er nur als Schattenriss erkennbar war. Die Härchen auf ihren Armen richteten sich auf, ein Schauder lief ihr über den Rücken, als sie ins Abendlicht hinaustrat.

Desiderio arbeitete bis Mitternacht in der Werkstatt und bereitete das Modell vor, das die Zimmerleute aus Lucca in der vorbestimmten Größe und Beweglichkeit zusammenfügen und aufrichten sollten. Er blies die Kerzen aus, verschloss mit gewohnter Sorgfalt die Türen, ging zum Haupthaus und stieg müde zum

Schlafzimmer hinauf. Zwei Fenstertüren waren weit geöffnet; warmer Nachtwind ließ die Kerzenflammen flackern. Cornelia schlief, ausgestreckt auf den weißen Laken. Ohne Hast mischte Desiderio in einem großen Pokal Mohnseim, Wein und Beerensaft, nahm einen Schluck und zog sich aus. Nachdem er sich gereinigt hatte, rieb er sich mit einem kampfergetränkten Tuch ab und genoss die Kühle auf seinem Körper. Langsam, auf dem Rand des Bettes, leerte er schluckweise den Pokal und lauschte Cornelias Atemzügen.

Seit vierzehn Jahren lebte sie in der Palazzina, und als Sechzehnjährige hatte sie ihn mit viel Geduld und einer Geschicklichkeit verführt, die derjenigen der Dirnen in Firenze in nichts nachstand.

Desiderio blickte in die flackernden Lichter und streckte sich neben Cornelia aus. Die Erinnerungen an seinen zweiten Aufenthalt in Firenze waren verblasst, und der Schlaftrunk verlangsamte seine Gedanken. An den Namen der Dirne, die sich – von seiner Freigebigkeit überwältigt – seiner angenommen hatte, entsann er sich nicht mehr. Aber sie hatte den Ekel vor seiner Missbildung verborgen und ihm gezeigt, wie er eine Frau und zugleich sich selbst befriedigen konnte. Er schlief mit der Erinnerung an jene Nacht ein, in der er zum ersten Mal den Höhepunkt einer lustvoll keuchenden Frau erlebt hatte.

Desiderio öffnete die Augen, stützte sich auf den Ellbogen und beugte sich über Cornelia. Sie war aufgewacht und streckte die Hand nach ihm aus. Ihre Brustspitzen hatten sich aufgerichtet, ihre Zunge feuchtete die Lippen an. Desiderio legte sich zurecht und wartete auf die Berührung ihrer Finger. Der Traum, dessen Bilder ihn geweckt hatten, geisterte noch in seinem Bewusstsein. Er träumte immer den gleichen Traum und wachte an der gleichen Stelle von seinem eigenen Schreckensschrei auf: Er stand inmitten schwelender Trümmer vor den nackten, geschändeten Leichen seiner Eltern und erkannte entsetzt, dass er die Merkmale beider Geschlechter zwischen den Schenkeln trug. Erst Cornelia war es vor Jahren gelungen, die Schrecken des Traums zu mildern.

Je mehr Desiderios Erregung zunahm, desto schwächer wurde die Erinnerung. Er schwankte zwischen Zufriedenheit und Lust, als Cornelia sich über ihn schob und ihn in sich aufnahm. Dann vergaß er für kurze Zeit seine Unvollkommenheit als Mann – oder als Frau.

Cornelia sank zur Seite. Als sie den Kopf noch einmal drehte, sah sie, dass Desiderio eingeschlafen war.

Simone und Piero, die Gärtner, hatten in den Holzwänden des »Tempels« große Brettervierecke entfernt, sodass Licht in den Raum fallen konnte. Innerhalb des Würfels, der trotzdem düster blieb, und auf dem Vorplatz fügten die Zimmerleute Latten, Stäbe und Bretter zu einem Dutzend schlanker, kastenförmiger Formen zusammen. Unermüdlich drehten sich die Bohrer und durchlöcherten die Stäbe an den Stellen, an denen sie auch in Desiderios Homunculus-Modell durchlöchert waren. Desiderio arbeitete mit den Männern aus Lucca zusammen und vergewisserte sich, dass jedes einzelne Maß zuverlässig übertragen und jede Nut und jeder Schwalbenschwanz sauber ausgeführt wurden. Zwei Teile, die Unterschenkeln und Füßen glichen, wurden an eisernen Haken befestigt, die in das steinerne Podium eingelassen waren, etwa in der Mitte, vier Ellen voneinander entfernt. An der Rückseite des Podiums waren zwei Türen geöffnet, und man sah innen das eiserne Gestänge, das von der Mühle heranführte. Eine Säule aus schwarzem Eichenholz wurde über einer Öffnung auf der Oberseite des Podiums aufgebaut und mit anderen eisernen Haken verbunden.

»Das wird ein großes Gestell, Messer Montfalcone«, sagte einer der Zimmerleute. »Zu welchem Zweck?«

»Ich weiß es noch nicht genau. Vielleicht brauche ich die Figur für ein Fest im Park.«

»Aber sie ist reichlich roh und kantig, Signore.«

»Nachher zeige ich euch, wie wir die Gliedmaßen rundlicher machen.«

Das Gerüst wurde auf dem Sockel aufgebaut, bestehend aus Stangen und Brettern. Vom Boden des Bauwerks führten schmale Treppen zu zwei Absätzen. Desiderio hob einen kleineren Kastenteil hoch und bedeckte ihn halb mit einem zugeschnittenen Stoff, der mit einer Art Kleister getränkt zu sein schien. Ein zweiter länglicher Kasten hatte das Aussehen eines längs halbierten Unterarms.

»Wenn ich alle Teile fertig habe, kommt ihr wieder, und wir setzen die Figur zusammen«, sagte er. »In zwei bis drei Monaten, denke ich.«

»Die Glieder sollen sich später bewegen, nicht wahr?«

»Ja. Aber bis es so weit ist, brauche ich noch viele Gelenke, Räder und Stangen, Seile und Hebel.« Desiderio sah, dass die Handwerker verstanden hatten, wie die Teile beweglich zusammengesetzt und, mit Rundungen versehen, zu einem späteren Zeitpunkt einer Statue ähnlich sein würden.

Er ließ sie an den großen Teilen der zukünftigen Flügel allein weiterarbeiten und wies Mamma Lucia an, ihnen Essen und Wein zu bringen. Es wurde Zeit, sagte er sich, die eisernen und bronzenen Teile zu bestellen.

Jeder Teil des Gartens, dessen Mittelachse von Nord nach Süd zeigte, war seit dem Brand mit großer Sorgfalt neu bepflanzt, gehegt und beschnitten, bewässert und ausgebaut worden. Dreißig Jahre lang waren alle Pflanzen gewachsen und hatten die Gärtner Zeit gehabt, den Park zu einem Kleinod blühender Schönheit zu gestalten. In den Wasserbecken – in denen Seerosen, Schilf und Blüten kaum bekannter Gewächse Inseln bildeten, die in vielen Farben leuchteten – waren Plattformen angelegt worden, die über schmale Pfade aus Marmorplatten zu betreten waren. Libellen zuckten wie funkelnde Edelsteine zwischen den Halmen des Zierschilfs. Ein Zelt mit offenen Seitenwänden, unter dem ein großer Tisch und Stühle standen, war auf einer der runden Plattformen aufgestellt. Desiderio, in einen bodenlangen weißen Seidenmantel gekleidet, hatte Papierblätter und einige wenige Pergamente vor sich, außerdem Zirkel und Messstab, Zeichenkohle und Tinte. Er betrachtete die Zeichnungen und legte mit fast ehrfurchtsvollen Gesten die Blätter zur Seite, auf die mit Rötelstift gezeichnet war. Sie stammten aus der Hand des Meisters, Leonardo, des in sich gekehrten Künstlers, der mit zwei Dutzend Strichen ein Wunder zu schaffen vermochte.

Leonardo aus dem Dorf Anchiano beim Weiler Vinci. Das übellaunige, grübelnde Genie. Für einige Zeit fast gleichaltriger Freund Desiderios. Schüler Verrocchios. Größer als Dante, Botticelli, Lorenzo de' Medici. Rätsel und Offenbarung zugleich.

Als Anno Domini 1476 die Nachricht, Galeazzo Sforza sei vom Bruder einer seiner Geliebten erdolcht worden, von Milano aus Firenze erreichte, lebte Desiderio Montfalcone schon ein halbes Jahr in der Stadt. Vielleicht waren es Söldner Sforzas gewesen, die seine Eltern ermordet hatten. Fast jeden Monat ritt er für wenige Tage zur Villa und war dazu mehr als zehn Stunden im Sattel. Er, der Achtundzwanzigjährige, war bemüht, sich zwischen mehr als fünfzigtausend Bewohnern zurechtzufinden und so viel zu lernen, wie er verstehen und begreifen konnte. In der Werkstatt des Andrea del Verrocchio, die er bisweilen besuchte, lernte er einen vierundzwanzigjährigen Maler kennen, der Lionardo aus Vinci hieß und den jedermann »Leonardo« nannte. Er war der uneheliche Sohn des Notars Ser Piero und schon jetzt Mitglied der Maler-Lucasgilde. Er, ein *uomo senza lettere,* ungebildet also, wie er selbst bemerkte, hatte in dem Gemälde Verrocchios, der *Taufe Christi,* einen herrlichen Engel und die Hintergrundlandschaft gemalt. Desiderio glaubte, die Genialität Leonardos zu erkennen. Leonardo verschlang die Schriften der öffentlichen Bibliothek, studierte Latein, zeichnete, malte, verwarf, skizzierte, lernte und arbeitete wie ein Rasender. Der junge Maler wurde zusammen mit den anderen Schülern Verrocchios der Sodomie angeklagt und freigesprochen, weil auch Desiderio für ihn aussagte. Leonardo, der Desiderios Begeisterung mit erstaunter Zurückhaltung begegnete, weckte durch seine Skizzen und Zeichnungen in Desiderio den Wunsch, die Mechanik ebenso wie die Natur – die Wolken, den Körper des Menschen – und alles Übrige, was zum Leben gehörte, zu verstehen: unbewegte Bilder und alles, was sich regte, rührte und veränderte.

Leonardo war wie ein Quell, von dem Desiderio – wenn es die Umstände erlaubten – gierig seinen Durst stillte. Er verstand – ohne das schwierige Geschäft des Gelderwerbs zu vernachlässigen –, dass nur eine brennende Neugier auf jedes noch so winzige Teilchen der Wirklichkeit ihm ein reicheres Leben bescheren würde. Desiderio lernte Namen und Bilder kennen, und Leonardo brachte ihm auf seine mürrische, unduldsame Art bei, die Bedeutung von Einzelheiten auf Leinwänden und Wänden zu erkennen. Ähnlichkeiten zwischen klassischen alten und neuen Dingen und Geschehnissen wurden miteinander zu neuen Kunstwerken, zu Rätselbildern verknüpft. Jedes Bild, sei es von Uccello, Perugino oder Fra Angelico, von Mantegna, Lorenzo di Credi oder Botticelli, enthielt mosaikhaft zahlreiche Hinweise auf klassische Sagen und Legenden, christliche Märtyrergeschichten oder politische Gegebenheiten, die der Künstler verarbeitet hatte und die Desiderio zu deuten lernte. Er selbst erfreute sich auch an Unvollkommenem, doch Leonardo hasste jede Flüchtigkeit. Und da er sich ein wenig in Desiderios Bewunderung sonnte, war er freigebig mit Antworten, auch mit blitzschnell ausgeführten und meisterlich gezeichneten Antworten – einige Dutzend solcher Invenzionen, Erfindungen, zählte Desiderio zu seinem kostbarsten Besitz.

Desiderio wandte sich wieder seinen Papieren und Pergamenten zu. Seine Liste für die Werkstatt Castaciano wurde länger und ausführlicher. Er bestellte Rohrabschnitte, Achsen, Gestänge und verschiedene Arten von Schnecken- und Zahnrädern, und wenn Einzelheiten auf Leonardos Zeichnungen fehlten oder undeutlich waren, maß er neu aus und schrieb die Maße nieder. Schließlich waren es mehr als Hundert Teile – Scharniere, Nägel und Laufräder für fingerdicke Seile. Von seinem Kopf, der sich trotz des Sonnensegels rötete, tropfte Schweiß auf die Blätter.

»Das wird nicht billig«, murmelte Desiderio und wischte Gesicht, Kopf und Hals mit einem feuchten Tuch ab. Der kühle Stoff roch nach Minze. »Aber ich kann mein Geld sowieso nicht mit in die neue Zeit nehmen.«

Er verglich die Liste mit den Zeichnungen, fügte in seiner schwungvollen Schrift einige Zahlen und Bemerkungen hinzu, korrigierte fünf Irrtümer und legte die Blätter aufeinander, schloss die lederbezogenen Deckel und knotete sie mit Lederschnüren zusammen. Er strich über das eingeprägte Wappen, stand auf und ging, die Mappe unter dem Arm, zum Haus. Das Rauschen des Wassers und das gleichmäßige Schlagen des Wasserrades wurden von den dichtstehenden Bäumen und dem Blattwerk der duftenden Büsche geschluckt. Als er zwischen den purpurnen Glyzinien und den Kletterrosen am Ende des Mittelganges aus dem Schatten hervorkam, sah er Frate Francesco und Cornelia, die unter den Kastanien spazierten und sich unterhielten.

Während des Gesprächs zirpte der Chor der Grillen, und zuweilen summten Bienen oder große Fliegen durch die behagliche Ruhe des Nachmittags. Leise knirschten Cornelias Schritte im sandigen Kies. Frate Francesco wischte mit dem Ärmel der Kutte die Schweißtropfen von seiner Stirn.

»Ihr betet miteinander, und du kennst ihn seit seiner Jugend, Vater Francesco«, sagte Cornelia. Sie trug ein knöchellanges, dünnes Kleid von blassblauer Farbe und halb durchsichtig, in dessen Stoff purpurne Glyzinienblüten eingestickt waren. Ihr Haar lag straff um ihren Kopf und war im Nacken mit einem vergoldeten Elfenbeinkamm zusammengefasst. Sie blickte zu Boden, schien die Herbstblumen zu zählen und suchte ihre Worte sorgsam zusammen. »Du kennst sein Herz und weißt, was er glaubt.«

»Ich kenne auch dich, seit du hier bist«, antwortete der Priester. »Dein Glaube ist stark, aber du zweifelst bisweilen.«

»Ich denke an die zweieinviertel Jahre, die bis zum Heiligen Jahr vergehen werden. Meine Zweifel sind nicht groß, aber manches einzusehen, zu erkennen, fällt mir schwer. Seit der Rückkehr aus Firenze kennt er nichts anderes als den letzten Tag unserer Welt. Seit wann weiß Desiderio, dass er und vielleicht du und ich und der verstorbene Lorenzo von Gott auserwählt sind?«

»Seit Langem. Seit den letzten Jahren in Firenze.« Frate Francesco nickte schwer und lächelte gedankenverloren. »Du weißt, wie er aufgewachsen ist?«

Cornelia fühlte sich in seiner Gegenwart unsicher, aber geborgen. Er teilte mit Desiderio mehr und gänzlich andere Erinnerungen als sie. In einer Zeit, in der ein Mädchen als Frucht einer »minderen Empfängnis« galt, als unbemerkt und unerwünscht, als bedeutungsloses Wesen, das nur durch Heirat und das Gebären von Söhnen einen Lebenszweck zu erfüllen vermochte, war sie glücklich, als Geliebte eines reichen, angesehenen Signore sorglos und in ländlichem Prunk leben zu dürfen, umsorgt von einem Dutzend Mägden und Dienern. Sie antwortete sanft: »Er hat es mir erzählt. Immer wieder, wenn er aus seinen Albträumen aufwachte. Schwitzend, verschreckt und voller Angst. Aber war das alles? Ist es die Wahrheit? Gewiss – ich kenne seinen Körper. Ich kenne seine Großzügigkeit und weiß, dass er keine Fehler macht.«

»Du hast alles dafür getan, dass sein Körper zur Ruhe gekommen ist. Und auch sein Herz, sein Verstand.« Der Frate sprach, als sei er Zeuge all ihrer Nächte gewesen und der schier endlosen Gespräche.

Durch das Zwitschern der Vögel drang das Rumpeln der Mühlsteine. Dann begannen wieder die Zikaden zu lärmen.

»Aber sein Herz, sein Verstand, sein Geist – sind sie nicht unruhig geblieben? Er denkt, schreibt und zeichnet unentwegt, ist so überaus genau. Er arbeitet rastlos. Er arbeitet in der Werkstatt, im ›Tempel‹, hat mit den Bestellungen und seinen Geschäften zu tun. Er ist so sicher, dass alles so geschehen wird, wie es geschrieben steht!«

Sie waren sich bewusst, dass Firenzes Bewohner im Schatten Italiens und der Welt lebten und dass alle Bewohner der Palazzina Montfalcone weitab im Schatten Firenzes lebten und arbeiteten. Ein wahrer Segen, ein ruhiges, sicheres Leben. In Lucca – von Firenze durch viele Meilen und wohltuende Unabhängigkeit getrennt – erfuhr man immer erst Tage später, dass sich Angehörige reicher Familien um Macht und Einfluss stritten, dass um jedes Amt erbitterte Kämpfe geführt wurden und dass Piero de' Medici, Lorenzos Sohn, vertrieben und der Palast der Medici geplündert worden war. Dreitausend Bürger hatten, nachdem König Karl VIII. von Frankreich und seine Truppen die Stadt verlassen hatten, den Consiglio maggiore gebildet, den Rat der Stadt. Fra Girolamo »Hieronymus« Savonarola schien der neue Herrscher der Stadt zu sein.

Frate Francesco stieß einen Seufzer aus, riss einen Rosmarinzweig ab und zerrieb die duftenden Nadeln zwischen den Handflächen. Er roch an seinen Fingern und zuckte kaum merklich mit den Schultern. »Es hat Anno 1470 angefangen, also vor gut drei Jahrzehnten. Als Missgestalteter geboren, als Mädchen aufgewachsen, zur Vollwaise geworden, dann der Brand, der zweifache Mord, die Schändung der Dienerinnen, die Ruine, die Qualen und die Herausforderung des neuen Anfangs ... Ich war an seiner Seite und habe ihm geholfen, so gut ich es mit Hilfe des Herrn vermochte.« Francesco hob die Arme und ließ sie wieder fallen; er wirkte wie ein magerer schwarzäugiger Vogel mit schlohweißem Schopf, der vergeblich aufzufliegen versuchte. »Sein Wille war schon damals so stark wie sein Glaube an jene Menschen, die bewiesen hatten, dass er ihnen vertrauen konnte. Das hast du sicherlich erkannt, denn auch dir vertraut er. Am meisten glaubt er den Worten der Schrift, der *Geheimen Offenbarung.*«

Frate Francesco zögerte. Offensichtlich war das, was er sagen wollte, weder einfach auszusprechen noch zu begreifen. Oder er war im Begriff, ein bisher wohlgehütetes Geheimnis zu verraten. Nach einer langen Pause sah er Cornelia in die Augen und begann stockend: »Kurze Zeit nach dem Mord an seinen Eltern und dem Brand geschah etwas Furchtbares mit Desiderio. Er, der sich halb als Mann, halb als Frau empfand, versank in brütendem Schweigen, dann wieder redete er wirres Zeug. Er schlief tagsüber und begann erst nachts zu leben, schloss sich in der Werkstatt ein oder verschwand für Tage. Er lag in der verrußten Kapelle auf den Knien und betete inbrünstig, aber am nächsten Tag führte er lästerliche Reden, fluchte und redete davon, sich selbst bestrafen zu müssen. In seinem Herzen tobte ein Aufruhr.«

Francesco schwieg, als habe ihn dieses Geständnis erschöpft. Wieder versuchte er, den Schweiß auf seiner Stirn zu trocknen. Seine Augen suchten einen fernen Punkt und hefteten sich darauf; nur einmal sah er Cornelia fast scheu an.

»Er war nicht mehr er selbst. Mir schien es, als würde in ihm ein satanischer Engel gegen einen Engel Gottes kämpfen. Dieser unglückliche Zustand dauerte vielleicht neun Monate oder länger. Dann, binnen weniger Tage, erholte er sich. Er lachte, betete und lobte uns alle für unsere Geduld, und fortan war er im Glauben fest. Bis zum heutigen Tag.«

»Dein Vertrauen, dass du es mir erzählt hast, Frate – ich werde darüber schweigen«, sagte Cornelia.

»Mir scheint, dass Desiderio selbst das alles vergessen hat. Es ist ja schon so lange her. Er hat mir einmal gesagt, dass ein strahlendes Licht und liebliche Musik in sein Herz gekommen sind, damals, in Firenze.«

Cornelia nickte langsam, verließ den Weg und lehnte sich im Schatten an einen Kastanienstamm.

»So ist es. Was war … damals?«

»Als er zum ersten Mal lange Zeit in Firenze lebte, war es für ihn, als würde er auf biblische Art getauft. In einem tiefen Wasser. Er tauchte in eine Welt ein, die ihn in jeder Minute mit Wundern überschüttete. Dort erfuhr er zum ersten Mal vom Weltuntergang. Von Fra Hieronymus Savonarola, dem Dominikanerbruder. Und von anderen Predigern und Visionären.«

»So habe ich es nie sehen, niemals verstehen können«, sagte Cornelia. »Du weißt, ich wurde als Kind aus Firenze weggebracht. Als Lorenzo de' Medici nach dem Mord an seinem Bruder Giuliano alle Albizzi und Strozzi und Pazzi aus der Stadt vertrieben hat und viele erschlagen und gehenkt wurden.« Sowohl Hofmeister Bernardo als auch sie waren nicht mehr als entfernte, unbedeutende Verwandte jener florentinischen Familien, an denen sich Lorenzo gerächt hatte.

»Ich weiß es. Das hat dein reines Herz gerettet, Schwester in Christo.« Francesco lächelte. »In Firenze wurde für Desiderio der Keim der Erkenntnis gesät. Das Senfkorn fiel, was erstaunlich ist, wenn man die Stadt kennt, auf fruchtbaren Boden und gedieh.« Wieder wischte er Schweiß aus seinem Gesicht. »Desiderio verstand die Worte der Offenbarung und die der Prophezeiung des Joachim. Er glaubt inbrünstig daran, wie ich, wie du. Kaum jemand sonst versteht, was Johannes von Patmos uns sagen will. Nur wenige Auserwählte. Damals bekam er jeden Tag einen neuen Beweis geliefert. Es traf ihn wie der Blitz. Immer wieder.«

»Dort, in Firenze?« Cornelia blickte in die Muster aus Sonnenlicht und bewegten Blättern. »Bei Verrocchio, Leonardo, Lorenzo, all den Künstlern …?«

»Ja, dort. Und bei Predigern voller Visionen sowie falschen und wirklichen Propheten. Er erhielt die Beweise aus Reden, Büchern, Bildern, aus den kostbaren Schriften, die sein Vater erworben hatte, aus seiner eigenen Seelenfinsternis heraus. Bedenke, dass er seit dem Tod der Eltern unter einer Störung leidet, die nach dem plötzlichen Erkennen der schrecklichen Vorkommnisse von ihm Besitz ergriffen hatte, ohne dass er oder ich es bemerken konnten.« Der Frate machte eine bedeutungsschwere Pause und blickte zum Haus, als suche er die Bestätigung Desiderios. »Durch dieses Ereignis, ich meine den Überfall, und als er seine toten Eltern sah, wurde seine Seele erschüttert, und er merkte es nicht. Dort liegt der Keim für die späteren Eigentümlichkeiten. Ich weiß von Menschen, die viele Jahre nach solchen Begebenheiten dem Wein verfallen oder dem Trübsinn. Andere leiden an unheilbaren Krankheiten. Wieder andere peinigen sich und ihre Angehörigen, bringen sich selbst oder einander um. Aber diese Gefahr, sage ich, trifft Desiderio nicht. Sein Glaube hat ihm während all dieser Jahre geholfen.« Er lächelte, halb erschöpft, halb zuversichtlich. »Er ist doch ein Auserwählter!«

»Wiederhole deine Worte, Frate«, sagte Cornelia und senkte den Kopf. Sie starrte die Spitzen ihrer Schuhe an und bewegte die Zehen. »Ich muss darüber nachdenken. In Firenze hat sich Desiderio also gewissermaßen angesteckt? Tief im Glauben? Vom Bewunderer aller Künste und Fertigkeiten wurde er, durch Schrecknisse, Wunder und innere Einkehr, zum wahren Gläubigen?«

»Die Wege des Herrn sind unerforschlich«, antwortete Frate Francesco. »Ihm war, als sei ihm etwas abhanden gekommen. Ein bedeutender Teil von ihm selbst. So war es. So ist es.«

Sie lauschte schweigend den Worten des Weißhaarigen. Also hatte Desiderios rastloser Verstand seit etwa dreißig Jahren jede Rede, jede Predigt, jedes Bild – sie wusste, dass er in Bildern von grandioser Farbigkeit dachte! –, jeden Hinweis auf das

Weltende, das Gottesgericht, auf Armaggedon und die furchtbaren Engel der Apokalypse, jede Endzeit-Vision, selbst die Hintergrundlandschaften unzähliger Bilder, zahllose Gespräche mit Priestern, Visionären und Propheten, seine Versagensängste sowie die Unzucht in sich aufgesogen. Sodomie, das gottlose Treiben, Leonardos kryptische Zeichnungen, jedes persönliche Erlebnis hatte er als Zahlen einer gewaltigen Summe empfunden und alle Hinweise zusammengerechnet. *Repetitio mater omnium* – Wiederholung ist die Mutter aller Dinge.

Sein prüfendes Denken war beherrscht von der möglichen Wahrhaftigkeit eines jeden Hinweises. Das Ende der Welt, zu diesem Schluss war er gekommen, stand bevor. Savonarolas Verkündigungen, die Worte des Predigers des Missvergnügens, waren Botschaften Gottes. Die letzte Nacht Anno Domini 1499 gehörte dem siebenten Engel der Apokalypse und den wenigen Auserwählten.

»Ich glaube ihm«, sagte Cornelia, zuckte mit den Schultern und fuhr fort: »Ich glaube dir. Ich wäre ein Nichts ohne Desiderio, ohne die Jahre hier, ohne seinen bienenhaften Fleiß. Er hat mich aus der völligen Bedeutungslosigkeit geholt. Ich bin glücklich mit ihm. Und ich weiß auch, dass er kein Kind will und keines haben kann.«

»Die Wege des Herrn«, wiederholte Francesco, »sind zwar unerforschlich und rätselvoll, aber sie führen zum Ziel. Zu Seinem Ziel.«

Die kleinen, fast schwarzen Augen des Priesters schienen Löcher in ihren Kopf bohren zu wollen. Sie dachte an den großen Engel, an dessen zukünftiger Pracht nicht der geringste Zweifel bestand, an die Vernichtung der bekannten Welt und die Wiederauferstehung einer neuen Erde. Zu Füßen des Engels würden sie das Ende und den Anfang erwarten, das Alpha und Omega. Sie würden weiterleben, als Auserwählte, während die Welt um sie herum unterging. Der Mensch allein, hatte sie Frate Francesco gelehrt, war zu jeder denkbaren Art von Bösem ebenso fähig wie zu jeder Art guter Taten. Botticelli hatte die Geburt der Venus ebenso meisterhaft gemalt wie die grausamen Szenen aus dem *Decamerone*. War Schönheit eine Falle des Teufels? War die Wurzel der Angst die Furcht vor dem Fall ins Bedeutungslose, vor der Auslöschung oder der Dante'schen Höllen?

»Ich erkenne deine Bedenken«, sagte Francesco und schob die Ärmel seiner Kutte über die Ellbogen. Sie gingen einige Schritte weiter und blieben neben einer Statue stehen, die auf einem Marmorsockel stand und den Garten aus hohlen Augen zu betrachten schien – es waren mandelförmige Löcher in einem dunkelgrauen Steingesicht. Cornelia legte den Arm um die Schultern des Satyrs.

»Ich teile sie. Aber ich bin sicher«, Francesco unterbrach sich und richtete seinen Blick zum Himmel, »so sicher, wie ein Priesterlein sein kann, dass die Welt, wie wir sie kennen, am letzten Tag des Jahres, dem Weltgericht, untergehen und dann in Schönheit neu entstehen wird.«

Cornelia atmete tief ein und aus und stieß hervor: »Der Abgrund, in den wir hineinblicken, blickt er dann auch in uns zurück? Willst du es so erklären?«

»Der Herr wird die Spreu vom Weizen zu trennen wissen, Cornelia.«

»Sind wir Spreu oder Korn?«

Francesco lächelte mit der Sicherheit des wahrhaft Gläubigen und entgegnete: »Wir sind Korn. Wir sind goldener Weizen ohne Spelzen. Wir zählen zu den wenigen. Den Auserwählten der Endzeit.« Francescos faltenreiches Gesicht zeigte seine Zuversicht, seine Gewissheit. »Ich bin sicher, nicht anders als Desiderio, dass uns alle der Herr in seiner Güte vor der Verderbnis errettet.«

»Am ersten Tag des Heiligen Jahres?«

»So steht es geschrieben«, bestätigte der Frate. Er sah versonnen einem Schmetterlingspaar nach, das zwischen den violetten Lavendelstängeln umherflatterte. »Wir werden noch oft miteinander reden, meine Tochter. Geh und hilf Desiderio. Er braucht uns.«

Sie nickte, stieß sich vom Sockel ab und begegnete dem zustimmenden Blick des Frate. Desiderio winkte von der Terrasse seines Arbeitszimmers. Sie hob die Hand und wandte sich dem Haus zu. Der lange Saum ihres honigfarbenen Kleides schleifte über die weißen Kiesel.

19

Neben einer Kerze, die fast heruntergebrannt war, stand ein halb geleertes, einfaches Weinglas. Michele Barotta, in seinem Stuhl weit zurückgelehnt, hatte sein schmerzendes Bein auf die Tischplatte gelegt und betrachtete die rubinfarbene Lichtkugel, die mitten im Wein zu schweben schien. Der Schweiß seines bloßen Oberkörpers tränkte ein Tuch, das von der hohen Lehne herunterhing. Der Tisch vor dem weit geöffneten Fenster war von Papierstücken und Fetzen mehrfach gebrauchten Pergaments bedeckt. In Lucca herrschte, ungewöhnlich für Oktober, eine schweißtreibende Hitze; die Kerzenflammen brannten völlig unbewegt, wenn nicht die Flügel eines zuckenden Nachtfalters in der Flamme verkohlten. Fliegen summten zornig durch das Zimmer, vor dem Fenster tanzten Mückenschwärme. Vor Barotta lag aufgeschlagen sein Diario, sein Tage-und-Nacht-Buch, in dem er jeden Vorfall notierte.

»Eines Tages finde ich ihn«, murmelte Michele. Er war zu träge, nach dem Glas zu greifen. Jede Bewegung rief einen Schweißausbruch hervor. »Selbst wenn es zehn Jahre dauert.«

Michele Barotta dachte an den Mörder der beiden Frauen. Für ihn stand fest, dass ein und derselbe Mann die grausigen Taten vollbracht hatte. Michele hatte blutende Verprügelte und bleiche Erschlagene gesehen, Vergiftete, Ertrunkene und Erstochene, verstümmelte Söldner und Unschuldige auf dem Schlachtfeld, Frauen und Männer, die man gefoltert und nach Genova zur Hinrichtung verbracht hatte, das ganze Sammelsurium menschlicher Bösartigkeit – darüber konnte er reden, bis seine Zuhörer Tränen in den Augen hatten. Aber junge Frauen mit solchen Verstümmelungen? Er war zu den Fundstellen hinausgeritten und hatte stundenlang nach Spuren gesucht. Er fand welche; allzu wenige. Fußspuren des Opfers und Hufabdrücke eines Pferdes, herausgerissene Haare einer schwarzen Mähne oder eines ebensolchen Schwanzes. Kein anderer Hinweis außer den leeren Augenhöhlen und den glatten Schnitten. Das Bild vor seinem inneren Auge schlummerte träge im Nebel.

Er verlagerte sein Gewicht und nahm das Bein vom Tisch. Einige Palimpseste fielen zu Boden. Er hob sie auf, legte sie auf die Seite des Tagebuchs und hinkte zum anderen Ende des Zimmers, wo zwischen einem Käse, einem trockenen Brot und einem kopfgroßen Schinken der Weinkrug stand. Aus irgendeinem Haus in der Nähe drangen Gelächter und Gläserklirren. Die Akkorde einer schlecht gespielten Laute klangen durch die Nacht. Michele füllte das Glas, nahm einen Schluck und ersetzte die Kerze, deren Docht im Wachs schwamm. Sein Blick fiel auf einen Papierfetzen. Einer seiner Männer hatte ihn, kaum leserlich, geschrieben. Er runzelte die Stirn, hielt den Zettel näher an eine Kerze und las.

MCDXCIX. Hinter den Initialen standen Worte: Maddalena, Chiara, Domenica, Xaviera, Clarissa, Irene, Xervia. Sieben Frauennamen. Jetzt erinnerte er sich. Vor mehr als einem Jahr hatte der Rat ein Verzeichnis der Insassen der Waisenhäuser angelegt.

»Die Dienerinnen und Mägde«, brummte Michele. Er begann in seinen Aufzeichnungen zu blättern, Seite um Seite, und je länger er nach den Eintragungen suchte, desto deutlicher wurden seine Erinnerungen. Er grinste und leerte mit kleinen Schlucken das Glas. Wieder fiel sein Blick auf den Zettel. Die großen Anfangsbuchstaben … Er lachte leise. Mit einem Mal begriff er.

»Keine Buchstaben, Michele! Bist doch ein kluger Kopf!«, sagte er leise, noch immer unsicher. »Zahlen! M ist tausend,

CD … vierhundert. Und XC neunzig und neun. Dann IX: Irene und Xervia.«

1499. Anno Domini 1499. Ein Zufall? Die Frauen waren als Kinder ins Waisenhaus gekommen, und meist hatten ihnen die Nonnen die Namen gegeben. Er suchte weiter im Tagebuch und sah, dass Irene und Xervia aus dem Heim entlassen worden waren. Ein Mann namens Bernardo di Strozzi, Hofmeister der Palazzina, hatte sie ausgelöst und als Mägde oder Dienerinnen für das Haus Montfalcone eingestellt.

Ein Schicksal, das zweifellos besser war als die Fron im Waisenhaus. Frauen und Mädchen waren der unbedeutende Teil der Bevölkerung, mit wenigen Ausnahmen. Sie waren unerwünscht; die Eltern, besonders die Väter, konnten sich nur über Söhne freuen. Nonnen und Klosterfrauen und die Gemahlinnen mächtiger Fürsten erwarben einige Bedeutung, weil sie ihr Leben Gott geweiht hatten. Magd oder Hure jedoch waren von den Männern abhängig oder wurden wegen ihrer Mitgift geheiratet. Michele Barotta dachte seit Langem, dass er, wenn er eine Frau zum Heiraten fände, auf eine Mitgift keinen Wert legen würde. Aber Montfalcone, das war stadtbekannt, war reich, großzügig und kein Knechteschinder. Die Mägde hatten es bei ihm nicht schlechter als die Töchter von Bauern oder deren Ehefrauen. Warum aber diese Zahlenfolge? Was bedeutete dieses Datum im Zusammenhang mit den Mägden Montfalcones?

Michele Barotta schrieb die Namen und seine Überlegungen in das Tagebuch. Dann griff er nach dem Glas und legte das Bein wieder auf den Tisch. Er blickte hinaus in die Dunkelheit und sah in der Ferne das Wetterleuchten. Vermutlich entlud sich das Gewitter über der Küste. Das Gelächter und die Lautenmusik waren verstummt. Die wenigen Sterne, die er sehen konnte, flackerten in der heißen Luft.

»Die ganze Welt ist verrückt«, brummte er. Er musste gähnen, und ein Juckreiz suchte seinen Oberschenkel heim. »Warum soll dann Montfalcone seine Dienerinnen nicht nach Jahreszahlen aussuchen?«

Er kratzte sich fast wütend am Schenkel und leerte den Rest des Weins in das Glas. Er blies zwei Kerzen aus und spürte erleichtert, dass das Jucken aufgehört hatte. Wieder gähnte er und trank das Glas leer. In der Wohnung, zwei Stockwerke über dem Pflaster der Piazza, war es so heiß wie draußen. Er wusch sich flüchtig mit lauem Wasser und legte sich auf das Bett. Er ahnte, dass er auch in dieser Nacht schlecht einschlafen und erst im Morgengrauen ein paar Stunden tiefen Schlaf finden würde.

Er verschränkte die Arme im Nacken und schloss die Augen. Ihm wäre es lieber gewesen, trotz der feuchten Hitze oder gerade wegen des Schweißes und der klebrigen Haut, in den Armen einer liebeshungrigen Frau zu liegen und so zu tun, als erwehre er sich – scherzhaft – ihrer hitzigen Annäherungsversuche. Morgen würde er sich wieder um Rauf- und Trunkenbolde kümmern müssen, um betrügerische Händler und gackernde Hühner, die aus ihren Käfigen entkommen waren.

20

Das Rohr, dreieinhalb Ellen lang und poliert wie stumpfes Gold, ruhte in den Aussparungen zweier Kastanienholzbohlen. Die Seele des Bronzerohres, dessen Außenseite nur wenige Verzierungen aufwies, war glatt und leer. Der Guss war perfekt gelungen. Der zylindrische Hohlraum von einem Ende zum anderen wartete auf das geschliffene Eisen, auf den Stahl, der die Bahn eines zukünftigen Geschosses ebenso perfekt glättete, wie Sandro und sein Vater das Rohr gegossen hatten. Härteste Mischung: neunzig Teile Kupfer, zehn Teile Zinn. An diesem Mittag in der zweiten Hälfte des Oktobers traten die Knechte aus dem Dorf die Blasebälge. Maestro Franchino, Vater Girolamo und Sandro hatten zwei Dutzend Formen vorbereitet. Wenn der Guss gelang, würden sie ein Dutzend Bronzefäuste aus den Formen schlagen, die, in Wände eingemauert, Schalen und Dochte großer Öllampen hielten, und zwölf andere Gussstücke. Noch drei oder vier Stunden brauchte die Glockenspeise aus fünfundachtzig Teilen Kupfer, zehn Teilen Zinn und fünf Teilen Zuschlägen, die nur Vater Girolamo kannte, bis sie zuverlässig durchmischt und flüssig wie heißes Wachs war.

Sandros Schwester Donata und Anna, Köchin und Hausverweserin, kamen zwischen den hohen Feuerholzstapeln – teures, trockenes Eichenholz statt billigerem Pinienkloben, deren Harz das Feuer oft unkontrolliert brennen ließ – auf dem Plattenweg vom Haus und trugen Essen für die Männer in der Werkstatt.

Donata schob Gipsreste, Stücke zerbrochener Formen, schwarze Wachsstücke und anderen Abfall von einer der Werkbänke und rief: »Essen! Solange es warm ist. Wir haben uns Mühe gegeben!«

Sie verteilten Näpfe, Löffel, Becher und Krüge und stellten den Brotkorb dazwischen. Die Männer hatten sich Tücher um die Stirn gebunden und arbeiteten mit bloßem Oberkörper. Vater Girolamo klatschte in die Hände, winkte und setzte sich an den Tisch. Sandro strich ein letztes Mal über das schimmernde Rohr »seines« Geschützes und stellte einen Schemel an die dicke Holzplatte. Er brach ein Stück Brot ab, tauchte es in Olivenöl und Salz, stützte die Ellbogen auf und betrachtete kauend seine Schwester. Eine schöne junge Frau. Ihr Haar reichte bis zur Mitte des Rückens. Schwarzes Haar; Dante beschrieb die Farbe als »glimmendes Nachtgewebe«. Die großen blauen Augen waren Vaters Erbe, Kinn und Mund, unzweifelhaft eigenwillig, schienen in einem stillen Lächeln zu verharren. Sandro rührte mit dem Löffel in der heißen Suppe und zuckte mit den Schultern. Caterina war schöner, und nicht nur deshalb, weil er sie liebte. Donata scherzte mit der Magd und den Arbeitern aus dem Dorf, und ihr Lachen wirkte ansteckend und machte die schwere Arbeit erträglicher. Warum sie noch keinen Mann gefunden hatte, lag sicherlich daran, dass das Dorf Arliano zu klein für sie war. Deswegen besuchte sie ihn so oft wie möglich in Lucca, hielt seine Wohnung sauber und half beim Verkaufen.

Hufschläge hallten auf dem Pflaster vor dem Wohnhaus. Franchino und Girolamo wechselten einen Blick, dann fragte Girolamo: »Ein Besuch zu Pferd? Erwartest du jemanden, Sandro?«

Sandro schüttelte den Kopf, stand auf und ging zu den weit geöffneten Toren der Werkstatt. Jeder Schritt wirbelte ein Wölkchen aus Staub und feuchtem Sägemehl auf.

Donata lachte und rief ihm nach: »Vielleicht besucht dich deine Schöne aus Lucca und hilft uns beim Kochen?«

Sandro beschirmte die Augen vor der Sonne. Er sah, dass

eine Reiterin ihr Pferd an der Mauer anhielt und aus dem Sattel stieg. Eine Frau zu Pferd fiel in dieser Umgebung mehr als auf. Sie war jung und trug teure Reitkleidung und glänzende Stiefel. Die winzigen Sporen schienen vergoldet zu sein. Er ging näher heran und rief: »Wen sucht Ihr, Signora? Etwa die Ufficina der Castacianos?«

Sie band den Zügel des Grauschimmels an einen der Bronzeringe, zog eine Mappe aus der Satteltasche und drehte sich um. »Mich schickt Messer Montfalcone«, sagte sie ruhig. Der Klang ihrer Stimme erinnerte Sandro an verführerisch satte Mitteltöne eines alten Saiteninstruments. »Ich soll bei Meister Girolamo das eine oder andere bestellen. Ich bin Cornelia di Albizzi, die Herrin in der Palazzina.«

»Das habe ich vermutet, Signora«, sagte Sandro. Die Frau hatte etwas an sich, das sie als kundige Fremde auswies, als Fremde in dieser dörflichen Umgebung, aber als Frau, die es gewohnt war zu befehlen, selbstsicher und von natürlichem Adel. Eine schöne, flachbrüstige Besucherin, die genau wusste, was sie wollte. Er lächelte und machte eine einladende Bewegung. »Hierher, Signora, bitte.«

Sie kam auf ihn zu. Unter der Reitkappe drängten hellgoldene Locken hervor. Das Licht fiel in ihr Gesicht, und sie hatte die Augen halb geschlossen. Sie war schlank und ein paar Fingerbreit größer als Sandro, und als sie an ihn herantrat, sah er ihre hellgrünen Augen in dem schmalen Gesicht. Die Augen einer Katze: prüfend, klar, der Blick ein wenig gelangweilt oder überlegen, dachte Sandro. Die Frau war nicht oder nur leicht geschminkt, und so erstaunte ihn das Ebenmaß ihrer leicht gebräunten Züge. Er verbeugte sich und antwortete: »Ihr seid richtig, Signora. Das ist unsere Werkstatt. Wir sind gerade beim Essen. Darf ich Euch einen Schluck kühlen Roten anbieten? Einen guten Rosso di Volpaia? Kommt näher, in den Schatten.«

Vor dem Eingang der Werkstatt, halb im Schatten, tanzten Staubteilchen und ein großer Mückenschwarm. Ohne zu zögern, folgte die Frau Sandro ins Halbdunkel der Ufficina, erfasste nach kurzem Blinzeln mit einem umhergleitenden Blick das Innere und streckte dann den Arm aus. Sie deutete auf Girolamo und sagte: »Danke. Nur einen Schluck. Ihr müsst Maestro Castaciano sein. Ich kenne die schönen Stücke, die Ihr für Messer Desiderios Palazzina gegossen und geschmiedet habt.« Sie hob die dünne Ledertasche, eine schöne florentinische Arbeit mit Silberstickerei und einem goldenen Verschluss. Girolamo verbeugte sich ein wenig verwirrt. Donata musterte die Frau mit offenem Mund, als sei sie eine Erscheinung. Maestro Franchino und die Helfer standen zögernd auf. »Eine Bestellung, deren Ausführung Euch, Maestro, nicht schwerfallen wird.«

»Messer Montfalcone?«, fragte Girolamo stirnrunzelnd. »Etwas Ausgefallenes? Das höre ich gern. Eilt es? Habt Ihr Zeichnungen?«

Signora di Albizzi setzte sich auf einen Hocker, den Sandro aus dem staubigen hinteren Teil der Werkstatt holte und mit einem Tuch säuberte, das in seinem Gürtel steckte. Die Frau bewegte sich wie eine lauernde Katze, aber ohne deren Angriffslust. Sie reichte Girolamo mit der Linken die Tasche und nahm mit der anderen Hand den Zinnbecher, den Sandro gefüllt hatte.

Girolamo wog die schwere Mappe in der Hand, öffnete das Schloss und zog ein drei Finger dickes Konvolut aus ungleich großen Papierblättern hervor, legte es auf den Tisch und blätterte es durch. »Laufräder, Zahnräder, Achsen«, murmelte er und nickte zustimmend, als freue er sich auf die Arbeit. »Rohre, unterschiedlich groß, und das hier ist wohl eine Orgelpfeife?«

Cornelia di Albizzi nickte und nippte am Wein. Sie lächelte anerkennend und antwortete: »So will es Messer Desiderio. Er hat alles genau ausgemessen und gezeichnet. Wo er dachte, etwas erläutern zu müssen, hat er's hingeschrieben.«

Girolamo blätterte weiter und grinste. Seine Augen leuchteten, als er die fein ausgeführten Zeichnungen und die Maßangaben studierte und die Erklärungen las. Sandro beugte sich über die Papiere und sah unterschiedlich geformte Hebel, Gewinde und Muttern, Lochscheiben und dünne Gestänge, die aus Eisen geschmiedet werden sollten; gezähnte Räder und Laufrollen konnten gegossen werden.

»Will Messer Montfalcone eine Maschinerie bauen? Etwas, das sich dreht und bewegt?«, fragte Girolamo schließlich. »Wir können das alles herstellen. Es wird höchstens … zwei Monate dauern. Aber es erfordert viel Sorgfalt und Können, Signora, und ich kann's nicht billig machen.«

Die Frau hob den Kopf vom Weinbecher, musterte abermals das Metall, Feuerholz und Werkzeug in der Ufficina sowie die Gesichter der Versammelten, dann blickte sie Girolamo in die Augen und sagte: »Montfalcone erwartet nicht, dass Ihr es billig macht. Er denkt, dass Ihr, wie schon drei oder vier Mal zuvor, einen angemessenen Preis verlangt. Er vertraut Euch.«

»Wir werden ihn nicht enttäuschen«, antworteten Sandro und sein Vater fast gleichzeitig. Girolamo hob die Hand und sagte: »Sandro wird alles, was wir gießen und schmieden, in spätestens zehn Wochen zur Palazzina bringen. Ist es so genehm?«

Cornelia di Albizzi setzte den Becher ab und fuhr mit der Zunge über ihre Lippen. Donata konnte ihren Blick noch immer nicht von dem ungewöhnlichen Gast wenden. Sandro runzelte die Stirn und lehnte sich mit der Hüfte an die Werkbank. Warum musste er gerade jetzt an Caterina denken? Er gab sich selbst die Antwort, von der er wusste, dass sie höchst unvollkommen war. Beide Frauen, Caterina und Cornelia, waren anders als die Menschen, die er bisher kennengelernt hatte. Sie stellten etwas Besonderes dar, stachen auf ihre Art aus der Menge hervor. Allein die Stimme, die Augen und die Bewegungen der Frau am anderen Ende der Werkbank schienen mehr zu versprechen, als er je von einer Frau erwartet hatte. Nicht anders war es mit Caterina. Und dass es so war, bewies das offenkundige Staunen Donatas, das sie beinahe erstarren ließ. Sie als Frau durchschaute eine andere Frau wohl eher als er. Donata war auf die gleiche Weise gebannt wie er.

Cornelia hatte die Handschuhe während der ganzen Zeit nicht abgestreift. Jetzt stellte sie den leeren Becher mit einer grazilen Bewegung zwischen die Näpfe und Löffel und stand auf. »Danke für den Wein, Maestro.« Ein flüchtiger Blick, dennoch scharf wie eine smaragdene Klinge, streifte Sandro. »Messer Montfalcone ist von Euch beste Arbeit gewohnt. Euer Vater, Maestro Girolamo, hat für Messer Montfalcones Eltern viele schöne Stücke geschmiedet und gegossen.« Sie presste den Finger auf die Zeichnungen. »Montfalcone weiß, dass jedes dieser Stücke seinen strengen Anforderungen genügen wird.« Sie hob die Tasche auf, öffnete ein Fach auf der Rückseite und legte nacheinander sieben Goldflorin auf die Werkbank. »Wenn Ihr sehen werdet, wozu diese Gestänge und Räder verwendet werden ... nun, Ihr werdet erstaunt sein. Genügt die Anzahlung?«

Girolamo rührte die Goldmünzen nicht an, verbeugte sich und gab Sandro einen knappen Wink. »Es ist mehr als genug, Signora. Sagt Messer Montfalcone: Seine Großzügigkeit überwältigt uns. Er wird sich über jedes Teil freuen.«

Cornelias Lächeln darauf schlug selbst den alten Franchino in seinen Bann.

Plötzlich fluteten von irgendwoher Sonnenstrahlen in die Werkstatt. Sandro ging um das Wasserfass und die Werkbank herum und blieb wartend am Tor stehen. Er hörte seinen Vater ein wenig heiser sagen: »Richtet ihm bitte unsere Grüße aus, Signora di Albizzi. Wir danken für den Auftrag. Wenn wir Schwierigkeiten haben, schicke ich meinen Sohn. In vier, fünf Tagen wagen wir den nächsten Guss. Dann ... nein. Es wird keine Schwierigkeiten geben.«

Cornelias Lächeln, das allen Anwesenden galt, verschwand nicht von ihrem Gesicht, bis sie neben Sandro die Werkstatt verließ und mit entschlossenen Schritten, die denen eines jungen Mannes glichen, zu ihrem Pferd ging. Simonetta, die Küchenmagd, hatte dem Grauschimmel einen Eimer Wasser hingestellt. Beim Klang der Schritte hob das Pferd den Kopf und beäugte seine Reiterin und Sandro. Die Ohren zuckten unruhig. Cornelia schob die Mappe in die Satteltasche, ergriff die Zügel, und ohne zu überlegen verschränkte Sandro neben dem Steigbügel die Finger, um Cornelia in den Sattel zu helfen. Sie schwang sich hinauf, schob die Füße in die Steigbügel und zog den Zügel straff. »Danke, junger Messer Castaciano«, sagte sie. »Wenn die Teile, die Ihr herstellt, an ihrem Platz sind, seid Ihr eingeladen. Ein Fest in der Palazzina. Ihr werdet kommen?«

»Mit dem größten Vergnügen«, bestätigte Sandro. Vor seinem inneren Auge wechselten die Bilder: Caterina im Sattel, Cornelia auf dem Pferderücken, Erinnerungen und Vorfreude, Verwirrung und Staunen. Als Cornelia di Albizzi davongeritten war, blieb die Verwunderung darüber zurück, von Montfalcones Geliebter in solch großem Maß beeindruckt zu sein.

Vater Girolamo kam näher. Donata hing in seinem Arm und fragte leise: »Was war das? Haben wir geträumt?«

»In unsere Wirklichkeit ist etwas, oder jemand, eingedrungen«, sagte Sandro gedehnt, »der in einer anderen Welt lebt. Welch eine Frau. Glücklicher Montfalcone!«

»Wenn ich so wäre wie sie«, sagte Donata und verzog das Gesicht, »würden sich zwei Dutzend reicher, junger Männer um mich schlagen.«

»Sei still, Tochter«, sagte Girolamo grinsend und klatschte die flache Hand auf ihre Hinterbacke. »Deine Brüste sind viel größer als ihre.«

Sandro zog den Kopf zwischen die Schultern, holte tief Luft und setzte zu einer Erwiderung an. Dann sagte er sich, dass Schweigen klüger sei und die Bemerkung, die ihm auf der Zunge lag, nichts daran ändern würde, dass seine Schwester Cornelia glühend bewunderte. Also schwieg er, hob die rechte Hand und sog an dem Schnitt, den Cornelias Sporn an seiner Daumenwurzel zurückgelassen hatte.

Girolamo klatschte in die Hände und rief: »Das Essen ist kalt geworden! Trotzdem – wir essen, und dann geht's wieder an die Arbeit.«

Als sie wieder bei Tisch saßen, rieb Girolamo sein Ohrläppchen zwischen den Fingern und zerbröselte ein Stück Brot. Dann stützte er das Kinn in die Hand und sagte leise:

»Ich erinnere mich. Dein Großvater, Sandro, es muss Anno 1458 gewesen sein, hat mich einmal mitgenommen. Er hat Schlösser hergestellt und Gitter für eine Pergola, glaube ich. Und nach dem Überfall und dem Brand, Jahre danach, kam der Verwalter der Palazzina mit einer Wagenladung halb zerstörter und angeschmolzener Schlösser. Ich habe beim Instandsetzen helfen können. Wir haben ziemlich viel Arbeit gehabt, und als wir die Klinken und Griffe und alles andere zurückgebracht haben, hatte der junge Montfalcone das Haus schon fast wieder aufgebaut.«

Sandro nickte. In ihm wuchs die Sehnsucht nach seiner Wohnung in Lucca, dem Laden im Erdgeschoss und nach Caterinas Besuch. »Du kennst also die Villa als Einziger von uns«, sagte er. »Ich habe nur einige Geschichten über Montfalcone gehört. Er soll ein seltsamer Kauz sein, ein Eigenbrötler, aber nicht nur reich, sondern auch großzügig.«

»Seine Palazzina und der herrliche Garten, mit Brunnen, einer Mühle und großen Ställen – es ist ein großes Besitztum mit zwei Dutzend Bediensteten«, warf Maestro Franchino ein. »Fangen wir an. Er wird deinen Preis zahlen, Girolamo.«

Vater Girolamo nickte und schob das Brot zwischen die Zähne. Sandro blätterte in den Zeichnungen und fühlte sich zunächst ein wenig unbehaglich. Es war eine schwierige Arbeit. Als er die letzte Zeichnung dem Stapel wieder hinzufügte, begann er sich auf die Aufgabe zu freuen. Mit den Teilen schien ein ungewöhnliches Vorhaben verbunden zu sein, sagte er sich. Viel harte, schwierige Arbeit wartete auf sie.

21

Tagelang arbeiteten Sandro, sein Vater und Maestro Franchino an den Kernen aus Wachs, Gips, Ton, Werg, Haaren und Spreu. Unentwegt verglichen sie ihre Maße mit denen der Zeichnungen. Sie sägten Holzmodelle aus, feilten und schleiften sie; langsam trockneten die Formen und die Trennschichten aus Seife. Montfalcones Bestellung umfasste mehr als fünf Dutzend verschiedener Stücke. Mit feinen Sägen und Feilen frästen sie Zähne aus den Rändern von Scheiben unterschiedlichen Durchmessers. Das heiße Wachs stank, während sie dünne Eisenstäbe schmiedeten und abermals vermaßen. Eine Form nach der anderen – mit eisernen Reifen zusammengehalten – entstand und wurde vor dem Schmelzofen aufgereiht.

Jeder einzelne Stab, jeder Ring an deren Enden, Schrauben, durchlöcherte Scheiben und Muttern erhielten ihre Form und ihre Gewinde. Sie wurden vom Rost befreit, geglüht und eingefettet, bis sie schwarz glänzten. Die Bronze schmolz zu einer heißen, goldfarbenen Flüssigkeit, lief schließlich über die Tonrille in den Tiegel und, während sie von Franchino und Girolamo nacheinander in die Löcher der Formen gefüllt wurde, durch deren Einlaufgänge und bis in die letzten Hohlräume. Von dem harten Wachs der Modelle stieg stinkender, schwarzer Rauch auf.

Die zweite Füllung, die dritte Füllung des Tiegels verschwand in den kastenförmigen Formen, bis nach der vierten Füllung die Schmelzwanne leer war. Etliche Teile, die auch in anderen Häusern verwendet werden konnten, gossen Girolamo und Sandro drei oder vier Mal. Drei Tage und einen flüsternden nächtlichen Regen brauchte es, bis die Feuergrube und die Werkstatt ausgekühlt waren.

Die Teile aus Bronze und Eisen wurden in Kästen auf Stroh und alten Decken sorgsam nebeneinander gelegt, die Kästen stapelten die Arbeiter auf den alten Wagen der Castacianos. Jedes Werkstück, das Sandro und sein Vater in den Händen hielten, erfüllte sie nicht nur mit Zufriedenheit, sondern auch mit Stolz, darauf, etwas Einzigartiges geschaffen zu haben. Einzigartig in dem Sinn, dass es Hunderte, Tausende kleine und große Schlösser gab und jedes sich vom anderen unterschied. Schon Montfalcones Zeichnungen waren etwas Besonderes gewesen, und die Werkstücke entsprachen dieser Einzigartigkeit.

Mitte November lieh sich Girolamo ein Paar Zugpferde und schirrte sie ein. Sandro setzte sich zu ihm auf den Bock. Sie fuhren in gemächlicher Geschwindigkeit viereinhalb Stunden, mehr als sieben Meilen weit, bis sie vor dem geschlossenen Tor in der Mauer anhielten. Girolamo stieg ächzend vom Kutschbock und sagte: »Ich habe nicht gewusst, wie groß der Besitz der Montfalcones ist. Allein die Mauer um den Garten und die Gebäude …«

»Vielleicht sehen wir mehr, wenn man uns hereinlässt«, antwortete Sandro und wartete, bis sein Vater die Glocke neben dem Tor läutete. Er grinste; wahrscheinlich hatte sie sein Großvater vor einem halben Jahrhundert gegossen.

Einige Tage später schloss Donata den Laden ab, löschte die Kerzenflammen und stieg zu Sandros und ihrer kleinen Wohnung hinauf. Sie setzten sich in die Küche, die geradezu winzig, aber behaglich war, an den Esstisch. Regen rauschte seit zwei Stunden in der stockdunklen, kalten Nacht herunter. Die Gassen Luccas waren nass und leer; Wasser floss gurgelnd an den Hausmauern entlang und spülte Abfälle und Unrat von Stufe zu Stufe und in die Ritzen des Pflasters. Hin und wieder ließ ein Windstoß die Läden klappern. Ein paar Kerzen brannten; die Leuchter standen zwischen Schinken, Käse, Brot, Butter, Öl und Schalen voller Oliven, Pilzen und anderem eingelegten Gemüse.

Seit Donata hier wohnte, putzte, kochte und auf dem Markt einkaufte, fühlte sich Sandro wie in seiner Jugend, als ihre Mutter noch lebte und sich um ihr Wohl sorgte. Er füllte zwei dünne, weiß glasierte Tonbecher mit feinem silbernen Rand, die er auf dem Markt erstanden hatte, und sagte grinsend: »Versteh mich nicht falsch, Schwester, aber seit du hier bist, fange ich an, mich nach Heirat, Familie, Kindern und fetter Küche zu sehnen. Fast so sehr wie du, Dona.«

Donata zupfte an einer Haarsträhne und trank einen Schluck, dann blickte sie kopfschüttelnd ihren Bruder an, der Scheiben vom Schinken, dem halben Käselaib und dem hellen Brot schnitt. »Seit zwei Jahren etwa, seit du dich nächtelang mit deiner Unbekannten versteckst, denkst du doch an nichts anderes, Bruder. Dir wäre es lieber, wenn sie hier säße.«

»Da ist etwas Wahres dran. Aber nun wohnst du ja hier«, antwortete er und schichtete Käse und Schinken auf die Brotscheibe. »Wenn es einfach wäre, würde ich es dir erzählen.«

In den Herbstnächten, meist allein in dem Haus in Lucca, ohne wirkliche Freunde, hatte er sich oft gefragt, was ihn und Caterina so ausschließlich aneinander band. Sie war leidenschaftlich, sie war eine Schönheit, sie liebte ihn und hatte ihn so vieles gelehrt: die Geheimnisse ihres Körpers und ein Wissen, das er ohne sie nie erworben hätte. Er las, was sie ihm empfahl, was ihr sicherlich Agostino di Bargoni auf den Nachttisch gelegt hatte. Also lernte er auf diesem bizarren Umweg von ihrem Gatten. Er liebte sie. Sie genoss, glaubte er, seine ungestümen Zärtlichkeiten und hatte ihn auf Feinheiten vieler Bilder und mancher Schriften aufmerksam gemacht und ihn die Fähigkeit gelehrt, dies alles zu verinnerlichen.

»Eines Tages werde ich sie kennenlernen«, sagte Donata in scherzhaft drohendem Ton, ohne das Essen zu unterbrechen.

»Ich lege mich irgendwo auf die Lauer und warte, bis ich ihr Gesicht sehe.«

»Du würdest sie nicht erkennen«, gab er erschrocken zurück. Er traute Donata zu, dass sie ihr leichtsinnig vorgetragenes Versprechen hielt. »Sie ist von weither. Nicht aus Lucca oder Arlino oder …«

»Glaubst du, dass ich es nicht an deiner Nasenspitze sehen kann, wenn du schwindelst?«

»Hoffentlich nicht.« Er grinste und holte Pilze und schwarze Oliven aus dem Würzöl. »Ich würde dich nie anschwindeln, Dona. Und was ist mit dir? Hast du schon feurige Blicke erwidert?«

»Hunderte!«, rief sie und lachte. Aber Sandro las hinter ihrem Lachen die Sehnsucht nach Verliebtheit und Liebe. »Von Bauerntölpeln, Herumtreibern und allerlei Knechten und Tagelöhnern. Da wäre ich besser in Arlino geblieben. Dein Lucca ist auch nicht aufregender.«

»Wenn du lange genug hier wohnst und dich in die große Gesellschaft hineindrängst, findest du auch einen Liebhaber, der zu dir passt.«

»Und zu der kargen Mitgift, die unser Vater aufbringt«, sagte sie und lachte wieder. »Es wird wohl doch ein Tagelöhner werden. Hoffentlich ein junger, kräftiger und anständiger Kerl.«

»Gib nicht auf.« Er zog grinsend den Kopf zwischen die Schultern. »Denk an die schöne Cornelia, die es auch ohne Brüste weit gebracht hat.«

»Ja«, sagte sie und beugte sich vor. »Erzähl! Ihr wart bei Montfalcone. Wie ist es dort? Ist er wirklich so reich?«

»Er lebt in einem Paradies, mit einem riesigen, herrlichen Garten voller Steineichen, Pinien, Zypressen, Buchsbäumen …«

Er berichtete von der Mauer, die das gesamte Anwesen umgrenzte und an der sie eine halbe Stunde entlanggetrabt waren und dahinter die bewaffneten Söldner zu Pferde gesehen hatten.

Die dreistöckige Palazzina und die Seitenflügel, die mit mehrfarbigen Ziegeln gedeckt waren, hatten sich nach einem Regenguss und kurzem Sonnenlicht, das durch ein Wolkenloch fiel, in ein flackerndes Muster aus Gold, Silber und Herbstlaubfarben, über das grauer Rauch aus drei Kaminen wehte, verwandelt.

Schließlich war das Tor geöffnet worden. Der Boden des Cortile bestand aus schneeweißen Kieseln, und alle Fenster, die kleinen und die bodentiefen, und alle Schlagläden, Türen und Holzsäulen ließen erkennen, dass sie mit Fleiß und Hingabe gepflegt wurden. Die Eingangshalle, geschmückt mit einem Bodenmosaik, mit schlanken Steinsäulen, Türen aus edlem Holz, die goldglänzende Beschläge hatten, und einer mehr als zehn Ellen breiten Marmortreppe erstrahlte lange Augenblicke in den schräg einfallenden Sonnenstrahlen und sank ins November-Halbdunkel, als Messer Montfalcone eintrat. Sandro sah ihn zum ersten Mal – ein großer, schlanker Mann, etwas größer als Sandro, mit glattem, langem Gesicht, braunem Haar und braunen, hellen Augen, in deren Winkeln sich viele Fältchen wie kleine Fächer spreizten. Die Augen blickten durchdringend, aber ein wenig abwesend, als weilten sie auf einem Bild weit hinter den Anwesenden.

Girolamo und Sandro stellten die schweren Kästen auf eine Holztruhe, und Montfalcone nahm ein Werkstück nach dem anderen heraus, betrachtete es schweigend, legte es fast andachtsvoll zurück und sagte schließlich mit dunkler Stimme, die gleichermaßen ruhig und eindringlich war:

»Meisterlich, Maestro Castaciano! Ich habe nichts anderes erwartet.«

Ohne dass er einen Befehl gegeben hatte, schleppten Diener die restlichen Werkstücke herein, legten sie nebeneinander auf einen Schragen und trugen die leeren Kästen zum Wagen zurück. Montfalcone prüfte jedes Stück, und Sandro war davon überzeugt, dass er den winzigsten Fehler entdeckt hätte.

Montfalcone war vorbereitet, griff hinter sich und hatte einen

Beutel in der Hand. Er drehte sich halb herum und ging auf die Treppe zu. »Es mag sein, dass ich noch etliche Kleinigkeiten nachbestellen muss«, sagte er zwinkernd. »Damit Ihr seht, wo Eure Meisterstücke eingebaut werden ... kommt mit herauf.«

Sie folgten ihm etwa zwei Dutzend Stufen hinauf, in einen niedrigeren Raum, an dessen Wänden die Bilder seltsamer Landschaften hingen, die sich hinter Säulenkolonnaden, Pfeilern und idealistischen Architekturen erstreckten und ins Licht seltsamer Sonnen getaucht waren. Aus einem anderen Teil des langgestreckten Hauses ertönten Lautenmusik und leise Trommelschläge. Dann schwiegen die Instrumente. Ein Flötentriller, nach kurzer Pause ein zweiter, längerer zerteilten die Ruhe.

Sandro starrte die Bildnisse an: Engel mit mächtigen Schwingen, die Schwerter, brennende Schalen und Siegel in den Händen hielten, fahlfarbige Pferde, auf denen knöcherne Reiter saßen, und Sterne, die am Tageshimmel brannten, erweiterten den Raum in drei Richtungen und scheinbar in endlose Fernen. Sandro und Girolamo hatten kaum Zeit, die Darstellungen in Ruhe zu bewundern. Montfalcone öffnete eine vierfache Flügeltür und führte seine Besucher auf die Terrasse hinaus, deren nasse Bodenfliesen gelb und grün glänzten. Vor ihnen lag, mehr als tausend Schritt breit und eineinhalbtausend Schritt lang, der Garten, von dessen Schönheit Sandro schon so viel gehört hatte. Jetzt, sechs Wochen vor dem Jahresende, blühte nicht einmal der Zierginster. Aber das tiefe Grün, das in der Nässe des Regens glänzte, löste sich in mauerartigen Hecken aus Nadelgewächsen, Spitzkegeln und einem kleinen Labyrinth auf. Jenseits der Sichtachsen, der leeren Brunnenbecken und der Statuen, die geometrisch angeordnet waren, ging der Garten in Wald, Hecken und Felder über.

Vater Girolamo schüttelte langsam den Kopf und sagte leise: »Selbst jetzt, Messer Montfalcone, ist Euer Garten ein herrliches Bild für müde Augen. Wie schön wird es erst im Sommer sein.«

»Das Fließen und Glühen der Farben vom Frühling bis zum Herbst«, antwortete Montfalcone und deutete nach rechts und links, »stellt für das Auge, das Gemüt und die innere Ruhe jeden zweiten Tag ein neues Kunstwerk dar.« Er zögerte und fügte hinzu: »Von Menschen geformt, wie die Landschaft rings um die Städte. Also lässt auch göttlicher Wille die Pflanzen wachsen, nach dem Gebot des Herrn. So entsteht ein Paradies. Aber dort, in diesem dunklen Würfel, dort werden Eure eisernen und bronzenen Teile gebraucht. Ihr werdet es sehen.« Er gab Girolamo den Geldbeutel. »Es wird ein guter Lohn für Eure Mühe sein.«

»Ich danke Euch, Messer Montfalcone«, sagte Girolamo und schob den schweren Beutel unbesehen in die Tasche.

Sandros Blicke glitten über die Scheunen, den Taubenturm, die Mühle hinter den Zypressen und den Laubengang. Michele Barotta hatte ihm von den Gärten um die Villa Poggio a Caiano erzählt, die vor gut zehn Jahren für Lorenzo de' Medici gepflanzt und gestaltet worden waren. Dieser Garten war mindestens ebenso prächtig.

Girolamo verbeugte sich. »Wir sollten Eure Zeit nicht länger in Anspruch nehmen. In der Nacht ist es schlecht zurückzufahren.«

Montfalcone nickte verständnisvoll und begleitete sie ins Innere, die Treppe hinunter und bis zum Wagen. Als sie auf dem Kutschbock saßen und die Pferde durch das Tor lenkten, schien es ihnen für einige Zeit, als nähmen sie Abschied von einem einzigartig schönen, aber seltsamen Teil der Welt, von einem Bezirk, der ihnen, trotz seiner Schönheit, fremd bleiben würde.

»So und nicht anders war es«, schloss Sandro seine Erzählung. »Vater und ich haben lange darüber gesprochen. Die Palazzina, der Garten und all das andere – es ist atemberaubend. Die Bezahlung war mehr als großzügig. Unsereiner, weiß Gott nicht gerade bettelarm, kann davon nur träumen, Schwester.«

»Soll ich etwa die Kebse von diesem Montfalcone werden?«, sagte Donata und nestelte an den Schnüren, die ihr pralles Mieder bändigten. »Wenn ich an diese Cornelia denke … Ich bin nur ein armer, hässlicher Wurm.«

Sandro legte seine Hand auf ihren Unterarm, streichelte ihr Handgelenk und die Finger und sagte leise, ohne Spott, mit ruhigem Blick in ihre dunklen, erwartungsvollen Augen:

»Du bist eine schöne junge Frau, Dona. Lass es dir von deinem Bruder gesagt sein, der andere Frauen … gesehen hat. Du wirst jemanden finden, so wie ich, der dir schwört, dass du die Rose in seinem Gewürzgärtchen bist.« Er löste seinen Blick von ihrem Gesicht, wickelte eine dünne Scheibe Schinken um ein Stück Käse und schaute sie wieder an. »Warte. Lobe den Monat nicht vor dessen letztem Tag. Und mach es besser als dein Bruder, denn der bezahlt seine Liebe mit der Furcht vor Entdeckung.«

Er schob den umwickelten Käse in den Mund, spießte eine Olive auf und begann zu kauen. Donata füllte die Becher und schien antworten zu wollen, aber sie rückte schweigend Salznäpfchen, Messer, Löffel und das Brotkörbchen hin und her.

22

Als alle eisernen und bronzenen Werkstücke der Castacianos, insgesamt etwa fünfundvierzig, auf den hölzernen, verölten, verstaubten und verrußten Holzplatten der Werkstatt ausgebreitet waren und im Licht von einigen Dutzend Kerzenflammen schimmerten, suchte Desiderio einige Teile zusammen, legte Schrauben und Scheiben in einen Korb und ging hinüber in den Würfel mit den schwarzen Holzwänden.

Ein Gerüst umgab das hölzerne Skelett des Engels. Ein Bein war verkleidet und mit grauer Farbe bestrichen. Den rechten Fuß, weiß und leicht vorgestreckt, hatte Desiderio aus Gips modelliert. Sein eigener Fuß hatte als Modell gedient, aber Sehnen, Adern und Muskeln entsprachen einigen Skizzen Leonardos und machten das Glied einzigartig, fast zu einem Kunstwerk. Trotzdem war Desiderio nicht zufrieden. Er zündete die Kerzen eines Leuchters an und stieg über die Leitern auf die oberste Plattform. Die Tischler hatten an den richtigen Stellen Löcher gebohrt. Desiderio brauchte keine Zeichnungen mehr, denn den Mechanismus und dessen Teile hatte er selbst entworfen. Er befestigte die Stäbe und die Gelenke an den Fingern, dem Handgelenk, dem Unterarm und dem Schultergelenk. Jedes Scharnier bestrich er dick mit Fett, bewegte es probeweise, schließlich setzte er unter dem Nacken der kopflosen Figur eine Kurbel an und betätigte sie mit einigem Kraftaufwand.

»So hab ich es mir gedacht«, sagte er leise und sah zu, wie sich der Arm hob, der Unterarm abwinkelte und die Hand, die Innenfläche nach oben, langsam krümmte. »Die Sorgfalt hat sich gelohnt. Meine und die der Bronzegießer.«

Er stieg hinunter und holte die Teile für den linken Arm. Er setzte sich auf die Kante des Podiums, streichelte gedankenverloren den Fuß und starrte in den Garten hinaus, in Erinnerungen versunken.

Frühling, Anno Domini 1480 in Firenze. Nach den Jahren der Lehrzeit folgte für ihn die wichtigere Zeit als Geselle. Die Wohnung in dem schmalen Haus am Alten Markt war bald gesäubert, instandgesetzt und ausgestattet. Bernardo wohnte unter dem Dach, Desiderio behielt den oberen Stock und das Erdgeschoss. Er wusste, worauf er sich einließ, wenn er Teil des lautstarken Gewimmels Firenzes wurde – der Stadt, in der mehr als fünfzigtausend Menschen lebten. Schon sein erster Aufenthalt hatte es ihm gezeigt: In Firenze herrschte der Eigennutz. Jeder versuchte, sich durch Not und Armut und eine Wolke giftiger Gerüche hindurch zur Sonne des Wohllebens hinaufzukämpfen.

Tagsüber besuchte Desiderio, getreu den Aufzeichnungen seines Vaters Bartolomeo (inzwischen wusste er, dass dieser sein Geschäft von Großvater Pierangelo gelernt hatte) und seinen eigenen Listen, abermals die Weber, Schneider und die Vorsteher der Zünfte, mit denen er schon bei seinem ersten Aufenthalt gut zusammengearbeitet hatte. Wieder bestellte er einzelne Stücke von besonderer Machart und großem Wert, redete über Preise und die Zeit, in der die Stoffe, Mäntel und anderen Kleidungsstücke hergestellt und verschickt werden konnten. Er stellte sich geschickter an, leistete Anzahlungen und lernte noch mehr als in den ersten Jahren. Während seiner Besuche und der Gespräche erfuhr er vieles, wenn nicht alles über die Stadt, ihre sichtbaren und unsichtbaren Herrscher und über die Macht, die bewusst und überlegt eingesetztes Geld hatte.

Vor zwei Jahren hatten sich die Pazzi gegen die Medici verschworen. Der Kampf der großen Familien – der Pazzi, Albizzi und Strozzi – und ihrer Anhänger um die politische Macht war damals blutig entschieden worden: Francesco und Jacopo de' Pazzi, zusammen mit Bandini Baroncelli, hatten mit Zustimmung des Papstes Sixtus IV. und des Erzbischofs von Pisa geplant, Lorenzo de' Medici zu beseitigen. Sie hatten im Dom, in Brunelleschis Santa Maria del Fiore, Lorenzos Bruder Giuliano erdolcht und Lorenzo verletzt, den Palazzo der Medici besetzt und, während ihrer Flucht in den Turm, die Glocken zum Zeichen des Umsturzes geläutet.

Die Eindringlinge wurden, da sie durch unsichtbare Sperren in den Türen von ihren Helfern abgeschnitten waren, überwältigt. Man erschlug sie oder stürzte sie aus den Fenstern der obersten Stockwerke. Francesco de' Pazzi henkte man an einem Fensterkreuz neben den Erzbischof von Pisa, der sich im Todeskampf in Francescos Brust verbiss. Auch Jacopo de' Pazzi und ungefähr hundert Männer verloren ihr Leben. Lorenzo verbannte die Überlebenden dreier Familien aus der Stadt und ließ von Sandro Botticelli die Gesichter der Attentäter an die Mauer des Palazzo della Signoria malen.

Als er zum ersten Mal die allmählich verblassenden Bildnisse betrachtet hatte, fühlte sich Desiderio sicher – die Bank seines Vaters wurde von Lorenzo de' Medici verwaltet, der leise arbeitenden Machtmaschine. Auch der Aufstand der Ciompi, der Wollhandwerker, die immerhin ein Viertel der Stadtbewohner ausmachten, war ohne Erfolg geblieben. Desiderio hatte nicht vor, gegen den Strom derer anzuschwimmen, deren Einfluss längst über die Stadtgrenzen Firenzes hinausgewachsen war.

Desiderios Geld verschaffte ihm, wenn auch nicht die Freundschaft, so doch ganz gewiss die enge Bekanntschaft jener Künstler, deren Namen er immer wieder gehört und deren Bilder er bestaunt hatte. Er ging sparsam mit seinem Geld um, aber an den Abenden und in vielen Nächten geizte er nicht und versuchte nachzuholen, was er in der Abgeschiedenheit der Palazzina versäumt hatte.

Er suchte die Geselligkeit Älterer und Klügerer, wie die Leonardos. Für wenig Geld kaufte er einige Bilder und lud junge Maler wie ihn zu kleinen Festen zunächst in sein Haus, später auch in die Palazzina ein. Nach seinen Vorstellungen und unbeholfenen Skizzen, die langsam, von Jahr zu Jahr, besser wurden, malten sie auf den trocknenden Verputz der neuen Mauern herrliche Fresken. Doch ein Kunstmaler galt weniger als ein Goldschläger, der Beruf war gering geachtet und von den Launen und dem Geld der Auftraggeber abhängig.

Desiderio erlag nicht mehr dem Rausch der reichen Stadt, von dem er bei seinem ersten Aufenthalt gepackt worden war. Er hielt sich zurück und wählte seine Bekanntschaften mit Bedacht aus. In seinem Haus war nur Platz für höchstens ein Dutzend Gäste, wenn er zu einem seiner kleinen Feste einlud. Bernardo brachte von den Gärten und Speisekammern der Palazzina erlesene Köstlichkeiten mit: Schinken, frische Eier, Wein, Braten, Obst und Früchte. Im Nebenzimmer spielten Musiker, die Maler und Künstler, selbst die der Werkstatt Antonio del Pollaiolos, brachten mitunter ihre Geliebten, die schönsten Huren aus dem Bordell oder junge Kurtisanen mit.

Leonardo, der meist allein kam, spielte auf einer Lyra, aß und trank mäßig und zeichnete unaufhörlich. Er war launisch, und sein Benehmen war schwer vorherzusagen, aber während Desiderios Festen bezauberte er den Hausherrn und dessen Gäste. Einmal bog er mit der rechten Hand mühelos den Schürhaken des Kaminbestecks, in einer anderen trunkenen Nacht zeichnete er mit dem Silberstift lebensecht Gesicht und Körper einer jungen, weißhaarigen Dirne auf Desiderios Tischplatte. Die nackte Frau versuchte ihn zu verführen, aber er wandte sich lachend ab und fragte, ob niemand wisse, dass er mit allen anderen aus Verrocchios Werkstatt wegen Sodomie angeklagt – und freigesprochen – worden war.

Er kämpfte, rang und suchte unaufhörlich: Es gab nichts um ihn herum, das er nicht seinem Streben nach vollendeter Malerei unterordnete. Während der Abende fertigte er Dutzende kleiner Skizzen auf Papierstücken und Pergamentfetzen oder Holzplättchen an: Blätter von Pflanzen mit feiner Äderung, ein Auge, genauer als in der Wirklichkeit, Finger, Hände, Zehen, Adern, Sehnen und Füße, Bäume aller Arten, kleine Maschinen oder mechanische Elemente. Einmal sah Desiderio zu, wie Leonardo Fledermaus- und Taubenflügel betrachtete, spreizte und faltete, nachzeichnete, sezierte und so versuchte, Engelsflügel noch prächtiger zu malen als jene der *Verkündigung*, die ursprünglich sein Lehrmeister hätte malen sollen.

Einige Zeichnungen nahm Leonardo an sich, andere ließ er achtlos liegen. Desiderio sammelte sie zwischen den Seiten eines Buches und betrachtete sie fast ehrfürchtig bei Tageslicht. Jedermann hielt Leonardo für ein Genie und erwartete von ihm eine nicht endenwollende Anzahl von Gemälden, Statuen und anderen Meisterwerken von einmaliger Schönheit und von Erfindungen, die das Leben unzähliger Menschen verbessern und ihr Schicksal positiv beeinflussen würden.

Innerhalb der Stadtmauern, aber auch jenseits des Arno, in wenigen umliegenden Siedlungen und entlang der Straßen entfaltete sich unaufhörlich neues Leben. Häuser, Kirchen, Brücken und Paläste, Straßen und Lagerhäuser wuchsen wie Pilze aus dem Boden. Die Palazzi der Reichen, äußerlich gebaut wie Kastelle, füllten sich mit Kostbarkeiten. Lorenzo »il Magnifico« machte sich und »seine« Stadt reich, und ihre Bedeutung nahm stetig zu. Doch das ließ sich nur durch die fronartige, ununterbrochene Arbeit der einfachen Leute verwirklichen, die schlecht entlohnt wurden und in großer Armut lebten.

Desiderio suchte Rat bei Bernardo, dem vernünftig Abwägenden, und fühlte sich, Monat um Monat, Jahr um Jahr, wie ein Seiltänzer, dem es gelang, stets ein Ende des Seils zu erreichen. Er unterdrückte den Wunsch, zu den sehr Reichen zu gehören; ihm reichte es, gleichbleibend gutes Geld zu verdienen und die Palazzina seiner Eltern wieder so aufzubauen, wie er sie in Erinnerung hatte. Nur nicht auffallen! Keine Teilhabe an der

Macht! Im Haus, im Garten, in der Mühle und in den Hausgärten arbeiteten inzwischen neun Knechte und Mägde für ihn.

Fünf Jahre, nachdem Desiderio den stürmischen Leonardo aus Vinci kennengelernt hatte, Anno Domini 1481, erhielt Leonardo vom Kloster San Donato in Scopeto den Auftrag für eine *Anbetung der Könige* und noch im selben Jahr die letzte Zahlung dafür. Um diesen Tag gebührend zu feiern, lud Desiderio Montfalcone am letzten Abend im September Anno Domini 1481 Leonardo und einige Künstler zu einem heiteren Umtrunk ein.

Andrea Botticelli brachte eine junge Mätresse mit: Simonetta mit hüftlangem schwarzen Haar und klugen Augen, die von den Malern »Pipistrello«, Fledermaus, gerufen wurde. Niemand wusste, woher sie kam, und nicht nur Desiderio dachte, wenn er Simonetta betrachtete, an dunkle Fledermausflügel und Leonardos Finger, die jenes Gespinst auseinanderzogen und die Schwingen spreizten. Simonetta, die »Fledermaus«, war offensichtlich nicht nur die Mätresse einiger junger, armer Maler, sondern verkehrte auch in den Betten einiger Reicher. Ihren Spottnamen trug sie zu Recht – sie war unstet und zerfahren, und ihr Haar umwehte sie, als herrsche dort, wo sie weilte, ständiger Wind aus wechselnden Richtungen. Desiderio verstand nichts von Frauen und beobachtete sie aus vorsichtiger Entfernung, und schon bald war er gebannt von ihrer bestrickenden Leichtfertigkeit.

Ihr gefiel seine Aufmerksamkeit, oder war es nur, weil sie seine Goldflorin roch. Die jungen Künstler, schlecht bezahlte Malknechte, behandelte sie mit nachsichtigem Spott, als wären sie ihre jungen Brüder. Sie war schön, mit tief dunkelbraunen Augen und seidiger Haut von sahnig-nussigem Weiß, schlank, großbrüstig und trinkfest wie ein Condottiere. Spät nachts, als Desiderio ihr Glas auffüllte, hielt sie seine Hand fest und flüsterte lächelnd: »Deine Blicke verraten dich, Messer Montfalcone. Du siehst mich an, als hättest du noch nie bei einer Frau gelegen.«

Er dachte einige Atemzüge lang nach und entschloss sich zu einer Antwort, die er vielleicht bald bedauern würde.

»Das ist so. Die Natur geht mitunter seltsame Wege.«

Ihre Finger strichen über seinen Handrücken und fuhren die Adern nach. Mit einem Ruck warf sie ihr Haar in den Nacken. »Du meinst es ernst, Messer Desiderio? Dein Name bedeutet Wunschtraum? Verlangen? Haben dich deine Eltern so getauft? Oder nennst du dich nur so?«

»Es ist wirklich mein Taufname«, sagte er. »Du bist die erste Frau, die mich danach fragt.«

Durch den Rauch des Kaminfeuers, das Lachen und die Gespräche der Gäste und die Lautenmusik wurden seine Worte undeutlich. Sie beobachtete ihn über den Rand ihres Glases hinweg und antwortete: »Wenn du die Kunst der Leidenschaft lernen willst, ohne dass dein Gemüt krank davon wird – in manchen Nächten habe ich viel Zeit.«

»Du bist, sagen sie, die ... Begleiterin, die Mätresse, von reichen, alten Männern, und du lebst von ihnen.«

Sie nickte und betrachtete, ein Auge zukneifend, ihr Spiegelbild im Wein. Ihre Schulter drängte sich kurz an seinen Oberarm.

»Die jungen Malknechte, sie müssen noch so viel und so lange lernen. Aber sie sind heitere Abendgesellen für Pipistrello. Du und Leonardo, ihr wisst, was wichtig und richtig ist. Die reichen Alten schmücken sich mit meinem jungen Körper, und ich gebe ihnen, was sie wollen. Ich bin ihnen lieb – und teuer.«

»In diesen Nächten, von denen wir reden, werde ich dich nicht verhungern lassen.«

Sie lachte und nickte, als hätten sie schon einen Vertrag geschlossen. »Ich bin sehr durstig und sehr hungrig.« Sie zog die Schultern zurück, ihre Brüste drängten sich aus der Borte des Kleides heraus. Desiderio widerstand dem Drang, zwischen seine Beine zu greifen. »Ich bin ein armes Ding und muss sehen, wo ich bleibe. Pipistrello wird dir alles zeigen.«

»Es gibt dreiunddreißigjährige Männer, die wenig oder nichts wissen.« Er runzelte die Stirn und betrachtete die straffe Haut ihres Ausschnitts. »Du wirst viel zu tun haben als Lehrerin.«

»Sorge für Wein, Kerzen und ein gut gezimmertes Bett. Und dafür, dass dich niemand schreien hört.«

Das Lautenspiel hatte aufgehört. Simonetta leerte das Glas und stand auf. »Wenn du mich zum Schreien bringst, zahle ich zurück, was du mir geschenkt haben wirst.«

»Willst du mir damit sagen, dass das Schöne der Anfang des Schrecklichen ist?« Desiderio schüttelte bewundernd den Kopf. Sie hatte ihn bestrickt, er war von der Vorstellung gebannt, dass sie ihn nicht auslachen würde. »Ich warte auf deine Nachricht.«

»Ich schicke einen Boten«, antwortete sie und glitt am Kamin vorbei zum anderen Ende des Tisches. »Mitternacht ist nahe. Die Trinkgefährten begleiten mich zu meinem alten Reichen. Es gilt, was wir ausgemacht haben?«

»Es gilt.« Er nickte.

Sie drehte sich herum, warf ihr Haar über die Schulter und schob ihre Hände unter die Arme zweier Maler. Funken und Rauch stoben aus dem Kamin, als die Tür aufflog und die übrig gebliebenen Gäste ins Freie drängten. Simonettas Haar stieg wie eine nächtliche Welle, die vor einer Klippe aufbrandete, in die Höhe und verschmolz mit der Dunkelheit. Ein Lachen und dessen Echo verloren sich im Säulengang. Dann wehte der nächste Windstoß die Tür wieder zu. Während Desiderio sein Glas füllte, fühlte er, wie in seinem Inneren langsam jene Furcht aufzusteigen begann, die er nur aus seinen Albträumen kannte.

Wieder zurück in der Gegenwart löschte Desiderio die Kerzen, betrachtete die Figur aus Balken, die teilweise verkleidet waren und die künftige Schönheit des Standbildes ahnen ließen, und verließ langsam das hölzerne Gebäude. Mit gewohnter Sorgfalt drehte er den Schlüssel im Schloss des »Tempels« und ging zum

Haus. Sechzehn Jahre waren seither vergangen, und Desiderios Gedanken kreisten nun wieder einzig und allein um sein Kunstwerk. Die Zimmerleute aus Lucca würden jetzt, da sich die Arme und Hände der Gestalt zuverlässig bewegen ließen, die Teile der mächtigen Flügel anbringen. Engelsflügel, nicht Fledermausflügel, dachte er und verschloss sorgfältig hinter sich die Außentüren.

23

Im Kamin des Schlafzimmers verbreitete der schenkeldicke Pappelkloben seine Hitze. Alle Flammen und Flämmchen waren erloschen; das Holz war halb ausgeglüht. Viele Kerzenflammen ließen den Raum erstrahlen. Cornelia erwartete Desiderio am gedeckten Tisch. Als er die Schalen, Brettchen und Körbe sah, merkte er, dass er hungrig war. Seit dem Messopfer, von Frate Francesco in der Eingangshalle gefeiert, hatte Desiderio nichts gegessen und nur Wasser getrunken. Hinter dem Wandschirm wusch er Gesicht und Hände und setzte sich Cornelia gegenüber. Sie blickte ihn fragend an und deutete auf das Stillleben zwischen ihnen.

»Die Arme lassen sich bewegen, so wie ich's mir ausgerechnet habe«, sagte er zufrieden. »*Angelos,* ›der Bote‹, wie die alten Griechen ihn nannten, wird schöner und überzeugender von Mal zu Mal.«

»Mit Schwert und Schale«, antwortete Cornelia und neigte den Krug über die Kelche der Gläser. Über dem langen Hemd aus hauchdünnem grauen Leinen trug sie eine schwarze Jacke aus chinesischem Atlasgewebe, mit Goldfäden, die ein Rankenmuster bildeten. »Hast du schon über das Kleid des Engels nachgedacht?«

Er nickte, trank und griff nach dem warmen, weißen Brot. Sein Magen knurrte. »Es muss vierfache Bedeutung haben. Die eines Löwen, eines Stiers, eines Menschen und eines fliegenden Adlers. Ich habe etwas skizziert. Sie weben in Firenze ein Muster.«

»Es wird sicherlich schön und einzigartig.«

Desiderio häufte Wurstscheiben, Braten, Oliven und Käse auf seinen Teller, strich Butter auf Brotstücke und aß schweigend. Er musterte Cornelia und erinnerte sich daran, wie schnell sie die Jacke mit den weiten Ärmeln abstreifen konnte und dass sie nur an drei Enden der Seidenkordel zu ziehen brauchte, um das Kleid von ihren Schultern gleiten zu lassen. Dann würde sie auf Zehenspitzen aus dem faltenreichen Stoffring steigen und beginnen, mit schnellen Fingern seine Kleidung zu öffnen und abzustreifen.

Jedes Mal, wenn sie sich bewegte, drang der Duft des Balsams über den Tisch: Minze, Narde und Moschus und dazu Honig und etwas, das wie getrocknete Blüten roch.

Einen Augenblick lang dachte er wieder an Simonetta: Auch sie hatte ein solcher Duft umgeben, als sie nackt hinter dem Wandschirm hervorgekommen war. Ihr Haar war über ihre Schultern und Brüste gefallen und hatte sich vor ihrer Scham geteilt.

Als er den Stiel des Glases anfasste, merkte er, dass seine Finger zitterten. Er lächelte Cornelia zu und trank in kleinen Schlucken. Sie träufelte sieben zähflüssige Tropfen, vielleicht zwölf Gran, aus einem weißen florentinischen Fläschchen auf ein Silberlöffelchen und vermischte sie mit einem Glas Weißwein. Dann trank sie die Hälfte und reichte das Glas Desiderio. Obwohl er den Geruch und die Kraft des Trunks kannte, roch er daran, ehe er das Glas mit zwei Schlucken leerte. Es handelte sich um ein Electuarium aus Spuren von Alraune, Tollkirsche, Bilsenkraut und einem Hauch Fungo moscario, auch Fliegenpilz genannt, in wässriger Lösung. Stundenlang hatte er sich mit einem Theriaksieder herumgeschlagen, bis dieser ihm die gewünschte Medizinmischung hergestellt hatte. Manchmal, wenn sie Begehren und Lust spürten, nahmen sie einen Schluck dieses Gebräus. Es vertrieb missliche Gedanken, schuf bunte Vorstellungen und steigerte gleichermaßen Wollust und Leistungsfähigkeit. Desiderio hatte das Elixier durch Simonetta kennengelernt.

Er setzte das Glas ab und vertrieb mit Rotwein den eigentümlichen Geschmack auf der Zunge. Dann wälzte er ein Käsestück in gerösteten Nüssen, hob es vor die Lippen und sagte: »Eigentlich brauchen wir diesen Trunk nicht. Wir sind im Glauben fest, und alle unsere sehnsüchtigen Vorstellungen tragen wir längst in Bildern in uns.«

»Die Bilder werden farbiger, lebendiger«, antwortete Cornelia und füllte die Gläser nach.

Desiderio löffelte eine Süßspeise in ein Schälchen.

»Im Frühling scheint die Sonne heller, und alle Vögel zwitschern. Aber das Jahresende ist meist grau und verregnet.«

»Ja. Es ist so, wie du sagst, Liebste.« Desiderio blickte auf die Speisen; er war selbst überrascht darüber, wie viel er heute gegessen hatte. Damals, als er von Pipistrello verführt worden war, hatte er vor Aufregung nichts essen können, und ihm war fast übel gewesen ... Er senkte den Blick und sagte leise: »Gehen wir zu Bett. Vielleicht bekomme ich später wieder Hunger.«

Cornelia nickte. Desiderio ging hinter den Wandschirm, säuberte sich und knotete ein Tuch um seine Hüften. Dann, Atemzüge später, war es wie immer und doch anders: Von Cornelias Schultern glitt lautlos die Jacke und entblößte ihren makellosen Körper von den Schultern bis zu den Knöcheln. Ihre Finger lösten den Knoten über seiner Hüfte. Sie gingen, die Arme umeinander gelegt, zwischen den Kerzen hindurch und sanken auf das Lager.

Cornelia streckte sich halb auf Desiderio aus, und während sie ihn küsste, vollführten ihre Finger das gleiche kleine Wunder wie in so vielen Nächten zuvor. Sein Körper empfing die Reize und ging mit zuverlässiger Kraft und Stärke zu Werke. Die Erregung steigerte sich in ihren Körpern und breitete sich bis in die Fingerspitzen aus, die wie selbständige kleine Wesen handelten. Cornelia wartete, bis sich Desiderios Glied aufgerichtet hatte, und schob sich unter ihn, von seinen Fingern erregt. Sie spreizte die Beine, zog die Knie an und stieß stöhnend die Luft aus, als er in sie eindrang. Ihre Fingernägel bohrten sich in Desiderios Oberarme und zogen Spuren über seinen Rücken. Ihre schweißnassen Körper zuckten im Gleichmaß. Das Hochgefühl vor dem Augenblick der Vereinigung schwemmte die Gedanken fort, und es war beiden, als würden sie das Donnern von Tympanons und den Klang einer ohrenbetäubend lauten Posaune hören.

Wenig später trocknete sich Desiderio hinter dem Wandschirm ab und kam mit den gefüllten Gläsern zum Bett zurück. Er setzte sich, reichte Cornelia ein Glas und sagte leise: »In der Welt des neuen Himmels und der neuen Erde wird es immer so sein, Cornelia. An den Ufern des kristallklaren Wassers des Lebens werden wir unter den Bäumen des Lebens wandern.«

Sie trank, setzte das Glas ab und fuhr fast flüsternd fort: »Die Bäume, die zwölf Mal im Jahr Früchte tragen.«

»Die Zeit ist nahe, Liebste.« Desiderio nickte. »Wir werden Sein Angesicht sehen und bis in alle Ewigkeit herrschen.«

Er blinzelte, die Hand in Cornelias Schoß, in die Kerzenflammen, nahm einen Schluck und stellte das Glas auf den Boden. Dann ließ er sich nach hinten in die Kissen fallen und legte den Unterarm über die Augen. In der warmen Dunkelheit und deren vielfältigen Gerüchen kehrte das Erlebnis jener Oktobernacht in Firenze so machtvoll zurück, als hätte es erst vor wenigen Tagen stattgefunden.

Das Schöne war nicht der Anfang des Schrecklichen gewesen. Desiderio hatte dafür gesorgt, an diesem Abend allein zu sein; Bernardo di Strozzi war zur Palazzina geritten, um nach dem Rechten zu sehen. Vor drei Nächten hatte Simonettas Bote drei Rosenknospen an einem Stiel voller ungewöhnlich großer Dornen gebracht. Desiderio schwankte zwischen der Erwartung einer Art Erlösung, Furcht vor Scheitern und Schmach und der zermürbenden Hoffnung, von seiner Jungfräulichkeit trotz seiner Missbildung befreit zu werden.

Am späten Abend kam Simonetta hektisch hereingewirbelt, schob die Riegel der Eingangstür vor, strich über die dünnen

Eisenplatten der Innenseite und zündete zusammen mit Desiderio alle Kerzen an. »Du musst reich sein, weil du deine Goldflorin mit so viel Eisen schützt«, sagte sie schmeichelnd und zog die Schnüre seines Wamses auseinander. Sie lachte, fast übermütig. »Denk an nichts. Überlass alles mir. Trink ein Glas Wein, nimm ein paar Tropfen meines Hexensafts. Setz dich auf dein Bett. Du hast feine weiße Laken. Bald sind sie voller Falten.«

Desiderio starrte sie an und schwieg. Jede ihrer Bewegungen, jede Geste, ihr Lächeln – sie handelte, als würde sie keinen Zweifel kennen. Er, augenscheinlich das einzige Ziel ihrer Bemühungen, setzte sich, das Glas in der Hand, verwirrt und bemüht, in ihrem Verhalten einen Sinn zu erkennen, auf die Kante des Bettes. Inzwischen brannten mehr als drei Dutzend Kerzen. Sie bewegte sich mit schwingenden Hüften hinter den Wandschirm, hinter die »idealen Landschaften«, die Leonardo skizziert und Filippino Lippi für drei Krüge Wein und einen Schinken auf dickem Leinen ausgeführt hatte. Später wusste Desiderio nicht mehr zu sagen, wie lange es gedauert hatte, bis Simonetta auf der anderen Seite wieder hervorkam, nackt wie ein feuchter Traum und schöner als von Botticelli gemalt.

Desiderio hatte Zeit seines Lebens wenige Frauen nackt gesehen. Mägde beim Baden mit bloßen Brüsten, den verwüsteten Körper seiner Mutter und zuletzt die nackte Kurtisane, die Leonardo gezeichnet hatte, während die anderen Maler ihre Brüste und Schenkel befingerten. Er starrte Simonetta an, als sei sie ein Wunderwesen.

Die Haut ihres Körpers mit den langen Schenkeln und traumhaften Brüsten, die bei jeder Bewegung sanft und erregend schaukelten, sog das Licht der Flammen auf und schien zu erglühen. Der Körper war ohne jeden Makel, die Spitzen der Brüste und die dunklen Höfe waren von vollkommener Form.

Desiderio hielt den Atem an, und Simonetta blieb vor seinen Knien stehen und sagte: »Hilf mir mit dem Haar. Später wird's sonst hinderlich.«

Sie setzte sich und teilte den netzartigen Schleier vor ihrem Körper in drei Stränge. Gemeinsam flochten sie einen lockeren nachtschwarzen Zopf, der eineinhalb Handbreit unter ihrem Nabel endete. Plötzlich hielt sie einen goldfarbenen Seidenstreifen in den Fingern, in den ein florentinischer Haarsticker verschlungene Muster gestichelt hatte. »Mein eigenes Haar«, erklärte sie. »Knote das Zopfende fest, Messer Desiderio.«

Er gehorchte mit bebenden Fingern. Sie packte die Enden der Schnüre, die sein Hemd und die Strumpfhosen hielten und entkleidete ihn binnen weniger Atemzüge. Dann presste sie ihre Hand, an der Desiderio schwere Silberringe auffunkeln sah, gegen seine Brust und drückte ihn aufs Bett zwischen die blau gesäumten Kissen. Ihre Blicke glitten über seinen Körper, auf und nieder, hin und her, und hefteten sich schließlich auf die Missbildungen zwischen seinen Schenkeln. Sein Glied war halb aufgerichtet. Leise sagte sie: »Heute sehe ich so etwas zum zweiten Mal in meinem Leben. Beim ersten Mal war ich erschrocken.«

Sie kniete sich neben ihn. Als sie sich vorbeugte, mit neugierig-wissendem Lächeln, das ihre Augen nicht erreichte, nahmen ihre Brüste eine Form an, die ihn zusätzlich erregte. Die Finger, mit denen sie seine Schenkel, jede Hautfalte, jede Vertiefung, den Spalt und das halb schlaffe Glied berührte, waren kühl wie der Wind auf der Piazza. Sie prüfte, was unter ihren Fingerkuppen lag mit der gleichen wissenschaftlichen Neugierde wie Leonardo, wie ein Handwerker, der ein Werkstück begutachtete, oder ein Koch einen glitschigen Fisch, einen Kapaun oder das Innere eines Lämmchens. Dann schob sie den schweren Zopf über ihre Schulter, befeuchtete mit der Zunge ihre Lippen und neigte sich über sein Glied. Als die Zungenspitze dessen Öffnung berührte, zuckte ein lustvoller Schmerz bis hinter Desiderios Stirn. Seine Hände vollführten schwache Abwehrbewegungen.

»Still. Ruhig. Bleib liegen. Lass mich tun und freu dich darüber«, sagte sie mit kurzer Pause zwischen jedem Wort.

Er glaubte plötzlich, sein Glied wüchse ins Unermessliche. Finger, Zunge und Lippen, heißer Atem aus Pipistrellos Mund, das raue Schleifen an der empfindlichsten Stelle, vorweggenommene Erleichterung und nackte Geilheit – völlig fremde Gefühle –, Hitze, Gleiten, Schüttelfrost, zittrige Bewegungen, ein glühender Drang tief unter seinem Nabel und der ächzende, lustvolle Schrei, den er nicht unterdrücken konnte – binnen weniger Herzschläge glaubte er zu spüren, wie ihn der Höhepunkt der Lust eine halbe Meile weit schleuderte. Sein Körper bäumte sich auf, ein Krampf durchfuhr ihn, kochende Flüssigkeiten ergossen sich, und er sank völlig kraftlos zurück und hörte Simonettas Schnurren.

»Jetzt hast du geschrien, Messer Nicht-mehr-Unversehrt.« Sie kitzelte ihn mit dem pinselartigen Zopfende unter der Nase, am Kinn, unter den Achseln und über dem Gekräusel seines Schamhaars. »Eine kleine Weile, ein Schluck – und gleich zeige ich dir, wie du mich vielleicht zum Schreien bringst.«

Als er sich beruhigt hatte und trotz der Kerzenflammen zu frösteln begann, kamen langsam, als lasse warmer Regen den Arno anschwellen, Verwunderung und Stolz über ihn. Sein Körper hatte die Antwort auf ein Rätsel erfahren, auf das Rätsel des Lebens, das ihn bewegte. So wie in dieser Nacht war es noch niemals gewesen.

Simonetta hatte ihr Wort gehalten und ihre Versprechen erfüllt. Sie tat etwas hinter dem Wandschirm, kam zum Bett zurück und kniete sich über ihn. Die aufgerichteten Spitzen ihrer Brüste wanderten über sein Gesicht, verhielten über seinen Augen und zwischen seinen Lippen. Ihr Körper streckte sich neben ihm aus, sie nahm sein rechtes Handgelenk und packte den Zeige- und den Mittelfinger.

»Um eine Frau zum Schwitzen, Zittern und Schreien zu bringen, braucht es kein Glied, Messer Nun-weißt-du-etwas. Aber nur mit äußerstem Geschick gelingt's. Merke dir jede Winzigkeit.«

Sie führte seine Fingerspitzen, die ihm plötzlich nicht mehr zu gehören schienen, in das feuchte Mysterium ihrer Scheide ein, in die heiße Tiefe jenes Spalts, vor dem er selbst in Gedanken zurückschreckte, nachdem er seine tote Mutter in ihrer hilflosen Nacktheit gesehen hatte. Simonetta atmete schwerer und lauter, unerwartet für ihn, als sie ihm die geheime Stelle in der Tiefe ihres Schoßes zeigte. Irgendwann in dieser aberwitzigen Nacht zuckte sie wie im Krampf, bäumte sich auf, biss ihn in die Arme und in die Schulter, wimmerte, keuchte und lag plötzlich da wie tot. Aber sie hatte nicht geschrien.

Stunden oder Tage vergingen. Kerzenflammen erloschen. Glühendes Holz im Kamin zerfiel zu weißgrauflockiger Asche. Erschöpfung und Schlaf senkten sich über Simonetta und Desiderio wie eine Schicht triefend nasses Herbstlaub.

»Du hast schnell verstanden, Messer Desiderio. Du hast dich fast richtig angestellt«, sagte sie schläfrig. »In einer anderen Nacht zeige ich dir mehr.«

Desiderio fühlte so etwas wie Stolz, aber er war zu erschöpft, um einen klaren Gedanken zu fassen. Nach einer Weile sagte er leise und stockend: »Du hast mir mehr gezeigt, als ich erwarten durfte. Was soll ich dir dafür schenken?«

»Finde es selbst heraus«, antwortete Simonetta und richtete sich auf. »Du siehst mich, meinen Körper. Was fehlt mir?«

Er glaubte zu verstehen, nickte und beobachtete sie durch halb geschlossene Lider, als sie zum Wandschirm tänzelte.

Die Sonnenstunden des nächsten Tages schienen längst vergangen zu sein, als Desiderio aufwachte und versuchte, sich an alles zu erinnern, was vorgefallen war und was er gelernt hatte. Er war allein.

»Sie wird wiederkommen«, murmelte er und versuchte, seine Gedanken und Empfindungen zu ordnen. Nicht eine Kerze brannte. Er roch nach Wein, kaltem Rauch, Schweiß und klebrigen Körpersäften. Die Laken sahen aus, als hätten Söldner zweier Städte darauf gefochten. »Es wird mich viele Soldi kosten. Sei's drum.«

Er entsann sich ihrer Bemerkung und ging am nächsten Tag zu einem Goldschmied, der aus zwölf goldenen Florini, die er durch silberne Fassungen miteinander verband, eine Halskette anfertigen würde.

Simonetta war nur eine von vielen Erinnerungen aus Firenze, die ihn bis an sein Ende in diesem Leben nicht verlassen würden. Lorenzo de' Medici, Leonardo, Pipistrello und später, zuletzt, Frate Girolamo Savonarola. Ohne die Erfahrungen, die er durch die junge Kurtisane gesammelt hatte, wäre es ihm niemals gelungen, Cornelia an sich zu binden. Sie blieb in bedingungsloser Treue an seiner Seite; nichts würde sie trennen. Jetzt lag sie im Halbschlaf neben ihm und war ebenso begehrenswert wie damals Simonetta.

Als er an die zweite Nacht mit Pipistrello dachte, richtete sich sein Glied auf, und er wandte sich Cornelia zu. Sie erwachte unter seinen Händen, lächelte und schlang die Arme um ihn.

Sturm und Regen hatten in dieser seltsamen Nacht voll fiebriger Erwartung in Firenze gewütet. Als Simonetta ihn das zweite Mal besuchte und ihren triefenden Mantel neben den Kamin hängte, hatte Desiderio alles mit größter Sorgfalt vorbereitet, am meisten sich selbst.

Als sie hinter dem Wandschirm hervorkam und ihr Haar mit einem wollenen Tuch trocknete, ließ er sie an sich vorbeigehen, hielt sie an der Schulter fest und legte ihr die Halskette aus Goldflorini um.

»An deinem Körper, auf deiner Haut«, sagte er und presste seine Hände um ihre Brüste, »fehlte goldener Schmuck. Jetzt besitzt du etwas für Notzeiten.«

Sie schob ihre Hand unter die schweren Münzen, hob sie an und betrachtete sie wie einen Siegespreis.

»Ich hab's gewusst«, antwortete sie und lehnte sich an ihn,

»dass du ein kluger Mann bist. Nur – vieles kann ich dich nicht mehr lehren.«

Langsam drehte sie sich um und führte ihre Hände über seinen Rücken, presste sie auf seine Hinterbacken und zog ihn zum Bett. Während sie über ihm kniete und ihn erregte, sagte sie ihm, wie er trotz seiner Versehrtheit auch als Hermaphrodit eine Frau befriedigen und zum Schreien bringen könne. Sie lehrte ihn drei Stellungen, die eine Frau einnehmen musste, wenn er in sie eindringen und sie zum Höhepunkt bringen wollte: Sie rollte ein Kissen unter ihre Hüften, kniete später vor ihm und setzte sich danach auf seine Oberschenkel. Er vergaß seine Furcht vor dem Versagen und glaubte nicht einen Herzschlag lang daran, dass Simonetta ihm ihre Leidenschaft vorspielte.

Sie lag schließlich unter ihm, hatte die Augen weit aufgerissen und schlug ihre Fersen gegen seinen Rücken. Als er sich in ihr ergoss, schrie sie leise und erschlaffte.

Er betrachtete sie schweigend, ihren feuchten Körper, ihr Haar, das an den Laken und Kissen klebte, und langsam begann er zu verstehen, dass er sich selbst endgültig besiegt und von Furcht und Angst befreit hatte. Simonetta atmete schwer, hatte die Augen geschlossen und schien während dieser kurzen Zeitspanne schutzlos und verletzbar. Doch sogleich richtete sie sich lachend auf, schwang die Beine aus dem Bett und griff nach dem Weinglas.

»Eine Nacht werde ich noch mit dir verbringen«, sagte sie zwischen zwei Schlucken. »Die letzte Prüfung. Und vielleicht wirst du mich wieder zufriedenstellen.«

Desiderio schlang sich ein Tuch um die Hüften und sann über ihre Worte nach. Mit goldenen Armbändern konnte er zwar ihre Begeisterung hervorrufen; sie würde aber nie wollen, dass er sie zur Mätresse nahm. Er fand keinen Gefallen daran, mit ihr inmitten der Curiales und Notabeln der Stadt zu wandeln. Und sie würde sich als Herrin der Palazzina zu Tode langweilen. Er betrachtete ihren vollkommenen Körper und schloss die Spangen ihres Mantels über dem Haar, das sie unter dem Kragen barg.

Sie schlüpfte hinaus in den Regen. Desiderio schloss leise die schwere Tür und schob die Riegel vor. Er füllte sein Glas und war zufrieden, allein zu sein. Allein mit seinen Gefühlen und seinen Gedanken.

Simonetta kam noch einmal, während eines heftigen Wintergewitters. Während sie ihn verführte, trug sie ihre Ringe und seinen Goldschmuck um den Hals und an den Handgelenken. Die Münzen klickten im Takt gegeneinander und erzeugten auf der Haut ein leises Klatschen. Zwei Stunden nach ihrer hitzigen Paarung ließ sie ihn wieder allein. In den nächsten drei Jahren sah er sie nur zufällig im Gewühl eines Platzes oder Marktes. Danach verlor sich ihre Spur.

24

Der Jäger zitterte innerlich, denn das Warten in Untätigkeit zehrte an ihm. Von Stunde zu Stunde nahm seine Unruhe zu. Der Zwang des Menetekels, der Sonne des vierten Engels, deren Leuchten wie das Blut aus der Kelter des Gotteszorns über die Welt strömte, und die Unfähigkeit, dem Drang nachzugeben, lähmte jeden Muskel und jeden Gedanken an Jagd und Beute. Gestern, heute und morgen, an drei Abenden in der zweiten Dezemberwoche, galten die Zeichen der Gestirne. Gestern, während des ganzen Tages, erfuhr der Jäger Qual und Trauer, denn dunkle Wolken hatten sich über dem Horizont entleert, und das Zeichen der letzten Plagen blieb ungesehen. Aber heute, endlich, sah der Jäger die riesige rote Sonne wieder, von den Baumstämmen abwechselnd verdeckt und wieder freigegeben, hinter dem Wall des langgestreckten Hügels, vor dem Schattenriss des Monte Brana. Die Spitze des Turms bohrte sich tief in die blutgefüllte Kugel. Der Kreis verlor seine Form und wurde zum riesigen Ei, und längst hatten Turmspitze und Sonne ihre neue Bedeutung erlangt. Das Menetekel war erschienen, das Omen entfaltete die Kette seiner Gesetzmäßigkeiten – um Mitternacht begann die Jagd. Wäre die Beute noch nicht bereit, gehörte auch die morgige Nacht zu der Frist der zweiundsiebzig Stunden, der erlaubten Zeitspanne seiner Jagd.

Schon gestern, beim letzten Tageslicht, war die Jagdbeute in das Gemäuer gebracht worden, dem Ort der Freilassung. Kaum jemand kannte die Höhlen abseits der verfallenen Köhlerhütte im Jungwald. Der Jäger hatte sie mit den wenigen Gegenständen versehen, die er für das Wohlergehen der Beute benötigte.

Er hob den Kopf. Gebannt blickte er auf das blutrote Bild. Es war jedes Mal wie ein Sog, der jeden Zweifel und alle Vorsicht beseitigte und ihn eine Kette von Befehlen ausführen ließ. Die Abfolge und das Ende der Jagd vollzogen sich jedesmal nach demselben Ritual, das unausweichlich war und begann, wenn der Stahl die blutgefüllte Kugel durchstach.

Der Jäger vermochte seinen Blick nicht von dem Mittelpunkt, dem roten Feuer, zu lösen, das seine Welt noch einige Atemzüge lang in Brand setzte – er spürte ein inneres Feuer lodern, ausgelöst durch die Macht über die Beute und den Trieb, der ihn in den kommenden Stunden durch die Jagd führen würde. Er wartete, bis der letzte Feuerschein den Farben nach dem Sonnenuntergang gewichen war, und wandte sich ab.

Die Ausdauer und die Schnelligkeit der Beute überraschten ihn. Noch war es leicht, ihr zu folgen, dem gleichmäßigen Geräusch ihrer Schritte und dem einzigartigen Geruch, einem Gemenge aus Schweiß, Duftwasser, Balsamöl und den Ausdünstungen des Frauenkörpers. Der Geruch hing wie ein unsichtbarer Nebel zwischen den dünnen Pinienstämmen, die den Mond über dem Garfagnana-Gebirge in Scheiben zu schneiden schienen. Der Rappe, dessen Ohren nach vorn zuckten, trabte ohne Zügelführung auf der Spur der Beute. Seit gut einer halben Stunde rannte die junge Frau auf den Taleinschnitt zu, auf den Bach, dessen Wasser von den Bergen kam. Dort, am anderen Ende der tausend Jahre alten, halb überwucherten Brücke, würde sie frei sein.

Sie wusste alles. Sie hatte gegessen, den Wein getrunken und sich dem Jäger während dreier Nächte hingegeben. Er kannte ihren Namen nicht, aber er wusste, dass sie eine Herausforderung sein würde. Nachdem sie eingesehen hatte, dass sie nicht an Flucht zu denken brauchte, hatte sie ihm geglaubt. Er sog ihren Duft fast lüstern ein und fühlte, dass er noch immer Macht über sie hatte. Er setzte die Sporen ein und griff nach der ersten Armbrust.

Die Jagd war fast zu Ende. Die Hufe des Rappen pochten auf dem Waldboden wie eine Handtrommel, die ein düster gestimmter Musiker schlug. Der Jäger beugte sich vor, zügelte das Pferd auf dem Hang und starrte zwischen den mondbeschienenen Bäumen hindurch. Deutlich hörte er die schweren, aber gleichmäßigen Atemzüge der Beute. Sie lief ausdauernd, war schnell und geschickt. Während er hundert große Schritte weit hinter ihr trabte, sprang und rannte sie den Hang hinunter, dem Rauschen des Wassers entgegen und der Stelle, wo es am lautesten war, wo es sich an den Seiten des Brückenbogens und an großen Steinen schäumend brach.

Der Jäger dachte nicht, brauchte nicht zu überlegen, spürte die Erregung der Verfolgung und die Vorfreude auf deren Ende. Sein Körper war noch immer wie in Feuer getaucht. Das Pferd stob im kurzen Galopp hangabwärts. Der Jäger sah die Gestalt der Beute, die sich hell von dem Hintergrund abhob und im Mondlicht ein gutes Ziel abgab. Ein Stück des Pfades wurde zwischen Büschen und Schilf sichtbar, dann zwei Beine und Füße auf diesem Pfad, dann die starken Schenkel und der Rücken der Frau. Sie rannte mit angewinkelten Armen auf die Brücke zu, deren zerbrochene Brüstungen in zwei Bögen die bewachsenen Ufer überspannten. Sie war sicher, ihn am anderen Ufer in die Arme schließen zu können.

In dem Augenblick, in dem sie die Halme und Ästchen geteilt und die schmale Sandspur der Brücke erreicht hatte, sprang das Pferd des Jägers auf den Pfad. Die Frau hörte die Hufschläge nicht und drehte sich nicht um. Der Jäger zielte sorgfältig und löste die Sehne. Die Armbrust schnurrte, der Bolzen hatte freie Flugbahn und traf die Flüchtende zwischen dem schwankenden Haar im Nacken. Die Frau stolperte und fiel mit ausgebreiteten Armen in der Mitte des Pfades auf den Bogen aus Sand und uralten Steinen.

Der Jäger wartete zwei Atemzüge lang und horchte. Es gab außer dem Atem des Pferdes und dem Knarzen des Leders nichts außer dem Plätschern des Bachs. Die Beute hatte einige Male gezuckt und rührte sich nicht mehr. Der Jäger schwang sich aus dem Sattel, nahm seine Instrumente aus der Satteltasche und war mit wenigen Schritten bei dem ausgestreckten Körper. Mit wenigen Griffen drehte er die Beute herum. Schweigend und schnell machte er sich an die Arbeit. Das Mondlicht genügte ihm; binnen einer halben Stunde war er fertig und schob die Schachteln, die blutgetränkten Tücher und alles andere in den Ledersack. In der Furt, bachaufwärts, stieg er ab und wusch das Blut von der Lederkleidung und den Handschuhen, nahm die Maske ab und ritt zur Grotte zurück.

Während des Weihnachtsmarktes war das große Viereck der Piazza San Michele überfüllt. Von den Wänden der Häuser, die den Grundriss des Lagers römischer Legionäre nachzeichneten, und unter den Arkaden hallte der vielstimmige Lärm wider. Viele Tore zu Innenhöfen standen weit offen; überall lagen Angebote auf Tischen und Bänken. Verschiedenste Gerüche – von dampfenden Kleidern, Salpeter aus nassen Mauern, schwitzenden Tieren, Fischen, Rauch eines Feuers unter einem Suppenkessel, gewürztem Käse und saurem Wein – wetteiferten miteinander, von einzelnen Windstößen des Levante durcheinandergewirbelt, der vom Monte Formicoso herunterwehte.

Sandro Castaciano und seine Schwester sahen sich zwischen den Ständen und Wagen der Händler, Handwerker und Bauern um; vielleicht fanden sie einige Geschenke, die sie am Nachmittag nach Arliano mitnehmen würden. Sandro hatte das Geschäft für einige Tage geschlossen, denn alle Werkstücke, die Vater Girolamo und Maestro Franchino hergestellt hatten, waren verkauft. Obwohl die Sonne auf den Markt herunterschien, fröstelten Händler und Besucher im kalten Wind, der über den Platz und durch die Seitengassen fuhr. Donata stieß Sandro an und deutete auf einen Schragen, auf dem der Händler Dutzende geschnitzte Kerzenleuchter anbot, in vielen

Größen, fein gedrechselt und geschnitzt und farbenfroh bemalt. Donata schien beeindruckt. »Für deine Wohnung. Und mein Zimmer. Und Vater würde sich auch freuen. Dazu ein paar schöne Kerzen? Warum nicht, Sandro?«

Er zuckte mit den Schultern. Einige der Leuchter glichen bestimmten Erzeugnissen der Castacianos, die allerdings aus Bronze gegossen und manchmal versilbert oder feuervergoldet und daher zu teuer für die Wohnungen der eigenen Familie waren.

»Drei Stück?«, sagte er. »Und drei Kerzen.«

»Geizhals«, sagte Donata lachend. »Drei Pärchen, mindestens. Und ein paar Dutzend Kerzen. Oder willst du im Dunklen leben, den ganzen Winter lang?«

»Also«, murmelte Sandro und zwinkerte dem Händler zu. »Verschwende weiter leichtfertig das Vermögen deiner hart arbeitenden Verwandten.«

Sie wählte vier Paare aus, etwa drei Handbreit hoch, und kaufte drei Dutzend dazu passende weiße Kerzen. Sandro musste im Stillen zugeben, dass sie mit sicherem Geschmack die beste Auswahl getroffen hatte; Vater oder er hätten keine anderen Leuchter ausgewählt. Als der Händler den Einkauf sorgfältig in einen Leinensack verpackte und Sandro die Münzen abzählte, schlug ihm jemand auf die Schulter.

Noch während er zahlte – ohne wie sonst zu handeln –, drehte er sich um. Hinter ihm stand Michele Barotta, den Mantelkragen hochgeschlagen.

»Dein Haus ist dunkel und abgeschlossen«, sagte Barotta und zog die Handschuhe straff. »Ich hätte nicht gedacht, dass du noch in der Stadt bist.«

»Wir sind dabei, Geschenke zu kaufen«, sagte Sandro.

Donata drehte sich um und hob das Säckchen. »Ein paar haben wir schon gefunden«, sagte sie, blickte Sandro von der Seite an und trat einen Schritt zurück, um Barotta vom Helm bis zu den Stiefelspitzen mustern zu können. »Wer ist dieser fröstelnde, schielende Condottiere, Sandro?«

»Mein ehemaliger Mitschüler Michele Barotta, Capo der Stadtwache. *Acut'Occhio* – Scharfauge. Auge und Faust des Gesetzes der Giudicatura und des Consiglio generale«, antwortete Sandro und grinste Barotta an. »Das ist, man glaubt es kaum, meine liebenswerte und schöne Schwester Donata. Solltest du sie tatsächlich nicht kennen, Michele?«

Barottas Augen hefteten sich auf Donata. Langsam schüttelte er den Kopf und antwortete: »Ich wusste, dass du eine Schwester hast. Man hat mir berichtet, dass im Haus über dem Laden eine schwarzhaarige Schönheit wohnt. Madonna santa! Ich dachte, es wäre deine Geliebte. Oder eine deiner Mätressen.«

»Ich habe keine Geliebte, Capitano«, widersprach Sandro laut und bemühte sich, grimmig dreinzublicken. »Solltest du längst wissen. Ich lebe nur für meine Arbeit.«

»Ich sehe förmlich die Brandwunden auf deinem Herzen«, entgegnete Barotta ungerührt. »Warum versteckt ihr Castacianos deine Schwester vor den Lucchesen?«

»Damit deine lüsternen Augen sie nicht von der Hausarbeit ablenken«, sagte Sandro und blickte nach rechts. »Das Geschrei geht dich an, glaube ich. So wie dich fast jedes Geschrei in der Stadt angeht.«

Am Tor, das zum Platz vor der Marmorfassade der Kirche San Pietro Somaldi führte, war Unruhe entstanden. Stimmen lärmten durcheinander, als sich einige Leute einen Weg durch die Besucher des Marktes bahnten. Barotta und Donata achteten nicht darauf und betrachteten einander, als sähen sie zu, wie ein Toter wiederauferstand. Der Lärm nahm zu, jemand schrie Barottas Namen.

»Sie ist nach dem Christfest noch am Leben und wieder in der Stadt, Michele. Fasse dich«, sagte Sandro laut. Er nahm Donatas Hand und murmelte: »Du dich auch. Da drüben, Michele! Die Stadt braucht den Helden.«

»Ja.« Donata hängte das Leinensäckchen über die Schulter

und nickte Barotta zu. Ihr Lächeln traf ihn, wie es Sandro schien, tief unter seinem Halbharnisch. »Sie rufen nach Euch, Condottiere.«

Jetzt hörten sie die Rufe deutlicher. Eine kleine Gruppe drängte sich durch die Marktbesucher: zwei von Barottas Wachen und zwei Männer, die so aussahen, als wären sie Holzfäller, Jäger oder Riedschneider. Barotta ging ihnen entgegen, und Sandro sah, dass er fast nicht mehr hinkte. Langsam folgten sie ihm. Die Wachen wirkten aufgeregt und riefen durcheinander, als sie ihren Capo erreicht hatten.

»Er hinkt und schielt, Sandro«, sagte Donata und hängte sich bei ihm ein. »Aber mit dem goldenen Panzer und dem Helm … Bei ihm könnte ich schwach werden, mich vergessen und seine Frau betrügen.«

Sandro lachte kurz, schüttelte den Kopf und bemühte sich, mehr als nur milden Tadel in seine Stimme zu legen.

»Goldener Panzer, ha! Er hat keine Gattin. Seine Geliebte ist die Ordnung in der Stadt. Vor Monaten hat er viel stärker gehinkt. Und wenn er zwei, drei Becher zu viel getrunken hat, ist sein Blick gerade und durchdringt bestimmt auch dein breites, lüsternes Grinsen.«

»Begehrenswerte Frauen wie ich grinsen nicht, Bruder«, sagte sie, zwickte ihn in den Arm und lachte in sein Gesicht. »Sie lächeln! Aber vielleicht hörst du lieber den Männern da zu.«

Barotta hatte seine Männer an den Armen gepackt, schüttelte sie langsam und legte dann die Hand hinters Ohr.

»Was haben sie gefunden?«, fragte er mit starrem Gesicht.

»Sie sagen, dass auf der Brücke im Wald, vor dem Borgo del Monte, einem winzigen Weiler, eine verstümmelte Frau liegt. Nackt und tot. Blutüberströmt. Sie haben sie gefunden und sind sofort hierhergerannt. Sie ist furchtbar zugerichtet.«

»Wie vor einem Jahr, Michele«, sagte Sandro. Schlagartig fiel es ihm wieder ein. »Nur einen Tag früher. Am zehnten Dezember, heute ist der 11. Tag.«

Barotta nickte und deutete auf den Älteren der beiden Fremden. »Wer bist du?« Seine Stimme blieb ruhig, aber eine unbestimmte Schärfe schwang in der Frage mit.

»Pasquale, Signor. Aus dem Borgo di …«

»Was hat dich zu dieser Brücke getrieben?«

»Ich habe ein Dutzend Hühner zum Markt gebracht.« Der Bauer deutete zum Tor und breitete hilflos die Arme aus. »Sie sind beim Stand von einem Nachbarn.«

»Erzähl uns, wie die Tote aussieht«, ordnete Barotta an. Er und seine Männer schwiegen, ebenso schweigend hörten Sandro und, mit wachsendem Entsetzen, Donata dem Bericht zu.

Pasquale sagte: »Sie ist nackt. Hat rote Haare. Und alles ist voller Blut. Das heißt … nur über ihrem Ohr sind ein paar Haare. Sie hat keine Augen mehr …«

»Beide Hände sind weg. Am Handgelenk abgehackt. Oder abgesägt. Auf dem Kopf ist fast keine Haut mehr, bloß eine lange Haarsträhne«, stieß der Jüngere hervor. »Ein Ohr fehlt. Wir haben sie umgedreht. Mitten im Genick …«

»Da steckt ein Armbrustbolzen, Signore! Man hat sie von hinten umgebracht. Die Haare sind rot wie Feuer … sieht man selten in unserer Gegend.«

»Und die Brüste und die Haut am Bauch hat er weggeschnitten. Sie hat kein Schamhaar. Alles ist voller Blut.«

Michele Barotta und Sandro wechselten einen Blick. Donata schüttelte sich; ihr Gesicht war aschfahl geworden. Die beiden Männer berichteten, dass die Frau leichte Schuhe und sonst nichts getragen hatte, keinen Schmuck, kein anderes Merkmal.

Barotta sagte zu einer der Stadtwachen: »Wir brauchen wieder ein Fuhrwerk. Geh zu Nicola und sag ihm Bescheid. Wir beide«, er deutete auf den anderen Mann, »reiten zur Brücke. Ich weiß, wo sie ist.«

Donata zupfte Barotta am Ärmel und sagte leise: »Wir haben Wintersonnenwende, Signor Condottiere. Und, Sandro, wann ist die zweite tote Frau gefunden worden? Du hast davon geredet, im Sommer?«

»Es war, glaube ich, am zehnten Juni«, antwortete er nach einigem Zögern. »Also zur …«

»Zur Sommersonnenwende!«, sagte Barotta schroff. »Es ist richtig. Ich brauche nur in meinen Aufzeichnungen nachzusehen.«

Er wandte sich an Sandro, legte die Hand grüßend an den Helmrand und nickte Donata zu. »Wir sehen uns nach Weihnachten. Ihr habt es gehört: Für mich gibt es ein wenig feierliches Christfest. Ihr werdet nach Arliano reiten?«

»Zu Vater und in die leere Ufficina«, bestätigte Sandro. »Du wirst uns sagen, was ihr herausgefunden habt?«

»Wenn ich's weiß.« Barotta entließ die Bauern und hastete zwischen seinen Wachen hindurch davon.

Sandro zuckte mit den Schultern, wickelte sich enger in seinen Mantel und sagte leise zu Donata: »Wir haben Vater einen Korb voll süßem Zeug versprochen. Das gibt's nicht auf dem Markt. Ich kenne den Meister der klebrigen Leckereien. Komm.« Er zog sie mit sich und wich anderen Besuchern aus. Der feuchte, kalte Wind schien plötzlich Eiseskälte mit sich zu führen, als sie zum anderen Ende des Marktplatzes gingen und ihre Schritte unwillkürlich schneller wurden.

Seit sie die umfangreiche Bestellung Montfalcones abgeliefert und den Verkaufsladen mitsamt den Wohnungen fertiggestellt hatten, war das Handwerksglück den Castacianos treu geblieben. Der Aufenthalt in Lucca bot Sandro und besonders Donata ein wenig mehr Zerstreuung als das Leben in Arliano. In der Ufficina wurden unentwegt nützliche Dinge hergestellt, die Sandro und, wenn Donata ihn besuchte, seine Schwester verkauften: kleine Mörser für Pfeffer und andere Gewürze, Salznäpfchen, Löffel und Schöpflöffel, Kaminbestecke aus Eisen, Bronze und Messing, Schalen und Stößel in vielen Größen, Schmuckrosetten, Türklopfer, Kerzenhalter und kleine Glocken und viele andere Gegenstände, die zum Teil nach Motiven von Künstlern gestaltet und immer mit der gewohnten Sorgfalt gearbeitet waren.

Die Familie – und viele andere, mit denen sie redeten – war sich durchaus bewusst, dass Lucca und die nahen Dörfer und Borghi, die Bauernhöfe, durchaus eine Insel des Friedens und Wohlstandes waren. Weder das hektische Leben noch die Intrigen, Machtspiele und Mordkomplotte Firenzes oder der Neid der Bürger Sienas beeinflussten das Leben der Repubblica di Lucca. Der Rat und die Anziani, die Ältesten, sorgten für Wohlstand, Barottas städtische Söldner für Ordnung und Ruhe, und wenn nicht ein schreckliches Schicksal, Siechtum oder Tod den einfachen Bürger niederwarfen, blieb ihm nur die Furcht vor dem Jüngsten Gericht und der ewigen Verdammnis im neunten Kreis der Hölle.

Und nun, dachte Sandro, hat ein Mörder, der allem Anschein nach dem Wahnsinn verfallen ist, sich zum dritten Mal an einer jungen Frau vergangen und sie aus dem schmutzigen Gefängnis des Fleisches erlöst. Oder waren es zwei oder drei Mörder? In Lucca oder unter feuchten Steinen jenseits der Stadtgrenzen versteckte sich ein Schlächter, furchtbarer als der Meuchler Cesare Borgia, unehelicher Kegel Papst Alexanders, der mit schwarz maskiertem Gesicht ob der serpentinischen Geschwüre bedenkenlos mordend durch das Land zog.

Warum starben die Frauen ausgerechnet in den Nächten der Sonnenwenden? Sandro hatte oft über diese Frage nachgegrübelt, ohne jeden Erfolg. Für ihn mündeten alle Überlegungen in der albtraumhaften Vorstellung eines Schlächters, der in einer alchimistischen Werkstatt aus toten Augen, Haaren und Händen einen giftigen Sud rührte, der einem Fürsten der Finsternis als Nahrung diente. Barotta, in ohnmächtiger Wut und Ratlosigkeit, würde den Leichnam, Hufspuren und viel Blut finden; Namen und Herkunft der Frau blieben wahrscheinlich ebenso unbekannt wie die der früheren Opfer.

»Wohin rennst du, Sandro«, rief Donata und hielt ihn fest. »Hier sind der Pastetenbäcker und der Pasticciere.«

Er schrak aus seinen Gedanken und blieb stehen. Donata machte eine Bewegung zu den Stufen und dem Fenster hin, hinter dem im warmen Licht die Körbe und Schalen voller Konfekt verführerisch glänzten.

»Ich habe an mein Geschütz gedacht«, sagte er ausweichend. »Kauf nicht zu viel. Denk dran: Wir müssen das weiche Zeug im Sattel nach Arliano bringen.«

»Er wird es schon richtig einpacken. Ich sag's ihm.«

Das Geschütz. Eine Feldschlange, seine »Veuglaire«, ein schlankes, elegantes Rohr, drei Ellen lang und mit kurzen Drehzapfen, sein Traum, thronte in der Werkstatt. Das Verschlussstück, eine Art hohler, kopfgroßer Korken, war gegossen und erst an einigen Stellen bearbeitet. Das Schwierigste war die Vorrichtung gewesen, mit deren Hilfe er den Lauf zuverlässig verschließen wollte. Ein Geschütz von hinten zu laden war nicht sein Einfall gewesen. Die Erfindung kam aus Milano oder Firenze. Aber es war sein Ehrgeiz, damit nicht nur weit und genau, sondern auch schneller schießen zu können, nach einem einfacheren Ladevorgang. Noch fehlte ihm vieles, am meisten die Kenntnis der richtigen Ladung, die seinen Traum nicht in tausend Stücke bersten ließ.

Er folgte Donata in den Laden, beteiligte sich an der Auswahl und achtete darauf, dass der Pandolce di Natale, das Zuckerbackwerk und die empfindlichen Pralinen in Schachteln aus Spanholz verpackt wurden. Eine Stunde danach trabten sie, dicke Wolltücher um den Hals, auf dem Weg nach Arliano.

25

Die Türen des eisenbeschlagenen Schranks waren geöffnet, im Inneren, auf schweren Holzfächern, standen seltsame Gefäße aus Glas, Messing, Kupfer und glasiertem Ton. In einem halben Dutzend Töpfen und Pfannen kochten Flüssigkeiten, die wenig Dampf und viel stechende Gerüche absonderten. Kupferbleche und schwarze polierte Steinplatten bedeckten die Arbeitstische. Fladen eines grünlichen Gallerts, die wie geschmolzenes Glas aussahen, breiteten sich auf manchen Flächen aus. In einer niedrigen Form, einem kreisrunden Eisenband, schwebten in einem wasserhellen Medium kleine weiße Kugeln.

Holzrahmen standen einige Schritte vom Feuer entfernt, wie Webrahmen bizarrer Stoffe. Mit unterschiedlich langen Schnüren waren darauf Fetzen, Tierhäute oder halbfertige Pergamente zum Trocknen gespannt. Der Widerschein der Glut und vieler zuckender Kerzenflammen warf rote und gelbe Lichtsprengsel über die Einrichtung und wurde von den Mauerquadern und den Steinen des niedrigen Gewölbes verschluckt. Von Fäden und Schnüren gehalten, die im Halbdunkel nicht zu sehen waren, hingen Gerippe vor den Wänden: Eulen, an denen nur noch die augenlosen Köpfe gefiedert waren, Katzen, Wiesel und Füchse, große Fische, deren Gräten schwefligphosphorn leuchteten und die gläserne Augen hatten, sowie kleine und große Schädel von Tieren und Menschen. Die pechschwarze Decke des Gewölbes – der Ruß unzähliger Jahre – glänzte wie gefirnisst. In einem Kupferkessel, der mit Öl gefüllt war, schwammen drei Hände, deren Finger sich bewegten, vielleicht deshalb, weil ein Wachslicht das Öl erhitzte oder die rötliche Flüssigkeit, die aus den Öffnungen der durchtrennten Handknochen drang, sich mit dem Öl mischte.

Über einem Arbeitstisch, im Licht eines siebenarmigen Leuchters, schwebte eine ovale Schöpfung aus gebleichtem Rohrgeflecht, mit Seide überspannt und knapp eine Elle groß. An einer Seite hingen lange, glatte Haarbüschel herunter und bewegten sich im Luftzug wie Spinnenfäden. Die Büschel hatten unterschiedliche Farben. Aus einem Faß stank Gerberlohe, aus einem schenkelhohen Tonkrug entwich der Geruch sauren Weißweins. Sägespäne bedeckten den Boden.

Im Hintergrund des Doppelgewölbes, schienen noch mehr Gerippe in der heißen Luft zu hängen. Es mochten Adler sein, Flamingos aus der Maremma, einige Falken, Tauben oder Enten und unbekanntes Fluggetier. Eine Wand schien aus dreieckigen Teilen zu bestehen, auf die lanzettförmige Plättchen geheftet waren. Einige von ihnen trugen metallisch leuchtende Farbstreifen: tiefblau, rubinrot und smaragdgrün. Inmitten all dieser wunderlichen, unwirklichen, abstoßenden Teile bewegte sich der Jäger mit schweigsamer Sicherheit.

Er war fast nackt, trug nur ein Schamtuch und Schuhe aus dünnem Leder. Sein brauner Körper glänzte von Öl und Schweiß. Unter der glatten Haut spielten die Muskeln, als er mit verschiedenen Sanduhren hantierte, in seinen Tiegeln rührte und bisweilen Pulver in die Flüssigkeiten streute oder aus kleinen Krügen Tinkturen zugab, die, wenn sie die Oberfläche des Siedenden berührten, verpufften, als kleine Flamme aufflackerten oder mächtig dampften. Vor ihm lagen auf einer von Brandspuren übersäten Holzplatte, die größer als eine Zimmertür war, langstielige Instrumente: Messer, Zangen, Löffel, gegabelte Sägen und Haken, Zwickklemmen und sonderbar geformte Löffel mit vielen Löchern in der Höhlung. Als die Flüssigkeit im größten Kupfertopf über dem Holzkohlenfeuer zu brodeln begann, zog er ihn zur Seite und steckte einen Holzspan hinein. Er prüfte die Dichte der Flüssigkeit und die Länge des

Fadens, den das Holz aus dem Gebräu zog. Er nickte zufrieden und summte ein Liedchen.

Dann tauchte der Jäger – er trug Handschuhe aus weißem Leinen – nacheinander drei handlange Federn in die Flüssigkeit und legte sie behutsam auf der Granitplatte ab, deren Oberfläche glänzte, als sei sie mit Öl überzogen. Die Farben der Federn traten mit unwirklicher Kraft hervor, als er den Leuchter heranzog.

Er schöpfte mit einer bronzenen Kelle rötlich-durchscheinenden Brei aus dem Topf und goss ihn behutsam, Tropfen um Tropfen, neben den Federn auf die Platte. Die Flüssigkeit umhüllte ein kleines weißes Ohr, einige Finger mit spitzen, schwarzgefärbten Nägeln und mehrere halbierte, hart gekochte Eier – ein Wachtelei, eines von einem Huhn, ein Gänse- und ein Entenei. Zwei der Finger, Zeige- und Ringfinger, hingen zusammen und waren zierlich gespreizt. Als sich über die Gegenstände eine fast glasklare Schicht gelegt hatte und zu erstarren begann, schöpfte der Jäger den Rest in eine Holzschachtel, die innen dick eingefettet war. Den kupfernen Topf versenkte er in die reinigende Brühe des Fasses und ließ sich auf den Schemel fallen.

Während er sich umsah, summte er versonnen vor sich hin. Er sah zu, wie der Sand durch das Uhrenglas rann, und als das obere Gefäß leer war, rückte er zuerst einen, dann zwei andere Tiegel aus dem Bereich der Glut an den Rand des Gitters. Jeder Gegenstand, jede Farbe, die scheinbar unverknüpfbaren Einzelheiten im Gewölbe und jeder Knochen gehorchten einer klaren, geradezu göttlichen Ordnung. Nur er, der Jäger, sah das gesamte Bild; nur er konnte alles zu einem Wunder zusammenfügen.

In seinen Muskeln und Knochen hockte die Müdigkeit, seine Augen brannten und tränten. Er gähnte und stand mit leisem Ächzen auf. Gott sah nicht alles, konnte und wollte nicht alles sehen, nicht alles, das im Dunkel und tief unter dem Wald verborgen war. Der Jäger schob die ausgeglühte Holzkohle zusammen und löschte die Kerzenflammen. Nach einem Rundblick verließ er den Mittelpunkt des Gewölbes, öffnete eine Tür und wusch sich sorgfältig, bevor er Hüfttuch und Schuhe wechselte und sich ankleidete und einen dunklen Mantel umlegte. Sämtliche Türangeln und das Schloss bewegten sich lautlos unter dicken Fettschichten. Er versteckte den Schlüssel. Eine zweite, schmale Tür, ein zweites Schloss. Sie öffnete sich nach innen. Der Jäger schob mit beiden Armen einen Vorhang aus Ranken und Wurzeln auseinander, verschloss die Pforte und schob den Schlüssel, den er an einem Lederband trug, unter das Wams.

Er drehte sich um und machte, vorsichtig tastend, ein Dutzend Schritte. Spärliches Mondlicht fiel durch die Baumkronen. Schon nach wenigen Schritten, aufwärts auf den Stufen aus Steinplatten, war zwischen Felsen, Mauerresten und bemosten Wurzeln der Eingang nicht mehr zu erkennen. Nur der Jäger wusste, dass das halb niedergebrochene Steintor einst wie der weit aufgerissene, zahnbewehrte Rachen eines Ungeheuers ausgesehen hatte. Mit lautlosen Schritten entfernte sich der Jäger und schlug den Weg zum nächsten Versteck ein, wo sein Pferd wartete.

26

Am Abend des heiligen Eduards des Bekenners, am 5. Tag im Januar, saß Michele Barotta neben dem Arbeitstisch Sandros und sah zu, wie er mit Bürste, Tuch und einer sandartigen grauen Paste den Löwenkopf eines fast handgroßen Türklopfers polierte. Zwischen den Männern standen ein Krug und zwei Becher. Sandro faltete das Tuch, betrachtete seine schmutzigen Finger und sagte: »Gib's endlich zu, Michele! Du bist nicht hier, um mit mir kluge Worte auszutauschen. Du weißt auch nichts Neues von der toten Frau. Du willst nur erfahren, ob dich Schwester Donata für ein Scheusal oder für einen möglichen Liebhaber hält.«

»Gleichgültig, was ich sage«, wich Barotta aus und zog den Becher über den Tisch. Im Gegensatz zu Sandro, der einen Dreitagebart trug, war Barotta glatt rasiert. »Du glaubst mir ohnehin nichts.«

»Wenn du von mir erfährst, dass sie nicht davonrennt, wenn sie dich sieht – erzählst du mir dann von der Toten auf der Brücke? Oder davon, was du darüber denkst?«

»Nur, wenn du einen frischen Krug holst. Das nächste Mal bringe ich den Wein mit.«

»Hoffentlich einen besseren«, sagte Sandro und schob den Stuhl zurück. »Es gibt kein nächstes Mal. Ich will nicht, dass du dich mit Donata triffst, du Mitgiftjäger!«

»Du bist ein ekelhafter Geselle. Vom Geiz zerfressen.«

»Sie ist viel zu schön und zu gut für dich, *Acut'Occhio*.«

»Ich wäre ein Gewinn für euch Castacianos.« Barottas Zweifinger-Geste unterstrich seine Antwort. »Endlich ein stattlicher Schwager und Recht und Ordnung in eurem Haushalt.«

»Ich sollte wirklich den Wein holen.« Sandro versuchte seine Hände an einem anderen Tuch zu säubern. Es gelang ihm, nicht zu grinsen. »Sonst vergesse ich mich, und morgen hinkst du mit beiden Beinen.«

»Schon gut. Wann kommt Donata wieder?«

»Sie besorgt Vater Girolamo den Haushalt.« Sandro ging zur Treppe. »Übermorgen, du Herrscher der Straßenkehrer. Schwager, wie? Ha! Bei uns müsstest du tagtäglich schwer arbeiten!«

Glücklicherweise, dachte er erleichtert, als er die Stufen ins Gewölbe hinunterstieg, kommt Caterina erst morgen Nacht. Nicht auszudenken, wenn sie sich für heute verabredet hätten. Seit dem Fund der dritten zerfleischten Leiche mussten sie doppelt vorsichtig sein – Barotta hatte die Wachen verstärkt, einige Gruppen junger Männer verpflichtet, und jedermann in Lucca, der nicht gerade schlief, beäugte misstrauisch den Nachbarn. Nachts ritten einige fackeltragende Bewaffnete auf den Straßen außerhalb der ummauerten Stadtgrenze. Er wartete, bis sich der Krug am Faß im Keller gefüllt hatte, ging wieder nach oben zu Barotta und goss langsam den Wein in die Becher.

»Was habt ihr herausgefunden, Michele? Lass dir nicht jedes Wort abbetteln.«

Barotta nickte. Seine Miene blieb unbewegt. »Dieses Mal wissen wir, wer das Opfer ist.«

Er war mit zwei Mann, gefolgt vom Fuhrwerkslenker, zur Brücke geritten. Der Ritt hatte, wie erwartet, fast zwei Stunden gedauert und führte zuletzt entlang des namenlosen Bachs in ein bewaldetes Tal, in dem man sich mühelos verlaufen konnte und das kaum jemand freiwillig betrat – es hieß, es gäbe dort Wölfe. Der Weg, zu dem die Brücke aus der Römerzeit gehörte, war völlig zugewachsen und mühsam zu befahren. Eine der einsamsten Gegenden; Barotta erinnerte sich dunkel daran, dass er sich als Kind in der Nähe verlaufen hatte. Über den Leichnam hatten sich schon Käfer, Ameisen und ein Fuchs hergemacht. Nicht einmal Aasvögel hatten den Körper gefunden. Schaudernd hatten die Männer die Tote, in deren blutverkrusteten Nacken ein Armbrustbolzen steckte, in Tücher gewickelt und auf den Wagen gelegt.

»Viele Spuren? Deutliche Spuren?«, erkundigte sich Sandro und dachte an die erste Leiche, die er gefunden hatte.

»Der Waldboden ist trocken. Es gibt nur undeutliche Fußabdrücke. Sie führten durch den Wald einen Hang hinunter. Dort haben Fausto und ich Hufspuren gesehen. Gleichmäßige Hufeisen, keine Besonderheiten. Nach ungefähr hundert Schritten konnten wir nichts mehr finden.«

»Und – wer ist die Tote?«

»Eine Waise, eine junge Frau. Die Klosterfrauen haben sie als Magd zu einem Bauern geschickt. Er hat sie eine Woche lang gesucht, dann hat er's im Kloster gemeldet, und ich habe am Abend an der Klosterpforte gefragt. Sie heißt Donatella und soll die Schönste gewesen sein, mit langem Haar von auffallendem Feuerrot.« Barotta starrte missmutig in den Becher. »Als die Oberin und ein paar andere Nonnen das gesehen haben, was von der Ärmsten noch übrig war, hat mir eine der Frommen zugeflüstert, dass sie die Geliebte der Äbtissin gewesen sein soll.«

Sandro schüttelte verwirrt den Kopf und pfiff durch die Zähne. »Ein unheiliges Kloster, offensichtlich. Warum hast du gerade dort gefragt?«

»Weil mir eingefallen ist, dass man viele Mägde aus dem Kloster holt. Ich habe gefragt, und man hat's bestätigt. Sie sind gut erzogen, fleißig, geschickt und bedürfnislos.« Ebenso wie Sandro hielt es Barotta für nicht erwähnenswert, wie wenig Waisen galten, besonders weibliche. »Ihr fehlten die Augen, die Ohren, fast die ganze Kopfhaut mit dem Haar, beide Hände und der linke Fuß mitsamt dem Schuh vom Schienbein abwärts. Und ein Stück Haut aus dem Bauch.«

Er stürzte den Wein hinunter, knallte den Becher auf den Tisch und schüttelte sich. Als er Sandro ansah, war sein Augenfehler verschwunden.

»Der andere Schuh – fort. Sie muss um ihr Leben gerannt sein, aus dem Wald hin zur Brücke. Wir haben sie nach Lucca gebracht. Einige Räte und der Richter haben sie angesehen und sich schaudernd abgewandt. Ich habe alles genau aufgeschrieben, und am Tag darauf ist sie bei den anderen Leichen begraben worden. Donatella, die Waise, angeblich neunzehn Jahre alt. Amen.«

»Das dritte Opfer einer Jagd, eines wahnsinnigen Jägers«, sagte Sandro und begann wieder, die lockigen Haarsträhnen des Löwenhauptes zu polieren. »Das denkst du doch auch, nicht wahr?«

»Santissima Madonna!« Michele Barotta stieß ein verzweifeltes Lachen aus. »Davon ist inzwischen halb Lucca überzeugt.«

»Und was tut halb Lucca?«

»Das Gleiche wie du und ich, Sandro.« Barotta beugte sich vor, schwang einen Eisenhaken und stocherte im Kaminfeuer. Funken und Asche wirbelten auf. »Man wartet entsetzt und hilflos auf das vierte Opfer. Oder darauf, dass sich der Schinder durch einen Zufall verrät.«

Sandro nickte, hauchte den Löwenkopf an und murmelte:

»Ich sollte besser nach Arliano reiten, zu Babo, und Donata begleiten.«

»Ich trage einen Helm und den Harnisch. Vor mir fürchtet sich jeder«, warf Barotta ein und hob den Feuerhaken wie ein Schwert. »Könnte es sein, dass du verhindert bist, in allen Ehren, und mich schickst? Du hast sicherlich mit deinen Mätressen zu tun!«

»Leg den Haken weg«, sagte Sandro. »Ich habe keine Mätresse, keine Gattin, keine Geliebte. Meinetwegen – hol sie ab. Wenn du sie anrührst oder ihr den Hof machst, geschieht der nächste Mord, ich versprech's.«

»Und wenn sie, was viel wahrscheinlicher ist, mich verführt? Meine strahlenden Augen und der federnde Gang?« Barotta lachte und hängte den Feuerhaken an den zierlichen Bronzeknopf.

»Dann gibt's einen Geschwistermord. Ich schwör's.«

Barotta deutete auf den Krug. »Trinken wir darauf. Wann, sagst du, soll ich sie abholen?«

»Übermorgen früh.« Sandro nahm ihm den Becher aus den Fingern und füllte ihn nach. »Früh, das ist kurz nach Sonnenaufgang in Arliano. Nicht kurz vor der Siesta wie in Lucca! Der Capitano der Stadtwache erinnert sich noch an unsere Ufficina?«

»Allzu genau.« Sie tranken einander zu. Sandro war mit dem Glanz seiner Türklopferbestie zufrieden, wickelte einen Stoffstreifen um den dicken Ring und ging die wenigen Schritte in die Küche, um seine Hände zu bürsten und abzutrocknen.

Als sie den Krug geleert hatten, stand Michele Barotta auf und langte nach seinem Mantel. Sandro dachte an Barottas steifes Knie und ging vor ihm hinunter, öffnete die Tür und spähte auf den leeren Platz. Der Brunnen war übergelaufen; Wasser rann in die Gasse und schien zu gefrieren, als das Licht aus dem Haus darauffiel.

»Kaum trinkst du einen Becher Wein zu viel, ersäuft Lucca in der Flut«, sagte Sandro, zeigte auf das Rinnsal und schüttelte Micheles Handgelenk. »Bring das in Ordnung, sonst kannst du nicht schlafen.«

Barotta nahm die Stufen, ohne zu hinken und rief über die Schulter zurück: »Vielleicht zeigt mir ein Albtraum, wo ich den wahnsinnigen Jäger suchen muss. Mögest du Besseres träumen.«

Sandro sah ihm einige Atemzüge lang nach und schloss die

Tür. Er verriegelte sie sorgfältig und trug die Kerze ebenso bedächtig zu seinem Schlafzimmer. Schon unter der Wirkung von viel weniger Wein waren Häuser und Scheunen abgebrannt und schlafende Bewohner im Rauch erstickt.

27

Zusammen mit Mamma Lucia und Bernardo di Strozzi hatte Desiderio Montfalcone seine tagelangen Ritte, Rundgänge und Prüfungen hinter sich gebracht. Cornelia hatte geholfen, viele Listen geführt und ausnahmslos jeden Arbeiter gelobt, selbst Doracello und dessen Söldner. Die Mühle hatte sämtliches Korn gemahlen, und Handwerker aus Lucca arbeiteten am algenverkrusteten Wasserrad, an den Schleusen und am Mahlwerk ebenso wie in der Ölpresse. Mehl, Schrot, das Öl der ersten und zweiten Pressung, die grünen, weißen und schwarzen Oliven – entkernt, mit Kernen, in Salzlake oder *sotto olio,* in Öl, Essig und Gewürzen eingelegt – füllten die Krüge. Was keinen Platz in den Speisekammern fand, war schon verkauft worden oder kam in der zweiten Hälfte des Februars und später auf die Märkte. Und so ging es weiter, von einem Bauernhof zum anderen, von Kammer zu Kammer, Krug um Krug, Sack um Sack – getrocknete Pilze, eingekochte und eingelegte Beeren, Obst, Eier in großen Becken mit gelöschtem Kalk, Schinken, der an der Luft trocknete, Würste im Rauch, Fässer voller gesalzener Butter und Schmalz, schwere Honigkrüge und, und, und.

Der bunte Herbst war fruchtbar, der graue Winter arbeitsreich gewesen; jetzt war es Zeit zu schlafen und nachzudenken, Zeit für alles, was Ruhe und Besinnlichkeit brauchte, für die Handwerker, die in der Stadt weniger zu tun hatten und gern im Bereich der Palazzina arbeiteten. Trockenes Holz brannte in den Kaminen, die Sonne schwebte knapp über den Spitzen der Zypressen, und Desiderio konnte sich vom späten Erwachen bis tief in die Nacht frohen Herzens seinen Büchern, der Deutung zukünftigen Geschehens und dem Bau seiner Instrumente und der Figur widmen.

Der dritte Tag im März stand kurz bevor, also der erste von sechshundertsechundsechzig Tagen, der »Zahl eines Menschennamens« und der »Zahl des Tieres«, das wie ein Drache redete und dem Standbild Lebensgeist verleihen würde. Jeder würde getötet werden, der das Standbild des Tieres nicht anbetete. Desiderio trug die kostbarsten seiner Bücher hinunter in den Piano nobile, den großen Saal, und schlug sie auf den Lesepulten an den richtigen Stellen auf. In Gedanken verglich er das Initial mit dem wirklichen Engel. Nicht mehr lange, und er würde sein Meisterwerk vollendet haben.

Auf dem »Rücken« der Figur waren zwei Gestelle aus sorgfältig gehobelten und geschliffenen Latten befestigt worden. Sie hatten, wie ein menschlicher Arm samt der Hand, mehrere Gelenke, die sich abhängig voneinander bewegten. Ein rechter und ein linker Flügel, die zuerst dicht am Rücken der Figur anlagen, falteten sich fast ohne Knarren und schleifende Geräusche auseinander und richteten das Ellenbogengelenk hoch über die Schulter auf. Das nächste Gelenk, durch eine dünne, verborgene Eisenstange gleichzeitig zur Seite bewegt, verhielt sich wie der Flügel einer Fledermaus oder eines Falken, und schließlich richtete sich das letzte Glied schräg auswärts. Desiderio ließ die Bewegungen zwei Dutzend Male ausführen und einige Fehler berichtigen; noch waren die Flügel nicht an der senkrechten Eisenstange mit den vielen Bronzerädern und -hebeln befestigt. Auch die Arme, zum größten Teil verkleidet, aber ohne Hände, hingen bewegungslos herunter. Anstelle des Kopfes ragte nur ein runder Holzstab aus dem Hals.

Desiderio klatschte in die Hände und rief: »Schluss für heute! In der Küche hat Mamma Lucia das Essen fertig zubereitet.« Er wartete, bis die vier Zimmerleute und der Holzschnitzer die meisten Lichter löschten und ihre Werkzeuge zählten. »Morgen früh versuchen wir die Räder und Hebel einzurichten.«

»Ihr werdet ein Kunstwerk schaffen, Messer Montfalcone, um das Ihr von allen beneidet werdet«, sagte der Holzschnitzer und kämmte Späne aus seinem Haar. »Wann soll es fertig sein?«

»Wir haben noch weit mehr als ein ganzes Jahr Zeit«, antwortete Desiderio und schloss hinter den Männern die Doppelpforte des »Tempels« zu. Er folgte ihnen zum Haus und trug der Dienerin Xaviera auf, das Essen und Wein für ihn und Cornelia in den großen Saal zu bringen.

Vor seinem inneren Auge sah er das Bild der fertigen Figur. Mühelos fügte seine Fantasie die fehlenden Teile der Verkleidung, das Gewand und das Gesicht, das Schwert und die Schale und die vielen kleinen Teile, die sich ineinandergreifend bewegen mussten, hinzu. Ja. Ein Jahr Arbeit würde genügen, in dem sein Glaube wuchs und dadurch sein gesamtes Leben behütet und umfangen blieb.

Er zündete die Dochte jener Kerzen an, die Cornelia in den Leuchtern erneuert hatte, ließ sich seufzend in die Polster des hochlehnigen Sessels sinken und betrachtete die gleichmäßigen Lettern der Buchseiten. »Ich bin der Erste und der Letzte«, las er, »und der Lebendige. Ich war tot, doch nun lebe ich in alle Ewigkeit, und ich habe die Schlüssel zum Tod und zur Unterwelt.«

Er hob den Kopf und blickte hinaus in den Garten, als könne er jenes Wesen aus Licht zwischen den Pflanzen und vor den Wolken sehen. Die Gärtner, denen drei Söldner und die Dienerin Irene halfen, beschnitten die Kanten und Oberseiten der Büsche und der Zierzypressen. Der gesamte Garten lag in winterlicher Ruhe. Die Becken und Steine der Brunnen und der Wasserfälle glänzten, selbst von den Statuen hatten sie das Moos abgeschrubbt. Nicht nur alle Samen und Pflanzen warteten auf den Frühling. Auch Desiderio sehnte sich nach Sonne, Wärme, nach langen Tagen und den Farben Tausender Blüten. Und nach dem Ballen Stoff aus Firenze, aus dem das Gewand der

Figur genäht werden würde. Sechhundertsechsundsechzig Tage und Nächte!

Desiderio sah zu, wie die Dienerin das Essen auf dem eingedeckten Tisch verteilte, und versank in jene seiner Gedankenwelten, die weder mit der Verwaltung der Palazzina noch mit Vorräten und Gewinn etwas zu tun hatten. Seine bleierne Müdigkeit, sein unruhiger Schlaf und seine Träume ängstigten ihn. Waren sie schon die Strafe für sein künftiges Versagen?

Wie viele Jahreszeiten waren an ihm seit seiner Zeit in Firenze vorbeigezogen? Unzählige scheinbar, während denen alles Grüne gewachsen war und immer wieder die Farben gewechselt hatte. »Pipistrello« Simonettas Kunst der Verführung war das erste einschneidende Erlebnis damals in Firenze gewesen, ebenso erlösend wie verstörend. Es hatte Desiderio bis in die Grundfesten erschüttert und sein weiteres Leben geprägt, und Lorenzo de' Medicis Tod und die Bekanntschaft mit Frate Savonarola waren ein zweiter, schmerzhafter Einschnitt.

Als die Bewunderung und das Staunen der Florentiner über Leonardos Gemälde *Anbetung der Könige*, das er Anno Domini 1481 für das Kloster San Donato geschaffen hatte, ihren Höhepunkt erreichten, verließ Leonardo da Vinci die Stadt. Lorenzo »il Magnifico« ließ ihn gehen, nachdem sich Leonardo als Erfinder von Verteidigungseinrichtungen, Maschinen und Geräten zur Kriegsführung bei Ludovico »il Moro« in Milano beworben hatte. Dort malte er auch an einer *Madonna in der Felsengrotte* und beschäftigte sich angeblich mit dem Entwurf und den Gussvorbereitungen für ein monumentales Pferd aus Bronze, das zur Erinnerung und Ehrung Francesco Sforzas, des Vaters von Ludovico, errichtet werden sollte. Überdies zeichnete er Entwürfe für die Kuppel des Doms zu Milano und schuf das Bildnis der jungen Cecilia Gallerani – Ludovicos Cortigiana, der Mätresse, seit Anno Domini 1481 –, die ein Hermelin, Sforzas Wappentier, im Arm hielt.

Desiderio veranstaltete bald nur noch wenige Feste, die lange nicht mehr so groß und rauschend waren. Er behielt zwar seine Wohnung, wechselte sich aber mit Bernardo di Strozzi in der Palazzina und in Firenze ab. Zwischen 1482 und 1492, zwischen Leonardos Fortgang und dem Tod des mächtigsten Mannes der Stadt, arbeitete Desiderio viel und unauffällig, sowohl in Firenze als auch im Norden Luccas. Er lernte unentwegt, arbeitete Tag und Nacht, ritt zu den Bauerndörfern und zu den Borghi, vergrößerte den Landbesitz um die Palazzina, fügte den Gebäuden einige neue Gesindehäuser, Scheunen und eine Ölmühle hinzu, stellte fachkundige Diener ein und verpflichtete die Bauern dazu, klüger und gewinnbringender zu arbeiten als bisher. In Firenze hatte er es tagtäglich gelernt: Auf jedem Markt, für nahezu jede Ware, gab es Käufer, die für besonders gute Erzeugnisse mehr zu zahlen bereit waren als für Alltägliches.

Bernardo und Desiderio ließen Wachteln in Käfigen züchten, eigenes Korn zu eigenem Mehl mahlen, das in eigenen Säcken von stets gleichbleibendem Gewicht verkauft wurde, und vieles andere in dieser Art. Mitunter gelang es Desiderio, seinen Untergebenen die Arbeit zu erleichtern, indem er Leonardos kleine Erfindungen benutzte. Er zahlte gut und vor allem pünktlich.

Unbekümmert und wenig beeinträchtigt durch die Wirren dieses Jahrzehnts legten Desiderio und Bernardo den Grundstein zukünftigen Reichtums. Jeden Goldflorin, den sein Vater hinterlassen hatte, vermehrte Desiderio zehnfach und mehr. Er benutzte das Geld, um die Gebäude der Palazzina von Künstlern, Malern und Baumeistern, die noch unbekannt waren, ausschmücken und ausbauen zu lassen. Er hatte genug Zeit, um in den kostbaren Büchern seines Vaters zu lesen und zu erkennen, dass viele Ereignisse – außerhalb der Mauern der Palazzina – nur scheinbar den Gesetzen der Harmonie gehorchten und in Wirklichkeit warnende Vorboten und Zeichen einer künftigen Katastrophe waren. Der Herr, diese Überzeugung gewann Desiderio in winzigen Schritten, hielt nicht mehr die Hand über seine Schäflein, sondern wandte sich ab und – einem Tag zu, an dem er Bösewichter und Gerechte für alle Zeiten voneinander scheiden würde. Er, Desiderio, geschützt durch die Lichtgestalt, zählte sich zu den Gerechten.

Anno Domini 1483, der Park stand in voller Blüte, war ein weiteres einschneidendes Ereignis eingetreten: Bernardo brachte Cornelia de' Albicci in den Schutz der Villa. Nachdem ihre Familien von Lorenzo de' Medici aus Firenze vertrieben worden waren, nahm er sich als einer der wenigen Angehörigen nach dem Tod ihrer Tante der elfjährigen Cornelia an. Schläfrig zusammengesunken saß sie vor ihm im Sattel, als sie in den Cortile eingeritten kamen. Er stieg ab, hob sie vom Pferderücken, nahm sie bei der Hand und ging zu Desiderio.

»Sie ist ärmer als eine Maus, Desiderio«, sagte er bittend. »Sie hat niemanden mehr. Sie braucht alles: Kleider, einen Lehrer, ein Nachtlager und nahrhaftes Essen – schau sie an. Dünn wie ein Schilfrohr. Kaum elf Jahre. Wir sollten ein gutes Werk tun, mein Freund.«

»Kannst du schreiben und lesen?«, erkundigte sich Desiderio, musterte die schlanken Glieder, das schmale Gesicht mit den brennenden grünen Augen und der hellgoldenen Haarflut. Augen wie aus Jade, dachte er. Er lächelte, Cornelia nickte stumm.

»Bleib hier«, sagte er. »Es ist genug Platz. Niemand hungert, keiner wird dich schlagen. Jeder, den du bittest, wird dir helfen.«

»Danke, Messer Montfalcone«, flüsterte sie und schaute fragend zu Bernardo. »Es ist so schön und ruhig hier ... Ich tue alles, damit Ihr mich nicht wegschickt.«

Desiderio deutete zur Treppe. »Bring sie zu Mamma Lucia. Cornelia soll bekommen, was sie braucht. Wenn sie sich geschickt anstellt, kann sie alles lernen, was sie für ihr Leben braucht.«

»Danke, Desiderio.« Bernardo verbeugte sich tief, legte den Arm um Cornelias Schulter und führte sie weg.

Binnen weniger Tage verliebte sich das schlanke Mädchen in den Garten, die Felder und die Palazzina und näherte sich Desiderio und jedem anderen Bewohner mit scheuem Lächeln, heiterer Beflissenheit und in kindlicher, naiver Unbefangenheit. Mitunter sah ihr Desiderio zu und war überzeugt, dass sie ein stilles Geheimnis mit sich herumtrug wie ein gesegnetes Amulett oder das Zeichen eines unbekannten Gottes.

Binnen eines Monats eroberte Cornelia, ruhig und liebenswürdig, alle Herzen; selbst Doracello, der pockennarbige Anführer der Wachen, verzog sein Gesicht zu einem Lächeln und redete, bevor er ihr in den Sattel half, leise mit ihr.

Zu Sommeranfang im Jahr des Herrn 1488, mehr als ein Jahrzehnt nach den Nächten mit Simonetta, saß Desiderio vor der weit geöffneten Terrassentür der Palazzina. Seine Gedanken trieben wie träge Wolken zwischen Ernte, Eigenverbrauch, Verkauf und Verdienst umher; bisweilen dachte er an den Karneol-Siegelring, den er in Firenze beim Steinschneider bestellt hatte.

Auf der rechten Seite des Schreibtisches stapelten sich gesiegelte Briefe, beschriebene und gefaltete Blätter, Desiderios Bestellbücher und Bernardos Rechnungslisten. Die Türen zur Terrasse waren weit geöffnet; der Tisch stand im kühlen Schatten des Arbeitszimmers. Das Summen der Fliegen und der Käfer beruhigte Desiderio, und wenn er den Kopf von seiner Arbeit hob, roch er den Duft zahlloser Blüten, der Kletterrosen und des Rosmarins. Jenseits der Mauer wühlten die Schweine unter den Bäumen nach Eicheln, und im Sonnenlicht flatterten Schmetterlinge in der mittäglichen Stille des Gartens, die nur von Vogelstimmen und, von Zeit zu Zeit, vom Kratzen von Desiderios Feder auf Papier unterbrochen wurde.

Desiderio wandte den Kopf und betrachtete das Gemälde, das über den Türen an der Kopfseite des Saales hing. Eine meisterhafte, teuer bezahlte Kopie eines Bildes von Botticelli, eines aus einer Folge von vier Darstellungen, die er nach einer Geschichte des *Decamerone* geschaffen hatte. Die achte Erzählung des fünften Tages. Etwa zwei Ellen hoch und drei Ellen breit. Bei einem der wenigen Besuche im Palazzo des Antonio Pucci hatte Desiderio sie in der Wandtäfelung gesehen und war gebannt gewesen von den Szenen. Schüler der Werkstatt des Piero del Pollaiuolo hatten sie mit Messer Puccis Erlaubnis kopiert und mit einem goldbelegten Rahmen versehen.

In einem dämmerigen Wald am Meeresufer jagte ein degenschwingender Schimmelreiter, der Held der Geschichte Boccaccios, Anastacio degli Honesti, eine nackte, rothaarige Frau, in deren Körper sich ein Jagdhund verbissen hatte. Sie rannte fast in die Spitze eines Astes hinein, den vor ihr stoßbereit hochriss. Mit unbeteiligten Gesichtern sahen Jäger und die Jagdgäste zu, die vor einem Zelteingang standen. Die Frau hatte hilfesuchend die Arme erhoben und stolperte mit flehendem Gesichtsausdruck in ihr Verderben.

Boccaccio hatte von einem schwarzbraunen Reiter geschrieben, der einen Rappen ritt. Botticelli hatte stattdessen einen Schimmel gemalt. Der Verfolger tötete im Verlauf der Erzählung die Frau, seine Todfeindin, riss ihr das Herz und alle Eingeweide heraus und fütterte damit die Hunde. Nach einer Weile sprang die Tote auf, wieder unversehrt, rannte weiter zum Meer, und ihr Verfolger spornte sein Pferd und hetzte ihr die Hunde hinterher. Die Grausamkeit wiederholte sich während eines Festes, zu dem Anastacio geladen hatte.

Die anderen Bilder des Zyklus hatten Desiderio nicht in dem Maß betört wie jenes, das für ihn kopiert worden war. Die Kopisten aber hatten, getreu der Erzählung des *Decamerone,* statt des Schimmels einen Rappen gemalt. Desiderio erinnerte sich nicht mehr daran, was ihn bewogen hatte, die Farbe des Pferdes ändern zu lassen; damals war es ihm wichtig erschienen.

Ein Schatten fiel auf die Steinplatten der Terrasse. Desiderio, abgelenkt, löste seinen Blick von der grausamen Darstellung. Cornelia ging an einer der Türen vorbei, blieb stehen und blickte ihn an. Als er winkte, kam sie zögernd näher. Sie trug ein hauchdünnes Kleid mit Blütenmuster, eines jener Gewänder, die Bernardo in Firenze gekauft oder als Muster mitgebracht hatte.

»Komm herein, meine Schönste«, sagte Desiderio. Er gestand sich ein, dass er auf eine solche Begegnung gewartet hatte. »Es ist zu heiß in der Sonne.«

Durch das Seidengewebe des Lampas-Kleides konnte Desiderio jeden Fingerbreit von Cornelias sonnengebräuntem Körper erkennen. Ihre knabenhaft schlanken Arme und Beine zeichneten sich wie unverhüllt ab. Desiderio legte lächelnd die Feder zurück und sagte sich, dass er sie zwar fünf Jahre lang jeden Tag gesehen hatte und ihm bewusst geworden war, dass sie zu einer schönen jungen Frau herangewachsen war. Doch dass sie ihn begehrte – daran hatte er nur in den Stunden vor seinen Albträumen gedacht. Er seufzte leise. Vor einem halben Jahr hatte er die Vierzig überschritten, doch ein Fest hatte er verweigert.

»Aber für dich, Principe, nicht zu heiß zum Arbeiten«, antwortete sie, setzte sich auf die Ecke des Tisches und schlug die Beine übereinander. Sie betrachtete das Schreibzeug, die vielen Papiere, dann blickte sie Desiderio an. Ihre Augen strahlten wie Jade. »Ich habe Mamma Lucia geholfen, und jetzt braucht sie mich nicht mehr. Sie sagt, ich bin zu schön für die Küchenarbeit. Bin ich schön, Desiderio?«

»Du bist die Schönste in der ganzen Palazzina«, antwortete Desiderio, ohne zu überlegen. »Keine ist schöner. Würdest du tausend Männer kennen – jeder würde dich begehren.«

»Du auch? Bin ich schön genug für dich?«

»Du bist schön, aber zu … zu jung für mich«, sagte er. Seit seiner letzten Nacht mit Pipistrello hatte er sich von Frauen ferngehalten. Dienerinnen und Mägde der Palazzina, auch wenn sie jung und schön waren, durfte er nicht anfassen. Niemand durfte von seiner Missbildung wissen, und auch Cornelia würde erschrecken, wenn sie ihn sah.

»Andere Frauen in meinem Alter haben einen Gatten, einen Geliebten und zwei Kinder«, sagte sie lächelnd und kreuzte die sehnigen Arme über der Brust. »Denn sie haben große Brüste und breite Hüften.«

»Brüste, Hüften ... Um einen Mann glücklich zu machen und selbst glücklich zu sein, braucht man sie nicht.« Er wiegte den Kopf. Was ihn Pipistrello gelehrt hatte, konnte er an eine – seine? – Schülerin weitergeben. Lange würde er darüber nachdenken müssen: Sie war zart, schutzbedürftig, zugleich jungfräulich, doch vielleicht, so hatte es während dieses Gesprächs den Anschein, ebenso wissend wie die Dirne Simonetta. Er versank einige Atemzüge lang im Anblick ihres ebenmäßigen Gesichts. Sie lächelte wie Leonardos Engel.

»Willst du, dass ich dich glücklich mache, Messer Montfalcone?«

Er drehte sich vollends zu ihr herum. Da saß sie, selbstbewusst und kühl, als sei sie eben einem Wasserfall entstiegen. Seine Blicke glitten über ihren Körper, über das lange Haar, die schlanken Beine und die sehnigen Fesseln. Sie legte den Kopf schräg und starrte in seine Augen. In seinem Inneren begann eine nie gekannte Erregung sich auszubreiten. Er war hin und her gerissen zwischen Begehren und Vorsicht, es fühlte sich an wie ein heißer Wurm mit unzähligen Beinchen, deren Berührungen kitzelten. Er beherrschte sich, und nach einer Weile sagte er leise:

»Darauf werde ich antworten, Cornelia. Aber nicht jetzt. Du musst mir nicht auf diese Weise danken.« Er lächelte matt. »Wir reden später darüber.«

»Wann? Heute Nacht?«

Er schüttelte den Kopf, legte seine Hand auf ihre kühlen

Knie und fühlte die glatte Haut unter dem Stoff. Dann griff er nach der Feder und antwortete: »Nein. Nicht heute. In irgendeiner Sommernacht.«

Cornelia sah zu, wie er weiterschrieb. Er war nicht darauf vorbereitet, dass sie versuchte, die Zügel in die Hand zu nehmen, und sie mochte außer Dankbarkeit und Bewunderung andere Gründe haben, sich einem Mann anzubieten, der vierundzwanzig Jahre älter war als sie. Die Verwunderung hatte Desiderio wie ein Schlag getroffen: Von Frate Francesco unterrichtet, von Bernardo ausgebildet und unter der mütterlich-strengen Obhut Mamma Lucias war Cornelia auf den Feldern, im Garten und in der Palazzina wie auf einer Insel der Glückseligkeit aufgewachsen. Fünf Jahre lang. Sie hatte keine Arbeit gescheut, sichelte Getreide, lenkte Ochsen- und Pferdegespanne, lernte Reiten, scheuerte rußige Kessel oder sammelte Oliven, Beeren, Pilze und Pinienkerne, lernte Nähen und Kochen und die Qualität der Weine zu bestimmen. Desiderio hatte ihr oft zugesehen und sah jetzt zu, wie sie vom Tisch zu Boden glitt und ins Sonnenlicht hinausging. Von Helligkeit umflirrt und übergossen drehte sie sich um und sagte: »In einer Sommernacht? Bald? Du hast es versprochen.«

»Ich halte meine Versprechen«, gab er leise zurück und schloss wie betäubt die Augen. Noch hatten die Hitze und die Gewitter des Sommers die Herrschaft über das Land nicht angetreten.

Einige Wochen danach hatten die Mägde in Desiderios Schlafzimmer tropfend nasse Laken und Betttücher aufgehängt. Sie trockneten langsam und verbreiteten in der kochend heißen Nacht ein wenig Kühle. Die Luft konnte man mit einem stumpfen Messer schneiden. Alle Kerzenflammen waren ungewohnt groß und brannten ohne zu zittern; jene in den Leuchtern hinter den Tüchern schufen um das Bett eine seltsame Helligkeit. Die Nachtluft, völlig unbewegt, roch nach Blättern und

Gräsern, die an den Spitzen zu welken begannen, nach Pinienharz und saurem Wein. Alle Fenster und Türen standen weit offen. Draußen waren Grillengezirp, das leise Plätschern des Wassers über dem Wehr, gelegentliches Taubengurren, die Laute kleiner Nachtvögel und das Knistern der Steinchen, wenn ein Tier über die Wege huschte, zu hören.

Desiderio lag, ohne sich zu bewegen, nackt unter einem Seidenlaken und atmete flach. Das Land außerhalb der Mauer, der Garten und alle Gebäude der Palazzina lagen jetzt, um Mitternacht, still wie der Tod unter den flirrenden Sternen und der Mondsichel. Länger als einen Monat hatte Desiderio über sich und Cornelia nachgedacht. In zwölf Jahren erschien der siebente Engel mit der Schale der siebenten Plage, mit dem goldenen Messstab, der die Stadt ausmaß und das Neue Jerusalem und das Wasser des Lebens verkündete.

Cornelia und er hatten zwölf Jahre Zeit. Unzählbar viele Tage. Diese Einsicht kroch lahm durch seine Gedanken, eine lange Zeit, die er zwischen Selbstüberwindung und lüsterner, durch Versagensangst geminderter Hoffnung verbringen würde. Tief in seinem Inneren, klein wie ein Samenkorn, hockte eine ferne Erinnerung. Er vermochte sie nicht zu fassen, aber sie schien mit einer Tat zusammenzuhängen, für die er bestraft werden konnte, so wie sich Leonardo wegen seines Hanges zur Sodomie durch rastloses Schaffen selbst strafte. War etwas in ferner Vergangenheit geschehen, woran er sich nicht erinnerte? Wie ein winziger Missklang einer Musik, in der die Klänge einzelner Instrumente nicht mehr zu unterscheiden waren – es schien ein Geheimnis zu geben, das er fürchten musste, und es hatte nichts mit Cornelia zu tun.

Während der Schweiß von seiner Stirn in die Brauen rann und sich auch in den Achseln sammelte, gestand er sich ein, dass er Cornelia begehrte. Würde er eine andere Frau ebenso begehren, wenn sie in seiner Nähe wäre? Nein, denn sie wäre nicht so wie Cornelia. Tausend Gedanken und Empfindungen und ebenso viele Bilder verbanden Cornelia mit manchen seiner Erinnerungen.

»Ja«, flüsterte er mit trockenen Lippen und streckte die Hand nach dem Weinglas aus. »Sie wird alles verstehen. Mit jedem Wort, mit jeder Geste mehr. Sie ist noch jung.«

Er trank, schloss die Augen und hoffte, einschlafen zu können. Als er seinen Körper nicht mehr fühlte und im Halbschlaf oder Traum überzeugt war, dass ihn endlich die Müdigkeit eingeholt hatte, hörte er leise Schritte. Gleichzeitig glaubte er, durch die geschlossenen Lider zu sehen, wie die Kerzenflammen zuckten. Er zwang sich, die Augen zu öffnen. Hinter den Laken bewegte sich ein Schatten, glitt hinter zwei der weißen Vierecke entlang und näherte sich durch den Spalt, den Stoff wie einen Vorhang mit den Armen teilend.

Cornelia kam auf nackten Sohlen zum Bett. Sie trug ein knielanges Hemd aus sardischem Byssos. Den hauchdünnen Stoff, der durchsichtig wie Wasser ihren Körper umhüllte, teilten nur wenige Nähte, die auf der nussfarbenen Haut wie haarfeine Narben wirkten. Die kastanienbraunen Höfe ihrer Brustspitzen waren kreisrund und vollkommen. Korngelbes Schamhaar züngelte wie die Spitze eines welken Ölbaumblatts. Neben dem Bett blieb Cornelia stehen, kreuzte die Arme und schob mit den Fingerspitzen die Träger über ihre Schultern. Das Hemd glitt an ihr herunter, als sie sich lächelnd vorbeugte. Ihr welliges Haar fiel über ihre Schulter, bis weit über die Ellbogen. »Ich musste kommen«, flüsterte sie.

Desiderios Blick glitt über ihre Haut und heftete sich auf das feuchte Dreieck des Schamhaars.

Sie legte die Hand auf ihre linke Brust. »Eine Stimme hat es mir befohlen. Das ist die richtige Nacht, hat mein Herz immer wieder gesagt.«

Desiderio fühlte seinen hämmernden Herzschlag und dass sich sein Glied regte. Er richtete sich halb auf und nickte. »Dein Herz sagt es«, wiederholte er leise. »Ich war schon halb entschlossen. Eigentlich habe ich gewartet, dass du kommst. Also – bleib bis zum Morgen, oder länger. Ich lehre dich alles, was ich kann.«

Cornelia kniete sich neben seine Hüften und fasste mit beiden Händen ihr Haar im Nacken zusammen. »Ich werde deine beste Schülerin sein, Desiderio. Und die gehorsamste.« Sie streckte sich neben ihm aus und schlug die Beine übereinander. »Zeig mir alles, was ein Mann mit einer Frau tun kann.« Sie schob die Hand unter seinen Kopf und begann ihn zu küssen.

Als sich Desiderios erste Überraschung gelegt hatte, begann er ohne nachzudenken zu wiederholen, was er von Pipistrello gelernt hatte. Seine Lippen und die Zunge waren wie hungrige kleine Tiere, und Cornelia schien mit jedem Atemzug älter und erfahrener zu werden. Desiderio spürte weder die nächtliche Hitze noch seinen Schweiß. Der schlanke Körper, der sich auf ihm wand, blieb kühl und glatt. Als Cornelia das Laken von Desiderios Knien zog und seine Finger über ihren Rücken fuhren, die Hüften und die Backen packten, spreizte sie die Beine, und ihre Zunge kitzelte seinen Hals. Ihre Hände schoben sich über seine Schenkel und tasteten nach seinem Gemächt.

»Warte auf meine Finger«, murmelte er rau, ließ diese über ihren harten Bauch gleiten, durch den dünnen Flaum und zur feuchten Scheide.

Cornelia flüsterte, mit langen Pausen zwischen den Worten: »Ich werde nicht bluten, Geliebter. Das Jungfernhäutchen ist beim Reiten zerrissen.«

Er sagte leise etwas Bedeutungsloses in ihr Ohr und begann sie zu streicheln und zu reizen, so wie er es Jahre zuvor gelernt hatte. Desidero erinnerte sich inmitten des Wirbels aus Hitze, Schweiß, Gier und Verwunderung über Cornelias entschlossene Zielstrebigkeit an Pipistrello und jedes ihrer Worte, an jede Geste und die Bedeutung jeder Bewegung. Er tat, was er gelernt hatte, und erregte Cornelia mit der Zunge, den Lippen und den Fingern. Sie bäumte sich auf, zitterte auf ihm, keuchte und stöhnte und lag still da, als er sie endlich zum Höhepunkt getrieben hatte.

Cornelia erholte sich schnell. Ihr Körper blieb kühl, trotz der Spuren von Desiderios Schweiß. Sie atmete schwer, ihre Lippen und ihre scharfen Zähne wanderten über seinen Körper, und sie schien eine ebenso entschlossene wie kundige Lehrmeisterin gehabt zu haben wie Desiderio. Sie verführte ihn, langsam und überlegt, liebkoste und umfing sein Glied und schob sich unter ihn. Schweigend, lächelnd und in sich gekehrt genoss sie seine Leidenschaft und ließ seine Befürchtungen, er könne versagen, bedeutungslos werden. Er nahm sie, wie er damals die schwarzhaarige Simonetta genommen hatte, und als sie erschöpft nebeneinander lagen, fasste Desiderio ihre Hand und sagte:

»Wir haben einander gefunden, ohne lange gesucht zu haben. Du wirst bei mir bleiben? Zwölf Jahre lang?«

»Solange du willst, Liebster«, antwortete sie und streichelte mit den Fingern ihre aufgerichteten Brustspitzen. »Ich habe so oft von dieser Nacht geträumt.«

Desiderio leckte über seine ausgedörrten Lippen, drehte sich halb herum und füllte das Weinglas. Für kurze Zeit gab er sich dem Gefühl der Überlegenheit hin. Er nahm einen Schluck und reichte Cornelia das Glas. Er sah schweigend zu, vom Blick ihrer Katzenaugen gebannt, wie sie trank.

»Wir werden zusammenbleiben«, sagte er und lächelte matt. Er glaubte, die einzige und beste Geliebte gefunden zu haben, deren Treue und Bewunderung er sicher sein konnte. Eine Schülerin, die er formen konnte, obwohl sie ihn meisterlich verführt hatte. »Die Mauer der Palazzina soll unser Symbol sein. Die Mauer und die Engel und unser Glaube.«

Sie nickte im stillen Einverständnis und leerte das Glas in kleinen Schlucken.

»Ich werde dich nicht enttäuschen, liebster Desiderio«, antwortete sie, verließ das Lager, bückte sich nach dem Hemd und blieb zwischen den getrockneten Laken stehen. »Du wirst in mir bald dein Meisterstück sehen können.«

Sie ging in den Baderaum. Desiderio hörte die Geräusche, als sie sich wusch. Sie kam mit einem Krug kalten Weißweins zurück, füllte beide Gläser und setzte sich neben ihn. Im Morgengrauen, als alle Kerzen niedergebrannt waren, noch immer im Bewusstsein, nicht zu versagen, nahm er Cornelia zum dritten Mal, ohne leidenschaftliche Hast, genussvoll und auf jede Weise, die er kannte. Ihre Haut blieb kühl, ihr Körper bewegte sich ohne Desiderios Führung, als würde sie seine geheimsten Gedanken kennen.

Schon bei seinem ersten Aufenthalt in Firenze hatte Desiderio die weihrauchduftende Ruhe, den geistigen Zuspruch einer guten Predigt und die weihevolle Schönheit der Dome und Kirchen zu genießen gelernt, auch weil einige der Maler, die er kannte, in diesen Gotteshäusern Fresken gemalt, Altäre geschnitzt oder Gemälde geschaffen hatten und ihn einluden, ihre Werke anzusehen.

Etliche Jahre später, kurz vor einer Reise von Firenze zur Palazzina, zog es Desiderio wieder in den Dom, zu einem Messopfer mit Predigt – es war richtig und gottesfürchtig, einen Segen für den Weg nach Lucca zu erflehen. Dort hörte er zusammen mit Bernardo eine Predigt Savonarolas.

Frate Girolamo »Hieronymus« Savonarola, zu dieser Zeit vierzig Jahre alt, aus Ferrara stammend, war Anno Domini 1474 in Bologna den Dominikanern beigetreten und im Jahr des Herrn 1482 in das Kloster San Marco in Firenze gekommen, wo er neun Jahre später von den Medici zum Prior ernannt wurde. Dieses Kloster diente der Familie als Stätte öffentlicher Buße und Entsagung. Savonarola, ein kleinwüchsiger, schmächtiger Mann mit fahler Haut, einer riesigen Hakennase und blauen Augen unter buschigen, rötlichen Brauen, aus denen sein inneres Feuer zu leuchten schien, hatte von

Gott erfahren, dass das Weltenende bevorstand. Innerhalb eines Jahres entwickelte sich seine Stimme in dem Maß, in dem tiefe Runzeln seine Stirn furchten – von einem unsicheren zu einem durchdringenden, wortgewaltigen Predigerorgan. Mühelos schlug Savonarola von der Kanzel des Doms mehr als fünfzehntausend gläubige Zuhörer in seinen Bann. Während er predigte, schien er zu wachsen und sich förmlich zu blähen, und seine Worte erreichten nicht nur den entferntesten Winkel des Doms, sondern rührten die Herzen der Menschen und tränkten die Gedanken und den Verstand wie mit Laudanum, der »Milch des Paradieses«. Selbst Frate Francesco, dessen Abgeklärtheit Desiderios häufige Anfälle von Furcht zu tapferem Gottvertrauen milderte, war von Savonarolas Wahrhaftigkeit überzeugt.

Nicht nur in Firenze oder Milano, sondern überall in Italien traten Prediger auf, wortstarke Propheten und fromme Seher, die den nahen Weltuntergang heraufbeschworen. Firenze, die Erbin Roms, war von den Verkündern der Endzeit, vielen kleinen Vorrednern Savonarolas, zum Mittelpunkt der Erneuerung in Christo ausersehen, Firenze würde das Neue Jerusalem sein, nach dem göttlichen Strafgericht und der Auferstehung des Fleisches. Zum ersten Mal also, im April 1492, hörten Bernardo und Desiderio eine aufwühlende Predigt Savonarolas, in Santa Maria del Fiore, unter der himmelsstürmenden Kuppel Brunelleschis. Die Großartigkeit von Savonarolas Worten und Visionen war erschreckend.

Einige Tage später erfuhren sie, dass Savonarola am Sterbebett Lorenzo de' Medicis gebetet hatte. Lorenzos ältester Sohn Piero, dessen geistige Gaben bislang niemandem besonders aufgefallen waren, trat mutig und, wie es hieß, vermessen in das Erbe ein. Um den Wirren, Kämpfen, Plünderungen und anderen Übeln zu entgehen, die nach Lorenzos Tod in den Mauern der Stadt toben würden, verließen Desiderio, Bernardo und Cornelia nach dem Gottesdienst die Stadt und ritten zurück nach

Lucca. Der Inhalt der Predigt, die Vorschau auf den Weltuntergang und die Vision vom Schwert Gottes, das über Italien hing und dessen Spitze auf die Stadt zielte, hatte Desiderio zutiefst aufgerüttelt, und er fühlte sich, als habe sich eine kalte Hand auf seinen Nacken gelegt und als halte eine andere sein Herz umklammert.

Als König Karl VIII. im Oktober Anno Domini 1494 mit vierzigtausend Soldaten vor den Toren Firenzes stand und Piero de' Medici ihm voller Angst den Hafen von Livorno und die Zitadelle von Pisa überließ und sich mit zweihunderttausend Dukaten freizukaufen versuchte, empörten sich die Einwohner Firenzes und jagten Piero und dessen Familie aus der Stadt, durch die Tore, die er für den König geöffnet hatte.

Savonarola brachte den König dazu, schon Ende November die Stadt zu verlassen und weiterzuziehen. Seine Predigten und Aufrufe versetzten Firenze in heillose Unordnung. In den Nachrichten, die nach Lucca durchsickerten, war die Rede von Gesetzen gegen Sodomie und dunkle Tavernen, üble Kleidersitten und Dichtung, die Savonarola erließ, und von Almosen-Sammlungen, von fünfzehntausend Gläubigen, die schon um Mitternacht zum Dom strömten, um, getrennt nach Männern und Frauen, seine Predigten hören zu dürfen. Firenze schien ein Taumel der Tugend, Großzügigkeit und Anständigkeit zu ergreifen.

Doch weder Bernardo noch Desiderio glaubten an diesen Wandel. Bei ihren wenigen Besuchen stellten sie fest – was sie nicht überraschte! –, dass die Compagnacci, junge Leute, die Savonarolas Sittlichkeit nichts abgewinnen konnten, und die Arrabiati, die Erzürnten, die schärfsten Gegner des hakennasigen Frate waren. Sie johlten, wenn er Rom mit der Großen Hure Babylon verglich und die Richtigkeit der Papstwahl Alexanders anzweifelte.

Im Juli Anno Domini 1495 forderte der Papst Savonarola vergeblich auf, nach Rom zu kommen, und im September stellte

Rom das Kloster San Marco unter geistliche Aufsicht und verbot Savonarola, ebenso vergeblich, weiterhin zu predigen.

Desiderio war davon überzeugt, dass Savonarola den bevorstehenden Weltuntergang predigte. Der Benediktiner, kein Abgesandter des sittenlosen Roms, sondern ein Mann aus dem Volke, redete von der *Geheimen Offenbarung*, der Apokalypse und von den wenigen Auserwählten, und das Geschehen gab ihm recht: Im Frühling Anno Domini 1496 brach die schwarze Pest aus, und im folgenden Jahr stieg der Preis für Getreide und Brot, weil Regenfluten das Land ertränkten und die Körner auf dem Halm faulen ließen. Es herrschte Hungersnot, in der Stadt wurde geplündert, abermals überzog die Beulenpest die Bewohner und forderte an manchen Tagen einhundert Tote. Wer auf dem Land Unterschlupf fand, verließ die Stadt; nach Lucca gelangten – glücklicherweise – nur Nachrichten und Gerüchte und ein paar Überlebende.

Indessen gab es Dürre, Stürme, wochenlangen Regen und Gewitter, die Wald und Felder in Brand setzten, zu allen Zeiten und in jedem Land. Condottieri und Könige zogen mit ihren Soldaten durchs Land und verwüsteten es. Predigte Savonarola – der inzwischen nicht mehr seinen rohen Dialekt gebrauchte, sondern mit großer Gewandtheit in der Sprache der Florentiner redete – von jenen Gräueln, so erhob er seine Visionen zu göttlicher Wahrheit. Und da Gott ihn erleuchtet hatte, wusste er, dass längst das Zeitalter der sittlichen Trägheit angebrochen war, das mit der Sintflut endete – die Zeit des »fahlen Pferdes«, des Pferdes des vierten Siegels der Apokalypse. »… und der, der auf ihm saß, heißt ›der Tod‹, und die Unterwelt zog hinter ihm her.« Dies war Gottes Beschluss: Die endgültig letzte Züchtigung Italiens und Firenzes stand bevor.

28

Sandro kauerte auf dem Teppich, lehnte mit dem Rücken an der warmen Kaminwand und betrachtete zufrieden, von den vielen Flammen fast geblendet, sein Schlafzimmer. Er trug den sahnefarbenen, bestickten Seidenmantel, Caterinas letztes Geschenk. Seine Schwester Donata war weder dumm noch blind, doch bisher hatte sie kein Wort über die Einrichtung verloren. Aber jede Frau, sagte sich Sandro halb verzweifelt, halb hingerissen, würde auf den ersten Blick sehen, dass dieser Raum ein Liebesnest war. Selbst Michele Barotta, dessen Ahnungslosigkeit vielleicht gespielt war, würde es nicht anders deuten.

Es gab zwei Fensterchen zum Garten – nur Tauben oder Nachteulen konnten von hier aus sehen, was im Haus geschah. Vor dem Fenster, das auf die Piazza hinausging, bauschte sich ein schwerer Vorhang aus florentinischem Frisésamt. Der Kamin, an dessen Rückwand er lehnte, wurde von seinem Arbeitsraum beheizt. Über den geschliffenen und eingeölten Bodenbrettern lagen ein großer und drei kleine Teppiche, auf denen ein Bett stand, mehr als drei Ellen breit und länger als vier Ellen. Einige Spiegel, drei niedrige Tische, ein Stuhl, ein schmales Schränkchen und ein halbes Dutzend ungerahmte Gemälde an den glatten Wänden vervollständigten das Bild. Jeder Gegenstand, einschließlich der unzähligen Kerzen und Kerzenhalter, war von Caterina und ihm auf eine Weise ausgesucht worden, die ihn jedesmal, wenn er daran dachte, zu heftigem Kichern veranlasste. Sie hatten zuerst ... Später war Zeit, vielleicht, ernsthaft darüber nachzudenken.

Oh Caterina! Heute Nacht würden sie allein sein. Donata

war in Arliano und träumte vielleicht von Barotta, und Agostino di Bargoni hielt sich in Siena auf. Caterina hatte – wieder einmal – ihre Freundin Lucinda besucht, zu der sie sogar von Agostino begleitet worden war.

Es war einer der letzten Tage im Mai. Caterina würde hastigen Schrittes durch den winzigen Garten und die Hintertür eilen, in völliger Dunkelheit. Jedesmal kläfften irgendwo Hunde, oder brünstige Kater jaulten wie Dantes Verderbte. Rechts und links und gegenüber auf dem Platz war kein Licht in den Fenstern zu sehen.

Sandro hatte schon einige Kerzen angezündet, und in der Küche gab es heißes Wasser, weiche Tücher, kalte Leckerbissen – Polenta, süßes Gebäck, Taubenschenkel, Schinken, Braten, Pecorino – sowie weißen und roten Wein. Er hob den Kopf und lauschte. Nichts. Noch nicht. Manchmal dachte er an einen blinden Harfenisten, der im Erdgeschoss für sie spielen sollte. Wenn Caterina kam, trug sie stets einen Kapuzenmantel, den sie wendete, wenn sie ging – verschiedene Farben, die zufällige Beobachter verwirren sollten.

Eigentlich ist es ein würdeloses Versteckspiel, dachte er, zündete vier weitere Kerzen an und hastete ins dunkle Erdgeschoss hinunter. Er brauchte hinter der Tür zum Garten nicht lange zu warten. Sie schlug auf, Caterina stürzte herein, im dunkelblauen Mantel, presste Sandro gegen die Wand, und die Tür schloss sich. Bevor er die Agraffen packte, deren Ketten den Mantel am Hals zusammenhielten, schob er die klirrenden Riegel der Tür zu.

»Wieder eine Nacht, die wir der Zeit stehlen«, sagte er leise und küsste sie gierig. »Komm. Alles ist bereit. Niemand wird uns stören.«

Ihre Augen loderten. Der Mantel glitt zu Boden. Sie hasteten die Stufen hinauf, ins warme, helle Schlafzimmer. Neben dem Bett umarmten sie sich schweigend und sanken nebeneinander zwischen die Kissen. Sandro begann, die Schnüre ihres Mieders aufzuknoten.

Wenig später lag er mit geschlossenen Augen, den Arm unter Caterinas Schultern, ausgestreckt da. Er atmete schwer, und mit jedem Atemzug sog er den einzigartigen Geruch dieses Ortes ein. Hier roch es nicht mehr nach Wein, feuchter Erde und brennendem Kaminholz, sondern nach Kerzen, warmem Schweiß und dem Duft von Caterinas Körper. Dass sie sich liebten, war wunderbar, aber dass sie sich in schierem Leichtsinn hier trafen, vergrößerte die Gefahr, entdeckt zu werden. Caterina war ungeschützt, wenn sie nachts durch die Gassen lief. Nicht alle Nachbarn schliefen, auch Barottas Wächter waren nicht blind. Einige Atemzüge lang packte ihn ein eisiger Schrecken; er zuckte zusammen.

Caterina spürte die Bewegung, richtete sich halb auf und teilte ihr Haar vor ihrem Gesicht. »Hat dich ein Traum erschreckt? Warst du schon eingeschlafen?«, flüsterte sie.

Er öffnete die Augen, versank in ihrem Blick und schüttelte den Kopf.

»Du darfst nicht mehr herkommen«, sagte er leise. »Du bist in Gefahr, wenn du in die Nähe dieses Hauses kommst. Niemand würde uns helfen. Wir richten zwei Familien zugrunde, wenn man uns ertappt.«

Sie hatten immer wieder, stundenlang, in den Nächten, über die Gefahren gesprochen und die Abstände zwischen ihren Liebesnächten vergrößert. Seit ihnen bewusst war, dass ihre Liebe mehr umfasste als die Erregung und Leidenschaft ihrer Körper, waren sie noch vorsichtiger geworden.

»Du hast recht, Liebster.« Caterina ließ sich zurückfallen und kreuzte die Arme vor den Brüsten. »Wir dürfen uns nicht mehr treffen. Es ist ein Jammer und ein verfluchtes Schicksal. Sind wir so stark und sehen uns nur, wenn andere dabei sind? Auf dem Markt, auf einem Fest?«

»Es geht nicht anders«, antwortete er. Sein Blick huschte über die Einrichtung des kleinen Raumes, dessen Wände sie vor der übrigen Welt abschirmten. Plötzlich erschien ihm auch dieses Versteck unbrauchbar zu sein. »Und – denk an die drei toten Frauen. Sie sind nachts allein auf dem Weg gewesen.«

»Du machst mir Angst. Aber ich habe oft an die Leichen denken müssen.«

»Jeder sucht nach ihrem Mörder«, sagte Sandro. »Auch wenn sie ihn nicht fassen, können sie dich entdecken, nachts, auf dem Weg hierher oder zurück in dein Haus. Was dann?«

»Ja, was dann?« Ihre Hände rafften das Haar in ihrem Nacken zusammen, dann beugte sie sich über ihn. Ihr Mund suchte seine Lippen, ihre Finger wühlten in seinem Haar und irrten über seine Brust. Leise, mit belegter Stimme sagte sie: »Darüber reden wir nachher. Noch haben wir etwas Zeit für uns.«

Die Erregung, die Caterinas Berührungen auslösten, lähmte Sandros Gedanken. Er ahnte, er wusste es fast, dass er zu dem, was er eben vorgeschlagen hatte, nicht fähig war. Während sie sich küssten und ihre Körper sich ineinander verschlangen, als wären sie selbständige Wesen, die ihren Herren nicht gehorchten, wartete er darauf, dass jemand an der Eingangstür klopfte.

Bevor der Morgen graute, ging Sandro die Stufen ins Erdgeschoss hinunter und öffnete die Gartentür. Er schlich hinaus und lauschte, mehr als tausend Herzschläge lang. Es herrschte Totenstille, selbst der Wind hatte sich gelegt. Er glaubte, auch Caterinas Herzschlag hören zu können, als sie sich die Stufen heruntertastete. Die Farbe des Mantels, eben noch dunkelbraun, wurde in der Finsternis zu einem stumpfen Schwarz. Caterina blieb bei ihm stehen, hauchte ihm einen Kuss zu und streichelte seine Wange, dann glitt sie zwischen den Büschen und den Mäuerchen davon und ließ nur einen schwachen Geruch ihres Duftwassers zurück. Kurz darauf hörte Sandro ihre Schritte nicht mehr, setzte sich auf die Stufen und hielt den Atem an, abermals tausend Herzschläge lang. Sowohl Sandro als auch Caterina hatten die Entfernung zwischen ihren Häusern gezählt; es waren zwölfhundert Schritte. Fast eine halbe

Stunde lang lauschte er. Aber zwischen den Häusern und Mauern Luccas entstand kein Lärm. Niemand rief, kein Hund bellte, keine Waffe klirrte, die sternenklare Nacht blieb ruhig. Sandro ging ins Haus, verriegelte mit zitternden Fingern die Tür und löschte im Schlafraum die Kerzenflammen.

29

Am späten Vormittag des 15. Mai Anno Domini 1498, bei bedecktem Himmel, saßen Sandro Castaciano, seine Schwester Donata und Michele Barotta am Rand der Piazza von Lucca. Noch lag der Schatten der Kirche San Michele in Foro auf ihnen und dem Tisch der Schenke; auch über den Bewohnern der Stadt lagerte eine kalte Düsternis. Die Säulen, Bögen und Galerien des Gotteshauses ragten feucht und schwarz wie eine steingewordene Drohung über die Piazza. Auf dem Holztisch standen ein reichlicher Imbiss sowie Becher, Schalen und Krüge. Die Lucchesen, ebenso wie die drei Hungrigen am Tisch, waren uneins darüber, wie sie mit der Nachricht und deren Bedeutung umgehen sollten. Ein Bote aus Firenze war gestern im Morgengrauen in die Stadt galoppiert, zum Palazzo della Signoria und Palazzo degli Anziani, und hatte, noch im Sattel, den wenigen Lucchesen auf dem Platz zugerufen: »Girolamo Savonarola ist tot! Man hat ihn gehenkt und verbrannt!«

Sandro füllte sein Glas mit Wasser, nickte Barotta zu und runzelte die Stirn. »Du hast den Boten zuerst getroffen, Michele. Du weißt am meisten. Erzähl's uns!«

Barotta zuckte mit den Schultern, brach ein Stück von dem Brotlaib ab und schmierte gesalzene Butter darauf. Er biss hinein und sagte undeutlich: »Savonarola hat seit Anno Zweiundneunzig das Ende der Geduld von Papst Alexander herausgefordert. Spätestens als Karl der Achte gestorben war und die Nachricht von seinem Tod am 13. April, vor ungefähr einem Monat, in Firenze die Runde machte, endete Alexanders Wohlwollen. Er erlaubte, den Frate, wenn nötig auch unter der Folter, zu verhören.«

»Es gab nicht wenig Widerstand gegen den Frate und sein ›Feuer der Eitelkeiten‹.« Sandro fasste zusammen, was man gemeinhin aus Firenze wusste – ein wüstes Gemenge aus Gerüchten und Wahrheiten. »Besonders nachdem seine Kindersöldner im letzten Jahr zum Carnevale alles beschlagnahmten, was als Symbol für die Verkommenheit der Menschen gedeutet werden konnte, und es auf der Piazza della Signoria als ›Opfer der eitlen Dinge‹ verbrannten. Den Bewohnern Firenzes war übel geworden von seiner Heiligkeit, den geistlichen Liedern und dem Duft des allzu teuren Weihrauchs. Die Stadt roch innerhalb der Mauern tagein, tagaus nach Weihrauch, und statt Hammer und Meißel hat man nur geistliche Gesänge gehört.«

»Savonarola hatte ja schon seit Langem die ›heiligen Jahre‹ von Firenze eingepredigt und eingeläutet«, brummte Michele.

Donata, die ihr Knie gegen Barottas Schenkel presste, schnitt schweigend dünne Scheiben von dem Schinken ab und legte sie mit der Messerspitze auf ein Brettchen.

»Vier Jahre lang gab es keinen Tag ohne Verwirrung und Unruhe«, fuhr Michele fort. »Gottlob leben wir in Lucca, weit genug weg von Firenze. Also – Savonarola, der einstmalige Prior von San Marco, wird nun nicht mehr den Weltuntergang heraufbeschwören … Wisst ihr, dass er in Ferrara, als er gerade erwachsen war, eine aus der Strozzi-Familie heiraten wollte? Laudonia Strozzi wollte ihn aber nicht.« Barotta, sorgfältig balbiert und nach Sandelholz und Öl duftend, berichtete, was er wusste und zuletzt dem Boten entlockt hatte.

Anno Domini 1491, zum Prior des Klosters bestimmt, begann Savonarola – der in selbst gewählter Armut verharrte und in dürftige, aber wohlgewaschene Kutten gekleidet war – vom Weltuntergang zu predigen. Er beeinflusste den französischen König und sah zu, wie Lorenzos Bruder Piero schmachvoll entmachtet und aus der Stadt gejagt wurde. Nach dem Rückzug des französischen Königs aus Italien versprach Savonarola der Stadt Firenze blühenden Reichtum, wenn ihre Bürger Reue und Buße zeigten und die Bücher der Poeten verbrannten. Sogar Botticelli änderte daraufhin seine Malweise und die Themen seiner Bilder.

Zunächst von Rom verwarnt, wurde der Prophet des Untergangs Anno Domini 1495 unter römische Überwachung gestellt. Papst Alexander VI. verbot ihm zu predigen. Der Prior weigerte sich und drohte Rom, der »Hure Christi«, einer »Stadt mit fünfzehntausend Dirnen«, mit der Ungnade des Herrn. Im Mai Anno Domini 1497 verbot der Papst jedem Bürger bei Kirchenausschluss, einer Predigt Savonarolas zuzuhören oder mit ihm Umgang zu pflegen. Der Bußprediger, dessen Ton von Mal zu Mal schärfer wurde, verlor jäh an Einfluss. Sein Untergang begann sich deutlich abzuzeichnen.

Er willigte in eine Feuerprobe ein, die der Franziskaner Francesco di Puglia begehrte. Man fing an, ein gewaltiges Spektakel vorzubereiten. Bevor es zu der Feuerprobe kam – wen die Flammen verschonen würden, blieb Sieger des Gottesurteils –, vergingen endlose Stunden gegenseitiger Beschuldigungen und Langeweile, die ein Gewitterregen beendete, als wolle er die Florentiner verhöhnen. Aufruhr brach aus. San Marco wurde belagert, die Signoria setzte tausend Florini für die Ergreifung Savonarolas aus, der sich schließlich ergab und, gefesselt, wüst beschimpft, getreten und gedemütigt, in eine Kammer des Palasts der Signoria gesperrt wurde.

Drei Tage danach fingen sie an, Savonarola zu foltern.

Drei Mal die Strickfolter am ersten Tag! Schließlich unterschrieb er mit blutenden Fingern ein Geständnis, vierundzwanzig Blätter dick, das im Saal des Großen Rates verlesen wurde und in dem er alles widerrief, was er seit Jahren gepredigt und wofür er sich ausgegeben hatte. Als die Befragung durch die Regierung der Stadt beendet war, ritten die Abgesandten des Papstes in Firenze ein, die ein zweites Geständnis erzwangen.

Savonarola und zwei seiner Gefährten sollten am 23. Mai sterben. Zwei Stunden lang dauerten die Vorbereitungen: Kahl geschoren, Daumen und Zeigefinger – die »Segnenden« – bis auf die Knochen abgeraspelt, die Schlingen um die Hälse, ohne ein letztes Wort gesprochen zu haben, standen die drei Dominikaner auf dem Scheiterhaufen. Verurteilt *»de haeretico conburendo«*. Ein riesiger Haufen Reisig wurde mit viel Bombardenpulver bestreut. Man legte Feuer, es gab ein großes Krachen, und allen Dreien verbrannten Köpfe, Arme und Beine. Nur die Rümpfe blieben in den Ketten hängen. Am Nachmittag, nachdem man die entstellten Leichen mit Steinen und Kot beworfen hatte, wurde der schwelende Scheiterhaufen eingerissen und die Asche der Verbrannten vom Ponte Vecchio zu den hungrigen Fischen in den Arno gestreut.

»So war es, nach allem was ich weiß«, beendete Barotta seine Erzählung, hustete kurz, wickelte Schinken um ein Stück Käse und biss genussvoll darauf. »Wer jetzt in Firenze bestimmt, was geschehen soll, kann keiner ahnen.«

Donata und Sandro blickten ihn, die Becher in den Händen, schweigend an. Sandro wiegte den Kopf und sagte leise:

»Viele Leute in Firenze und Lucca werden behaupten, dass der Tod des Mönchs nichts am Weltuntergang ändern wird.«

»Das werden sie sagen, ja.« Donata setzte den Becher ab, nahm unter dem Tisch Barottas Hand und legte sie auf ihr Knie. »Ich glaube nicht an den Weltuntergang in Lucca.«

»Es gibt viele, die daran glauben. Fest glauben«, sagte Sandro ein wenig mürrisch. »Aber wenn ich euch beide beobachte, glaube ich, dass ihr euch kurz vor der Jahrhundertwende noch in sündiger Leidenschaft vereinigen werdet … Aber bitte nicht in unserem Haus, Schwester.«

»Keine Angst, Brüderlein«, antwortete Donata. »Dein nunmehr nicht mehr hinkender Freund und ich plagen uns immer noch mit den Mühen des Kennenlernens.«

Sandro griff nach dem letzten Brotstück, kaute auf öltriefenden Pilzscheiben herum, musterte den Käse, den Schinken und die braunen Hühnerkeulen und zuckte mit den Schultern. »Plagt euch weiter, bitte. Denkt daran, aus welchen Familien ihr kommt. Lasst euch Zeit, Untergang hin oder her. Fasst euch in Geduld. Ich bin ziemlich sicher, dass es jetzt nicht die rechte Zeit ist, teure Hochzeiten zu feiern.«

Barotta zupfte an seinem Kinn; es schien, als suche er seine Bartstoppeln. »Warum nicht, Sandro?«

»Ich habe das Gefühl, dass uns schlimme Monate und Jahre bevorstehen. Auch die drei toten Frauen deuten darauf hin.«

»Ein Gefühl, nicht mehr?«

Sandro stützte die Ellbogen auf den Tisch. »Viel mehr als ein Gefühl, Michele. Aus Firenze kommt sicherlich wenig Gutes. Noch eineinhalb Jahre bis zur Wende des Jahrhunderts. Rom und sein Papst. Cesare Borgia, der Ruchlose. Schwarze Pest, Missernten und Schlimmeres. Ich würde mich nicht trauen, Donata, auf die Sicherheit zukünftiger Jahre zu bauen. Glaubt mir, ich weiß, wovon ich rede.« Er stellte fest, dass er sich mit dieser Äußerung weit vorgewagt hatte.

Barotta füllte blinzelnd den Rest des Mittagsweins in die Becher, und jeder verzichtete darauf, ihn zu verdünnen. Die scharfe Linie zwischen Schatten und Sonnenlicht, das sich durch große Wolkenlöcher auf die Piazza ergoss, war über den Tisch gewandert. Quer über den Platz trottete eine Reihe müder, regennasser Pilger. Sie waren wahrscheinlich auf der Via Francigena unterwegs, dem Pilgerweg zwischen Canterbury und Rom, zum Grab der Apostel Petrus und Paulus, und machten, wie unzählige andere vor ihnen, Halt in Lucca.

Barotta winkte über die Köpfe der Menge hinweg einem seiner Stadtwächter zu und sagte: »Also werden wir von dir nichts über eine deiner Luccheser Mätressen erfahren?«

Sandro starrte in Micheles Gesicht. Barottas Gesichtsausdruck blieb unverändert – misstrauisch, prüfend und abwägend. Donata starrte ihn aus großen, hellblauen Augen fragend an, voller Neugierde und halbwegs ahnungsvoll. Sandro musterte die Säulen, die den Campanile der Kirche stützten, atmete tief ein und aus und antwortete: »Selbst wenn ich welche hätte, würdet ihr nichts von mir hören. Das Leben ist hart und gefährlich, und Ehrlichkeit tötet bisweilen. Wer – ruhig oder mit unruhigem Herzen – warten kann, hat viele Vorteile.«

»Und du kannst warten, Sandro?«, wollte Michele wissen. Sandro nickte nachdrücklich und blickte zu einem Schwarm Sperlingen, die flügelschlagend und tschilpend im Pferdekot pickten. »Ja. Ich kann warten, weil ich warten muss. Noch. Glaubt nicht, dass es mir leichtfällt.«

Donata deutete auf den wandernden Schatten, der die Hauswände erreicht hatte und, langsamer als eine Schnecke im Weinberg, an ihnen herunterkroch. »Wir sollten, trotz aller Bedenken, Michele seines ordnenden und strafenden Amtes walten lassen und die Läden unseres Geschäfts aufklappen. Ich habe viele schöne Dinge aus Arliano, von Vater und Maestro Franchino, mitgebracht. Die Käufer sollten nicht warten.«

Barotta stemmte sich halb aus dem Stuhl hoch und brummte scheinbar verdrossen: »Wenn du versprichst, Sandro, die Keuschheit deiner Schwester nicht mit glühenden Kamingabeln zu verteidigen, zahle ich unsere Zeche. Bis heute Nacht, Schönste? In eurem Haus? Oder in meiner schäbigen Herberge?« Er streichelte mit dem Handrücken Donatas Wange.

Sie lehnte sich an ihn, ihre Finger fuhren durch sein Haar, und sie starrte ihn an, als befürchte sie, ihn niemals wiederzusehen.

Sandro schüttelte den Kopf und schob seinen Sitz zurück.

»Nicht heute Nacht, Condottiere!«, sagte er scharf. »Morgen oder übermorgen. Nicht früher. Donata muss das Haus putzen und für mich kochen.«

Barotta nestelte an seinem Gürtel und legte die schlaffe Geldbörse auf den Tisch. Noch immer fiel Sonnenlicht auf die Piazza, die sich inzwischen gefüllt hatte. Aber es fehlten der gewohnte Lärm und die Geräusche der Menschenmenge.

»Für Savonarola hat niemand geputzt und gekocht, und er ist unglücklich gestorben. Du bis doch ein Glückspilz …«, sagte Barotta, hob den Arm und winkte dem Wirt. Sandro griff nach Donatas Hand und zog sie mit sich, zurück in den Schatten am Rand der Piazza.

30

Die Nachricht, die Bernardo und Mamma Lucia vom Markt Luccas mitbrachten, hatte Desiderio tief getroffen – wie ein eisiger Pfeil in das Fleisch nahe seines Herzens. Die schmachvolle Hinrichtung Girolamo Savonarolas beraubte Desiderio eines kleinen Teils seiner Gewissheit; es war, als sei Gott eines seiner wahrhaftigen Werkzeuge beraubt worden. Aber Fra Girolamo, ein Mensch, war sterblich und hatte offensichtlich nicht zu den Auserwählten gezählt.

Als Desiderio die Werkstatt verließ, hatte Bernardo auf ihn gewartet und berichtet, was er erfahren konnte. Schweigend hatte Desiderio zugehört. Sein Gesicht war hart geworden; er hatte den Kopf gesenkt und war zum schwarzen Würfel, zu seinem »Tempel«, gegangen. Dort saß er nun und betrachtete, noch immer über den Weltuntergang brütend, seinen mehr als sechzehn Ellen hohen, unfertigen Homunculus.

Inzwischen bewegten sich fast alle Teile, wie er es geplant und gezeichnet hatte: die Hand, die das Schwert halten würde, der Arm, der die Schwerthand hob und senkte, die andere Hand, von der die Schale gehoben und ausgeleert werden würde, und der Arm, der die Hand ausstreckte. Selbst die Teile beider Flügel entfalteten sich – jetzt noch ein gitterartiges Gerüst – wie die Schwingen eines auffliegenden Vogels. Der Mechanismus musste nur mit den drehenden Eisenstangen verbunden werden, die von der Mühle zum »Tempel« führten.

Desiderio betrachtete die Verkleidung, die beide Beine und den größten Teil des Oberkörpers bedeckte und der Gestalt das Aussehen eines unvollkommenen Menschen verlieh. Lange starrte er den Fuß des Standbildes an, den er gezeichnet, gegossen und abgeschliffen hatte. Dann wechselte sein Blick zu dem zweiten weißen Fuß, der noch nicht bearbeitet und klobig wie ein hufartiger Klumpfuß war. Nach einer Weile hob er entschlossen einen Hammer und zertrümmerte den Fuß seines Standbildes mit sieben wuchtigen Schlägen. Das gipserne Glied, gleichgültig in welcher Farbe, war nicht schön genug.

Für die Engelsfigur galten andere Anforderungen: Ihr Gesicht, die Hände und Füße und vieles andere mussten von überirdischer Schönheit sein, um dem göttlichen Ruf der Ewigkeit standhalten zu können. Leonardo würde es schaffen; aber er war unerreichbar in Milano. Desiderio ließ den Hammer auf die Gipsbrocken fallen und verließ den hölzernen Kubus.

Er ordnete an, den Grauschimmel zu satteln, steckte seine Zeichnungen und einen Beutel Silbersoldi ein, suchte einige andere Skizzen zusammen und stieg in den Sattel.

Cornelia nahm den Zügel des Pferdes und fragte: »Wohin?«

»Nach Lucca. Ich bin am Abend wieder zurück.«

»Wen willst du in Lucca besuchen, Liebster?«

»Das Geschäft des jungen Castaciano. Wenn er nicht liefern kann, kennt er sicherlich einen Künstler, der bessere Engelsfüße schafft als ich.«

Cornelia nickte lächelnd und gab den Zügel frei.

Sandro strich die Ecke der obersten Zeichnung, die sich widerspenstig einrollte, vorsichtig glatt und stellte einen Leuchter darauf. Ein verirrter Sonnenstrahl ließ die hauchdünne Goldauflage glänzen. Sandro und sein Gast saßen am größten Tisch des Ladens vor dem offenen Fenster. Vor ihnen standen zwei Gläser und ein Krug mit Wein. »Wir haben vor einiger Zeit, Vater und ich, die Figurinen eines Schachspiels gegossen«, sagte er.

Desiderio Montfalcone sah von den Rotstift-Papierstudien zweier nackter Füße auf und heftete seinen Blick auf den prachtvollen Ständer eines unvollendeten Pokals.

»Sie sind wunderschön, fünf, sechs Fingerbreit groß. Ein junger Handwerker, der auch mit Stuck arbeitet und Fresken malt, hat die Modelle gemacht. Ich glaube, er könnte Euch die Füße formen. Wir werden sie gießen – Ihr wisst, wie gut wir arbeiten.«

Montfalcone wiegte den Kopf. »Ich habe viel von da Vinci gelernt. Zuvor habe ich schlecht gezeichnet. Er hätte die schönsten Engelsfüße der Welt geschaffen. Schöner als die Füße einer jungen Frau oder eines wohlgeformten Knaben.«

Sandro zuckte mit den Schultern. Wenn Montfalcone einen riesigen Engel bauen wollte, so war es sein gutes Recht. Zu welchem Zweck diese Figur entstand, vermochte Sandro nicht zu sagen, aber solange die Ufficina Arbeit hatte und daran verdiente, war er mehr als zufrieden. »Um ihn zu treffen, müsstet Ihr nach Milano gehen, sagt man«, antwortete er. Schon bei seinem Besuch in der Palazzina war ihm der prüfende Blick Montfalcones aufgefallen. »Es gibt aber einen jungen Künstler – Beccafumi heißt er –, der sich freuen würde, für Euch arbeiten zu dürfen. Er ist noch kaum bekannt, also preiswert.«

»Einer aus der Beccafumi-Familie?«

»Bartolomeo. Ein entfernter Verwandter«, sagte Sandro.

Messer Montfalcone, fand Sandro, der wohl jünger als fünfzig war und einen kräftigen Körperbau hatte, schien durchdrungen von Wissen. Zugleich barg sein Verhalten etwas Geheimnisvolles. Es wäre förderlich und erhellend, dachte Sandro, mit ihm lange Abende im Gespräch zu verbringen, mit schwerem Rotwein, Wachtelschenkeln und gefüllten Schinkendatteln. Oder Gespräche auf der Terrasse zu führen, beim Sonnenuntergang und kühlem Weißwein. Dies war etwas, das ihm fehlte, trotz kluger Gespräche mit Caterina, der Neckerei mit Barotta und den weisen Worten des Vaters. Ihn, Sandro, der hochgekrempelte Hemdsärmel und tropfenförmige Brandnarben an den Unterarmen hatte, würde Montfalcone kaum zum abendlichen Gespräch am Kamin einladen.

»Er wird es weit bringen, sagt auch Vater. Soll ich einen Boten zu ihm schicken?«, fragte Sandro schließlich.

»Es eilt nicht. Er soll zur Palazzina kommen. Morgen oder übermorgen.«

Montfalcone und Sandro hatten die Maße, das Aussehen und die Verzierungen sowie das Gewicht der Schale und des Schwertes abgesprochen. Die Schale des Aqua mirabilis, des Wunderwassers, und die Klinge der Waffe würden aus dünnem Bronzeblech bestehen, der verzierte Rand der Schale und die Ringe für die Finger aus versilbertem Kupfer und der Schwertgriff aus dünnem Schmiedeeisen und Messing, wegen des Gewichts. Es war keine schwere, aber eine anspruchsvolle Arbeit.

Montfalcone hob den Leuchter und faltete die Zeichnungen der Füße sorgfältig zusammen. »Bringt Ihr mir Schwert und Schale? In einem Monat?«

»Wir werden nicht länger als zwei Wochen daran arbeiten«, versprach Sandro und schob die Zeichnungen in eine Mappe. »Die Räder, Stangen und Führungen, die wir gegossen und geschmiedet haben – wart Ihr damit zufrieden?«

»Sehr zufrieden. Ich habe nichts nacharbeiten müssen. Wenn Ihr das Schwert liefert, werdet Ihr sehen, wie gut sich die Figur bewegt.«

»Ich sag's meinem Vater. Er wird sich über Euer Lob freuen, Messer Montfalcone«, antwortete Sandro und streckte die Hand zu dem Weinkrug aus.

Montfalcone legte die Finger über sein Glas und schüttelte sanft den Kopf. Er stand auf und blickte sich noch einmal zwischen den ausgestellten Werkstücken um. »Es wird früh dunkel«, sagte er leise und ergriff Sandros Handgelenk. »Ich möchte ungern aus dem Sattel fallen. Denkt an den jungen Beccafumi, Sandro.«

»Ich versuch's noch heute Abend.«

Sie schüttelten einander die Hände. Sandro brachte seinen Gast zur Tür und wartete, bis Montfalcone die Zügel und das Sattelhorn ergriffen und sich auf den Pferderücken geschwungen hatte. Für einen Mann seines Alters bewegte er sich schneller und kraftvoller, als es Sandro erwartet hätte. Als die Hufschläge zwischen den Mauern verhallt waren, atmete Sandro tief ein und aus und schüttelte den Kopf. Noch nie war er sich so sicher gewesen, dass Montfalcone und sein Engel Teil eines düsteren Geheimnisses waren.

Achtzehn Tage danach überkam Sandro wieder das beklemmende Gefühl, das ihn an jenem Nachmittag befallen hatte. Staunend stand er vor der Engelsfigur. Ein seltsames Gemenge aus Gerüchen füllte den Würfel. Nur durch zwei Fensteröffnungen fiel schräg Sonnenlicht ins Halbdunkel und ließ Teile der Gestalt deutlich hervortreten. Sandro roch feuchten Stoff, trocknenden Leim, frisch bearbeitetes Holz und den Kalk, mit dem die Beine, der Oberkörper und die Arme der hoch aufragenden Gestalt eingefärbt waren. Er fragte sich, ob er Michael, Uriel, Raphael oder Gabriel gegenüberstand, einem der Erzengel. Auf einem Tischchen vor dem gemauerten Sockel lagen das Schwert und die Schale aus der Werkstatt der Castacianos.

Messer Montfalcone deutete auf den linken Fuß des Homunculus und sagte: »Ihr habt recht gehabt, Sandro. Der junge Beccafumi hat ein herrliches kleines Kunstwerk geschaffen.«

Sandro und ebenso Cornelia traten näher heran. Der Fuß schien nicht aus Gips zu sein, auch nicht aus Messing oder Bronze, sondern aus meisterlich bearbeitetem Stein. Es war ein Kunstwerk, schöner als die Natur es schaffen könnte. Zehen, Nägel, Adern unter der Haut, Sehnen, Muskeln und die Ahnung von Knochen waren auf feinste Art und Weise herausmodelliert worden, und der Fuß verschmolz mit dem Gelenk und dem Unterschenkel.

Sandros Fingerspitzen glitten über die glatte Oberfläche. Polierter Marmor? Alabaster! Er nickte anerkennend. »Er wird auch den zweiten Fuß herstellen, Messer Montfalcone. So schön wie diesen da.«

Cornelia folgte Montfalcone, als dieser nach rechts ging, zu einem dicken Balken, der zwischen dem Sockel und der Wand des Würfels lag. Als Sandro genauer hinsah, erkannte er, dass es eine Art hohler Kanal, eine Traverse, aus dicken Brettern und Nägeln war. Montfalcone ergriff eine eiserne Stange, bewegte sie aus der Waagerechten mit einigem Kraftaufwand nach oben und hielt sie fest. Im Inneren des falschen Balkens begannen sich eiserne Verbindungsstücke mit leisem Klirren zu bewegen. Sandro zuckte zusammen und riss den Kopf in die Höhe.

Die Gestalt, vielleicht mehr als vier Mal so groß wie er selbst, begann sich zu bewegen. An ihrem Rücken entfalteten sich leise knarrend zwei Flügel aus breiten Holzlatten, glitten auseinander und zugleich mit den Spitzen aufwärts, wie beim ersten Schwingenschlag eines Adlers. Als sie sich völlig ausgebreitet und aufgerichtet hatten, schienen sie die Decke und die Wände des dunklen Würfels zu berühren.

Dann hob sich der rechte Arm, in dessen Hand das Schwert aus Bronzeblech und Messing befestigt werden würde. Langsam, in einer ebenso gleitenden Bewegung wie die Flügel, winkelte sich der Arm ab, hob sich mitsamt der leeren Hand und näherte sich der rechten, verkleideten Schulter der Statue. In dieser Stellung verhielt er einige Augenblicke, als würde er zu einem gewaltigen Hieb ausholen. In einer weitaus schnelleren Bewegung kippte der Arm wieder nach vorn, wobei der Unterarm und der Ellenbogen in die Höhe und zur Seite glitten. Hätte das Schwert in der Hand der Figur gelegen, wäre der Eindruck eines wütenden Schwerthiebs vollkommen gewesen.

Die Enden der Schwingen begannen sich zu bewegen. Gleichzeitig hob sich der linke Arm, streckte sich aus, und der Unterarm mitsamt der Hand drehte sich, sodass der Handteller mit den leicht gespreizten Fingern waagrecht lag. In dieser Haltung erstarrten Arm und Hand. Drei, vier Atemzüge danach stellte sich die Hand senkrecht. Wäre die Schale schon befestigt gewesen, hätte sie sich entleert, und der Inhalt wäre zu Boden getropft oder geflossen. Als die Hand wieder waagerecht lag, hatten sich die federlosen Schwingen des kopflosen, einfüßigen Riesenbildnisses wieder zusammengefaltet und an den Rücken gelegt. Sämtliche Bewegungen waren unter leisem Klirren, gelegentlichem metallischen Klicken und Kreischen und dem Knarzen gefetteten und geölten Holzes vonstatten gegangen.

Sandro sah zu, wie Desiderio die Stange wieder zur Seite klappte. Geräusche und Bewegungen hörten auf. Behutsam legte Desiderio den Arm um Cornelias Schultern und ging mit ihr, an einem Gerüst vorbei, das an der Wand lehnte, ins Licht hinaus.

Sandro folgte ihnen, und als Desiderio stehenblieb, sagte er: »Das Schwert und die Schale sind abgeliefert, für gut befunden und großzügig bezahlt worden, Messer Montfalcone.« Sandro, der seine Verwunderung nicht unterdrückte, sah an dem hölzernen Bau hinauf. »Ich habe gesehen, wie sich Eure Figur bewegt hat. Noch ist sie unvollständig, aber ... was soll sie bewirken, was stellt sie dar, wenn alles fertig ist?«

Desiderio ließ seinen Arm um Cornelias Schultern ruhen.

»Ihr werdet alles sehen und verstehen, junger Messer Castaciano, wenn es an der Zeit ist«, sagte er, ohne zu lächeln. Sein Gesicht war ernst und nahm einen Ausdruck fast inbrünstigen Glaubens an, als er über Sandros Schulter zur Statue blickte. Seine schöne Geliebte schien ebenfalls das Geheimnis der Figur zu kennen – und eine Wahrheit, die Sandro nicht erkannte. »Noch ist genug Zeit für ... bestimmte Vorbereitungen. Vielleicht muss ich Eure Dienste noch ein, zwei Mal in Anspruch nehmen.«

»Ihr wollt es mir nicht sagen?«

»Noch nicht. Ihr werdet ohne Schwierigkeiten erraten haben, dass die Figur einem Engel gleicht.«

Sandro nickte. Dazu gehörte keine Fantasie. Jeder kannte

Statuen, Bilder, Fresken und Gemälde, die alle Arten Gottesboten und Lichtgestalten abbildeten. Ein solch riesenhafter Engel aber ging über alle Vorstellungen hinaus. Er zuckte mit den Schultern und antwortete: »Ein Engel, ja. Aber kein dämonischer Branddrache, sondern ein Engel, wie ihn die Maler abbilden. Ein Engel Gottes, ein Bote zwischen Gott und uns Menschen.«

»An den alle Menschen glauben.« Montfalcone schloss das Portal und führte Cornelia und Sandro einige Schritte vom Gebäude weg. »Ihr habt recht, Messer Castaciano: Es wird ein ganz besonderer Engel werden.« Sein Tonfall sagte Sandro, dass der Herr der Palazzina und der Erbauer dieser Rätselfigur heute keine Fragen mehr beantworten wollte und das Gespräch als beendet ansah.

Montfalcone nickte Cornelia kurz zu, dann wandte er sich wieder an Sandro und deutete zum Haus. Hinter einer Hecke sah Sandro die Kappe und die Hellebarde eines Söldners.

»Ich bringe Euch zu Eurem Pferd«, sagte Cornelia und führte Sandro durch die Öffnungen der Pergola zum Cortile. »Messer Montfalcone ist müde. Überdies beschäftigen ihn seine vielen Arbeiten, ganze Nächte lang, in der Werkstatt.«

Sandro löste den Zügel seines Braunen vom Mauerring und verbeugte sich. »Ich wollte nicht über Gebühr stören«, sagte er und klopfte den Hals des Pferdes.

Cornelias Blicke ruhten ebenso unerschütterlich auf ihm wie Montfalcones helle Augen. »Ich habe verstanden, dass er an seine Engelsfigur glaubt und an deren Schönheit. Das Kunstwerk wird sich mit den schönsten Gemälden in Firenze und Siena messen können.«

»Desiderio weiß es.« Sandro schwang sich in den Sattel. »Aber dieser Wettstreit ist für ihn ohne Bedeutung.«

Der Söldner öffnete das Tor, grüßte kurz und schob den Torflügel zu, als Sandro seinem Pferd die Sporen gab und davontrabte. Er ritt nach Arliano; und wie immer, wenn das Pferd den Weg ebenso gut kannte wie der Reiter, hatte er die Muße, seinen ungerichteten Gedanken nachzuhängen.

Viel zu lange hatte er sich nicht mit Caterina getroffen. Sie hatten sich geschworen, keinem außer Lucinda zu vertrauen. Kannte sonst jemand ihr Geheimnis, dann war es bald Tagesgespräch in Lucca. Donata und Barotta konnten sich in seiner Wohnung oder über dem Laden der Castacianos treffen, und es schien ihnen beiden Ernst zu sein. Dass sich Donata Michele Barotta hingab, hielt Sandro für mehr als wahrscheinlich – er und Caterina hatten auch nicht warten können.

Sandro blinzelte in die Sonne, die sich rot zu färben begann und setzte sich im Sattel zurecht. Montfalcones Leben schien erfüllt zu sein von dieser beweglichen Engelsstatue. Aber wozu und wann sollte das Schwert sich senken und die Schale sich leeren? Ein teures, arbeitsreiches Vergnügen. Sandro konnte und wollte nicht glauben, dass Montfalcone nicht Herr seiner Sinne war. Er schien fehlerlos zu sein, unternahm nur, was selbst Sandro als sinnvoll erschien.

Die rot glühende Sonne näherte sich dem Turm der Pfarrkirche von Arliano. Einige Atemzüge lang blendete sie Sandro, dann ritt er in den Schatten der Zypressenallee. Die Hufe polterten knirschend auf der sandigen Fahrspur. Als Sandro wieder an den kopflosen Engel dachte, erinnerte er sich an das Wenige, das er noch aus Dantes *Göttlicher Komödie* behalten hatte: an Höllenschlünde voller sechsfüßiger Schlangen, dreiköpfiger Höllenhunde, an Stürme und Teufel, die Sünder durch dunkle Wüsten peitschten, brennende Särge, kochende Blutströme, Kloaken und nachwachsende Glieder, die von Teufeln abgehackt wurden. Montfalcones Jenseitsbild entsprach wohl dem Paradies, das Beatrice Dante gezeigt hatte.

Die Sonne hatte sich nach rechts bewegt, tauchte das Land in brennendes Tiefrot und senkte sich hinter die Turmspitze. Als Sandro aus dem Schatten hervorkam, schien die Spitze die breitgedrückte Kugel zu durchbohren, so wie eine Dolchspitze ein glühendes Ei. Sandro parierte das Pferd durch und holte tief Luft. Eine eisige Hand schien seinen Nacken zu berühren. Er flüsterte: »In ein paar Tagen ist Sonnenwende!«

Es schien in den Wäldern und Tälern um Lucca herum eine Gesetzmäßigkeit zu geben, die der Mörder der jungen Frauen befolgte. Drei Morde in zwei Jahren, zur Zeit der Sonnenwende, sagte sich Sandro, ohne dass vor den Mauern Luccas Krieg herrschte. Er versuchte, die düsteren Gedanken zurückzudrängen. Er wusste, dass Michele Barottas Männer auf den Straßen lauern würden … aber die Untaten waren in den Wäldern und am Rand der Weinberge begangen worden. Er gab die Zügel frei, setzte die Sporen ein und galoppierte nach Arliano, zu Babo und zur Ufficina.

31

Der Blick des Jägers fiel auf die Körbe voller Federn in einem Winkel des Gewölbes. Seit Monaten hatte er großen Vögeln nachgestellt und sie mit einer seiner Armbrüste aus den Baumkronen oder aus der Luft geholt und auf diese Weise seine Macht auch über jene Geschöpfe bewiesen, die ihm scheinbar leicht entkommen konnten. Er erinnerte sich nicht an die Stunden der Jagd, aber er schien fast mit jedem Schuss getroffen zu haben. Beinahe mechanisch hatte er dann begonnen, die meisten Federn aus den Kadavern zu entfernen und sie zu sammeln.

Der Jäger hatte das Tagesgestirn mit steigender Unruhe beobachtet. Als sich die schwarze Spitze des fernen Turms wie eine tödliche Klinge ins Symbol des Lebens, das rot glühende Ei, gebohrt hatte und dort lustvoll lange verharrte, als sich die Glut aus dem Ei über das Erdenrund ergoss, war das Verlangen nach Jagd, Tod und Beute unwiderstehlich geworden. Wieder war die Zeit reif; das Geflecht aus scheinbar undeutlichen Fäden zog sich zu einem Muster zusammen.

Bis zur letzten Zuckung des Opfers waren jeder Gedanke, jeder Handgriff und alle Regeln der Jagd untergeordnet. Seine Jagden waren Einbrüche in die Welt der anderen, aber bevor er seinem wichtigsten Gedanken nachgehen konnte – nämlich die Gesetzmäßigkeiten zu erkennen, die sein Handeln bestimmten –, hatte er Xavieras Namen gehört und sie auf dem Feld gesehen. Die schönste Magd des Bauern, die Pilzesammlerin mit hüftlangem Haar. Er hatte sie in den Wald gelockt und betäubt, bevor ihm seine Unsicherheit bewusst geworden war.

Xaviera hatte sich schnell und willig seiner achtungsgebietenden Macht unterworfen und war von ihm mit Wein, Leckerbissen und einem Trunk verwöhnt worden, der ihren Willen schwächte. Sie gehorchte seit einigen Tagen jedem seiner Winke und der wenigen Befehle. Sie saß nackt am Stickrahmen und nähte und klebte Federn auf Dreiecke und Vierecke aus Pergament.

»Du bist«, sagte er leise, »eine herrliche, starke Beute von großer Schönheit.«

Sie lächelte, ohne die Arbeit zu unterbrechen. Der Jäger trat hinter Xaviera, kämmte mit den Fingern durch ihr geringeltes Haar und begann dann mit ihren Brüsten zu spielen.

Xaviera legte den Kopf in den Nacken und blickte lächelnd über die Schulter zu ihm auf. Sie gab sich meist wortlos und gehorsam seinen fordernden Händen hin und unterwarf sich, wenn er sie zum Lager schob oder ihr bedeutete, ihm zu Willen zu sein, ohne Beklommenheit, schnell erregt und ständig bereit. Er hatte ihr gesagt, dass ihre glückliche Zeit binnen weniger Nächte zu Ende sein würde. Ob sie es wirklich glaubte, wusste er nicht. Sein Versprechen, dass er sie in den Bauernhof ihres Dienstherrn zurückschicken würde, nahm sie mit mäßiger Erleichterung, wenn nicht Enttäuschung auf. Aber sie bereitete sich auf einen nächtlichen Lauf durch den Wald vor.

Zweimal am Tag erlaubte der Jäger seiner schönen Beute, das Gewölbe zu verlassen und sich im warmen Sonnenschein zu tummeln, obwohl stets viele Kerzen und mehrere Herdfeuer die Steinhöhle erhellten. Aber zahlreiche Gerüche, an denen er selbst sein Vergnügen hatte, minderten die Kraft ihrer Lungen. Das versteckte Leben, das ihn das Schicksal gezwungen hatte zu führen, fand in Gewölben, bei Kerzenschein und nachts statt. Nur die Vorbereitungen und die Jagden verhinderten seinen Fall in die Bedeutungslosigkeit.

Er rückte seine Maske zurecht, lehnte sich an die sonnenbeschienene Ziegelwand und lockerte sein Schamtuch. Xaviera stand vor dem Bohlentor, die Hände im Nacken verschränkt, und hob ihr Gesicht ins Licht. Die Haut ihres Körpers, glatt wie Elfenbein und Sahne, war ebenso makellos wie ihr hellbraunes Haar. Muskeln spielten unter der Haut – ein Beweis für ausdauernde Arbeit beim Bauern. Xaviera trug schon die ledernen Schuhe mit den gekreuzten Bändern bis zum Knie. Er hatte sie ihr angelegt, nachdem sie, mit minzduftendem Öl einmassiert, unter seinen Fingern stöhnend und zuckend auf dem Höhepunkt der Lust fast das Bewusstsein verloren hatte.

Sie sah schweigend seinen Fingern zu, kniete vor ihm nieder und befriedigte ihn hingebungsvoll mit dem Mund. Dann stand sie langsam auf und suchte seinen Blick hinter den Schlitzen der Maske. Er rieb ihre harten Brustspitzen mit den Fingerkuppen und schob sie ins Gewölbe zurück.

»Bald fängt die Nacht an«, sagte der Jäger und ging hinter den Wandschirm aus Riedgeflecht, um sich zu waschen. Er wählte ein neues Schamtuch, bevor er sein Gemächt abtrocknete. »Ein letzter Becher Wein. Du musst schlafen. Um Mitternacht wirst du mich verlassen müssen.«

»Niemals wieder werde ich solch schöne Träume haben, mein Gebieter«, antwortete sie und setzte sich, den Becher in beiden Händen, auf den Rand des Lagers. Das Laken strahlte unnatürlich weiß in dem dämmrigen Licht unter den Gewölbebögen.

Der Jäger setzte sich an den Tisch, der von fast armlangen Federn übersät war. »Niemals wieder«, sagte er laut. Der feuchte, gewölbte Stein dämpfte die Worte. »Jedwedes Ding unter der Sonne hat sein Ende. Bei Sonnenaufgang wird deine Seele gerettet sein.«

»Du versteckst dein Gesicht hinter einer Maske.« Die Frau leerte den Becher, ließ ihn achtlos fallen und sank auf das Lager. »Ich weiß, warum – es ist zu schön für meine Augen.«

Der Jäger fasste in seinen kurzen weißen Kinnbart und antwortete: »Schlaf jetzt. Es ist das verwüstete Gesicht eines Nachtjägers.«

Er wartete, bis ihm ihre regelmäßigen Atemzüge zeigten, dass sie schlief. Die entscheidenden Stunden waren angebrochen. Der Jäger setzte sich an die zerschrammte, mit Brandlöchern und tief eingeätzten Farbspuren von Tinkturen und alchimistischen Flüssigkeiten übersäte Tischplatte und betrachtete schweigend, mit sich und seiner Beute zufrieden, den ausgestreckten Körper der Schlafenden. Xaviera erinnerte sich im Schlaf der gemeinsamen Lust, denn ihre rechte Hand lag zwischen ihren Schenkeln und umfasste die Scham. Sie wusste, wie sie hierhergekommen war, aber ihm, dem Jäger, fehlten etliche Tage oder längere Zeiten in seiner Erinnerung.

Während er grübelte und, bislang vergebens, einem Teil seiner Vergangenheit nachspürte, richtete er seinen Blick auf die Fläschchen, etwa ein Dutzend, die unterschiedlich hoch mit verschiedenfarbigen Flüssigkeiten gefüllt waren. Sie standen auf einem Brett, hinter dem Kerzen brannten, sodass ihr Inhalt wie kostbare edle Steine leuchtete. Der Jäger kannte die Wirkung einer jeden Tinktur. Efeuextrakt glomm ebenso wie Tollkirsche und Engelstrompete, Bibergeil und Schierling leuchteten, und Mohnseim schillerte. Woher hatte er diese Substanzen, und warum kannte er sie, als habe er sich mit nichts anderem beschäftigt?

Es ging nicht mit rechten Dingen zu in diesem uralten Gewölbe, das er in einem anderen Leben gefunden hatte. Eine Kerze nach der anderen erlosch; im Versteck wieherte dumpf und ungeduldig der gesattelte Rappe. Die Ordnung der Dinge stellte sich wieder ein, das wahre innere Vergnügen, das eine ernste Beschäftigung darstellte, erfüllte den Jäger, als er sich anzukleiden begann. Mitternacht, die Jagd, das Lauern, das rauschhafte Lied, das im Blut des Jägers ertönte – die Jagd war göttliches Gebot, das nur Menschen wie er befolgen durften.

Xaviera empfand keine Furcht und kannte keine Schwäche. Sie ahnte, während sie auf die Sterne am bergigen Horizont, die Mondsichel und die fernen, winzigen Lichter der Gebäude jenseits der welligen Felder, Äcker und Weiden zulief, dass der Sonnenaufgang, kaum später als in zwei, drei Stunden, ihr die letzte Meile des Weges zeigen würde.

Ihr war, als sähe sie sich selbst aus der Ferne, während sie zwischen den nächtlichen Säulen rauschender, wispernder Bäume herlief und über Wurzeln sprang, verfolgt von Wildschweingrunzen, Knacken und Rascheln, Kastanien- und Pilzgeruch und vom eigenen Geruch nach Schweiß, Salben und Duftwassern. Sie glaubte, sich im Spiegelbild vieler Jahre stumpfsinnigen Lebens, harter, emsenhafter, knochenbrechender Arbeit, schlafloser Nächte, Armut, Hunger und Schmutz zu sehen, und nachdem diese Bilder wie Nebelfetzen verflogen waren, sah sie eine ganz andere Xaviera – in Meereswellen tauchend, von Schaum eingehüllt, von weichen Kämmen und Bürsten gestreichelt, die ihr Haar schmeichelnd glätteten, von weißer, weicher Haut umfangen und lustfordernden Fingern berührt, vom fröhlichen Rausch und unzähligen Stufen der Lust erfasst, auf denen sie aufwärtsglitt. Flimmernd zeigte sich ihr ein Leben, halb Traum und halb Wirklichkeit, das sie für die gewöhnliche Welt hergeben musste.

Sie war stark, ausgeruht, schnell und entschlossen, diese Traumwelt bis zu ihrem letzten Atemzug aufzubewahren. Dazu musste sie jenen Weidezaun erreichen, an dem vor wenigen ereignisreichen Tagen der Reiter seinen Rappen angehalten, den Arm ausgestreckt und sie, als sie freudig, halb angstvoll nickte, in den Sattel gezogen hatte.

Dort hatte der Traum begonnen. Dort endete er. Und als sie schließlich in der kurzen Zeitspanne, während der die Sterne verschwanden und die nächtliche Dunkelheit ihre finsterste Schwärze zu verlieren begann, den Weidezaun erkannte, sah sie den Reiter.

Den dunklen Reiter auf dem schwarzen Pferd. Sie winkte ihm, obwohl sie glaubte, dass er sie noch nicht sehen konnte. Sie lief auf ihn zu, und er hob den Arm mit einem seltsamen Gegenstand aus Schaft und Bogen.

Das andere Leben – mit Wein, Schlaf, Lust, sinnlichem Taumel – war kein Traum gewesen. Dort, wo das Nachtpferd mit den Hufen scharrte und der Reiter, der Jäger, mit der Hand im schwarzen Lederhandschuh winkte, begann der Traum, der kein Traum, sondern Wirklichkeit war.

Xaviera rannte auf den Jäger zu. Sie sah Bewegungen, die sie nicht begriff, und hörte wenige Geräusche, die sie nicht verstand. Ein Schwirren näherte sich ihr. Dann drang der Armbrustbolzen fast genau über der Nasenwurzel in ihren Schädel ein und schleuderte sie, deren Arme gelenklos durch die Luft wirbelten, zu Boden. Sie glaubte, bevor sie starb, noch ihren ächzenden Todesschrei zu hören.

Der Jäger sprang neben dem weißen, lang hingestreckten Körper aus dem Sattel, breitete seine Instrumente, Dosen, Schachteln, Tücher und ölgefüllten Krüglein aus und führte Schnitte über den Brauen, um den Schädel herum, zog Kopfhaut und Haar ab, grub die Augäpfel aus den Höhlen, löste vom Hals bis zum Nabel, nach tiefen Schnitten von den Achselhöhlen aus, die Haut mitsamt der Brüste von den Rippen, schien trotz der Dunkelheit genau zu sehen, was er tat und an welchen Stellen er schneiden musste. Fast unmerklich wich die nächtliche Schwärze einer Ahnung morgendlichen Lichts. Der Rappe hatte den Kopf gesenkt und rupfte saftiges Gras vom Waldrand.

Trockene und nasse Tücher, Lederstücke, dick mit Fett eingestrichen, Holzschachteln, zwei, drei Ledersäckchen, noch ein Tuch – der Jäger stopfte, ohne Hast, die Beute in die Satteltaschen und ein Felleisen, das er hinter den Sattel schnallte. Messer, Zangen, Skalpelle und Schaber klirrten leise in einem Ledersack. Die Hände und Arme bis weit über die Ellenbogen waren voller halb getrockneten Bluts, ebenso wie das über der Brust geknöpfte Lederwams. Ein letzter Blick auf die weiße Haut, das geronnene Blut – den hellen Körper, dessen Schönheit vergangen war, dann zog sich der Jäger in den Sattel und trabte in einem weiten Bogen zurück zu seinem Versteck.

Er zog die Handschuhe aus und nahm die Maske ab. Das kühle Quellwasser, mit dem er den Sattel, seine Kleidung und seinen Körper reinigte, schien den Nebel in seinen Erinnerungen zu lichten. Der Damm zwischen traumhaftem Handeln und völligem Erwachen blieb dennoch bestehen. Aber da war ein alter, verwahrloster Mann gewesen, der dem Jäger geholfen hatte – vor wie vielen Jahren? –, die schräge Rampe freizulegen, den Schutt mancher Jahrzehnte oder gar Jahrhunderte aus dem Gewölbe hinauszuschaffen und die feuchten Räume mit Feuerstellen und anderen Einrichtungen auszumauern sowie mit Bohlentüren und Löchern, durch die Rauch abziehen konnte, zu versehen. Irgendwann war der Helfer, dessen Namen der Jäger vergessen hatte, verschwunden oder gestorben.

Die beiden Pforten waren geschlossen. Der Jäger entzündete ein Dutzend Kerzen, breitete seine Packen und Schachteln auf dem Tisch aus und begann, die Teile der Beute vom Blut zu befreien, in Stücke zu schneiden und in die Gefäße mit sauren, salzigen und öligen Flüssigkeiten zu legen, in denen sie lange genug aufbewahrt werden konnten. Mit großer Sorgfalt arbeitete er schnell und schweigend und richtete seine Gedanken nur darauf, alles den Erfordernissen seiner Ziele unterzuordnen.

Über einer Feuerstelle hing ein Wasserkessel, aus dem eine Dampfwolke zur Gewölbedecke strebte. Der Jäger erinnerte sich nicht, für heißes Wasser gesorgt zu haben, aber er schwenkte den Kessel herum und reinigte schweigend seine Messer, Spatel und Zangen. Er war davon überzeugt, dass sich alle seine Handlungen, sein ganzes Streben, zu einem sinnvollen Ergebnis zusammenfügen würden, wenn es an der Zeit war. Das Flackern einiger Kerzenflammen lenkte ihn ab; sein Blick irrte wieder zu den Phiolen, in denen er die kostbaren Bestandteile seines Aqua mirabilis abgefüllt hatte, des Arcanums oder geheimen

Elixiers. Sie zeigten ihre Wirkung allein schon durch ihr mysteriöses Glimmen und Leuchten – Extrakte aus Mutterkorn, Kellerhals, Stechapfel, Digitalis-Fingerhut, Schierling, Zaunrübe, dazu Mercurium und Schwefeläther.

Als der Jäger lange genug in das zauberhafte Strahlen geblickt hatte, begannen seine Augen zu tränen. Er spürte seine Müdigkeit und gähnte. Er räumte gedankenlos den Arbeitstisch auf, schob die Werkzeuge in die Taschen der Lederhülle und vergaß, die Sanduhr umzudrehen. Er streckte sich auf dem Lager aus und entsann sich erst nach Stunden der hellhaarigen Xaviera, deren Körper ihm in den folgenden Nächten nicht mehr in den Schlaf würde helfen können. Er ahnte, dass ihn weniger ihre vollkommenen Brüste, der heiße Schoß, die weiße, makellose Haut und das prächtige Haar erregt hatten, sondern eher die Vorbereitung auf die Jagd, die ihm eine unbegrenzte Macht über seine Beute verliehen – das innere Gesetz der Jagden.

Lächelnd schlief er ein und wusste, dass niemand ihn und seinen Rappen finden konnte.

32

Wenn Sandro an Caterina und die vielen einsamen Nächte dachte, spürte er das Hämmern seines Herzschlags. Jeder Gedanke an ihre und seine Einsamkeit verursachte einen plötzlichen, kurzen Schmerz. Der Trost, dass sie nicht entdeckt werden konnten, wenn sie sich nicht trafen, sondern nur in Luccas Gassen gelegentlich lange Blicke austauschten, war zur Bitternis geworden.

In der Ufficina gab es zurzeit kaum etwas zu tun; die Satteltaschen waren mit Erzeugnissen der vergangenenen Wochen gefüllt. Sandros Brauner ging im Schritt, die Teile aus Bronze, Eisen und Messing klirrten leise. Der Abend senkte sich nieder – wahrscheinlich fand er Michele Barotta im Laden oder neben Donata auf den Stufen des Hauses sitzend.

Drei Tage lang hatte Sandro in der Ufficina an seinem Geschütz arbeiten können; er hatte die schwierige Herstellung des Rohrverschlusses weit unterschätzt. Jener »Korken« aus gegossener und abgespänter Bronze, obwohl er mit Gelenken am Ende des Rohrs zu schwenken war, verschloss das Geschützende noch immer nicht zuverlässig. Entweder saß er zu fest oder zu locker. Mit diesem Geschütz würden keine Mauern zertrümmert werden können.

Die Sommersonnenwende war seit Tagen vorbei; heute schrieb man den 16. Juni. Vor einem Monat war Savonarolas Asche verstreut worden, und der unbekannte Mörder schien kein neues Opfer gefunden zu haben. Außerhalb der Stadt waren Sandro keine berittenen Stadtwächter aufgefallen.

Er lenkte sein Pferd durch kaum belebte Gassen, seine Blicke huschten umher und suchten nach Zeichen für … wofür? Er wusste es selbst nicht. Eine Botschaft Caterinas? Sein Rücken schmerzte, einige Brandwunden juckten unerträglich. Eine mürrische Unentschlossenheit hatte während des Rittes und auch schon davor von ihm Besitz ergriffen. Was sollte werden, was konnten sie tun? Er wollte seine Liebe nicht verlieren, hatte er sich in schlaflosen Nächten immer wieder vorgebetet. Aber Liebe brauchte Gegenwart, gegenseitiges Berühren, Worte, Zärtlichkeit und Leidenschaft! Ihnen ging die Zeit verloren und das Leben. Oh Caterina, Liebste!, dachte er und fühlte Beklommenheit.

»He, Kupferschmied! Du schläfst ja im Sattel!«, hörte er jemanden rufen. Er erkannte Barottas Stimme, wandte den Kopf und sah, dass er im Begriff war, am Castaciano-Haus vorbeizureiten. Er hielt das Pferd an und richtete sich auf. Donata und Michele saßen auf breiten Kissen auf der obersten Stufe zum Eingang.

Sandro zwang sich zu einem Grinsen und zu einer Antwort.

»Beim Reiten denkt man am besten über sein verpfuschtes Leben nach.« Er lenkte den Braunen zum Haus, stieg ächzend ab und band den Zügel an einen der Bronzeringe. »Willst du mir nicht helfen, schwatzhafter Schwager? Grüße vom Vater, Donata.«

»Deine Stimmung verrät Unmut und Bitternis«, sagte Barotta, umarmte Sandro flüchtig und stemmte eine Satteltasche vom Pferderücken. »Oh! Schwer wie Gold! Aber ach, nur Bronze und schnödes Blei.«

»Heute kann ich eure Heiterkeit nicht teilen«, knurrte Sandro und schleppte die zweite Satteltasche und das pralle Felleisen zur Treppe. Das Plätschern des Brunnenwassers steigerte seine Unruhe. »Habt ihr etwa keinen zerfetzten Leichnam gefunden, du und deine Blinden?«

Donata begrüßte ihn mit Wangenküssen, lief ins Haus und kam mit einem dritten Kissen und einem vollen Becher zurück.

»Ein warmer Abend ohne Mücken, Bruder«, sagte sie. »Setz dich und streck die müden Beine aus.«

Barotta stellte die Satteltasche in den Hauseingang und schüttelte kurz den Kopf. Sein Gesicht blieb ernst, als er antwortete: »Wir sollten es nicht beschreien. Wir haben ein Opfer erwartet, aber niemand hat einen Leichnam gefunden. Soll ich deinen Zossen wegführen? Er ist ausgeruhter als du.«

»Später werde ich mich bei dir bedanken«, sagte Sandro, nahm einen Schluck und fuhr mit der Hand über seine Bartstoppeln. Sie waren vier Tage alt. »Lass den Sattel hier.«

Er stand auf, sattelte zusammen mit Barotta das Pferd ab und sah ihnen nach, als Michele das Tier zum Mietstall führte. Sandro setzte sich neben Donata und starrte in ihr Gesicht. »Euch ist es ernst, wie?«

»So ernst, dass er auf eine Mitgift verzichtet«, sagte sie leise. »Keine Sorge. Er hat mich nicht geschwängert. Aber er liebt mich.«

»Sagt er. Kein Wunder, Dona. Du hast sogar meine brüderliche Liebe. Und … liebst du ihn?«

»Man wird sehen.« Sie zuckte mit den Schultern und ringelte eine Haarsträhne mit dem Zeigefinger zu einer Lockenrolle. »Er ist ein ehrlicher, gutmütiger Kerl. Längst nicht so aufgeblasen wie du.«

»Santa Madonna!«, antwortete Sandro und hielt ihr den leeren Becher hin. »Ich? Aufgeblasen? Ich verzehre mich in Sorge um deinen ungeschändeten Körper und dein unverletztes Herz. Babo weiß noch nichts davon.«

Sie lehnte sich an ihn, legte ihren Arm um seine Schulter und fasste mit der anderen Hand in ihr Haar. »Ich sag's ihm erst, wenn ich keine Zweifel mehr habe. Gestern waren hohe Herrschaften bei mir. Nobilissimi! Consigliere di Bargoni und seine junge Gemahlin. Christo! Sie ist die schönste Frau, die ich gesehen habe. Sie haben sich lange umgesehen und den großen Spiegel gekauft. Ich habe zwei Fiorini draufgeschlagen.«

Sandro starrte sie an; sein Herz klopfte schneller. Er war versucht, ihr in diesem Augenblick geschwisterlicher Vertrautheit alles zu gestehen. Jener Spiegel bestand aus einem vergoldeten Ständer und einem ebensolchen Rahmen, fast zwei Ellen im Quadrat groß, war zu drehen und zu kippen. Er wog schwer und war eines der Prachtstücke, die Babo und Sandro an langen Winterabenden nach alten Mustern der Ufficina geformt und gegossen hatten. Der Spiegel selbst kam aus Venezia. »Di Bargoni! Bei uns«, sagte er. »Ich kenne nur den Alten, flüchtig. Seine Frau, sagt man, soll viel jünger sein.«

Sie hörten Barottas Schritte. Er blieb stehen und unterhielt sich mit einer kleinen Gruppe am Eingang der Piazza.

Donata nickte eifrig und füllte Sandros Becher.»Viel jünger, vielleicht fünfzehn Jahre oder mehr. Aber sie ist nicht hochnäsig, hat nach Vater und dir gefragt, wie die Geschäfte gehen, ob Montfalcone mit dem, was der kleine Beccafumi abgeliefert hat, zufrieden war, und vieles andere. Eine liebenswürdige Frau, wirklich. Er ist mehr der hakennasige Mann der Schriftstücke und Siegel, mit misstrauischem Blick und schmalen Lippen. Sie scheint ihn um den Finger zu wickeln.« Wieder zwirbelte sie ihr Haar, dieses Mal um zwei Finger. »Sie passen nicht zusammen.«

»Wer oder was passt schon wirklich zusammen«, antwortete Sandro, der sich wieder gefangen hatte. »Wie dem auch sei – es war ein wirklicher Gewinn, dieses Haus gemietet und den Laden eingerichtet zu haben. Babo wird sich freuen!«

»Und niemand bestiehlt uns, Sandro.« Sie lachte spitzbübisch und winkte Barotta, der, ohne zu hinken, langsam näherkam. »Haus und Laden werden, wie man sieht, vom Capitano Barotta persönlich bewacht.«

In den tiefsten Kreis der Hölle mit ihm, deswegen und dafür, dachte Sandro verzweifelt und grinste Barotta an. Käme Caterina noch ein Mal hierher, müsste sie an Barotta oder seinen Wachen vorbei! Also doch wieder das Häuschen im Weinberg?

Barotta setzte sich. In einigen Hauseingängen der Piazza

wurden Kerzen und Öllichter angezündet. Der Brunnen plätscherte weiter; es hörte sich an, als regne es große Kieselsteine.

Sandro gähnte, stellte den Becher ab, zog sich in die Höhe und murmelte: »Ich bin müde wie der Tod. Ich will schlafen. Morgen sehen wir weiter, ihr beiden.«

»Morgen reite ich zum Borgo San Iacopo. Dort haben sie«, Michele spuckte aus, ließ sich nachschenken und deutete auf die Gruppe am Ende der Gasse, die sich vergrößert hatte, »angeblich wieder eine Frau gefunden, tot und ausgeweidet wie vom Schlachter. Der Bauer vermisst wohl eine Magd, die er seit einem halben Monat nicht gesehen hat. Sie soll, sagt man, Xaviera geheißen haben.«

Borgo San Iacopo, ein großer Bauernhof mit Schafherden, einer Käserei, Kornfeldern und bekannt für Schinken von Wildschweinen und Hausschweinen, lag im Südosten Luccas, in den Hügeln von Le Pizzorne, links des Monte Pietra Pertusa. Plötzlich war es, als zöge eisiges Schneegestöber über die Piazza. Es wurde kalt; die drei fröstelten und drängten sich aneinander. Kein Gedanke mehr an die leichtherzige Unterhaltung zwischen Michele und den Geschwistern. Sie sahen einander schweigend und betroffen in die Gesichter und dachten wahrscheinlich das Gleiche: vier Morde ähnlich bestialisch verübt, in Abständen von jeweils einem halben Jahr und außerhalb der Stadt begangen, die mit Kampf, Krieg, Totschlag, Sterben durch Krankheit oder Unfall nichts zu tun hatten. Da steckte mehr dahinter, dies war etwas anderes, es ähnelte dem Beutezug eines blutrüstigen »menschlichen« Servals, eines Raubtiers, das nicht aus Hunger die Beute riss, sondern der Niedertracht gehorchte. Was bloß fing der Mörder mit den abgetrennten, weggeschnittenen und ausgeschürften Körperteilen an?

Barotta, aus dessen Stimme nur noch Wut und Abscheu klangen, sagte scharf: »Um Mittag herum wissen wir mehr.« Er stand auf, nahm Donatas Hände und zog sie in die Höhe. »Ich reite im Morgengrauen los, mit meinen Männern. Aber ich glaube nicht, dass wir den Unhold finden. Er verrät sich durch ... nichts. Den Spuren nach zu urteilen, reitet er wahrscheinlich einen Rappen. Aber das tun viele.« Er küsste Donatas Handrücken, zog sie an sich und warf Sandro über ihre Schulter einen schwer zu deutenden Blick zu. Er schielte nicht. »Ihr erfahrt es so bald wie möglich. Wieder so eine verfluchte Nacht, in der ich kein Auge zutun werde.« Er zwang sich zu einem tapferen Lächeln. »Ich wünschte, du wärst bei mir, Dona. Aber solange dein missgünstiger Bruder hier haust, mach ich mir wohl vergebliche Hoffnungen.«

Sandro packte ihn bei den Schultern, schüttelte ihn und antwortete mit rauer Stimme: »Gut' Ding braucht Weil, Lelle.« Er gebrauchte bewusst die Abkürzung von »Michele«. »Lobe das Jahr nicht vor dem Christfest. Für dich brennt hier immer eine Kerze, und an einem Becher Rotem soll's auch nicht fehlen. Geh – oder reite! – deiner Wege. Gute Nacht, Amico.«

»Mir bleibt nichts anderes übrig.« Barotta küsste Donata, schlug Sandro auf die Schulter und ging die Stufen hinunter. Als er sich nach links über die Piazza entfernte, glaubte Sandro zu sehen, dass er wieder hinkte.

Das Fuhrwerk hielt auf dem Kies des Cortile. Bernardo di Strozzi stieg vom Kutschbock und wartete, bis der Söldneranführer das Tor geschlossen hatte. Der Gespannführer ließ die Zügel los und ließ sich vom Hofmeister herunterhelfen. Knechte und Mägde kamen aus dem Haus, als Desiderio vom Bock kletterte, die Hände gegen seinen Rücken presste und sich auf eine Weise umsah, als betrete er zum ersten Mal seinen Besitz. Er nahm den fröhlichen Lärm der Begrüßung wahr, winkte und lächelte den Frauen und Männern zu und freute sich darüber, ohne seine Freude allzu deutlich zu zeigen – ein Zeichen dafür, dass die Welt der Palazzina, über die er gebot, ruhig und sicher unter der Sommersonne lag. Einige Dutzend Atemzüge lang füllte ein Wirbel aus Farben und Bewegungen den Bereich vor der Hausfassade. Die stabförmigen Schatten der Sonnenuhr schnitten durch die Ziffern des Halbkreises. Er sah sich nach Cornelia um. Während die Pferde ausgeschirrt und zu den Ställen geführt wurden, schlugen die Helfer die Plane zurück und fingen an, die Kisten und Ballen herunterzuheben.

»Tragt die Instrumente in den Garten, vor den schwarzen Tempel«, rief Bernardo und begrüßte Cornelia, die auf Desiderio zulief. »Die Stoffballen in die Halle. Geht vorsichtig damit um! Es ist ein wertvolles Gewebe!«

Vor zehn Tagen waren Desiderio und Bernardo, von drei Söldnern begleitet, nach Firenze geritten. Argwöhnisch überwachten sie nun, wie der Wagen abgeladen wurde. Ein Dutzend ungewöhnlich großer Stücke wurde durch den Cortile geschleppt und vor dem »Tempel« abgesetzt.

Bernardo rief über den Hof: »Bringt dem Fuhrmann ein gutes Essen, und wenn er mag, soll er sich ausschlafen!«

Mamma Lucia hatte den Fuhrmann längst am Ärmel gepackt und zog ihn zum Gesindehaus. Desiderio holte ohne Eile die Schlüssel, öffnete die schweren Türen und ließ die Kästen in den »Tempel« hineintragen und aus den schützenden Verhüllungen schälen. Nacheinander wurden drei mächtige Kesselpauken, drei Tympanons, einige Blasebälge und ein altes, zerschrammtes Organetto ausgepackt und im Halbdunkel neben der großen Flügelfigur abgesetzt. Bernardo kümmerte sich um die anderen Mitbringsel aus Firenze. Die Mägde trugen sie in die Vorratskammern und zur Küche. Einige verpackte Stoffballen schleppte man zum Piano nobile, und die Körbe voller Nägel, Schrauben und kleinem Werkzeug ließ Desiderio zu seiner Werkstatt tragen. Es wurde Abend, bis das Fuhrwerk völlig entladen und alles an seinem Platz war.

Allmählich kehrte Ruhe in der Palazzina ein. Desiderio, dessen müder Kopf in Vorfreude auf schwierige, aber erregende Arbeiten schwirrte, ließ sich im Speisesaal in seinen gepolsterten Sessel fallen. Die junge Clarissa brachte Wein und einen Imbiss.

Cornelia setzte sich neben Desiderio und legte ihre Hand auf seinen Unterarm. »Du musst müde sein«, sagte sie und füllte die Gläser mit kaltem Weißwein. »Ich sehe es an deinem Gesicht, Desiderio, amore mio.«

Er hob das Glas und nickte, zuckte mit den Schultern und lehnte sich zurück. Clarissa verteilte Teller, Schalen und Körbchen auf dem Leinen des Tisches. »Die Straßen sind schlecht«, antwortete er, »und es geht nur langsam voran. Dazu die Hitze. Und, hier bei uns? Gibt es schlimme Überraschungen?«

Langsam setzte Cornelia das Glas ab, winkte Clarissa und bedeutete ihr, zwei Terrassentüren zu öffnen.

»In Lucca haben Domenico und Mamma Lucia erfahren, dass sie wieder eine Frauenleiche gefunden haben. Beim Borgo San Iacopo. Wieder durch einen Armbrustbolzen getötet und grausam verunstaltet. Sie suchen nach Spuren und sind ratlos, weil die Frau wieder zur Sonnenwende umgebracht wurde.«

Desiderio starrte in sein Weinglas, dann schloss er die Augen und seufzte.

»Der vierte Mord«, sagte er nach einer Weile und forschte in Cornelias Gesicht. Die Magd verbeugte sich und verließ den Raum. »Der Borgo ist weit weg von uns, mehr als acht Meilen. Unser Land und die Palazzina bleiben also in paradiesischer Ruhe. Es ist furchtbar, was sich die Menschen gegenseitig antun. Doch nicht bei uns, Cornelia. Hier herrscht die besinnliche Ruhe der frommen Beschaulichkeit. Oder gibt es etwas, das ich wissen müsste?«

»Die Federn, Liebster«, sagte Cornelia. »Piero und Simone haben beim Kornfeld, am Rand unseres Gartens, hinter der Mauer bei den Eichen und Zypressen, zwei uralte Körbe gefunden, voll mit Federn von Enten, Raubvögeln und anderen großen Vögeln. Viele sind auf altes Pergament genäht oder geklebt, aber andere sind auch in Bündeln zusammengefasst.«

»Federn!«, sagte Desiderio und machte große Augen. »Warum Federn? Wer beschenkt uns mit Federn? Ich habe mit niemandem darüber geredet. Ich brauche Federn für die Schwingen des Engels, richtig. Wo sind die Federn jetzt?«

»Vor deiner Werkstatt. Sie stinken ein wenig.«

»Morgen, wenn das Fuhrwerk für Firenze beladen wird, sehe ich mir alles an«, sagte Desiderio stirnrunzelnd. Dann lächelte er müde. »Ich habe feine Instrumente und Blasebälge gekauft. Mit ihnen wird es noch viel Arbeit geben, aber das ist nichts, was nicht zu schaffen ist.«

Er trank in kleinen Schlucken und genoss die Kühle des Weins. Auf der Zunge verging der herbe Geschmack, und er spürte ihm nach, während er über die Tage und Nächte in Firenze nachdachte, über die Instrumente, die schwierig zu beschaffen gewesen waren, über das alte Organetto und die Körbe voller Federn. Die neue Ladung des Fuhrwerks war in Firenze schon verkauft. Er und Bernardo würden morgen jeden Sack und jeden Krug prüfen. Bernardo! Sein Landhaus, eine Stunde im Galopp von der Palazzina entfernt auf einem Hügel, war in Bau. Das Land hatte Desiderio ihm geschenkt.

Vom abendlichen Garten drangen die Geräusche und Gerüche ins Speisezimmer. Schweigend aß und trank Desiderio und sah Cornelia zu, dem Spiel ihrer Hände und den Bewegungen ihrer Lippen. Sie trug eine neue Lenza, ein dünnes Goldkettchen, um die Stirn, die ein herzförmiges Stück Bernstein hielt, der bisweilen, wenn Cornelia den Kopf hob, in einem Sonnenstrahl aufglühte. Darin war eine Mücke mit gespreizten Flügeln eingeschlossen.

Desiderio sann über die Bedeutung des Schmuckstücks nach, fand keine leichte Erklärung für das Symbol und zuckte mit den Schultern. Er ließ Cornelia wieder sein Glas füllen und schob, als wären sie Figuren eines unsichtbaren Spielfeldes, mit dem Zeigefinger geröstete Pinienkerne auf dem Tuch hin und her. »Wir reden morgen über alles«, sagte er. »Der Sommer hat gerade angefangen. Es wird viel zu bereden sein.« Er lachte kurz und hob das Glas. »Wie immer, wie das ganze Jahr über, viel

Neues über die Worte der Schrift und den Engel. Die Fahrt hat meinem Rücken nicht gut getan, und der Verstand hat auch einiges von den Löchern in der Straße abbekommen. Ich bin müde.«

Cornelias Lächeln versprach eine lange, ruhige Nacht. Sie sagte ruhig: »Ich werde deinen Schlaf bewachen und jeden vertreiben, der dich stören will.«

»Du tust ein gutes Werk«, antwortete er und schob die Kerne zu einem Häufchen zusammen, nahm drei und steckte sie zwischen die Zähne.

33

Am Tag des heiligen Pius, des Märtyrer-Papstes, saß Sandro Castaciano nahe der Granitplatte, die anstelle des Grabmals der Ilaria del Caretto im Boden des Luccheser Doms San Martino eingepasst war. Das Grabmal war vor siebzig Jahren nach dem Sturz des damaligen Stadtherrn von Lucca, Paolo Guinigi, Ilarias Mann, in Stücke zerschlagen und fortgeschafft worden. Außer Sandro waren nur drei alte Frauen im Dom; sie beteten murmelnd in einer der letzten Bänke. Sandro hatte sich aus dem lauten Durcheinander des Marktes in die Stille des Gotteshauses geflüchtet. Er hoffte, genug Ruhe zum Nachdenken zu finden, und nahm die Stille und den Geruch nach kaltem Weihrauch und erloschenen Kerzen als kleinen Beweis für die Anwesenheit des Herrn, für das strenge Lächeln des Gottes seiner Vorstellung. Micheles und seine Versuche – sowie die des Ältestenrates und unzähliger anderer in Lucca und der nahen Umgebung –, irgendeinen Sinn in den Morden an vier Frauen an den Tagen aufeinanderfolgender Sonnenwenden zu finden, blieben trotz emsiger Suche und häufiger Befragung erfolglos. Die Taten waren und blieben unbegreiflich. Ging es noch mit natürlichen Dingen zu? Sandro ertappte sich dabei, in die Gesichter bekannter und unbekannter Lucchesen zu starren und sich zu fragen, ob sich dahinter ein wahnsinniger Mörder verbarg. Er war über sich selbst erschrocken gewesen, als er Consigliere Agostino di Bargoni vor dem Palazzo della Signoria getroffen und ihn misstrauisch angeschaut hatte – einen teuer gekleideten Signore mit langem, schneeweißem Haar, dunklen Augen unter buschigen weißen Brauen in einem gebräunten Gesicht voller Falten. Er hatte ein

Barett à la capitanesca getragen und sich auf einen schwarzen Stock mit goldenem Griff gestützt; von Caterina wusste Sandro, dass sich im Gehstock eine Klinge verbarg. Di Bargoni ein Mörder? Er war ein guter Reiter, aber Caterina hatte nie eine Armbrust bei ihm gesehen. Und warum sollte er Frauen ermorden und zerstückeln? Sandro schämte sich wegen seiner finsteren Gedanken und grüßte Agostino besonders ehrerbietig.

Donata war für zwei Wochen in Arliano und besorgte den Haushalt des Vaters. Während des Sommers wollte Sandro an seinem Geschütz weiterarbeiten und endlich den ersten Probeschuss abfeuern. Michele und Donata redeten allen Ernstes von späterer Heirat, doch noch wusste Babo Girolamo nichts von diesen Plänen. Die Ufficina und der Laden machten der Familie viel Freude. Seit Sandro in Lucca wohnte und fast jeden Tag im Laden anzutreffen war, bestellten Bürger und der Rat der Stadt mehr jener Gegenstände und Waren, die aus der Werkstatt der Castacianos kamen. Obwohl man Savonarola verbrannt hatte, war die Furcht vor Sünden und Schuld, dem Zorn Satans und Gottes, vor Auslöschung und dem Fall in Bedeutungslosigkeit, vor Strafe und Weltuntergang nicht kleiner geworden und beherrschte die Herzen der meisten Menschen.

Sandros Herz war beherrscht von Gedanken an Caterina. Jedes Mal, wenn er sie in der Stadt sah, inmitten von Müßiggängern, ihrer Dienerschaft oder einer Gruppe junger Frauen, empfand er Angst, sie zu verlieren. Er war sicher, dass auch sie an nichts anderes dachte, als sich mit ihm zu treffen – aber wo? Die Furcht, entdeckt zu werden, war größer als die Begierde, den anderen in den Armen zu halten.

Sandro hob den Kopf und richtete den Blick auf das steinerne Antlitz Sankt Martins, dessen Schwert den Mantel für den Bettler teilte, und er flüsterte: »Eine Herzensfinsternis! Oh Caterina, warum haben wir uns nicht früher getroffen und an anderer Stelle! Nicht einmal Gott versteht, dass du diesen Alten hast heiraten müssen!«

Die steinernen Wände schluckten sein Flüstern, als habe er die Lippen nicht bewegt. Sandro öffnete die gefalteten Hände und stand langsam auf. Er verbeugte sich zum Altar hin und ging langsam zum Hauptportal. Die alten Frauen beachteten ihn nicht. Er blieb im Spalt der geöffneten Tür blinzelnd stehen, bis sich seine Augen wieder an die Helligkeit gewöhnt hatten, betrachtete im Portikus lange das uralte Daedalus-Labyrinth und stieg dann bedächtig die Stufen zur Piazza hinunter.

Gott hat uns erschaffen, dachte er und holte tief Luft, aber manchmal versteht er seine Geschöpfe selbst nicht. Oder will er sie nicht verstehen? Solche Menschen, die zu jeder vorstellbaren Art von Bösem fähig sind? Müssen wir denn noch an eine teuflische Quelle des Bösen glauben?

Ihm schwirrte der Kopf. Aber er kannte ein Mittel, sich abzulenken: viel Arbeit und sorgfältiges Rechnen im Verkaufsbuch. Er schlug den Weg zum Laden ein und bemühte sich, nicht am Treiben in den sommerlichen Gassen teilzunehmen.

Hinter dem Sockel, auf dem der Engel thronte, waren vorübergehend die Kesselpauken und zwischen ihnen die Tympanons aufgestellt worden und durch Schnüre mit dem provisorischen Holzgestell verbunden, sodass sie nicht kippen oder umfallen konnten. Ein anderes Gestell, ebenso flüchtig gezimmert, in dem sich eine ungewöhnlich lange Walze drehte, spannte sich über den Trommelfellen, die noch durch hölzerne Deckel geschützt waren. Beide Schwingen des Engels hatten die Handwerker aus den Verbindungen gelöst. Jetzt lagen sie weit gespreizt auf dem Boden des »Tempels«.

Knechte und Mägde, selbst die meisten Söldner, halfen den Bauern bei der Ernte. Bis auf zwei Söldner, Frate Francesco, Mamma Lucia und die junge Xervia aus dem Waisenhaus waren Desiderio und Cornelia tagsüber allein in der Palazzina. Die Türen der Gewölbewerkstatt standen weit offen, ebenso die Portale in der Südwand des schwarzen Würfels. Die Hitze vertrieb den Geruch nach Leim, Hobelspänen und Farbe. Desiderio arbeitete schweißüberströmt und staubbedeckt, aber in fröhlicher Stimmung, mit Leim, kleinen Nägeln und verschiedenen Hämmern. Als er fertig war, räumten er und Cornelia die Instrumente zur Seite und bedeckten sie mit Stücken alter Planen. Ebenso verhüllten sie die Schwingen des Engels und deren Gefieder.

»Noch vierhundertachtzehn Tage«, rief Desiderio und reinigte sein Gesicht, den Hals und die Arme mit einem nassen Tuch. »Aber die Federn werden nicht reichen.«

»Es tut gut, bei der Arbeit zu schwitzen«, gab Cornelia lachend zurück. »Nach dem Tag der Verwandlung werden wir im Schatten der Himmelsbäume wandeln.«

»So ist es!«

Auch langes Grübeln und die Suche nach Spuren halfen nicht, den Spender jener Körbe voller Federn herauszufinden; er zog es vor, unerkannt zu bleiben. Nach schicklicher Wartezeit hatte sich Desiderio entschlossen, mit diesem Geschenk genau das zu tun, was er mit den anderen Federn getan hatte, die auf seine Anordnungen hin gesammelt worden waren: Das Gerüst der Schwingen wurde mit den Pergamentstücken beklebt, die Desiderio heraussuchte. Größere Stücke klebte und nagelte er fest. Zwei Drittel der Schwingen, deren Beweglichkeit nicht eingeschränkt werden durfte, hatten sich in Flächen verwandelt, die im Schmuck eng aneinander gereihter Federn glänzten. Am Ende würden es große, funkelnde Flügel sein, würdig des Engels, der Antwort auf die letzten Posaunen geben würde. Noch nie hatten Gott und die Welt größere Schwingen gesehen; Leonardo würde sie als vergrößerte Abbildungen seiner gemalten Engelsflügel mit ungläubigem Staunen wiedererkennen.

An den Enden spreizten sich adlersgleich die Schwungfedern, gefolgt von gestaffelten Reihen kleinerer Federn, die in vielen tiefen Farben glänzten und schillerten wie Metall. Sie waren in leuchtenden Mustern angeordnet, bildeten Kreisausschnitte und geschwungene Schnörkel und Formen, die wie blicklose Augen aussahen – wie solche auf den Flügeln mancher Wasservögel –, durch Desiderios Kunst veredelt, die wiederum von Leonardos Sicht der wahren Natur befruchtet war. Einige heiße Tage vergingen, bis keine Federn mehr übrig waren. Jene Drittel dicht an den Schultern des Engels, am flachen Ansatz der Schwingen, zeigten noch das geglättete, leere Holzgerüst.

Am späten Nachmittag, wenn sie erschöpft und verschwitzt und ihre Augen und Nasenlöcher vom Staub verklebt waren, liefen Desiderio und Cornelia, frische Tücher über den Schultern, zum aufgestauten Mühlenbach, sprangen nackt ins Wasser und scheuchten Frösche und Libellen auf.

In manchen Nächten arbeitete Desiderio in seiner Werkstatt. Manchmal war Cornelia bei ihm. Er studierte die Luftführung der kleinen Orgel und baute das Modell, das über die beiden Blasebälge die Fanfaren mit Luft versorgen würde; die Ausführung musste er den Zimmerleuten Luccas überlassen, und einige wichtige Teile würde er bei den Castacianos bestellen.

Alle jene teuren Erzeugnisse aus den Vorratskammern der Palazzina waren längst unbeschadet in Firenze angekommen und den Käufern übergeben worden: köstliches Olivenöl, Trüffelhonig, Schinken und Käse, getrocknete Pilze, Würzkräuter, drei Fässer guten Weins, Gänsefett, Butteröl und vieles andere – ein zuverlässiger Quell bescheidenen, aber regelmäßigen Reichtums in den Geldtruhen Desiderio Montfalcones.

Es gab heftige, nächtelange Gewitter in diesem Sommer, drei Mal kam von Pisa her missfarbener Nebel, der tagelang nicht wich und die Menschen krank machte, aber zumindest in diesem Teil der von Gott geschaffenen Welt zogen weder Seuchen noch marodierende Heere noch verderbliche Hagelstürme über das Land – Montfalcones Land –, seine Bauern und die Hügel und Wälder Tusciens dahin.

Auch um Mitternacht blieb die Augustnacht unerträglich heiß. Nicht der kleinste Windhauch bewegte die dünnen Vorhänge, die an den Seiten des offenen Zelts herunterhingen. Zahllose Mücken hatten sich im Gewebe verfangen und bildeten schwarze Muster. Im Gespräch war eine Pause eingetreten; in den Flammen der Öllichter, die außerhalb des Zelts am Rand des Wasserbeckens aufgestellt waren, verbrannten mit zornigem Brummen und Prasseln Motten und Nachtfalter. Die Dienerin Irene schob einen Vorhang zur Seite und stellte die silberne Kühlwanne voll Wasser und Schneeresten auf das niedrige Tischchen. Inmitten der Schüssel stand der Krug mit kaltem Trebbiano. Desiderio nickte der jungen Magd zu, und sie füllte die Gläser Frate Francescos, Bernardos, Cornelias und des Hausherrn.

»Wir brauchen dich heute nicht mehr«, sagte Cornelia. »Geh schlafen, Irene.«

»Danke, Signora Cornelia. Gute Nacht, Ihr Herren.«

Frate Francesco wischte mit dem Ärmel dicke Schweißtropfen von seiner kahlen Stirn und fasste nach dem Stiel des Glases.

»Weniger als fünfhundert Tage«, sagte Desiderio. Auch auf seinem seidenen Giubbone erschienen unter den Achseln und auf der Brust dunkle Schweißflecken. »Wir sehnen diesen Tag herbei, weil wir im Buch des Lebens verzeichnet sind. Die anderen werden in den Feuersee geworfen. Und wir wissen alle, dass der siebente Engel uns als Erste finden wird.«

»Die Zeit ist nahe«, sagte Francesco, schlug das Kreuz und nahm das Glas, als hebe er den Messkelch, mit beiden Händen. »Selig, wer an den Worten der Offenbarung festhält.«

Francesco war stark gealtert. Der Haarkranz seiner Tonsur, schneeweiß und schütter, klebte an der sonnenverbrannten Haut mit den Altersflecken. Aber die Augen des Dominikaners funkelten, seine Blicke huschten umher wie Fledermäuse. Cornelia und Desiderio schätzten seine Altersweisheit und seinen unerschütterlichen Glauben an jedes Wort der *Geheimen Offen-*

barung. Sie vertrauten seinen Worten mehr als denen Savonarolas oder einer Botschaft aus Rom.

Bernardo di Strozzi, der an das teure Dach seiner Villa dachte, vermochte Francescos Überzeugung nicht zu teilen. Er trank schweigend und lauschte dem Gespräch.

»Alles wird bereit sein.« Desiderio vollführte eine schwungvolle Geste. »Die Zeichen am Himmel, der Engel und die Musik für das Totengericht. Wir werden den endgültigen Sieg über den Satan miterleben.«

»Und werden Sein Angesicht schauen, im Neuen Jerusalem, und werden im Licht des Lamms, der Herrlichkeit Gottes, einhergehen«, bestätigte Francesco. Die Flammen der Windlichter brannten mit langen Rußfäden. »Wenn alle Plagen der sieben Engel über die Welt gekommen sein werden, treten wir unter dem neuen Himmel in eine neue Erde ein.«

»Amen. So sei es«, schloss Cornelia.

Bernardo zuckte kaum sichtbar mit den Schultern. Er hielt die Worte der Offenbarung, an deren Wahrheit Francesco, Desiderio und Cornelia inbrünstig glaubten, für einen Aufruf, der ans Herz des Gläubigen gerichtet war und mit dem Verstand wenig zu tun hatte. Das Rätsel des Lebens würde durch den Tod nicht gelöst werden, und die Überzeugung seiner Freunde, der Auslöschung und dem Sturz ins Fegefeuer entgehen zu können, weil sie auserwählt waren, betrachtete er mit Hochachtung und einem Gran Hoffnung. Er glaubte nicht, dass in der letzten Nacht im Dezember Anno Domini 1499 die Stadt Babylon untergehen würde, ob sie nun Roma, Firenze oder Milano hieß. Würde er so uneingeschränkt glauben können wie die anderen an diesem Tisch, hätte er nicht den Bau seiner Villa begonnen.

»Ich habe, wie du gewollt hast, bei den Bauern schöne Federn einkaufen lassen«, sagte er und sah zu, wie Cornelia Desiderios und sein Glas füllte. »Werden sie dir reichen, Desiderio?«

»Ich glaube, es sind mehr, als ich brauche.« Desiderio nickte.

»Am Montag kommen wieder die Handwerker aus Lucca. Ihr werdet staunen, wenn ihr seht, was wir fertigstellen.«

Bernardo kannte die meisten Vorstellungen Desiderios, seit er ihn als seinen Freund bezeichnete, und sein Staunen war nicht mehr allzu groß. Er hatte nur grinsend den Kopf geschüttelt, als ihm die Namen der sieben Mägde aufgefallen waren, der Mädchen, die Desiderio und Cornelia aus dem Waisenhaus geholt hatten. Maddalena, Chiara, Domenica ... MCDXCIX, also »eintausendvierhundertneunundneunzig«. »1499«, das »letzte Jahr«. Desiderio erdachte das Undurchführbare, ersann das Unglaubliche und glaubte an die Unsterblichkeit. So und nicht anders kannte er seinen Freund Desiderio.

»Ich staune schon jetzt«, antwortete Bernardo lächelnd. »Du hast von keinem Fehler berichtet, der dir unterlaufen ist.«

»Meine Angst, zu versagen, ist so groß«, sagte Desiderio und hob die Brauen, »dass ich mich zwinge, mehr als nur gewissenhaft zu arbeiten. Dazu kommen Leonardos zeichnerische Ratschläge. Und zahllose Räderchen und Hebel der Castacianos.«

»Ohne deinen Glauben und deine Überzeugung, Desiderio, und deinen gewaltigen Fleiß, hättest du diese Wunderwerke niemals ersinnen und bauen können«, sagte Cornelia weich.

Desiderio nickte ihr lächelnd zu, nahm ihre Hand und küsste ihren Handrücken. Er schaute ihr in die Augen und erwiderte: »Und ohne deine hingebungsvolle Treue und Hilfe bei Tag und Nacht hätte ich mit unüberwindbaren Schwierigkeiten kämpfen müssen.«

Bernardo verschränkte die Arme vor dem Bauch und blickte schläfrig von einem zum anderen. In Cornelias Gesicht sah er den Ausdruck bedingungsloser Treue und Zuneigung. Sie glaubte Desiderio und Francesco jedes Wort.

Die Laute der Nacht indes waren wohltuend irdisch. Das Wasser des Bachs rauschte über das Wehr der Mühle, Stechmücken sirrten, erschreckte Vögel stießen leise Schreie aus, und jenseits der Mauer waren langsame Hufschläge zu hören – ein berittener Wächter, der die Palazzina schützte. Mitunter gurrten schlafende Tauben im Turm.

Länger als zwanzig Jahre arbeitete Bernardo für Desiderio und mit ihm zusammen, mit unbestechlicher Ehrlichkeit und unermüdlichem Fleiß. Er teilte die kleinen Wohnungen in Firenze mit ihm und kannte, wenn nicht alle, so doch die meisten Geheimnisse Desiderios, seinen Reichtum und seine kühnen Gedanken. Meist ritten sie wegen der Einkäufe und, um die wichtigen Neuigkeiten zu erfahren, gemeinsam in die Stadt. Bernardo hatte viele jener Spuren entdeckt, die der Überfall, der Mord an Desiderios Eltern und der Brand der Palazzina im Herzen Desiderios hinterlassen hatten, und wahrscheinlich auch in seinem Verstand. Bestimmte Eigentümlichkeiten hingen auch heute noch, mehr als dreißig Jahre nach der Tat, damit zusammen: die Verbundenheit mit dem Land, den Bauern, dem Garten und den Gebäuden. Die stete Sorge um die Sicherheit derer, die hier arbeiteten und wohnten. So wie Desiderio fast gierig die Erklärungen und Zeichnungen Leonardo da Vincis sammelte und in sich aufsog, zählte auch das Streben nach körperlichem und wirtschaftlichem Wohlergehen zu seinem Ehrgeiz; so hatte er es jahrelang von seinen Eltern gelernt.

Bernardo war es auch gewesen, der damals in Firenze Simonetta »Pipistrello« gefunden und zusammen mit den jungen Malern zu Desiderio eingeladen hatte. Mit Hilfe vieler Fiorini hatte er sie dazu überredet, all ihre lüsterne Kunst bei Desiderio anzuwenden. Nur durch einen unglaublichen Zufall, einem misslichen Wunder ähnlich, würde Desiderio erfahren, wem er die Bekanntschaft Simonettas zu verdanken hatte. Bernardo jedenfalls schwieg darüber wie ein Grab.

Cornelia stand auf, hob den tropfenden Krug hoch und füllte reihum die Gläser. Der Körper der Sechsundzwanzigjährigen, der noch immer wunderschön war, zeichnete sich vor den vielen Kerzenflammen unter dem Stoff der Guarnella ab. Bernardo segnete die beiden Tage, an denen er das Kind zu sich genommen und hergebracht hatte. Desiderio und Cornelia waren ein unverehelichtes Paar und hatten sogar den Segen Frate Francescos. Beide waren zufrieden mit ihrer Kinderlosigkeit, und Bernardo hatte mehr erreicht, als er je hätte wünschen können. Er selbst fand nichts Begehrenswertes an Cornelias Knabenkörper und trauerte noch immer der Dienerin Maddalena nach, die plötzlich die Palazzina verlassen hatte und seitdem spurlos verschwunden war. Ein großbrüstiges Wesen mit hellbraunem Haar. Viele ihrer Nächte blieben ihm unvergesslich. Er lächelte Cornelia über den Goldrand des Glases hinweg an und sagte: »Danke, meine Schöne. Bleib an seiner Seite, und du wirst erleben, dass deine Träume wahr werden.«

»Der Tod wird keine Macht über uns bekommen«, warf der Frate ein und schlug nach einer Mücke. »Der Engel wird uns führen.«

Um den Engel kreisten Desiderios Gedanken, seit ihn Frate Francesco die *Geheime Offenbarung* zu lesen gelehrt und er die gemalten Engel Leonardos und anderer Maler bewundert hatte. Die Engel, Boten und schützende Diener Gottes, bekräftigten ihn in all seinen Überlegungen und schienen zu ersetzen, was er seit dem großen Unglück zu entbehren glaubte. Und da ihn der Makel des Hermaphroditen versehrte, bedeutete »sein« Engel symbolhaft und in seiner Glaubenswelt das Zeichen der Vollkommenheit, der er nachstrebte.

Für Bernardo waren das Errichten des »Tempels« und der beachtliche Aufwand, den Desiderio nächtelang mit dem Engel und allen mechanischen Geräten trieb, das Spiel eines erwachsenen Kindes mit unruhigem Geist. Aber tiefer oder weiter vermag ich in die Welt dieser Menschen nicht vorzustoßen, dachte er müde und zunehmend gleichgültig. Auch wenn ich überzeugt bin, dass sie an all das glauben. Das unregelmäßiges Flackern der Öllichter, das er aus dem Augenwinkel wahrnahm, lenkte ihn ab.

Über dem Meer, hinter den Hügeln, war ein Wetterleuchten

zu sehen. Noch immer blieb die Luft völlig unbewegt. Der Wein hatte seine Kühle verloren. Bernardo blickte seine Finger an, und unvermittelt musste er an die ungeklärten Morde denken, deren Opfer man vier oder fünf Stunden zu Pferd entfernt im Umkreis der Palazzina gefunden hatte. War etwa Maddalena eine dieser Unglücklichen gewesen? Er verwarf diesen Gedanken rasch. Das wäre undenkbar: Seit mehr als zwei Jahrzehnten war Montfalcones Besitz eine Insel der Ruhe, des Fleißes und der Sicherheit, scheinbar endlos fern von Firenze oder Roma. Er gähnte und trank den warmen Rest aus seinem Glas, dann stand er auf.

»Ihr gestattet, dass ich in mein Bett schwanke«, sagte er. »Ich habe genug getrunken, um gut einschlafen zu können.«

»Geh mit Gottes Segen und komm morgen zur Messe«, antwortete der Frate und schrieb mit dem Zeigefinger das Kreuzzeichen in die Nachtluft.

Bernardo nickte Cornelia und Desiderio zu und entfernte sich auf dem schmalen Steg. Im Wasser neben den Bodenfliesen spiegelten sich undeutlich die Sterne.

Auf der Achse eines alten Karrens, räderlos und aufgebockt, den der Dorfzimmermann mit verschiedenen Balken verstärkt hatte, ruhte vertikal beweglich in faustgroßen Aussparungen das fast drei Ellen lange Rohr der Feldschlange. Zwei unfertige Räder lehnten an der Wand. Sandro hatte alle Teile geputzt und poliert; sie schimmerten wie mattes Gold. Er wusste längst, dass es unterschiedliche Feldschlangen gab, die von hinten geladen wurden. Einsetzbare und drehbare Kammern, dicke, aufwändig gefertigte Behälter aus Eisen oder Bronze, die mit Pulver geladen wurden, waren in verschiedenen Ländern bekannt, aber die Bedienung, das sagten alle Kanoniere, blieb viel zu umständlich und zu gefährlich. Der Rückstoß belastete oder zerstörte oft die Pulverkammer. Sein Geschütz, dessen Langfeld innen mit stählernen Hobeln geglättet war, sollte eine Eisenkugel von der Größe einer Kinderfaust verschießen. Sandro wollte möglichst vierhundert Schritte weit und zielgenau feuern – er glaubte jedoch nicht, dass sein erster Versuch erfolgreich sein würde. Viele Stadtmauern wurden von den schweren Artilleriegeschützen sturmreif geschossen; auch der Rat Luccas plante, die Quadermauer zu verstärken.

Vater Girolamo hatte in den ersten Septemberwochen Pulver, Salpeter, Schwefel, Baumwolle und einige Kugeln gekauft und den Rat eines Lucchesen eingeholt, der früher für Lorenzo de' Medici die Geschütze und ihre Mannschaften befehligt hatte. Von ihm stammte auch das »Rezept« für die Mischung, die gutes Schießpulver ergab.

Als Sandro, der die »Veuglaire« vor die Werkstatt ins Sonnenlicht hatte schleppen lassen, probeweise die Kammer an den Gelenken herumschwenkte, dachte er an Montfalcone und die vielen Hebel und Scharniere, die aus der Ufficina stammten. Einen Augenblick lang erfüllte ihn unbändige Freude über die metallene Schönheit seines Werkstücks. Er schob die leere Kammer in das Ende des Laufs, setzte das Richtscheit ein und begann die Kammer zu drehen. Runde Zapfen glitten in einer tiefen Rille zuerst geradeaus und dann nach rechts bis zum Anschlag. Die Kammer saß fest im Rohr. Zwischen den beiden Teilen war der gleichmäßige Spalt so schmal wie eine Messerschneide.

»Erfreulich«, murmelte Sandro. »Schon beim ersten Versuch.«

Er bewegte das Richtholz nach links, um die Kammer zu lockern. Der Bronzezylinder saß fest, auch als Sandro mehr Kraft aufwand. Er versuchte es mit aller Gewalt und fluchte leise. Schweiß tropfte auf das glänzende Metall. Er zuckte mit den Schultern, holte von der Werkbank einen Hammer und versuchte, die Kammer mit vorsichtigen Schlägen zu lockern. Wenn innerhalb seiner »Erfindung« das Pulver explodierte, würde der Rückstoß die Kammer noch fester in die inneren

Rillen schlagen. Endlich, nachdem er rundum die Kammer mit kräftigen Schlägen eingedengelt und hastig am Richtholz gerissen hatte, klirrte die Kammer aus der Halterung und schwang an den Gelenken herum.

»Das war ausgezeichnet erdacht«, sagte Sandro und setzte sich. Er betrachtete traurig die Spuren des Hammerkopfes in der Bronze. »Aber schlecht gemacht. Ich habe wohl mehr als nur eine Kleinigkeit übersehen. Was muss ich ändern?«

Er schüttelte ratlos den Kopf und wischte sich den Schweiß ab. Tiefere Rillen? Mehr Spiel zwischen den Zapfen und den Rillen? Oder eine feste Kammer, deren Hohlraum, wenn das Pulver eingefüllt war, durch eine massive Halbschale verschlossen werden musste? Er packte den Hammer und das Richtholz und trug beides in die Ufficina zurück. Die Feldschlange würden morgen Maestro Franchino und seine Helfer zurückschleppen.

Vor zwei Tagen hatten Cornelia und Desiderio, zusammen mit Irene und Xervia, mit Maßbändern und Schnüren von dem Gerüst aus das Kleid des Engels – die Ärmel des Hemdes und den Rock – ausgemessen. Desiderio hatte die Maße auf die Zeichnungen übertragen, die seit einigen Monaten fertig waren. Von allen Engeln aller Gemälde, die er kannte, hatte er die schönsten Formen und die kunstvollen Falten kopiert. Hoffentlich gelang es den Näherinnen in Lucca, die Kleidungsstücke nach seinen Vorstellungen zu fertigen.

Auf dem Boden des Saales lagen die Ballen des Stoffs aus der Weberei in Firenze. Xervia rollte behutsam den ersten Ballen aus. Desiderio und Cornelia sahen zum ersten Mal die Schönheit des Musters auf der gesamten Stoffbahn.

»Es ist sehr … edel«, hauchte Cornelia. »Ist es so gelungen, wie du es wolltest?«

Desiderio betrachtete stumm die großen Köpfe, die schräg zueinander versetzt auf dem hellen Grundgewebe, das die Farbe reifer Zitronen hatte, zu sehen waren. Ketten- und Schussfäden bildeten leicht erhabene Muster. In ständiger Wiederholung war ein Löwenkopf mit aufgerissenem Rachen und wallender Mähne neben einen Stierschädel mit ausladendem Gehörn und ein Adlerkopf samt gefiedertem Hals neben den Kopf eines Menschen gewebt, mit goldfarbenen, dunkelgrauen, braunen, weißen und schwarzen Fäden. Wenn man blinzelte, schien es, als lebten die vielen Gesichter. »Wunderschön! Löwe, Stier, Adler und Mensch«, sagte Desiderio leise und ergriffen. Er zitierte mit bebender Stimme: »Und jedes dieser Lebewesen hat sechs Flügel, außen und innen voller Augen. Sie ruhen nicht, bei Tag und Nacht, und rufen: ›Heilig ist der Herr …‹ Sie stehen um den Thron Gottes.«

Xervia hob schweigend den zweiten Ballen auf, kniete neben dem ersten nieder und entrollte die Stoffbahn. Desiderio ließ sich in einen Stuhl fallen, der – wie alle anderen Möbel – an die Wand geschoben worden war und konnte seine Blicke nicht von den breiten Stoffbahnen losreißen. Schließlich lagen fünf Bahnen nebeneinander. Mit hunderten Gesichtern, die sich in Winzigkeiten unterschieden, die manchmal erst nach längerer Prüfung zu erkennen waren.

»Ich werde den Stoff in einige große Stücke schneiden«, sagte Desiderio nach einer Weile. Durch die weit geöffneten Terrassentüren fiel Sonnenlicht in länglichen Bahnen herein und ließ feine Schatten auf dem Stoff wandern. »Die Näherinnen müssen die Ärmel so anfertigen, dass sie an das Obergewand genäht oder geschnürt werden können. Reiten wir morgen nach Lucca, Cornelia?«

Sie nickte ihm zu und ging zum Tisch. Mehrere Male vermaßen Xervia und sie die einzelnen Stücke. Desiderio kauerte sich nieder und zerschnitt den Stoff, faltete ihn sorgfältig und spießte auf jedes Teil einen Zettel, den ihm Cornelia reichte. Zum Schluss schichteten sie die Stoffstücke in zwei Weidenkörben übereinander.

»Hol Irene«, sagte Desiderio zu Xervia. »Dann tragt die Körbe in die Halle hinunter. Morgen früh laden wie sie auf das Fuhrwerk. Und dann schieben wir die Möbel wieder an ihren Platz.«

»Sofort, Messer Desiderio«, antwortete Xervia, verbeugte sich und verließ den Raum.

Nach einem langen Blick auf die geschichteten Stoffbündel ging Desiderio auf die Terrasse und setzte sich an den Tisch. Cornelia schloss zwei Türen, hob die Zeichnungen auf und folgte Desiderio. Sie legte das Konvolut auf den Tisch und beschwerte es mit einem faustgroßen Kiesel.

Unter der Schattenleinwand hob Desiderio den Kopf und sagte: »Bald wird der Engel fertig sein, und kurz darauf auch alles andere im Tempel.« Seine Stimme klang bedauernd, er lächelte fast wehmütig. »Dann bleibt uns nur noch das Warten.«

Cornelia mischte Rotwein mit kaltem Quellwasser und füllte die Gläser. Im Saal räumten Xervia, Irene und ein Söldner auf. »Glaub mir, Liebster – die Wartezeit wird voller erquicklicher Arbeit sein. Welche Arbeit auch immer – sie wird uns nicht ausgehen. Es gibt so viel anderes zu tun.«

Desiderio zuckte mit den Schultern, schlug nach einigen Fliegen und griff nach dem Glas. Cornelia setzte sich neben ihn. Sie betrachteten den Garten, dessen sommerliche Schönheit fast unmerklich zu welken begann und sich in täglich wechselnden Goldfarben und sieben verschiedenen Tönungen von Braun offenbarte. Grillen zirpten von überall her, schienen zu rufen und zu antworten. Zikaden zersägten die heiße Ruhe des Nachmittags. Das Wasser in den Brunnenschalen und den flachen Teichen spiegelte die Sonne, den Himmel und die Wolken. Es roch nach Seligkeit.

»Ich hab's nicht so ernst gemeint«, antwortete Desiderio. »Wer wüsste es besser. Jeder Tag bringt andere Arbeit.« Nach einer Weile sagte er mit abwägenden und bedächtigen Worten: »Ich habe noch nie darüber geredet. Aber …« Er zögerte und fuhr beschwörend fort: »Der Engel. Mein Homunculus. Ich war damals einige Male in der Universität von Firenze. Dort lernte ich viel aus den Schriften der Dichter, aus den besten Geschichten und Gedichten der Alten über die strahlende Größe des Römischen Reiches, wie es den Neid der Welt hervorrief.« Er betrachtete lange das Glas, die hellrote Flüssigkeit und seine Hand, ehe er trank. »Und ich habe, als ich die Größe und Wichtigkeit der Engel erkannte, alle Gemälde angesehen und, so gut ich's vermochte, die Engel abgezeichnet: die zwei Engel der beiden *Verkündigungen* von Leonardo, den Engel Raphael von Pollaiuolo, die Kopien und Zeichnungen von Luca Signorellis Engeln und andere Skizzen, Zeichnungen und Kopien. Mein Engel, unser Engel, er enthält das Schönste und Wertvollste der Bilder von begnadeten Künstlern. Deshalb wird der Herr uns als Auserwählte umso leichter erkennen.«

»Ich kenne kaum eines dieser Bilder«, antwortete Cornelia und richtete ihren Blick zu den schneeweißen Wolken. »Aber weil ich dich kenne, weiß ich, dass es so sein wird.«

»Der Engel mit Alabasterfüßen – der junge Beccafumi hat wunderschöne Füße gemeißelt«, fuhr Desiderio träumerisch fort. »Und mit einem Gesicht aus Alabaster! Das Gesicht! Der Kopf! Wäre Leonardo noch in Firenze, würde er ihn für mich meißeln.«

»Du findest einen Künstler, der es für uns formt«, sagte Cornelia. »Vielleicht nicht in Lucca, aber …«

»Ich habe mehr als fünfzehn Monate Zeit, ihn zu finden. Ich rede mit Bartolomeo Beccafumi.«

»Morgen suchen wir in Lucca nach einem Künstler, dem du den Auftrag geben kannst.«

»Ja. Morgen. Ein Gesicht aus Alabaster – weiß, strahlend, hoheitsvoll …«

Cornelias Lächeln war heiter und zuversichtlich. Desiderio blickte nachdenklich. Während sie den gemischten Wein tranken, dem Gurren der Tauben und den anderen Lauten des heißen Nachmittags lauschten, wanderten ihre Gedanken zum Gewand des Engels, und sie waren sicher, dass in wenigen Wochen sein Abbild eine neue Stufe der Schönheit erreicht haben würde.

34

Das uralte Kruzifix war in einer langen, feierlichen Prozession durch ganz Lucca getragen worden. Die Straßen und Plätze, durch die sich der Umzug wand, waren voller aufgeregter, begeisterter und betender Luccheser und Bewohner der nahegelegenen Borghi und Dörfer. Im Zug hofften viele auf ein Wunder, das vielleicht von dem zwei Jahrhunderte alten Werk – vom heiligen Nikodemus aus dem Holz einer Libanon-Zeder geschnitzt –, dem »Heiligen Antlitz«, gewirkt werden würde. Einstmals angeschwemmt an den Strand von Luni, war das Kreuz, das Volto Santo genannt wurde, zuerst in die Kirche San Frediano gebracht, später in den Dom überführt worden. Am 14. September, wie in jedem Jahr, endete die Prozession auf den Stufen des Doms San Martino, vor den Bögen der Vorhalle.

Die Gassen der Stadt summten vor Betriebsamkeit; jeder der zwölftausend Einwohner Luccas und viele Gäste schienen auf den Beinen zu sein. Die Häuser, an denen der Zug vorbeiführte, waren prunkvoll geschmückt. Unzählige Luccheser, in festliche Gewänder gekleidet, säumten den Weg. Die Zunftfahnen der Goldschläger, Seidenweber und Stoffdrucker schwankten über den Köpfen der Gläubigen; einige wurden schon eingerollt. Aus dem Portal des Doms erklangen Gebete und Musik. Die herbstliche Luft war geschwängert vom Murmeln der Gebete, dem Klang der Gesänge und von zahlreichen Gerüchen: Weihrauch, kalter Schweiß, Duftwässer, dem Geruch ungewaschener Kleidungsstücke, Salpeter aus feuchten Kellern und dem Gemisch, das große Menschenmengen verströmten.

Sandro hatte sich von Donata und Michele getrennt und

schob sich entlang der Häuserfassaden auf den Vorplatz des Doms zu. Er trug, wie die meisten Bewohner der geschmückten Stadt, seine schönste Kleidung und hatte sich geschworen, heute nicht einen Augenblick lang zu arbeiten. Den Beutel mit den Münzen in der Faust wich er Festbesuchern aus, die miteinander redeten und nicht auf den Weg achteteten. Als das Gedränge vor dem Eingang des Doms zu groß wurde, schwang er sich auf die Sitzbretter einer kleinen Tribüne, die sich zu zwei Dritteln geleert hatte. Jetzt konnte er über die Köpfe der Luccheser hinwegsehen, erkennen, wer sich auf den Stufen vor dem Dom bewegte. Eine Gruppe fiel ihm ins Auge; er zuckte zusammen.

Unverkennbar standen Caterina und ihr Gatte bei – tatsächlich! – Desiderio Montfalcone und Cornelia de' Albicci. Die Frauen und Agostino di Bargoni redeten miteinander, und Montfalcone starrte Caterina an, als sähe er den Geist seines Vaters. Sandro wollte aufspringen und hinüberlaufen, aber er bezwang sich. Er stützte das Kinn in die Hand und versuchte zu erkennen, was ihn am Verhalten dieser vier so seltsam vorkam. Einige Atemzüge später sah er, dass ein weißhaariger, schmächtiger Frate im Habit sich der Gruppe näherte, gefolgt von einem Mann in dunkler Reiterkleidung. Als sie sich umdrehten, sah er, dass Frate Francesco und der Hofmeister Bernardo di Strozzi ebenso verwundert wie er selbst Montfalcone musterten, der beim Anblick Caterinas förmlich erstarrt zu sein schien. Sandros Geliebte schien den Blick ihres Gegenübers nicht zu bemerken, aber plötzlich winkte sie.

»Jetzt fehlen nur noch Donata und Barotta«, murmelte Sandro und schüttelte den Kopf.

Seine Verwunderung wuchs, als er sah, dass Lucinda di Beccafumi, ihr Gatte Luca, ein Baumeister, und der junge Bartolomeo, der Schöpfer der Alabasterfüße der Engelsgestalt, den Gruß Caterinas erwiderten und sich durch den Halbkreis der versammelten Bürger hindurchzwängten. Jetzt löste sich auch

Montfalcone aus seiner Erstarrung und verbeugte sich tief vor Caterinas Gatten, dem Consigliere. Die drei Beccafumis kamen die Stufen hinauf, als Sandro aus dem Augenwinkel das Blitzen von Sonnenlicht auf Metall wahrnahm. Aus dem Kirchenportal, keine zwölf Schritte von der Gruppe um Caterina entfernt, kamen seine Schwester und Michele, der seinen glänzenden Halbharnisch trug. Sie hatten die Gesichter einander zugewandt, redeten und lächelten und gingen, ohne es zu beabsichtigen, auf Caterina und Agostino zu, die ihnen den Rücken zukehrten.

Kurz bevor sie zusammenstießen, merkte es Michele und blieb stehen. Er hielt Donata am Arm zurück und grüßte Montfalcone, der zur Seite getreten war.

»Christo! Dort drüben«, sagte Sandro leise zu sich selbst, »bin ich wirklich überflüssig! Die unterhalten sich auch ohne mich, und augenscheinlich in bester Laune.«

Jeder von ihnen redete, ab und zu lachte einer aus der Gruppe, Caterina sah überrascht drein, der junge Alabasterkünstler betrachtete sie, als habe er ein zukünftiges Meisterwerk vor Augen, und nur Cornelia blickte, meist ohne dass sich ihre Lippen bewegten, kühl und fragend von einem Gesicht zum anderen. Barottas Gesicht blieb beherrscht; er schien alles zu sehen und hörte aufmerksam zu. Nach einer Weile verabschiedeten sich der Frate und Bernardo di Strozzi, und Montfalcone gestikulierte hinter ihnen her. Donata sah sich suchend um, wahrscheinlich nach ihrem Bruder.

Der Halbkreis der Gläubigen begann sich aufzulösen, der Lärm nahm ab, aber trotzdem verstand Sandro kein einziges Wort. Aber je länger er wartete und zusah, desto mehr war er davon überzeugt, dass nach dem zufälligen Treffen eine Unterhaltung über wichtige Dinge begonnen hatte und dass Montfalcone und Caterina, ebenso ihr Gatte, eine Art Entscheidung getroffen hatten.

Die Mitglieder der Gruppe begannen sich, noch immer in

fröhlicher Laune, voneinander zu verabschieden. Sandro stieg schwitzend von der kleinen Tribüne, schlug einen weiten Bogen um die Übriggebliebenen der Prozession und spazierte gemächlich in die Richtung seiner Wohnung, vorbei an den Verkaufstischen des Bäckers, dem er Farinata und einige andere frische Backwaren abkaufte. Wenn Michele und Donata zum Nachtessen kamen, hatten sie sicherlich viel zu erzählen. Wahrscheinlich wusste Barotta auch, was Montfalcone mit Consigliere Agostino verabredet hatte.

Nachdem er zum dritten Mal Caterinas letzten Brief gelesen, ihn zusammengefaltet und in der Tasche des Wamses versteckt hatte, holte er aus der kleinen Speisekammer, was er auf dem Küchentisch anzurichten gedachte: Würste, Käse, Schinken, gekochte Eier, Öl und eine halbe Kräutertorte nach lombardischer Art. Im Keller füllte er zwei Krüge mit Wein und schleppte sie hinauf, stellte Gläser auf den Tisch, außerdem die Brotkörbchen und einen Leuchter aus der Ufficina, der noch nicht mit Blattgold belegt war. Noch brauchte er keine der Kerzen anzuzünden. Er lehnte sich, die Unterarme auf einem dicken Kissen, aus dem Fenster und beobachtete das spärliche Treiben am Brunnen und auf der Piazzina. Er war in dieser wenig bequemen Haltung fast eingeschlafen, als er Donatas Schlüssel im Schloss der Eingangstür klirren hörte.

Als der Docht der vorletzten Kerze zu brennen begann und Sandro sich wieder halbwegs wach fühlte, kamen Donata und Michele durch die Küchentür. Sandro blies den Kienspan aus, begrüßte sie und deutete einladend auf den Tisch. Er lehnte sich in seinem Sessel zurück und sah zu, wie Donata und Michele sich setzten und seine Schwester die Gläser füllte. »Habt ihr etwa bis jetzt vor dem Dom zusammengestanden? Oder hat euch der Consigliere euer neues Heim verkauft oder vermietet? Erzähl schon, Schwester.«

Michele hatte sich seines Helms und des Brustpanzers entledigt und nahm einen mächtigen Schluck. »Was sollen wir erzählen, Sandro? Wir haben alle miteinander gescherzt und von der guten Ernte geredet.«

»Besonders du, Meister der Treibjagden«, antwortete Sandro. »Ich habe auf der Tribüne gesessen und gesehen, dass du nicht gelacht, aber alle angestarrt hast, als wären sie Verschwörer. Und warum war Montfalcone eine halbe Stunde lang erstarrt wie … aus Bronze gegossen?«

»Hast du uns beobachtet, Bruder? Und warum bist du nicht dazugekommen?«, fragte Donata.

»Die ganze Zeit. Ich wollte eure heitere Runde nicht durch meinen Griesgram stören. Was hat Montfalcone mit dem Consigliere ausgemacht?«

»Er hat ihn mit ausgesuchter Höflichkeit und in aller Ehrfurcht um einen nicht alltäglichen Gefallen gebeten«, sagte Barotta ernst und mischte den Trebbiano mit Wasser. »Und so kam der junge Beccafumi zu einem neuen Auftrag.«

Sandro schüttelte den Kopf. Donata reichte leise lachend das Brot herum und klapperte mit Löffel und Messer.

»Ich verstehe gar nichts mehr«, bekannte Sandro und stützte die Ellbogen auf den Tischrand. »Entzünde das Licht meiner Erkenntnis, Herrin des Haushalts.«

Michele und Donata sahen sich schweigend an und mussten lachen, dann sagte Michele: »Er hat unter dem zustimmenden Blick seiner Geliebten, ohne Unterbrechung, mit fahlem Gesicht und schwerem Atem die Gattin von Agostino de Bargoni angestarrt.«

»Ich hab's gesehen.« Sandro nickte. Er erinnerte sich des Besuchs der Bargonis bei Donata. »Und weiter …?«

»Drei Mal hat er hervorgestoßen: ›Das Antlitz! Das Antlitz meines Engels!‹ Caterina hat nicht gewusst, wie ihr geschah. Dann hat sich Montfalcone gefasst und ihren Gatten gefragt, mit vielen wohlklingenden Worten hat er förmlich darum gebettelt …«

»Gebettelt? Worum?«

»Das ist seine Art, etwas zu erzählen«, sagte Donata und zeigte verständnisvoll lächelnd mit dem Glas auf Michele, »ausschweifend, aber dafür gründlich.«

»Er pries den jungen Bartolomeo Beccafumi, der zwei Skulpturen aus Alabaster für ihn geschaffen hat. Beccafumi soll binnen drei oder vier Monaten – oder eher – einen Kopf modellieren, mit den Gesichtszügen der schönen Caterina. Beccafumi war begeistert, der alte Bargoni war höchst geschmeichelt. Und Caterina hat am Ende eingewilligt; der Einfall schien ihr nicht unwillkommen. Der Kopf soll zwei oder drei Mal so groß sein wie in Wirklichkeit, passend zu den Füßen.«

Sandro schloss seinen Mund, starrte die Deckenbalken an und sagte leise: »Den Alabasterfuß habe ich gesehen. Beccafumi hat bei uns ein Schachspiel gießen lassen mit lauter unterschiedlichen Figuren. Montfalcone und sein Engel – jetzt übertreibt er's, glaube ich.« Er überlegte kurz, rief sich die Szenen auf den Domstufen ins Gedächtnis zurück und sagte: »Seiner Geliebten scheint die Begeisterung Montfalcones für die Frau eines anderen nicht missfallen zu haben?«

Michele breitete die Arme aus, als wolle er Montfalcone entschuldigen und begreife seine Begeisterung. Seine Augen prüften die Esswaren auf dem Tisch, aber er schien wenig Appetit und noch keinen Hunger zu haben. Dann sagte er:

»Sie ist, sage ich euch, ihrem Messer Desiderio hörig. Eifersüchtig? Keine Spur. Sie ist so kühl, dass sie mitten im August nicht einmal schwitzt. Ihr Gesicht würde den Engelskopf nicht weniger … schön machen.« Er nahm ein Stück Focaccia und tunkte es in Öl. »Dutzende, Hunderte Maler, sagt Montfalcone, malen nach der Wirklichkeit. Wo ist der Unterschied zwischen einem Bild, auf dem Lorenzo ›il Magnifico‹ verherrlicht wird, und einem Gipskopf, der aussieht wie die – so sagen viele – schönste Frau von Lucca?«

»Alabaster! Kein Gips! Der Unterschied liegt im Preis. Er hat nicht unrecht«, bemerkte Sandro und schnitt die Blätterteigtorte an. Die Füllung aus Parmesan, Eiern und Quark bröselte auf seinem Teller langsam auseinander. »Dieser seltsame Engel wird wirklich einzigartig. Billig ist er sicherlich nicht.«

»Montfalcone, das weiß man, hat's reichlich.«

Sandro nickte Donata zu. Sie begannen zu essen, trotz der Mücken, die wie die Laute der schläfrigen Stadt durch die weit offenen Fenster hereinschwirrten.

Spät nachts las Sandro beim Licht einer einzigen Kerze Caterinas Brief zum vierten oder fünften Mal. Dantes dichterisches Bild der vielen Ränge oder Kreise, jener bedeutungsvollen Ebenen von Läuterung und Verderben, galt aus Sandros Sicht auch für ihn und jeden, den er kannte. So vieles, was er als festgefügt und sicher empfunden hatte, schien brüchig zu sein oder schon bald zu zerbrechen. Die Dinge gerieten aus dem Gleichgewicht, begannen zu rutschen wie auf einem sandigen Hang. Zum ersten Mal dachte er daran, sich eines der armseligen Geschöpfe ins Haus zu holen, eine Sklavin aus Firenze, eine junge Witwe, eine Magd, die keine Hoffnung mehr kannte, ein Wesen, das sich seinen Händen willenlos oder sogar lustvoll stöhnend ergab, ein Frauentierchen, das vage Ähnlichkeit mit Caterina hatte. Er hasste sich ob dieser Gedanken. Er wollte gar nicht nachrechnen, wie lange sie sich nicht mehr in den Arme gehalten hatten.

Caterinas Brief, jedes Wort, jede Zeile, sagte ihm auf beklemmende Weise, dass sie ebenso fühlte wie er. Wie ein geflügeltes Insekt, eine Libelle mit schillernden Flügeln, das sich aus dem goldenen Bernstein zu befreien versuchte, schreite sie durch Tage und Nächte, las er in ihrem langen Brief, den sie im Schatten der Enttäuschung geschrieben hatte. Selbst ihre Schrift ließ erkennen, wie es um sie stand.

»Eines Tages reite ich hinaus aus der Stadt«, flüsterte er und zog die Knie unter der Decke hervor, »und bring diesen Consigliere um! Oder ich zerschieß ihn in Fetzen mit meiner Feldschlange!«

Er würde nichts dergleichen tun! Er stand auf, ging in die Küche und kam mit einem vollen Glas schweren Rotweins zurück. Als er trank, spürte er das Verlangen, damit nicht mehr aufzuhören, wenigstens in dieser Nacht. Donata schlief bei Barotta in seiner ärmlichen Behausung, und sie trieben es so miteinander, wie er es herbeisehnte. Was gab es für sie – und für Caterina und ihn! – Besseres? Er hasste das Glück, diese wortlose, selbstsichere Glückseligkeit, die aus ihren Gesichtern leuchtete. Seine Schwester war sichtlich schöner geworden und Michele viel umgänglicher.

Selbst der reiche Montfalcone hatte seine Cornelia. Warum fiel ihm gerade jetzt Messer Engelserbauer ein? Auch er war ein Teil der Welt, die knarrend aus den Fugen glitt. Zu reich, zu arm – die Gegensätze stanken zum Himmel wie das verzehrende Feuer Savonarolas. Als Montfalcone Caterina bewundernd anstarrte, hatte sich Sandro zum ersten Mal dabei ertappt, eifersüchtig zu sein. Er hasste sich dafür; es gab keinen Grund.

Das Glas war leer, er holte ein zweites, später ein drittes. Als er einschlief, halb betrunken, kreisten seine Gedanken bereits in einer Traumwelt, in der schneeweiße, geschändete Leichen, Caterinas hingegossener Körper, das Flüstern unbekannter Käufer kunstvoller Bronzen und das schmetternde Dröhnen der blitzenden, rauchenden Schüsse aus seinem Hinterlader einen Wirbel bildeten, der ihn in den Schlaf zog.

Als er aufwachte, hatte er alles vergessen, nur nicht, dass er erbarmungswürdig allein war; ebenso wie Caterina.

Nichts änderte sich außer der Länge der Tage und Nächte und dem Umstand, dass die Sonne jeden Abend eine Handspanne weiter südlich unterging. Sandros Unruhe war durch zwei Umstände gemindert: Caterina, die wahrscheinlich ihre Freundin

Lucinda befragt hatte, hatte Donata den Namen einer Frau verraten, die andere Frauen darin unterwies, unerwünschte Schwangerschaften zu vermeiden, und diese auch zu beenden verstand, und Michele Barotta war mit Sandro zu Babo Girolamo geritten und wollte sich als zukünftiger Schwiegersohn vorstellen. Dann aber wagte er es nicht und verschob seine Rede auf unbestimmte Zeit. Es dauerte eine lange Nacht und mehrere Krüge Vino di Gragnano, bis Sandro Michele beruhigt und ihm versichert hatte, dass Girolamo einwilligen und, wenn es soweit war, eine Handvoll Fiorini zum gemeinsamen Hausstand beisteuern würde.

Messer Montfalcone ritt am zweiten Tag des Oktobers selbst in den Hof vor der Ufficina ein, breitete seine Zeichnungen aus und bestellte seltsame Ringe mit Zapfen, Organetto-Pfeifen aus dünnem Blech, verschiedene Stangen mit Ringen und Gewinden an den Enden und wenige andere, aber viel schwierigere Stücke, aus Eisen geschmiedet und aus Bronze gegossen und aus Messing gebogen.

Nachdem er die Räume der Ufficina einer genauen Prüfung unterzogen hatte, legte er drei Blöcke aus fast schwarzem Wachs auf die Werkbank und klappte die Hälften auseinander. »Es wäre ein furchtbares Unglück, wenn meine Schlüssel verloren gingen oder abbrächen«, raunte er in Girolamos Ohr. »Hier sind die Abdrücke. Ich vertraue Euch, Meister Girolamo, als Einzigem! Fertigt drei Schlüssel an, feilt die Kanten ab und übergebt danach die Formen dem Feuer.«

»Dank für Euer Vertrauen, Messer Montfalcone. Sollen wir schwören, Sandro und ich?«

»Es wird nicht nötig sein«, sagte Montfalcone. Er wirkte abwesend, seine flirrenden Blicke aus hellbraunen Augen kreisten um die mehr als handgroßen Wachsformen und bohrten sich dann in Girolamos Gesicht. »Ihr werdet dabei sein, wenn ich das letzte Mal diese Schlüssel benutze. Gebt dieses Wissen nicht weiter. Das genügt mir.«

Girolamo verbeugte sich stumm und stapelte die Wachsblöcke vorsichtig übereinander.

Es war die zweitteuerste Arbeit für die Castacianos und Maestro Franchino. Sandro blieb in der Ufficina, und Michele Barotta beteuerte verschwörerisch, seiner süßen Braut im Laden und auch bei allem anderen zu helfen. Mit größter Sorgfalt schmiedeten, sägten und feilten sie sodann drei Schlüsselpaare mit langem Schaft, großen Ringen an einem und schwierig gezackten und gekerbten Bärten am anderen Ende, bevor sie das Wachs einschmolzen.

An einem nebligen Wintermorgen lenkten Sandro und Girolamo das Fuhrwerk auf nassen Straßen zur Palazzina Montfalcone. Dort angekommen öffnete Desiderio Montfalcone das Holzkästchen, nickte Girolamo zu und nahm, fast ohne hinzusehen, einen von drei seltsam geformten, gezähnten Eisenschlüsseln und schloss das schwarze, regennasse Tor des »Tempels« auf. Sandro blickte ins Dunkel, folgte langsam Desiderio und wartete, bis sich seine Augen an die Düsternis gewöhnt hatten. Hinter sich hörte er seinen Vater überrascht laut einatmen und unverständliche Worte murmeln.

Desiderio ging, das Schlüsselkästchen unter dem Arm, zu der Figur, drehte sich um und wartete schweigend. Das Aussehen des Engels, der noch immer ohne Kopf aufragte, hatte sich stark verändert. Auf dem dunklen Podest standen die alabasternen Füße, der rechte ein wenig schräg vorgestellt, der Fuß des Standbeins war um seine eigene Länge zurückgesetzt. Elfenbeinfarbene Waden verschwanden in einem Rock, der in kunstvollen Falten von den Hüften des Engels schwang. Das Muster des hellgelben Rockes, des Hemdes und der Ärmel, die an den Handgelenken gerafft waren, verwirrte Sandro einen Augenblick lang, dann erkannte er Menschen-, Stier-, Adler- und Löwenköpfe, fast halb lebensgroß und in den Stoff eingewebt. Da kein Sonnenstrahl ins Innere fiel, vermochte er die Farben nicht deutlich zu erkennen, aber er sah ein breites rotes oder goldfarbenes Band, das um den rechten Oberarm des Engels geschlungen und geknotet war und in zwei Bahnen weit herunterhing. Auf dem Band sah er untereinander angeordnet handgroße Falkenköpfe, die abwechselnd nach links und rechts blickten. Die Finger der linken Hand hielten die befestigte Schale, die Schwerthand war noch leer. Hinter den Hüften waren die Federn der Flügelenden zu erkennen und über den Schultern die runden, gefiederten Gelenke der großen Schwingen. Mehr konnte Sandro von da, wo er stand, nicht erkennen.

Als hinter ihnen Schritte und klirrende Geräusche zu hören waren, drehte er sich um und sah die Knechte, die Teile der Ladung hereinschleppten und auf dem Boden ablegten. Sandro ging einige Schritte zurück und blickte in die Höhe, bewunderte die unzweifelhafte Schönheit der Gestalt, die sich in seinen Augen darin zeigte, dass er darauf wartete, den Engel in Bewegung zu sehen, als sei wirkliches Leben in ihm. Das Fehlen des Kopfes allerdings war verstörend. Ohne dass er sein absonderliches Gefühl genauer bestimmen konnte, glaubte er, die Abwesenheit entscheidender Kleinigkeiten an diesem Kunstwerk zu erspüren.

»Er gefällt Euch, Messer Castaciano?«, sagte Desiderio. Er wirkte erregt, sobald er die Gestalt seines Traumengels anblickte oder sich ihr näherte. Er stellte das Kästchen auf dem Gerüst ab, das neben der Figur aufragte und dessen obere Teile in der Schwärze verschwanden. Trotz der unverkennbar kunstvollen Gestaltung wirkte die Figur jetzt wie ein dunkler Dämon, wie ein düsterer Branddrache. Sandro spürte, wie sich die Härchen auf seinen Unterarmen aufrichteten. Montfalcones Stimme erhielt einen mysteriös-feierlichen Unterton. »Es hat viel Mühe bereitet, bis uns die Figur in einem solchen Maß erfreuen konnte.«

»In der Tat«, ließ sich Girolamo ruhig vernehmen. »Jedes Mal, wenn ich ihn ansehen darf, ist er schöner geworden.« Er zeigte auf die Noppenringe und die Kästen voller Gestänge auf dem Boden. »Wozu die vielen einzelnen Teile, Messer Montfalcone?«

»Himmlische Musik wird mit ihrer Hilfe ertönen«, antwortete Desiderio prophetisch und breitete die Arme aus. »Es würde viel Zeit kosten, Euch alles auf Zeichnungen zu erklären. Anfang oder im Sommer des nächsten Jahres werdet Ihr es sehen und verstehen.«

»Versteht uns einfache Handwerker«, bat Sandro und ging rückwärts, ohne den Koloss aus den Augen zu lassen, aus dem eckigen Gebäude hinaus. »Aber wir wollen, Vergebung, unsere Werkstücke in sinnvoller Bewegung sehen. So viel Neugierde könnt Ihr verstehen, Messer Montfalcone?«

»Gewiss, gewiss.« Desiderio begleitete Girolamo ins Freie. »Sie wird befriedigt werden. Mir liegt viel an der weiteren Zusammenarbeit mit Euch, Messer Girolamo. Alles dient den Ereignissen einer einzigen Nacht voller Wunder, wie sie noch nie ein Menschenauge gesehen hat.« Er hob die Hand und lachte kurz – es klang nicht überzeugend –, dann sagte er leichthin: »Bernardo wird Euch bezahlen. Er wartet mit einem Glas Wein beim Fuhrwerk. Abermals Dank für die Arbeit. In wenigen Tagen werde ich sie geprüft und, wie stets, für makellos befunden haben.«

Sandro und Girolamo verbeugten sich und fanden unbegleitet den Weg in den Cortile. Die Pferde fraßen Heu, der Hofmeister und eine hübsche junge Magd warteten am Kutschbock, mit einem Tablett, auf dem gefüllte Weingläser standen und ein verzierter Lederbeutel lag. Girolamo hob ihn hoch, nickte Bernardo zu und sagte: »Es wäre unhöflich, nachzuzählen. Messer Montfalcones Großzügigkeit ist bekannt. Danke, Messer di Strozzi. Auf Euer und unser aller Wohl.«

Bernardos Blicke besaßen die Farbe schwärzlicher Oliven und die Schärfe von Dolchspitzen, aber sein Gesichtsausdruck drückte ruhige Sachlichkeit aus. »Auf das Gelingen von Messer

Montfalcones Vorhaben! Wir haben uns sicherlich nicht das letzte Mal getroffen, Signori«. Mit dem halbvollen Glas, einem goldgefassten Pokal, zielte er zum grauen Himmel. »Ich wünsche Euch eine sichere und regenlose Heimkehr.«

Sandro bemerkte, innerlich zufrieden, dass die Dienerin seinen Blick suchte und so neben dem Wagen stehenblieb, dass er ungehindert einen Blick in die Tiefe ihres prall gefüllten Mieders werfen konnte. Er zwinkerte ihr zu, dachte an seinen halb verzweifelten Wachtraum und dann an Caterina und kletterte auf das Sitzbrett. Leise sagte er:

»Komm, Babo, wir fahren. Es wird sonst zu spät. In der Nacht ist es schlecht zu galoppieren.«

Girolamo leerte das Glas, verbeugte sich vor Bernardo und ergriff Sandros ausgestreckte Hand. Er ließ sich auf das Sitzbrett fallen und sah zu, wie zwei bewaffnete Wächter das Tor des Hofes öffneten.

Während einer langen Novemberwoche blieb das Wetter unwirtlich. Regen wechselte sich mit Nebel ab, die Luft war voller Feuchtigkeit, und in der Palazzina und allen Gebäuden wurden die Kamine befeuert. Ihr Rauch mischte sich mit den treibenden Nebelfetzen, die aus den Wäldern der umliegenden Hügel aufstiegen, und mit dem ätzenden Dampf des Schmiedefeuers. Zwischen dem »Tempel« und der Werkstatt hatte Desiderio unter einem Bretterdach den Schmied die Esse aufbauen lassen. Selbst im hintersten Winkel des Gartens stank es nach verbranntem Holz und glühenden Kohlen. Sie zischten, wenn dicke Tropfen vom Dach fielen. Dampf schlug dem Schmied ins Gesicht.

Die Tauben hockten mit aufgeplustertem Gefieder und eingezogenen Köpfen in den Einfluglöchern ihres Turms. Im Inneren des schwarzen Holzgebäudes hatte Desiderio drei Glutbecken und einige Dutzend Öllampen und Kerzen aufstellen lassen, aber auch deren Wärme konnte die klamme Luft nicht vertreiben. Desiderio und die Handwerker schwitzten in dicker Wollkleidung. Seit dem frühen Morgen sägten, hämmerten, hobelten sie und schlugen Nägel ein, die der Schmied funkensprühend auf dem Amboss zurechtschlug. Mit glühenden Eisenstäben bohrten sie Löcher an den Stellen, wo sich später Achsen und Stäbe drehen sollten. Fauchende Windstöße fegten den bitteren Qualm zur Seite. Jedes Geräusch, von Dunst und Rauch kaum gedämpft, hallte von der Front der Palazzina wider.

Hinter dem Podium hatten die Handwerker ein Gestell errichtet, in dem sich eine acht Ellen lange Walze aus Eisenstäben und zylindrischen Holzabschnitten drehte. An sechs Stellen dieser Maschine waren die Ringe aus Castacianos Werkstatt auf die Hölzer gepresst und drehten sich mit, wenn die Walze gedreht wurde. Entlang der Walze waren Halterungen angebracht, in denen lange Bronzemundstücke niedergedrückt wurden, wenn sie ein Zapfen berührte. In die Mundstücke hämmerten die Handwerker lange Holzstäbe hinein, die an ihrem Ende eine Kugel trugen und wie Trommelschlegel aussahen. Probeweise ließ Desiderio mit einer Kurbel zwei Männer die Walze drehen. Sie drehte sich ohne Geräusche, und es bot sich ihm und den Handwerkern ein gespenstischer Anblick. Die Zapfen kippten die Hebel, die Schlegel wurden hochgehoben und klappten kraftvoll herunter. Sie bewegten sich wie knöcherne Finger eines Skeletts auf den Tasten eines Organettos.

Desiderio hauchte in die gekrümmten Hände, zog die Schultern hoch und rief: »Herrlich! So habe ich's mir vorgestellt. Meine Zeichnungen – ihr habt gut danach gearbeitet. Wenn ich erst die Ringe und die Zapfen richtig eingestellt habe …«

»Die Zeichnungen waren schwieriger zu deuten als die zuvor, Messer Montfalcone!«, rief der Meister.

Noch drei, vier Umdrehungen lang betrachtete Desiderio den wilden Takt der Schlegel in der Luft, dann hob er die Hand.

Die Männer nahmen die Kurbel ab, und Desiderio zeigte auf die Balken und Stäbe des zweiten Gestells. »Lasst uns versuchen, auch diese Wippe richtig einzubauen und mit der Walze zu verbinden.«

Er setzte sich auf das Deckbrett des hölzernen Kanals, in dem die miteinander verbundenen Eisenstangen eingebaut waren, breitete eine Zeichnung auf den Knien aus und unterstützte die Zimmerleute und Tischler mit Ratschlägen und Anordnungen. Die Wippe fand ihren Platz hinter dem Podium, am Ende des Kanals, und wurde mit schweren Eisennägeln im Boden befestigt. Entlang der Wände, gut eine Elle von der Holzwand entfernt, erhoben sich aus dem Boden schwarz gestrichene, unterschiedlich lange Holzsäulen, die in einer Höhe von sechs und zehn Ellen halbkugelige Schalen aus Eisenblech trugen. Das Gerüst, das er gebraucht hatte, um die Hände des Engels wieder anzubringen, war an der nördlichen Innenwand aufgebaut. Auf den unteren Brettern standen Farbtöpfe und ein Teil der Werkzeuge. Bernardo hatte die rohen, hölzernen Hände von einem Schnitzmeister aus Lucca verschönern lassen; jetzt wirkten sie wie Finger eines Riesen.

Desiderio ging nach einer Weile zur Tür, öffnete sie einen Spalt breit und sah, dass, obwohl es im Norden noch regnete, Sonnenstrahlen durch ein großes Wolkenloch fielen. Ein Regenbogen spannte sich vor den grauen Hügeln. Er drehte sich um, klatschte in die Hände und rief: »Mittag! Kommt mit mir zur Küche. Mamma Lucia hat kräftiges Essen und ein paar Becher Wein für uns bereitet.«

Das Hämmern, Hobeln und Schleifen hörte auf. Desiderio stieß die Tür weit auf, holte tief Luft und führte die Handwerker zum Nebengebäude. Morgen Abend würden sie die Arbeiten nahezu beendet haben. Bis zum Ende des Jahres konnte er abschließen, was sie jetzt vorbereiteten. Vor dem Christfest würde er nach Firenze reiten und die Uhr, die er schon angezahlt hatte, abholen. Auf diese Weckuhr, noch vor Jahren im

Besitz eines Klosters, hatte er zwei Jahre gewartet. Die Vorfreude und der Geruch der Salsa bollida ließen ihn schmunzeln, trotz des Regengusses, der sie dicht vor dem Windfang überraschte.

35

Als einst die Stadt als Luca, ein Lager der Legionen, gegründet wurde, kreuzten sich in ihrer Mitte die Lagergassen, der Cardo und der Decumano, die spätere Via Cassia, die von Florentia entlang des Arnus nach Pisae führte. Eine Abzweigung der Via Aurelia ging zur Via Aemilia Scauri hin. Der Handel und die Heere fanden auf diesen uralten Straßen ihre Wege, aber schmalere, oft unterbrochene Schneisen – halb zugewucherte Wege und Pfade –, die sich in dichten Wäldern oder zwischen den Hügeln kreuzten und dahinwanden, kannte nur, wer hier aufgewachsen war. Etliche Pfade und Brücken waren in der Zeit vor Dante und während der Herrschaft des Adligen Paolo Guinigi, der Lucca bis zum Jahr 1430 regiert hatte, hinzugekommen, und außer wenigen Bauern, einigen Jäger, den Tieren dieser einsamen Gebiete und ihm, dem Jäger, »il Cacciatore«, verirrte sich jeder hoffnungslos. Wieder hatte der Jäger den Stahl im roten Himmelsauge gesehen, den Ruf des Zeichens gehört, das blutrote Licht gesehen, das über das Land flutete.

Um die Dörfer und die Borghi herum war das Land weithin überschaubar – die Äcker, Felder und Weinberge, zwischen denen kleine Wälder aus Pinien und Zypressen übriggeblieben waren. Am Rand einer hügeligen Fläche, auf der Schafe und Rinder weideten, wo ein Wanderer aus großer Entfernung zu sehen war, lauerte der Jäger. Das Fieber war über ihn gekommen; er wusste, dass er nicht lange zu warten brauchte, bis er sich und die Beute im kalt berechneten, tödlichen Spiel bestraft haben würde.

Er ließ den Zügel los. Der Rappe streckte den Hals und

senkte den Kopf bis zum Boden. Der Jäger zog einen Fuß aus dem Steigbügel, legte entspannt den Oberschenkel auf das Sattelhorn und nahm einen Schluck aus der Weinflasche, die in schwarzes Leder gehüllt war. Zwischen dem Dörfchen Tre Querci und Lucca, acht oder neun Meilen südlich, vorbei an zwei ummauerten Borghi und einer verfallenen Waldkirche zwischen Haselnusssträuchern, Brombeerranken und Brennnesseln, mäanderten einsam sandige Wege und lehmige Pfade.

Der Jäger war Einsamkeit gewohnt. Er liebte ihre Düsternis. Seine Persönlichkeit gedieh in ihr. Er war einsam und elternlos aufgewachsen; er kannte jeden Fußtritt eines jeden Pfades. Er erinnerte sich, mit seinem Bruder, seinem verlorenen Schatten, ohne Eltern aufgewachsen zu sein. Alles, was er konnte und wusste, hatte er sich selbst beigebracht. Selbst in der Akademie des Marsilio Ficino in Firenze hatten sie seine Kenntnisse bewundert. Stolz beherrschte ihn; er war Triebfeder seines Lebens im Düsteren, das für ihn genug Licht enthielt. Die Wonnen des Alleinseins kostete er in seinem Gewölbe aus, seiner Werkstatt der gelehrten Gedanken, tausendfacher Experimente und einzigartiger Invenzionen. Sein Denken wurde beherrscht von der fehlerlosen Befriedigung seiner Bedürfnisse, die darin gipfelte, dass er der Meister einer Schöpfung war, die ihresgleichen suchte.

Er hob den Zügel an und schob seinen Stiefel zurück in den Steigbügel. Der Rappe hob den Kopf und stellte die Ohren auf. Langsam ritt er auf Lucca zu, den menschenleeren Weg, der sich durch die Hügel und Felder wand, zur Linken. Die Beute, ohne es zu ahnen, wanderte schon in die eine oder die andere Richtung. Die Dezemberjagd war angebrochen.

Eine Stunde später oder zwei war eine Gruppe Pilger leise singend und betend an ihm vorbeigezogen. Er galoppierte, unsichtbar und rechts der Straße, solange es der Pfad zuließ, in die gleiche Richtung und kam an Bauernkarren vorbei, an einer langen Reihe hoch bepackter Esel, an dicken Bäuerinnen und einem hageren Mann, der eine Axt trug. Vor seinem inneren Auge tänzelte eine junge Frau, die Clarissa heißen mochte. Sie musste so heißen, damit die Abfolge gewahrt blieb; er würde ihr diesen Namen aufzwingen. Aber der breite Sandpfad, der unter einer Reihe windzerzauster Pinien verschwand, war leer.

Warten. Spähen. Die Bewegungen wahrnehmen, die das Auge nicht direkt sah. Das Pferd beruhigen. Geduldig ausharren.

Am Ende der Allee, aus dem Augenwinkel, sah der Jäger eine Gestalt auf einer knotigen Wurzel sitzen. Sie trug weibliche Kleidung, dazu ein Kopftuch oder eine Kapuze, unter der eine Strähne kastanienbraunen Haars hervorlugte. Der Jäger zog den Zügel straff, lenkte den Rappen auf den Pfad und stellte den Kragen auf. Er zog die Mütze bis unter die Brauen und trabte auf die Frau zu. Als sie den Kopf hob, zügelte er das Pferd und verbeugte sich grüßend, die Finger der Linken im weißen Bart. »Man hat mir gesagt, Schönste, dass Euer Name Clarissa sei und dass ihr lieber im Sattel sitzt als beschwerlich Schritt vor Schritt zu setzen.«

Die Frau schlug lächelnd die Kapuze zurück. Ihr Haar fiel über die Schultern. Sie hatte ein glattes, ovales Gesicht mit großen, goldfarbenen Augen. Goldfarben! Der Jäger streckte den Arm aus und bewegte die Finger in seinem Lederhandschuh.

»Ich bin Chiara«, sagte die Frau und stand zögernd auf. Sie war groß, und trotz des wenig kleidsamen Mantels schien sie schlank und kräftig zu sein. Neben ihr stand eine Tasche aus grobem Leinen. »Ich muss nach Lucca. Reitet Ihr wirklich nach Lucca?«

»Für Euch ritte ich bis weit über Siena hinaus.« Der Jäger lächelte. »Chiara! Man nennt mich den Jäger, und mein Pferd ist stark genug für uns zwei.«

Sie winkelte ein Bein mit herrlich geschwungener Wade ab

und zeigte ihm einen alten, löchrigen Schuh aus derbem Leder. Dann hängte sie sich die Tasche schräg über die Schulter. »Bis ich in Lucca wäre, würde ich humpeln und hinken, und meine Füße wären voller Blasen. Warum seid Ihr so überaus freundlich zu einer armen Näherin?«

»Ich bin freundlich zu jedermann. Besonders zu einer schönen Frau.«

Sie nickte, lächelte zögernd und hielt sich an seiner Hand fest. Er zog sie in die Höhe. Sie benutzte seinen Fuß als Hilfe und schwang sich mit umständlichen, ungeschickten Bewegungen über den Hals des Pferdes.

»Und weil es jedem gefällt, einen schönen Reisegenossen zu haben, und weil auch ein alter Jäger wie ich einen Blick dafür habe, wie sehr Ihr meine Hilfe braucht«, setzte der Jäger schmeichelnd hinzu.

Noch während Chiara es sich vor ihm im Sattel so bequem wie möglich machte und der Rappe aus dem Schritt in den Trab fiel, zog der Jäger die silberne Flasche aus dem Futteral, das auf die große Satteltasche aufgenäht war, und drehte mit den Zähnen den Verschluss heraus. Sein Herz hämmerte voll Vorfreude, als er spürte, dass sich Chiara an seine Brust lehnte. Eine Folge wilder Paukenschläge entstand in seinem Kopf. Er ritt weiter auf dem breiten Pfad, ließ den Rappen kurz galoppieren und schlug den Weg ein, der ihn auf Umwegen zu seinem Gewölbe führte. Dann erst schwang er den Arm herum, hob die Silberflasche und sagte auffordernd: »Trinkt, meine Schönste. Es wird Euch und mir guttun. Ein edler Wein, nur für Reiter, Wanderer und Jäger.«

Sie nahm die Flasche aus seiner Hand und setzte sie vorsichtig an die Lippen, trank zögernd, dann einen großen Schluck, ohne dass das Mundstück ihre Zähne berührte. Der Trunk, sein *vinum mirabile,* sein Wunderwein, rann über ihre Zunge, dachte er, und es würde weniger als eine halbe Stunde dauern, bis ihr Wille so geschwächt war, dass sie den ersten Schritt freiwillig und gern vollzog. Er erreichte sein Versteck und stieg ab. Als er Chiara aus dem Sattel half, fiel sie schwer gegen seine Brust und ließ sich willig ins Gewölbe führen.

Während die Beute schlief und der Jäger inmitten vieler Kerzen mit Nadeln und Fäden an dem großen Haarnetz arbeitete, sinnierte er darüber nach, was ihm zu tun bliebe, wenn die letzte Jagd vorbei und sein Vorhaben erfüllt war. Der arme Narr in seiner prunkvollen Villa dachte an den Weltuntergang; er, der Jäger, würde ihm dabei helfen, seinen eigenen Untergang zu erleben. Er besaß alle Möglichkeiten dazu und hatte jede einzelne Handlung berechnet, geplant, einige Male durchdacht und durchgeführt. Die triumphierende Musik hinter seiner Stirn sagte ihm mit gewaltigen Klängen, dass Gott – ein Gebilde aus den Herzen und Köpfen der Geistlichen, Gelehrten und Dichter entsprungen – diese Welt nicht erschaffen hatte und dass der Blick eines Wesens, das es nicht gab, nicht auf einer Schöpfung ruhen konnte, die nicht von ihm stammte. Also gab es weder göttliche Wunder noch die Auferstehung allen Fleisches.

Der Jäger zog ein kaum fingerdickes Büschel feuerroten Haars durch die Maschen des Stoffs und glättete es mit einer Bürste. Dann hob er eine kornfarbene Haarsträhne auf und befestigte sie zwischen einer weizenfarbenen und einer hellbraunen Strähne. Alle Haare waren ungefähr gleich lang. Der Jäger schmunzelte, als er sich vorstellte, dass auch ein Gott nicht verstand, was er hier tat, obwohl seine Engel überall unsichtbar umherschwebten und ihm berichteten. Langsam drehte er den Kopf aus Weidengeflecht, über den der Stoff gespannt war. Der Hinterkopf war von dichten Haarsträhnen bedeckt, nur an den Schläfen fehlte noch viel Haar. Der Wechsel der unterschiedlichen Farben ergab im Kerzenlicht ein schimmerndes Gebilde, das bei jeder Bewegung zu schwingen schien und weiche Lichtwellen verschluckte und spiegelte.

Der Jäger steckte die Nadel in die Stirn des weichen Kopfes, nahm einen kräftigen Schluck Wein und lehnte sich zurück. Gedankenlos streichelte er eine kastanienbraune Strähne. Da war etwas in seinem Kopf, eine ferne Erinnerung, ein bewegtes Kartenspiel aus Bildern, die ihm eine Geschichte erzählen wollten. Eine Erzählung, in der er mit Desiderio durch die Gassen Firenzes schritt und die unzähligen kleinen Schönheiten der Handwerker bestaunte: die Farben der Stoffe, der Bilder, die Gläser und die Kuppel des Doms, die Desiderio als Wunder des Herrn bezeichnet hatte. Es war die Erzählung jener Tage, an denen sie den jungen Mägden nachgestellt, sich an ihren Körpern gelabt und mit den Wirten wegen des schlechten Weins gestritten hatten. Der Jäger hatte gut zugehört, wenn Desiderio von seinen Versagensängsten geredet und inbrünstig Gottes Hilfe erfleht hatte.

»Er hätte, mit seinem Reichtum und seinem Können, sich mir anschließen sollen«, murmelte er und sah sich nach Chiara um. Sie räkelte sich auf dem Lager und schien lustvoll zu träumen. Ihr prächtiges Haar war in geringelten Strähnen auf den Kissen verteilt. Sie hatte ihm gezeigt, dass sie stark und kräftig war und eine Beute von großer Schnelligkeit sein würde. Bis dahin würde sie nichts lieber tun als ihm zu Willen zu sein.

Der nasse Waldboden dämpfte die Huftritte des Pferdes und verschluckte die Geräusche der hastigen Schritte der Frau. Nur das Knacken dürrer Hölzer und der Geruch, den der nackte Körper verströmte, verrieten dem Jäger die Richtung, in der sich Chiara bewegte. Ihr Vorsprung war groß. Sie schien, ohne es zu wissen, den Weg zur Straße nach Lucca gefunden zu haben. Der Jäger lenkte das Pferd durch Tropfenschauer, die von den Büschen aufstoben, in eine schmale Allee aus jungen, wild wachsenden Zypressen hinein und spornte den Rappen. Deutlich stiegen der Balsamduft und der Schweißgeruch in die Nase des Jägers, der bis ans Ende des Tunnels aus Laub und Ästen galoppierte und auf dem Pfad, der im Mondlicht schwach zu erkennen war, weitertrabte. Kalte Erregung hatte den Jäger gepackt, als er der Duftspur folgte und, vielleicht fünfhundert Schritte entfernt, die Bewegung des weißen Körpers wahrnahm.

Es war gut so. Die Beute strebte der Straße zu. Niemand benutzte um Mitternacht die Straße, auch nicht bei Mondlicht, wie heute Nacht. Der Jäger behielt die Beute im Blick und sah sie immer wieder kurz zwischen Baumstämmen oder Büschen entlanghuschen. Ihre Bewegungen waren kraftvoll; die Jagd blieb eine Freude. Der Jäger wechselte auf ein Stück Sandweg, erreichte nach einem kurzen Galopp die Straße und sah, wie die Beute in einem Wäldchen verschwand. Er stob die Straße entlang, auf den Stadtrand zu, überholte die Frau und ritt ein Stück weiter, bis er tausend Schritt näher an der Stadt war als sie. Neben der Straße waren ellenlange Stammabschnitte gestapelt und warteten auf Gespanne, die sie zur Stadt brachten. Der Jäger griff nach der kleinen Armbrust und ritt um den Stapel herum. Er beruhigte den Rappen und wartete und wünschte, Desiderio könnte an seiner Seite dasselbe schäumende Hochgefühl erleben.

Es galt, in einer Welt der uneingeschränkten Machtfülle falscher Prediger, skrupelloser Herrscher, betrügerischer Päpste und verwirrter, wundergläubiger Villenbesitzer die natürliche Ordnung wieder in diese Welt zurückzubringen. Er folgte einem genauen inneren Plan. Das Wunder des Engels, an das sein Freund aus früheren Tagen mit all seinen Fasern glaubte, würde nur eintreten, weil er, der Jäger, dafür Sorge trug, dass sich beide Welten nicht vermengten und dass Desiderio aus seinem kindlichen Traum aufwachte. Seine Sinne waren geschärft wie bei keiner Jagd zuvor.

Seine Augen schienen die Nacht zu durchdringen, sein Gehör nahm alles wahr, was wichtig war, und die vielfältigen Laute der Winternacht glitten in die Unhörbarkeit zurück. Auf der Straße näherten sich die Schritte der Beute. Noch immer gleichmäßig kraftvoll. Ihr Ziel waren die Gassen Luccas, wo er ihr ein Leben in der Sattheit guter Tage versprochen hatte. Ihr Körper schien im fahlen Mondlicht aufzuleuchten, als sie mit angewinkelten Armen näher heranlief. Der Jäger hob die Armbrust, wartete und zielte.

Als die Beute nahe genug war, prustete der Rappe und wieherte unterdrückt, tief in der Kehle. Die Beute, obwohl sie den Jäger nicht sehen konnte, zuckte zusammen, warf in einer Ahnung der Gefahr ihren Körper hin und her, und als der Jäger den Schuss löste, schwirrte der Bolzen an ihr vorbei und riss knirschend eine Furche in Sand und Kies. Die Beute rannte weiter, vorbei an dem Jäger, der die zweite Armbrust aus dem Futteral zog und den Rappen hinter dem Holzstapel hervortrieb. Mondlicht und verschwommene Schatten markierten die kaum sichtbare Straße, an deren Rand die Beute rannte, schneller als der Jäger es erwartet hatte. Er setzte sich im Sattel zurecht und spornte den Rappen. Als der Hufschlag auf dem festgebackenen Sand polterte, war die Beute hinter der nächsten Biegung verschwunden. Der Jäger hob die gespannte Waffe, beugte sich im Sattel weit vor und verfolgte die Frau. Fünfzehn, zwanzig, fünfundzwanzig Galoppsprünge, und er sah den hellen Körper und, weit dahinter, einige winzige Lichter, die zu Häusern des Dörfchens Arsina gehörten.

Die Beute hörte den Hufschlag, drehte sich im Laufen um und schien die Gefahr zu erkennen. Der Jäger zielte sorgfältiger und ließ sich Zeit, bis er den Bügel niederdrückte. Die Sehne schlug, der Bolzen surrte davon. Im selben Augenblick stolperte die Frau, fing sich dicht über dem Boden wieder und rannte schwankend weiter. Der Armbrustbolzen verfehlte den Körper und schlug in den Boden. Der Jäger stieß den Lauf der Waffe ins Futteral und riss den Dolch aus der Gürtelscheide. Mit wenigen Galoppsprüngen hatte er die Frau eingeholt. Sie rannte wieder schnell und mit gleichförmigen Bewegungen weiter. Der Jäger beugte sich weit aus dem Sattel und stach die Spitze der Waffe in den Hals der Frau, unterhalb des Nackens. Die Beute vermochte noch, vom eigenen Schwung weitergetragen, einige Schritte zu laufen und brach dann tot zusammen. Sie überschlug sich und blieb auf dem Rücken liegen. Der Jäger zügelte das Pferd, ritt zurück und sprang aus dem Sattel.

Weit vor ihm entstand Lärm; Laute, die nicht zur Nacht gehörten. Der Jäger schlug die Satteltasche auf, zog das Bündel mit den Instrumenten hervor und begann mit seiner Arbeit. Die dunkle Lache unter dem Körper breitete sich aus und tränkte den sandigen Boden. Hastig wickelte der Jäger die abgetrennten Trophäen ein, verwahrte die Augäpfel und raffte seine Messer zusammen. Einige Atemzüge danach zog er sich in den Sattel des schweißnassen Rappens und entfernte sich in schnellem Trab von der reglosen, verstümmelten Beute.

Die ersten Sonnenstrahlen blitzten durch den Spalt des Vorhangs und trafen die Gläser auf dem Tisch. Die Reste des Weins glommen für wenige Augenblicke wie frisches Blut. Michele Barotta zog den Arm unter Donatas Kopf hervor, fluchte leise und drehte sich vorsichtig herum, glitt aus dem Bett und schlüpfte in die Hose. Das laute Klopfen an der Haustür hörte nicht auf. Barotta tappte die Treppe hinunter, riss die Tür auf und sah sich einem seiner Männer gegenüber. D'Andrea rief aufgeregt, mit hochrotem Gesicht, schweißüberströmt und schweratmend: »Michele! Wieder eine tote Frau! Auf unserer Straße, keine tausend Schritt vor dem Dorf Arsina!«

Barotta starrte ihn an, senkte den Kopf und sagte leise:

»Ich habe gebetet, dass es nicht passiert. Wieder ein Christfest, das Gott verflucht hat.«

»Zwei Bauern haben die Tote gefunden. In ein paar alte Säcke haben sie die Leiche gewickelt und mit dem Fuhrwerk zu uns gebracht.«

»Wo ist sie jetzt?«

»Dort, wohin wir die anderen gebracht haben. In der Leichenkammer, im Ospedale.«

»Lass mein Pferd satteln. Ich bin in einer halben Stunde bei euch im Hospital. Befragt die Bauern.« Barotta blinzelte stirnrunzelnd in den fahlen Himmel. »Es wird nicht regnen. Dann reiten wir dorthin, wo man sie gefunden hat. Wieder eine Armbrust?«

»Wir haben noch nicht nachgesehen, Capo Michele.«

»Tut das. Ich komme, so schnell ich kann.«

D'Andrea nickte, grüßte nachlässig und lief davon.

Barotta schloss die Tür und stieg die Stufen hinauf. Eine Mischung aus Wut und Traurigkeit überkam ihn. Donata hatte sich aufgerichtet und blickte ihm schweigend entgegen. Er setzte sich auf die Bettkante, nahm ihre Hand und sagte:

»Vielleicht hast du D'Andrea gehört, Amore. Sie haben wieder eine tote, verstümmelte Frau gefunden.«

»Die fünfte, Liebster«, flüsterte sie und schüttelte den Kopf. Ihre Augen wurden feucht. »Schon wieder. Was weißt du darüber?«

»Noch nichts. Ich muss mich anziehen. Bauern haben sie zum Hospital gebracht.«

»Ja. Ich gehe zu Sandro, in unser Haus. Ich schließe hier ab, Michele. Richtig?«

Barotta nickte, suchte seine Kleidungsstücke zusammen, wusch sich flüchtig und zog sich an. Donata sah ihm zu, während sie ihr Haar bürstete, und hauchte ihm einen Kuss nach, als er die Treppe hinunterpolterte. Die Tür schlug schwer ins Schloss. Donata kleidete sich an, räumte die Wohnung auf und schlang die Samtschaube um die Schultern. Der Pelzkragen kitzelte ihren Hals, als sie sich umdrehte und die Tür verschloss.

Die Marktplätze der Stadt füllten sich mit den Händlern des Christmarkts, Reiter, Karren und Fußgänger begannen die Gassen zu verstopfen. Flüchtig dachte Donata an ihren Vater und an Geschenke zum Fest. Unter dem bodenlangen Mantel mit dem Pelzbesatz der weiten Ärmel schwitzte sie, als sie bei Sandro angekommen war und ihm davon berichtete, mit welch grausiger Nachricht Michele aufgeweckt worden war.

Als Doracello die Doppeltür der Eingangshalle öffnete, sah Desiderio, dass über die gesamte Länge des Raums die Platten auf die Schragen gelegt und mit Leinen eingedeckt waren. Bänke, Stühle und Schemel standen entlang des Tisches, um die Türen waren Girlanden aus frischem Grün und bunten Bändern aufgehängt, und viel Geschirr und Leuchter voller unangezündeter neuer Kerzen befanden sich auf den Beistelltischen. Es gab Platz für drei Dutzend Bewohner der Palazzina. Desiderio ließ sich von Bernardo Mantel und Mütze abnehmen, sank ächzend in seinen Sessel und sagte zu dem Söldneranführer: »Stell den Kasten hierher, Doracello. Sei vorsichtig!«

Cornelia kam herein, küsste Desiderio auf die Wange und setzte sich neben ihn. Doracello wickelte den flachen Kasten aus dem alten Mantel und setzte ihn hochkant vor Desiderio ab. Langsam löste Desiderio die Knoten der Kordel, klappte das Vorderteil herunter und hob den schweren Gegenstand heraus.

»Deine Uhr!«, sagten Bernardo und Cornelia wie aus einem Munde.

Doracellos von Pockennarben verwüstetes Gesicht verzog sich zu einer Art Grimasse; ein Lächeln, mit dem er sonst Cornelia bedachte.

»Sie ist wunderschön«, bemerkte Desiderio.

Doracello räumte Mantel und Kasten weg und bestaunte dann schweigend das große, kreisrunde Ziffernblatt, die Einteilung und die vierundzwanzig goldenen Zahlen. Vor Jahren hatte das kopfgroße Kunstwerk in einem Kloster als Weckuhr für die Intervalle der Gebete gedient, war beschädigt und verkauft worden. Jetzt, vom Meister in Firenze instandgesetzt und geprüft, glänzte die Uhr wie neu.

Desiderio wickelte behutsam die Kette auf, an der das

schwere Gewicht hing, klappte die Halterung für die Glocke zum Schlagwerk und blockierte den Hebel, der jede Stunde oder öfter die Glocke anschlug, stellte nach kurzem Zögern den Zeiger auf die Siebzehn und löste die Sperre. Das Werk begann summend zu ticken. »Das Leben verstreicht auch ohne Uhr«, bemerkte Desiderio zufrieden, »aber mitunter will ich wissen, zu welcher Stunde Entscheidendes geschieht.«

»Welches Ereignis zu welcher Stunde zählt«, warf Bernardo lächelnd ein und machte eine Geste, die den ganzen Raum umfasste. »Mamma Lucia und ihre Mägde haben alles für die Christfeier vorbereitet. Unser Frate wird die Messe feiern, wie gewohnt, und unser aller Mahl wird ebenso bereitet sein. Welche Nachrichten hast du aus Firenze mitgebracht?«

»Sie fürchten sich vor dem französischen König. Der zwölfte Ludwig, oder Louis, sammelt seine Truppen, sagt man. Im Consiglio der Dreitausend sitzen auch Handwerker und Bankenbesitzer. Sie scheinen sich meist zu vertragen.« Desiderio zuckte mit den Schultern. »Sonst habe ich nichts Überraschendes erfahren. Die meisten, mit denen ich geredet habe, sind ganz zufrieden.«

»Also bleibt es wohl ein Heiliges Christfest ohne Seuche, Verbrennungen, Hinrichtungen und Krieg«, brummte Bernardo, und Desiderio fügte hinzu: »Wie so manches Christfest, seit ich die Palazzina wieder aufgebaut habe.«

Er begann sich auf die Stunde zu freuen, in der er sich ins Gebet versenken und die Antworten des Herrn empfangen würde. Er stand auf, nahm Cornelias Hand und führte sie hinauf in den Piano nobile. Doracello trug ihnen die tickende Uhr hinterher und stellte sie in Desiderios Arbeitszimmer, in dem der Tisch vorbereitet war, auf den Kaminsims, zwischen zwei kleine Gemälde, die Desiderio einst in Firenze gekauft hatte. Von dieser Stelle klang das Ticken leiser als unten in der Halle.

»Sag Mamma Lucia, dass sie uns aufwarten soll«, bat Cornelia. Nach einem Blick auf Desiderio fügte sie hinzu: »Unser Hunger ist heute nicht groß, Doracello.«

Doracello verbeugte sich, nickte und ging zur Tür.

Desiderio wartete und blickte schläfrig in die Flammen des Kaminfeuers, bis Cornelia die Gläser gefüllt hatte, dann sagte er: »Der junge Beccafumi hat mir ausrichten lassen, dass er mit dem Kopf des Engels wohl am Ende des Januar fertig sein wird. Agostinos Gemahlin Caterina, sagt er, unterstützt seine ärmliche Kunstfertigkeit lächelnd und mit nicht enden wollender Geduld. Er scherzt, glaube ich.«

»Die Füße«, antwortete Cornelia und träufelte Aqua mirabilis in den Wein, »haben uns gezeigt, dass in ihm ein großer Meister schlummert. Mit dem Kopf wird er sich noch mehr Mühe geben als mit den Füßen.«

»Daran glaube ich auch«, sagte Desiderio, trank und setzte das Glas ab, »und dafür bezahle ich ihn auch wahrhaft fürstlich.«

Mamma Lucia und Clarissa kamen herein, zündeten die Kerzen an und trugen das Essen auf. Cornelia und Desiderio aßen und redeten wenig und gingen früh zu Bett. Als sich Cornelia umzog, betrachtete Desiderio ihren Körper mit schläfriger Gleichgültigkeit und ohne Begehren; heute versprachen ihre kühlen Glieder weder Lust noch Leidenschaftlichkeit.

Selbst wenn ihn wieder Albträume heimgesucht hatten, wusste er am Morgen nichts mehr davon und fühlte sich ausgeschlafen und kräftig genug für den langen Tag des Christfests, die feierlichen Gebete, das ausufernde Gastmahl in der Halle und die letzten Tage des letzten Jahres vor der alles entscheidenden Wende des Jahrhunderts.

Auf der Brücke über dem Serchio klangen die Hufschläge wie Trommelwirbel, aber nicht im Mindesten kriegerisch, sondern wie Takte zu einem heiteren Tanz. Sandro ritt voraus, Donata und Barotta folgten nebeneinander.

Sandro und Donata hatten einige Tage in Arliano verbracht, nach der Messe und der Feier im Elternhaus. Am Abend des Christfests hatte sich Michele Barotta eingestellt – mit einem großen Pandolce di Natale, anderen Kuchen, Pralinen und zwei schweren Wildschweinschinken im Gepäck, wie sie es besprochen hatten – und war eine Nacht geblieben. Als das stundenlange Essen, während dessen ungezählten Gängen reichlich Wein getrunken worden war, seinen Höhepunkt der Heiterkeit erreicht hatte, fasste sich, nach mehreren Tritten Sandros gegen seine Schienbeine, Michele ein Herz und bat Babo Girolamo in die kalte, sternenklare Nacht hinaus. Dort hielt er um die Hand Donatas an – so, wie er es mit Donata besprochen hatte. Vater Castacianos Erstaunen schien keine Grenzen zu kennen, aber er willigte ein. Viel zu rasch, wie sich Michele verwundert erinnerte, und ohne langes Reden und Feilschen über die Mitgift und den Tag der Vermählung und eine gemeinsame Wohnung.

Spät nach Mitternacht, als sie zu viert zwischen den bunten, fettigen und krümelnden Resten am Kopfende der Tafel Brombeerlikör nippten und Pralinen aßen, hatte Michele alles, was er über die fünfte Untat des wahnsinnigen Mörders wusste, berichtet. Sandro hatte schweigend zugehört und in langen Abständen fettige Krusten, unzerkaubares Brot und abgenagte Knochen ins Kaminfeuer geworfen.

Es waren Bauern und, kurze Zeit später, Pilger und Pfannenschmiede aus Firenze gewesen, die den Leichnam gefunden hatten. Er lag in einer großen Blutlache auf dem Rücken, ohne Kopfhaut und Haar, mit herausgerissenen Augäpfeln, ausgeschnittenen Brustspitzen und nackt bis auf die Schuhe mit gekreuzten Bändern, wie sie auch die anderen Leichen getragen hatten. Die tödliche Wunde war ein Dolch- oder Messerstoß in den Nacken gewesen, aber die Pilger hatten einen kleinen und einen größeren Armbrustbolzen – beides Geschosse aus einer kleinen Armbrust – halb eingegraben im nassen Sand gefunden. Der Körper der jungen Frau, die man fast hätte schön nennen können und die vielleicht neunzehn Jahre alt war, roch nach kaltem Schweiß, Kot und noch stärker nach Moschus und anderen Balsamdüften.

Michele und D'Andrea hatten die Tote im Leichenkeller des Hospitals angesehen und waren, nachdem sie die Bauern und Pfannenschmiede befragt hatten, zum Fundort geritten. Stundenlang hatten sie, zu Fuß und vom Sattel aus, nach Spuren gesucht und nur Hufabdrücke gefunden, die aus dem Wald herausführten und an anderer Stelle wieder hinein und nach wenigen hundert Schritten nicht mehr zu verfolgen waren. Das Blut war längst halb versickert und eingetrocknet, und Ameisen hatten sich darüber hergemacht.

Die Männer hatten sich ratlos angesehen und waren langsam zurückgeritten. Plötzlich hatte Barotta sein Pferd angehalten und gesagt: »Hast du ihre Fingerkuppen gesehen? Ganz kurze Nägel an der rechten Hand. Daumen und Zeigefinger wund und zerstochen. Eine Näherin, D'Andrea.«

»Scharfer Blick, *Occhio'acuto!* Das hilft uns vielleicht weiter.« D'Andrea nickte schwer. »Irgendwo nördlich von Lucca wird jemand, den wir noch nicht kennen, eine braunhaarige Näherin vermissen.«

Die Härchen der Unterarme und zwei dünne, fingerkurze Strähnen im Nacken, schräg hinter den Ohren, waren von gleicher Farbe. Beide Männer dachten in diesen Augenblicken das Gleiche. Die Leichen der fünf Frauen waren in einem Halbkreis gleich weit von Luccas nördlicher Stadtgrenze entfernt, aber in unterschiedlicher Entfernung voneinander gefunden worden. Die erste am weitesten im Südwesten, beim Monte Romagna.

»Niemand wird sie vermissen, Michele.«

»Du hast recht. Keiner hat die anderen vier wirklich vermisst. Bis auf die arme Kleine, von der sich Äbtissin Bibergeila die Nachtgebete hat verschönern lassen.«

»Wir stehen vor einem Rätsel, Capo! Es passiert immer zur Sonnenwende, es sind immer junge Frauen, mit ähnlichen Verstümmelungen. Keine hässlichen Alten. Augen, Brüste und Haare fehlen! Man wird auch die Schwester von Nadel und Faden begraben, und keinem wird sie fehlen.«

»Ich lasse überall in den Dörfern an der Straße nachfragen. Ich schicke einen Boten nach Firenze. Eines Tages finde ich den Mörder!«, sagte Barotta hart. »Dann wird sich, wieder einmal, das Geheimnisvolle als gewöhnliche Schurkerei und Schweinerei zeigen.«

Man würde eine Seelenmesse lesen, eine warmherzige und anklagende Predigt halten und die Ärmste verscharren wie die anderen. Zurück im Leichenkeller ließ sich Barotta mehr Kerzen bringen und fasste eine lange, sorgfältig-genaue Niederschrift von allen seinen Feststellungen und den wenigen Mutmaßungen ab. Dann war er zu seiner Wohnung geritten, hatte den Bart geschoren und sich umgezogen und war nach Arliano zum Christfest aufgebrochen.

Als er seine Erzählung beendet hatte, hatte sich Barotta aufrecht hingesetzt, tief Luft geholt und Donata mit zärtlichen Blicken bedacht. »Bevor ich nach Hause geritten bin, habe ich Agostino di Bargoni und Lucinda di Beccafumi getroffen. Die Beccafumis laden zu einem Fest in ihrem Stadthaus. Am letzten Dezembertag, abends. Der Alabasterkopf ist fertig. Beide Bargonis kommen, Montfalcone und seine Mätresse, sein Hofmeister, Donata und ich, und selbst du, Sandro.« Er grinste. »Du sollst die einfache, ehrliche Bevölkerung vertreten.«

Sandro war zu müde gewesen, um Michele gebührend zu antworten. Er hatte, leicht betrunken, die letzten Schinkenschwarten in die Glut geworfen, auf Donata und Michele gedeutet und gesagt: »Du schläfst bei mir, Condottiere!«

Donata und der Vater hatten einen verständnisinnigen Blick gewechselt, und Girolamo sagte, ebenso trunken, mit unergründlichem Grinsen: »In dieser Heiligen Nacht und in meinem Haus wollen wir die Grenzen der Schicklichkeit nicht überschreiten, o zukünftiger Schwiegersohn. Wollen wir schlafen gehen?«

Donata, Sandro und Babo schliefen in ihren gewohnten Betten, Michele war in dem selten benutzten Gästekämmerchen einquartiert worden. Irgendwann vor Anbruch der Morgendämmerung hatte Sandro geglaubt, Geräusche zu hören, die eindeutig leidenschaftlich zu nennen waren. Er hatte sich umgedreht und weitergeschlafen.

Und jetzt hatte sie Michele in der Wohnung in Lucca abgeholt. Er trug Helm und Halbrüstung und seine Waffen. Sie waren, ohne Eile, auf dem Weg zum Fest des Messer Beccafumi. Wenige Stunden trennten sie alle vom Neuen Jahr und Sandro vom qualvoll herbeigesehnten Zusammensein mit Caterina di Bargoni.

36

Sandro, der sich im prachtvollen Stadthaus der Familie Beccafumi unsicher fühlte, wusste nicht erst durch Caterinas Brief, dass er und Donata die Einladung ihrem Einfluss verdankten. Und vielleicht auch der Bitte Montfalcones, der ihm die Bekanntschaft mit dem jungen Künstler und somit auch mit dessen Verwandten in Lucca verdankte. Einfache Handwerker waren nie oder sehr selten Gäste eines Festes der Reichen und Mächtigen in deren Luccheser Stadtpalästen.

Die tropfenden und dampfenden Mäntel und Monzile hingen in einem halb offenen Zelt, auf dessen Dach der Regen trommelte. Wasser rann an den Seitenwänden herunter, die bei jedem Windstoß ausbeulten und flatterten. Diener rieben die Felle der abgesattelten Pferde trocken.

Sandro lehnte an einer Säule nahe des Eingangs und beobachtete die Anwesenden, vielleicht zwei Dutzend, die miteinander redeten und scherzten, ohne auf die Musik zu achten, die von der Empore herunterklang. Er kannte nur wenige der neunzig Mitglieder des Ältestenrats, der stets nur für drei Monate die Geschicke Luccas bestimmte und sich dann erneuerte. Sicherlich waren viele der Nobili eingeladen, ebenso wie die zehn Anziani, die Ältesten des Governo largo.

Montfalcone war noch nicht eingetroffen. Draußen, zwischen den windgepeinigten Fackeln und Ölflammen, warteten Diener auf ihn und andere Gäste. Entlang der Wände brannten Hunderte Kerzen, im Kamin glühten schenkeldicke Scheite. Einige Türen standen weit offen; jedes Mal, wenn der Ponente stoßweise wütete, flackerten sämtliche Kerzen, und Funken stoben aus der Kaminglut. Dünner Rauch sammelte sich unter der Decke und schwärzte die Fresken und das Schnitzwerk der Holzkassetten. Gelächter übertönte die Klänge des Organettos und der Harfe, Gläser klirrten, und der Geruch nach Wein breitete sich aus. In einer Ecke des Saales rezitierte eine Bassstimme Zeilen eines Gedichts von Gasparo Visconti.

Barotta, zwei mit Vernaccia gefüllte Gläser in den Händen, blieb vor Sandro stehen, gab ihm ein Glas und sagte: »Ein ungewohnter Abend für uns einfache Leute, nicht wahr? Alter Reichtum, geerbt und hartnäckig selbst verdient, aber fast zu viel für die Augen.«

»Wo hast du Donata gelassen?« Sandro blickte umher, aber er sah nur herrliche Gewänder aus kostbaren Stoffen und fremde, aufgeregte Gesichter. Lucinda di Beccafumi warf ihm über die Schultern der Gäste einen verschwörerischen Blick zu, den er gleichmütig zu erwidern versuchte. Schmuck und Geschmeide, Gold, Silber und Edelsteine funkelten an Stirnen, im Haar, an Hälsen, Handgelenken und Fingern. Die Lautenspieler stimmten einen schwierigen, schnellen Tanz an, eine Galliarde, und wurden von Rasseln und Handtrommeln begleitet.

»In einem anderen Zimmer, dort hinten. Sie redet mit dem Künstler. Hast du seinen Alabasterkopf schon gesehen?«

»Nein. Das hat Zeit.« Sandro nahm einen Schluck. »Wo bleiben Montfalcone und seine Cornelia?«

»Sie kommen ganz gewiss, haben sie gesagt«, antwortete Michele und presste die Lippen aufeinander. »Auf dem Ritt habe ich vergessen, dir zu erzählen, dass ich mir viel Mühe gegeben habe.«

»Mit dem unbekannten, fünffachen Mörder?«

»Mit dem irren Jäger, ja. Zuerst ließ ich mir eine Karte von Lucca und der Umgebung bringen und habe, so genau, wie es möglich war, die Stellen eingetragen, an denen wir die Leichen gefunden haben. Du weißt, dass es kaum Karten gibt, die genauer sind als das Wissen der Männer, die jeden Tag in diesen

Landstrichen unterwegs sind. Aber bei aller Ungenauigkeit steht eines fest: Die fünf Stellen bilden einen unregelmäßigen Halbkreis nördlich der Stadt, der sich von Westen nach Osten erstreckt. Die Punkte haben zueinander unterschiedlich große Abstände. Wenn ich von jedem Fundort einen Strich ziehe, der mitten in Lucca endet, sieht's aus wie ein Fächer.«

Sandro sah in sein leeres Glas, blickte dann in Micheles Gesicht und zuckte mit den Schultern. »Willst du damit sagen, dass sich der Jäger mitten in Lucca versteckt?«

»Nein. Nicht in Lucca. Seit dem Dezember Anno 1496 wäre sicherlich irgendjemandem etwas aufgefallen. Ein blutbeschmierter Reiter in der Nacht? Er ist dort draußen, sage ich, in den Wäldern, in den Hügeln, in einem Versteck, an das niemand denkt und das keiner kennt.«

»Lass gut sein, Michele«, bat Sandro. Über die Schulter seines Gegenübers sah er Caterina, die an der Seite Agostinos auf ihn zukam. Er spürte einen Stich im Herz, als er sich dazu zwang, sie nicht anzustarren.

Agostino grüßte, indem er den Gehstock schwenkte, und sagte: »Warum gehen wir nicht alle und sehen uns das alabasterne Riesenhaupt an? Kommt mit, Messere, bevor alle um Messer Montfalcone und Bartolomeo herumstehen und wir nichts mehr sehen.« Er war es gewesen, der Viscontis Zeilen laut gesprochen hatte. Mit seinem Gehstock, an dessen Knauf ein goldenes Kettchen hing, das um sein Handgelenk führte, deutete er zum Nebenraum.

»Mit Vergnügen, Consigliere«, antwortete Michele, verbeugte sich auch vor Caterina und folgte dem Paar. Caterinas aufblitzendes Lächeln, das nur Sandro galt, hatten weder Michele noch Agostino gesehen.

Als sie den Saal halb durchschritten hatten, war sich Sandro endgültig seiner Bedeutungslosigkeit bewusst geworden – er und Barotta, wohl auch Donata, waren, obwohl sie ihre schönsten Sachen angezogen hatten, geradezu ärmlich gekleidet. Aber, sagte sich Sandro überrascht, darauf schien niemand zu achten.

Hufgetrappel, Stimmengewirr und Wiehern erscholl durch den offenen, bekränzten Eingang. »Messer Montfalcone, seine Gefährtin und Messer di Strozzi sind da«, rief jemand vom Eingang her.

Sandro und seine Begleiter gingen langsam durch die Gruppen der Gäste, die sich dem Eingang zuwandten, zum Nebensaal, in dessen Mitte ein Tisch stand, der mit dunkelblauem Samt bis zum Boden verhängt war. In mannshohen Leuchtern steckten auch hier viele Dutzend brennender Kerzen; der Raum war überhitzt. Nur Donata, Lucinda und Bartolomeo di Beccafumi standen vor dem Kopf aus Alabaster. Sandro blickte das Kunstwerk an, spürte einen Stich und fühlte, dass er erbleichte.

Dort stand, mehr als eine Elle hoch, der Kopf Caterina di Bargonis, schneeweiß, unverkennbar und, unwiderruflich, das schönste Gesicht Luccas. Lebensecht, bis auf die letzte Einzelheit. Ohne Farbe und in dieser Größe wirkte der Kopf auf den ersten Blick kalt und drohend, fast jenseits jeder Beschreibbarkeit; der Ausdruck des Gesichts mit den blicklosen Augen war ernst, aber der Hauch eines triumphierenden Lächelns lag um den Mund.

»Ihr seid ein Meister, Bartolomeo«, sagte Sandro mit trockener Kehle und ergriff das Handgelenk des jungen Mannes. Seine Bewunderung war ehrlich. Bartolomeo lächelte strahlend zurück. Jetzt durfte Sandro, ohne aufzufallen, vor aller Augen, Caterina und den Alabasterkopf vergleichen. Er blickte hin und her, drei Mal, vier Mal und weidete sich einige Atemzüge lang an Caterinas unwirklichem Lächeln und der Ahnungslosigkeit Agostinos. »Ich meine es ehrlich. Was wird erst Messer Montfalcone sagen, wenn er Eure Schöpfung sieht?«

»Danke, Messer Castaciano. Tausend Dank! Den Auftrag habe ich Euch zu verdanken«, antwortete Bartolomeo und erwiderte herzlich den Händedruck. »Zuerst die Füße und jetzt …«

Bewegung und erregtes Stimmengemurmel entstanden an den Türen. Zusammen mit einem feuchten Windstoß drängte ein Schwall Gäste herein, allen voran Desiderio Montfalcone, die schlanke Cornelia, Bernardo di Strozzi und der Gastgeber, Lucindas Gatte Luca. Sandro glaubte neben dem Kamin den Magistrato dei secretarie zu erkennen, den wichtigsten Adligen der Stadt. Montfalcone grüßte kurz in die Runde und hatte nur Augen für den weißen Kopf, der im Glanz der vielen Kerzenflammen zu schmelzen schien wie ein Eisblock.

Montfalcone bestaunte den Kopf, die meisten Gäste betrachteten tuschelnd den Herrn der Palazzina. Viele kannten sein wahres Alter und sahen staunend, dass er um ein Jahrzehnt jünger wirkte. Das Netzwerk der Falten um seine hellbraunen Augen entsprach dem eines Vierzigjährigen, sein Gesicht war glatt, und er trug sein braunes Haar ungewöhnlich kurz. Nur an den Schläfen war es grau. Michele Barotta, der Montfalcone und Cornelia beobachtete, konnte sehen, dass die grünäugige Frau ihrem Geliebten Blicke voll unverhohlenen Stolzes zuwarf, so, als ob sie nur auf ein Wort oder eine Geste wartete, um ihm dann jeden Wunsch zu erfüllen. Selbst in dieser Umgebung des Reichtums, der Schönheit und des Überflusses fiel das Paar auf. Sie wirkten fremd, so, als ob sie nicht wirklich hierher gehörten und diesen Eindruck uneingeschränkt genossen.

Sandro nahm Donatas Arm und ging mit ihr einige Schritte zur Seite. Er betrachtete unverwandt den Kopf und stellte sich ihn auf dem Hals des Engels vor.

Der Künstler erklärte Montfalcone, dass er keinen genügend großen Block bekommen hatte und deshalb der Kopf, ohne dass man es sehen konnte, aus drei Stücken zusammengesetzt war. Caterinas Alabasterhaar sah aus, als sei ihr eigenes Haar während der Sitzungen triefend nass gewesen; es lag so eng am Kopf an, dass es dessen Form nicht veränderte. Am Hinterkopf war es in einem flachen Knoten zusammengefasst. So wirkte das Gesicht streng und abweisend, trotz des Lächelns – engelhaft vielleicht in Montfalcones Vorstellung, hoheitsvoll und fremdartig, so als habe der Künstler eine Eigenart Caterinas gesehen, die Sandro verborgen geblieben war. Aber dennoch schien es ihm seltsam vertraut. An der Stelle der Augen erkannte man nur zwei kleine Löcher in der alabasternen Höhlung.

Montfalcone, Hand in Hand mit Cornelia, ging langsam zwei Mal um das Kunstwerk herum, mit leuchtenden Augen, lächelnd und mehr als zufrieden, was für jedermann zu erkennen war. Erst jetzt begann er mit der Begrüßung und dem Lob des Künstlers.

Es dauerte nicht lange, dann hatten sich alle Gäste hier versammelt, ließen sich Wein und kleine, in Schmalz gebackene Krapfen aus Mandeln und Datteln reichen und redeten, das Bildnis einer Frau aus ihrer Mitte vor Augen, wild durcheinander. Lucinda und Caterina flüsterten und lachten leise miteinander. Wie Verschwörerinnen, dachte Sandro, und das waren sie ja auch. Die Frauen waren ungefähr gleich alt und gleich groß; Lucindas dunkelbraunes Haar bedeckte die Ohren und fiel, im Nacken gebündelt, über den Spitzenkragen. Ihre Augen waren ebenso flink wie die des alten Bargoni. Um ihren Mund lag ein spöttischer Zug.

Montfalcone erkannte Barotta und Sandro und grüßte sie mit tiefem, freundlichem Nicken. Er hob den Arm. »Die Handwerker dieser Stadt«, begann er und verbesserte sich: »unserer Stadt sind wahre Meister. Künstler! Die Schneider und Näherinnen, die unsere Kleider herstellen und einzigartige Gewänder, die Ihr bestaunen werdet! Der Schöpfer dieses mächtigen, schönen Kopfes mit den engelhaften Zügen, der Füße meiner Großgestalt! Nicht zu vergessen eine unüberschaubare Anzahl gegossener und geschmiedeter Bronze, ein Stück so genau wie das andere! Danke dafür der Ufficina Castaciano. Und Dank für die Einladung, Messer Luca di Beccafumi, für Eure Handwerker und Euren Rat. Dank Euch, dem jungen Künstler. Morgen lasse ich das Meisterwerk abholen.«

»Alles, was Messer Montfalcone gelobt hat, zu Recht«, rief Cornelia de' Albicci, drehte sich einmal im Kreis und winkte, »werdet Ihr bei seinem großen Fest erleben. Messer Montfalcone wird Euch alle einladen. Ihr werdet staunen, verwundert sein, beglückt und tief bewegt. Ich bitte Euch alle, seiner Einladung zu folgen.«

Zustimmende Rufe und Händeklatschen erfüllten den Raum. Wieder bewegten sich Dienerinnen und Diener mit gefüllten Schüsseln, Platten, silbernen Körben und gefüllten Gläsern zwischen den Gästen, die zu immer neuen Gruppen zusammenfanden und sich gegenseitig den Schmuck und die kostbaren Kleider zeigten. Donata, Michele und Sandro standen zwischen zierlichen Säulen vor einer Wand, unter der Empore, an der einige Bildnisse in schweren Rahmen hingen. An anderen Wänden sah Sandro Wandgemälde, die herrliche, zuvor nie gesehene Landschaften zeigten oder Szenen der griechischen und römischen Götterwelt.

Agostino di Bargoni kam auf Barotta zu, ein Glas in der linken Hand. Er lehnte sich an die Säule und stellte den Gehstock an die Wand. »Niemand verkennt die Schwierigkeiten, die Ihr in Lucca habt, Capo Barotta«, sagte er und verzog anteilnehmend sein pergamentenes Gesicht. »Tagein, tagaus, alle Tage, Nächte und Wochen Ärger mit Dieben, Beutelschneidern, betrunkenen Schlägern, Einbrüchen und Verstößen gegen die Marktordnung, Ruhestörung und anderem Frevel. Dann die viele Arbeit mit den Eingekerkerten! Doch damit werdet Ihr und Eure Männer fertig, zur Zufriedenheit des Rates und aller Bürger. Aber diese toten Frauen, sie rauben Euch die Ruhe. Ist es nicht so, bei aller Gewissenhaftigkeit?«

»Ihr legt die Finger in eine schlimme Wunde«, antwortete Michele ruhig. Seine Miene verhärtete sich, und er schielte nicht, als er dem Consigliere in die Augen starrte. Sandro fragte sich, ob Michele einige der Anwesenden in Bargonis Aufzählung einbeziehen sollte. »Ihr wisst, was der Rat beschlossen hat. Ich führe es durch. Aber wir bräuchten ein Heer, um an den Tagen, schlimmer noch: in den Nächten der Sonnenwende einen einzelnen Reiter zu finden, der das Land besser kennt als jeder von uns.«

»Ihr habt viele Männer zu Pferde ausgeschickt«, bestätigte Bargoni. »Und allen Besuchern der Märkte befohlen, auf alle Einzelheiten zu achten und alles Auffällige zu melden. Aber das hat, scheint mir, nichts genützt. Auch wenn niemand bewaffnet unsere Stadt betreten darf.«

»Nicht das Geringste«, gab Barotta unwillig zu. »Das Böse lebt in den Wäldern. Der Böse, sage ich. Wir kennen die Namen einiger Opfer. Wir wissen überdies, dass der Jäger nicht aus der Stadt kommt, nicht in der Stadt lebt.«

Mit wenigen Sätzen erklärte er Bargoni welche Beobachtungen er gemacht und welche Schlüsse er daraus gezogen hatte. Sandro und Donata hörten schweigend zu. Sie kannten Micheles Überlegungen, auch Bargoni wusste, dass der Anführer der Stadtwache ebenso hilflos war wie jeder andere Wächter. Wieder sog der Ponente einen Funkenschauer aus dem Kamin. Michele erklärte, was es mit dem »Fächer« auf sich hatte: »Den Punkt, an dem die Linien zusammenlaufen, wahrscheinlich das Versteck des Mörders, kann man auf der Karte verschieben. Dann wird eine Linie kürzer, eine andere länger. Aber wo sollen wir suchen? Das kann Jahre dauern, und wir finden es trotzdem nicht.« Er zuckte mit den Schultern. »Es ist hoffnungslos. Nur ein Wunder oder der Zufall würden helfen.«

»Wir sind also der Willkür dieses Wahnsinnigen ausgeliefert?«, sagte di Bargoni ohne eine Spur Sarkasmus. »Was haltet Ihr von einer Art … Treibjagd?«

»Mit Hunderten Männern«, antwortete Michele und machte eine ratlose Geste, »Tag um Tag, jedes Stück Wald im Umkreis der Stadt absuchen? Wenn der Consiglio generale fünfhundert Söldner mieten und die vielen Männer zahlen und verpflegen will – ich wüsste sie zu befehlen. Ich, der Wahnsinnige und ein paar andere Männer sind hier aufgewachsen und kennen die Wälder. Vielleicht nicht jeden Busch, aber fast jeden Pfad. Der Unhold versteckt sich dort draußen, und wenn nicht im Norden, dann fänden wir ihn nach Pisa hin oder abseits der Straße nach Siena.« Bevor er lauter wurde, unterbrach sich Michele, schluckte und fuhr gedämpfter fort: »Es ist nicht die Stunde, uns zu streiten, Messer di Bargoni. Wir sind auf Luca di Beccafumis Fest und sollten leise, höfliche Gespräche führen und den Musikern zuhören.«

»Und die Schönheit unserer Frauen bewundern«, sagte Bargoni und griff lächelnd nach seinem Stock. Er lachte schnarrend. »Zu den Tischen, den Pokalen und den klugen Gesprächen, ihr Herren.« Er stieß mit dem Stock auf und hinkte behände vor ihnen her, mitten in das Gedränge der Gäste hinein.

Vor Sandros innerem Auge blitzte das Bild seines Geschützes auf, und als er wieder an dem Alabasterkopf vorbeikam und ihn anstarrte, seufzte er im Stillen. Oh Caterina, dachte er verzweifelt, wie soll es weitergehen mit uns in dieser Welt, in der wir mit jedem Tag auf grauenhaft ereignislose Weise älter werden?

Der nächste Regenschauer rauschte herunter, und nach einer Weile pfiff und heulte auch der Ponente wieder durchs Haus. Unentwegt wurden die Gläser und Becher geleert und rasch wieder gefüllt. Niemand achtete auf die unermüdlich spielenden Musiker, die auf der Empore, über den Köpfen der Gäste, der aufsteigenden Hitze und dem Rauch am meisten ausgesetzt waren. Nur Barotta schien aufzufallen, dass Montfalcone und seine Begleitung das Fest des Bauherrn verließen und, von den fackeltragenden Söldnern begleitet, den sieben Meilen langen Ritt zur Palazzina durch Sturm und Regen antraten.

Sandro vergewisserte sich, dass Donata in der sicheren Obhut ihres Bräutigams war, hüllte sich in seinen klammen Mantel und ritt allein zu seinem Haus. Von Caterina war ihm nicht mehr geblieben als sehnsuchtsvolle Blicke und ihr Lächeln, das so gar nicht zu dem hoheitsvollen, kalten Ausdruck des Kopfes aus Alabaster zu passen schien. Er tröstete sich, schon halb im Schlaf, mit seinem kleinen Sieg über den widerspenstigen Hinterlader. Die Pulverkammer glitt inzwischen leichtgängig ins Endstück des Geschützrohres, hing fest darin und ließ sich ebenso leicht lösen. Er hoffte, dass er von einem triumphalen Weitschuss träumen würde, dessen Eisenkugel genau das Ziel treffen würde.

37

Stundenlang, von kurzen Pausen unterbrochen, drangen schwer bestimmbare Geräusche aus dem schwarzen Gebäude. Meist waren es Klopfgeräusche, leisere und lautere, in wechselndem Takt. Das Wehr war zu einem Drittel geöffnet, das Wasserrad der Mühle drehte sich langsam und über das Eisengestänge die Walze. Desiderio arbeitete an der Walze und den Zapfenringen. Die Zapfen hoben den ersten Schlegel, er schnellte durch den Druck eines schmalen, stählernen Streifens herunter und traf das Brett über dem Trommelfell. Der zweite Zapfen spannte den Schlegel erneut, und dann packte ihn der dritte, der vierte und die folgenden, bis der erste Zapfen wieder anschlug. Desiderio schraubte nach einigem Nachdenken einen, dann zwei Zapfen heraus und in zwei andere Löcher hinein, trat zurück und war mit dem Takt des ersten Ringes zufrieden. Er befestigte den ersten Ring mit einem Nagel, den er in die Walze einschlug.

Er machte einige Schritte zur Seite und schob den dritten Ring in die Kerbe der Walze. Während der erste Schlegel unverändert seinen Takt schlug und die große Trommel unter dem Brett zitternd dumpfe Töne von sich gab, setzte Desiderio den Schlegel über der zweiten Kesselpauke in Bewegung. Nachdem er eine Weile lang zugehört hatte, wie beide Schlagfolgen einander störten, verzögerte er die Drehung des Ringes so lange, bis der Schlegel einen Lidschlag später als der erste herunterschnellte – es ertönte ein Doppelschlag, der fast wie ein einziger klang. Auch aus diesem Ring versetzte er zwei der acht Zapfen, lauschte den Schlägen und hatte nach zwei Stunden die Schlegel der Kesselpauken so fein eingestellt, dass drei Schlegel drei Pauken nacheinander in solch kurzen Abständen trafen, dass abermals ein einziger unnachahmlich langer Schlag daraus wurde.

Desiderio entfernte die Bretter und zog sich zurück, bis er mit dem Rücken gegen die Innenwand des »Tempels« stieß. Das Innere des Bauwerks dröhnte unter den schweren Paukenschlägen; die Wände und der Engel schienen zu zittern. Desiderio hörte einige Atemzüge lang zu, presste dann die Handflächen an die Ohren und rannte zu dem Hebel am hölzernen Kanal, packte ihn und löste die Achse der Walze vom Antrieb. Noch ein Schlag, und dann herrschte wieder Stille.

»Die Klänge des Jüngsten Gerichts«, flüsterte er ergriffen. Sein Körper zitterte noch unter dem Takt der dröhnenden Schläge. »Aber sie sind noch nicht vollkommen. Noch fehlen …«

Er ging um das Podium herum, an dessen Vorderseite das Gerüst stand, betrachtete einige Atemzüge lang den Kopf, der sicher verpackt auf einer Truhe stand, legte die dämpfenden Bretter wieder auf die Pauken und begann die Kerzen zu löschen. Die Blasebälge lagen schlaff am Boden, neben ihnen standen die Trommeln und die übrigen Teile, und je dunkler es wurde, desto mehr schien der Engelskopf zwischen den Holzstreben heraus zu leuchten.

Desiderio blies die letzte Flamme aus und trat ins Freie. Er schloss sorgfältig ab und erinnerte sich, als er zum Haus ging, daran, dass er einen seiner zweiten oder dritten Schlüssel verlegt oder verloren hatte. Er spürte trotz seiner Freude über die gelungene Probe stechende Schmerzen im Rücken; in den nächsten Tagen würde er sich, in Decken gehüllt, vor dem heißen Kamin mit seinen Schriften beschäftigen und an den Bildern jener »Zeichen am Himmel« arbeiten.

Seit Donata Castaciano in zwei Häusern lebte – nachts war sie häufiger bei Barotta als bei ihrem Bruder –, hatten sich bürgerliche Ordnung und wohltuende Sauberkeit in Micheles Wohnung breitgemacht. Sie hatte einige Truhen gekauft, zudem etliche Teppiche, Geschirr und Gläser und mehrere bequeme Stühle und einen großen Tisch. Der Küchentisch war vom Möbeltischler aufgearbeitet und vor das Fenster geschoben worden. Jetzt hatte Michele viel mehr Platz für sein Schreibzeug, seine Papiere und Notizzettel und sein Diario, sein Tage-und-Nachtbuch. Donata hatte auch für einen Vorrat an Kaminholz gesorgt und dicke Vorhänge vor die Fenster hängen lassen, sodass die Zugluft ausgesperrt war.

Michele war allein, mit einem Krug heißem Würzwein, seinen Gedanken und dem Tagebuch. Seit dem nächtlichen Fest bei Luca di Beccafumi enthielten die Seiten nur wenige Eintragungen, denn in Lucca war es bis auf einige Raufereien, Zeichprellereien und ein paar Diebstähle seither ruhig geblieben. Aber nach dem Fest hatten seine Gedanken einen seltsamen Wandel durchgemacht. Er hatte nicht einmal mit Donata darüber gesprochen.

Er zögerte, auch nur einen Gedanken niederzuschreiben. Wie würden die Worte lauten?

Dieser wahnsinnige Mörder braucht ein Versteck. Ich habe herausgefunden, dass zwischen dem Verschwinden einiger Opfer und der Stunde, in der man sie gefunden hat, sechs oder mehr Tage vergangen sind. Der Mörder braucht ein Versteck für sein Pferd. Er ist in manchen Künsten bewandert, denn die Verstümmelungen kann nur ein Könner durchführen. Aber er ist kein Fleischer. Ein Fleischer ist kein meisterlicher Armbrustschütze. Kleine Armbrüste sind teuer. Also ist der Mörder reich. Hat er Helfer? Ich vermag es nicht zu glauben, denn seit der Sonnenwende Anno 1496 hätte es ein Gerücht gegeben oder ein Flüstern oder einen Fund. Ein Helfer, der zusieht, wie sein Herr mit Augen und Körperteilen spielt, hätte seinen Ekel in Wein ertränkt und etwas erzählt. Sein Versteck? Die Gegend ist voller Brücken, Aquädukte und Bauwerken unserer römischen Vorfahren, des Imperium Romanum und des späteren Normannenreiches, dessen vergangener Größe und Bedeutung wir so emsig nacheifern.

»Wein hilft manchmal beim Denken«, murmelte Michele und füllte sein Glas mit dem heißen Wein, dessen Duft das Zimmer erfüllte. »Viel Wein beim guten Denken.« Er vergegenwärtigte sich den Wortlaut oder zumindest die Bedeutung seiner Überlegungen und fand – bisher – keinen Fehler. Er spürte den Geschmack der edlen Gewürze in dem schweren, schwarzroten Rosso di San Colombano auf der Zunge, und eine wohlige, gedankenfördernde Wärme breitete sich in seinem Magen aus. Tagelang und während der meisten Nächte, auch wenn er neben der schlafenden Donata lag, hatte er jeden Mann, den er kannte, mit diesen Merkmalen in Verbindung gebracht.

Ich glaube, ohne dass ich den kleinsten Beweis dafür habe, dass diese menschliche Monstrosität sich in einer alten Hinterlassenschaft unserer Ahnen versteckt. Ein halbes Jahr lang steht sein Pferd, wahrscheinlich ein Rappe, bei einem Bauern, ohne dass dieser weiß, zu welchen Ritten es benutzt wird. Wir können nicht alle Pferde aller Bauern rund um Lucca auf eine Weide treiben und bewachen. Und jetzt die entscheidende Frage: Was will der nächtliche Jäger mit den Augäpfeln, dem Haar und den Körperteilen?

Über Leonardo aus Vinci gibt es viele Geschichten; manche mögen erlogen sein. Aber als Junge, bevor er bei Verrocchio zu lernen begann und dort einen Engel so trefflich gemalt hat – einen Engel, Mittler zwischen dem Reich Gottes und der Welt der Menschen –, dass der Meister das Malen aufgab, hat er ein Wappen hergestellt, das aus Teilen vieler toter, hässlicher Tiere bestand, von Raupen, Käfern, Skorpionen, Fledermäusen und anderem Ekelgetier. Derjenige, der das Wappen bestellt hatte, war halb entsetzt, halb voller Bewunderung. Bald begann das Wappen zu stinken und grässlichen Schleim abzusondern. Dieser Mordjäger – will er aus Haaren, Augäpfeln, Brüsten, Händen und Füßen ein ähnliches Gebilde zusammenkleben? Wofür? Für wen? Warum? Fünf Paar Augen bisher. Was immer dieser Irre beabsichtigt – hat es etwas mit Macht, vielen Fiorini und dem Besitz von Ländereien und Abhängigen zu tun? Dafür gibt es bis heute nicht das geringste Anzeichen.

Der Wein wurde allmählich kälter. Michele kippte den Krug und freute sich über das tiefrote Leuchten vor dem Kerzenlicht und die Spiegelungen in dem geschliffenen Glas. Ihm fiel der Alabasterkopf ein, Sandros vergleichende Blicke, und plötzlich durchfuhr es ihn wie ein Blitz: Sandro liebte die Gattin Agostino di Bargonis. Liebte sie ihn auch? Liebte sie ihn, wie Cornelia de' Albicci ihren Montfalcone liebte? Er hatte sie lange beobachtet, jede Geste, jeden Blick. Er begann laut zu lachen, nahm einen kräftigen Schluck und zuckte mit den Schultern. Auch dieses Wissen würde er in der Tiefe seines Herzens vergraben.

Der Jäger war ein Mann wie Montfalcone. Montfalcone war aber nicht der Jäger. Zu viele Augen beobachteten ihn. Aber Montfalcone war auf andere Weise der Welt entrückt. Doch wie tief seine Entrücktheit ging, oder ob man sie Verrücktheit nennen konnte, wusste Michele nicht. Er entschloss sich, Montfalcone so genau zu beobachten, wie er es vermochte.

Er leerte den Krug ins Glas und trank das Glas leer. Der Wein war lau geworden. Michele schüttelte den Kopf, schlug sein dickes Notizbuch zu und gähnte. War er diesem Dämon auf die Spur gekommen? Nicht wirklich. Er hatte vieles ausgeschlossen und wusste jetzt, wohin er seinen geschärften Blick zu richten hatte. Weniger als elf Monate trennten die Welt von der Jahrhundertwende, und der Jäger hatte noch zwei Sonnenwenden für seine Grausamkeiten.

Die Sonnenwenden … Es war wohl die Müdigkeit, die Micheles letzte erhellende Einsicht hervorrief: Viele Male hatte er jenes bedrohliche Bild gesehen – wahrscheinlich, ohne darauf zu achten –, dass eine Turmspitze, ein einzelner Baum oder ein aufragender Kamin sich in die breitgedrückte Kugel der untergehenden Sonne bohrte. Und niemals am Morgen, obwohl Lucca und die Umgebung voller solcher Türme und Spitzen waren.

Er gähnte, löschte alle Kerzen bis auf eine, schlug die Decke zurück und schlüpfte aus dem blauen Tagesmantel aus Damast, einem Geschenk Donatas. Er murmelte ein kurzes Nachtgebet, schob seine Beine unter das warme Leinen und hoffte, ohne Albträume ausschlafen zu dürfen. Er blies die Kerze aus und fühlte sich geborgen und, auf seltsame Weise, beruhigt und noch immer als Herr der Ruhe in Lucca.

38

Die Handwerker waren nach drei Tagen wieder nach Lucca zurückgefahren. Desiderios Zufriedenheit fiel selbst der Dienerschaft auf. Dreihundertdreiunddreißig Tage vor der Jahrhundertwende verliefen alle Vorbereitungen nach Plan.

Das Haupt aus Alabaster war in die Höhe gewuchtet und auf den Zapfen gesetzt worden, der aus den Schultern und dem Stumpf des Halses hervorragte. Harzleim verband den Alabaster mit einer Holzscheibe, die mit dem inneren Mechanismus des Engels verbunden war. Als Desiderio das Wasserrad in Bewegung setzen ließ und das Hebelwerk sich drehte und die Gelenke sich hin und her schoben, drehte sich der Engelskopf langsam von einer Seite zur anderen – was genauso hoheitsvoll wirkte wie der Kopf selbst. Die Arbeiter, die an der Innenwand standen und die Köpfe in den Nacken legten, flüsterten von einem Wunder. Die *irrisio infidelium,* der Spott der Ungläubigen, war betretenem Staunen gewichen. Mehr als Staunen: einem unsicheren Glauben an die Macht und die unauslöschliche Wahrheit der letzten Tage.

Nach dem Beispiel des Organettos hatten die Möbeltischler der Werkstatt Luca di Beccafumis nach Desiderios Zeichnungen eine Luftkammer mit fünf Öffnungen gebaut. Die Klappen in diesen Röhren konnten ebenfalls durch Hebel geöffnet und geschlossen werden, ähnlich dem Tastenwerk der kleinen Orgel. Hier und dort fehlten Desiderio noch einige Hebel und Gelenke – anhand der Messungen musste er Zeichnungen anfertigen und Cornelia wieder zu den Castacianos schicken. Die Röhren, aus denen Desiderio Fanfarenklänge erzeugen wollte, lagen schon seit Monaten im »Tempel«. Überdies warteten noch viele kleine Arbeiten auf ihn.

Er wusste selbst nicht, aus welchem Grund, aber er hatte das Gerüst noch nicht abbauen lassen. Er stand allein im Halbdunkel des schwarzen Bauwerks, betrachtete seine aufregende Schöpfung und fühlte, wie ihn wieder eine Stimmung überkam, die ihn schon so lange von Zeit zu Zeit ergriff. Die Wahrheit, die er im Glauben gefunden hatte, füllte ihn aus, und unsichtbare Fäden spannten sich zwischen dem Engel und ihm. Das Gefühl, das ihn während seiner Gebete beseelte, sagte ihm mit unumstößlicher Gewissheit, dass die Worte der Apokalypse ein Versprechen des Herrn bedeuteten – ein Beweis, ihn und wenige andere Auserwählte vor dem Untergang zu erretten.

»Ich habe alles richtig gemacht«, sagte er ergriffen und wandte sich zögernd um. »Und die Worte des Johannes werden erfüllt. In aller Demut und mit all meinem Können.«

Er schloss die Tür, drehte den Schlüssel im Schloss und hängte ihn sich an einem Goldkettchen um den Hals. Er lächelte, als er den winterlichen Garten betrachtete und die immergrünen Gewächse, die im Regen fast schwarz erschienen. Der Rauch aus den Kaminen strebte in dünnen Säulen in den Himmel, den gleichen Himmel, der Desiderios Gebete erhört hatte.

Seit zehn Tagen hütete Donata das Haus in Lucca allein – Sandro arbeitete vom Morgen bis zur Dunkelheit fleißig in der Ufficina. Maestro Franchino und Vater Girolamo hatten ungefähr ein halbes Hundert kleine Gussformen hergestellt: kleine Leuchter, Teile großer Leuchter – eine Bestellung aus der Stadt –, mehrere Mörser und ein Dutzend Griffe für Kaminwerkzeuge, Türklopfer und Zapfhähne für Weinfässer. In den Pausen spante Sandro die Führung im Ende des Geschützrohres und formte die Pulverkammer aus feuchtem Lehm. Babo und er hatten sich für einen zweiten Guss entschieden.

Sandros Ehrgeiz, ein leichter und sicherer zu handhabendes

Geschütz zu erschaffen, war groß. Aber zu viel Eifer und hastiges Arbeiten führten nur zu Misserfolg. Also ließ er sich Zeit.

Als Babo Girolamo und er mit Maestro Franchino das flüssige Metall in vier Arbeitsschritten in die rauchenden Formen gefüllt hatten, war die Lehmform der Pulverkammer getrocknet und konnte, bevor sie das Wachs umhüllte, glattgearbeitet werden. Sandro trug den Kern zum Arbeitstisch, spannte ihn zwischen die hölzernen Backen und begann ihn mit der Grobfeile zu bearbeiten. Während die Außenfläche des Werkstücks regelmäßiger und glatter wurde und Sandros Bewegungen gleichmäßig geworden waren, wechselten sich in seinem Kopf die Gedanken ab: an Caterina und ihr alabasternes Bildnis, an die Hoffnungslosigkeit ihrer Liebe und das Gegenteil, an das Glück, das er in Lucca vor Augen hatte, wenn er Donata und Michele zusammen sah, und an den Neid auf Männer wie Montfalcone, der sich über die gewohnten Gebote und Verbote des Alltags hinweggesetzt hatte und sein Leben so führte, wie er es für angemessen hielt – ohne Spiele, Jagden oder lärmende Feste. Von der *vita contemplativa*, vom beschaulichen Leben, hatte er nachts bei den Beccafumis gesprochen. Messer Desiderio Montfalcone schien trotz seiner befremdlichen Eigenheiten ein glücklicher Mann zu sein.

Die Wärme des Kaminfeuers von links, die Füße auf dem dicken Teppich, vom gleichmäßigen Licht Dutzender schlanker Wachskerzen beschienen, lehnte sich Desiderio vor seinem überladenen Arbeitstisch zurück. Die Decke aus Fuchsfell wärmte seine Schenkel, und nur zwei Geräusche durchdrangen die Stille des Raums: knackende, knisternde Scheite im Kamin und das tickende Schnurren der Uhr auf dem marmornen Kaminsims. Gesiegelte Briefe bildeten einen zwei Handbreit hohen Stapel, geöffnete Briefe und Papierbögen lagen rechts vom Schreibleder mit den silbernen Intarsien. Desiderio bereitete seinen Aufenthalt in Firenze vor.

Die Herbstmusterung war vorüber, die Bestellungen waren ausgeführt und versandt, keine der Sendungen war verloren gegangen. Neue Bestellungen waren eingetroffen. Zusammen mit den Erträgen der Mühle, der Ölpresse und der Abgaben »seiner« Bauern und der Holzfäller sowie der Erträge aus den Marktverkäufen hatte ihn der Herr mit einem ertragreichen Jahr gesegnet.

Er hielt das nächste Schreiben ins Licht, las es sorgfältig – zum zweiten oder dritten Mal – und tunkte den Federkiel in die Tinte. Ebenso sorgfältig beantwortete er den Brief, berieselte die letzten Zeilen mit Streusand, strich den Sand zurück in das Silberschälchen und faltete das Papier. Er schrieb den Namen des Empfängers darauf, hielt das Siegelwachs in eine Kerzenflamme und drückte den Karneolring in den heißen Fleck. Das beantwortete Schreiben kam zu den anderen auf den wachsenden Stoß.

Wieder ging sein Blick durch das Fenster zu dem schwarzen Holzbauwerk. In Gedanken hatte Desiderio jede einzelne Minute seines Festes am letzten Tag geplant; bis zur letzten Stunde in der letzten Nacht blieb noch viel zu tun. Es durfte nicht der geringste Fehler begangen werden. Jeder Lidschlag hatte seine eigene, unverrückbare Bedeutung.

39

Der eisige Tramontana, der vom Segromigno Monte herwehte, hatte viel Rauch und Asche aus dem Kamin ins Zimmer gedrückt. Der Raum stank, und überall rieselten Ascheflocken zu Boden und auf alle Gegenstände. Michele Barotta hatte beide Fenster aufgerissen und war auf den kleinen Balkon geflüchtet, der zum Gartenhof hinausführte. Er saß hustend auf einem Schemel, mit fünf Tage alten Bartstoppeln im Gesicht, ungewaschenem Haar, hungrig und in schlechter Stimmung. Der rote Vignamaggio war viel zu kalt. Vier oder fünf Hunde, wahrscheinlich ebenso hungrig und zudem frierend, kläfften unermüdlich aus verschiedenen Richtungen. Wieder rief das Käuzchen. Donata war bei ihrem Bruder; wahrscheinlich saßen sie bei einem gemütlichen Essen. Wolkenfetzen jagten vor dem weißen Mond vorbei. Michele wickelte sich fröstelnd in die Decke, die nach Rauch stank, fluchte leise und brummte: »Sie fangen gut an, meine hundert Tage! Wieder so eine Nacht, an die ich mich morgen nicht erinnern will.«

In einem der Mandelbäume, die an den Ecken des Gartens wuchsen, hauste eine Eule. Michele Barotta sah sie heute, schattenhaft, zum ersten Mal jagen und hörte das Todespiepsen einer Maus. Das Käuzchen, das vom Guinigi-Turm fast jede Nacht seine Rufe ertönen ließ, kannte inzwischen die Hälfte aller Stadtbewohner. Der Vogel versteckte sich in den Zweigen der Steineichen, die auf der obersten Plattform des achtgeschossigen Turms wuchsen.

Michele fröstelte, stolperte zurück ins Zimmer und zuckte mit den Schultern. Alles war mit einer dünnen Ascheschicht bedeckt, aber der Rauch war abgezogen. Die Flammen züngelten senkrecht in den Kaminabzug, und als Michele ein Fenster schloss, kam die Wärme zurück. Hartnäckig hielt sich der Gestank nach Rauch.

Michele blies wütend die Asche von den Seiten des Diario, hustete und las, was er bis vor einer halben Stunde geschrieben hatte. Er hatte den Mitgliedern des Rates einen Vorschlag gemacht, und nach kurzer Beratung hatten die Männer zugestimmt. Ohne dass die Ordnung in Lucca zusammenbrach und die Stadt von tausend Missetaten erschüttert wurde, würden Michele und zwei seiner Männer, D'Andrea und Pierantonio, nach dem Unterschlupf des mörderischen Jägers suchen. Hundert Tage lang und auch in manchen Nächten. Bewaffnet und beritten, mit Fackeln, genug Proviant und Wasser würden sie, die alle hier aufgewachsen waren, die nördliche Hälfte der Umgebung Luccas so genau wie möglich durchsuchen, bis hin zur Straße nach Pistoia, die eine der Grenzen im Norden darstellte. Sie würden nach römischen Ruinen, Gewölben, nach Hinterlassenschaften aus der Zeit der gräflichen Herrscher oder aus den Kämpfen gegen Pisa oder der Condottieri-Zeit suchen. In dieser Zeit würde er Donata noch seltener treffen. Vor Michele lagen die besten Karten, die er hatte finden können. Übermorgen würden sie die Stadt verlassen und jeder in das ihm zugewiesene Gebiet aufbrechen.

»Hundert Tage lang …«, sagte er leise und begann mit einem feuchten Lappen, die Asche vom Tisch und von den Truhen zu wischen. »Ob wir ihn finden?«

Er und seine Männer hatten seit Beginn des neuen Jahres die ältesten Bewohner der Stadt aufgesucht und befragt. Michele hatte Boten zu jedem Borgo geschickt. Alle Erinnerungen und Beobachtungen der Alten und der Bauern und Waldarbeiter, die Michele jeden Abend befragte, ergaben zwar Geschichten, die des Aufschreibens wert waren, aber Michele erfuhr nichts von möglichen Verstecken und Wegen, die der Jäger für seine Untaten benutzte.

Michele kochte vor Wut, aber noch beherrschte er sich. Er trank, obwohl der Wein nicht weniger kalt war, aus dem Krug und ließ sich in die aschebedeckten Kissen des Scherensessels fallen. Sein Bein schmerzte wieder zwischen Hüfte und Knie. Verfluchter Tramontana! Sogar im Wachs der Kerzen schwammen Ascheteilchen.

Man musste etwas tun; er musste suchen. In der Kälte, allein, im nassen Wald, allein mit sich und der Angst, den nächsten Mord nicht verhindern zu können. Die Republik Lucca durfte nicht untätig bleiben. Wenn die hundert Tage vorüber waren, stand die nächste Sonnenwende kurz bevor. Die Wut und der Hass auf den Unbekannten hockten in ihm wie eine unbekannte Krankheit oder wie eine Eiterbeule, die nicht aufbrechen wollte. D'Andrea und Pierantonio waren seine besten Männer; seit vier Jahren bewiesen sie täglich ihre Zuverlässigkeit.

Er nahm noch einen Schluck, doch selbst der Wein schmeckte nach Asche. Misstrauisch blickte Michele zum Kamin. Obwohl der Nordwind um die Häuser jaulte, glühten die knisternden Kloben, von denen Funken hochwirbelten. Michele hinkte zum anderen Fenster, schloss es mit zu viel Kraft und holte aus der Küche einen Becher, Brot, Oliven, Käse und ein halb zerteiltes Brathuhn. Als er den Schenkel abtrennte, dachte er an die Verstümmelungen der Leichen und warf die Reste des Huhns ins Kaminfeuer. Er füllte und leerte den Becher und starrte auf seine Zeilen, und während sein Blick über die Buchstaben glitt, ohne den Sinn zu erfassen, ahnte er, wieder einmal, dass er nicht nur einen gewöhnlichen reichen Schurken und Mörder verfolgte, sondern dass sich hinter den Morden eine Art irrsinnige Philosophie, ein höheres Prinzip des Verbrechens oder eine Sucht verbarg, ein abwegiger Drang, der mehr mit Wahnsinn zu tun hatte als mit einem »gewöhnlichen« Gewaltverbrechen.

Zwei Stunden nach Mitternacht versuchte Michele, die Kerzen auszublasen. Er bewegte sich auf dem schmalen Grat zwischen Trunkenheit und Hoffnungslosigkeit. Vielleicht, wahrscheinlich, würde er scheitern, aber er würde es sich bis zu seinem letzten Tag nicht verzeihen, wenn er es nicht versucht hätte. Er ließ eine Kerze brennen und zog sich aus, wickelte sich in Donatas Decke und schlief ein, als habe er sich selbst betäubt.

Der Frühling zierte sich in diesem Anno Domini 1499 nicht lange – als es wärmer wurde und die Sonne stieg, überzog er das Land mit der ersten Blüte und frischem Grün. Desiderio, Cornelia, einige Diener und hin und wieder Handwerker, die Luca di Beccafumi schickte, arbeiteten Tag um Tag im »Tempel« und vollbrachten mit nicht endenwollendem Fleiß viele kleine Wunder.

Die Schläge auf die Kesselpauken und der Takt, in dem sie erfolgten, mussten nicht mehr verändert werden. Die Trommelwirbel auf die hart gespannten Kalbfelle der Tympanons, die zwischen den dröhnenden Dreifachschlägen ertönten, waren nicht minder eindrucksvoll. Die Blasebälge – einer war löchrig gewesen und musste ausgebessert werden – pumpten Luft in die Kammern, von denen die Hebel der langen Walze sie in die Fanfarenröhren leiteten. Tagelang und in einigen Nächten hallten schrille, mächtige Fanfarenstöße, nur wenig gedämpft durch die Bretterwände des »Tempels«, über die Palazzina hinweg. Desiderio passte die Tonhöhe und den Abstand zwischen den Röhren an, die Castacianos Ufficina geliefert hatte, und brachte sie mit viel Mühe und Geduld mit den Schlägen auf die zwei Trommelarten in Verbindung. Spät nachts fiel er erschöpft und müde ins Bett und schlief sofort ein.

Als Cornelia aufwachte und zum vierten Mal sah, dass sie allein war, begann sie sich Sorgen um Desiderio zu machen. Es geschah oft, dass er nachts zur Werkstatt ging und dort bis zum frühen Morgen arbeitete, aber jetzt, in der Mitte des Februars, erforderte die Maschine zu Füßen des Engels wohl all seine Kraft.

Cornelia schlüpfte in die Stoffschuhe, zog die Monzile über

und zündete die übrigen Kerzen des Leuchters an. Die Tür zum Arbeitszimmer stand offen. Sie durchquerte den dunklen Raum und sah erstaunt, dass auch die schwere Tür mit den geheimen Schnappriegeln, die vom Korridor zur Treppe in die Kapelle führte, geöffnet war. Langsam ging Cornelia Stufe um Stufe hinunter und hörte, während sie aus den Augenwinkeln ihren verzerrten Schatten über die Wandbilder und Pilaster tanzen sah, aus der Kapelle ein an- und abschwellendes Murmeln. Es war Desiderios Stimme, aber sie konnte sich nicht erinnern, ihn jemals so drängend, fast qualvoll reden gehört zu haben. Doch: Manches Mal, wenn er aus einem Albtraum erwacht war.

Sie folgte dem schmalen Lichtstreifen, der aus der Kapelle drang, und blieb stehen, als sie Desiderio sah.

Er kniete auf den Fliesen vor dem Altar, hob die Hände, und Cornelia hörte ihn beten. »O Herr! Vor wenigen Tagen, am frühen Nachmittag, haben zum ersten Mal Pauken, Trommeln und Fanfaren zusammen ihre Stimmen erhoben, und es waren weithin schallende Klänge von ungeheurer Wucht und Durchdringungskraft. Es war, als schreie die Erde verzweifelt und unüberhörbar zu dir, Herr, zum Himmel, und erwarte eine ebenso machtvolle Antwort. Deine Engel, die zwischen dir und uns Sündern fliegen, werden mir deine Botschaft überbringen. Nur ein Wort aus deiner Herrlichkeit.«

Desiderio war halb entkleidet, sein Hemd hing über eine Schulter. Cornelia trat einen Schritt zurück und löschte mit nassen Fingerspitzen einige Kerzenflammen. Desiderios Kehle entrang sich ein abgrundtiefer Seufzer. »Deine Welt, Herr«, hörte sie, »ist so unfassbar groß, und mein Besitz, auf dem ich den siebenten Engel erwarte, ist so klein. Deshalb habe ich diesen Engel erschaffen, der deinem Wirken das Ziel zeigen soll, mit all meinem Fleiß und dem Glauben an deine Allmacht und Barmherzigkeit. So viele wunderbare Dinge habe ich ersonnen, zu deinem Ruhm, und die Welt wird sich verwundern und dich durch mein unwürdiges Werk lobpreisen.«

Er versank im stummen Gebet. Cornelia dachte an die Räder, Achsen und Stangen, an das Fett in den hölzernen Lagern und daran, wie Klänge und Bewegungen zustande gekommen waren. Was Desiderio gebaut hatte, hätte er ohne Gottes Hilfe nicht schaffen können; es war ein Wunder des Herrn.

Vom Wasserrad der Mühle führte eine Stange zu einem gezähnten Rad, das über ein zweites, ebensolches Rad die Eisenstangen drehte, deren Endringe ineinander verschmiedet waren und die sowohl die Entfernung als auch den Höhenunterschied zu der Maschine im »Tempel« überwanden. Immer und immer wieder, wusste sie, überprüfte Desiderio die Übertragung der Kraft und jeden einzelnen Hebel, der von der Walze bewegt wurde. Hier und dort mussten Streben verstärkt, Hebel verkürzt, verlängert oder ebenso verstärkt oder Zähne, Winkel, Scharniere, Holzteile und Seile ausgetauscht werden.

Desiderios Stimme nahm nach wenigen Worten einen inbrünstigen Klang an. »Am letzten Tag des Jahres, wenn du uns den Weg am Wasser des Lebens weist, wirst du erkennen, was dein unwürdiger Diener Desiderio alles getan hat, um dich zu bitten, dass seine Gebete erhört werden. Allein der Engel, der deinem Engel mit dem Schwert winken wird – während um ihn herum stets rege Betriebsamkeit herrscht –, thront auf seinem Sockel im Halbdunkel des ›Tempels‹ reglos und mit hoheitsvoll-wesenlosem Blick über allem und wartet mit uns auf den letzten Tag.«

Niemand hatte jene scheinbar unwichtige Kleinigkeit bemerkt: Desiderio hatte das Gerüst vor der Brust des Engels aufbauen lassen und in die alabasternen Augen des Kopfes Löcher gebohrt. Jetzt blickte der Engel aus schwarzen Pupillen-Öffnungen und schien darauf zu warten, dass sein Blick beseelt wurde durch gläserne Kugeln, die Desiderio eines Tages in die leeren Augenhöhlen einsetzen würde.

Cornelia war sich plötzlich bewusst, dass sie Desiderio in einer seiner ungewöhnlichsten Stunden belauschte. Es war so etwas wie Verrat, ein Eindringen in seine Welt, in die Tiefe seiner Gläubigkeit. Sie sagte sich, dass sie es eigentlich nicht hören, nicht sehen und nicht wissen dürfte. Während er weiter Zwiesprache mit dem Herrn hielt, schlich sie auf Zehenspitzen zurück, die Treppe hinauf und ins Schlafzimmer. Als sie nach langer Zeit hörte, dass Desiderio zurückkam, stellte sie sich schlafend. Zum ersten Mal roch sein Körper nach kaltem Schweiß, nach Angstschweiß. Aber er schlief, ohne auch nur ein Mal aufzuwachen, ohne Albtraum bis zum Mittag.

Schnell hatte es sich in Arliano herumgesprochen, dass der Sohn Girolamo Castacianos endlich seinen Probeschuss wagen wollte. Vielleicht zwei Dutzend Dörfler standen und saßen auf dem Hof der Bronzegießer. Sandro hockte auf einem wackligen Schemel neben seiner funkelnden Feldschlange.

An den Karren, auf dem Sandro und der Dorftischler das Geschützrohr so befestigt hatten, dass es nach oben oder unten ausgerichtet werden konnte, waren die eisenbereiften Räder eines anderen Karrens angeschlagen worden. Sandro und Maestro Franchino hatten die roh gezimmerte Lafette auf den Hof zwischen Ufficina und Wohnhaus hinausgezogen. In der neu gegossenen Pulverkammer steckte ein Säckchen voll Schießpulver, das Rohr war mit einer leinenumwickelten Steinkugel geladen worden.

»Und was ist das Neue an deiner Bombarde, Sandro?«, rief einer der Nachbarn. »Was willst du besser können als die richtigen Cannonieri?«

Sandro winkte ab, entschloss sich dann aber zu einer Antwort. »Weiter und genauer schießen. Schneller und leichter nachladen«, sagte er laut. »Es ist ein Probeschuss, der erste mit diesem Rohr!«

»Dann zeig's uns endlich, Sandro!«

»Keine Ungeduld. Ich mach's gründlich. Sonst wird's nichts«, gab Sandro grinsend zurück und fädelte die ungewöhnlich lange Lunte in das Zündloch. Seine Aufregung nahm zu. Vater Girolamo und Maestro Franchino hoben die zylindrische Pulverkammer hoch, führten ihr Ende in die ausgefräste hintere Öffnung des Rohres ein und drehten sie an den angegossenen Handgriffen einmal halb herum. Die Zapfen glitten in die Rillen und verhakten sich in den Querrinnen. Dann klappte Sandro die ehemaligen Gelenke um das Ende der Pulverkammer und hakte sie am Rohr ein – eine zusätzliche Sicherheit für die massive Pulverkammer. Jeden Handgriff führte er bewusst langsam aus; er hatte lange geübt und würde es in einem Viertel der Zeit geschafft haben.

»Auf welches Haus soll ich die Feldschlange richten?«, rief er und stand auf. Die Zuschauer wichen ein paar Schritte zurück und lachten, einige fluchten, andere bekreuzigten sich, und ein paar riefen wild durcheinander. Sandro hob lachend die Deichsel der Lafette an und drehte den Karren, bis das Rohr auf den Waldrand zeigte, unter dem sich ein leerer Hang erstreckte, eine abgeweidete Fläche.

Sie alle waren aufgeregt. Ein Kanonenschuss war nichts Außergewöhnliches, aber dass der junge Castaciano, einer von ihnen, sich an ein eigenes Geschütz gewagt, es gegossen und bearbeitet hatte und damit schießen würde – das versprach Aufregung und vielleicht etwas vom Glanz der nahen Stadt.

»Bist du fertig, Söhnchen?«, fragte Vater Girolamo.

Sandro visierte entlang des Rohres und schob einen Holzkeil unter das Rohrende, sodass sich die Mündung um drei Fingerbreit senkte. Sein Herz schien schneller zu schlagen, unter den Achseln färbte sich das Hemd schweißnass.

»Ja. Fertig«, antwortete Sandro heiser. »Jetzt oder später, gleichgültig wann – wir versuchen es. Dort drüben treffen wir nur dürres Gras und Büsche.«

»Ich hole das Feuer«, sagte Maestro Franchino und ging in die Ufficina.

Girolamo hob die Arme und rief: »Wenn das Wunderwerk in Fetzen fliegt, solltet ihr weit genug weg sein. Versteckt euch hinter dem Holzstapel und dort hinten. Los, schnell weg mit euch.«

Sandro hatte davon geträumt, dass Caterina beim ersten Schuss neben ihm stehen und seine Hand halten würde. Er rief sich ihr Bild vor sein inneres Auge und flüsterte ihr etwas zu. Franchino kam heraus, eine Öllampe in der Hand. Sandro nahm sie, starrte das Ende der Lunte an, nickte dann seinem Vater und Franchino zu und zündete die Lunte. Er stellte die Lampe unter den Karren, packte die Hand des Vaters, und zusammen liefen sie zur Ufficina. Knisternd, mit fahlem Rauch und vielen kleinen Funken brannte die Lunte, die Flammen schienen für einen Augenblick zu verlöschen; die Ladung in der Pulverkammer zündete.

Ein schmetternder Krach ertönte. Aus der Mündung zuckte ein langer Blitz, gefolgt von einer grauweißen Rauchwolke. Das gesamte Geschützrohr wurde vom Rückstoß in seinem hölzernen Gefängnis zwei Handbreit nach hinten gestoßen. Der Karren sprang hoch und schlug wieder zu Boden. Von den Häuserfronten ertönte der Widerhall. Sandro sprang ins Freie, halb betäubt vom Krachen des Schusses, und glaubte die Kugel auf dem letzten Teil ihrer bogenförmigen Bahn sehen zu können.

Dann sah er, wie sie in den oberen Teil des Hanges einschlug. Erdreich, zerfetztes Gras und Sand flogen nach allen Richtungen auseinander. Langsam löste sich die Wolke auf, die nach Schwefel und heißer Asche roch. Das Rohr und die Pulverkammer waren unzerstört.

»Achthundert Schritte weit!«, schrie Sandro, machte einige Tanzschritte und sprang in die Höhe. »Genau dorthin, wohin ich die Kugel haben wollte!«

Die Nachbarn kamen hinter den Mauern und Holzstapeln hervor und blieben im Kreis um Girolamo, Sandro und das Geschütz stehen. Ein Rauchfaden kräuselte sich aus dem Zündloch. Sandro zog die Handschuhe aus dem Gürtel, streifte sie über und legte die Hand auf das heiße Rohr. Er nickte, löste mit einigem Kraftaufwand die bronzenen Gelenke und klappte sie zur Seite. Die Handgriffe der Pulverkammer waren glühend heiß, aber er packte, durch das Leder geschützt, trotzdem zu. Der erste Ruck war vergeblich; die Kammer bewegte sich nicht. Sandro richtete sich auf, zuckte mit den Schultern und sagte entschuldigend: »Der Schuss war gut. Das Geschütz hat ihn ausgehalten.« Seiner Stimme war die Enttäuschung anzumerken.

Beim zweiten Versuch wandte er mehr Kraft auf, aber noch immer rührte sich die Kammer nicht. Franchino holte Wasser aus der Ufficina und leerte den Eimer über das untere Ende des Geschützes. Das Metall zischte, und Dampf stieg auf. Sandro murmelte: »Ob es mehr nützt oder schadet?«

»Das werden wir gleich sehen.«

Beim dritten Versuch bewegte sich das abgekühlte Metall. An den Stellen, an denen sich die Teile trennten, waren sie verrußt. Franchino schlug mit einem Hammer gegen die Griffe, die bei jedem Schlag ein weiteres Stück weiter ruckten. Sandro wuchtete sie schließlich aus dem Rohr heraus und hielt die Pulverkammer in beiden Händen. Sie war innen geschwärzt und voller körniger Pulverreste.

Girolamo legte Sandro die Hand auf die Schulter und sagte bedauernd: »Wir sind um eine Einsicht reicher. Die Ladung war richtig bemessen. Pulverkammer und Rohr haben den Schuss gut ausgehalten. Aber das Nachladen ist zu umständlich und dauert zu lange. Es liegt an diesen Zapfen und Rillen.«

Sandro ließ die Kammer fallen, wandte sich an die Umstehenden und sagte mit einer Geste der Ratlosigkeit:

»Ich mache weiter. So lange, bis das Geschütz so leicht zu bedienen ist, wie ich es mir vorstelle. Das Fest ist vorbei, Amici.«

Langsam zerstreuten sich die Zuschauer. Franchino und Sandro zogen den Karren zurück in die Werkstatt. Girolamo hob die Pulverkammer auf und warf sie auf die Werkbank.

Sandro ließ sich auf die Bank fallen, betrachtete die Feldschlange und sagte leise: »Es tröstet mich nicht, aber wahrscheinlich hat mein zukünftiger Schwager ebenso wenig Glück wie ich.«

»Der glückliche Michele hat unsere Donata«, antwortete Girolamo mit Nachdruck und füllte aus dem kleinen Fass drei Becher. »Trinken wir auf den nächsten Probeschuss. Und auf Michele.«

»Und auf Donata«, sagte Sandro und fügte in Gedanken hinzu: Auf Caterina, und ob das verdammte Geschütz beim nächsten Mal besser zu bedienen ist, soll mir gleichgültig sein. Er nahm einen Schluck, stemmte die Ellbogen auf die Werkbank und starrte das lange Rohr auf dem Karren an. Die Feldschlange glänzte noch immer wie mattes, dunkles Gold.

Inmitten der farbigen, goldgerahmten und edelholzverzierten Pracht des Ratssaales wirkten Pierantonio, D'Andrea und ihr Anführer Barotta wie Landstreicher. Jeder sah ihnen an, dass sie sich in jenen hundert Tagen nicht geschont hatten. Die Ältesten, die Räte der Republik, der Baumeister Luca di Beccafumi, der Stadtvogt Césare Stago, der Richter Daniele Oliva und der Kaufmann Ambrogio Mazza und deren Schriftführer saßen auf der einen Seite des Tisches, die Stadtwächter ihnen gegenüber. Auf der Tischplatte lagen die Karten und Michele Barottas vollgeschriebene Zettel. Luca di Beccafumi zog einen Teil der Papiere und Pergamente zu sich heran, betrachtete sie sorgfältig, hob den Kopf und musterte die Männer. »Santa Maria!«, sagte er und nickte schwer. »Ihr braucht mehr als nur einen Becher Wein. War es sehr schlimm, Messer Barotta?«

»Ihr solltet erst die Pferde sehen.« Michele rang sich ein Grinsen ab. Seine Männer bewegten sich unruhig auf den Stühlen. »Es war nass, kalt, ungemütlich, die Nächte voller Dornen und Schlaflosigkeit. Essen und Trinken – davon wollen wir erst gar nicht reden. Es ist ein Wunder, dass keiner todkrank geworden ist.«

Mit fünf Fingerbreit langen, verfilzten Bärten, die ebenso

schmutzig wie das Haar und die Kleidung waren, ungewaschen, rotäugig und in von Dornen und Steinen zerrissenen Stiefeln hockten die Männer zusammengesunken da. Es war ihnen deutlich anzusehen, wie erschöpft sie waren.

»Was habt Ihr gefunden, Messer Barotta?«, fragte der Kaufmann.

Michele zuckte müde mit den Schultern. Schmerz peinigte sein Bein bis hinunter in die Zehen. Er hatte Donata einen Boten geschickt und sie gebeten, zu ihm ins Haus zu kommen und ihm zu helfen. »Vieles. Nichts, das uns weitergeholfen hat«, antwortete er.

D'Andrea hob matt die Hand. »Reste von einem Aquädukt«, sagte er rau. »Hier und dort eine Ruine, aus der Bäume und Büsche wachsen, ohne Spuren von Feuer oder frischem Pferdemist. Kleine Kirchen, einsame Weiler, Schäferhütten, ab und zu mit Asche alter Feuer oder Einsiedeleien.«

»Tausend Pfade und schmale Wege. Viel Wild, Vögel und Wildschweinspuren, besonders dort, wo Eichen stehen.« Pierantonios Blicke glitten über die Fresken an den Wänden, die Szenen aus der Stadtgeschichte zeigten. Er schien zu schwach, um den Kopf zu heben und die Bilder in den Kassetten der Decke zu betrachten. »Ein paar Höhlen voller altem Laub, verwester Tiere und Pinienzapfen. Keinen geheimnisvollen Jäger, Messer Mazza.«

Messer di Beccafumi hob eine Karte mit beiden Händen an. Sie war schmutzig, zerknittert und an einigen Falten eingerissen. Der Richter beugte sich zu ihm hinüber. »Habt Ihr dort gesucht, wo wir es abgesprochen haben, nördlich von Lucca?«

Michele nickte. Er deutete auf die Karten und sagte:

»Jeder von uns hat sich ein Drittel vorgenommen. Wir haben in Ruinen, unter Bäumen und fünf, sechs, sieben Mal bei Bauern geschlafen. Vier Mal haben wir die Pferde gewechselt, ebenso oft waren wir zu Hause in Lucca. Die Hügel und alles andere habe ich hier mit roter Tinte markiert.«

Messer di Beccafumi hatte die Karten vor sich ausgebreitet

und betrachtete die roten Flächen. Sie bezeichneten das hügelige und bergige Gebiet eines Halbkreises nördlich von Lucca.

Michele redete weiter. »So war es verabredet. Sonst hätte der Mörder jedes Mal durch die Stadt reiten müssen. Die schwarzen Punkte markieren die Fundstellen der toten Frauen.«

»Das glaubt der Rat auch. Keiner ist anderer Meinung.« Beccafumi lehnte sich zurück. »Eure Bemühungen waren also ohne Erfolg, auch dass Ihr im Wald geschlafen habt.«

»Nicht ganz.« Michele richtete sich auf und gähnte. »Wir haben ungefähr hundert alte Gemäuer gefunden sowie Straßenreste und Brücken, die längst zusammengebrochen sind. Auf einigen Pfaden waren Hufspuren zu sehen. Doch niemand außer uns, also kein Bauer oder Pilger, hat diese Pfade benutzt, wozu auch? Sie kommen aus dem Nirgendwo und enden auch dort. Wir glauben zu wissen, dass wir, also D'Andrea und ich, rund um das Versteck des Mörders herumgeritten sind oder darüber hinweg. Es ist vielleicht tief in einem Hügel, und wenn wir zur richtigen Zeit dort gewesen wären, hätten wir wohl Rauch gerochen.« Er rieb sich die Augen und gähnte wieder. »Wahrscheinlich ist es ein Gewölbe aus der Römerzeit. Oder noch älter. Niemand kennt das Versteck, niemand hat den Mörder gesehen – nur die Opfer. Wenn er noch lebt oder nicht weggezogen ist, wird er zur Sonnenwende wieder töten.«

»Mit der Armbrust, auf einem schwarzen Pferd«, fügte Pierantonio hinzu. »Mehr wissen wir nicht.«

Michele machte eine Bewegung zu den Karten und Zetteln hin. Die Schreiber hatten den Stapel auseinandergenommen und die Stücke vor sich auf dem Tisch ausgebreitet.

Luca di Beccafumi stand auf und sagte: »Ihr könnt vor Müdigkeit kaum mehr aus den Augen sehen. Geht nach Hause und schlaft Euch aus.« Er winkte den Saaldienern. »Der Rat wird sich nicht knausrig zeigen, was die Belohnung für Euren Eifer angeht. Wir werden jede Zeile, jedes Wort lesen und uns beraten. Es ist noch Zeit bis zur Sonnenwende.«

Michele stemmte sich aus dem Sitz hoch und stand schwankend auf. Er konnte an nichts anderes mehr denken als an den Heimweg und den großen Bottich im Gewölbe, voll heißem Wasser. Und an zwanzig Stunden Schlaf mit Donata in seinen Armen. »Ja, kommt«, sagte er. »Wir reden noch miteinander, Messer Beccafumi. Vielleicht finden wir den Mörder doch noch.«

»Mit Gottes Hilfe«, antworteten ein Schreiber und der Kaufmann gleichzeitig.

D'Andrea und Pierantonio erhoben sich ächzend, verbeugten sich, und zu dritt verließen sie mit schweren Schritten den Saal. Jeder Schritt jagte einen glühenden Schmerz durch Micheles Bein. Auf den untersten Stufen der Marmortreppe stolperte D'Andrea vor Erschöpfung und hätte sich überschlagen, wenn ihn Michele und Pierantonio nicht aufgefangen hätten.

Michele wusste nicht genau, wie er es bis zu seiner Wohnung geschafft hatte. Donata schlug die Hände zusammen und rief: »Armer Lelle!« Sie schleppte ihn halb die Treppe ins Gewölbe hinunter, hinein in dichte Dampfwolken, die nach Sandelholz und Ambra rochen und nach getrockneten Kräutern. Sie half ihm, sich auszuziehen und in den Zuber zu klettern, auf dessen Wasser die aufgeweichten Kräuter schwammen. Er streckte sich so weit aus, wie es das hölzerne Behältnis zuließ, schloss die Augen und spürte, wie langsam der Schmerz zwischen Knöchel und Hüfte nachließ.

»Lass mich bis morgen hier drin, Dona«, murmelte er prustend, als sie Seifenwasser über seinen Kopf schüttete. »Der Bart, die Haare – das waschen wir alles morgen.«

Sie begann vorsichtig sein verfilztes Haar auszukämmen und zu bürsten, bevor sie ihm ein weiches, duftendes Tuch um den Kopf wickelte. »Nichts da, mein armer Condottiere«, antwortete sie und küsste ihn auf die Stirn. »Es sind nur dreißig Stufen bis zum Bett. Du schläfst heute endlich wieder bei mir.«

Michele schlief mehr als zwanzig Stunden lang. Er wachte nur drei Mal auf, schlug sein Wasser ab, fand ein Becken mit Waschwasser und spülte kalte Polenta mit warmem Wein herunter; es schmeckte kaum besser als das, was sie über dem qualmenden Lagerfeuer erwärmt hatten. Dann flüchtete er sich wieder ins Bett, an Donatas Brüste und ihren warmen Körper, küsste ihre Schulter und schloss die Augen.

Träge, halb im Schlaf, kreisten seine Gedanken um das Erlebte. D'Andrea hatte das Gebiet im westlichen Teil des Halbkreises durchsucht, Pierantonio im östlichen, und er hatte die Mitte durchstreift. Nach einer Woche oder zehn Tagen wusste er, dass er dem Mörder auf der Spur war. Die Eindrücke, die er gesammelt hatte, waren einzeln betrachtet keine Beweise, aber die Summe der Teile sagte ihm, dass es so war. Er hatte mehr als eine dunkle Ahnung! Dutzende kleiner Spuren, die vielen Laute der Tiere, das Grunzen der Wildschweine und die Geräusche, die er zu hören geglaubt hatte, die Kenntnis der Hügel, Wälder und Grasflächen aus seiner Jugend und deren Veränderungen begannen in seinem Kopf ein Muster zu bilden. Nachts, in feuchte Decken und den Reitermantel gewickelt, der von Tag zu Tag mehr zerschliss, spürte er, dass tief unter ihm das Böse lauerte.

Wie kamen mitten im Wald Hufeisenabdrücke in den Boden aus Lehm und Piniennadeln? Welches Tier hatte zwei Dutzend Äste in dieselbe Richtung geknickt? Ein Pferd? Der Rappe des Mörders? Er fand an den Zweigen keine Pferdehaare.

Einmal hatte Michele so eindringlich geträumt, dass er Traum und Wirklichkeit für eines hielt: von einem römischen Gewölbe mit geheimem Eingang, in dem der Mörder hauste und seine weiblichen Gefangenen an die Wand geschmiedet hatte. Von wüsten Mosaiken aus Haut und Haaren, von umherrollenden Augäpfeln und abgetrennten Füßen, die über Granitplatten tappten. Vom Schwirren der Armbrustbolzen und leuchtenden Dämpfen, die aus alchimistischen Gefäßen über glühenden

Kohlen aufstiegen. Sein eigener Schrei hatte ihn geweckt, das Pferd erschreckt und Vögel aufgescheucht, die mit schlagenden Flügeln aus den Nestern stoben.

Wo Michele ritt oder sein Pferd am Zügel hinter sich herzog, durch den Wald, auf vom Wild geprägten Pfaden, war der Blick auf Äcker, Weiden oder baumumstandene Gehöfte, auf Weinberge oder Olivenhaine verstellt. Hierher kam freiwillig kein Mensch; die meisten hätten sich hoffnungslos verirrt. Michele wusste fast immer, wo er sich befand. Vielleicht ein Dutzend Mal entdeckte er kurze, fast zugewucherte Straßenstücke, auf denen vor endlos langer Zeit römische Legionen marschiert sein mochten, oder eine Brücke, vom Alter halb zerstört, deren Bogen sich über eine Schlucht spannte. In dem dicken Polster aus Laub, angewehtem Sand und den Hinterlassenschaften vieler Stürme fand er an drei Stellen Hufeindrücke, die nicht alt waren. Der Reiter auf dem schwarzen Pferd? Er versuchte, die Spur zu verfolgen und irgendwo wiederzufinden – vergebens.

Wenn dieser wahnsinnige Unhold die Opfer tagelang vor der Welt verbarg, waren sie ihm ausgeliefert. Es ging ihm um Macht. Wahrscheinlich hatte er sie geschändet oder gezwungen, ihm zu Willen zu sein. Lag die Erklärung für die Verbrechen in der Kindheit des Mannes? Aber niemand, den er, Michele, und seine Männer in Lucca und in vielen anderen Siedlungen befragt hatten, vermisste jemanden, der zu so etwas fähig wäre, in seiner Familie. Michele war überzeugt, dass der Mörder hier aufgewachsen war. Auch für ihn selbst galt: Es war leicht, sich in dieser menschenfernen Landschaft zu verirren.

Alle sieben Tage waren Michele und die beiden anderen für eine Nacht in Lucca zusammengetroffen, hatten sich besprochen, die Karten studiert. Die Zeichen, die D'Andrea und Pierantonio gefunden hatten, entsprachen Micheles Beobachtungen. Auch sie waren sicher, dass sich das menschliche Ungeheuer unter der Erde verbarg, an einem Ort, tief und voller Grauen wie Dantes Hölle. Weilte der Jäger sechs Monate lang in seinem Versteck, bevor er seine Jagd begann? Die Erschöpfung und die Enttäuschung schlugen am letzten Morgen über ihnen zusammen, als sie in Lucca einritten und sich, nachdem sie einen anderen Wächter als Boten zum Rat geschickt hatten, zwei Stunden später steifbeinig und schwitzend die Treppe zum Ratssaal hinaufquälten.

40

Zwei Drittel der rumpeligen Straße zwischen Pistoia und Lucca sowie die schmale Abzweigung der römischen Via Cassia lagen hinter den Hufen des Pferdes. Unmittelbar hinter dem Pinienwald, der auffällig wie ein Felsen neben der Straße aufragte, zweigte ein sandiger Bauernweg nach rechts ab, in nördliche Richtung, auf Aquilea zu. Bis Luccas Stadtrand wären es noch drei Stunden scharfen Rittes gewesen. Der sandige Karrenweg mit trockenen Räderspuren wand sich aus dem meist langweilig ebenen Land den Hügeln entgegen. Der Reiter, der heute erst wenige Fuhrwerke und ein paar Lastesel mit ihren Treibern überholt hatte, trabte jetzt zwischen Gebüsch und Waldstücken, die aus wenigen alten und vielen nachgewachsenen Bäumen bestanden – aus Pinien, Steineichen und einigen Zypressen und Ölbäumen. Das Pferd, ein stämmiger brauner Wallach, war nicht müde und folgte willig jedem Schenkeldruck. Der Plan des Jägers, monatelang begrübelt, stand in allen Einzelheiten fest und ließ ihm eine gebührende Menge Zeit und Freiheiten in der Ausführung.

Noch fehlte das Opfer. Die sechste Beute.

Er war sicher, sie in den nächsten Tagen zu finden. Er fand sie immer, hatte sie bisher immer leicht gefunden. Während er mit lockerem Zügel nordwärts ritt, die sengende Mittagssonne im Rücken, kreisten seine Gedanken um die Größe des Anteils jener Wahrheit, die dieser Welt gestattet wurde. Nicht von Gott, denn Gott belohnte angeblich niemanden, aber bestrafte jeden, der versagt hatte. Gott? Der Herr? Schwerlich! Denn: Götter und auch der christliche Gott waren von Menschen erschaffen worden, aus dräuenden Süchten und Sehnsüchten der unzählbar vielen Gläubigen entstanden. Ohne Menschen gäbe es keinen Gott, nicht einen einzigen. Stürben alle Menschen, würden alle ausgerottet, gäbe es keinen Gott. Diese Einsicht, diese weltenerschütternde Wahrheit, fehlte dem anderen.

Der fromme Narr hatte schon jetzt versagt, ohne es zu wissen. Er würde, ohne Gottes Hilfe, sich von seinem selbstgewählten Ziel so weit entfernt haben, wie es menschliches Denken zuließ. Er, der Jäger, der ruhig und wachsam die Umgebung des holprigen Weges beobachtete, würde sich an der Enttäuschung der »Auserwählten« und am Hohngelächter weiden, aber er hielt es für seine Pflicht, den Traum erst dann in die erbarmungslose Wirklichkeit überzuleiten, wenn sich alle Momente und Winzigkeiten seines Traums bis hin zu den Posaunen des siebenten Engels erfüllt hatten. Dieser Augenblick würde am letzten Tag dieses Jahres eintreten.

Der Jäger war der fehlende Teil des einen – der andere. Er ritt ruhig weiter. Sein Ziel war die einsame Herberge im Borgo delle Colline. Lucca blieb zu seiner Linken weit zurück, die bewaldeten Hügel und die Täler wuchsen gemächlich in die Höhe und die Tiefe. Der Weg, meist wenig benutzt, war bisher leer gewesen. Vorbei an Schafherden auf fernen Hängen und Feldern, deren Korn goldgelb im Wind wogte, in heißen Windstößen, die die silbrigen Unterseiten der Ölbaumblätter ins Sonnenlicht drehten und die verwelkten Ginsterblüten schüttelten, und unter schneeweißen Sommerwolken trabte der Jäger weiter, bis er zwischen Kastanien und Eichen die Dächer der winzigen Siedlung sah. Wenige Bauern arbeiteten auf den Feldern. Aus drei Kaminen stieg dünner Rauch auf; es war, als würde der Wirt ihn, den Jäger, erwarten. Es hätte ihn nicht verwundert, denn, wie er sich zu erinnern glaubte, war er vor einem halben Jahr zum letzten Mal hier eingekehrt.

Seit drei Tagen sah er an den Abenden wieder das gleiche, bestürzende Zeichen in unterschiedlichen Ausprägungen: Die

Sonne, rötlich, gelbrot, purpurrot oder wie ein aufflammendes Feuer, schwebte vor ihrem Untergang zögerlich über dem Horizont und spießte sich selbst an einem abgestorbenen Baum auf, an einem Kirchturm, einem spitz-schroffen Felsen oder einem aufwärts gerichteten Dolch und verströmte, wie der Dotter eines Eies, der feuergleich ausfloss, ihr seltsames Glühen über das Land und tränkte glimmend jedes Auge. Auch sein Auge, sein Gemüt.

Die Herberge – eines der ältesten Häuser der Siedlung – trug seit langer Zeit den Namen »Pinien, Maiale und Pilze« und galt bei Wanderern und Reisenden zwischen Firenze und Pisa als Ort, an dem man gern Halt machte. Ein Dutzend einfache Gastzimmer, ein guter Weinkeller und tüchtige Köche waren unter dem Dach des Hauses zu finden, das von zwei gewaltigen Pinien überragt wurde. Fuhrleute und Händler stiegen hier ab. Der Jäger ritt zwischen Hecken und durch einen Ölbaumhain hindurch und hörte die Laute der Schweine, Hühner und Enten, die gurrenden Tauben sowie die Singvögel in den Käfigen, die neben dem Eingang zwischen dicken Zwiebelzöpfen aufgehängt waren. Hinter den wenigen Häusern und Scheunen meckerten Ziegen. Als sich der Jäger umsah, stellte er fest, dass nur drei Reitpferde und ein Fuhrwerk im Schatten der Herberge standen. Er lenkte den Wallach unter das vorspringende Dach, stieg ab und band den Zügel fest. Langsam ging er zur Gaststube, sog den Geruch frisch gebackenen Brotes und verschütteten Weins ein und trat ins Halbdunkel des Raums. Zwei Männer, Kaufleute, saßen an einem Tisch nahe des winzigen Fensters, tranken und würfelten. Sie warfen ihm kurze Blicke zu und klapperten mit den Bechern.

Als der Wirt die Dielen knarren hörte, kam er aus der Küche und bückte sich unter den Wildschweinschinken und Rauchwürsten, die von einem Deckenbalken hingen. Er erkannte seinen Gast auf den ersten Blick. »Ihr wart lange nicht bei mir, Messer Giorgio«, sagte er und wischte die Hände an der Schürze ab. »Wollt Ihr ein stilles Zimmer für die Nacht?« Er deutete auf einen großen Tisch mit zwei Bänken, dessen Platte frisch gescheuert worden war.

Der Jäger ließ sich schwer auf eine der Bänke fallen, schüttelte den Kopf und sagte: »Kein Zimmer, mein Freund. Ich lasse Euch mein Pferd da und reite auf dem Rappen weiter. Ihr habt ihn gut gepflegt?«

»Mit Aufmerksamkeit und regelmäßig, wie versprochen. Ein halbes Jahr lang. Jede Woche habe ich ihn ein Mal gut geritten.«

An langen Schnüren hingen Pilzscheiben zwischen den Schinken und Würsten. Der Jäger zog die Handschuhe aus und sagte: »Bringt mir etwas zu essen und einen Krug Wein. In zwei Stunden soll der Knecht dem Rappen meinen Sattel auflegen. Dann muss ich weiter. Was habt Ihr in den Töpfen?«

Der Wirt zählte auf, was seine Küche heute hergab, und der Jäger bestellte weißes Brot, Ragout mit geschmorten Pilzen, einen Krug Nebbiolo, Wasser zum Mischen und eine süße Tartare mit Zucker und Pinienkernen.

»Fühlt Euch wohl. Wenn Ihr satt seid, findet Ihr den Rappen gesattelt, Messer Giorgio. Und den Braunen werden wir genauso pflegen und striegeln und gut füttern.«

»Ich hab's nicht anders erwartet.«

In der Stille hinter den dicken Mauern aß und trank der Jäger ohne Eile und lobte den Koch; besonders die braune Pilzsoße, die sämig und einzigartig gewürzt war, hatte es ihm angetan und kitzelte seinen Gaumen. Die Kaufleute leerten die Becher, zahlten und verließen die Gaststube.

Als der Hufschlag ihrer Pferde leiser wurde, entstand plötzlicher Lärm. Peitschen knallten, Pferde wieherten, eiserne Felgen knirschten im Sand und auf den Steinen. Der Wirt eilte hinaus, und der Jäger zog den Münzenbeutel unter dem Gürtel hervor. Als er die Münzen hin und herschob, hörte er Männerstimmen, das Lachen einiger Frauen und die einladenden Rufe des Wirtes.

Der Jäger ließ die richtige Menge Fiorini, Soldi und Quattrini auf dem Tisch liegen und zählte das Geld für die Pflege des Rappens hinzu.

Er stand auf, setzte sich dann jedoch wieder, so, dass er die Eintretenden besser erkennen konnte als sie ihn. In seinem Inneren sah er den blanken Stahl die blutrote Kugel durchbohren, das Symbol der menschlichen Seele, und seine Erregung nahm zu. Eine Reisegesellschaft von sieben oder mehr Personen drängte in die Gaststube. Die Blicke des Jägers glitten von einer der drei Frauen zur anderen und blieben auf dem Haar der zweiten haften.

Sie, die Älteste und Größte, auf ihre Art auch die Schönste, trug ihr Haar, das weit bis über die Schulterblätter reichte, in unzähligen silbrigen Löckchen. Ihre Kleidung bewies dem Jäger, dass sie einer reichen Familie angehörte oder aus einem fürstlichen Haus kam. Die Farbe und die Mode ihres Haares, das ein schmales Gesicht mit scharfen Zügen umrahmte, waren – einzigartig. Er hatte diesen grau-silbernen Farbton bislang nur an alten Menschen gesehen. Aber diese Frau war keine dreißig Jahre alt. Sie warf ihm einen Blick von übermütiger Sicherheit zu, und da wusste er, dass er seine Beute gefunden hatte. Fanfaren und Kesselpauken tobten sich in seinem Kopf in wilden Melodien aus. Er erwiderte den Blick mit seinem schönsten Lächeln, verbeugte sich und nahm, während er zur Tür ging, den Wirt am Arm. »Das Geld liegt auf dem Tisch, Gevatter«, sagte er. »Ich will einen kleinen Spaziergang machen und in einer Stunde weiterreiten. Sorgt Ihr für den gesattelten Rappen?«

»In einer Stunde, Messer Giorgio. Ihr solltet am Teich vorbei zu den Eichen gehen; aber wahrscheinlich kennt Ihr den herrlichen Ausblick schon. Dort ist viel Schatten. Es wird vielleicht ein Gewitter aufziehen.«

»Auch darum will ich abends im Trockenen sein«, antwortete der Jäger und schlug dem Wirt freundschaftlich auf die

Schulter. »Kennt Ihr die Leute, die Eure Töpfe und Pfannen leeressen werden?«

»Reiche aus Pisa. Sie kommen fast jeden Monat zu mir.« Der Wirt lachte breit. »Sie wissen, wo man gut isst, trinkt und trunkene Nächte verbringt.«

Der Jäger nickte ihm zu und verließ die Gaststube. Langsam ging er im zitternden Schatten der Pinienwipfel an der Wehrmauer entlang zur Bank, die am höchsten Punkt des Hügels stand. Ungehindert ging der Blick über das Tal hinweg bis zu den Bergen, die in unterschiedlichen Grautönen schimmerten und bis zum Horizont und zu den Wolken reichten, die über der Küste aufquollen.

Der gesattelte und gezäumte Rappe wartete im Schatten neben dem Eingang. Ungefähr eine Stunde nach seinem Spaziergang, in der Zeit der größten Tageshitze, trank der Jäger in der Gaststube gemischten Wein aus einem großen, erdbraun glasierten Tonbecher. Er hatte einen Platz gewählt, von dem aus er ins Gesicht der schönen Unbekannten blicken konnte. Ein edles Gesicht, eine zähe, wilde Beute. In seiner Brusttasche steckte die silberne Flasche, in der er sein »Blut des Hercules« mit sich führte, mit dem er sie gefügig machen würde. Immer wieder trafen sich ihre Augen. Anmutig neigte die Schöne den Kopf, lächelte, warf ihm funkelnde Blicke zu und erhob den Becher in seine Richtung. Nach einer Weile füllte er den Rest des Weins in den Becher, stand auf und deutete mit einer übertrieben einladenden Geste zur Tür.

Wieder legte die Frau lächelnd den Kopf schräg und nickte, als er am Tisch der Gesellschaft vorbeiging. Unter dem Vordach wartete er, nahm einen kräftigen Schluck aus dem Becher und goss dann schnell und unbemerkt ein Drittel seines Wundertrunks in den restlichen Wein. Er lehnte sich an die rauen Steine der Mauer und wartete. Es dauerte nicht lange, und die Frau trat mit entschlossenen Schritten ins Freie. Er zog die Mütze, verbeugte sich und sagte leise:

»Giorgio degli Anastagi. Darf ich, im Augenblick der Trauer über den Abschied von Eurer Schönheit, Euren Namen erfahren?«

»Wenn Ihr bleiben würdet, gäb's keinen Abschied.« Ihre Finger berührten seine Hand und den Becher. Ihre Augen leuchteten auf. »Ich bin Caecilia di Chiusi. Man nennt mich ›La Colombaia‹.«

Der Jäger schien sich die nächsten Worte abzuquälen. »Das schöne Wildtäubchen. Ihr gleicht indessen einem schönen Falken, meine Teuerste. Ich muss weiter ... Nie sah ich schöneres Haar. Wenn ich schon nicht in Eurer Nähe verweilen darf, so begleitet mich bitte zu meinem Pferd. Dorthin.« Er zeigte auf den Rappen, der dreißig Schritte entfernt auf der Trense herumbiss. Wieder gellten Fanfaren in seinem Kopf. Taubenfedern schwirrten, Bilder verschoben und überlagerten sich, als er ihren Smaragdblick suchte und den Becher hob. Ihre Augen waren hellgrün, wie Frühlingslaub am Nachmittag. »Nehmt einen Abschiedsschluck – es ist Vignamaggio, der Beste, der Trunk der Unglücklichen: schwer, schwarz wie mein Elend, dennoch, in Maßen genossen, ein Wein für Tauben, Reiter und Engel.«

Sie neigte den Becher mitsamt seiner Hand und trank zwinkernd, schluckte zweimal und ging neben ihm zu dem Rappen, der den Kopf wandte und die Ohren aufstellte. Der Jäger sah sich um; sie waren allein. Nach einem Dutzend Schritten knickte Caecilia in den Knien ein. Er fing sie auf, schüttete den Rest des Weins in den Sand und warf den Becher ins Gras, hob die Frau auf den Pferderücken und schwang sich in den Sattel. Sie wehrte sich nicht mehr, lag schwer und quer vor ihm halb auf dem Sattelhorn und hatte, als er lostrabte, das Bewusstsein schon verloren. Drei Mal, bevor er im Galopp den Sandweg verließ, sah er sich um. Niemand verfolgte ihn, niemand hatte etwas gesehen.

Im letzten Tageslicht und im fernen Grollen des Donners erreichte er mit der leblos scheinenden Beute sein Versteck. Zuerst band er den Zügel des Rappen an einen Baumstamm, setzte dann die Frau auf den Waldboden, auf ein Polster aus Piniennadeln. Bedächtig schob er den dichten Vorhang der Ranken zur Seite, suchte nach Spuren und öffnete die erste Pforte, deren Vorderseite einem morschen Baumstamm glich. Das beginnende Abenddunkel ließ die Stämme und die Kronen schwarz erscheinen, als der Jäger die zweite, tiefer gelegene Pforte aufschloss. Nachdem er aus Stahl, Feuerstein und Zunder ein Flämmchen entfacht und einige Kerzen angezündet hatte, trug er die Frau ins Gewölbe und legte sie auf das Lager. Er schleppte die prallen Satteltaschen zum Tisch, packte zuerst die Kerzen aus und zündete ein halbes Dutzend an.

Der gewohnte Geruch, das absonderliche Halbdunkel und die eigenartige Umgebung nahmen ihn wieder gefangen, und mit jedem Schritt erinnerte er sich an mehr Einzelheiten. Er band die Handgelenke und Fußgelenke der Frau fest, huschte hinaus und sattelte den Rappen ab. Das Pferd folgte ihm willig in das Nebengewölbe und wurde nur unruhig, als die Kerzenflammen flackerten. Der Jäger schloss das Gatter und schob den Rankenvorhang davor. Erst als er die innere Tür verriegelt hatte, fühlte er sich sicher und geborgen.

Für nicht mehr als zehn Tage und Nächte.

Er entledigte sich der überflüssigen Kleidungsstücke, brachte das Feuer in Gang und fütterte es mit schenkeldicken Kloben. Die Hitze drängte die schwere Feuchtigkeit in die geschwärzten Steine der Decke zurück. Weinkrüge, Esswaren und Brot legte der Jäger auf dicken Wandbrettern ab und zog die Stiefel aus. Das Sägemehl unter seinen Sohlen war feucht und kalt. Colombaia, sein Täubchen, war noch ohne Bewusstsein, als er begann, sie auszuziehen. Sie lag reglos vor ihm, und ihr nackter Körper war seinen Fingern ausgeliefert. Die weiße Hindin, die einzigartige Hirschkuh, kostbar wie ein Einhorn. Einen Teil ihrer Kleidung warf er in die lodernden Kaminflammen und bestaunte ihren schlanken, sehnigen Körper und die schmalen Hüften.

Ihm durfte kein Fehler unterlaufen, er durfte die Macht über sie nicht verlieren, also zwang er sich dazu, mit äußerster Gewissenhaftigkeit zu handeln. In zwei Stunden, ungefähr, würde Colombaia aufwachen und sich in einer Umgebung wiederfinden, die sie erschreckte. Nach kurzer Überlegung streifte er die dünne Ledermaske über seinen Kopf.

Er band ihre Handgelenke und die Füße ans Kopf- und Fußende des Lagers, schob ein Kissen unter Colombaias Nacken und deckte sie mit dem fellgefütterten Reitermantel zu. Dann knotete er die dünne Kette vom Wandhaken, riss mehrere Male prüfend daran und reinigte das breite Lederhalsband an ihrem Ende. Als die dicken Balkenstücke rot und weiß glühten, setzte sich der Jäger an seinen Tisch und begann, den nächsten Trunk für seine Gefangene vorzubereiten. Gerüche nach Zimt, Nelkenöl, Safran und erhitztem Wein breiteten sich aus; jeder Atemzug erregte den Jäger. Hartnäckiger Durst würde seine Beute quälen, sobald sie aufgewacht war, wusste er, und mit jedem Schluck würde ein Stück ihres Schreckens und Widerstandes dahinschwinden.

Trotz der Safrantropfen und der anderen Substanzen im Wein kämpfte Colombaia wie ein wilder Falke. In ihrem tiefsten Inneren widersetzte sie sich der Gefangenschaft. Sie forderte den Jäger heraus und setzte, obwohl sie hilflos schien, ihren Körper wie eine Waffe ein, um ihren scheinbaren Herrn zu erschöpfen. Ihr Wille blieb, obwohl sie gefügig war, ungebrochen. Der Jäger erzitterte vor Wollust und in der Vorstellung, ein solches Wild jagen und erlegen zu dürfen. Das Schicksal hatte ihn und Colombaia in der richtigen Stunde zusammengeführt. Trotz der langen Kette des Halsbandes bewegte sie sich leichtfüßig innerhalb eines Kreises, außerhalb dessen er saß, arbeitete und schlief. Hingerissen beobachtete er das Spiel ihrer Muskeln unter der glatten Haut. Es fiel ihm schwer, an das Ende der Jagdvorbereitungen zu denken, denn es bedeutete das Ende seiner Erregung. In den Pausen, wenn die Wirkung des Trunks, des »Blutes des Hercules'«, nachließ, und bevor sie der Durst bezwang, beschimpfte ihn Colombaia mit ausgesuchter Bösartigkeit und verlangte ihre Freilassung – heute hatte er ihr, unberührt von ihren Flüchen, die Freiheit versprochen. In drei Tagen. Im Inneren der ausgemauerten Höhle verlor selbst er bisweilen das Gefühl für Tag und Nacht.

Als er Colombaia im flackernden Kerzenlicht wieder nehmen wollte, blieb sie mit aufgerissenen Augen reglos liegen, als sei sie ohne Besinnung. Ihr Körper war ausgestreckt, die Handgelenke und die sehnigen Beine waren an den Ecken des Lagers festgebunden. In der Zeit zuvor hatte, als sie sich wehrte, ihr zuckender Körper den Jäger mit seiner aufbäumenden Wildheit ergötzt. Als er sich von ihr löste, ihren Kopf anhob und den Becher an ihre Lippen setzte, trank sie, holte tief Luft und sagte: »Ich werde davonrennen, weit genug, um dir zu entkommen. Und dann komme ich zurück, mit einem Dutzend Söldnern. Für jede Stunde wirst du büßen.«

Ein Blick in ihre Katzenaugen ließ ihn erkennen, dass sie ihn mit kaltem Hass verfolgen würde, wenn es ihr gelang zu entkommen.

»Du wirst mich vielleicht suchen, aber niemals finden«, antwortete er ruhig und träufelte Wein auf ihre Brüste und in die Halskehle. »Du wirst nie den Eingang in meine Welt finden. Ich meine, nicht dieses feine Versteck.«

»Ich weiß genug von dir. Ich werde dich leiden lassen.« Sie fauchte mit heiserer Stimme. »Es wäre besser, wenn du mich tötest.«

»Ich töte dich nicht, mein wildes Falkenweibchen.« Er leckte lachend die tiefroten Tropfen von der Haut und dachte an den Augenblick, in dem er ihrer Spur aus Balsamduft, Schweißgeruch und dem Duft der Angst durch den nächtlichen Wald folgen würde. »Ich habe Besseres mit dir vor.«

»Gott wird dich strafen, wenn ich es nicht kann!«, stieß sie hervor.

Er schüttelte den Kopf. »Es gibt keinen Gott. Und wenn es ihn gäbe, würde er über dich und mich lachen.«

Wieder stieß sie eine Reihe wüster Beschimpfungen hervor und riss an den Tuchbändern ihrer Fesseln. Der Jäger zog sich vom Lager zurück und ging zur Pforte, um frische Luft hereinzulassen und nachzusehen, ob es Tag war oder Nacht, und um sein Pferd zu versorgen. Als er zurückkam, war Colombaia in einen Schlaf der Erschöpfung gefallen und murmelte im Traum vor sich hin. Der Jäger näherte sich ihr, einen Leuchter erhoben, und betrachtete die langen Beine, die Brüste, die Muskeln und Sehnen des Körpers, der die Vollendung seiner Jagden bedeutete. Gott würde ihn strafen? Niemals! Gott, den Dante in seinem Gedicht verherrlichte, einer »Commedia«, vermochte weder in das Herz des Jägers zu blicken noch in die Gemäuer in der Tiefe der Hügel. An Gott mochte die andere Hälfte seines Selbsts glauben; der Jäger gehorchte anderen, nämlich seinen eigenen Gesetzen. Er bedauerte den Ausgang der Jagd, denn mit dem Erlegen der Beute verlor er die Macht über Colombaia, über die schnelle weiße Hindin mit den sehnigen Gelenken und der langen, silberweißen Mähne.

Vor zwei Stunden waren das kurze, heftige Gewitter und der Regen vorbeigezogen. Der Waldboden war feucht, aus den Baumkronen fielen schwere Tropfen. Bis zur Mitte des offenen Hügelwaldes saß Colombaia, ans Sattelhorn gefesselt, vor dem Jäger. Er hielt den Rappen mitten auf der Lichtung im Mondlicht an, stieg ab und hob den Kopf. Leise sagte er: »Rechts findest du irgendwann, irgendwo den Weg nach Lucca. Geradeaus geht es, weitaus länger, nach Firenze. Links, wenn du bis Mittag ununterbrochen rennst, kommst du zum Borgo delle Colline. Nach Pisa ist es zu weit. Davon rate ich ab.«

»Du lässt mich wirklich frei?«, antwortete sie erstaunt. Ihre Benommenheit war völlig verflogen. »Mitten im Wald? In der Nacht?«

»So ist es.«

Colombaias Körper glänzte vom Hals bis zu den Schienbeinen. Das Balsamöl roch stark und unverwechselbar. Wenn sich der Körper erhitzte, würde der Geruch noch zunehmen. Sie trug nur ein Stirnband, das ihr Haar zusammenfasste, ein weißes Schamtuch und ihre geschnürten Stiefel. Der Jäger löste die Knoten ihrer Fessel und half ihr mit der Linken vom Pferderücken. Das Fell des Rappen war sauber und gestriegelt. »Überleg nicht lang, mein wildes Falkentäubchen. Lauf! Sonst könnte ich mein Versprechen bedauern.«

Sie knetete ihre Handgelenke, dann beugte sie sich zurück und schlug ihm mit aller Kraft ins Gesicht. Er hatte den Schlag nicht kommen gesehen. Ihre Knöchel trafen ihn an der Wange und ließen die Maske verrutschen. Sie duckte sich unter dem Hals des Pferdes und rannte davon. Mit einem Ruck zerrte der Jäger die Maske zurecht, packte Zügel und Sattelhorn und zog sich hoch. Er schob die Stiefelspitzen in die Steigbügel, setzte sich zurecht und vergewisserte sich, dass beide Armbrüste gespannt und geladen an den Satteltaschen hafteten.

Colombaia schien geradeaus und nach rechts zu rennen, auf Lucca zu. Sie glaubte wahrscheinlich, am leichtesten und schnellsten die Stadt zu erreichen. Hinter ihr wehte das Odium des gemischten Öls, das ihre Sinne und Kräfte schärfte und dem Jäger ihren Weg ebenso gut wie ein glimmender Pfad zeigte.

Er setzte die Sporen ein und trabte los. Die Beute war so weit gelaufen, dass er sie weder sah noch hörte. Aber im Geruch des Waldes nach dem Regen blieb der Duft des Öls als deutliche Spur zurück. Ihm folgte der Jäger in scharfem Trab, tief über den Hals des Pferdes gebeugt, zwischen den Buchenstämmen. Der weiche Boden verschluckte das Pochen der Hufe fast völlig. Nach einiger Zeit sah der Jäger weit vor sich, zwischen heftig bewegten Büschen, das Weiß des Tuches. Er horchte, gab die Zügel frei und ritt bis zu der Stelle, an der er Colombaia vor wenigen Atemzügen gesehen hatte.

In dem Gemisch leiser Geräusche des Waldes, vielleicht drei Stunden vor dem Morgengrauen, konnte der Jäger gerade noch wahrnehmen, dass seine Beute unverändert schnell flüchtete. In östliche Richtung, auf die Straße zwischen Lucca und Barga zu. Er folgte ihr ohne Eile, hinaus aus dem Hochwald, auf einem Gewirr feuchter Pfade, die auf verwilderte Felder führten. Noch immer konnte er den scharfen, im Gemisch mit Schweiß fast stechenden Balsamduft riechen, der sich von dem feuchter Gräser und halb vertrockneter Pflanzen abhob, die gierig jeden Tropfen aufgesogen hatten. Seit seine Beute aus dem Sattel geglitten war und ihn geschlagen hatte, war die Jagd noch erregender für ihn. Sie mündete in wenigen Augenblicken in die entscheidende Verfolgung. Die sichtbare Spur wurde deutlicher: Wo Colombaia sich den Weg durch Buschwerk gebahnt hatte, glänzte keine Nässe mehr an den Blättern. Der Blick weitete sich. Vor dem Jäger lag im schrägen Mondlicht, hinter einzelnen Baumgruppen das leere Feld.

Er zügelte das Pferd und ritt langsam auf die Engstelle zu. Schattenhaft nahm er rechts eine Bewegung wahr. Etwas raschelte durch die Blätter, gleichzeitig traf ihn ein schwerer Schlag an der rechten Schulter. Einen Lidschlag später sah er, wie ein dunkler Brocken vom Hals des Pferdes abprallte und dass die Beute aus dem Gebüsch sprang und vor dem Pferd das weiße Tuch durch die Luft peitschte. Der Rappe wieherte, stieg in die Höhe, biss auf die Trense und ging durch. Er galoppierte, wild auskeilend, zwischen den Bäumen hindurch und auf das Feld hinaus. Mit Mühe hielt sich der Jäger im Sattel. Er fluchte leise, seine Schulter schmerzte, als ob sich ein Dolch in das Gelenk gebohrt hätte.

Der Rappe stob katzbuckelnd durch das hohe Gras, schüttelte sich und gehorchte nicht mehr dem Zügel. Der Jäger zwang den Kopf des Reittiers zu sich heran, klammerte sich mit der Linken am Sattelknauf fest und redete beruhigend auf das Tier ein. Als er den Hals klopfte und an der Mähne riss, fiel der Rappe in Galopp und schließlich in den Trab. Einige Atemzüge später, am jenseitigen Rand des Feldes und vor einer Mauer aus Büschen und Ranken, blieb er zitternd und schäumend stehen. Schweiß sickerte über die Kruppe und die Flanken des Tieres. Der Jäger lockerte den Zügel, das Pferd streckte keuchend den Hals, die Nüstern berührten den Boden.

»Gut so«, murmelte der Jäger und brachte den Rappen dazu, sich herumzudrehen. Der stechende Schmerz war einer dumpfen, pochenden Pein gewichen, aber der Jäger biss die Zähne aufeinander und ritt, zunächst im Schritt, in der eigenen Zickzackspur im fahlen Mondlicht zurück zum Waldrand und zum Pfad.

Zweige und Äste peitschten den Körper des Jägers und des Pferdes. Unter den Hufen splitterten knackend Pinienzapfen.

»Das Ringeltäubchen«, murmelte er in widerwilliger Bewunderung, »hat seine Falkenkrallen gezeigt. Ihre letzten Augenblicke werden köstlich sein.«

Der Rappe schüttelte sich und fiel in leichten Trab. Er gehorchte wieder dem Zügel, und der Jäger wusste, wohin er das Tier zu lenken hatte. Er setzte sich zurecht und griff, obwohl jede Bewegung einen rasenden Schmerz durch seine Schulter und den halben Rücken jagte, nach der Armbrust, die rechts auf der Satteltasche festgeschnallt war. Es gelang ihm, die Schnalle des Riemens zu lösen, der die Waffe hielt. Dann wechselte der Rappe prustend in schnellen Trab, machte ein paar Galoppsprünge und trabte auf dem Pfad weiter, durch die niedrigen Gewächse und in der Dunkelheit am auslaufenden Hang des Hügels und auf den nächsten Hügel zu.

»Es wird langsam Zeit«, sagte sich der Jäger und dachte an den Sonnenaufgang. »Es wird Ernst, Colombaia.«

In kurzen Abständen nahm er den auffallenden Geruch des Öls auf der heißen Haut wahr und folgte ihm. Nun glaubte er sicher zu wissen, dass Colombaia nach Lucca flüchtete. Er wählte bei der nächsten Gabelung den rechten Pfad, der über eine Reihe kleiner Lichtungen führte, kitzelte den Rappen mit den Sporen und galoppierte durch Buschwerk, Unterholz und schwindendes Mondlicht in einem weiten Bogen zur Straße. Der Schmerz hockte tief im Gelenk. Links von ihm, unsichtbar und unhörbar, rannte die Jagdbeute; er war weitaus schneller und würde ihr entgegenreiten. Die breiten Sandbahnen der Räderspuren wanden sich über niedrige Böschungen und verloren sich zwischen den Gewächsen. Bald würde der Mond untergegangen sein; lange Schatten zerteilten das Doppelband der Straße. Als der Jäger lange genug neben der Straße entlanggeritten war, sagte ihm sein Verstand, dass ihm, wenn er umkehrte, Colombaia entgegenrennen würde. Zur Sicherheit ritt er bis zum nächsten Meilenstein, hielt das Pferd an und lenkte es abseits der Straße zu einem Brunnentrog. Er ließ das Tier saufen, ohne aus dem Sattel zu steigen, beobachtete die Umgebung und lauschte auf jeden Laut. Das Reittier hatte sich beruhigt; er tätschelte und klopfte den Hals und die Flanken. Weit rechts, in den Baumkronen, schrie ein Käuzchen.

Auf einer Länge von einer Meile verlief die Straße nach Lucca in leichten Biegungen, fast ohne Steigungen und Gefälle, fast geradeaus nach Nordwest. Er ritt auf die Straße hinaus, wandte sich nach Nord und hielt sich links des hellen Streifens in den Schatten. Hundert Galoppsprünge vor ihm stieg im Norden die Straße an und verschwand hinter einem Hügel. Der Jäger glaubte das Rauschen des Serchio zu hören. Mit gespannter Armbrust, reglos im Sattel, alle Sinne geschärft und fiebernd in der Erwartung des Zieles und des Schusses ritt er langsam weiter. *La cacchia*, die Jagd, hatte eine unerwartete Wendung genommen.

Den Geruch der Beute hatte er verloren, doch, nach allem, was ihm sein Verstand sagte, kam sie auf ihn zu. Südwind wehte die Gerüche Luccas, schwach und undeutlich, in seine Richtung.

Als er etwa die Hälfte des Hügels erreicht hatte, hörte er das

Keuchen. Augenblicke zuvor hatte der Rappe die Ohren aufgestellt und nach vorn gedreht. Einige Steinwürfe weiter vernahm er es deutlicher: Vor ihm knirschten, erstaunlich gleichmäßig, Schritte auf dem Sand. Der Jäger zog den Zügel straff und ließ das Pferd drei, vier Schritte rückwärts gehen. Reittier und Reiter verschwanden im Schatten der Zypressen. Das Fell des Rappen roch stechend nach Pferdeschweiß und feuchtem Haar. Der Jäger konnte gerade über den Kamm des Hügels blicken und sah den hellen Körper der Frau in der Mitte der Straße.

»Oh Colombaia«, flüsterte er und hob die Armbrust, »du bist schnell, stark und mutig. Bis hierher …« Sein rechter Arm zitterte bis in die Fingerspitzen. Der Jäger versuchte, den Schmerz zu beherrschen und zielte auf die Brust Colombaias. Der innere Zwang, die Jagd zu krönen, wurde übermächtig. Die Kraft und die Ausdauer der Frau erstaunten ihn. Langsam wanderte der Schaft der Waffe mit den Bewegungen des Körpers. Als sie bis auf zwanzig Schritt herangekommen war, hielt der Jäger den Atem an und löste den Schuss. Der gefiederte Bolzen surrte durch das schwache Mondlicht und traf Colombaia in die linke Brust.

Sie lief und torkelte noch einige Schritte, stolperte und brach mit ausgebreiteten Armen mitten auf dem Fahrweg zusammen. Der Jäger spornte den Rappen, ritt scharf auf die Straße hinaus und sprang, Zügel und Armbrust in den Händen, neben dem Körper aus dem Sattel. Wieder fuhr ein stechender Schmerz durch seine Schulter.

»Ich habe lange gezielt und gut getroffen«, murmelte er, schnallte die Waffe wieder fest und riss die Satteltaschen auf. Der Mond war verschwunden, nur die Sterne gaben schwaches Licht. Der Jäger drehte den Körper auf den Rücken, rollte die Tasche aus, nahm das Skalpell heraus und begann mit seiner Arbeit. Aus der Brustwunde hatten die letzten Herzschläge Colombaias einen Schwall Blut herausgetrieben, das den Sand tränkte. Mit wenigen Schnitten und Griffen zog der Jäger die

Kopfhaut und damit sämtliches Haar vom Kopf der toten Jagdbeute, verwahrte sorgfältig die Augen und richtete sich auf. Die wenigen Sterne verlöschten, und im Osten verlor der Himmel seine Schwärze. Überall im Wald fingen die Vögel mit ihrem vormorgendlichen Zetern an. Als er die Säge aus der anderen Tasche zog, zuckte er zusammen. Ein Geräusch, wie fernes Trommeln, drang an seine Ohren.

Er flüsterte eine Verwünschung. Von Lucca her näherte sich ein Reiter.

Mit ein paar raschen Griffen löste er die zweite Armbrust vom Sattel und vergewisserte sich, dass der Bolzen richtig saß. Als er den Kopf hob und den Lauf der Straße bis zur Kuppe des Hügels verfolgte, sah er den unruhigen Lichtschein einer Fackel. Er griff nach dem Degen an seinem Gurt und lief langsam, aber mit weiten Schritten, dem Reiter entgegen. Auch das Ende der Jagd störte seine wohl durchdachten Pläne; es durfte keinen Zeugen geben.

Zuerst tauchte hinter dem Hügel die Fackel auf, dann der Reiter auf einem Grauschimmel. Der Jäger stellte sich breitbeinig hin, hielt mit der linken Hand seinen rechten Unterarm fest und zielte auf den Oberkörper des Reiters, der ihn noch nicht bemerkt hatte. Die Flamme der Fackel rauchte, glühende Tropfen fielen neben dem Pferd herunter und lenkten den Blick des Reiters von der Straße ab. Er kam in gleichmäßigem Trab näher und schien tief in Gedanken versunken zu sein.

In der besten Entfernung, ein wenig mehr als ein Dutzend Schritte, als er sicher war zu treffen, schoss der Jäger. Er traf so genau, als habe er den Schuss fünf Ellen vor dem Reiter abgegeben. Der dunkel gekleidete Mann ließ die Fackel fallen, kippte nach hinten und riss am Zügel. Das Pferd bäumte sich auf, drehte sich einige Male auf der Stelle und galoppierte wiehernd den Hügel hinunter. Der Reiter kippte und schaukelte im Sattel, wurde aber nicht abgeworfen.

Der Jäger hastete zu seinem Pferd zurück, schnallte die Armbrust fest und biss, als wieder der Schmerz einsetzte, die Zähne aufeinander. Er zögerte nur wenige Atemzüge, dann holte er die Säge heraus und trennte die rechte Hand Colombaias ab. Die blutigen Tücher stopfte er in die Satteltaschen, verschloss sie und sah sich um. Er hatte nichts liegen gelassen – außer dem toten Jagdwild.

Mit der linken Hand zog er sich in den Sattel und trabte auf der Straße nach Norden. Zweimal, nur für kurze Zeit, zwang er den Rappen in einen kurzen Galopp. Die dunkelgrauen Wolkenstreifen am Horizont zeigten die ersten hellen Ränder. Dann lenkte er das Tier nach links, zum Waldrand und auf das Gewirr der Pfade zu. Sein rasender Herzschlag verlangsamte sich, er schwitzte unter der Lederkleidung am ganzen Körper.

Um Haaresbreite hätte die letzte Jagd in einer Katastrophe geendet. Heute Nacht hatte er spüren müssen, dass sein Körper zu alt für solche Anstrengungen geworden war. Nur sein Verstand und fester Wille hatten ihm die Nacht gerettet. Er lockerte den Zügel und begann, über jeden Punkt seines Plans, seiner zukünftigen Handlungen, nachzudenken, und während die Helligkeit um ihn herum zunahm, streiften die düsteren seiner Gedanken die Vorboten einer ungewissen Furcht. Solcherlei Furcht, so wusste er, war die Gefährtin der Grübelei. An diesem Tag und an den folgenden, auch dessen war er sicher, brauchte er sich vor nichts und niemandem zu fürchten.

Um Mittag herum erreichte er sein Versteck, versorgte gewissenhaft das Pferd und trug Sattel, Satteltaschen, Waffen und Beute in die stille, leere Höhle. Als die Kerzen brannten, bereitete er sich das Essen, trank einige Becher Wein und streckte sich auf dem Lager aus, das noch nach Colombaias Balsamöl roch.

Der Jäger bereitete eine Salbe zu und massierte den rötlichen Schleim in seine Schulter, den Oberarm und den Rücken ein, so weit, wie die Finger seiner Linken reichten. Binnen einer Stunde hörte der Schmerz auf. Daraufhin reinigte der Jäger seine Kleidung, wusch die Beutestücke und legte sie in die bewahrenden Flüssigkeiten. Zwei Tage und Nächte lang verbrachte er damit, möglichst viele Spuren seiner Anwesenheit und seiner Arbeiten zu tilgen, flocht Colombaias Haar zu den übrigen Strähnen, hob die Augäpfel aus dem Fett und tauchte sie in der gärenden Flüssigkeit unter. Den größten Teil seiner Fläschchen und Krüge packte er sorgfältig in einen Ledersack und schleppte Eimer um Eimer seiner stinkenden Mischungen hinaus in den Wald, um sie in Löcher und zwischen Wurzeln zu schütten. Er hatte genügend Zeit, jeden einzelnen Schritt gebührend zu bedenken, und war bemüht, nicht den kleinsten Fehler zu begehen.

Als der Jäger mit allem fertig war, als alles, was er in Zukunft brauchte, verpackt war, sattelte und belud er den Rappen und ritt ohne Eile zum Borgo delle Colline. Dort tauschte er den Rappen gegen sein anderes Reitpferd, aß und trank in der Schänke »Pinien, Maiale und Pilze« und schlief bis Sonnenaufgang in einem der sauberen Zimmerchen.

Am frühen Morgen, nach einem kräftigen Imbiss, schwang er sich in den Sattel und setzte seinen Ritt fort.

41

Es war wieder eine jener traumzerfurchten Nächte, dachte Caterina di Bargoni verwirrt, als sie sich aufrichtete. Die Vorhänge filterten helles Sonnenlicht. Was Caterina für das wüste Ende eines Traums gehalten hatte, entpuppte sich als Hämmern und Geschrei. Sie stand auf, trank einen Schluck schal gewordenes Wasser und schlüpfte in den dünnen Mantel. Das Klopfen hörte auf, das Geschrei kam aus dem Erdgeschoss. Caterina holte tief Luft, nestelte ihr Haar aus dem Kragen und schob es in den Nacken, dann riss sie die Tür auf und rannte die Stufen hinunter. »Was soll der Lärm?«, rief sie. »Was gibt es?«

Einige Mägde kamen aus anderen Räumen zur Haustür gelaufen. Dort erkannte Caterina ihren Hofmeister, einen Fremden und die Dienerin Agostinos. Die Schreibgehilfen waren noch nicht im Haus.

Caterina schob die Dienerin zur Seite und rief: »Wer bist du …? Ah, ich kenne dich. Du bist einer von Barottas Wächtern, nicht wahr?«

»Ich bin Pierantonio. Sie haben gesagt, das Pferd gehört Eurem Gatten, Signora!«

»Welches Pferd?«, rief Caterina verständnislos.

»Es steht vor dem Stall, Signora«, gab der Stadtwächter zurück.

Die Dienerin nickte, deutete zum Stall und hob die Hände. Sie waren voll mit rostroten Spuren. Wessen Blut war das?

»Der Grauschimmel des gnädigen Herrn«, rief sie. »Blut war am Sattel. Das Pferd hat ihn vielleicht abgeworfen. Es ist allein hergelaufen, voller Schweiß und Schaum.«

Caterina schloss die Augen, bezwang sich und raffte den Mantel vor der Brust zusammen. Sie winkte der Dienerin und lief barfuß über das kalte, feuchte Pflaster zum Stall. Nach einigen Schritten drehte sie sich halb herum und rief:

»Hast du es schon Barotta gesagt?«

»Ich habe ihm D'Andrea geschickt. Er wird gleich hier sein, Signora.«

Caterina rannte weiter, die Dienerin und die Mägde liefen hinter ihr her. Der Grauschimmel stand mit hängendem Kopf vor dem Stall, der Zügel war an einen Pfosten geknotet. Das ungute Gefühl, das sie schon an der Haustür erfasst hatte, wurde zur Gewissheit. Der Sattel, die Satteltaschen und der Rücken des Schimmels waren voll mit eingetrocknetem Blut.

Hilflos griff Caterina nach dem Zügel und sagte leise:

»Agostino wollte nach Mozzano. Ich habe ihn gehört. Er hat gesagt, dass er vor Sonnenaufgang losreitet …«

Der Wächter und die Dienerin hielten sie fest. Aus dem Gesindehaus kamen zwei, drei Knechte und begannen schweigend und erschrocken, das Tier abzusatteln. Leonbattista, der Hofmeister, trug die Satteltaschen in die Schreibstube, schien sie säubern zu wollen, schüttelte den Kopf und warf sie auf einen Tisch.

Zwischen dem Stall, dem Gesindehaus und dem Haupthaus lagen lange Schatten. Caterina hielt sich an der Mähne des Pferdes fest, schüttelte den Kopf und sagte zu Pierantonio:

»Der Consigliere wollte von Mozzano nach Pisa reiten. Er hat's mir gestern Abend gesagt. Ein schwieriges Geschäft, es geht um viel Geld. Ich wollte ihn begleiten, aber er kennt die Straße gut und hat seinen Stock mitgenommen. Im Stock«, sie zögerte und sah zu, wie der Stallknecht das Blut aus dem Fell wusch, »hat er einen Degen. Agostino hat sich nicht gefürchtet.«

»D'Andrea bringt unsere Pferde, Signora«, sagte der Wächter. »Barotta und wir brechen auf, sobald die Pferde da sind. Seid Ihr sicher? Die Straße nach Barga?«

»Ich weiß nichts anderes.« Caterina nickte dem Hofmeister zu und sagte entschlossen: »Ich reite mit ihnen. Oder ich reite hinter ihnen her.« Sie drehte sich zu dem Stallknecht. »Sattle mein Pferd, Antonio.«

»Sofort, Signora. Ist es klug, was Ihr vorhabt?«

»Es ist mein Gatte«, antwortete sie und wandte sich zum Gehen. »Ich sorge mich um ihn.«

Sie lief ins Haus zurück, wusch sich flüchtig und zerrte die Reitkleider aus der Schrankkammer. Sie zog sich in aller Eile an, fuhr in die Stiefel und suchte mit zitternden Fingern nach den Handschuhen. Endlich fand sie das Paar, rannte wieder hinunter und hörte Hufgetrappel und Stimmengewirr. Vor dem Eingang wartete D'Andrea mit drei Pferden. Michele Barotta verbeugte sich knapp vor Caterina und sagte: »Pierantonio und ich reiten voraus, Signora di Bargoni. Aber …«, er stockte und hob die Schultern, »eigentlich müssten die Bauern, die zum Markt kommen, etwas gesehen oder Euren Gatten gefunden haben.«

»Ich komme also mit D'Andrea nach«, sagte sie und griff nach Barottas Handgelenk. »Ich ahne, dass etwas Furchtbares geschehen ist.«

»In einer Stunde wissen wir mehr«, sagte Barotta und stieg in den Sattel. Er und der Wächter trabten davon. Als die Pferdehufe nicht mehr auf dem Pflaster klapperten, trieben die Reiter die Tiere zum Galopp an.

Der Hofmeister führte den gesattelten Braunen herbei und half seiner Herrin auf den Pferderücken. D'Andrea zog das Kinnband seines Helms fest, ritt an Caterinas Seite und sagte: »Es muss nicht das Schlimmste passiert sein, Signora. Vielleicht … hat der Consigliere viele Fiorini bei sich gehabt?«

Caterina zog am Zügel und schlug dem Pferd die Absätze in die Seiten. »Ich weiß es nicht. Viel wird's nicht gewesen sein. Er wollte bei einem Freund übernachten. Vielleicht, auf dem Rückweg …?«

»Man wird es sehen, Signora. Schon bald.«

Die Pferde trabten durch die Gasse und durch die Porta di Santa Maria zur nördlichen Straße, die zur Brücke über den Serchio führte. Die ersten Händler und Bauern auf dem Weg in die Stadt kamen den Reitern entgegen. Keiner von ihnen sah aus, als ob er etwas Ungewöhnliches gesehen hätte. Reiter, beladene Esel, Karren und Männer und Frauen, die ihre Lasten schleppten, wichen den Reitern aus. Ungefähr eine Stunde lang galoppierten und trabten Caterina und D'Andrea schweigend nach Norden, folgten den Windungen der Straße und hielten Ausschau nach Agostino di Bargoni oder nach Michele Barotta, der vielleicht Agostino gefunden hatte. Nach dem Meilenstein, der nach San Quirico zeigte, stießen sie auf einen Karren, neben dem Pierantonio ritt. Er hob den Arm, als er Caterina und den anderen Wächter erkannte.

Sie zügelten die Pferde und hielten an. Auf dem Karren, der halb mit Strohgarben und Enten in Käfigen beladen war, lag ein Körper, von einer schmutzigen oder blutigen Decke verhüllt. Pierantonio machte abwehrende Bewegungen und rief: »Eine Frau, D'Andrea. Wieder ein Opfer des wahnsinnigen Schlächters.«

Caterina senkte den Kopf. D'Andrea beugte sich tief aus dem Sattel, hob die Decke, starrte in das Gesicht der Toten und wandte sich schaudernd ab. Caterina erhaschte einen kurzen Blick auf den blutigen, haarlosen Schädel der Frau und schloss entsetzt die Augen. Ihr wurde übel.

»Wieder mit einem Armbrustbolzen in der Brust. Sie haben die Frau mitten auf der Straße gefunden. Eine Meile weiter nördlich, hinter dem Hügel. Sie lag in einer riesigen Blutlache – und war ebenso zugerichtet wie die anderen.«

»Sonnenwende! Wieder in dieser Nacht!«, sagte Caterina, richtete sich auf und schüttelte den Kopf. Sie wandte sich an Pierantonio und sagte: »Wo ist Barotta? Habt ihr meinen Gatten …?«

Der Wächter schüttelte schweigend den Kopf und deutete nach Nordwest. Dann murmelte er: »Wir bringen die Tote ins Ospedale. Wie die anderen auch.«

D'Andrea und Pierantonio redeten leise miteinander, deuteten nach Norden, auf den Wagen und nach Lucca. Pierantonio nickte und murmelte: »So wird es am besten sein. Ich schicke sie euch.«

D'Andrea schlug ihm auf die Schulter und wendete sein Pferd. Caterina lenkte ihr Pferd am Karren vorbei und zur Mitte der Straße. Sie sah sich nach ihrem Begleiter um und gab die Zügel frei, als D'Andrea anritt und ihr folgte. Die Sonne stieg höher; es würde wieder ein heißer Junitag werden. Eine innere Stimme sagte Caterina, dass Agostino nicht mehr am Leben war. Sie ritt weiter und wandte den Kopf nach rechts und links, und nach ungefähr einer Meile sahen sie links, abseits der Straße, fünfzig Schritt vor dem Waldrand, Michele Barotta. Er stand neben einem Gebüsch, winkte den Reitern und ging ihnen langsam entgegen. Sein Pferd weidete im Schatten der Pinien. Barotta deutete zur Straße, und Caterina ritt zu der Stelle, die er ihr zeigen wollte.

Es gab nicht viel zu sehen, aber Caterina fühlte, wie ihr die Knie zitterten. Eine kalte Hand schien sie zwischen den Schulterblättern zu berühren. Zwischen den Fahrwerksspuren erkannte sie tiefe Hufeindrücke und kreisförmige Flecken trockenen Blutes, auf denen sich Fliegen, Käfer und Ameisen bewegten. Die Spuren führten nach links, durch das Gras der kleinen Böschung, bis hinunter zum Busch. D'Andrea ritt zu Barotta und ließ sich aus dem Sattel gleiten. Caterina lenkte das Pferd zu der Gruppe und nickte Barotta dankend zu, als er ihr aus dem Sattel half.

»Fasst Euch, Signora. Euer Gatte ist tot«, sagte Michele fast flüsternd. Er bückte sich und zog den Reitermantel von einem unförmigen Bündel. Caterinas Augen weiteten sich, als sie ihren Gatten erkannte. Agostino lag halb auf der Seite, blutüberströmt, den Gehstock neben sich; das Kettchen des Knaufs hatte sich in die Haut des Handgelenks eingepresst. Seine Augen waren weit aufgerissen, aus der Brust ragte ein Armbrustbolzen. Der Zustand seiner Kleidung ließ erkennen, dass er sich vom Rand der Straße sterbend hierhergeschleppt hatte.

D'Andreas Gesicht wurde hart, als er zu Barotta sagte:

»Wahrscheinlich hat ihn das Pferd abgeworfen. Der Bolzen? Ebenso klein wie der andere – wie die anderen, die wir herausgezogen haben. Und dann hat er's bis hierher geschafft.«

Er vermied es, Caterina anzusehen. Sie kauerte neben dem Leichnam, schloss Agostinos Augen und griff nach dem Stock. Der Stichdegen war nicht herausgezogen. Widerstrebende Gefühle bewegten sie. Sie hatte Agostino nicht geliebt, aber geachtet und sich an seiner Seite sicher gefühlt, und jetzt war sie zur Witwe geworden – angeblich frei, aber ohne Agostinos Schutz.

Sie nahm seufzend Barottas ausgestreckte Hand und zog sich hoch. »Der Consigliere ist umgebracht worden. War es dieser Verdammte, der Frauenschlächter?«

Barotta zuckte mit den Schultern und runzelte die Stirn.

»So scheint es, Signora«, antwortete er rau. Er blickte zur Straße und dann nach Lucca. »Beide sind auf derselben Straße ermordet worden.«

»Vielleicht hat mein Gatte den Schlächter gestört? Wo habt ihr … wo hat man die Frau gefunden?«

»Gut hundert Schritt weit von hier, hinter dem Hügel«, antwortete Barotta. »Eine große Blutlache war mitten im Sand. Wir werden später nach Spuren suchen. Der Consigliere … was sollen wir mit dem Körper tun, Signora Caterina?«

»Pierantonio schickt die Männer mit einem schnellen Fuhrwerk«, erwiderte D'Andrea. »Es wird wohl zwei Stunden dauern, oder länger, bis sie hier sind.«

»Ich werde bei ihm warten«, entschied Caterina und zog den

Saum des Mantels über den Kopf des Toten. »Bleibt Ihr bei mir, Michele?«

»Ja. Ich bleibe«, sagte er, und an D'Andrea gewandt: »Du reitest in die Stadt, verständigst den Rat und kommst wieder hierher. Im Galopp. Vielleicht ist Pierantonio schneller. Dann suchen wir nach Spuren.«

»Wir werden so wenige finden wie in den vergangenen Jahren, Capo.«

»Wir müssen es trotzdem versuchen.«

»Später, Capo. Ich reite jetzt«, sagte der Wächter, zwängte die Trense ins Maul seines Pferdes und zog den Zügel über den Hals. »Bevor ihr verdurstet, schicke ich jemanden, der Wein oder ein paar Früchte bringt.«

Er zog sich in den Sattel, hob die Hand und sprengte zur Straße. Michele Barotta und Caterina standen in der Hitze des frühen Mittags da und sahen einander schweigend an. Zwischen ihnen lag der Tote, von Fliegen umsummt. Nach einer Weile sagte Caterina: »Die Pferde sind klüger als wir, Capo Michele. Sie grasen im Schatten, und wir kommen hier um vor Hitze.«

»Ich habe nicht daran gedacht«, gab er zu. »Kommt, Signora. Ich helfe Euch.«

Während der wenigen Schritte bis zu den Pinienstämmen fühlte Caterina plötzlich, dass sich die Welt um sie zu drehen anfing. Aber noch bevor sie zu taumeln begann, war der spukhafte Eindruck vorbei. Sie glaubte, in Wirklichkeit an einer anderen Stelle zu sein, mit einem Unbekannten an ihrer Seite, wie in einem besonders wahrhaftigen Traum. Sie wandte sich um und blickte zur Straße. Das Sonnenlicht hatte eine andere Farbe angenommen; kupferner Widerschein lag auf den schwarzen Schattenrissen, die sich ihr schweigend näherten. Ein Schmerz wühlte in ihrem Bauch, sie krümmte sich und übergab sich würgend. Barottas Hand spürte sie nicht, aber sie hörte, wie aus weiter Ferne, eine brüchige Stimme sagen:

»Wir haben Wein gebracht und Wasser und Oliven und frisches Brot …«

Barotta fasste sie um die Schultern, führte sie zu einer dicken, knotigen Pinienwurzel und half ihr, sich zu setzen. Die seltsamen Farben lösten sich auf, die Bilder vor ihren Augen änderten sich. Sie fühlte einen Becher an ihren Lippen und trank, ohne zu merken, ob es Wasser, gemischter Wein oder warmer Rotwein war. Sie trank wie eine Verdurstende.

Pierantonio und Michele Barotta begleiteten Caterina di Bargoni und den Wagen zurück nach Lucca. Auch die Wagenpferde liefen im Trab. Caterina bewegte sich wie im Traum, ritt mit schlafwandlerischer Sicherheit. An ihren Handschuhen klebte Pinienharz. Das Mahlen der Felgen auf dem Sand und der Hufschlag der Pferde bildeten ein einschläferndes Geräusch, und zusammen mit der Hitze und dem Wein schlugen sie auf den Verstand wie nasse Tücher. Die Gedanken krochen wie Schnecken auf schleimigen Spuren. Agostino. Das Begräbnis. Ihr Erbe? Und Alessandro Castaciano! Trauer und Erleichterung kamen und gingen im Wechsel. Die Zukunft? War es Todsünde, neben dem gemeuchelten Gatten zu reiten und an den Liebsten zu denken, seine Gegenwart herbeizusehnen?

Plötzlich lachte sie, völlig grundlos, wie es ihr schien. Das Lachen, hatte der Consigliere gesagt, erleichtere es, tapfer zu sein. Sie musste tapfer, schweigsam, nahezu allwissend und unantastbar sein, und nicht einmal mit ihrer Freundin Lucinda di Beccafumi durfte sie über alles reden, was sie bewegte. Sie war allein. Agostino hatte sie allein gelassen. Bei wem sollte sie Rat erbitten? Sie wischte mit der Stulpe des Ärmels den Schweiß aus dem Gesicht und wandte sich an den Capo der Stadtwache.

»Verzeiht, Capitano. Ihr müsst mich für verrückt halten – oder für leichtfertig: Ich habe gelacht.«

»Der Schrecken ist jetzt nach Lucca gekommen«, antwortete Barotta und legte den Kopf schräg. »Wir alle sind verzweifelt, so wie Euer Lachen. Es ist eine gottlose Welt. Ihr reitet zum Haus des Consigliere, um zu weinen. Wie kann ich Euch helfen?«

»Ich weiß es nicht.« Die Worte drängten sich ihr auf. »Wisst Ihr, Michele, ich habe früh meinen Vater verloren. Mein Gatte war wie ein Vater zu mir, aber er war viel mehr. In ganz Lucca, im Rat, in Pisa, in Firenze und in Siena – überall brauchte man seinen Rat, seine Ehrlichkeit. Ich brauchte viel mehr und bekam es von ihm.« Sie merkte nicht, dass sie zu weinen angefangen hatte. Ihre Stimme zitterte. »Und jetzt: Plötzlich. Alles vorbei. Agostino ermordet, tot, endgültig. Nichts mehr da. Mit wem kann ich jetzt noch reden?«

Barotta brauchte lange für eine Antwort. Er lockerte den Zügel und blickte in ihr Gesicht. Sein rechtes Auge heftete sich auf sie, er zuckte mit den Schultern und erwiderte:

»Ihr seid die schönste Frau von Lucca, Signora. Alle werden sich darum prügeln, Euch helfen zu können. Ihr solltet fast jeden Rat in den Wind schlagen und nur wenigen Menschen vertrauen. Fragt mich, fragt Rat Beccafumi, fragt Euren Hofmeister Leonbattista.« Die nächsten Worte schienen sich aus ihm hervorzuquälen. »Ich schicke Donata Castaciano zu Euch, Sandros Schwester. Ihr kennt sie. Sie ist klug und hat einen Bruder, der klüger ist als sie oder ich. Ihr könnt Ihr vertrauen.«

Sie vermied, ihn anzusehen. Sandro! Ihre Blicke oder ihr Gesichtsausdruck hätten sie verraten. »Danke, Capo Michele«, sagte sie.

Der Wagen und die Reiter hatten den gepflasterten Teil der Straße erreicht, der zwischen die ersten Häuser und Gärten vor den Mauern Luccas führte. Die Reiter und der Gespannführer wussten, dass die Nachricht vom gewaltsamen Tod des Consigliere und der verstümmelten weiblichen Leiche in Lucca längst die Runde gemacht hatte.

»Redet Ihr mit den Ratsmitgliedern. Ich lasse Agostino in seinem Haus in gebührender … Weise aufbahren. Bitte, seid mein Gast heute Abend«, sagte Caterina.

»Ich werde ganz bestimmt kommen«, versicherte Barotta. »Und auch früher, wenn Ihr es wollt. Leonbattista soll einen Boten schicken.«

Sie begleiteten den Karren zum Haus des Consigliere. Überall dort, wo sie durch die Gassen ritten, die in nachmittäglicher Ruhe dalagen, senkten die Luccheser die Köpfe, zogen die Mützen herunter und starrten den Wagen an. Vielleicht erwarteten sie, dass aus dem Stroh und den Binsenbündeln Blut auf die Pflastersteine tropfte.

Hofmeister Leonbattista half Caterina vom Pferderücken herunter und führte sie in die Eingangshalle. Alles war bereit: ein offener Sarg, Tücher, ein junger Frate aus San Frediano, Leuchter, unangezündete Kerzen und schwelender Weihrauch, der seinen Geruch aus bronzenen Schalen im ganzen Haus verbreitete.

Leonbattista nahm Sandro die Fackel ab, löschte sie und führte ihn und Donata durch das totenstille Haus in Richtung Garten. Sie blieben in der Halle neben dem aufgebahrten Leichnam stehen, blickten in das wächserne Gesicht des Consigliere, das im Licht vieler Kerzen ein starres, schmallippiges Lächeln zeigte. Donata klammerte sich an Sandros Arm und schien nicht zu wissen, ob sie mit Leonbattista reden sollte. Sie zog Sandro weiter, auf die Tür zum Garten zu. Sandro, der über Caterina, Agostino und sich, über seine scheinbare Freiheit und die nahe Zukunft nachgedacht hatte, fühlte sich plötzlich schuldig. Er wusste nicht, warum, denn er war am Tod Agostinos nicht schuld. Er hatte ihm nicht einmal ernsthaft den Tod gewünscht, und schon gar nicht ein solches Ende. Unruhe ließ ihn innerlich zittern. Er ließ sich mitziehen und betrat den Garten.

Caterina saß unter der Steineiche. Einige Windlichter auf

dem Tisch ließen eine zweite Gestalt erkennen. Krüge und Gläser standen auf dem hellen Leinen. Hinter Donata und Sandro schloss der Hofmeister die Tür, Sandro erkannte Lucinda di Beccafumi. Leise sagte er: »Wir sind gekommen, um Euch ein wenig Trost zuzusprechen, Signora.«

Noch während er redete, fiel ihm ein, dass Lucinda über ihn und Caterina alles wusste. Aber Donata kannte ihr Verhältnis nicht. Mit kurzen Schritten näherten sich die Geschwister den beiden Frauen und kamen in den Bereich des Lichts.

Caterina hob den Kopf und streckte die Hand aus. »Setzt Euch«, sagte sie. »Danke, dass Ihr gekommen seid. Trinken wir darauf, dass Agostino seine ewige Ruhe finden möge.«

Sie wirkte erschöpft. Ihr Haar lag straff an ihrem Kopf, ihr Gesicht erschien Sandro heute seltsam schmal und totenbleich, weiß wie Alabaster. Sie hatte oft darüber geredet, dass sie sich weigerte, ein unglückliches Leben zu führen. Jetzt, als junge Witwe im schmucklosen grauen Kleid, schien sie keineswegs glücklich zu sein. Es war, als habe sie noch nicht verstanden, ob und wie sich ihr Leben änderte. Lucinda erwiderte den Gruß und füllte zwei Gläser mit Wein, der vor den Kerzenflammen die Farbe von Blut annahm. Braune Nachtschwärmer surrten um die Glasgefäße und verbrannten in den Flammen.

»Er war ein guter Mann, den jeder geachtet hat«, sagte Sandro hilflos. »Wie so manch anderer ist er viel zu früh gestorben.«

»Und niemand weiß, warum«, antwortete Lucinda mit heiserer Stimme. »Er ist nicht beraubt worden und hatte keinen Streit, nicht in Lucca, nirgendwo.«

Sie hielten die Weingläser in den Fingern. Niemand trank. Tiefe Beklommenheit erfüllte Sandro und die Frauen. Schließlich, nach einem zögernden Schluck, fragte er nach dem Tag und der Stunde des Begräbnisses. Die Glocken schlugen Mitternacht. Als der Nachhall des Klanges verhallt war, hörten sie wieder die Laute der nächtlichen Stadt: Stimmen, Schritte, das

Rascheln der Blätter und leise Musik, die Klänge einer Theorbe, vermischt mit Hundegebell und Gelächter.

Leise gab Caterina Antwort. Sandro sah, dass sie mit sich kämpfte. Sie neigte sich zu ihm herüber und schien Trost und Schutz in seinen Armen suchen zu wollen, wagte aber nicht, sich zu bekennen.

Lucinda di Beccafumi leerte ihr Glas, stand auf und umarmte Caterina. Sie nahm Donatas Hand und sagte:

»Begleitet mich zu meinem Haus, Signorina. Von dort sind es nur wenige Schritte bis zu Eurem Laden. Mein Hofmeister bringt Euch bis zur Schwelle.«

Donata sah Sandro fragend an. Er nickte fast unmerklich und ließ Caterina vorbei. »Ich begleite euch hinaus«, sagte sie und legte den Arm um Lucindas Schultern.

Sandro versuchte, mit den Fingerspitzen die Müdigkeit aus seinen Augen zu reiben. Der letzte Glockenschlag verhallte. Sandro füllte sein Glas halb, nahm einen Schluck und sagte sich, dass es wohl die Nacht der unausgesprochenen Worte war, wenigstens bis zu dieser Stunde.

Caterina kam zurück, umarmte ihn und sagte leise: »Wir werden es jetzt noch viel schwerer haben, Liebster.«

Er hielt ihre Hände und antwortete: »Der Tod war schneller als unsere Angst, dass man uns entdeckt.«

»Deswegen muss ich mit dir reden, Sandro. Wenn wir uns treffen – und jeder kann es sehen –, wird es sofort heißen: Der Gatte ist aus dem Weg, und wahrscheinlich hat ihn der Liebhaber umgebracht. Ganz schnell käme in Lucca dieses Gerücht auf.«

Sandro nickte betroffen und schwieg lange, dann sagte er beklommen: »Und wenn wir uns im Geheimen treffen, so wie bisher, und man findet es heraus, wird der Verdacht noch schwerer. Der Verdacht, dass ich den Consigliere umgebracht habe.«

»Das wird man denken«, entgegnete Caterina. »Ach, Amore,

verstecken wir uns unter falschem Namen in Firenze, Roma oder Siena. Oder in einem anderen Land.« Sie zuckte mit den Schultern und schien ihrem eigenen Einfall nicht zu trauen. »Geschwätz hat es schon immer gegeben: der Alte und die junge Schöne.«

»Was denkt Lucinda darüber?«

»Das Gleiche wie ich. Weiß es deine Schwester?«

»Spätestens seit heute Nacht«, sagte er und duckte sich, als eine Fledermaus dicht über ihren Köpfen durchs Dunkel huschte. »Sie ist klug genug, um zu erraten, wie es um uns steht.«

»Wird sie es weitererzählen?«

»Nicht, wenn ich sie darum bitte.« Er zuckte mit den Schultern. »Vielleicht sagt sie es Barotta. Und Michele gehört zu den Schweigsamen.«

»Niemand darf es erfahren«, drängte Caterina und schüttelte den Kopf. Ihre Augen wurden feucht. »Du musst jetzt gehen, Liebster.«

»Wenn mich jemand sieht, wie ich spät nachts dein Haus verlasse, entsteht das nächste Gerücht«, sagte er und stand zögernd auf. »Aber das müssen wir nicht ernst nehmen. Schließlich beobachten uns dein Hofmeister und ich weiß nicht wie viele Dienerinnen.«

»Ja. Ich werde versuchen, ein paar Stunden Schlaf zu finden.« Caterina deutete zur Tür. Langsam gingen sie nebeneinander »Du kommst zur Feier und zum Friedhof?«

»Selbstverständlich, Liebste«, flüsterte er. »Allein schon, um dich ansehen zu können.«

»Ich bin schon heute Nacht alt, müde und unansehnlich«, antwortete sie. »Bald werde ich eine hässliche junge Witwe sein. Vielleicht eine reiche, verbitterte Witwe.«

Sandro musste lachen. Seine Hand streifte verstohlen ihre Hüfte.

»Müde? Ja. Aber für mich wirst du niemals hässlich und verbittert sein. In einem halben Jahr lachen wir über vieles. Gemeinsam, Caterina.«

Sie gingen an Agostinos Leichnam vorbei. Die Kerzen waren halb heruntergebrannt und flackerten wild, als sich die Türen öffneten und schlossen. Licht und Schatten zuckten über das bleiche Gesicht; es war, als erwache der Consigliere, nur, um Sandro Castaciano etwas nachzurufen.

42

Schweigend, mit zufriedenem Lächeln, ließ Desiderio seinen Blick über den Park gleiten. Nie war er schöner gewesen als in diesem Sommer. Tiefgrüne Zypressen, die vielen Blumen, das Sonnenlicht auf dem weißen Kies und die flirrenden Spiegelungen auf dem Brunnenwasser, darüber die schneeweißen Wolken, die Schmetterlinge, Sperlinge, Käfer und Hummeln, die zwischen den Blättern des Spalierobstes umherflogen, die Gerüche frisch gemähten Grases und zahlloser Blüten, von Rosmarin und Lavendel bestätigten Desiderio, dass aus seinen Bemühungen die wahre Schönheit gewachsen war. Blickte er das Kunstwerk im Sonnenglanz an, war es, als höre er leise, liebliche Musik.

Über die Terrasse war ein Sonnensegel gespannt, verdunstendes Wasser hatte die Fliesen gekühlt. Desiderio lehnte entspannt in einem Sessel aus Rohrgeflecht und sah zu, wie Bernardo und die Knechte die letzten Säcke, Lederballen und Kisten in die Werkstatt trugen und wie Bernardo sich vergewisserte, dass er richtig abgeschlossen hatte.

Mit einem schwer beladenen Saumtier war Desiderio aus Firenze zurückgekommen, müde und in verschmutzter Kleidung, aber zufrieden mit seinen Erfolgen.

»Du hast die Musiker gefunden, die du haben wolltest?«, erkundigte sich Cornelia und füllte sein Weinglas auf. Ihr Körper in dem dünnen Seidenkleid schien so kühl wie der glasierte Stein unter ihren Sohlen. »Und auch die Handwerker, die dein Feuerwerk herstellen?«

»Sie werden kommen, spielen und singen«, antwortete er

und sah, dass sich Bernardo mit den Schlüsseln der Terrasse näherte. »Ich werde die Figuren des Feuerwerks zeichnen und planen.«

Bernardo setzte sich in den Schatten und legte die Schlüssel auf den Tisch. Cornelia füllte ein Glas und schob es zu Bernardo hinüber.

»Zum ersten Mal wird man ein ›fuoco artificiale‹ in verschiedenen Farben sehen«, sagte Desiderio lächelnd und mit leuchtenden Augen. »Bisher waren die Flammen, Funken und Sterne nur golden.« Er wandte sich an Bernardo. »Gibt es etwas Berichtenswertes aus unserer Palazzina?«

»Es war ruhig, wir haben fleißig gearbeitet und uns nicht gestritten, die Ernte ist gut. Der Bach führt genug Wasser.« Bernardo grinste kurz, dann sah er Cornelia an und senkte seine Stimme. »Die Nachrichten aus Lucca allerdings sind grausig.«

»Was ist in der Stadt passiert?«, fragte Desiderio.

»Zur Sonnenwende haben sie wieder eine Unbekannte gefunden, übel zugerichtet, mit einem Armbrustbolzen in der Brust. Und auch der Consigliere mit der schönen Gattin, deinem Modell für den Alabasterkopf, ist tot, gefunden auf der Straße nach Lucca. Ermordet. Mit der Armbrust.«

»Christo!« Desiderio zuckte zusammen, verschüttete seinen Wein und starrte Cornelia fassungslos an. Unter der Sonnenbräune war sein Gesicht fahlweiß geworden. »Agostino di Bargoni? Tot?«

»Tot und begraben«, bestätigte Cornelia und sah zu Boden. »Ich bin mit Bernardo bei Caterina gewesen. Sie ist in tiefer Trauer und versucht, das Haus zu erhalten. An Geld mangelt es jetzt noch nicht.«

»Was weiß man von diesem Schlächter?«, erkundigte sich Desiderio und ließ sich kalten Weißwein nachschenken. Xervia kam aus der Küche und trug drei Schalen voller gesüßter Beeren, die in Sahne schwammen, mit einer dünnen

Schicht geröstetem Mandelbruch darüber. »Hat man ihn gefangen?«

Cornelia schüttelte den Kopf.

»Nein. Sie haben Hufspuren gefunden, sonst nichts. Jetzt fürchtet sich jeder, der im Dunklen unterwegs ist.«

Die Dienerin stellte die Schalen auf den Tisch, verbeugte sich lächelnd und zog sich wieder ins kühle Halbdunkel der Palazzina zurück. Desiderio steckte den Löffel in die kalten Beeren und rührte langsam um. Nun hatte es der Wille des Herrn so gefügt, dass der Gatte der engelsgesichtigen Caterina di Bargoni nicht zu den Gästen des 31. Dezembers gehören konnte – jenen Menschen, die der Herr bei ihren Namen rufen und aus dem sündigen Erdental erretten und ins Ewige Jerusalem bringen würde.

Die Tage und Nächte in Firenze, angefüllt mit Bestellungen, Geldgeschäften und Verabredungen, Einkäufen und Einladungen, Beichten und Gebeten im Dom, waren wie ein Traum und viel zu schnell vergangen. Auch Firenze rüstete sich, in gewisser Weise, zum Beginn des Heiligen Jahres. Noch sechs Monate, bis das Jahr des Herrn 1500 eingeläutet werden würde. Ein halbes Jahr, in dem er, Desiderio, getreu der Schrift, sein Opus magnum vollenden musste.

Seine Gedanken kehrten wieder zum Vogelgezwitscher der Gegenwart zurück. »Mich plagt dreifache Sorge«, sagte er leise und suchte die Blicke Bernardos und Cornelias. »Der Engel des Herrn und die letzten Stunden des alten Jahres – und das Wohlergehen unseres Paradieses hier. Mit eurer Hilfe werde ich es schaffen.«

»Und aus diesem Grund«, antwortete Bernardo und aß genussvoll die süßen Beeren, »werde ich das Glas leeren und mich wieder an die Arbeit machen.«

»Was ich zu tun habe«, antwortete Desiderio und nickte Bernardo auffordernd zu, »hat noch Zeit. Bis zum Abend. Da ist es kühler, und ich schwitze nicht beim Denken und Zeichnen.«

»Aber ist denn noch so viel zu tun?« Cornelia versuchte einige Bienen zu verscheuchen, die hartnäckig um die Schalen summten. »Glaubst du, du schaffst es in den sechs Monaten nicht?«

»Wir müssen bereit sein«, gab Desiderio zurück. »Es darf keine Kleinigkeit fehlen.«

Die Musiker, die Chöre, die Sanduhr und die Stundenuhr, Teile des Engels, die Fackeln, Ölflammen und Kerzen, die den Garten und die Palazzina in strahlende Helligkeit tauchen würden, die Speisen des Gastmahls für die ausgesuchten Gäste und die Gästeliste, Papier, Pergament und Siegelwachs, die Einladungen, der Inhalt der Schale und gewisse Einzelheiten des Engels, eine Überprüfung aller beweglichen Teile … und hundert andere Kleinigkeiten warteten darauf, in kurzen oder langen Listen aufgeführt zu werden.

Cornelia ergriff Desiderios Unterarme und streichelte die Hände mit ihren kühlen Fingern. »Ich habe noch nie erlebt, dass du einen Fehler machst, mein kluger Principe«, sagte sie leichthin und lächelte ihn an. »Wenn ich kann und darf, helfe ich dir mit allem, was ich vermag.«

»So soll es sein«, versprach er. »Und deine Hilfe werde ich noch oft brauchen.«

Desiderios Blicke glitten von ihrem Gesicht ab und irrten durch den Prunkgarten. In Gedanken bestimmte er die Stellen, an denen sich die Musiker und Chöre aufstellen würden.

»Wir müssen für die letzte Stunde bereit sein«, sagte er nach einem Augenblick, »und wir werden bereit sein, wenn unsere Seelen und Körper gerettet werden.«

Sie verharrten in der trägen Ruhe des Nachmittags, während im Garten, in der Küche und im Vorratshaus, jenseits der Mauer auf den Feldern und im Wald die Mägde, Diener, Bauern und Holzfäller schwitzten.

Als die Sonne hinter den beschnittenen Zypressen verschwand und die Schatten länger wurden, zog sich Desiderio an seinen überladenen Schreibtisch zurück. Er suchte zwischen seinen Papieren und Pergamenten ein leeres Blatt und eine eng beschriebene Liste hervor, auf der Namen standen, die oftmals durchgestrichen und durch andere ersetzt waren. Er begann sie durchzulesen und öffnete das Tintenkrüglein.

Er brauchte nicht lange zu überlegen – die Worte seiner Einladungen an Familien aus Pisa, Firenze und Lucca hatte er längst in Gedanken formuliert. Er fügte sorgfältig Wort für Wort aneinander; ein Schreiber und seine Gehilfen in Firenze würden sie in Schönschrift auf Pergamente übertragen und kostbar verzieren, und nachdem Desiderio sie geprüft hatte, würde er sie falten und siegeln.

Er bedachte jedes Wort, jede Satzwendung – der Höflichkeit, Schicklichkeit und Dringlichkeit musste entsprochen werden. Sein Text war so gut wie fertig, trotzdem würde er ihn morgen noch einmal durchsehen. Ein weiterer Schritt bis zum entscheidenden Tag, bis zur Wiedergeburt ohne Tod. Die Menschen, die er um sich scharte, zählten zu jenen, die im Buch des Lebens verzeichnet waren. Müde, aber erleichtert setzte sich Desiderio an die Abendtafel und hoffte, gut schlafen zu können, ohne Albträume und fiebrige Hitze in der windstillen Juninacht.

Er sieht die verwüstete Landschaft, hervorgerufen durch die Apokalypse, über die der Bogenschütze auf dem weißen Pferd reitet, gefolgt vom Schwertmann, der auf dem feuerroten Pferd dahinsprengt. Über dem Land strahlt die schwarze Sonne, und am Horizont geht der blutigrote Mond auf. Die Sterne des Himmels sind im Sturm herabgefallen, und der hagere Reiter auf dem schwarzen Pferd schwenkt seine Waage. Als das vierte Siegel geöffnet wurde, kommt der Tod auf dem fahlen Pferd. Ein gewaltiges Beben erschüttert die dunkle Ebene, über die jene Seelen dahinirren, die wegen ihres Zeugnisses für den Herrn hingeschlachtet worden waren. Das fünfte Siegel ist geöffnet, das sechste Siegel lässt den Himmel verschwinden, an dem ein glühender Regenbogen steht. Die sieben Engel stoßen in die Posaunen, und der Adler, der hoch am Himmel fliegt, ruft: »Wehe! Wehe! Wehe!« Und eine Stimme ruft: »Desiderio! Rette aus der Finsternis deine Seele!«

Desiderio wachte auf und konnte sich nicht bewegen. Der hallende Ruf hatte ihn geweckt. Er blinzelte und spürte, wie langsam die Kraft in seine Gelenke zurückkehrte. Das Licht der Kerzen um das Lager erhellte die Bilder und die Wandteppiche und die bewegungslosen Vorhänge. Mühsam richtete er sich auf und betrachtete Cornelia, die schlafend neben ihm lag. Gottes Stimme hatte ihn gerufen! Die Bilder, die Johannes in der *Geheimen Offenbarung* heraufbeschworen hatte, spukten noch in seinem Kopf. Abermals war Desiderio gezeigt worden, dass er zu Recht den Untergang der Alten Welt erwartete. Er trank einen Schluck gemischten Wein, streckte sich aus und schlief wieder ein.

Der Alabasterkopf und die Gliedmaßen des Engels bewegen sich – der sechste Engel stößt in die Posaune. Der Sturmwind aus dem himmlischen Element wirbelt die Federn der Flügel, das Gewand und das Haar des Hauptes durcheinander. »Binde die Engel los, die am Euphrat gefesselt sind!«, ruft die Stimme, und ein Drittel aller Menschen wird getötet. Trommeln dröhnen, der Reiter auf dem schwarzen Pferd trägt einen schwefelgelben Panzer, und abermals wird ein Drittel der Menschen getötet. Auf den Flügeln des Engels bilden sich Muster bunter Federn, die Augen gleichen, und Erzengel Michael kämpft mit dem Großen Drachen. Ströme von Blut ergießen sich, und das Sterben unzähliger Menschen schafft entsetzliche Bilder. Als die sieben Engel der sieben Plagen erscheinen, ruft eine Stimme: »Geht und gießt die Schalen mit dem Zorn Gottes über die Erde, aber verschont den Gerechten!« Er sieht geschändete Menschen, Drachen und Dämonengeister, die Wunderzeichen tun, und es folgen Blitze, Stimmen und Donner, und es bricht abermals ein

Erdbeben aus. Sein Körper schwankt und taumelt, der Boden reißt auf und … die Wirklichkeit dringt in den Traum ein.

Desiderio, durch dessen Gedanken lodernde Engel, verstümmelte Männer und Frauen und der Thron Gottes schwebten, blieb mit geschlossenen Augen liegen und wartete, bis er allmählich wieder zu Atem kam. Schweiß rann aus seinen Brauen. Als er den Kopf drehte, sah er in Cornelias offene Augen. Ihr Gesicht, vom Haar umrahmt, war ohne Schweißtropfen. Sie griff nach einem Tuch und tupfte Desiderios Stirn trocken. Die Kerzen waren halb heruntergebrannt, und die feuchte Luft stand unbewegt unter der Decke des Schlafzimmers.

»Du hast nicht geschrien«, sagte sie sanft. »Aber dein Traum muss wild und aufregend gewesen sein, Fürst meines Herzens.«

»Grausige Bilder der Apokalypse. So wie es in der Schrift geschrieben steht«, antwortete er mit schwacher Stimme. »Gott hat meinen Namen gerufen. Die Todesreiter sind galoppiert. So viele Menschen sind getötet worden. Gottes Zorn über diese Welt ist groß.«

Cornelia stand auf und ging zum Kaminsims. Sie mischte ein Dutzend Tropfen aus der kleinen Karaffe mit rotem Wein, verrührte den Trunk mit dem Silberlöffelchen und setzte sich neben Desiderio aufs Bett. »Trink«, sagte sie und streichelte seine schweißnasse Brust. »Du hast so lange gearbeitet. Morgen musst du wieder schreiben und zeichnen. Du musst schlafen.«

Desiderio nickte ihr zu und leerte das Glas in kleinen Schlucken bis auf einen Rest. Cornelia wartete, bis er eingeschlafen war, trank den letzten Schluck und streckte sich neben ihm aus.

Er glaubt, wach zu sein, aber als er sein Spiegelbild im Meer betrachtet, auf der reglosen, schwarzen Oberfläche des Wassers, weiß er, dass ihm Gott wieder einen Traum gesandt hat. Eine Vision, in der Desiderio seine Zweifel verliert und Sicherheit im Glauben ge-

winnt. Er besitzt nur noch einen halben Körper – ein Auge, einen Arm, einen halben Rumpf und ein Bein. Der andere Teil seines Körpers wandert am sternenlosen Strand entlang. Desiderio hat das Gefühl, auseinandergebrochen zu sein, in zwei Hälften, als ob sich der linke Teil gewaltsam von ihm getrennt habe. Über dem Strand und dem Wasser herrscht beklemmende Seelenfinsternis. Ein Regenbogen entsteht über dem Meer, Angst erfüllt beide Halblinge des Körpers, furchtbare Furcht, deren Wurzel das Nichts ist. Aber jetzt kommt die andere Hälfte näher, mit sehnsuchtsvoll ausgestrecktem Arm. Desiderio fühlt, wie sich die Hälften vereinigen. Ein Gefühl grenzenlosen Glücks erfüllt den vollendeten Körper. Und dann, in einem gewaltigen Blitz, erfolgt die Auslöschung.

Mit einem Schrei erwachte Desiderio. Er riss die Augen auf und blickte keuchend an seinem Körper hinunter. Er war unversehrt, aber nass von Schweiß. Sonnenstrahlen fielen waagerecht durch die Fenstertüren. Cornelia war aufgesprungen und schien nicht zu wissen, was sie tun sollte.

Desiderio kam mühsam zu sich, fand sich in der gewohnten Umgebung zurecht und rang sich jedes Wort ab. »Die Vergangenheit ist wieder zurückgekommen«, sagte er und verfolgte wie gehetzt jede von Cornelias Bewegungen mit den Augen. »Vor vielen Jahren habe ich ein seltsames Erlebnis gehabt. Lange habe ich darunter gelitten, vielleicht hast du's gemerkt.«

Cornelia mischte am Tisch Weißwein mit Fruchtsaft und Wasser, wandte sich Desiderio zu und zuckte mit den Schultern. »Nicht alles, was mir zuerst seltsam vorkam, habe ich verstehen können. Wovon redest du?«

»Mir war, als hätte ich einen Teil von mir verloren.« Er wischte mit einem kalten, feuchten Tuch den Schweiß von seiner Brust und aus den Achseln. »Eine Hälfte von mir. Ich war überzeugt, mein Schutzengel hatte mich verlassen. Auch im Rausch mit Laudanum, Engelstrompete oder Eisenhut kam der andere, die andere Hälfte nicht zurück. Ich war leer, allein mit mir selbst, meinem unvollkommenen Ich. Es gab kein Ziel, ich konnte keinen klaren Gedanken fassen und habe meinen Glauben verloren. Ich war ein Sünder, davon war ich überzeugt.«

Er leerte wie ein Verdurstender zwei große Becher von Cornelias gemischtem Trunk. Für sie, die schweigend zuhörte, schien jedes Wort eine neue Wahrheit zu enthalten.

Hastig redete Desiderio weiter und hielt ihr den leeren Becher hin. »Es war so viel, was mir fehlte. Ich habe gelitten, mehr als damals, als meine Eltern erschlagen wurden. Und erst langsam, durch die Predigten Savonarolas, durch Frate Francesco und durch die Bücher, die mein Vater hinterlassen hat, die *Geheime Offenbarung* und die anderen, habe ich wieder zu glauben und zu beten gelernt.«

Desiderio sah Cornelia nicht an. Sein Blick richtete sich auf den Garten, den würfelförmigen »Tempel« und die Werkstatt. Er trank, leckte über seine Lippen und schien Cornelias Anwesenheit vergessen zu haben. »Heute bin ich im Glauben fest. Ich weiß, dass wir und viele andere den Weltuntergang überleben und im Glanz Gottes weiterleben werden. Ich bin wieder ich selbst. Ob wirklich alle anderen Menschen sterben und in die Hölle stürzen müssen, weiß ich nicht. Aber Tag um Tag, Nacht um Nacht, sechs Monate lang, werde ich beten, arbeiten, zeichnen und alles für den letzten Tag vorbereiten. Wenn Gott selbst in meinen Träumen meinen Namen laut ruft, will er, dass ich es tue. Mein Engel, der mir sagt, wie ich die Reiter, die Siegel- und Schwert-Engel den Weg zu uns finden lasse, wird ebenso mächtig sein wie die Engel der Schrift.«

Cornelia war von seinem Ausbruch überrascht; er sah den Ausdruck des Staunens in ihrem Gesicht. Nach einiger Zeit wagte sie zu fragen: »Und alle anderen Menschen der Welt? Müssen sie sterben? Sind sie verdammt? Brennen sie im Schwefelsee oder in der Hölle?«

Desiderio zuckte mit den Schultern. »Wer bin ich, dass ich

es wissen könnte? Ich weiß es nicht. Der Herr, sagt Savonarola, kennt die Seinen. Mich und dich – er wird uns erkennen.«

»Am letzten Tag des Jahres?«

»In der letzten Stunde des letzten Tages«, antwortete Desiderio und ließ sich in die feuchten Kissen zurückfallen.

43

Gegen Mittag hatte sich Desiderio erholt, las und arbeitete an einer weiteren Aufzählung. *Der Engel sagte zu mir: Diese Worte sind zuverlässig und wahr. Gott, der Herr über den Geist der Propheten, hat seinen Engel gesandt, um seinen Knechten zu zeigen, was bald geschehen muss.* Desiderio ermittelte die Zahl der Fackeln, der Feuerschalen und der Öllichter, der Kerzen und der Sockel für die vielen Lampen, die er brauchte. Auch das Gesinde und die Diener, über die er verfügte, würden nicht reichen. Doch das hatte Zeit bis später. Er rechnete und schrieb weiter an den ersten Bestellungen, denen er peinlich genau ausgeführte Zeichnungen hinzufügte.

Er fertigte eine neue Zeichnung an, die den Garten als Schattenriss zeigte. Hinter den Bäumen und zu den Feldern hin würden goldene Wasserfälle aus Feuerwerk erscheinen, zwischen den Zypressen und Pinien und jenseits der Mauer sollten farbige Sterne in den Himmel steigen. Die Meister des fuoco artificiale in Firenze hatten ihm versichert, dass es ihnen gelungen sei, verschiedene zerstoßene Ingredienzien zu kaufen, und dass sie Rezepte besaßen, mit denen sich das Pulver und dadurch das flüchtige Blitzen färben ließ. Desiderio hatte die Farben in der *Offenbarung* gefunden: schwefelgelb, kristallweiß, feuerrot, blau und grün wie Drachenflügel.

Er bestimmte die Anzahl, die Höhe und die Folge der künstlichen Sterne, die von drei verschiedenen Stellen auffahren würden, und außerdem musste ein Dutzend kleiner, halb offener Zelte bestellt und aufgebaut werden. Emsig schrieb Desiderio, errechnete Preise und dachte an die zwei Chöre. Noch wussten sie nicht, welche Worte sie für ihre Musik verwenden sollten – mit der gleichen Sorgfalt, die er auf alles andere, was in dieser Nacht zum Einsatz kommen sollte, verwendete, hatte er sie aus der Schrift der Apokalypse herausgesucht.

Jeden Tag, eineinhalb Monate lang, bestimmte er weitere Einzelheiten des Großen Endgültigen Festes. Es war, als stecke ihn die Geschäftigkeit an, die um ihn herum herrschte: die Vogelschwärme auf den abgeernteten Feldern, die Arbeit in der Küche und der Räucherkammer, die beginnende Weinlese und die Olivenernte, die Schweine, die sich in den Wäldern an Eicheln und Bucheckern mästeten, das Summen der Bienen, Wespen und Fliegen, die umherflatternden Schmetterlinge sowie das Vogelgezwitscher und das Schnattern der Gänse und Enten in dem blühenden Garten.

Zweimal ritt Bernardo nach Firenze und verhandelte mit den Handwerkern, bezahlte einen Teil der zukünftigen Leistungen und ließ die Handwerker heilige Eide schwören, pünktlich und genau nach Desiderios Beschreibungen zu liefern. Er brachte einen Teil der Einladungsschreiben mit. Desiderio prüfte jedes Blatt, faltete und siegelte es eigenhändig bis spät in die Nacht hinein.

In den heißesten Nächten zog sich Desiderio zwischen die kühlen Mauern seiner Werkstatt und in den schwarzen »Tempel« zurück. Dort überprüfte er immer wieder die Walzen und Schlegel, die Mechaniken und die Bewegungen, Tympanons, Trommeln, die Orgelfanfaren und Blasebälge sowie das Antriebsgestänge. Mit der Arbeit der Handwerker, die er nur noch wenige Male brauchte, war er ebenso zufrieden wie mit seiner eigenen. In unterschiedlich kurzen Abständen überfiel ihn die Sorge, nicht rechtzeitig fertig zu werden oder einen Fehler gemacht, etwas Wichtiges übersehen zu haben. *Wer siegt, darf mit mir auf meinem Thron sitzen,* las er, *so wie auch ich gesiegt habe und mich mit meinem Vater auf dessen Thron gesetzt habe.* Viele Stunden verbrachte er im Gebet in der Hauskapelle und mit leidenschaftlichen Gesprächen, die er mit Fra Francesco führte.

Seine Kraft der Vorstellung und sein Glaube waren für ihn wie das Tor zu der anderen, schöneren Welt, mit der ihn und Cornelia schon jetzt eine sonderbare Freude verband. Freudig und gläubig arbeitete er weiter, schöpfte Ausdauer und geistige Klarheit aus den Bildern überirdischer Herrlichkeit und wusste, dass ihn das Verderben verschonen würde.

Er zeichnete den Halsschild des Engels, ritt mit Zeichnungen und einigen Florini nach Arliano, redete mit Maestro Castaciano und bestimmte die Größe der Kettenglieder, die den Messingschild halten sollten.

Dreieinhalb Monate blieben ihm noch, etwas mehr als hundert Tage.

Ein Küchenmeister aus Firenze besuchte die Palazzina für einige Tage, besprach mit Desiderio und Mamma Lucia die Speisen und die Speisenfolge und die Weine. Cornelia ritt mit ihm nach Lucca, kaufte Weine und suchte einige Kochgehilfen, die dem Meister zur Hand gehen sollten. Die Tage waren erfüllt von Handlungen und Betrachtungen, scheinbar ohne Zusammenhang, aber fast ohne Ausnahme dienten sie der Vorbereitung auf die letzte Nacht des Jahres. Desiderio hatte keinen Einfluss darauf, ob jene Menschen, die ihm halfen, Anteil am Baum des Lebens hatten und durch die Tore in das Heilige Jerusalem eintraten. Sie alle waren in Gottes Hand, und er konnte nur für sie beten.

44

An drei Innenwänden des »Tempels« standen jeweils sieben Holzsäulen, jede von ihnen sechs Ellen hoch, und zwischen ihnen sechs Säulen, die zwei Ellen niedriger waren. Jede trug eine Schale aus dünnem Eisen, in die ein halber Krug Brennöl gefüllt werden konnte, und drei dicke Dochte. Zehn Säulen, nur drei Ellen hoch, waren vor den Schalenträgern eingemauert, sodass innerhalb des Würfels neunundvierzig – also sieben mal sieben – Leuchter darauf warteten, angezündet zu werden.

Das bewegliche Gerüst vor dem Engel erlaubte Desiderio, bis zu dem Alabasterkopf hinaufzuklettern und sowohl an den Flügeln, als auch an den Augen des Engels und der Schale zu arbeiten.

In der Werkstatt sägte er aus Elfenbeinplättchen die ovalen Schalen für die Augen und malte, nachdem er aus Papier und Holz Modelle angefertigt hatte, die Iris und die Pupille: sein Engel hatte nicht nur das Antlitz, sondern auch die Augenfarbe der schönen Caterina di Bargoni.

In einer der ersten Oktobernächte, als er die fertigen Augen, die geschützt in einem Spankästchen lagen, aus der Werkstatt zum »Tempel« trug, fand er die Tür geschlossen, aber nicht sorgfältig verschlossen vor. Er war jedoch sicher, vor zwei Tagen den Schlüssel zweimal umgedreht zu haben. Er wandte sich ab und sah im Süden und Westen die Blitze eines Gewitters, das über Livorno tobte und über die Berge der Garfagnana nach Pisa zu ziehen schien.

Zunächst unterdrückte er seine Verwunderung und ging in den »Tempel«. Er zündete die Kerzen des Leuchters an und stieg bedächtig am Gerüst in die Höhe. Als er auf der obersten Plattform stand, zwei mal zwei Ellen groß, zuckte er zusammen und schrie unterdrückt auf.

Den Kopf des Engels umwehte eine wellige Haarpracht.

Sie fiel weit über den Alabasternacken und glich dem glänzenden Haar des Verrocchio-Engels Michelangelos, und war doch anders. Ein schmales Band, mit Gold und Silber durchwebt, lag um den Kopf. Verschiedenfarbige, seidig schimmernde Haarsträhnen, geschwungen und gekräuselt, wechselten einander ab, sodass rotes, hellbraunes, weißes, dunkles und honigfarbenes Haar, gemischt mit weizenfarbenem, ein verwirrendes Bild einzigartiger Schönheit ergaben.

Desiderio war erstarrt, klammerte sich an das Geländer des Gerüsts, und während er den blicklosen Kopf anstarrte, ohne zunächst zu begreifen, was er sah, keuchend und vor Erregung schwitzend, drang die göttliche Erkenntnis in seinen Verstand, dass er Zeuge eines Wunders geworden war.

»Herr«, stammelte er und bemühte sich um eine feste Stimme. »Du hast mir einen Gottesbeweis zuteil werden lassen. Nun weiß ich, dass der kleinste meiner Zweifel verwerflich war.«

Die Stille schluckte seine Worte. Leise drang der ferne Donner in den »Tempel«. Wie unter höherem Befehl öffnete Desiderio das Kästchen, strich mit einem Pinselchen Leim in die Augenhöhlen und schob behutsam ein Silberstäbchen in das winzige Loch, das der Künstler gebohrt und er erweitert hatte. Das Stäbchen haftete im Inneren des ovalen Plättchens. Das linke Auge, dann das andere – er lehnte sich zurück und empfing den Blick des Engels, strahlend durch Goldstäubchen und Amethystsplitterchen auf der Iris. Leuchtend, flirrend, blitzend im Licht der tanzenden Kerzenflammen.

Hoheitsvoll streng, engelsgleich kühl trotz des halb verborgenen Lächelns blickte ihn seine Schöpfung an. Die geschwungenen Lippen zeigten Desiderio, dass er wahrhaftig einziger

Zeuge eines Wunders geworden war. Seine Knie zitterten, das Kästchen entglitt seinen Fingern und klapperte über die Leiterstufen hinunter.

Auch seine Finger bebten, als er den Leuchter packte und unsicher von Sprosse zu Sprosse zu Boden kletterte. Der Donner erschütterte die Wände des »Tempels«, als Desiderio die Kerzenflammen ausblies, in die schwüle Nacht hinausging und die Tür mit gewohnter Sorgfalt verschloss. Heißer, feuchter Wind fuhr in die Baumkronen und raschelte in den Büschen und den Blättern des Spalierobstes. Ein vielverzweigter Blitz erschreckte Desiderio. Er stieg die Treppe zur Terrasse hinauf und schloss die Holzläden hinter sich. Im Schlafraum brannten die Kerzen, wie in jeder Nacht. Cornelia schlief, ausgestreckt unter einer Seidendecke, trotz des Donners und des kalkigen Lichtscheins, der zwischen den Querlatten der Läden hereindrang.

Vielleicht erzähle ich ihr morgen von dem Wunder, überlegte Desiderio. Während das Gewitter über die Hügel kam, entkleidete er sich, wusch sich und legte sich neben Cornelia. Stunden später, nach Mitternacht, als Regen herunterrauschte, öffnete Desiderio einige Terrassentüren und atmete die kühle Luft tief ein. Cornelia öffnete die Augen und streckte die Arme nach ihm aus. Er küsste und reizte sie. Als er sie nahm, war er sicher, dass sein Glied wunderbarerweise mächtiger geworden war als das eines jeden anderen Mannes.

Tagsüber wich der Nebel nur für wenige Stunden, in denen Regen aus grauen Wolken fiel. Feuchte und nasse Kleidung, klamme Decken und die Rinnsale von den Dächern verdarben die Stimmung der Luccheser. Die Straßen und Gassen waren leer, der Rauch aus den Kaminen mischte sich mit dem Dunst über der Stadt. Donata besorgte mit einer Dienerin den Haushalt Micheles und hatte versprochen, dem Castaciano-Laden zwei Tage lang fernzubleiben. Barotta und seine Männer, in triefende Umhänge gehüllt, bewachten ausgestorbene Plätze und

Straßen, auf denen es wenig Verkehr gab. Sandro hatte sämtliche Schlagläden geschlossen, lange bevor Caterina in der fellgefütterten Kapuzenschaube zur Gartentür hereingeschlüpft war. Der Mantel trocknete tropfend und dampfend über der Küchentür.

Drei große Kloben brannten und glühten im Kamin; noch zog der Rauch ab, ohne dass ihn plötzlicher Wind ins Haus zurückdrängte. Sandro löste sich aus Caterinas Umarmung und nahm ein Konfekt vom Teller. »Liebe macht hungrig«, sagte er leise und hielt ihr den Teller hin. »So lange haben wir warten müssen.«

Caterina nickte, biss in das süße Teigröllchen und antwortete undeutlich: »Und durstig. Ach Liebster, wir haben es noch längst nicht überstanden.«

Auch heute schienen sie ihr Geheimnis wahren zu können. Vieles war geschehen in den drei Monaten seit der Ermordung und dem Begräbnis des Consigliere. Donata hatte geschwiegen. Einzig und allein, so glaubte Sandro zu wissen, mit Michele hatte sie geredet. Er selbst vertiefte sich in Lucca und in der Ufficina in die Arbeit. Sein Geschütz, das er nach einem halben Dutzend weiterer Versuche mit einer neuen Pulverkammer versehen hatte, hatte die Probeschüsse überstanden, schoss weit und treffsicher genug. Vater Girolamo und er modellierten, schmiedeten, formten, gossen emsig, und Donata und er verkauften nicht nur im Laden, sondern auch auf dem Markt und über zwei fahrende Händler.

Hofmeister Leonbattista und Caterina konnten nach kurzer Suche einen jungen Notar verpflichten, der einen Teil der Arbeit des Consigliere übernehmen würde. Caterina behielt die Aufsicht über die Schreiber.

»Nein, Amore«, murmelte Sandro und sah, dass ihre Gläser leer waren. »Aber wir haben es ein wenig leichter. Heute sollen wir nicht daran denken, wie es weitergeht.«

Sie wartete, bis er ihr ein gefülltes Glas reichte, trank und zerzauste sein schweißnasses Haar. »Es geht noch bis heute um Mitternacht oder länger«, sagte sie. Die Ränder der Gläser klangen leise aneinander. »Ich bin durstig, nach dir. Noch immer. Immer wieder.«

Endlich waren sie allein und unbeobachtet. Caterina war am späten Vormittag hereingeschlüpft. Sie hatten sich wortlos umarmt und leidenschaftlich und lange in dem überhitzten Schlafzimmerchen geliebt. Nichts und niemand hatte sie gestört; es war wie früher in der Weinbergshütte. Von dem weißen Trebbiano, der sie ein wenig trunken gemacht hatte, gab es noch ein ganzes Fässchen im Gewölbe. Herbstregen trommelte aufs Dach und gegen die Läden. Sandro verschlang Caterinas ausgestreckten Körper mit Blicken. Er entdeckte die gleiche Schönheit wieder, die er seit der ersten Nacht bewundert hatte.

»Mir geht es nicht anders, Liebste«, sagte er und küsste ihre Brust. »Heute bleiben uns noch mehr als zwölf Stunden.«

Später würden sie über die Zukunft reden. Ihre Jugend, ihre Liebe, ihre Leidenschaft – sie glaubten fest daran. Wie hatte Michele Barotta es ausgedrückt: *Quod licet Iovi, non licet bovi.* Wenn ein bedeutender Fürst in Firenze seine Geliebte wechselte, wagte kaum jemand, laut darüber zu reden. Bei der Witwe des Consigliere und dem Bronzegießer aus Arliano war es unschicklich, nicht erlaubt, unehrenhaft. Oder es musste etwas Ungewöhnliches oder Heldenhaftes sein, das die beiden schicksalhaft aneinanderkettete.

»Vertrödeln wir die Stunden nicht«, antwortete sie mit gespielter Strenge und stellte das Glas zurück. »Trotz der langen Zeit, haben wir es nicht verlernt.«

»Wenn man es einmal verstanden hat …«, sagte er, schob seinen Arm durch ihr Haar in ihren Nacken und küsste sie. Sie schlang Arme und Beine um seinen Körper und schloss die Augen.

Die Kerzen waren heruntergebrannt, das Holz im Kamin begann in dunkelrote Stücke mit schwarzer und ascheweißer

Rinde zu zerfallen. Sie tauchten den Raum in ein heimeliges Rot. Der Regen hatte aufgehört. In Sandros Vorstellung erschien unvermittelt das Bild seiner Falconetta, die schmetternd laut einen Feuerstrahl und eine Wolke verbrannten Pulvers und eine Eisenkugel ausstieß. Er richtete sich mit einem Ruck auf und sagte: »Ich weiß nicht, warum. Aber wir sollten uns erst nach dem Fest offenbaren.«

»Welches Fest?«, fragte sie schläfrig.

»Montfalcones Fest. Als ich ihm gebracht habe, was er bestellt hatte, hat er wieder darüber geredet. Im Dezember, sagt er. Er schickt Einladungen, selbst an Babo und mich.«

»Was will er feiern?«

»Er hat's nicht gesagt. Etwas Großes. Vielleicht nimmt er die schöne Cornelia zur Frau. Ich weiß es nicht.«

»In seiner Palazzina?«

»Und im Garten und in einem Gebäude, in dem er den Engel mit deinem Gesicht und unseren Zahnrädern und Stangen und Orgelrohren gebaut hat.«

»Das wird eine seltsame Hochzeit«, murmelte sie, schüttelte sich und stieg vom Bett. Sie glitt auf Zehenspitzen um den Wandschirm, um sich zu waschen, und fuhr fort: »In zweieinhalb Monaten. Wenn du es sagst …«

Es klang nicht so, als glaube sie an eine glückliche Wendung des Schicksals.

»Übe dich ein wenig in Demut, Desiderio.« Frate Francesco stand mühsam auf und hielt sich an der Tischkante fest. »Was für dich wie ein gedeckter Tisch ist, das ist für viele andere Hunger und Armut. Sei dankbar und preise den Herrn.«

»Ich bin dankbar«, erwiderte Desiderio. »Und ich weiß, dass es andernorts Missernten gab, dass Korn auf dem Halm und Obst am Baum verdorrt ist. Gott hat Tuscien gesegnet, auch diesen Sommer und Herbst.«

»Dort, wo Korn und Wein wachsen, haben Menschen das

Land geformt«, sagte der Frate und zeigte mit fahrigen Bewegungen auf den Garten und die Bäume. »Tusciens Landschaft ist das Ergebnis der Arbeit unzählbarer fleißiger Bauern, Winzer und Arbeiter. So wie die Palazzina und dein Garten. Auch Bauernfleiß ist ein göttliches Gebot. Also hält der Herr seine Hand über die Städte und das Land.« Er nickte Desiderio zu, griff nach dem Gehstock und hinkte davon.

Während dieses Sommers, obwohl Francesco regelmäßig aß und trank und keine Schmerzen verspürte, war sein Körper hinfällig und schwach geworden, doch sein Verstand und sein Glaube blieben unverändert scharf und tief und unverrückbar. Als das Pochen des Stocks nicht mehr zu hören war, nickte Desiderio. Der Frate hatte recht.

Desiderio glaubte, dass Gott allen Menschen ein Zeichen gegeben hatte. Für die Bevölkerung Tusciens, besonders die Mezzadria-Bauern, galt dies ohne Zweifel, denn wie ein unverhofftes, vielleicht unverdientes Glück hatten Fruchtbarkeit und Wachstum die Menschen verwöhnt. Kein Regen hatte das Korn niedergeworfen. An den Ölbäumen hingen pralle Oliven, und die Pressen arbeiteten Tag und Nacht. Krüge und Fässer füllten sich mit Öl. Noch nie waren Eier, Enten, Hühner und Gänse auf den Märkten so billig verkauft worden. Beerenmus und Früchte wurden eingekocht, Früchte und Pilze trockneten in der Sonne. Die Jäger brachten viele Wildschweine zur Strecke; in diesem Jahr würden mehr Schinken und Würste als sonst in den Räucherkammern hängen.

Auch das Treffen der Tuchmacher, Kleidermacher und Händler in der Palazzina hatte Desiderios Geldtruhen gefüllt. Nahezu alle Bestellungen waren erfolgreich ausgeführt worden. Desiderio fühlte sich fast ein wenig schuldig, denn in seiner Vorstellung sollte Gott die Menschen belehrt und ihnen geraten haben, sich zu ändern, und die Warnung wäre wohl mit Missernten, Hunger und Seuchen einhergegangen.

»Gottes Wege«, flüsterte er und dachte an die Vollendung

seines Engels, »sind unerforschlich. Ich aber folge weiter seiner Spur.«

Hofmeister Bernardo, der jeden Tag die Ernte bewacht und dafür gesorgt hatte, dass sich die Scheunen, Fässer, Krüge und Truhen füllten, beaufsichtigte die Arbeiten an seinem Haus und hatte sich von zwei Söldnern begleiten lassen. Er glaubte nicht, wie er Desiderio gestanden hatte, dass seine Welt in zwei Monaten ins Verderben fallen würde, und daher widmete er sich seiner kleinen Villa.

Desiderio lauschte den Geräuschen der Kornmühle und dem Schlagen des Wasserrades. Für ihn waren sie voller Bedeutung, wie vieles andere in seinem irdischen Reich, wie die Gerüche, die aus der Küche, aus dem Garten und von den Feldern heranwehten. Auf seinem Schreibtisch lagen große Stapel: alle gefalteten und gesiegelten Einladungsschreiben, seine Listen, die Abrechnungen und die Verträge mit den vielen Handwerkern und Künstlern, außerdem viele Schlüssel. In wenigen Tagen würden die Händler für die vielen Gäste neue Teller, Schalen und Becher bringen, zusätzliche Löffel und Messer und anderes Geschirr aus Firenze.

Nur eine Handvoll Tage, etwas mehr als zwei Monate, dachte er. Und ich habe, glaube ich, alles getan, um mir und den Meinen den ersten Tag in der Herrlichkeit Gottes und den Gang durch die zwölf Tore vorzubereiten.

Er senkte den Kopf und begann in der *Geheimen Offenbarung* zu lesen. Jedes Wort erfüllte ihn auch jetzt mit tiefem Vertrauen; aber seine Furcht vor dem Augenblick des Jüngsten Gerichts wich nicht von ihm. Er hatte jedes Wort seit Jahren immer wieder gelesen. In den etwas mehr als sechzig Nächten, die ihm verblieben, würden ihn viele Träume erreichen. Vor einigen fürchtete er sich – vor den sieben Engeln mit dem schrecklichen Inhalt ihrer Schalen. So wie er sich davor fürchtete zu enthüllen, welchen Zierrat der halbmondförmige Halsschild des Engels trug.

»Ich habe es dir ja nicht recht glauben wollen, Sandro«, sagte Michele Barotta. Er stand hinter Donatas Stuhl und hatte seine Hände, als wolle er sie beschützen, auf ihre Schultern gelegt. »Aber Montfalcone – was mir unbegreiflich ist – hat sogar mir ein Schreiben geschickt und mich und Donata eingeladen.«

»Was ist daran unbegreiflich?«, wollte Donata wissen. »Der Capo der Stadtwache, der Mörder verfolgt und Taschendiebe fängt, ist ein wichtiger Mann in Lucca.«

»Hör auf, ihn zu necken«, sagte Sandro leise und sah zu, wie Barotta ein gefaltetes Schreiben, dessen Siegel zerbrochen war, aus dem Wams zog und auf den Tisch legte. »Babo und ich sind auch eingeladen worden.«

»Ihr beide? Von Messer Montfalcone, dem Eigenbrötler?«, erkundigte sich Barotta überrascht und setzte sich. Sandro hatte die Leuchter und Figurinen und alles andere von dem großen Tisch im Verkaufsladen der Castacianos abgeräumt und auf die Wandbretter gestellt. »Auch zum Fest am letzten Dezembertag?«

»Von ihm und keinem anderen, zum selben Fest«, antwortete Sandro. »Ich kann dir sagen, Michele, dass du erstaunliche Dinge sehen wirst. Einen sieben Ellen hohen Engel, der sich schneller und leichter bewegt als du.«

Donata hatte den Tisch für ein abendliches Mahl gedeckt. Drei Dutzend Körbe, Schalen, Bretter, Krüge, Gläser und Becher waren auf der Platte verteilt. Mundtücher, Löffel und Messer lagen an den sieben Plätzen.

»Ich kann verstehen, dass er mich einlädt«, sagte Barotta grinsend zu Sandro. »Aber wie kommst du armer Wicht zu der Einladung?«

»Eben wegen des Engels«, erklärte Sandro. »Ohne mich und Babo wäre er stumm, unbeweglich und nur eine seltsame Figur aus Holz und Metall.«

»Im Ernst?« Barotta zählte schweigend die leeren Stühle, sah Donata an und zuckte mit den Schultern.

»Im Ernst«, wiederholte Sandro. »Die Ufficina hat viele kleine Teile einer schwierigen Mechanik gegossen, geschmiedet, vorbereitet und geliefert. Er hat Babo und mir gezeigt, wozu er die Teile braucht.«

»Und mir haben die Handwerker, Zimmerleute und Maurer aus Lucca von dem erstaunlichen Engel erzählt«, bekannte Michele ernst. »Aber keiner weiß, wozu er diese Mechanik und alles andere erichtet hat.«

»Das weiß auch ich nicht«, sagte Sandro. »Aber hinter und unter dem Engel stehen Trommeln, Fanfaren und andere mechanische Dinge. Es wird, glaube ich, ein lauter Engel werden.«

»Ein Engel mit Musik?«, fragte Donata. »Wozu?«

»Weder Babo noch ich wissen es. Montfalcone hat uns nichts erklärt«, antwortete Sandro und zuckte mit den Schultern. »Es ist wohl ein Fest voller Rätsel.«

Das erwartete laute Klopfen an der Eingangstür unterbrach Sandro. Er sprang auf und hastete zum Eingang. »Unsere Gäste«, sagte er. »Vielleicht wissen sie ein wenig mehr.«

Er begrüßte Caterina di Bargoni, ihren Hofmeister Leonbattista, Lucinda di Beccafumi und Christofero d'Anna, den jungen Notar. Sie hängten die schweren, gefütterten Schauben in den warmen Hauseingang zum Trocknen, und Sandro führte die Vier an den Tisch.

»Seid Ihr auch von Montfalcone eingeladen worden, Signora di Bargoni?«, erkundigte er sich, um den Schein zu wahren, so gut es ging. Caterina schenkte ihm ein strahlendes Lächeln und nickte, begrüßte Donata und Barotta und ließ sich neben Sandro nieder, dessen Platz am Kopfende war.

»Mit gesiegeltem Brief, in schöner Schrift auf schwerem Papier«, antwortete Caterina und betrachtete die Fülle der Speisen.

Sandro füllte die kleinen Gläser mit kaltem Vernaccia. »Ihr auch, Messer d'Anna?«

Der Notar nickte und schnupperte am Süßwein.

»Dann sollten wir gemeinsam zu Montfalcone reiten«, schlug

Michele vor. »Um Mittag herum, denn es wird früh dunkel am Jahresende.«

Wenn nicht vorher wieder der Sonnenwende-Jäger sein schreckliches Unwesen treibt, dachte Sandro und stellte die großen Weingläser in einer Reihe auf. Er setzte sich, hob den schweren Krug und füllte die Gefäße.

»Das Fest dauert bis spät in die Nacht oder in den Morgen«, sagte Donata und sah von Michele zu Caterina. »Wisst ihr, ob wir im Regen in seinem Garten auf dem Boden schlafen müssen?«

»Das sollten wir vermeiden.« Michele zuckte mit den Schultern. »Wir warten ein paar Stunden und reiten bei Sonnenaufgang zurück.«

Sandro teilte die Gläser aus und wies mit beiden Händen auf die Speisen.

»Trinkt, greift zu«, forderte er die Gruppe auf. »Wir haben uns nicht nur zum Reden getroffen.«

Sandro, dem Donata seit dem Morgen im Haus und in der Küche geholfen hatte, lehnte sich zurück und sah zufrieden zu, wie seine Gäste die Speisen auf ihre Teller häuften. Caterina trank und lachte, selbst der Notar, ein junger Mann mit kurzem, schwarzem Haar und flinken Augen, schien sich wohlzufühlen. Nach Neujahr, in dreißig Tagen, würde Michele Barotta einladen und seine Verlobung mit Donata bekanntgeben – heute Nacht würde er den anderen davon berichten. Das Leben schien wieder wohl geordnet zu sein. Alle waren gesund, niemand stritt sich, Missernten, Seuchen und drohende Kriege schienen vergessen. Trotzdem spürte Sandro jedesmal, wenn er Caterina ansah, wie ihn böse Vorahnungen befielen. Woher wehte dieses Dunkel heran? Welchen Namen hatte das Verhängnis? Hastig griff er nach dem Glas und trank es in drei, vier Zügen leer.

Nach der Beerdigung des Consigliere hatten Barotta und seine Helfer nach Spuren des Jägers gesucht. Sie konnten den verdächtigen Hufspuren in den Hügelwald hinein folgen, denn sie waren deutlich auf einem lehmigen Pfad zu sehen. Einen großen Teil dieser menschenleeren Hügel hatten Barotta, D'Andrea und Pierantonio bereits abgesucht. Sie fanden ausgerissene Schwanz- und Mähnenhaare eines Rappen, ein Lederband an einem halb abgebrochenen Ast und sonst nichts. Nach drei Stunden verloren sich die Hufeindrücke. Wildschweine hatten den Boden aufgewühlt. Wieder war der Jäger verschwunden, als habe ihn der Erdboden verschluckt. Ohne dass Michele darüber redete, wusste Sandro, dass er an die Tage der Wintersonnenwende dachte und sich verzweifelt fragte, ob der Jäger wieder ein Opfer finden und verstümmeln würde.

Sandro und Michele tauschten einen langen Blick aus, dann faltete Michele seine Einladung auseinander, las sie noch einmal durch und reichte sie an Sandro weiter. Sandro las laut vor:

Messer Desiderio Montfalcone, Herr von La Palazzina Montfalcone und umliegender Ländereien, bittet Euch um Mittag des 31. Dezember Anno Domini 1499 in festlicher Kleidung um Euren Besuch. Euch erwartet ein kurzweiliges, jedoch ernstes Schauspiel in vielen wunderbaren Teilen mitsamt Musik, Gesang im Garten, Deklamationen, Feuerwerk und denkwürdigem Geschehen. Desweiteren erwarten Euch ein Gastmahl mit reichen Kostproben ländlicher Kochkunst und erlesene weiße und rote Weine. Um Mitternacht oder in den Stunden danach, nach dem Beginn des Heiligen Jahres, erwarte ich mit Gottes Hilfe ein einzigartiges Vorkommnis. Meine Söldner schützen meine Gäste und das Anwesen und ein Stück der Straße zwischen der Palazzina und Lucca. Ich versichere Euch: Ihr werdet diesen Abend schwerlich jemals vergessen.

»Und seine schön geschwungene Unterschrift.« Lucinda di Beccafumi legte den Kopf schräg, biss auf eine schwarze Olive und fuhr undeutlich fort: »Er macht es geheimnisvoller als der Papst bei der Beichte. Was will er uns zeigen?«

»Etwas, worauf er seit Jahren – seit langer Zeit, sage ich – gewartet und hingearbeitet hat«, sagte Sandro mit gerunzelter Stirn. »Es wird ein teures, aufwendiges Ereignis.«

»Alle Briefe sind in den gleichen Worten abgefasst«, unterbrach ihn Lucinda. »Nur unsere Namen sind jedesmal eingesetzt.«

»Also«, begann Hofmeister Leonbattista und räusperte sich. Er sah sich in der Runde um, zwinkerte Barotta zu und reinigte seine Finger im warmen Rosenwasser. »Michele beobachtet Montfalcone seit Langem. Ich kenne Hofmeister Bernardo di Strozzi gut. Von ihm weiß ich es: Messer Montfalcone ist tief gläubig. Er ist überzeugt, dass wir alle in der Endzeit leben, sündig und der Erlösung harrend. In der Offenbarung des Johannes öffnet das Lamm Gottes sieben Siegel, und furchtbare Katastophen, Seuchen und Erdbeben brechen aus. Fast alle Menschen sterben. Dann blasen nacheinander sieben Engel in ihre Posaunen, ein Drache wird von den Engeln besiegt, das letzte Gericht wird angekündigt. Sieben Engel gießen sieben Schalen des Zorns über die Menschheit aus, und schließlich erschafft Gott eine neue Erde, auf der die Menschen mit den guten Taten ins ewige Leben eingehen. Im neuen Jerusalem, in der Herrlichkeit Gottes.«

Die Gäste schwiegen einige Atemzüge lang, dann sagte Sandro: »Deswegen also der Engel Montfalcones. Woher wisst Ihr das alles, Messer Leonbattista?«

»Aus den Büchern, die mir Euer verstorbener Gemahl zum Lesen gab«, antwortete der Hofmeister und nickte Caterina zu. »Später habe ich den Pfarrer von San Martino gefragt. Er hat mir mehr über die Apokalypse erzählt – so nennt man die Geschehnisse der Offenbarung.« Er lehnte sich zurück, zog den Kopf zwischen die Schultern und nahm einen tiefen Schluck. »Montfalcone, sagte mir Bernardo, erwartet das Ende unserer Welt und den Anfang des ewigen Lebens, und zwar in der Nacht des letzten Tages dieses Jahres. Oder am ersten Tag des Heiligen Jahres.«

»Also hat wahrscheinlich alles, was auf dem Fest passiert, damit zu tun.«

»So ist es, Donata.« Barottas Gesicht war hart geworden. »Wir sollen Zeugen sein. Er erwartet vielleicht, dass auch wir gerettet werden, wenn wir bei ihm sind.«

»Wie viele Gäste, meint ihr, hat er geladen?«, fragte der Notar. Niemand antwortete.

Michele zuckte mit den Schultern und brummte: »Viele. Vielleicht hundert, hundertfünfzig? Rechnet die Dienerschaft dazu. Aber die Palazzina und der Garten, obwohl sie nicht gerade klein sind, vertragen keine tausend Gäste ... sonst gibt es ein großes Gedränge.«

»Montfalcone würde an der Schwelle zur Ewigkeit kein Gedränge dulden«, sagte Lucinda stirnrunzelnd. »Wir reiten also zusammen hin?«

»Und zusammen zurück«, sagte Michele und grinste, ohne zu schielen. »Denken wir alle ernsthaft und ruhig darüber nach, was uns in der Villa Montfalcones erwartet. Desiderio ist nicht leichtfertig. Sein Engel trägt Euren Kopf, Signora. Nicht nur Savonarola hat den Weltuntergang prophezeit, auch viele andere, immer wieder. Vergessen wir solche Einzelheiten nicht.«

Caterina schüttelte verwirrt den Kopf. Sandro umrundete, den Krug in beiden Händen, den Tisch und füllte die Gläser.

Bevor das ernste Gespräch noch mehr düstere Vorstellungen erzeugen konnte, hob Michele den Arm und rief: »Zum nächsten Fest, freilich im kleinen Kreis, laden wir ein. Donata und ich. Genug Platz ist in der Ufficina in Arliano. Einfache, saubere Kleider sind ausreichend, wegen dem Staub und Ruß.«

Donata umarmte ihn und rief lachend: »Babo Girolamo sollte das nicht hören! Wenn er erfährt, dass wir in der Werkstatt feiern wollen, verstößt er mich und Sandro!«

»So weit lasse ich es nicht kommen«, versicherte Sandro. »Denn ich freue mich, dass meine Schwester endlich in Lucca einen Edlen gefunden hat, der ihr das Schicksal erspart, eine alte Jungfer zu werden. Wir trinken auf euch, Michele und Donata!«

»Mit anderen Worten«, sagte Leonbattista und hob sein Glas. »Ihr glaubt auch nicht an Montfalcones Apokalypse!«

Was sollen wir wirklich glauben?, fragte sich Sandro beklommen. Wunder geschehen, die Weisen verkünden das Ende der Welt, Priester und Mönche versprechen uns die Hölle, die Kirche zeigt uns, dass wir gegen die Gebote verstoßen, und Montfalcones Sicherheit erstaunte sie alle.

»Bestimmt nicht am ersten Tag im Januar«, schloss der Notar und zwinkerte Sandro zu.

Sandro wandte sich ab und suchte Ablenkung in Caterinas Gesicht. Ihm und Caterina war es gleichgültig, dass nun auch Leonbattista, Donata und Michele von ihrer Liebe wussten. Caterina lächelte in die Runde und leerte genussvoll ihr Glas.

45

Drei, vier Stunden nach Sonnenaufgang hatte sich der Nebel gelichtet. Ein kalter, sonniger Tag war angebrochen, ohne eine einzige Wolke am Himmel, der die Farbe von Damaszener Klingen hatte. Gott gab ihm abermals ein Zeichen, dachte Desiderio, an diesem Tag aller Tage. Keine Wolke, kein Regen, kein drohendes Gewitter. Die Handwerker des Feuerwerks arbeiteten an den letzten Teilen ihrer Gerüste und Zündrohre. Hinter den Buchsbaum- und Eibenhecken leuchtete das Weiß der kleinen Zelte hervor. In den meisten Räumen des Hauses und im Garten liefen Knechte, Diener und Dienerinnen umher. Die meisten Fackeln, Windlichter, Ölschalen und Kerzen steckten und standen an den Plätzen, die Desiderio für sie vorgesehen hatte. Zwei Dutzend Helfer schufteten in der Küche und im Zelt davor; noch lag keine Glut unter den Spießbraten.

Alle Kamine, die in dieser Nacht brennen und Wärme verbreiten sollten, waren seit Tagen vorbereitet, samt den Spänen und den Scheiten trockenen Holzes. Jeder half, rannte hin und her, schleppte und ließ sich von Bernardo, Cornelia und Desiderio sagen, was zu tun sei. Selbst die Nachtlager der Sänger und Musiker, die nicht im Dunkeln nach Firenze zurückfuhren, waren in den Scheunen, dem Gesindehaus und in der Palazzina vorbereitet, ebenso die Quartiere für fast zwei Dutzend Gäste.

Aber … Nur Gott weiß, dachte Desiderio, wer von allen Geladenen zu den Überlebenden zählen würde. Er selbst vermochte keinem zu helfen, keinem zu raten.

Langsam ging er zu den Seilen und Pfählen, die den Platz um den »Tempel« freihielten, und warf prüfende Blicke in alle Richtungen. Geruch nach frischem Brot und Backwerk zog an den Spalieren vorbei. Vor dem Kaminsims im Piano nobile hockte ein Junge, der nichts anderes zu tun hatte, als die Sanduhr regelmäßig umzudrehen und die Weckuhr zu bewachen.

Mamma Lucia kam auf Desiderio zu, eine Platte mit einigen Schalen in der Hand, und rief: »Messer Desidero! Ihr müsst kosten. Gebratene Polenta, in Öl, mit Karamel und Marzipan. Und Zuckerkirschen.«

Desiderio probierte lächelnd, schnalzte mit der Zunge und sagte: »Deine Vorspeisen? Mein Gaumen freut sich, Lucia. Reicht es für hundert, hundertzwanzig Gäste?«

»Für mehr, Messer. Hier: Migliacci mit Apfel- und Birnenscheiben.«

Er probierte die Törtchen aus Quark, Käse und Mehl. Sie gehörten zu Mamma Lucias beliebtesten Süßspeisen; er kannte sie seit seiner Jugend. Er nickte und fragte lächelnd:

»Hast du die Lämmer, Ferkel, Ochsenteile und die gefüllten Gänse, Hühner und Enten an den Spießen geprüft?«

»In einer Stunde bringen die Knechte die Glut zu den Spießen. Die dicken Braten drehen sich schon. Beruhigt Euch – alles wird rechtzeitig fertig. Es sind ja nur vier Dutzend Speisen.«

»Der Wein ist bereit? Die Becher? Die Gläser?«

»Becher und Gläser stehen unter den Tüchern, dort auf den Tischen.« Lucia lachte selbstbewusst; Desiderio hatte sie seit Jahren nur selten lachen gehört. »Die Krüge sind dort.« Sie zeigte auf einen weiteren Tisch. »Und die Fässer stehen an der Treppe zum Gewölbe. Eure Söldner sind auf der Straße.«

»Es wird eine lange Nacht«, antwortete Desiderio. »Beten wir zu Gott, dass jeder satt wird.«

Birnen in Honigrotwein. Kuchen, Wachtelbrüstchen in Trüffelhonig und Tartare mit getrockneten Weinbeeren, Nüssen und Pomeranzen. Zehn verschiedene Braten, drei Arten Brot, duftende Suppen, Schalen voller Biancomangiare, Soßen aus

Hühnerfleisch mit Mandeln, Ziegenmilch und Rosenwasser zubereitet, gezuckerter Milchrahm, Capo di latte, gespicktes Entenfleisch, belegte Farinata, flache Brote aus Erbsenmehl, vielerlei Fiadonelli, ölgebackene Teigtaschen, deren süße Füllungen dufteten – vieles hatten die Köche aus Lucca und Mamma Lucia vorbereiten können. Desiderio war beruhigt und schritt die Absperrung um den »Tempel« ab.

Nein. Er war nicht beruhigt. Er bangte um die Palazzina, um die steingewordene Schönheit, den Garten, um die Seinen, für die er stets Sorge getragen hatte: Cornelia, Bernardo, den Frate, Mamma Lucia und die anderen. Für ihn bedeuteten sie die diesseitige Herrlichkeit, den Spiegel der jenseitigen ewigen Schönheit und Unversehrtheit.

Dein Wille geschehe!, dachte er und wurde abgelenkt. Im Cortile hielt das erste Fuhrwerk aus Firenze. Drei Schauspieler stiegen ab; Doracello geleitete sie zu Desiderio. Die Knechte luden Musikinstrumente ab, einen Teil des Feuerwerks, Decken und Mäntel sowie Bündel aus Kleidungsstücken und trugen alles ins Haus. Die stimmgewaltigen Männer schienen halbwegs vorbereitet und bestaunten das geordnete Durcheinander ringsum.

Desiderio deutete auf den weit geöffneten Eingang der Palazzina und sagte: »Ich habe alles vorbereitet, jedes Wort Eurer Deklamation. Kommt. Reden wir bei einem Glas Trebbiano über die Worte.«

Sie folgten ihm zu seinem Schreibtisch. Er hob drei Blätter auf, gab jedem der Männer eines und wartete. Sie lasen, zunächst verdutzt, die Worte, dann nickten sie gleichzeitig. »Ein Auszug aus der Bibel – oder einem anderen heiligen Buch?«, sagte der Älteste mit tiefer Stimme.

»Beides sind Zeilen aus der Offenbarung des Johannes, niedergeschrieben in der Verbannung, neunzig Jahre nach der Geburt des Herrn«, erklärte Desiderio. Er reichte ihnen kleinere Zettel. »Hieraus erseht Ihr, wann Ihr wechselseitig deklamieren sollt. Ich zeige Euch die Plätze. Habt Ihr Hunger? Durst? Dort unten ist für alles gesorgt.«

Er begleitete sie die Stufen der Terrassentreppe hinunter und führte sie zuerst zu den Tischen, auf denen ein Teil der Speisen angerichtet war. Die tagesmüde Sonne lockte die letzten Farben aus den Mauerquadern und den Glasvierecken. Köche hatten angefangen, ihre Bratenspieße über der Glut zu drehen. Küchenhelfer schleppten große Silberplatten voller gebratener Hühnerschenkel, Entenbruststücke und fetttriefender Keulen junger Gänse herbei.

Die Mittagshitze war vorüber; es begann kühl zu werden. Cornelia, in eine wadenlange Houppelande gekleidet, hängte sich bei ihm ein. Ihr Haar fiel über die Kapuze des Galamantels, der Kragen und die Ärmel waren mit weißem Fell besetzt. Desiderio sah, dass sie wieder jene Bernstein-Lenza auf der Stirn trug, in der eine geflügelte Mücke eingeschlossen war. »Sieh dich um, Amore«, sagte sie leise. »Jede Winzigkeit ist so, wie du es gewollt hast. Noch immer nicht zufrieden?«

»Ein letzter Rundgang wird es zeigen«, antwortete er. »Komm. Vielleicht siehst du etwas, das mir entgeht.«

Sorgsam prüften sie die Vorbereitungen und waren sich bewusst, dass Desiderio seit Jahren auch die winzigsten Einzelheiten so geplant hatte, wie sie heute hier zu finden waren. Hinter der Palazzina, im Cortile, schwoll der erwartete Lärm an. Die ersten Gäste stiegen aus den Sätteln. Die Musiker stimmten ihre Instrumente, die Sänger summten, räusperten sich und lernten die Worte auswendig.

46

Vor dem Tor in der weißen Mauer zügelten Barotta und Pierantonio ihre Pferde. Der Stadtwächter beugte sich aus dem Sattel und sagte: »Soll ich auf dich warten, Messer Barotta? Montfalcones Söldner patrouillieren auf den Straßen. Es sind vielleicht sechzig Leute aus Lucca hier. Also – was willst du?«

»Geh zur Küche und den Bratenfeuern. Iss dich satt, trink nicht zu viel. Halte das Pferd bereit. Vielleicht musst du mir helfen. Ich finde dich.«

»So halten wir's, Capo«, antwortete der Wächter, sah zu, wie die kleine Gruppe aus den Sätteln stieg und ihre Pferde versorgte. Weiß gekleidete Knechte Montfalcones halfen ihnen. Sandro sah sich, während er Caterina abzusteigen half, nach seinem Vater um. Die Beccafumis, mit ihnen der Alabasterkünstler, Hofmeister Leonbattista und der Notar d'Anna, Donata und Barotta, festlich gekleidet und in warmen Mänteln, ließen sich zum Eingang der Palazzina geleiten. Caterina hatte Donata Schuhe, ein Kleid, ein wenig Schmuck und einen prächtigen Mantel geliehen. Doracello, der weißhaarige, blatternarbige Anführer von Montfalcones Söldnern, grüßte Barotta mit breitem Grinsen.

Obwohl die Dämmerung erst in einer Stunde einsetzte, wurden schon jetzt einzelne Lichter angezündet – gelbe Inselchen inmitten der Wolken aus Dampf, Rauch und Qualm, der aus den Küchenfenstern und den Glutbecken der Bratenfeuer aufstieg.

Im Inneren der Palazzina brannten Hunderte Kerzen. Desiderio Montfalcone und Cornelia de' Albicci begrüßten jeden einzelnen Gast am oberen Ende der Eingangstreppe und baten, sich der Schönheit aller Räume zu erfreuen und auf der Terrasse und am Fuß der Treppen sich den Wonnen sorgsam zubereiteten Essens und ausgesuchter Weine hinzugeben.

»Alles andere bedarf keiner Erklärung«, sagte Desiderio, als er an Cornelias Seite Sandro und Caterina und deren Begleiter begrüßte. »Nur die Mezzadria-Bauern warten jenseits der Mauer auf die Wunder. Willkommen, Signora di Bargoni. Der Kopf, dem Ihr Eure Schönheit geliehen habt, hat bereits ein Wunder erfahren. Meine hochgeschätzten Gäste ergehen sich innerhalb dieser Mauern, meiner selbstbestimmten Grenze.«

Cornelia wandte sich lächelnd an Sandro. Hinter ihr verbeugte sich Bernardo di Strozzi. »Euren Vater, Messer Castaciano, habe ich zuletzt an einem der Tische vor der Küche gesehen.«

»Dorthin pilgern wir, Principe, Signora, durstig und mit gutem Appetit«, antwortete Caterina und versuchte, Desiderios brennendem Blick, mit dem er ihr Gesicht, ihren Kopf betrachtete, auszuweichen. »Zweifellos erleben wir einen unnachahmlichen Abend.«

»Das habe ich mir geschworen«, bestätigte Desiderio. Er deutete zu den weit geöffneten Türen des Piano nobile. Sie folgten seiner Aufforderung, bewunderten die herrlichen, aber fremdartigen Wandgemälde und blieben schließlich vor einem nicht weniger seltsamen Gemälde stehen, das eine bedrohliche Szene zeigte.

»Ich kenne dieses Gemälde«, sagte Leonbattista leise und verwundert. »Aus dem Palazzo des Antonio Pucci. Es zeigt eine Szene aus dem *Decamerone*. Botticelli hat es gemalt.«

Ein Jäger im Sattel eines Rappen, mit einem Jagdhund, hetzte eine nackte Frau zwischen den Stämmen eines Waldes aus Pinien, wie es schien. Die Frau hob flehend die Arme, der Hund hatte seine Fänge in ihre Schenkel geschlagen, und der Jäger schwang einen Stoßdegen. Ein Jäger, der Jäger auf dem Rappen, dachte Sandro schaudernd. Er glaubte, sich an die Erzählung des *Decamerone* schwach erinnern zu können.

Hinter ihm sagte Bernardo di Strozzi ruhig: »Ihr kennt das Original, Messer Leonbattista? Messer Montfalcone hat es kopieren lassen, schon vor mehr als einem Dutzend Jahre – auf dem Original sehen wir einen Schimmel, während Boccaccio von einem Rappen schrieb.«

»Vor Jahren durfte ich dieses Bild sehen, und die drei anderen des Zyklus.« Leonbattista nickte. Sein Lächeln drückte ein unbehagliches Befremden aus.

»Messer Montfalcone ist ein Freund der Künste und vieler Künstler«, sagte Bernardo und ging langsam weiter.

Sandro, Caterina und Leonbattista streiften an Wänden voller herrlicher Gemälde, an kostbaren Möbeln und glimmenden Scheiten in Kaminen, an Wandteppichen und Gemälderahmen entlang und gingen zwischen unzähligen Kerzenflammen hindurch. Als sie endlich die Terrasse betraten und den Park betrachten konnten, waren bereits einzelne Reiter und Gruppen neuer Gäste eingetroffen.

Noch immer stand nicht eine Wolke am dunkelblauen Himmel. Der Rand der Sonne tastete sich den Baumwipfeln entgegen. Ein weißer Vollmond schwebte, riesengroß, drei Handbreit über dem Garten, dessen Grenzen sich im beginnenden Dunkel verloren. Unzählige Lichter brannten und leuchteten zwischen den Bäumen, Büschen und labyrinthischen Pflanzenmauern, erhellten kleine Zelte, ließen farbenfroh gekleidete Gestalten auf den Kieswegen erkennen und spiegelten sich im Wasser der Brunnen und im Schmuck der Frauen. Mäntel in vielen Farben und aus vielen Stoffen, wadenlang oder solche, deren golddurchwirkte Säume bis zu den Knöcheln reichten, bauschten sich und schwangen faltenwerfend bei jedem Schritt. Der Besatz der Krägen und Ärmelöffnungen schien nicht minder kostbar als manches Geschmeide.

In die vielen Gespräche, die Geräusche von den Esstischen,

den knirschenden Kies, das Wasserplätschern, Gläserklirren, die Huftritte, das Mahlen der Felgen, Wiehern, Gelächter und die anderen Laute mischte sich Musik. Sie kam vom Ende des Gartens, das der Villa gegenüberlag, und von rechts und links hinter den Buchsbaumhecken. Streichinstrumente, Lauten, Theorben, Harfen und kleine Trommeln, Flöten und Holzblasinstrumente verwandelten in der Stunde, in der die letzte Tageshelle wich und ständig neue Lichter angezündet wurden, den Garten und die Palazzina in einen Lustgarten aus Lichtern und Klängen.

Weiß gekleidete Dienerinnen und Diener boten gefüllte Gläser und Becher sowie Schalen und Teller mit köstlichen Vorspeisen an. Bekannte begrüßten einander und tauschten begeisterte Bemerkungen aus; die Zahl der Gäste nahm ständig zu.

Ohne Absicht hatten sich Girolamo Castaciano, Barotta, Donata, Caterina und Sandro, der das Halbdunkel zu verstohlenen Zärtlichkeiten nutzte, in der Mitte des Gartens, unter dem Zeltdach, auf einer runden Steininsel im Brunnenteich getroffen. Sandro flüsterte in Barottas Ohr, welch erstaunliches Bild er im Piano nobile gesehen habe, und schloss: »Du musst es dir ansehen. So stelle ich mir den grausamen Jäger auf dem Rappen vor.«

»Ich seh's mir an. Nachher.« Michele Barotta griff nach Donatas Hand. Er wirkte plötzlich betroffen und misstrauisch.

Vater Girolamo, der die vorbeigehenden Frauen betrachtete, als wären sie feinziselierte, kunstvoll modellierte Gussvorlagen aus Wachs, wiegte den Kopf und sagte leise: »Eine schöner als die andere. Welch ein Aufwand! Prächtiger als Lorenzo!« Er packte Sandro am Arm und wandte sich an Barotta. »Spürt ihr's auch? Trotz der Musik – es ist kein fröhliches Fest. Mir ist es unheimlich.«

Ebenso leise gab Barotta zurück: »Der wahnsinnige Jäger hat zur Sonnenwende kein Opfer gefunden. Gottlob. Ich sage euch: Der Jäger hat irgendetwas mit Montfalcone und seinem Weltuntergang zu tun. Ich spüre es!«

»Aber du hast keine Beweise, Michele«, stellte Sandro fest.

Barotta zuckte mit den Schultern. »Auch das Bild ist kein Beweis. Was ich von dem Unhold weiß, habe ich euch berichtet. Vielleicht haben wir das Opfer nicht gefunden, und die Tote verwest irgendwo im Wald. Seit neunzehn Tagen.«

Halb Lucca und selbst Familien aus Firenze und Pisa, die Sandro und Barotta nicht kannten, waren angereist. Die Gäste scharten sich um die Tische, auf denen Speisen angeboten wurden, und wanderten staunend durch den Garten. Der Rauch der Fackeln und der Glut unter den Braten und Soßenkesseln lag als hellgraue Nebelschicht über dem Boden. Einige Musiker hörten zu spielen auf. Sandro blickte in den Abendhimmel und fragte sich, was Montfalcone dort zu sehen erwartete, und wann. Der Mond war weitergewandert und näherte sich dem Horizont.

Sandros Gruppe stand nach ihrem Rundgang auf den Stufen zur Terrasse, und er hielt, verdeckt durch die Falten der Mäntel, Caterinas Hand.

Montfalcone und Cornelia lösten sich von den Gruppen der Gäste, traten auf die Terrasse hinaus und blieben vor der Balustrade stehen. Es schien, als wolle Montfalcone eine Ansprache halten; die Gäste in seiner Nähe unterbrachen ihre Gespräche. Die Musik und die Sänger schwiegen. Sandro blickte einige Atemzüge lang den Gastgeber und seine schöne Geliebte an, dann richtete er den Blick auf den Mond. Das Gestirn näherte sich der Kuppe eines entfernten Hügels. Dort zeichneten sich einige Pinien und eine ungewöhnlich große Zypresse schwarz gegen den Himmel ab. Sandro erschrak; er fühlte eine kalte Berührung zwischen den Schulterblättern. Er stieß Michele an und flüsterte: »Sieh dir den Mond an, Barotta! Wie oft haben wir dieses Bild schon gesehen? Die aufgespießte Sonne?«

»Ja. Stets zur Sonnenwende. Den Mond habe ich so noch nie gesehen. Jedenfalls nicht bewusst. Ob es etwas bedeutet ...?«

»Meine verehrten Gäste«, begann Montfalcone, hoch aufgereckt, mit ausgebreiteten Armen. »Nach Mitternacht beginnt das Heilige Jahr. Auf die Ereignisse, die ich erwarte, will ich Euch alle mit den Darbietungen der nächsten Stunde vorbereiten. Die Offenbarung des Johannes weissagt jedem wahren Gläubigen, dass unsere Welt vergehen muss und neu erschaffen wird.«

Während Montfalcone redete, senkte sich die weißgelbe Scheibe auf die Zypresse. Das schauerliche Bild schlug jeden, der es sah, in seinen Bann. Die schwarze Spitze bohrte sich tiefer in das Gestirn und verletzte das vollkommene Rund – eine grausig-schöne Vision des Bösen.

Montfalcone stockte. Er bewegte den Kopf und blickte jetzt in den gepfählten Mond. Einen, zwei Atemzüge lang schwieg er, als habe es ihm die Stimme verschlagen. Sie war brüchig, als er weitersprach. »Der Herr hat mir so viele Zeichen gesandt, dass mein Glaube fest ist. Diese Festigkeit im Glauben, im Gottesgehorsam, beweise ich durch meine Vorbereitungen auf die letzte Stunde. Erlebt mit mir den Ruf nach der endgültigen Errichtung der Gottesherrschaft.«

Er ließ die Arme sinken, starrte in die fast in zwei Teile zerschnittene Mondscheibe und trat von der Balustrade zurück. Sandro erhaschte einen Blick in Montfalcones Gesicht. Er war erbleicht, seine Augen flackerten, und im zuckenden Licht glitzerten große Schweißtropfen auf seiner Stirn. Mit schnellen Schritten verschwand er, während die Gäste Beifall spendeten, im Haus.

Die ersten Sterne erschienen, während die rötlichen Hälften des Mondes hinter dem Hügel versanken. Fast gleichzeitig begannen die Musiker in ihren offenen Zelten wieder zu spielen, lauter, schneller und mit mehr Trommeln, Zinken und schrillen Flöten. Leise redeten die Gäste über die ungewöhnlichen Versprechungen Montfalcones; spöttisches und anerkennendes Murmeln hielten sich die Waage. Dennoch, fand Sandro – und

Caterina und Barotta erging es ebenso –, blieb die Stimmung seltsam bedrückt. Die Furcht, dass Montfalcone recht behielt, war wohl gering, lauerte aber in den Herzen der Gäste. Nur hin und wieder hörte man heiteres Lachen.

Die Musik riss ab.

Aus dem hinteren Teil des Gartens ertönte eine laute, dunkle Stimme. Sie begann zu deklamieren. Nach den ersten Worten trat Schweigen unter den Gästen ein, sodass jedes Wort nun deutlich zu verstehen war. »Ich sah einen Engel vom Himmel herabsteigen, einen Schlüssel zum Abgrund und eine schwere Kette in der Hand. Er überwältigte den Drachen, die alte Schlange – der Teufel oder Satan –, und fesselte ihn für tausend Jahre. Er warf ihn in den Abgrund und verschloss diesen mit einem Siegel, damit der Drache die Völker für tausend Jahre nicht mehr verführen konnte. Danach musste er freigelassen werden.«

Die hallende Stimme und die wuchtigen Worte schlugen alle Anwesenden in ihren Bann. Vielleicht verstand nicht jeder, was Montfalcone damit ausdrücken wollte, aber Sandro und sicherlich auch Barotta und Caterina glaubten, die wahre Bedeutung langsam zu erkennen, Montfalcones Wahn. Jedes Wort war wie ein Paukenschlag, wie ein Hammerhieb auf den Amboss.

»Dann sah ich Throne. Denen, die darauf Platz nahmen, wurde das Gericht übertragen. Ich sah die Seelen aller, die enthauptet wurden, weil sie am Zeugnis Gottes festgehalten und das Tier und sein Standbild nicht angebetet hatten … die übrigen Toten kamen nicht zum Leben, bis die tausend Jahre vollendet waren. Das ist die erste Auferstehung. Selig, heilig, wer an ihr teilhat. Über sie hat der Tod keine Gewalt. Sie werden Priester Gottes sein und tausend Jahre mit ihm herrschen. Der Engel sagte zu mir: ›Diese Worte sind zuverlässig und wahr.‹ Gott, Herr über den Geist der Propheten, hat seinen Engel gesandt, um seinen Knechten zu zeigen, was bald geschehen muss.«

Die Worte hallten nach. Ein Dutzend Atemzüge lang war

es still. Dann setzte die Musik wieder ein. Sandro sah sich um. Nur Cornelia stand noch auf der Terrasse. Einige Gäste, die sich auf den Stufen bewegten, als ob sie aufwärts und abwärts schwebten, schienen sich zu fürchten und Unheil zu erwarten. Sie hielten sich an den Händen und klammerten sich aneinander. Gläser klirrten, Bratenduft stieg auf, ein kühler Windstoß wehte heran und ließ die tausend Flämmchen flackern.

Nach einem weiteren lautstarken Musikstück erscholl eine ähnlich eindringliche Stimme von links. »Es kam einer der sieben Engel, die jene sieben Schalen mit den sieben Plagen getragen haben, und sagte zu mir: ›Komm, ich will dir die Braut des Lammes zeigen.‹ Er entrückte mich in der Verzückung auf einen hohen Berg und zeigte mir die heilige Stadt Jerusalem, die wie ein kostbarer Edelstein glänzte, wie ein kristallklarer Jaspis …«

Im selben Augenblick blühte hinter der Mauer, am Ende des Gartens, mit einem kurzen Knall eine riesige, schneeweiße Funkenblüte hoch über den Köpfen der Gäste auf. Der Feuerwerksblitz versinnbildlichte den kostbaren Edelstein. Sandro dachte, dass Montfalcone die Worte und die Lichterscheinung als Ruf verstand, als Lockruf für den Herrn, ihn und die Seinen zu retten. Langsam begriff er die Größe dieses Plans, der aus tiefem Glauben und Todesangst geboren worden war. Ein Taubenschwarm flatterte auf und stob in die Nacht davon.

»… die Grundsteine der Stadtmauer sind mit edlen Steinen aller Art geschmückt, der erste Stein ist ein Jaspis, der zweite ein Saphir, der dritte ein Chalzedon, der fünfte ein Smaragd, der sechste ein Sardion …«

Plötzlich bildete sich, scheinbar mitten in der Nachtluft, vor der Windmauer der Zypressen, ein sprudelnder Fall aus Feuerwerksfunken. Er glühte in den Farben von Edelsteinen und leuchtete, alle Lichter überstrahlend, über dem Labyrinth auf und senkte sich hinter den Buchsbaummauern ins Wasser der Zierteiche.

»... der siebente ein Chrysolith, ein Beryll, ein Topas, ein Chrysopras, der elfte ein Hyazinth, der zwölfte ein Amethyst. Die Tore sind zwölf Perlen. Jedes Tor besteht aus einer Perle. Die Straße ist aus reinem Gold, wie aus klarem Glas. Nur die, die im Lebensbuch des Lammes eingetragen sind, werden eingelassen. Sie werden in sein Angesicht schauen, und ihr Gott wird über ihnen leuchten.«

Caterina, als erfahre sie eine Erhellung, stieß Sandro an und flüsterte: »Er will die Sterne beschämen! Glaub's mir!«

Sandro nickte stumm. Wie ein Vorhang, schillernd, in vielen Farben, rieselten die glühenden Funken aus der Höhe herunter. Zischend, prasselnd und knatternd ließen sie für kurze Augenblicke alle Einzelheiten des Gartens aus der Dunkelheit hervortreten. Wieder packte Sandro die Furcht, dass Montfalcones Glaube stark genug war, um die Stunde der Apokalypse heraufzubeschwören. Er legte den Arm um Caterina und sah die gleiche Furcht in ihren Augen. Es war unbegreiflich, was sich hier anbahnte. Würde sich der Himmel öffnen, um sie alle zu verschlingen? Aber der wolkenlose Himmel zeigte nur eine ständig wachsende Zahl klar leuchtender Sterne.

Am Fuß der Treppe, rötlich beleuchtet von der Glut unter einem Spießbraten, erkannte Sandro seinen Vater, der mit einer hellhaarigen Frau redete. Beide hielten Becher in den Händen, lachten, gestikulierten und achteten wenig auf ihre Umgebung. Wieder setzte die Musik aus. Dieses Mal stand der unsichtbare Redner auf der rechten Seite des Gartens.

»Es wird keine Nacht mehr geben, und die Knechte Gottes brauchen weder das Licht einer Fackel noch das der Sonne. Denn der Herr wird über ihnen leuchten, und sie werden herrschen in alle Ewigkeit. Und der Engel sagte: ›Siehe, ich komme bald. Selig, wer an den prophetischen Worten dieses Buches festhält. Die Zeit ist nahe! Wer Unrecht tut, tue weiter Unrecht, der Gerechte handle weiter gerecht, denn siehe, ich komme bald, und mit mir bringe ich den Lohn. Ich bin das Alpha und das Omega, der Erste und der Letzte, der Anfang und das Ende.‹«

Cornelia zog sich ins Haus zurück. Sandro und Caterina standen allein auf den Stufen zur Terrasse. Sie blickten schweigend auf Gäste und Diener hinunter. Viele standen erstarrt da, saßen aneinandergeschmiegt auf den steinernen Bänken, flüsterten miteinander und schienen sich unter den wuchtigen Worten zu ducken. Staunen, Furcht und Erwartung schrecklicher Dinge suchten viele Gäste heim, das war für Sandro deutlich zu erkennen. Er zog Caterina an sich und flüsterte: »Es wird nichts von dem geschehen, was Montfalcone erwartet. Du brauchst nicht zu zittern.«

»Aber warum fürchten sich die anderen?« Sie hielt sich an ihm fest und blickte um sich, als fühle sie sich von jemandem bedroht. »Diese Nacht … was hat er wirklich vor?«

»Er wird uns allen seinen Engel zeigen wollen. Daran hat er jahrelang gearbeitet«, sagte Sandro und hob die Schultern. »Gehen wir hinunter. Einen Becher Wein, ein Stück Braten … komm.«

Er winkte Barotta und Donata, denen Leonbattista und Christofero d'Anna folgten. Als sie sich umdrehten, begann wieder ein Rezitator mit hallender, drängender Stimme zu reden. »Ich, Jesus, habe meinen Engel gesandt als Zeugen. Ich bin die Wurzel und der Stamm Davids, der strahlende Morgenstern. Ich sah einen neuen Himmel und eine neue Erde. Der erste Himmel und die erste Erde, auch das Meer sind vergangen. Ich hörte eine Stimme vom Thron her rufen: ›Seht die Wohnung Gottes unter den Menschen! Er wird in ihrer Mitte wohnen, und sie werden sein Volk sein. Er wird alle Tränen von ihren Augen abwischen. Der Tod wird nicht mehr sein, keine Trauer, keine Klage, keine Mühsal. Seht, ich mache alles neu!‹

Diese Worte sind zuverlässig und wahr.

Wer durstig ist, der komme.

Die Gnade des Herrn Jesus sei mit allen!«

Stille. Ein Glas zerschellte auf den Steinen. Rote, blaue, weiße und goldene Riesensterne bildeten sich mit dumpfem Pochen hoch über dem Garten, strahlten auf, entfalteten sich wie Blüten und erloschen. Wieder flog der Taubenschwarm mit klatschenden Flügeln über dem Cortile und entfernte sich zwischen den Pinienwipfeln. Sandro sah, dass sich die unbekannte Frau ängstlich an seinen Vater klammerte, der sie festhielt und mit starrem Gesicht zur Palazzina blickte. Leise und tröstend erschollen die Melodien von drei Seiten und brachen sich als mildes Echo an den Fassaden der Palazzina.

Als Sandro und Caterina die Terrassenstufen hinuntergegangen waren, näherte sich ihnen ängstlich eine junge Dienerin mit gesenktem Kopf und füllte ihre Gläser mit kaltem Weißwein. Kaum waren der leise Knall und das Strahlen des letzten, riesengroßen Feuerwerkssterns vergangen, der die Gebäude und den Park in fast tageshelles Licht tauchte, begann der Boden zu dröhnen. Die Mauern und die Kacheln unter den Sohlen schienen zu zittern. Es war wie der Herzschlag der Apokalypse, aus der Tiefe eines höllischen Kreises der Verdammten. Im gleichmäßigen Takt langsamer, weiter Schritte erschütterte tiefgrollendes Rumpeln die Luft. Das Dröhnen schien aus dem schwarzen, würfelförmigen Gebäude neben der Pergola und der Werkstatt zu kommen.

Cornelia stellte dem Jungen, der vor der Sanduhr saß, einen Teller voller Braten, Käse und Gebäck und einen großen Becher Obstsaft hin und deutete auf die Weckuhr. »Ich warte mit dir«, sagte sie laut, gegen das Dröhnen ankämpfend. »Noch ist es nicht so weit. Iss ruhig; wir haben genug Zeit.«

Der Junge kaute und nickte, ließ aber den rinnenden Sand nicht aus den Augen. Die vergoldete Weckuhr tickte laut. Cornelia hatte Desiderio versprochen, so wie er von seinem apokalyptischen *vinum mirabile* zu trinken, von seinem Arcanum. Neben dem Kaminsims, auf einem Tischchen, stand ein Weinkrug, der mit einem nassen Tuch bedeckt war. Cornelia entfernte das Tuch und füllte einen großen Pokal mit dem duftenden, honigfarbenen Trunk, in dem kleine Blasen aufstiegen und platzten.

Auch im »Tempel« standen ein Krug und Pokale. Das Arcanum würde Desiderio und sie empfänglich machen für die letzten Ereignisse in dieser Welt, würde alle ihre Sinne schärfen, mit denen sie das Unfassbare erlebten. Desiderio hatte tagelang Wein mit verschiedenen Auszügen seiner Zauberpflanzen vermischt, schon vor Monaten, bis er mit der Wirkung zufrieden war. Cornelia, deren Körper bei jedem Schlag auf die großen Tympanons erbebte, hob mit beiden Händen den schweren Pokal und nahm drei tiefe Schlucke. Nur noch wenige Augenblicke, dann würde Desiderio, vom gleichen Trunk beseelt, den großen, eisernen Hebel bewegen.

In das Dröhnen fuhren die ersten leisen Fanfarenstöße hinein, wurden schärfer, schmetterten greller. Furchterregende Laute kamen aus dem Inneren des schwarzen Würfels. Die meisten Gäste und die Dienerinnen und Diener wagten sich viele Atemzüge lang nicht zu rühren. Ihre Furcht, in einen Albtraum hineinzugeraten, wuchs. Viele der Versammelten wussten nicht, ob sie wach waren oder etwas zu träumen begannen, was außerhalb ihrer Vorstellung lag.

Endlich hatte sich die untere Hälfte der Sanduhr gefüllt. Einige Herzschläge danach begann die Weckuhr zu läuten. Cornelia trank, tätschelte die Wange des Jungen und ging mit einer brennenden Kerze zur Terrasse. Unablässig pochten die schweren Schläge, unverändert ertönte die Posaune. In einem großen leeren Krug steckte ein Feuerwerkskörper an einer dünnen Stange. Cornelia zündete die Lunte und trat zurück in den Schutz des Türstocks. Die rocchetta zischte funkensprühend senkrecht in die Höhe, an der Dachkante vorbei, sechzig Ellen hoch und entfaltete sich mit einem Donnerschlag zu einer Riesenkugel aus tausend weißgoldenen Funken.

Alle Gäste erschraken. Wieder lag zitterndes Licht taghell über den Gebäuden und der Hälfte des Gartens.

Cornelia lächelte, erfüllt von den geheimnisvollen Substanzen im Wein und ihrem Glauben. Sie wusste, mit welchem Bild Desiderios nächster Ruf die Gnade Gottes beschwören würde.

47

Als die Helligkeit nachgelassen hatte und sich die Augen der Gäste wieder an die Dunkelheit gewöhnten, klappten nahezu gleichzeitig die oberen Hälften der »Tempel«-Wände herunter und schlugen krachend gegen die unteren Teile. Licht brandete zwischen den vier Säulen hervor. Dann fielen die unteren Hälften in vier Richtungen nach außen und dröhnend auf den Boden. Kies prasselte hoch. Ein Luftzug brachte Fackeln und Öllichter zum Flackern. Gäste schrien auf und stolperten rückwärts von den Holzflächen weg. Die dumpfen Schläge der Tympanons und das Kreischen der Fanfaren wurden lauter, schmerzender in den Ohren.

Von neunundvierzig großen Flammen umgeben und angestrahlt stand der große Engel auf dem weißen Sockel. Er hatte das Schwert in der rechten Hand hoch über seinen Kopf erhoben, sodass die Spitze fast das Dach berührte, das nur von den vier dünnen Ecksäulen getragen wurde. Zu dem Schlag der Tympanons kamen jetzt Doppelschläge, die das gespannte Fell von Kesselpauken trafen, und mehr Fanfaren stießen gellende Rufe aus. Fassungslos und erschrocken, mit offenen Mündern, starrten die Gäste die Gestalt an.

Sandro ließ Caterina nicht los, auch nicht, als er Barotta und Donata neben sich erkannte. Lucinda di Beccafumi, ihr Gatte und der junge Bartolomeo, der Meister des Alabasterkopfes und der Füße, betrachteten ungläubig und fassungslos die riesige Gestalt. Sie alle mussten schreien, um sich verständlich zu machen.

»Das ist Montfalcones Engel«, brüllte Sandro und blickte

mit großen Augen den Alabasterkopf an, der die Blicke aus funkelnden Augen erwiderte. »Gleich wird er sich bewegen.«

»Sieh ihn dir genau an!«, schrie Michele zurück. »Das ist mehr als nur eine bewegliche Figur! Caterinas Kopf!«

Sie traten auf die hölzernen Vierecke und näherten sich der Figur. Mit jedem ihrer zögernden Schritte entdeckten sie mehr erregende Einzelheiten. Desiderio war verschwunden. Die großen Augen schienen jeden einzelnen Gast anzustarren. Das kühle Lächeln auf den Lippen von Caterinas vergrößertem Ebenbild verschmolz mit dem gelockten Haar, das mehrfarbig und schimmernd, mit goldenen Flittern bestreut und von einem Stirnband gebändigt, bis auf die Schultern des Engels herabfiel. Auf der Brust hing an der dünnen Kette der halbmondförmige Schild aus der Ufficina der Castacianos.

»Der Schild! Seht ihr nicht?«, schrie Sandro und fühlte, dass er zu zittern begann. Er sah, und alle anderen sahen es auch, dass der Schild seltsame Verzierungen trug: vier oder fünf pralle weibliche Brüste, die von Händen umspannt und umfasst wurden, ein zierlicher Fuß und zwischen ihnen funkelnde Glasstücke, die wie riesige geschliffene Edelsteine wirkten.

»Der Schild des wahnsinnigen Jägers!«, rief Barotta in Sandros Ohr. »Hat Montfalcone das alles selbst gemacht?«

»Das meiste!«

Das Metall des Schildes funkelte golden, und die Hände und Brüste und der Fuß glänzten weiß wie der Alabaster. Und mit einer Sicherheit, die er nicht erklären konnte, wusste Sandro, dass sie zu den verstümmelten Opfern gehörten.

»Er selbst ist der Jäger!«, stieß Barotta hervor.

»Ich kann's nicht glauben!«, rief Sandro.

Der Engel bewegte sich. Langsam und majestätisch, gleich einem Engel in einem weihrauchgeschwängerten Traum, entfalteten sich die Schwingen und wurden größer und herrlicher in ihrer weiten Spreizung, die helle, farbige Federn, mit goldenen Körnern bestäubt, zum Vorschein brachte. Auf den Kanten der

Flügel, in Federkränzen wie von Eulenaugen gefasst, leuchteten goldfarbene, schwarze, blaue und grüne Augäpfel. Menschliche Augäpfel! Heftige Schauder befielen Sandro. Caterina in seinen Armen zitterte wie im Fieber. Die Schwingen hoben sich, spreizten sich, die Schwungfedern wiesen zum Dach, und langsam senkte sich der Arm mit dem Schwert.

Die Trommeln dröhnten weiter, aus den Röhren, die Sandro hergestellt hatte, bliesen weiterhin die Posaunen des Jüngsten Gerichts. Die Blasebälge pressten ihre Luft in schrill gestimmte Flöten – der ungeheuerliche Schall erfüllte den Garten und ertönte weit über die Mauern hinaus.

Barotta schrie: »Der Kopf. Die Haare! Er hat sie von den Schädeln der gemetzelten Frauen!«

»Auch die Augäpfel auf den Flügeln!«

Die Schwingen, von deren Kanten leuchtende Augäpfel die Gäste anstarrten, hoben und senkten sich majestätisch, der Schwertarm glitt wieder in die Höhe, und aus der Schale, die in der anderen Hand des Engels ruhte, schlugen plötzlich mächtige Flammen. Vor dem rechten Fuß des Engels lagen ein umgestürzter Sockel, ein zerbrochener Krug und ein kostbarer Pokal aus Glas und Silber. Sandro und Michele blickten sich suchend um, aber trotz der gewaltigen Flammen konnten sie Montfalcone nicht entdecken. Caterina schüttelte sich, riss sich aus Sandros Arm los und stürzte davon, auf die Palazzina zu.

Sandro drehte sich um und sah den kleinen, alten Priester. Frate Francesco hinkte auf den Engel zu, er klammerte sich mit beiden Händen an den Gehstock; jede Bewegung schien ihm Schmerzen und große Mühe zu bereiten.

»Hast du Montfalcone gesehen?«, schrie Sandro.

Michele Barotta schüttelte den Kopf. Sie hatten gesehen, was sie nicht zu sehen erwartet hatten, und außer ihnen schienen viele Gäste zu begreifen, dass der grausige Zierrat des Engels aus den Körpern der Opfer geschnitten worden war. Man hörte keine Stimmen, keine Laute des Entsetzens, denn die Weltuntergangsmusik machte selbst das klare Denken unmöglich.

Das Beben, von den Tympanons erzeugt, ließ die Stangen und die Schalen, jene siebenmal sieben Feuerschalen, schwanken. Brennende Tropfen wurden herausgeschleudert und fielen zu Boden. Die Ölschalen verbreiteten taghelles Licht und so viel Hitze, dass sich niemand näher heran wagte.

Frate Francesco tappte auf die Holzfläche und näherte sich mit winzigen Schritten dem Engel. Seine Hände krampften sich um die Ecksäule, er hob den Kopf, starrte den Engel an, den Cherub, der flügelschlagend vor Gott stand. Die Lippen des Frate bewegten sich, sein pergamenthäutiges Gesicht, von Auszehrung und einem unirdischen Staunen gezeichnet, das an Verzweiflung erinnerte, sah in diesem wirren Licht wie das eines Totenschädels aus. Nur die Augen, die Lippen, der Mund und die Finger waren noch lebendig; offensichtlich betete der Frate.

Sandro versuchte, sich aus seiner Lähmung zu lösen. Er sah aus dem Augenwinkel, dass Cornelia und Bernardo, gefolgt von Doracello, auf den Frate zuliefen. Die Gäste bildeten in dreißig Schritt Entfernung einen Dreiviertelkreis um den »Tempel«.

Sandro konnte sich plötzlich bewegen und hastete auf Cornelia zu. »Wo ist Montfalcone?«, rief er. Als er Cornelia erreichte, erregte ein Feuerwerk seine Aufmerksamkeit. Am jenseitigen Ende des Gartens bildete ein Gewitter aus weißen Blitzen eine feurige Mauer, die sich heranzuschieben schien. Am Horizont glaubte Sandro eine einzelne, säulenartige Nachtwolke zu erkennen.

Cornelia breitete in einer hilflosen Geste die Arme aus. Ihre Blicke waren wie die einer Betrunkenen. »Ich weiß es nicht. Vielleicht … in der Werkstatt oder Mühle.«

Als Bernardo bei dem Frate anlangte, warf dieser beide Arme in die Höhe und umarmte dann die Säule. Langsam glitt er daran herunter, fiel auf die Knie und kippte zur Seite. Sandro blickte ihn lange an, ahnte, dass er Zeuge von Fra Francescos

Sterben geworden war, und hastete dann zu Barotta und Donata, die sich ein Dutzend Schritte weit zurückgezogen hatten.

Blendung, Verwirrung, Ratlosigkeit und die schmerzhaft hallenden apokalyptischen Klänge, so laut wie ein Gewitter, erfüllten die Nacht und die Herzen der Gäste ebenso wie die Herzen der Knechte, Diener, Dienerinnen und Köche, der Musiker und aller anderen.

Der Engel, von Rädern, Stangen, Seilen und Walzen bewegt, gehorsam und zuverlässig wie eine Invenzione von Leonardo da Vinci, bewegte gelassen seine mächtigen Schwingen, schlug in langsamem Takt mit dem Schwert zu und zeigte unter dem irisierenden Haar, das sich in der Hitze zu kräuseln begann, Caterina di Bargonis verinnerlichtes, in unirdische Fernen weisendes Lächeln. Jene Ratlosigkeit, die Sandro gepackt hatte, ließ ihn förmlich zucken. Montfalcone suchen? Wo war Caterina, im Gedränge verschwunden? Die infernalische Mechanik zerstören? In den Sattel, mit seinen Freunden zurück nach Lucca reiten? Wo, wo war Caterina?

48

Michele Barotta und Donata zerrten Sandro aus der Lichtflut und der heißen Nähe des Engels mitten in den Kreis der entsetzten, aber gleichzeitig vom Geschehen gebannten Gäste zurück. Einige Braten, die in der Glut verschmorten, stanken und rauchten unerträglich; niemanden schien es zu bekümmern. Rechts von der Figur, am Rand des mächtigen Lichtkreises, nahm Sandro eine flüchtige Bewegung wahr. Er sah eine Gestalt in schwarzer Kleidung, die wie Leder glänzte. Dann verstand er endlich, was Barotta rief:

»Montfalcone und der Jäger sind ein und dieselbe Person! Es kann gar nicht anders sein.«

»Aber ... Montfalcone wird von ein paar Dutzend Personen bewacht, überwacht, ist nie verschwunden gewesen«, stotterte Sandro, »und hier, in der Palazzina, hat er seine Untaten nicht begehen können, Michele! Alle würden ihm zugesehen haben.«

»Man wird es herausfinden.«

»Wo ist Caterina?«

Barotta zuckte mit den Schultern. Sie blieben stehen und konnten die Blicke nicht von dem Engel losreißen. Einige Feuerschalen schwankten stärker auf ihren Stangen. Brennendes Öl schwappte über die glühenden Ränder der Behälter. Noch immer öffnete und schloss der Engel majestätisch seine Schwingen, deren Goldbestäubung flimmerte und von deren Rändern die Augäpfel herabstarrten. Sandro war ratlos, was er tun sollte, wandte verzweifelt den Kopf und sah, dass Doracello den Körper des Frate auf seinen Armen zum Haus trug.

An der Rückseite des Engels schwankten einige der hohen Feuerschalen, verschütteten brennendes Öl und kippten unvermittelt nach hinten. Das Öl spritzte bis zu den Zypressen an der Mauer des Cortile. Die Blätter der untersten Äste fingen augenblicklich Feuer. Entsetzensschreie übertönten die schauerliche Musik, und Sandro löste sich aus seiner Erstarrung. Als er seine Muskeln spannte, musste er mitansehen, wie sich der Arm, dessen Hand die Schale hielt, bewegte. Er senkte sich, streckte sich aus, dann drehte sich die Hand und kippte die Schale in die Senkrechte.

Eine lodernde Feuersäule fiel aus der Schale bis auf den Boden. Ein Teil des brennenden Öls tropfte in breiter Bahn auf den Sockel des Engels und auf den Alabasterfuß. Die Flammen breiteten sich nach allen Seiten aus. Sandro sprang vorwärts und rannte auf die Treppe der Werkstatt zu.

Nach einem langgezogenen Trommelwirbel schwiegen die Schläge auf die Kesselpauken. Der rechte Flügel senkte sich wieder, der linke verharrte zitternd in der Luft. Sandro lief aus dem Bereich der gleißenden Helligkeit hinaus und blickte wild um sich. Er hoffte, Caterina irgendwo zu entdecken. Aber er sah nur in fremde Gesichter, die vom Schrecken gezeichnet waren. Wieder ertönten hinter ihm Schreie, lauter als die schmetternden Fanfaren und Posaunen. Gäste und Diener rannten durcheinander. Unverändert laut und drohend erschütterten die Schläge auf die Tympanons den Boden und die Luft. Sandro hetzte an der Pergola entlang, erreichte die Stufen und sah, dass die Türen der Werkstatt weit offen standen, sowohl die obere als auch die breitere, zu der Granitstufen hinunterführten.

Er entschied sich ohne nachzudenken, in das Gewölbe zu rennen. Er stolperte über die Stufen und sah zu seinem Erstaunen, dass auch das Innere der Werkstatt hell erleuchtet war. Bis hierher in die Tiefe des Gewölbes reichten die dumpfen Erschütterungen der Engelsmusik. An der hinteren Stirnwand, zwischen breiten Wandbrettern voller Modelle, Krüge, Flaschen und anderen Gegenständen, von denen Sandro in der Eile die wenigsten erkannte, standen Caterina und Montfalcone einander gegenüber. Sie hielten große Trinkgläser mit goldenen Rändern in den Händen und achteten nicht darauf, was um sie herum geschah.

Die Ingredienzien des *vinum mirabile* hatten Desiderio in einen Rausch der Selbstsicherheit, Erwartung und Hellsichtigkeit versetzt. Er war durchdrungen von der Einzigartigkeit der Stunde. Sein Fest, mühsam und aufwendig, geradezu meisterhaft geplant, teuer bezahlt und an einem der schönsten Tage des Jahres stattfindend, ließ in seiner Pracht nichts zu wünschen übrig. Die Musiker, Sänger, Rezitatoren, Köche und Bediensteten, hatten Vollendetes geleistet. Der Engel, die Trommeln und Posaunen gehorchten den zuverlässigen Mechaniken, als habe Leonardo jahrelang an ihnen gebaut. Die drei Wunder, die der Herr nur für ihn, Desiderio, gewirkt hatte – das Haar, die Flügel voller Augen und der Zierat des Halsschildes –, waren die letzten Beweise: Zum Heiligen Jahr würde er die Stadt Jerusalem betreten.

Er hatte den Pokal geleert, den Kreis um den Engel verlassen und die bodenlange Monzile abgelegt. In der Werkstatt ließ er sich in seinen Sessel fallen, streifte die Schuhe von den Füßen und blinzelte in die Kerzenflammen. Er zog das Wams und das Hemd aus und kämpfte einige Atemzüge lang gegen eine plötzliche Schwäche an. Bedächtig füllte er einen Becher mit dem Zweiten Arcanum, das mit einem Tropfen Mutterkornextrakt seine Kräfte stärken sollte und ihn die Bilder der Apokalypse am Himmel erkennen ließ. Schluck um Schluck trank er den Becher leer und spürte den Geschmack der Zusätze auf der Zunge.

Als er sich bückte, ertönte im Inneren seines Kopfes ein reißender, schmatzender Laut. Vor Desiderios Augen drehten sich feurige Kreise, dann verlor er das Bewusstsein und rutschte aus dem Sessel.

Er kam zu sich, halb angekleidet auf den Knien neben dem

Sessel. Er zog sich taumelnd hoch, füllte mit zitternden Fingern den Becher zum zweiten Mal und setzte ihn an die Lippen. Sein Körper erholte sich, seine Organe schienen sich aufzublähen und wieder zu schrumpfen, und mit jedem weiteren Atemzug wuchs seine Kraft. Sein Verstand gewann wieder die Herrschaft über die Gliedmaßen. Nur noch wenige Stunden!

Die Kleidung des Überganges lag längst bereit; den Prunk und die aufwendigen Stoffe würde er in dieser Welt zurücklassen, um demütig und als einfacher Mensch in die Ewigkeit einzugehen. Sorgfältig, im Takt der schweren Schläge, kleidete sich Desiderio vollends an. Noch ein Schluck des stärkeren Arcanums, das seine Kräfte vermehrte und ihn am Firmament sehen lassen würde, wie der Herr erschien und ihn zu sich holte. Er ging mit weiten Schritten hinaus.

Er hob den Kopf und blickte in den Himmel. Über den verglimmenden Blitzen des Feuerwerksgewitters sah er in den gewaltigen Abgrund der Sterne. Er fühlte es: Gott tat etwas mit ihm. Das Firmament schien Atem zu holen, um ein unbegreifliches Geschehnis stattfinden zu lassen. Seit der schwarze Schattendolch sich in den Mond gebohrt hatte, zeichneten sich nebelhafte Umrisse in den Sternen ab – die Vorboten des strahlenden Morgensterns. Die andere Hälfte seines Selbst war wieder bei ihm und erfüllte ihn mit herausfordernder Kraft.

Desiderio ging die Stufen der Werkstatt hinunter und blickte in das Gesicht seines Engels. Das Lächeln des Engels forderte ihn auf, auszuharren bis zum Ende. Er ging auf das Haus zu und sah das gleiche schöne Lächeln im Gesicht einer Unbekannten. Er nahm die Hand der jungen Frau und sagte: »Einer der sieben Engel, der mit der Schale der letzten Plagen sagt: ›Komm, ich will dir die Braut zeigen, die Frau des Lammes.‹ Kommt mit mir, meine Schöne!«

Er zog sie mit sich, umrundete den Cherub und führte sie zu den Granitstufen des Werkstattgewölbes. Zuerst zögerte sie und wehrte sich gegen seinen Griff, sah sich suchend einige Male um, dann ließ sie sich mitziehen und folgte ihm. Jetzt hielt der Herr die Trommelschlegel an, und als sie im Gewölbe waren, schwieg auch die Posaune des Engels.

Desiderio führte die Frau an den Zeichen göttlichen Wirkens vorbei, die auf Wandbrettern zwischen brennenden Kerzen ausgestellt waren, bis zu seinem Arbeitstisch. Innerer Zwang bestimmte jede seiner Bewegungen und seine Worte. »Nehmt mit mir einen Schluck vom Blut des Lammes«, sagte er. »Das wundersame Arcanum, das *vinum mirabile*, wird uns sicher über die Schwelle des letzten Gerichts tragen.«

»Ich weiß nicht, was Ihr wollt«, erwiderte die Frau widerstrebend. »Ich fürchte mich hier in der Gruft. Euer Engel, Messer Montfalcone, beginnt zu brennen, glaube ich.«

Mit fahrigen Bewegungen goss Montfalcone eine gelbe Flüssigkeit in zwei Pokale. Er merkte nicht, dass sich die Unbekannte beim Geruch des Trunks schüttelte und zurückwich, als er ihr einen Pokal gab; er vermochte ihren Gesichtsausdruck nicht als Abscheu und Angst zu deuten.

»Mein Engel sagt den himmlischen Heerscharen, wohin sie ihre Schritte lenken müssen. Wohin die sieben Engel fliegen sollen.« Er trank einen Schluck. Seine Augen glühten. »Mein Engel ruft laut: ›Hierher! Zu mir!‹ Seine Stimme reicht tief ins ewige Leben hinein.«

Montfalcone setzte den Pokal ab und streckte beide Hände aus. Seine Gedanken überschlugen sich. Wieder war dieser scharfe, schmatzende Laut in seinem Kopf. Er wollte die Unbekannte mit dem Gesicht seines Engels zwingen, den Trunk des letzten Schrittes …

»Caterina! Trink nicht!«, schrie jemand vom Eingang her.

Montfalcone und Caterina drehten ihre Köpfe. Sie erkannte Sandro, der auf sie zurannte, ließ den Pokal fallen und stieß Montfalcone heftig von sich.

49

Was Sandro in der Tiefe des Gewölbes sah, ließ für ihn nur eine Deutung zu. Montfalcone, der die lederne Kleidung eines herrschaftlichen Jägers trug, des wahnsinnigen nächtlichen Schlächters, versuchte Caterina zu vergiften oder willenlos zu machen. Als Sandro auf die beiden zurannte, taumelte Montfalcone zurück, stieß gegen die gemauerte Feuerstelle, und Sandro packte Caterina am Arm. »Komm«, stieß er hervor. »Hinaus aus dieser Gruft des Verrückten.«

Sie stolperte und rannte, von ihm gezogen, hinter ihm her, die schwarzen Stufen hinauf. Der seltsame Geruch, die Hitze der Kerzenflammen und der Dampf der Flüssigkeiten, die in Kesseln und Schalen über kleinen Flammen brodelten, blieben hinter ihnen. Sie atmeten frische, kalte Luft. Auf der obersten Stufe blieben sie stehen; sie befanden sich am Rand eines unübersehbaren Durcheinanders.

Die sieben Zypressen brannten lichterloh. Die untersten Äste und die Rinde der Stämme glühten rot, ellenlange Flammen schlugen aus den Kronen. Rauch quoll zwischen den Blättern hervor, das Feuer knatterte und erzeugte ein hohles Heulen und Brausen. Zwischen der Mühle und der Mauer des Cortile standen Bedienstete und Bauern und wuchteten lederne und hölzerne Eimer von Hand zu Hand, bis zum Feuer. Eine breite Spur verschütteten Wassers zog sich an der Rückseite des Engels vorbei.

Die meisten Feuerschalen, die den Engel umgaben, waren umgestürzt. Unzählige kleine Feuer loderten im Kies. Die Flammen fraßen sich an dem reglosen Flügel des Engels in die Höhe und versengten das Dach. Die schmorenden Federn sonderten einen furchtbaren Gestank ab. Plötzlich schwieg die letzte Posaune, ebenso plötzlich hörten die Schläge auf die Tympanons auf. Hinter dem Engel klirrten, rasselten und krachten die Walzen, Zapfen, Schlegel und die eisernen Teile der Drehmechanik verbogen sich, verkeilten sich ineinander und bildeten mit den klirrenden, berstenden Stangen, Rädern, Seilen und Walzen einen wirren Haufen. Mit einem langgezogenen Jammern erstarben die Fanfaren. Zischend entwich die Luft aus den Blasebälgen. Hinter Sandro und Caterina taumelte Desiderio keuchend die Stufen herauf.

Von einem Augenblick zum anderen ist er starr vor Entsetzen. Er ist nicht mehr länger Herr eines einzigartigen Festes. Er ist nicht einer, er ist viele. Er erlebt sich als Kind, als verzweifelte Desideria und als Desiderio an den Leichen seiner Eltern, als Gespaltener, als nächtlicher Cacciatore und vom Glauben durchglühter Erbauer. Die Einsicht, dass seine beiden Ichs nichts voneinander wussten und doch eine Einheit bildeten, beginnt ihn zu vernichten. Die göttlichen Wunder verlieren jäh ihre Bedeutung und werden zu alltäglichen Handlungen eines Menschen, der zu viel Wein getrunken hat, in den Hexenpilze und Zauberpflanzen gemischt waren. Er steht vor dem Engel, der gemeinsamen Schöpfung, und sieht, wie das Gewand schmort, wie die Gelenke brennen, wie das Haar in einer einzigen Flamme zu schwefligem Rauch zerstiebt. Er blickt zum Himmel und sieht ein riesiges Tor, dessen Rahmen und Querbalken von Sternen besetzt sind wie von Edelsteinen, und dessen Edelsteintore sich öffnen. Hinter dem Spiegel des Diesseitigen liegt die Verheißung unendlicher Süße.

Beide Schwingen des Engels brannten und entzündeten das Dach. An den Pfeilern krochen kleine Flammen in die Höhe. Von den Stämmen der Zypressen stiegen nach jedem Wasserguss dicke Dampfwolken auf. Doracello schrie die Söldner, Knechte und Bauern im Cortile an; sie versuchten, die wiehernden, auskeilenden und vor Angst scheuenden Pferde loszubinden und in die Pinienallee zu zerren. Manche Feuerschalen waren leergebrannt, andere lagen glühend und brennend in großen Öllachen im geschwärzten Kies. Auf dem Boden brannten die Seitenwände des »Tempels«. Gäste, Bedienstete und Bauern versuchten zu löschen, stolperten verstört durcheinander und schleppten überschwappende Eimer. Die Küche und die Palazzina waren verwaist, und die Musiker und Sänger liefen ratlos durch die Büsche und über die Wege des Gartens, fernab der Brände, und retteten ihre Instrumente.

Sandros Gedanken drehten sich im Kreis. Er wusste nicht, was er tun sollte. Was war in diesen Augenblicken wichtig? Sechs Dutzend oder mehr Gäste sahen den schwelenden und brennenden Engel, auf den brennende Teile des Daches herunterstürzten. Die Arme mit dem Schwert und der Schale zitterten wie unter Sturmstößen. Unmittelbar vor seinem Engel stand Montfalcone, rechts und links von den brennenden Seitenwänden im Kies flankiert.

Sandro, den Arm um Caterinas Hüften gelegt, hastete mit ihr zur Terrasse der Palazzina. Michele Barotta hatte Donata an den Oberarmen gepackt und schob sie auf Girolamo Castaciano und die Frau zu, die Sandros Vater fest umschlungen hielt.

»Babo!«, stieß Sandro heiser hervor. »Pass auf Caterina auf. Ich suche Leonbattista, dann reiten wir nach Hause.«

Girolamo nickte, ergriff Caterinas Hand und sagte:

»Bleibt bei uns, Signora. Hier seid Ihr sicher. Wir gehen auf die Terrasse und ins Haus.« Er war ebenso verwirrt wie die meisten Gäste.

Caterina beruhigte sich, als sie sah, dass Donata sich zu ihrem Vater stellte.

Sandro stieß Barotta an und sagte kurz: »Komm! Zu Montfalcone. Du weißt, warum.«

Einige Gäste hatten Fackeln aus dem Boden gerissen, waren zum Cortile gerannt und hatten ihre Pferde gefunden, sich in die Sättel geschwungen und waren davongaloppiert. Sandro und Barotta liefen zu Montfalcone. Unvermittelt rannte Cornelia auf sie zu. Sie hatte den Mantel abgeworfen, ihr Haar war aufgelöst, und sie rief: »Helft mir. Er hat zu viel von diesem Wein getrunken. Vom *vinum mirabile*, dem Arcanum. Er weiß nicht, was er tut.«

»Er wollte Caterina vergiften!«, sagte Sandro. »In seinem Gewölbe.«

»Er hat sich mit dem stinkenden Wein selbst vergiftet!«, rief Cornelia.

Das Gewand des Engels war zu zunderartiger Asche verschwelt und fiel in großen Fladen ab. Klirrend zersprang der erste Alabasterfuß in der Flammenhitze. Ein Stück Dach stürzte herunter, seine Trümmer begruben den Kopf unter sich. Der Engel wankte hin und her, änderte seine Bewegung und taumelte, neigte sich nach hinten und wieder nach vorn. In seinem Innern splitterten Balken und Latten, die auflodernd ein feuriges Skelett bildeten. Montfalcone stand mit dem Rücken zu seiner Schöpfung, inmitten der Hitze, die das Leder des Anzugs versengte, reckte die Arme zum Himmel und redete laut; seine Worte waren unverständlich.

Barotta schrie den Umstehenden zu: »Ihr wisst, dass er der Jäger ist, der die Frauen verstümmelt hat!« Er hatte Montfalcone fast erreicht und versuchte, ihn aus der Nähe des Engels zu ziehen. Mit unvermutet großer Kraft wehrte sich der Herr der Palazzina.

Die Flammen hatten den Brustschild erreicht. Das glasklare Harz, das über den abgespreizten Fingern der Hände, den Brüsten und dem Fuß lag, begann zu tropfen. Sandro zeigte darauf und rief: »Seht Ihr? Das hat der Jäger aus den Frauen geschnitten. So wie das Haar auf dem Kopf des Engels.« Er blickte nach oben. Der Engel kippte langsam nach vorn. In dem alabasternen Kopf klaffte ein Spalt, der binnen eines Atemzugs breiter wurde. Das brennende Holzskelett ächzte, als beide Arme ohne Halt nach unten kippten.

Barotta zerrte an einem Arm Montfalcones, Sandro am anderen, und drei Schritte hinter ihnen schrie und schluchzte Cornelia. Aber ihre Worte erreichten Montfalcone nicht mehr. Er wehrte sich mit der Kraft eines Besessenen.

»Der Engel … er erschlägt uns!«, kreischte Cornelia.

Gleichzeitig rissen Barotta und Sandro die Köpfe in die Höhe.

Montfalcone holte tief Luft und schrie. »Der Himmel öffnet sich! Der Herr nimmt mich zu sich! Jesus Christus, deine Gnade ist unermesslich!«

»Zurück! Weg hier!«

Der Engel neigte sich nach vorn und fiel unaufhaltsam. Der Kopf löste sich, zerbrach und drehte sich in der Luft. Ein Teil schlug dicht hinter Montfalcone in den Kies. Sandro und Barotta sprangen zurück und rissen Cornelia mit sich. Im selben Augenblick schlug der andere Teil des Kopfes mit einer scharfen Kante in den Nacken und den Hinterkopf Montfalcones, warf ihn zu Boden, und zwei Drittel des lodernden Engels kippten herunter und begruben ihn unter sich. Der Rest des Daches brach ein, langsam fielen die brennenden Säulen in sich zusammen.

Eine riesige Funkengarbe stob in die Höhe. Die Flammen loderten auf; ihr brausendes Geräusch verband sich mit dem Aufschrei der Umstehenden zu einem schauerlichen Laut. Sandro, Cornelia und Barotta flüchteten vor der Glut und den Flammen und rannten zurück zu Girolamo und den drei Frauen. Die Eimerkette geriet in Unordnung, bis einer von Montfalcones Söldnern begann, die Reste des »Tempels« und des Engels zu löschen.

50

Das vage Licht vor der Morgendämmerung hatte die Nacht beendet. Im Westen und Süden war die Wolke, deren oberste Ballungen zu glühen schienen, in die Höhe gewachsen. Nur noch wenige der hellsten Sterne zeigten sich am Himmel. Die Gäste – ungefähr ein Drittel hatten grußlos Garten und Villa verlassen – umstanden vor der Terasse die Palazzina. Grauer Rauch und ein abscheulicher Geruch lagen über dem Garten.

Bernardo di Strozzi kam die Terrassentreppe hinunter. Er trug zwei große, schwere Bücher in den Armen. Sein Gesicht war fahl und ohne jeden erkennbaren Ausdruck. Es war ruhig geworden. Auf halber Höhe blieb er stehen und ließ seinen Blick über die Versammelten gleiten. Laut, aber mit brüchiger Stimme sagte er: »Das Fest ist vorbei. Frate Francescos Seele ist bei seinem Herrn. Nachdem ich getan habe, was richtig und notwendig ist, werde ich im Piano nobile die Musiker, Feuerwerker und Rezitatoren für ihre trefflichen Dienste entlohnen. Das Sterben von Messer Desiderio habt Ihr mit angesehen – es wird eine Weile dauern, bis wir alle seine Geheimnisse kennen.« Er schritt einige Stufen abwärts und redete weiter. »Von jenen Gästen, die aus Pisa, Firenze und Lucca gekommen sind und die ich willkommen geheißen habe, von diesen Signori und Signore verabschiede ich mich im Namen meines Dienstherrn und Freundes und sage Dank für Euer Kommen. Jetzt, bei Tagesanbruch, wird Euer Heimritt sicher sein.«

Er ging weiter, bis zu den letzten Feuern, die noch im Umkreis des »Tempels« brannten. In das größte warf er die Bücher und winkte einem Söldner, der glühende Balken und Holzsplitter darauf schob. Einige Atemzüge später sprangen die Buchdeckel auf, die prächtig verzierten und beschriebenen Pergamentseiten wölbten sich, brannten und schwebten im heißen Luftzug in die Höhe.

Als er zurückkam, winkte er Barotta, Sandro und den Frauen, rief nach Doracello und sah sich nach Cornelia um. Lucinda di Beccafumi, ihr Gatte und der junge Bildhauer Bartolomeo di Beccafumi hatten sich flüchtig von Caterina und Sandro verabschiedet und waren längst auf dem Heimritt.

Mamma Lucia kam zwischen den Tischen und Bratenrosten hervor, klatschte in die Hände und stieß ein langes, trauriges Trillern aus, wie die Bäuerinnen ihrer Heimat. Schließlich rief sie: »Doracello und ihr anderen Scottini! Sagt den Bauern, sie sollen herkommen und essen und trinken, von dem, was reichlich übrig geblieben ist. Vorher sollen sie die Fackeln und Öllichter löschen – heute Nacht hat's mehr als genug gebrannt.«

Am Fuß der Wolke, die sich zunehmend hellrot und weiß färbte, vielleicht über der Küste von Livorno, gab es ein Wetterleuchten. Um Mittag herum würde es gewittern und regnen.

Sandro ließ sich auf eine Bank fallen, zog Caterina an sich und schloss die Augen. Leonbattista, der Notar d'Anna und Girolamo Castaciano mit der Unbekannten, die einander an den Händen hielten, kamen hinzu. Gedankenlos sahen sie zu, wie sich die Gäste verabschiedeten. Durch die raumhohe Tür im Erdgeschoss der Palazzina kam Cornelia de' Albicci, in einem weißen Mantel, eine Lenza mit großem, funkelndem Turmalin auf der Stirn, trat neben Bernardo, und sie mischten sich unter die letzten, auseinanderstrebenden Gäste.

Das Entsetzen hatte sich verflüchtigt, und das Unbehagen rief Verlegenheit und Eile hervor. Noch bevor Sandro mit seinem Vater und Barotta darüber reden konnte, ob sie sofort oder erst ein wenig später reiten sollten, kamen Cornelia und Bernardo auf sie zu und setzten sich zu ihnen. Trostloses Schweigen breitete sich aus, während sich der Garten leerte. Das Hufgetrappel und die Rufe wurden undeutlicher und leiser.

Sandro fand endlich Zeit und Gelegenheit, die Frau an der Seite seines Vaters genauer zu betrachten. Beide schien der Blitzschlag jäher Verliebtheit getroffen zu haben. Sie war etliche Jahre jünger als Babo, ihr Haar glomm silbern, mit braunen Strähnen – es war wohl halb gefärbt. Ihre Hände waren unversehrt von Altersflecken. Sie war zweifellos eine schöne junge Frau gewesen; nun war Reife an die Stelle der Jugendlichkeit getreten. Sie besaß die tiefdunklen Augen von Sandros Mutter und den wohlgerundeten Körper einer Vierzigjährigen, aber damit erschöpfte sich die Ähnlichkeit. Wenn sie Babo anblickte, glühte ihr Gesicht. Sandros Augen wurden feucht; so war es ihm bei Caterina ergangen.

»Ich bin der Sohn dieses geplagten Vaters Girolamo«, sagte er, noch immer innerlich zitternd, und betrachtete die kleinen und großen Falten im Gesicht der Unbekannten.

Girolamo blickte ihn stirnrunzelnd an und schwieg.

»Alessandro Castaciano. Wie darf ich Euch, Signora, anreden, wenn Ihr schon die Finger nicht von Babo lassen könnt?«

»Ich bin Gabriėlla Pierino«, antwortete sie mit angenehm dunkler Stimme. »Für Messer Montfalcone habe ich im Hafen von Pisa Briefe, Bestellungen und bestimmte Waren verantwortet. Er lud mich ein. Sonst hätte ich Euren zögerlichen Vater nicht kennengelernt.«

»Habt Mitleid mit ihm«, riet Sandro. Donata umarmte lachend ihren Vater und küsste ihn auf die Wange. »Er hat zwei missratene Kinder, eine heiße, schrundige Werkstatt und ungeheuerliche, niemals zurückzahlbare Schulden.«

Girolamo legte den Kopf schräg, grinste und antwortete:

»Triff mich nie in einem dunklen Winkel, Söhnchen. Gabriėlla wird mit mir nach Arliano reiten und erst eine Woche später zurück nach Pisa.«

»Endlich! Seid willkommen, Signora«, sagte Sandro, verbeugte sich tief und freute sich über das Funkeln in den Augen seines Vaters und Gabriellas. »Die undankbaren Kinder lieben ihren Vater, und wenn wir auch Euch lieben könnten – gäbe es etwas Schöneres?«

Barotta räusperte sich und sagte grinsend: »Amen. So sei es.«

Schweigend und betroffen sahen sie zu, wie Doracello und seine Söldner die nassen, dampfenden Reste des Engels zur Seite räumten und Desiderio Montfalcones halb verbrannten, grässlich zugerichteten und vom Löschwasser triefenden Körper bargen, ihn auf ein Brett legten und zur Eingangshalle der Palazzina trugen. Cornelia ließ sich in einen Scherenstuhl fallen, sah sich schweigend um und verbarg ihr Gesicht in beiden Händen.

51

Als die ersten Sonnenstrahlen die Dämmerung hinter den Hügeln vertrieben, hatte sich der Garten geleert. Fackeln und Öllichter waren gelöscht, nur das Feuer, in dem die Prunkbücher von Desiderios Vater zu Asche verglühten, rauchte noch. Viele Bauern saßen an den Tischen rund um die Küche, redeten leise miteinander und verzehrten die Reste des Gastmahls. Alle waren niedergeschlagen und ratlos. Nach langem, unbehaglichem Schweigen sagte Bernardo di Strozzi an Michele Barotta gewandt und jedes Wort abwägend: »Ihr werdet alles, was Ihr mit angesehen habt, im Rat von Lucca bereden. Niemand hat ahnen können, dass Desiderio zwei Männer war – einer von ihnen der wahnsinnige Cacciatore. Wie es dazu kommen konnte? Nun, wir werden lange darüber reden müssen und in seinen Aufzeichnungen und in der Werkstatt suchen.« Er schluckte und heftete seinen Blick auf Cornelia. »Mir – uns beiden – war er ein gütiger Herr und ein frommer, freigebiger Freund.«

»Ohne ihn wäre ich ein Nichts geblieben«, sagte Cornelia, die langsam aus einem Abgrund aufzutauchen schien, mit erstickter Stimme. »Ihm verdanke ich alles. Siebzehn Jahre auf einer Insel der Ruhe, Schönheit und des Reichtums, mitten in einer Welt, in der Verbrechen, Krieg, Seuchen und Schlimmeres herrschen. Ich habe ein Leben gehabt, das erfüllt war, das angenehm und sinnvoll war. Ich habe ihn geliebt. Nun muss ich Desiderio auch nach seinem erbärmlichen Tod treu sein, unverbrüchlich, auch wenn es Euch und anderen falsch erscheint.«

Sandro nickte; noch weigerte sich sein Verstand, das Geschehene zu verstehen.

Der neue, windstille Tag war angebrochen. Lange Schatten zerteilten den Garten, zwischen dessen Gewächsen sich der Brandgeruch staute. Die Wolkenfront wuchs unaufhaltsam, und das Wetterleuchten kam näher. Girolamo Castaciano hob den Kopf in die Höhe und deutete auf die Wolke. »Wir werden Euch in Eurer Trauer allein lassen müssen, Principessa«, sagte er und stand auf. »Zählt auf uns, wenn Ihr glaubt, unsere Hilfe zu brauchen. Am Nachmittag wird's gewittern. Wir müssen nach Arliano und wollen nicht nass werden.«

Bernardo und Cornelia nickten.

Girolamo zog Gabrièlla hoch, verbeugte sich und ging mit müden Schritten, Gabrièllas Hand haltend, zum Tor des Cortile.

Sandro sprang auf. »Ich helfe euch in den Sattel«, rief er unterdrückt und lief ihnen nach.

Sein Vater und er fanden die Pferde wohlversorgt unter den Pinien, Gabrièlla musste ihr Reittier suchen und entdeckte es auf der Weide hinter den Stämmen.

Sandro half beim Aufsatteln und beim Zäumen und hob zuletzt Gabrièlla auf den Pferderücken. »Es wird schon zu Mittag regnen«, sagte er. »Beeilt euch. Wir brechen auch so bald wie möglich auf.«

Er klatschte die flache Hand auf die Kruppe von Girolamos Schimmel, sah dem Paar beim Davongaloppieren zu und ging zurück zu den Bänken und Tischen unterhalb der Terrasse. Er fühlte sich leer, ausgesogen, ohne klare Gedanken. Das unerwartete, schauerliche Ende des Festes und der Tod Montfalcones und noch mehr das Erkennen seiner doppelten Natur hatten Sandro verwirrt und unsicher gemacht; er würde viel Zeit brauchen, um sich selbst Klarheit zu verschaffen. Als er in die morgenfahlen Gesichter der Wartenden blickte, erkannte er, dass sie in der gleichen düsteren Beklommenheit verharrten wie er.

Während rechts der Reiter die Gewitterwolken anwuchsen und von den Sonnenstrahlen in sonderbare Farben, Schluchten und Formen verwandelt wurden, hingen die Frauen und Männer im Sattel schweigend ihren Gedanken nach. Die Pferde waren ausgeruht und trabten willig auf der Sandstraße. Unvermittelt hob Michele Barotta den Arm und rief über die Schulter: »Ohne es zu wissen, ohne zu ahnen, an welcher Stelle – aber wir reiten über die Höhle, in der sich der Cacciatore versteckt gehalten hat. Sich und seine Jagdbeute. Hier, irgendwo in den Hügeln. Ich weiß es. So sicher, als hätte ich sie schon gefunden.« Er nickte Pierantonio zu, der schräg neben ihm ritt. Der Wächter grinste grimmig und spuckte aus.

Sandro dachte: Vielleicht findet Michele das Versteck erst dann, wenn er nicht mehr danach sucht. Er wandte den Kopf und betrachtete mit müden Augen das Profil Caterinas. Sie lächelte, in sich gekehrt, aber es war ein freudigeres Lächeln als das des Alabasterkopfes. Fünf Jahre, dachte Sandro, länger als fünf Jahre haben wir uns geliebt und verstecken müssen. Doch nach Montfalcones Fest war es ihnen gleichgültig geworden, wer davon wusste. Die Schrecken des Brandes und des Sterbens Desiderios, der zweifellos ein religiöser Fanatiker war, gläubiger als Savonarola, hatten alles verändert.

Der Weg war frei, aber er blieb schmal. Christofero d'Anna ritt neben Pierantonio, und als sie die ersten Fuhrwerke überholten, zeigte der Wächter nach vorn und sagte schulterzuckend: »Dort vorn hat der Cacciatore die arme Frau umgebracht, und hundert Schritt dahinter, beim Hügel, hat sein Armbrustbolzen den Consigliere getroffen. Überall war Blut, viel Blut.«

»Habt ihr herausgefunden, warum sich Agostino di Bargoni so früh, noch in der Nacht, auf den Weg gemacht hat?«, fragte der Notar.

»Er wollte nach Pisa, hat seine Gattin gesagt. Das wusste auch Hofmeister Leonbattista.«

»Nach Pisa ist es nicht so weit«, antwortete d'Anna. »Es hätte gereicht, wenn er am späten Morgen in den Sattel gestiegen und gemütlich losgetrabt wäre.«

»Nicht, wenn er auf dem Weg in Mozzano noch etwas anderes erledigen musste.« Pierantonio lockerte den Zügel und setzte sich zurecht. Die Sonne und der obere Rand der Gewitterwolke würden sich bald im Zenith treffen. Die ersten Donnerschläge hallten über die Wipfel. »Der Consigliere hat seine Geheimnisse gehabt.«

Seit sie unter den Wipfeln der Pinienallee Montfalcones hervorgetrabt waren, dachte Caterina an Cornelia de' Albicci. Hatte die Gefährtin Desiderios von seiner Besessenheit, die aus seiner Gläubigkeit erwachsen war, wirklich nichts geahnt? Die Palazzina war für sie wie das Innere einer süßen Nuss gewesen: der prächtige, behagliche Kern, umgeben von einer rauen Schale. Die Schale bedeutete die Welt, die Desiderio von ihr ferngehalten hatte – Krieg, Schweiß, Dummheit, Geilheit und Raffgier. Madonna santissima! Zu Desiderio stand sie in unverbrüchlicher Treue, war Trösterin in seinen Albträumen und angesteckt von seinem wahnhaften Glauben, den er vor der Allgmeinheit ebenso geschickt verbarg wie sein zweites Ich. Caterina seufzte. Was würde Cornelia bleiben?

»Wir kommen in das Gewitter hinein. Galopp, Freunde!«, rief Donata. »Sandro! Michele! Wollt ihr, dass uns der Regen überrascht?«

»Nein!«, gab Sandro zurück. Einige Blitze flammten über Lucca auf. »Wir schaffen es vorher! Alle mit mir, zu unserem Laden. Dort gibt's Essen. Schlafen könnt ihr später, wo ihr wollt.«

Die Reiter setzten die Sporen ein. Die ersten, schweren Tropfen fielen, dann rauschte der Regen herunter. Die Pferde fielen in Galopp, die Gruppe erreichte die Stadt und bog nach der Porta di Borghi in die leeren Gassen ein, die zum Laden der Castacianos führten. Ein jäher Blitz blendete die Reiter.

Zugleich mit den Donnerschlägen rauschte kalter Schlagregen herunter; der Letzte, der sich ins Haus rettete, war der Notar d'Anna. Der erste Tag im Heiligen Jahr ertrank in Regenfluten.

Epilog

Sandro ließ seinen braunen Wallach im Schritt gehen und gönnte sich in der Vorfreude auf Caterina ruhige Erinnerungen, das Wohlgefühl der inneren Erschöpfung und eine Zuversicht, die nicht nur sein Leben und die Zukunft mit Caterina umfasste. Sandro kam aus Arliano. Es war ein kalter Tag in der Mitte des Januars. Die Wolken hingen tief, langsam fraß sich die Kälte durch Mantel, Wams und Stiefel. Sein Ziel war das Häuschen im Weinberg der Beccafumis. Wieder das Häuschen, das Lucindas Handwerker und Diener vorbereitet hatten.

In den vergangenen Tagen war einiges passiert und Erstaunliches ans Tageslicht gekommen – in Arliano, in der Schreibstube Agostino di Bargonis, in Montfalcones Palazzina und in seiner Werkstatt.

Babo Girolamo und Gabrièlla wohnten abwechselnd in Pisa und Arliano. Sie hatten sich nicht gesucht, aber gefunden, nutzten den Augenblick und machten sich keine Gedanken über die folgenden Jahre. Auch ihr Weg war frei, scheinbar lustvoll, aber nicht ohne Schwierigkeiten.

Im Stadthaus und dem Verkaufsladen der Castacianos hatten Michele und Donata ihre Verlobung gefeiert. Ein fröhliches Fest mit wenigen Gästen und wertvollen Geschenken von Caterina, Lucinda, Babo, Gabrièlla und Sandro. Und, unerwartet aber sehr willkommen, von Cornelia de' Albicci. Sie hatte ihnen Mamma Lucia, drei Dienerinnen und jene Köche und Helfer geschickt – samt Zutaten für die dreifache Anzahl Gäste –, die für Montfalcones Fest gekocht und gebacken hatten; sie selbst ließ sich entschuldigen. Jetzt lebten Donata und Michele in seiner alten Wohnung und suchten für sich ein Häuschen in Lucca. Ihr Glück schien vollkommen und unantastbar.

Caterina hatte es während der Verlobungsfeier berichtet: Nach einigen Stunden Suche hatten sie, Leonbattista und der junge Notar bei den Schreibern des toten Consigliere die Pergamente und Papiere aus den Satteltaschen gefunden. Als die Dienerinnen die Taschen reinigten, hatten sie den Inhalt auf ein Schreibpult gelegt, und die Schreiber hatten die Blätter irgendwo eingeordnet und sie dann vergessen. Christofero d'Anna las Blatt um Blatt und stieß schließlich auf ein fertig abgefasstes, aber nicht gesiegeltes Testament.

Messer Desiderio Montfalcones Testament!

Der Consigliere war, wie eine Notiz erkennen ließ, mit Montfalcone vor Mittag in der Palazzina verabredet gewesen, zwei Tage nach dem Morgen, an dem er durch den Armbrustbolzen des Cacciatore den Tod gefunden hatte.

»Welch grausiger Zufall. Aber es war kein Zufall, es war Bestimmung, unausweichliches Schicksal.« Sandros kurzes Lachen klang halb verzweifelt. Das Pferd drehte die Ohren, warf den Kopf hoch und fiel, als Sandro die Zügel lockerte, in Trab. »Die Wege des Herrn sind wahrhaft unerforschlich. Ich glaube, Montfalcone hat's gewusst.«

In der Testamentniederschrift hatte Montfalcone verfügt, dass Frate Francesco uneingeschränktes Wohnrecht in der Palazzina genießen und selbst bestimmen sollte, ob er in San Marco in Firenze oder im Garten des Anwesens begraben werden würde. Cornelia de' Albicci übereignete er zu siebeneinhalb Zehntel den gesamten Besitz und die Hälfte der Mezzadria-Einkünfte; zweieinhalb Zehntel und die andere Mezzadria-Hälfte waren für Bernardo di Strozzi bestimmt.

»Und so wird Cornelia für ihre Treue belohnt, für ihre unfreiwillige oder freiwillige Blindheit, für ihre Hoffnung und Enttäuschung. Lucca wird eine reiche, einsame Gutsherrin erleben, und über ihren Tod hinaus wird man sich fragen, ob sie gewusst hat, die Gefährtin des Cacciatore gewesen zu sein.«

Der langgestreckte Weinberghügel kam in Sicht, der Sandweg schlängelte sich am Wald vorbei auf die Reben und den dünnen Rauchfaden aus dem Kamin des Winzerhäuschens zu. Sandro erinnerte sich flüchtig an die erste Frauenleiche vor etwas mehr als drei Jahren, links vom Weg, auf der Lichtung des jetzt tief ausgeholzten Waldes.

Michele Barotta hatte zusammen mit Pierantonio und D'Andrea, begleitet von Cornelia und Bernardo und auf Anweisung des Richters und des Ältestenrates von Lucca, die Gewölbe der Palazzina und die Werkstatt durchsucht und alles, was sie gefunden hatten, mit der ihm eigenen Sorgfalt in sein Diario, sein »Tage- und Nachtbuch«, eingetragen. Aus vielen nächtlichen Gesprächen mit seinem Schwager wusste Sandro, auf welche Seltsamkeiten sie gestoßen waren.

Ungefähr zwölf Dutzend Modelle standen auf den Wandbrettern, teilweise dick verstaubt: kleine unbewegliche und bewegliche Mechaniken, unfertige und fein modellierte Homunculi, Gestelle mit Achsen, Rädern, vielfach umgelenkten Schnüren, Armen und Hebelchen, Walzen und Gelenken, die absonderliche, aber zuverlässige Bewegungen ausführten. Nicht alle Teile ließen sich mit dem Bau des Engels in Verbindung bringen. Montfalcone war ein überaus geschickter Handwerker und Zeichner gewesen. Aber auch Studien von Schwingenteilen, drehbaren Händen mit Fingern aus Holz und Knöchelchen waren zu sehen, und Hunderte Zeichnungen, vermutlich viele von Leonardo.

Als Barotta La Palazzina zum ersten Mal nach dem Brand besuchte, hatte Bernardo fast alle Spuren der Flammen, das Podest und die Reste des »Tempels« zersägen, zerhacken und beseitigen lassen. Cornelia bestimmte, alle Modelle im Kamin der Werkstatt zu verbrennen. Die Stadtwächter fanden Flaschen und kleine Krüge voller seltsam riechender Substanzen.

Manche erkannten sie: Engelstrompete, Mohnseim, Eisenhut, Schierling, Stechapfel, Bilsenkraut, Mercurium, eine bittere Flüssigkeit, die Montfalcone zweifellos, wie der stechende Geruch bewies, aus Pilzen gewonnen hatte. In mehr als zwei Dutzend Tiegeln, Kesseln und Töpfen hatte er andere Tinkturen, Leim, Harz und saure Breie erhitzt; aus einem Harztopf fischte D'Andrea angewidert einen Augapfel, der vielleicht von einem Tier stammte.

Das alles seien deutliche Hinweise, aber keine Beweise, sagte »Acut'Occhio« Barotta. Auch nicht eine zur Hälfte instandgesetzte Armbrust mit erstaunlicher Spannkraft und die geschliffenen Werkzeuge eines Wundarztes in einer eng zusammengerollten Ledertasche. Sie fanden Federn, verschiedene Stoffe, neun zwei Handbreit große Modelle aus eingetrocknetem Ton: der Engel und Teile des Engels.

Mehrere große Krüge enthielten Wein. Die meisten Reste waren zu ungenießbarem Essig geworden, auf dessen Oberfläche stinkendes Moos oder Pilze gewachsen waren. In einem Regal standen siebzehn Bücher voller Gebete, mit handschriftichen Auszügen von Savonarolas Reden. Zwei dieser alten Bücher enthielten Zeichnungen Montfalcones, die er als Kind und Jugendlicher angefertigt hatte. Weder Barotta noch Bernardo vermochten darin eine Neigung oder Hinweise darauf zu erkennen, dass er Grausamkeiten oder Scheußlichkeiten erträumt oder erdacht haben könnte, trotz der Fledermäuse, Eulen und Ratten, die ausgeweidet in eckigen Rahmen gespannt waren, trotz Dutzender Schädel und Skelette von Waldtieren. Cornelia bat Bernardo, den verdorbenen Wein wegzuschütten und auch die Bücher ins Feuer zu werfen. Länger als eine Stunde hielten es die Männer weder im Gewölbe noch in der darüberliegenden Werkstatt aus. Der Gestank trieb sie an die frische Luft.

Bernardo und Cornelia durchlebten in diesen drei Tagen, in denen sie die Männer aus Lucca bewirteten und beherbergten, einen Wandel. Sie hatten, durchaus zu Recht, Montfalcone bewundert, seine Großzügigkeit, seine Kunstfertigkeit und seine Visionen und Vorstellungen. Als sich die Rückwand eines Schrankes im Gewölbe öffnete – nachdem sie verschiedene Schlüssel gefunden und sie ausprobiert hatten –, gelangten sie auf eine dreiteilige Treppe, die beide Werkstätten miteinander verband – ein uralter Gang, sicherlich von Desiderios Großvater angelegt, oder noch älter.

Auf einem Treppenabsatz stand ein aus Weidenzweigen geflochtener Sessel vor einem Schreibbrett, das in die Mauer eingelassen war. Zwei Leuchter mit Kerzen, die vor nicht allzu langer Zeit heruntergebrannt waren, standen neben drei Pergamentrollen. Die Treppe endete in der oberen Werkstatt in einer Holztür, die mit dünnen Ziegeln verkleidet war und in der ein eiserner Schlüssel steckte. Als die Rollen im Tageslicht auseinandergezogen wurden, erschrak selbst Barotta: Zum Vorschein kamen viele fahlfarbige Studien und ein Entwurf für den grausigen Wappenschild des Engels, hergestellt aus menschlichen Körperstücken. Cornelia schlug die Hände vors Gesicht und rannte weinend davon.

»Und so wurde aus Mutmaßungen die Gewissheit. Der einzige wirkliche Beweis. Aber kein Beweis dafür, dass er selbst wusste, was wir wissen: Montfalcone war zwei Männer«, sagte Sandro zu sich selbst.

Vorsichtig ritt er zwischen den Rebstöcken auf das Häuschen zu. Er war noch allein; kein zweites Pferd stand unter dem schützenden Vordach. Er stieg ab, schnallte den Sattel ab und trug die prallen Satteltaschen ins Haus. Dann versorgte er den Braunen, hängte ihm eine schwere Decke über, stellte Heu und Wasser hin und nahm die Trense aus dem Maul des Tieres. Er sah sich in dem Häuschen um und freute sich über die Ruhe und die Kälte – umso wärmer würden ihre Umarmungen sein. Nach vier Jahren, in denen sie älter geworden waren und so lange freiwillig verzichtet hatten, würde auch ihre Liebe sich verändert haben.

Er fütterte die heruntergebrannte Glut mit knorrig-knotigen Weinstockabschnitten und öffnete den Weinkrug. Caterina und er trafen sich meist wieder hier; sie wollten dem Geschwätz und den Gerüchten nicht zusätzlich Nahrung geben. Sandro füllte einen Becher, nahm einen Hocker nach draußen und lehnte sich, eng in den Reitermantel eingewickelt, gegen die warme Außenwand des Kamins.

Für ihn war schon das Bild Botticellis, auf dem der Jäger und die rothaarige Frau zu sehen waren, ein deutlicher – viel zu später – Hinweis gewesen, einer der Hinweise, die erst nach langem Nachdenken eine Erkenntnis hervorbrachten. Aber für Barotta, Bernardo und Cornelia waren die Zeichnungen aus dem Geheimgang der sichere Beweis gewesen.

Der Halsschild des Engels.

Zunächst auf schwerem Papier, mit Kohle, Silberstift und halb verblichenen Farben vor vielen Jahren gezeichnet und von Montfalcone gesiegelt, später dann aus dünnem Messingblech, mit einer dünnen Kette aus Bronzedraht-Gliedern versehen, in Castacianos Ufficina gefertigt.

Sie fanden fünf verschiedene Zeichnungen in der Art Leonardos, auf denen unzweifelhaft das Bild des Schildwappens zu sehen war: ein einzelner Fuß, dann zwei, einmal fünf, einmal sieben kugelige Brüste, Hände, die von links und rechts die Brüste mit krallenartigen Nägeln halb bedeckten, umspannten, hoben. Zwischen den horriblen Teilen der Zeichnung waren gläserne, spiegelnde oder edelsteinartige Stücke eingezeichnet – kreisförmig, dreieckig, fünfeckig.

Barotta hatte schaudernd berichtet: »Wir haben uns die Köpfe zermartert, an den Abenden und Nächten im Piano nobile der Villa, worauf sich dieser Schild beziehen mochte – vielleicht hätte es uns Frate Francesco sagen können, aber der war seit Tagen begraben.«

Vielleicht fand sich ein Text in der *Geheimen Offenbarung*. Vielleicht war etwas Erhellendes geschrieben gewesen in den Büchern, die sie später zu aufstiebenden Ascheflocken verbrannt hatten – verbrannt, wie Montfalcone im Feuer seiner Apokalypse verbrannt war?

Mamma Lucia und Doracello hatten, als Villa, Garten und Cortile fast leer von Gästen gewesen waren, Barotta zur Seite gezogen und ihm zwischen brutzelnden Hühnerbrüsten und dampfenden Suppen zugeflüstert, dass – jetzt! – nicht nur sie mutmaßten, die hübschen Mägde Maddalena und Chiara seien die ersten Opfer des Cacciatore gewesen. Und Doracello vertraute Barotta an, dass er Tag und Nacht während des ganzen Heiligen Jahres die Herrin Cornelia bewachen würde. Er befürchte, dass sie sich aus Trauer und Reue etwas antun könne. Schließlich habe Montfalcone, so sagte er und gewann damit Barottas Zuneigung, sie alles gelehrt, was im Leben wichtig sei: Reiten, Gespanne lenken, den rechten Gebrauch von Waffen und wie man trank, ohne betrunken zu werden. Madonnina mia!

Sandro lächelte matt, halb erwartungsvoll, halb melancholisch, mit einem dünnen Sonnenstrahl im Gemüt. Ihm bedeuteten späte Erklärungen dieser Art nichts mehr, ebenso, wie es an seiner Falconetta nichts mehr zu verbessern gab. Sie schoss weit und zuverlässig, war schnell zu laden und wieder abzufeuern. Vielleicht wurde er reich, wenn er die Erfindung verkaufte.

Er schmeckte die herbe Frische des jungen Beccafumi-Weins auf der Zunge, fröstelte ein wenig unter seiner Giubbone und blickte zur Stadt hinunter, die türmereich im Mittagsdunst kauerte. Schon während des nächsten Atemzugs konnte sich dort ein Reiter im blauen Mantel abzeichnen: Caterina. Und dann würde er aufstehen, ihr vom Pferd helfen, und sie würde schwer in seine Arme gleiten und ihn umarmen. Denn erst danach konnten sie sich lieben – endlich! –, ohne sich schuldig fühlen zu müssen.

Danksagung

Aus der italienischen Renaissance, dem *Quattrocento,* und den nachfolgenden Jahrhunderten gäbe es noch viele, nicht minder interessante Geschichten zu erzählen.

Mein besonderer Dank gilt Dr. Wolfgang Büsing aus München für die ausführliche medizinisch-psychologische Beratung, Vater Hasan Göktepe und Sohn von der Neuen Kunstgießerei in München für Ratschläge beim Umgang mit weißglühender Bronze und dem Guss »in verlorener Form« sowie Frau Dr.ssa Petra Pforr im zauberhaften toskanischen Lucca für die große Hilfe bei der Recherche über das Zwölftausend-Einwohner-Städtchen in den Jahren um 1500. Jeder Fehler indes ist vom Autor zu verantworten.